方李邦琴北京大学人文学科文库出版基金赞助

北京大学人文学科文库 ｜ 北大人文跨学科研究丛书

中国文艺现代性通论

A General Survey of Modernities of
Chinese Literature and Arts

王一川 等 著

图书在版编目(CIP)数据

中国文艺现代性通论 / 王一川等著. -- 北京：北京大学出版社，2024.10. -- （北京大学人文学科文库）. -- ISBN 978-7-301-35742-2

Ⅰ.I209.7

中国国家版本馆CIP数据核字第20247BW163号

书　　　名	中国文艺现代性通论 ZHONGGUO WENYI XIANDAIXING TONGLUN	
著作责任者	王一川　等著	
责 任 编 辑	赵　阳	
标 准 书 号	ISBN 978-7-301-35742-2	
出 版 发 行	北京大学出版社	
地　　　址	北京市海淀区成府路205号　100871	
网　　　址	http://www.pku.cn　　新浪微博 @北京大学出版社	
电 子 邮 箱	编辑部 wsz@pup.cn　　总编室 zpup@pup.cn	
电　　　话	邮购部 010-62752015　发行部 010-62750672 编辑部 010-62707742	
印 刷 者	北京中科印刷有限公司	
经 销 者	新华书店 965毫米×1300毫米　16开本　29.5印张　550千字 2024年10月第1版　2024年10月第1次印刷	
定　　　价	118.00元	

未经许可，不得以任何方式复制或抄袭本书之部分或全部内容。
版权所有，侵权必究
举报电话：010-62752024　电子邮箱：fd@pup.cn
图书如有印装质量问题，请与出版部联系，电话：010-62756370

主要著者(按姓氏拼音排序)

陈　均　金永兵　孔令旗　刘　晨
彭　锋　邵燕君　时胜勋　佟佳家
王一川　周映辰

主要合作者(按姓氏拼音排序)

韩思琪　何君耀　王佳明　叶栩乔

总　序
袁行霈

　　人文学科是北京大学的传统优势学科。早在京师大学堂建立之初,就设立了经学科、文学科,预科学生必须在5种外语中选修一种。京师大学堂于1912年改为现名,1917年,蔡元培先生出任北京大学校长,他"循思想自由原则,取兼容并包主义",促进了思想解放和学术繁荣。1921年北大成立了四个全校性的研究所,下设自然科学、社会科学、国学和外国文学四门,人文学科仍然居于重要地位,广受社会的关注。这个传统一直沿袭下来,中华人民共和国成立后,1952年北京大学与清华大学、燕京大学三校的文、理科合并为现在的北京大学,大师云集,人文荟萃,成果斐然。改革开放后,北京大学的历史翻开了新的一页。近十几年来,人文学科在学科建设、人才培养、师资队伍建设、教学科研等各方面改善了条件,取得了显著成绩。北大的人文学科门类齐全,在国内整体上居于优势地位,在世界上也占有引人瞩目的地位,相继出版了《中华文明史》《世界文明史》《世界现代化历程》《中国儒学史》《中国美学通史》《欧洲文学史》等高水平的著作,并主持了许多重大的考古项目,这些成果发挥着引领学术前进的作用。目前北大还承担着《儒藏》《中华文明探源》《北京大学藏西汉竹书》的整理与研究工作,以及《新编新注十三经》等重要项目。与此同时,我们也清醒地看到,北大人文学科整体的绝对优势正在减弱,有的学科只具备相对优势了;有的成果规模优势明显,高度优势还有待提升。北大出了许多成果,但还要出思想,要产生影响人类命运和前途的思想理论。我们距离理想的目标还有相当长的距离,需要人文学科的老师和同学们加倍努力。我曾经说过:与自然科学或社会科学相比,人文学科的成果,难以直接转化为生产力,给社会带来财富,人们或以为无用。其实,人文学科力求揭示人生的意义和价值、塑造理想的人格,指点人生趋向完美的境地。它能丰富人的精神,美化人的心灵,提升人的品德,协调人和自然的关系以及人和人的关系,促使人把自己掌握的知识和技术用到造福于人类的正道上来,这是人文无用之大用!试想,如果我们的心灵中没有诗意,我们的记忆中没有历史,我们的思考中没有哲理,我们的生活将成为什么样子?国家的强盛与否,将来不仅要看经济实力、国防实力,也要看国民的精神世界是否丰富,活得充实不充实,愉快不愉快,自在不自在,美不美。

一个民族,如果从根本上丧失了对人文学科的热情,丧失了对人文精神的追求和坚守,这个民族就丧失了进步的精神源泉。文化是一个民族的标志,是一个民族的根,在经济全球化的大趋势中,拥有几千年文化传统的中华民族,必须自觉维护自己的根,并以开放的态度吸取世界上其他民族的优秀文化,以跟上世界的潮流。站在这样的高度看待人文学科,我们深感责任之重大与紧迫。

北大人文学科的老师们蕴藏着巨大的潜力和创造性。我相信,只要使老师们的潜力充分发挥出来,北大人文学科便能克服种种障碍,在国内外开辟出一片新天地。

人文学科的研究主要是著书立说,以个体撰写著作为一大特点。除了需要协同研究的集体大项目外,我们还希望为教师独立探索,撰写、出版专著搭建平台,形成既具个体思想,又汇聚集体智慧的系列研究成果。为此,北京大学人文学部决定编辑出版"北京大学人文学科文库",旨在汇集新时代北大人文学科的优秀成果,弘扬北大人文学科的学术传统,展示北大人文学科的整体实力和研究特色,为推动北大世界一流大学建设、促进人文学术发展做出贡献。

我们需要努力营造宽松的学术环境、浓厚的研究气氛。既要提倡教师根据国家的需要选择研究课题,集中人力物力进行研究,也鼓励教师按照自己的兴趣自由地选择课题。鼓励自由选题是"北京大学人文学科文库"的一个特点。

我们不可满足于泛泛的议论,也不可追求热闹,而应沉潜下来,认真钻研,将切实的成果贡献给社会。学术质量是"北京大学人文学科文库"的一大追求。文库的撰稿者会力求通过自己潜心研究、多年积累而成的优秀成果,来展示自己的学术水平。

我们要保持优良的学风,进一步突出北大的个性与特色。北大人要有大志气、大眼光、大手笔、大格局、大气象,做一些符合北大地位的事,做一些开风气之先的事。北大不能随波逐流,不能甘于平庸,不能跟在别人后面小打小闹。北大的学者要有与北大相称的气质、气节、气派、气势、气宇、气度、气韵和气象。北大的学者要致力于弘扬民族精神和时代精神,以提升国民的人文素质为己任。而承担这样的使命,首先要有谦逊的态度,向人民群众学习,向兄弟院校学习。切不可妄自尊大,目空一切。这也是"北京大学人文学科文库"力求展现的北大的人文素质。

这个文库目前有以下17套丛书:
"北大中国文学研究丛书"
"北大中国语言学研究丛书"
"北大比较文学与世界文学研究丛书"
"北大中国史研究丛书"
"北大世界史研究丛书"
"北大考古学研究丛书"
"北大马克思主义哲学研究丛书"
"北大中国哲学研究丛书"
"北大外国哲学研究丛书"
"北大东方文学研究丛书"
"北大欧美文学研究丛书"
"北大外国语言学研究丛书"
"北大艺术学研究丛书"
"北大对外汉语研究丛书"

"北大古典学研究丛书"
"北大古今融通研究丛书"
"北大人文跨学科研究丛书"[1]

这17套丛书仅收入学术新作,涵盖了北大人文学科的多个领域,它们的推出有利于读者整体了解当下北大人文学者的科研动态、学术实力和研究特色。这一文库将持续编辑出版,我们相信通过老中青学者的不断努力,其影响会越来越大,并将对北大人文学科的建设和北大创建世界一流大学起到积极作用,进而引起国际学术界的瞩目。

---

[1] 本文库中获得国家社科基金后期资助或入选国家社科基金成果文库的专著,因出版设计另有要求,因此加星号注标,在文库中存目。

"北大人文跨学科研究丛书"序言

申丹、李四龙、王奇生、廖可斌

五四新文化运动以来,北京大学一直是中国人文精神的引领者,并已成为举世闻名的人文精神家园。历代学者蕴蓄深厚,宁静致远,薪火相传。

人文学聚焦于人类的精神世界,着眼于文化的传承与创新,深入分析和深刻反思古今中外各领域精神文化的实质与特性,通常以学者独立思考、著书立说为特征。"北京大学人文学科文库"以近二十套丛书的形式,将众多学者的个人专著聚集到一起,成规模地推出,从不同的学科视角,整体展示北大人文学者的学术思考和研究成果,也从一个侧面展现这个时代的人文关怀和思想格局。

然而,当代人文学科与自然科学、社会科学一样,越来越注重跨学科研究和多学科综合研究,倡导打通界限,搭建平台,给不同学科的学者提供互相交流碰撞的机会,以求迸发出新的思想火花,发现新的研究视角。"周虽旧邦,其命维新。"人文学科传统深厚,但开辟新的研究领域,创新研究思路和研究方法,勇立潮头,这样的决心须臾不可离。学科的交叉整合,是推进人文学科整体发展的重要方法。

在这一背景下,北京大学人文学部借助"双一流"建设的契机,着力构建跨学科平台,积极推动相关院系的交流协作。围绕当前国内外人文界关注的重要话题,首批组织了十五个跨人文院系(有的还跨社科学部和经管学部）的课题组。这是北京大学人文领域首次较大规模地打破学术壁垒，从不同角度整合跨学科研究的力量，力图建立从人文学科整体视野出发研究问题的新范式。这些课题组通过近几年的合作研究，将陆续完成合著的撰写，纳入"北大人文跨学科研究丛书"出版。未来北京大学人文学部的跨学科合著也将在本套丛书中推出。

  这些著作不同于以往单一领域、单一向度的研究成果，是具有不同学术背景的老中青学者交流探讨的结晶，具有新的研究框架，体现出多种角度和思路的交汇。我们相信这套丛书会在学术界产生较大影响，在突破人文学术藩篱、推动跨学科的研究方面起到重要引领作用。

2020 年 5 月于燕园

目 录

总论：通向中国式文艺现代性 ·· 1

第一章　中国早期现代文学理论科学性的独特探索 ············· 10
　第一节　语言革命论与文学理论科学性 ································ 12
　第二节　文学进化论与文学理论科学性 ································ 18
　第三节　学科系统化与文学理论科学性 ································ 26
　第四节　新范畴构建与文学理论科学性 ································ 37

第二章　中国现当代文学的现代性 ·································· 46
　第一节　中国现当代文学现代性的基本内涵 ························· 47
　第二节　中国现当代文学现代性的张力结构 ························· 73
　第三节　中国文学现代性主题及其当代趋势 ························· 88

第三章　古典与现代的相遇和"双向填空"
　　　　——以四大名著网络同人小说为例 ···························· 105
　第一节　网络同人小说中的古典名著书写 ···························· 105
　第二节　只有红楼没有梦：作为宅斗种田文的红楼同人 ············ 111
　第三节　真作假时假亦真：水浒三国同人中的"历史的叙述"
　　　　　与"叙述的历史" ·· 133

第四节　西游同人及西游主题大众文化产品中的个人成长
　　　　　　与叛逆 ·· 143
　　小　　结 ·· 152

第四章　中国音乐现代性 ·· 155
　　第一节　20 世纪中国音乐的现代性追求
　　　　　　——以艺术歌曲为中心 ································ 155
　　第二节　中国音乐戏剧的现代性发展 ······················ 167

第五章　从革新传统到革命身体：中国舞蹈现代性生成 ······ 182
　　第一节　革新传统：现代舞蹈艺术形态的中国探索 ······ 183
　　第二节　革弊流俗：辨别吸收国外舞蹈 ···················· 193
　　第三节　革正教育：理性建构学校歌舞 ···················· 202
　　第四节　革命身体：创造中国舞蹈的现代形式 ············ 209
　　结　　语 ·· 225

第六章　中国戏剧现代性 ·· 228
　　第一节　现代性的"纠结"
　　　　　　——《新青年》戏剧话语与百年戏剧史之消长 ······ 228
　　第二节　"寻路"与"融合"
　　　　　　——21 世纪以来中国戏剧发展中的现代性探索 ······ 243

第七章　中国电影现代性的民族性、时段性和当前课题 ······ 258
　　第一节　中国电影现代性的民族性特质 ···················· 258
　　第二节　中国电影现代性的时段性 ·························· 263
　　第三节　中国电影现代性的当前课题 ······················ 266

第八章　全球视野下中国美术现代性路径 ······················ 271
　　第一节　中国民族文化系统对西方美术的化生 ············ 273

第二节　中国传统美术的现代转型 ································· 289
　　第三节　中国现代美术教育体系的建立及特征 ··············· 308
　　结　语 ··· 317

第九章　现代性视域下的平面设计与集体认同关系研究 ·········· 322
　　第一节　现代性与平面设计的关系 ······························· 322
　　第二节　集体身份的巩固与再造：现代平面设计与北京现代
　　　　　　城市身份的建构 ·· 339
　　第三节　现代性制度和文化的普及：交通标识设计的同化与
　　　　　　异化 ·· 363
　　第四节　场所精神的营造：交通标志设计与北京城市遗产
　　　　　　保护 ·· 378
　　结　语 ··· 393

第十章　中国艺术美学现代性 ··· 395
　　第一节　什么是中国美学？ ·· 396
　　第二节　现代美学及其在欧洲的起源 ······························ 407
　　第三节　中国艺术美学的现代性 ······································ 428

后　记 ·· 449

总论：通向中国式文艺现代性

自从梁启超在《夏威夷游记》（1899年）中喊出"诗界革命"的口号，中国文艺现代性已逾120年。假如更早地从王韬于1874年在香港创办《循环日报》并担任主笔撰写政论散文时算起，则已有150年。这里的中国文艺现代性也可称中国艺术现代性，主要指发生在中国文学和其他艺术门类领域的现代性状况。由于"文艺"和"艺术"这两个术语在本书中是按照可以互换的同义词来使用的，所以中国文艺现代性有时也称为中国艺术现代性。今天回看中国文艺现代性行踪飘忽、足迹斑驳的来路，有可能会多出一份在后退的空间中更宽阔地审视前贤的"长时段"视角优势和远距离式冷峻态度。当然，这并不必然意味着说，我们当代人可以比前人高明多少，而只是说，我们有可能多出一份"事后诸葛亮"般后觉的清晰性；同时，这种清晰性也根本无法返身影响早已飘逝而去的过去本身，而至多只能对于我们认识和把握与过去无法割断的现在和未来而有所助益，前提是如果我们所思所论确实有所得的话。确实，现在回望并反思中国文艺现代性，是想通过总结以往中国文艺现代性的相关问题，找到进一步认识和把握现在与未来中国文艺现代性的门径。但是，我们现在对于中国文艺现代性的总结、认识和把握，也会受到我们现有的社会历史境遇、所置身其中的学术共同体惯例及个人学术素养等诸多综合条件的支撑和限制，从而会导致这次研究显露出我们自身的特定状况，包括可能的有所得和同样可能的有所失。

一、中国文艺现代性及其特征

关于现代性、美学现代性（或文艺现代性）和中国文艺现代性等相关词语的发生及流变，改革开放以来早已有学者做过诸多富有价值的探讨，这里不打算进行具体回顾，而只是做必要的简略述评。现代性一词，英文为 modernity，属于现代化（即 modernization）一词在文化上的表现方式。如果说，现代化属于一场涉及社会生活方方面面的综合性历史进程，那么，现代性就是这种综合性历史进程在文化上的集中的符号性呈现，也可称文化现代性或美学现代性。不过，对于现代性也存在宽泛的理解。按照社会学家安东尼·吉登斯在《现代性的后果》中的论述，现代性是"指社会生活或组织模式，大约十七世纪出现在欧洲，并且在后来的岁月里，程度不同地在世界范围内产生着影响"[1]。这种现代性概念显然较为宽泛，已经相当接近于现代化概念的内涵了。他后来又在《现代性与自我认同：现代晚期的自我与社会》中接着说现代性是指"在后封建的欧洲所建立而在20世纪日益成为具有世界历史性影响的行为制度与模式"，并且指出这种含义宽泛的现代性概念包含"工业主义"和"资本主义"两个相互联系的制度维度，其显著的社会形式就是"民族—国家"。[2]

与安东尼·吉登斯的宽泛的现代性概念相比，比较文学专业学者马泰·卡林内斯库的美学现代性概念就要狭窄得多，更加贴近我们的文艺现代性论域。在他看来，欧洲现代性进程在19世纪前期发生了"无法弥合的分裂"，其结果是产生了两种不同的现代性：一种是作为资本主义文明史一个阶段的现代性，它是科学技术进步、工业革命和资本主义带来的全面经济社会变化的产物，可以说是经济社会现代性或资产阶级现代性；另一种则是美学现代性，即导致先锋派产生的现代性，也就是对于资产阶级

---

[1] [英]安东尼·吉登斯：《现代性的后果》，田禾译，南京：译林出版社，2000年，第1页。
[2] [英]安东尼·吉登斯：《现代性与自我认同：现代晚期的自我与社会》，赵旭东、方文译，北京：生活·读书·新知三联书店，1998年，第16页。

现代性予以公开拒斥和强烈否定的现代性。[1] 如果说，他论及的前一种现代性与安东尼·吉登斯的宽泛现代性概念相近，那么，后一种比较具体而狭窄的现代性正是他所着力阐明的美学现代性，这实际上与文化现代性或文艺现代性是含义相近的同义语。正是在这种美学现代性概念框架下，他指出现代性有着相互交织的"五副面孔"：现代主义、先锋派、颓废、媚俗艺术和后现代主义。这里论及的"五副面孔"显然主要是指文艺现象，从而都集中指向文艺现代性问题。当然，他也没有忘记在中译本序言里补充说道："我选择它们是为了更有启发性地表述清现代性这个关键概念的复杂历史，依我们看待它的角度和方式，现代性可以有许多面孔，也可以只有一副面孔，或者一副面孔都没有。"[2]

这里的中国文艺现代性或称中国艺术现代性，就是一个相比作为资本主义文明史的宽泛现代性而言更加狭窄的美学现代性。由于同欧洲现代性相比处在"后发现代性"位置上，中国文艺现代性作为全球美学现代性的中国形态，因而呈现出自身的一些特定状况或特征，例如与古典传统有着扯不清、理还乱的关联，而且这种关联一直缠绕于自身的现代性进程中。这样看来，中国文艺现代性导源于多方面缘由，也因此形成了自身的独特特征：

一是自变性。从先秦演进到清末时已然衰竭的中国古典文化和文艺自身，产生强烈的自我变革要求。这从黄遵宪、梁启超、陈独秀等先后发出的变革呼声中可以集中看出。这里，既有挽留和延续中国古典传统的要求（黄遵宪、梁启超），更产生在明知其无可挽回的衰竭的废墟上加以开拓和创新的呼声（梁启超、陈独秀）。

二是创新性。以惊涛拍岸之势涌入而来的外来西方文化和文艺，在中国产生了强刺激，激发起创造现代新文化和新文艺的愿望，以王韬和薛福成等的欧洲游记中的变法及创新呼声为代表，更以鲁迅、胡适、郭沫若、徐悲鸿等的中国现代文艺作品创造为典范。这里固然有着对于外来西方文

---

[1] [美] 马泰·卡林内斯库：《现代性的五副面孔：现代主义、先锋派、颓废、媚俗艺术、后现代主义》，顾爱彬、李瑞华译，北京：商务印书馆，2002年，第47—48页。
[2] 同上书，第3页。

艺的惊羡和模仿的渴求，更有着加紧创造中国自己的现代文艺的强烈冲动。

三是反思性。面对现代中国大地兴起的资本主义生产和生活的现代性潮流，中国文艺家运用自身的现代文艺观去创造并加以反映，在这种反映中交织着对于上述资本主义现代性潮流的认同、反思、拒斥、变革乃至革命等多种充满矛盾的呼声。

四是革命性。在面对资本主义现代性潮流而展开文艺创造的过程中，中国文艺家自觉或不自觉地借鉴来自苏联的马克思主义和社会主义革命现代性经验，开启了中国自身的马克思主义和社会主义革命的文艺现代性进程，这以毛泽东《在延安文艺座谈会上的讲话》（1942年）为标志性文献。也正是在这份文献及其他相关文献的引导下，解放区文艺和后来的社会主义革命文艺成为中国文艺现代性的主流。

五是溯洄性。如果说，在现代性初期，中国古典传统因自身权威性遭遇西方现代性的沉重打击而被迫隐身或作为潜流延续下来。那么，进入到21世纪，由于中国式现代化和现代性进程自身发出的重铸根基的需要，以"传承和弘扬中华优秀传统文化"为标志，溯洄于中国古典传统源头或根基的任务就重新提了出来。这集中表现在2012年至今的被归属于"新时代"的中国文艺变迁中。

二、中国文艺现代性的发生和分期

中国文艺现代性是从何时开始的？这一点过去有争议。从最近二十多年来的研究看，大致出现过多种不同的观点。一为五四说，是指把五四时期视为中国文艺现代性的开端，包括五四新文化运动、五四运动及其后的文艺新潮。其典范性标志是《新青年》（初名《青年杂志》）等现代文艺媒体的创办和"写实主义""德先生""赛先生"等现代性理念的引进或提倡，以及"文学研究会"和"创造社"等现代文艺社团的成立等。有反对者指出此说忽略了晚清的作用，其理由是"没有晚清，何来五四"。二为辛亥说，是指以1911年辛亥革命为开端，其主要理由是推翻古代帝制与现代共和体制诞生及其带来的现代文艺发展综合效应。此说因专注于社会制度的变革而忽略文化及思想等的转型作用。三为庚子说，是指庚子事变前后为中国文艺现代性的开端，其中涉及甲午战争、戊戌变法、梁启超所倡"三界革命"（即"诗界革命""文界革命"和"小说界革命"）、庚子事变带来的民族危机以及1905年废除科举制造成的教育文化震荡等。此说把握住该时段中国社会发生的综合变迁，包括政治、军事、经济、文化、教育等多方面。四为鸦片战争说，是把1840年鸦片战争起至晚清一系列变局所引发的社会震荡、文化危机及文艺变革等趋势，都视为中国文艺现代性的开端或发轫。此外，还有观点进一步上溯到更早的宋代，认为宋型文化代表中国文艺现代性的最早开端。或许还有更多且更复杂的中国文艺现代性发生之说，这里就不逐一辨析了。

其实，要追问中国文艺现代性的起点，可以运用跨文化阐释学的方法，不仅可以追踪到宋代，甚至可以追踪到中国先秦时期，从那时的孔子、老子、庄子、孟子和荀子等的思想中寻觅后来文艺现代性的种种蛛丝马迹。但从实际的认识和研究角度着眼，指出一个大致合理可行的、特别是有助于实际操作的中国文艺现代性发生点，是必要的。这不是为了寻求唯一准确的解答，而是为了寻求一种便于操作的、可以实现学术自洽的理论立足点。

基于上述理由，特别是从便于操作和实现学术自洽的角度看，中国文艺现代性的发生点可以大致确定在1900年庚子事变前后的若干年里。如果确定在鸦片战争爆发之时，显然为时过早，因为那时的中国文艺家大多还没有真正意义上的现代性觉醒；而确定在五四之时，又显得过晚，因为在那之前若干年里，一系列文艺家和思想家早已有体现真正的文艺现代性的思想或作品问世。因此，把中国文艺现代性的发生点视为一个由若干年份合力组成的发生时段及其延续过程，可能更为适宜。

这样，我们不妨把位于鸦片战争至五四之前的庚子事变前后时段视为中国文艺现代性的发生时段。正是在这个时段里，王韬、薛福成、黄遵宪、梁启超、王国维、苏曼殊、蔡元培等曾游历欧美和日本的人士，基于走出国门、开眼看世界的切身体验和思考，陆续写下自己的现代性言论或现代性文艺作品。例如王韬在参与创办的《循环日报》上发表系列政论、写作游记散文《漫游随录》，薛福成写作《出使英法意比四国日记》，黄遵宪写作"新派诗"和《日本国志》，梁启超发出"三界革命"倡议，王国维发表"美学"论文并出版《人间词话》和《宋元戏曲史》等著述，鲁迅写作《摩罗诗力说》《文化偏至论》等新论，李叔同参与创办"春柳社"并投身话剧运动，苏曼殊有《断鸿零雁记》等作品发表，蔡元培提出"美育"主张并在中华民国教育制度中实现建构和予以推广，陈独秀发起"文学革命"，胡适尝试"白话诗"等。这些开拓者的中国文艺现代性有关言论、作品和制度建构行为，共同构成了中国文艺现代性发生的立体式多层面证据轴，有力地确证了中国文艺现代性的发生。

至于中国文艺现代性从发生期到今天是否需要分期和如何分期的问题，也可做约略讨论。简要地看，从庚子事变前后至今的中国文艺现代性，大约可以分为三个时段：现代Ⅰ、现代Ⅱ和现代Ⅲ。从庚子事变前后到1978年为现代Ⅰ时段，中国文艺开始了参酌和引进西方文艺而创造自身的现代文艺的进程，如引进话剧、油画、电影、芭蕾舞、现代舞等艺术门类和样式而创造中国自己的同类作品，参照西方新体诗和小说而创作汉语新诗和现代白话小说。从1978年到2012年为现代Ⅱ时段，中国文艺面向欧美现代主义文艺、后现代主义文艺开放，产生了"伤痕文艺""改革文艺""反思文艺""寻根文艺""新写实小说""实验戏剧""先锋文学""前卫艺术""第五代电影""第六代电影"等新潮流。2012年至今为现代Ⅲ时段，中国文艺在向前流动的同时也注意溯洄自身的古典文化及文艺传统。这个现代性的三个时段可以大致对应于中华民族从"站起来"到"富起来"再到"强起来"的三次飞跃。

三、中国文艺现代性的资源

与欧美文艺现代性相比，中国文艺现代性无疑属于一种后发的现代性。而作为一种后发的现代性，中国文艺现代性可以拥有更丰厚的文艺和文化资源。

首先，中国文艺现代性有着悠久的古典文化及文艺传统资源。这是数千年中华历史形成和馈赠的深厚传统底蕴，它通过先秦《诗经》、诸子散文和《楚辞》，两汉乐府民歌，"魏晋风度"，"盛唐之音"，"宋型文化"，元曲，明清小说等，滋养着一代代文艺家及其文艺高峰创作，创造出在世界上独一无二和独放异彩的中华古代文明和中华古代艺术。但真正认识到这一点却经历了漫长的曲折探索历程，因为曾经有人以为自身的古典文化及文艺传统会成为通向文艺现代性的严重桎梏，必欲抛弃之而后快。但经历漫长时间的曲折探索后，越来越多的有识之士认识到自身古典传统对于中国文艺现代性的根基式作用。

其次，中国文艺现代性还有着现代文化传统资源。这是在中华古代文明和古代艺术遭遇深重危机时面向现代生活而展开的筚路蓝缕的崭新创造。虽然时间长度不过百余年，但它已经产生了享誉中外的一代代现代文艺家，有鲁迅、郭沫若、茅盾、巴金、老舍、曹禺、冰心、沈从文、艾青、丁玲、赵树理等文学家，有吴昌硕、齐白石、黄宾虹、徐悲鸿、傅抱石、潘天寿等美术家，有欧阳予倩、田汉等戏剧家，有聂耳、冼星海等音乐家，有张石川、郑正秋、洪深、夏衍、袁牧之、费穆等电影家。

再次，是与上述现代文化传统资源紧密交融而无法截然分离的现当代革命文化传统和社会主义文化传统资源。特别是在毛泽东《在延安文艺座谈会上的讲话》指引下，中国文艺确立了新的"文艺为人民服务"方向和形成了"人民文艺"新传统，通过解放区文艺和社会主义时代文艺的史无前例的革命化、现代化和大众化创造，产生了歌剧《白毛女》、小说《太阳照在桑干河上》《暴风骤雨》、"三红一创青山林保"（即《红旗谱》《红日》《红岩》《创业史》《青春之歌》《山乡巨变》《林海雪原》《保卫延安》）、大型音乐舞蹈史诗《东方红》等至今仍然闪耀光彩的现代革命文艺经典。

最后，还应当看到，近现代以来我们以对外开放的宽阔胸襟和主动姿态所包容、吸纳的从世界各国引进的外来型文化。例如希腊神话和史诗、希腊雕塑、文艺复兴文艺以及浪漫主义、现实主义、现代主义、后现代主义等文艺思潮，还有"美学""美的艺术""艺术史"等美学和文艺理论，它们作为来自异域文化的"它山之石"，已经和将要继续对于中国文艺现代性的持续推进起到不可替代的借鉴作用。

由上可以说，中国文艺现代性有着古典文化传统、现代文化传统、现当代革命文化传统和社会主义文化传统等多种资源。其中特别重要的资源是古典文化传统，而这正是来自数千年连续演变的中华文明所给予的独特馈赠。

四、中国文艺现代性的门类及本书论述构架

回顾过去百余年来中国文艺现代性状况，可以看到，尽管出现了上述多路并进的创作路径，但一些相对稳定的文艺门类还是形成了：一是文学，即语言艺术门类，运用艺术语言去传达情感和思想；二是音乐，即声音的艺术门类，以音响运动去表情达意；三是舞蹈，以人类身体姿态去表意；四是戏曲/戏剧，即包含中国戏曲和现代话剧，在舞台或剧场中上演人类生活戏剧；五是电影，运用"声光电影"方式、明星制度和影院环境等与大众实现共情；六是美术（绘画、雕塑、书法、摄影），主要以视觉符号形式而塑造可视化艺术形象；七是设计，以人类生活环境美化为目标的文艺门类。正是这七门艺术构成当前中国文艺的主要门类结构。需要说明的是，电视艺术虽然是当代文艺门类中的重要门类，但在现代性初始时段尚未诞生，故本书暂不纳入。

应当看到，在实际的文艺创作中，这七个门类之间总是发生相互作用的，从而有着跨门类的汇通。特别是文学作品（如小说）常常被改编为其他文艺门类，例如戏剧、电影、连环画等。而网络文学繁荣以来，网络人气小说更是成为戏剧、电影改编的知识产权来源。同时，还应当看到，一些文艺门类自觉地引进其他文艺门类的元素或表现手段。影片《小花》《巴山夜雨》《天云山传奇》等运用小说中的"意识流"手法去刻画人物心理活动而给当时的观众带来新鲜感。"当代艺术"的实验美术作品注意运用多媒体手段去表现。一些"先锋小说"中不惜把图画、图表、公式、摄影等放进去，形成"跨体小说"格局，例如刘恪的长篇小说《蓝色雨季》等。

其实，当用现代性视角或理论去考察中国现代文艺问题时，这本身就意味着将上述七个不同文艺门类的现象都纳入到同一个问题框架或知识范

式中去审视，从而在异中见同，由多返一，也就是找到其中共通的可阐释方面。现代性或文艺现代性概念本身就相当于一种知识范式，可以将不同文艺门类纳入进来予以探讨。

本书的论述构架就依托上述七个文艺门类的分类而定，再加上对艺术美学现代性问题探讨。这就是说，本书拟依次论述上述七个文艺门类中的现代性问题，并就中国艺术美学的现代性问题做出分析。

第一章　中国早期现代文学理论科学性的独特探索

中国对文艺理论的科学性追求始于"启蒙"与"救亡"的双重压力，是在现代—落后、东—西、古—今等一系列二元关系中被处置的。与其说它着眼于中国，不如说它更着眼于中国与"西方"之间的断裂。当时历史语境下被指认为代表着民主的"德先生"与代表着科学的"赛先生"在古老而落后的中国严重缺失，于是引入二位"先生"进入学术语境成为当时知识阶层的重要任务。这一现代性追求的目标是弥合东西方之间的断裂，"自强""自主"等价值追求都有着"如西方一样即可自强""如西方一样即可自主"的潜台词。"民主"与"科学"这两种核心价值因此常常溢出各自的概念边界，呈现出一种在启蒙意义上的概念融通，并以人文主义的方式与个人及民族主体性的确立联系在一起。

在当时的语境里，"科学"既是价值观又是方法论。之所以说它是"价值观"，是因为"科学"在启蒙年代里象征着理性，而理性本身即意味着对启蒙主义倡导的主体意识、人性自由等价值的张扬；之所以说它是"方法论"，是因为这种对理性的象征关系依然要通过"科学方法"来确立。从这两者的关系来看，此时"科学"首先是作为"价值观"的科学而存在的。这是由于"科学性"主要是意在为主体性确立一个普遍有效的人文主义基础，从根本上来说，它试图建构的并不只是一套求"真"的科学体系，而是一套求"启蒙"、求"救亡"的人文实践学说。胡适曾这样概括五四新文化运动：

> 首先，它是一场自觉的、提倡用民众使用的活的语言创作的新文学取代用旧语言创作的古文学的运动。其次，它是一场自觉地反对传统文化中诸多观念、制度的运动，是一场自觉地把个人从传统力量的束缚中解放出来的运动。它是一场理性对传统，自由对权威，张扬生命和人的价值对压制生命和人的价值的运动。最后，很奇怪，这场运动是由既了解他们自己的文化遗产，又力图用现代新的、历史地批判与探索方法去研究他们的文化遗产的人领导的。在这个意义上，它又是一场人文主义的运动。[1]

语言革命、理性的观念革新和现代研究方法的变革均是"科学性"的不同侧面，而根据胡适的论述，这些尝试的最终目的均是通过思想的变革来谋求启蒙和思想现代化。白话文的推广主要是诉诸一种对文言文所承载的思想的批判意识，文学理论的学科自觉则主要是以理性的精神重新整理审视贯穿于文学之中的传统思想，并将主体从中解放出来。这归根结底是一场社会启蒙运动，文学理论的学科自觉在这次启蒙运动中具有中介的意义和价值。因此，这一时期实际发生的文学理论变革主要意在"新民"，而非止于"求知"，或者说通过"求知"以开启民智，实现"新民"。胡适明确将对西方文学观念的学习定位在"研究问题，输入学理，整理国故，再造文明"[2]的启蒙任务之上。

"科学性"作为文论现代性追求的一个重要方面，它的根本目的是"再造文明"。这使得理论界对科学性的探求带有强烈的现实性和学科、学术自觉意识，同时，这种探求虽然追求文学观念的独特性与自主性、文学研究的学科自觉意识与自律性，但是这种自觉又被指认为只有在促进民族主体自觉即"新民"的意义上才具有现实性。学术自觉和对文学自身规律的追求，在某种程度上需经由科学形式的中介关系而转化为对人的主体性

---

[1] 胡适：《中国的文艺复兴》，欧阳哲生等编，北京：外语教学与研究出版社，2000年，第181页。
[2] 胡适：《新思潮的意义》，《新青年》1919年第7卷第1号。

的启蒙追求才被确认：在对科学性的探求中，作为价值观的科学主导着作为方法论的科学，价值观上的科学则主要是理性和主体性的象征，并没有赋予科学方法在实际意义上的独立性。这样，科学方法实则通过"科学性"被转化为价值上的人文主义和启蒙思想实践，这使得我国文论的科学性一直处于某种中介性的位置。如果不是囿于现代科学主义的视野，在一种前面所提出的更加包容也更加本源的意义上看人文社会科学的内涵，在一定程度上可以说，这一方面赋予了生成期的现代中国文学理论以独特的科学意识、科学精神和科学方法，而未被现代科学主义所裹挟。今天看来，这一点恰恰是值得我们珍视的，这是当代中国文学理论发展需要借鉴的宝贵经验和财富，而不是如人们通常所说的"不够科学"，甚至"不科学""不现代"。另一方面，作为现代人文科学，其价值和方法上的相对独立性始终未能得到充分展开和承认，因此中国文学理论的科学性建设长期处于一种未完成的探索状态。

第一节　语言革命论与文学理论科学性

在中国早期的现代文学理论建设中，价值观上的科学性相较于作为方法论的科学性，前者在理论中往往处于更为根本的位置，后者则作为前者实现自身的一个中介呈现。但这并不意味着在我国早期现代文学理论的发展中，作为价值观的科学性取消了作为方法论的科学性。事实上，"科学价值"正是依赖"科学方法"才确立起来。在探寻科学性的众多路径中，比较醒目的是出现了一种对语言形式的兴趣，寻求建立一种新的文学理论话语形式，并将"科学方法"奠基于这种新的形式之中。白话形式被视为一种具有语言革命性质的"有意味的形式"。

这种语言革命论将语言视为"工具"，并持有一种"工欲善其事，必先利其器"的革新态度。语言工具论在一定意义上来说正是科学意识的先声，因为"科学性"离不开科学形式。正是在语言形式的自觉意识中，学界首先意识到了观念和形式之间存在的联系，也正是出于对这种联系的认识,一系列通过变革语言形式来实现观念启蒙的理论变革才得以在理论上确立起来。胡适曾说文学革命的核心原则只有两条,即"一面要推倒旧文学,一面要建立白话为一切文学的工具"[1]。他将自己的这种态度称为"工具主义(Instrumentalism)"[2],并认为"文字者,文学之利器也。吾以为今后,中国文学之利器,将不在文言而在白话"[3]。"文学的生命全靠能用一个时代的活的工具来表现一个时代的情感与思想。工具僵化了,必须另换新的、活的,这就是'文学革命'。所以我们可以说:历史上的'文学革命'全是文学工具的革命。"[4]对文学语言的这种"工具主义"态度也被后来的文学理论建设者们延续了下来,虽然他们并非都认为语言只是文学的工具,但是在"工具"这一指谓中所包含的对语言的理性意识却被保留了下来,正是这种理性意识为文学理论的科学性追求奠定了理论基础。

通过"言文合一",白话文提供了文言文所缺乏的那种语言的普遍性和明晰性,但是这种改良的主要方向不是一种独立的语言科学,而是启蒙主义。黄遵宪早在"文学革命"之前就曾讲"盖语言与文字离,则通文者少,语言与文字合,则通文者多,其势然也"[5]。文学界"言文合一"的根本目标并非只是要厘清语言规律,而是要借助"言文合一"进一步实现"新文学",并将"新文学"及其观念与理想灌输、普及于广大民众,使之具有必要的文学接受、欣赏能力。彼时文学理论的一个重要使命便是帮助大多数人有能力接触并了解到旨在"新民"的文学工具。为了完成思想启蒙的任务,仅将文学写作的语言从文言转化为白话并不足以实现新民之重任,文学书写还需要有文学阐释、文学批评,只有在文学阐释、文学批评中,白话文学的效力才能真正生发出来。传统意义上"诗文评"的语言多使用印象式的概念,而诸如黄侃等人的理论著述虽然在一定程度上具有

---

[1] 胡适:《导言》,见胡适编选《中国新文学大系·建设理论集》,上海:良友图书印刷公司,1935年,第19页。
[2] 胡适:《实验主义》,《新青年》1919年第6卷第4号。
[3] 胡适:《论诗偶记》,《留美学生季报》1916年第3卷第4期。
[4] 王法周编:《胡适自述》,郑州:河南人民出版社,2004年,第93页。
[5] 黄遵宪:《日本国志》(下),天津:天津人民出版社,2005年,第810页。

系统性的科学特征，但是也多以"体性""神思""风骨"这样的文言模式制造范畴，并以文言的方式阐释学理，因此离确立"明确的"文学观念这一目的相去尚远，并不足以完成启蒙意义上的普适性阐释。相反，由于白话在当时可能是最具使用普遍性的语言，很大程度上可以算作人民的口语，因此正是以这种普遍性为依托，白话具备让广大民众获得"明确的"文学观念的能力。普遍性与明晰性在这里呈现出一种相辅相成的关系，正是因为白话应用的广泛性，因此它对于所有使用者而言具有最大程度的明晰性，又正是因为这种明晰性，使得它的使用范围广泛，因而具有了普遍性。在这种普遍性与明晰性的有力结合中白话成了"科学性"使命的最佳承载者。

当时学界以白话为形式来谋求普遍与明晰的科学性，在一定程度上强有力地扭转了"诗文评"的印象式批评法。由于这一时期我国社会内忧外患严重，思想观念变革的动力并不是内生的，正如有论者所指出："语言问题属于文学的内部问题。但我们知道，语言变革的动力和契机往往并不在文学自身。"[1]"对于鸦片战争以来的近代中国而言，与其说是印刷语言造就了民族意识，不如说是挽救民族危亡的危机意识催生了现代意义上的语言统一运动。"[2] 由于这种变革最初的动力就是面向社会现代化的"启蒙"与"救亡"思潮，而非源自于文学理论学科化的自觉意识，对语言形式的自觉从最开始并不具有同一时期俄国形式主义文学理论追求的文学语言形式的内在自律性。在这里语言变革从根本上来说是为了完成"启蒙"或者说"新民"的目标，而确立科学性则正是完成这些目标的中介，这也让我们在现代中国文学理论的科学性追求中始终能够见到人、社会和历史，而没有像西方一些科学主义文论那样渐渐失去了对人和世界的关注。

因此在以"新民"为核心的理论思路下，早期文学理论家中用白话写作的一派，其阐释并不追求理论的精深，而是追求最大程度的通俗易懂。

---

[1] 张向东：《语言变革与现代文学的发生》，北京：人民文学出版社，2010年，第12页。
[2] 刘进才：《语言运动与中国现代文学》，北京：中华书局，2007年，第14页。

在写作《文学常识》的时候，傅东华说道：

> 方今新文学渐入建设的时代，自当以改变社会的文学观念为要图，故年来也曾把西洋讨论文学原理的著作介绍一二，但觉与我们一般社会的程度相差尚远，未必都能受用，这才感到文学常识的灌输方是首务——就是我写这本小册子的动机了。[1]

在这里，科学性与社会启蒙之间既存在着共振，又存在着张力。一方面，白话的文学理论使得概念本身由日常口语中的词素组成，命题由日常的口语来阐释，这样概念与命题的明晰性和普遍性便被强化了，从科学研究必须尽量减少个人主观随意性以实现客观普遍性的角度来看，这与科学精神之间有着契合性；另一方面，白话文论又要求文论本身要明白如话，通俗易懂，这样一来，其科学性追求便不得不在与启蒙的复杂矛盾中谋求自身的展开，在此意义上，科学研究本身往往因现实的启蒙性价值所需而无暇或无意于真理性价值的展开，这两种价值并非始终统一的。因此白话启蒙性质的文学理论虽具备一定层面的科学性，却又大大限制了文论的深入探索，因为更加独特深奥的理论探索有违于理论明晰性和普遍性的实现，有违于启蒙效果的最大化，也与急迫的救亡现实不合拍，因而显得过于浅易与平面化。

语言形式自觉的悖论性还体现在中国白话文学理论与西方文学理论的关系上。钱中文曾提出，文学理论的现代化"主要表现在文学理论自身的科学化，使文学理论走向自身，走向自律，获得自主性……"[2]。从中国早期的文论建构上看，中国文学理论的学科"自觉"，其最初确乎指涉一种"如西方一样的学科独立性"。在《论新学语的输入》中，王国维曾以科学性与实践性的对立来说明西方思想与中国思想之间的区别，他指出，"西洋人之特质，思辨的也，科学的也，长于抽象而精于分类；对世界一切有形无形之事物，无往而不用综括及分析之二法"，而"吾国人之所长，宁在于实践之方面，而于理论之方面则以具体的知识为满足"，因

---

[1] 傅东华：《文学常识·序》，上海：商务印书馆，1927年，第1页。
[2] 钱中文：《文学理论现代性问题》，《文学评论》1999年第2期。

此中国"有文学而无文法"。[1] 文法之意虽有多方面含义，但在这里，确立文法无疑是文学理论确立自己作为一个学科独立地位获得自觉意识的关键所在。这种论述的逻辑却暗含着一种"他者意识"，即这种文论上的自觉意识产生于对西方的参照。

所谓学科自觉，所谓科学性，首先便呈现为一种在对西方的模仿中获得的相似性。这种对"相似性"的追求也是"语言革命"的题中之义，因为白话文形式在某种程度上正意味着与西方语言形式接轨的可能性。中国 20 世纪初发生在语言领域的变革本身便不完全是要用中国内生的俗语白话来写作，而是要创造一种"超于说话的白话文，有创造精神的白话文，与西洋文同流的白话文"[2]。换言之，对白话的重视并不只是缘于白话拥有最广泛的普遍性，还是由于它游离于传统的文学批评体系之外，受传统观念的影响最小，而且其语言结构更为自由、更容易在形式上来译介和承载西方观念。胡适讲"先要做到文字体裁的大解放，方才可以用来做新思想新精神的运输品"[3]，他正是看到了白话的这一特征。白话由于受传统观念和文言文法的影响最小，便出现了有别于传统文言系统的现代语言独立的可能，文学理论便也因此有了观念自觉的形式基础，白话为新的文学观念和科学化的文学理论体系的产生提供了思维方式和表达形式。

也正是由于白话文的这种游离于中国传统观念和文法之外的特性，它在一定程度上成了西学译介的载体，或者说，翻译文本本身构成了现代白话的一部分，欧化的语法、日语和英语的术语资源等一并参与到了早期文学理论的构建之中。在这种意义上讲，白话文学理论一方面既使中国文论在学习借鉴西方文论的论证的逻辑性、概念的明晰性、观念的体系性上有了长足的发展，另一方面，白话背后的"新民"使命又使彼时中国文学理

---

[1] 王国维：《论新学语之输入》，见周锡山编校《王国维文学美学论著集》，太原：北岳文艺出版社，1987 年，第 111—112 页。
[2] 傅斯年：《怎样做白话文?》，《新潮》1919 年第 1 卷第 2 号。
[3] 胡适：《尝试集·自序》，见欧阳哲生编《胡适文集》第 9 册，北京：北京大学出版社，1998 年，第 82 页。

论追求在实际上有一种有别于西方现代科学主义意义上的科学性,而逐渐在生成一种独特的人文科学的科学性。

这种独特的科学性本质上形成于话语形式与现代性的张力关系之中。纵观现代思想史,几乎每当现代性成为诉求,思想界对语言形式的兴趣就会被激活。反之,语言形式上的创新又总能启发某种现代意识:无论是文艺复兴中的变拉丁语为欧洲俗语以及宗教改革运动中的《圣经》翻译,还是启蒙时代以小说为核心的文学形式革新,抑或是1917年前后几乎与中国新文化运动同步的俄国形式主义学派兴起……中国20世纪初期的思想家亦坚持以"白话"形式为西方和科学的书写方式,或者说白话作为一种新兴的形式,其本身即意味着与西方、科学、理性乃至启蒙之间的天然契合,而凡是文言的,则在此意义上被认为无法有效地承载科学精神。李长之曾极力主张文学理论要用白话文来书写,并且将一切与文学有关的观念落实在现代的白话语言上,他认为"凡是不能用语言表达的,就是根本没弄明白,凡是不能用现代语言表达的,就是没能运用现代人的眼光去弄明白"[1]。这里,语言形式似乎便与"弄明白"所代表的科学明晰性和"现代人的眼光"中所包含的现代性之间有了本质的联系。一种思想是否是使用现代白话文来表达的,在这里被提高到检验其是否具有科学性和现代性的标准问题而得到讨论。就是说,文学理论现代性、科学性的基础亦在于这种现代语言在文化思想现代性建设中所扮演的工具性角色。

我们甚至可以认为,文字作为思想的载体,一经变化,那么思想也会随之发生变化。进而我们可以把思想革新的可能性赋魅到语言形式中,并认为"'五四'文学革命以反对文言文、提倡白话文开始,白话不仅是为了启蒙和普及所采用的一种手段,而是上升为正宗的文学语言和新文学的鲜明标志;这不仅是表达工具的革新,而且也是创作的思维方式的重大变革"[2]。由此,"作为现代思想载体的白话文"和"本身即具有科学性的白话文"两个判断之间具有了深刻的内在关联性。前者包含了一种历史的

---

[1] 李长之:《李长之文集》第3卷,石家庄:河北教育出版社,2006年,第240页。
[2] 王瑶:《中国现代文学史的起讫时间问题》,《中国社会科学》1986年第5期。

眼光，即白话文从历史上来看，与传统的文言书写方式保持着距离，因而较少地受到传统的影响，因此也就更容易承载新思想、新观念。后者则为"白话"赋予一种超历史特质，象征着西方的欧式话语模式，象征着由西方话语模式承载着的科学的逻辑性、明晰性和普遍性，这种象征性甚至在形式上具有了"模拟"的特征，也就是说它试图直接以语言的相似性为中介来实现与西方在科学观念、科学方法、科学精神上的相似性。

这种注重在语言表达形式上达到与西方的某种相似性的追求，在现代化初期便引起了一些学者的警惕。梁启超曾提醒，"革命者，当革其精神，非革其形式"[1]。几乎同一时期的"文学进化论"，更具体地从精神内涵的角度向革新者们提出了这样的追问。

第二节　文学进化论与文学理论科学性

任何一种有关事物发展变化的理论，只要它与绝对静止的永恒观念和"回归性"的宗教时间意识相对立，坚持一种指向无限未来的、不断流逝的线性时间，并认为所有事物在这一无限流逝中必将一并向前发展，都可以在广义上称为"进化论"。换言之，只要是以现代性的时间观念为内在法则的目的论，都可以称作"进化论"。达尔文的进化论并不因其中有关事物向前进化的观念而著名，因为这是所有现代性理论的共性，就拿黑格尔有关艺术、宗教、哲学三者演进的判断来说，它也是一种"进化论"的思想，达尔文思想的特性在于强调进化要依循"自然选择"或"适者生存"的法则，正是这套法则在中国现代化的起始阶段与中国思想家们产生了共鸣。

中国的思想家们当时并不完全了解进化论的生物学内涵，但是他们已经先后意识到了进化论在社会学上的意义。黄遵宪在19世纪末即提出

---

[1] 梁启超：《饮冰室诗话》，见《饮冰室合集·文集之四十五上》，北京：中华书局，1989年，第41页。

"三世说",并认为"挽近之世,弱肉强食"[1]。同一时期严复在《原强》一文中阐释《物种起源》的思想内涵时便指出了"适者生存"的社会学意义,把它放在世界范围内民族和国家生存竞争的意义上来谈:

> 所谓争自存者,谓民物之于世也,樊然并生,同享天地自然之利。与接为构,民民物物,各争有以自存。其始也,种与种争,及其成群成国,则群与群争,国与国争。而弱者当为强肉,愚者当为智役焉。[2]

严复作此论时值1895年,此时他已经把生物学意义上的进化论阐释成了一种社会达尔文主义,而后来他在译介《天演论》的时候也有意识地将其中温和的人文主义文明进步论转化为生存竞争论。这正如胡适所指出的,当时的思想家"他们能了解的只是那'优胜劣败'的公式在国际政治上的意义。在中国屡次战败之后,在庚子辛丑大耻辱之后,这个'优胜劣败,适者生存'的公式确是一种当头棒喝,给了无数人一种绝大的刺激"[3]。说到底,进化论对于中国的现代性建设来说,是一套有关社会价值选择与民族国家生存之间关系的法则,当"学技术""学制度"的洋务运动和维新变法失败后,中国知识界认识到,中西的根本差异存在于思想意识层面。因此在思想理论现代化的初期,由政治学的、社会学的、哲学的、文学的、历史的等多个领域的话语构成的多元语境中,最能恰切地契合语境的学说就被理解为能帮助国人从思想意识和精神理念上接受"适者生存"的理论。

"适者生存"本不是一个有关精神的法则,在达尔文的进化论中,它是一个有关生物体"结构"与生存"环境"之间交互关系的法则。达尔文在《物种起源》中指出环境变化可以使生物产生定向或非定向的变异,而他通过对家养动物的观察又发现,有利于个体适应环境的器官进化和退化将通过促进个体存活和繁殖而进入遗传过程。[4] "自然选择""适

---

[1] 黄遵宪:《日本国志》,上海:上海图书集成印书局,1898年,第47页。
[2] 严复:《原强》,见王栻主编《严复集》第1册,北京:中华书局,1986年,第5页。
[3] 胡适:《四十自述》,见欧阳哲生编《胡适文集》第1册,北京:北京大学出版社,1998年,第70页。
[4] 参见[英]达尔文:《物种起源》,刘连景译,北京:新世界出版社,2014年。

者生存"在达尔文那里因此是一个纯粹物质世界的、被动性的、长时间区间的选择法则,是一个有关"选择"和"环境"的理论。

中国的思想家们对进化论的强调实际上是一种理论再阐释。从"选择"上来看,他们将物质世界的法则拓展到了精神世界,将其中的被动性选择转化为主动性选择,将选择的时间区间进行压缩并使之历史化。陈独秀将进化论拓展到了世界的根本规律的高度:"自宇宙之根本大法言之,森罗万象,无日不在演进之途,万无保守现状之理。"[1] 由于进化论是"宇宙之根本大法",那么精神意识自然也要遵循进化论,他对生物进化论的适用范围做了几乎无限的扩大。胡适认为:"文学者,随时代而变迁者也。一时代有一时代之文学。"从这一"文学进化论"出发,他找到了批判传统文学和守旧观念的立足点,并指出"吾辈以历史进化之眼光观之,决不可谓古人之文学皆胜于今人也"。他进一步认为白话文学是符合时代环境的,"今世以历史进化的眼光观之,则白话文学之为中国文学之正宗,又为将来文学必用之利器,可断言也"[2],因此坚持白话文学才能做到精神领域的适者生存。胡适以"文学"作为进化论的论题,并认为在社会领域中,精神结构是社会运动选择和生存的原则之一。

根据生物进化论的原则,生物体的形态是不能自主选择的,它是一种被动的自然生成;而文学进化论在将之挪用并再阐释的过程中,将这种"自然选择"变成"人为选择",这就将进化论中"自然选择"的被动性转化为一种人文主义的主动性。并且,文学进化论认为这种选择可以在短时间内完成,即以"文学革命"的方式实现,可以在短期内将文言文写作扭转为白话文写作。这就压缩了达尔文进化论中有关"长时间区间"的判断,在达尔文的进化论中,他对"进化过程"(evolution process)的定位是非常谨慎的,他的理论更倾向于一种缓慢的改变,其中"量变"要远多于"质变"。一个物种的生成和消亡都需要长期的演化,并不能以"革命"的时间观念来看待。当然,文学进化论依然在一定程度上保留了达尔

---

[1] 陈独秀:《敬告青年》,《青年杂志》1915年第1卷第1号。
[2] 胡适:《文学改良刍议》,《新青年》1917年第2卷第5号。

文学说中的时间观念，指出虽然可以通过积极地变革在短期内实现文学演进，但是文学演进的主体需要漫长的时间来塑型，"每一类文学不是三年两载就可以发达完备的，须是从极低微的起原，慢慢的，渐渐的，进化到完全发达的地位"[1]。不过，即便承认了长时间区间的存在，胡适的时间观念仍然与达尔文不同，在达尔文那里，时间是自然时间，而在胡适这里，时间实际上被转化为社会历史的时间。自然时间是主体无法干预的，但社会历史是人类主体创造的一个过程，一定意义上也可以被有意识地改造；换而言之，在人的历史时间中，人可以干预进化的进程，这就为发展白话文本身奠定了基础。

在早期"文学进化论"中，"环境"这一维度被我国的文学理论家们再阐发，它从自然环境转化为了社会环境。正如生物进化论中环境能够在一定程度上决定生物体的形态那样，文学进化论也强调文学形态能够被社会决定。郭沫若认为：

> 文学是社会上的一种产物，她的生存不能违背社会的基本而生存，她的发展也不能违背社会的进化而发展，所以我们可以说一句，凡是合乎社会的基本的文学方能有存在的价值，而合乎社会进化的文学方能为活的文学，进步的文学。[2]

郑振铎也指出，"环境权威之伟大是无可讳言的"[3]，"什么样的社会背景便会产生什么样的文学来"[4]。即便文学作品可能存在各种各样的特性，这些特性受文学家的个人特质影响，但从有关"环境"的进化论思想出发，理论家们判定在文学中"个性终究超不过共相"，文学"无时无地不受社会势力所影响，不为社会势力所约束改变"[5]。朱湘也曾指出，"古代便是载神道的文学的兴盛期，中代便是载世道的文学的，近代便是

---

[1] 胡适：《文学进化观念与戏剧改良》，《新青年》1918年第5卷第4号。
[2] 郭沫若：《革命与文学》，《创造月刊》1926年第1卷第3期。
[3] 郑振铎：《杂谭》，《文学旬刊》1921年第44期。
[4] 茅盾：《社会背景与创作》，《小说月报》1921年7月10日
[5] 俞平伯：《俞平伯全集》第3卷，石家庄：花山文艺出版社，1997年，第525页。

载人道的"[1]。这样，一种文学形态的演化及优越性就和社会进化的方向之间建立了联系，正如在语言形式的变革中，白话文对社会现实的阐释和影响效力被拿来当作其科学性的标准那样，对进化论的再阐释中，社会现实性再一次被当作了现代性的取舍法则。

总的来看，文学进化论实际上是将一种与自然科学有关的"自然适应"学说变成一种与人文社会科学有关的社会性"价值选择"学说。换言之，它是对生物进化论的一次人文主义转化。文学进化论将理论的适用范围从"生物"拓展到了人类精神，从自然选择转化为人类选择，将自然时间转化为人类历史，将自然环境拓展成人类社会，这些均强调了在进化过程中的人的主体性地位。由于自然环境此时被转化为一种社会性的价值语境，因此什么样的文学才是符合社会环境需要的文学这就有赖于理论家们自己的价值选择。当时符合人文主义价值判定的文学即在进化论隐喻的意义上被称作"活文学"；而被判定为与人文主义价值语境不符的文学就被隐喻为"死文学"。实际上，这种"活"与"死"均不是生物学意义上的生存与消亡，它们表述的不是某一文学形式或文学主题是否"存在"，而是这些形式和主题在何种程度上与社会现实环境相适应，进而是在何种程度上与人及人生有所关联。从"社会最大的罪恶莫过于摧折人的个性"[2]这一人文主义的认识前提出发来判定的话，"死文学活文学的区别，不在于文字，而在于方便不方便，和能否使人发生感应去判定他"[3]。实际上，文言文学未尝不表现人生，但由于文言文学晦涩，与人"发生感应"的能力较差，而白话文是鲜活的社会口语，因此便出现了一"死"一"活"两条文学道路："一条是那模仿的，沿袭的，没有生气的古文文学；一条是那自然的，活泼泼的，表现人生的白话文学。"[4]

这样，从属于自然科学领域的生物进化论便被再阐释为一种为人文主义思想变革赋权的价值理论。郑振铎曾这样概括："文艺的本身原无什么

---

[1] 朱湘：《文以载道》，见《文学闲谈》，北京：北新书局，1934年，第54页。
[2] 胡适：《白话文学史》，北京：中国画报出版社，2014年，第306—307页。
[3] 周作人：《死文学与活文学》，《大公报》1927年4月16日。
[4] 胡适：《白话文学史》，北京：中国画报出版社，2014年，第14页。

新与旧之别……所谓'新'与'旧'的话，并不用为评估文艺的本身的价值，乃用为指明文艺的正路的路牌。"[1] 这一正路就是人文主义的正路。说到底，"文学的进化"主要是一种价值选择上的隐喻，并不像生物进化那样在过去与现在之间存在以时间先后为尺度的区别。换言之，新文学/旧文学、活文学/死文学如果不讨论价值选择问题，本身也许并没有本质的差别。胡适自己也承认，在"活文学"和"死文学"之间并不存在绝对的差异，"文学史与他种史同具一古今不断之迹，其承前启后之关系，最难截断"[2]，新的"活文学"也将带有旧的"死文学"身上的一些痕迹，真正能将它们区分开的只能是主体在其中的参与程度，尤其是主体的价值设定、价值选择维度，这是文学进化论的核心所在。

文学进化论将人文主义定为价值选择的尺度，这一尺度更主要的是在国家与民族的宏观尺度上来讨论的。在当时的社会语境下，价值选择的尺度是多元的，人文主义只是所有尺度的一个总特征。胡适认为："国家话语、精英话语及民间话语，这三种话语是文学经典的选择者和确立者。"[3] 在文学进化论涉及的三种话语中，最核心的是国家话语：

> 今日吾国之急需，不在新奇之学说，高深之哲理，而在所以求学论事观物经国之术。以吾所见言之，有三术焉，皆起死之神丹也：一曰归纳的理论，二曰历史的眼光，三曰进化的观念。[4]

需要"进化的观念"正如需要科学归纳法和历史的眼光一样，最终目的都是为了"经国"。正所谓"国人之自觉至，个性张，沙聚之邦，由是转为人国。人国既建，乃始雄厉无前，屹然独见于天下"[5]。在这个意义上讲，文学进化论的人文主义尺度是超越个人的，是集体性的，追求共性、共识与普遍性，只有从国家与民族现代化的立场出发才能理解文学进

---

[1] 郑振铎：《新与旧》，《文学》1924年第136期。
[2] 胡适：《通信·寄陈独秀》，《新青年》1917年第3卷第3号。
[3] 胡适：《白话文学史》，合肥：安徽教育出版社，2006年，第3页。
[4] 胡适：《1914年1月25日日记》，见曹伯言整理《胡适日记全编》第1卷，合肥：安徽教育出版社，2001年，第222页。
[5] 鲁迅：《坟·文化偏至论》，见《鲁迅全集》第1卷，北京：人民文学出版社，1981年，第56—57页。

化论的深意。

文学进化论是一种以西方文艺复兴与启蒙运动的文艺发展史为依据的假说。胡适参照欧洲的文学发展史提出:"今日欧洲诸国之文学,在当日皆为俚语。迨诸文豪兴,始以'活文学'代拉丁之死文学。有活文学而后有言文合一之国语也。"[1] 从表面上来看,文学进化论是相对"客观的",即便它是人文主义的,是一种有关人的文学价值选择的学说,它也强调存在一个相对客观的尺度,即是否能够为大多数人所接受,且主要呈现为一种国家话语。实际上,白话文学并不是因为它已经被大多数人接受而具有先进性,它的先进性在于它有被大多数人接受的潜质,因为它是一种言文合一的文体。这为白话文学作为一种俗文学提供了接受的可能性,这种可能性的被接受同时又是人文主义实现的标志。

文学进化论推崇白话文学是因为白话文学的代表是俗文学,而俗文学的读者是大众。俗文学"产生于大众之中,为大众而写作,表现着中国过去最大多数的人民的痛苦和呼吁,欢愉和烦闷,恋爱的享受和别离的愁叹,生活压迫的反响,以及对于政治黑暗的抗争",俗文学还"表现着另一个社会,另一种人生,另一方面的中国,和正统文学、贵族文学、为帝王所养活着的许多文人学士们所写作的东西里所表现的不同。只有在这里,才能看出真正的中国人民的发展、生活和情绪。中国妇女们的心情,也只有在这里才能大胆地、称心地不伪饰地倾吐着"。[2] 由于俗文学被视为真正地代表了大众的思想,因此俗文学与人文精神的实现之间便产生了联系。正是由于俗文学是用白话文写作的,在一定程度上又正是由于白话文的存在,俗文学才获得了通俗易懂的性质。于是,"白话文""俗文学""现实生活"这三者和"人文主义"之间的关系就极为密切,它们在一定程度上都确保了人文主义的实现,尤其是"现实生活"这一维度确保了人文主义的具体性。这里,文学进化论的根本合法性在于它为人文思想本身赋权,它指出符合人文主义的思想才是有生命力的,只有这种思想才

---

[1] 胡适:《文学改良刍议》,《新青年》1917 年第 2 卷第 5 号。
[2] 郑振铎:《中国俗文学史(插图本)》,上海:上海人民出版社,2006 年,第 28 页。

能帮助中国完成现代性的愿景。但是,语言的通俗并不意味着思想的通俗,语言的通俗只是在形式上确保了这种思想有着最大程度的接受潜力,但是它并不意味着一种思想只要用这种语言来表述就能够被接受。文学进化论与语言革命论一样,把真理、思想"本身"和真理、思想的表达形式及其现实效果的内在关系作了充分的强调,但对二者之间的不同之处似乎并没有给予足够的关注或必要的展开。

在中国早期的文论建设中,有关文学发展变化规律的理论,还存在着以不同于进化论的理论基础为出发点的发展观。黄侃从对传统文学观的研究出发,认为文学变革不应盲目求新,而应"师古",所谓"常语趋新,文章循旧"[1]。黄侃认为,文学中的个人风格是多变的,但是所有这些带有个人风格的作品都遵循同样的文学规律,正是在这种规律性中,文学的变革才不至于沦为流俗。他说:

> 文有可变革者,有不可变革者。可变革者,遣辞捶字,宅句安章,随手之变,人各不同。不可变革者,规矩法律是也,虽历千载,而粲然如新,由之则成文,不由之而师心自用,苟作聪明,虽或要誉一时,徒党猥盛,曾不转瞬而为人唾弃矣。……通变之道惟在师古,所谓变者,变世俗之文,非变古昔之法也。……究之美自我成,术由前授,以此求新,人不厌其新,以此率旧,人不厌其旧。[2]

这种"师古"的观念实则并不是一种简单的复古倒退,而是将文学发展的动力放在了对文学规律的研究之上。郭绍虞就提出这种研究"求新于俗尚之中的新变,说明了通变的方法……通变认清了文学的任务,认识了文学的本质,所以复古的主张反能成为革新"[3]。这种文学发展观的优长在于它观照了中国的文学传统,将文学的发展进行了历史化,它表明文学的发展实则是对过去历史的延伸。虽然文学进化论也强调历史,但它是从"适者生存"的角度出发,认为不能适应新环境的文学观点都应该被抛弃。

---

[1] 黄侃:《黄侃日记》,北京:中华书局,2007年,第203页。
[2] 黄侃:《黄侃文学史讲义》,北京:当代世界出版社,2017年,第102—103页。
[3] 转引自何懿:《通变论》,见杨明照主编《文心雕龙学综览》,上海:上海书店出版社,1995年,第123页。

因而它本质上是用一种文学与历史现实相适应的方式抹去了文学的历史深度与连贯性，忽视社会环境本身的历史性以及文学历史与社会环境历史之间的互动关系，历史在这里呈现为某种断裂性，带有明显的自然进化论关于物种与环境关系的新旧之变的意味。

不过，以黄侃的"师古"观念为代表的发展观主张延续前代的文学思想精粹是文学发展的动力，因而不能解决如何将西方人文主义、启蒙观念融入中国文学观念体系的问题，它在思想内涵和价值取向上完全是中国传统的，采取了一种前现代的静态历史观，没有考虑到中国社会语境的新变，即面对启蒙救亡的紧迫现实，这种文学发展观在一定程度上失去了生命力和影响力。文学进化论则表明，发展是为了适应新的环境，而这种环境正与传统文学文化所处的社会语境不同。文学和社会环境之间的关系并不是社会环境"选择"文学、文学去"适应"社会环境的关系，而是文学作为社会思想的一部分同样也形塑着社会环境，这也正是通过文学来实现启蒙救亡的意义与可能所在。文学与其社会环境之间存在的深刻互动关系，远比生物进化论意义上的"选择"和"适应"要复杂得多。

文学进化论重视文学与现实环境的互动关系，重视探寻文学发展规律，重视文学与人的内在关系，这种互动关系的提问和致思方式无疑受益于自然科学的进化论思想，是借科学理论为人文思想赋权。换句话说，它是从科学角度论证人文价值选择，从而将科学与人文结合起来，虽然难免生硬、抽象，但历史表明，这种结合的努力对中国文学理论现代性的生成具有重要意义：人文的价值与力量需要科学的支撑。

第三节　学科系统化与文学理论科学性

除了语言上的白话化、思想观念上的文学进化论倾向之外，在总体的论说形式上，文论作为一个学科开始谋求自身的独立性和表达逻辑的系统性。此时的文论建设开始从"诗文评"向系统的"论文"形式过渡，即追求一种科学化的话语形式过渡，而这种学科话语的系统性追求又渗透着深刻的人文启蒙价值性诉求。有学者认为：

> 文章学本不应属于文艺理论的范畴，只因中国历来重视文章作法，讲究修辞，把作文当作神圣的事业，甚至有文章乃"经国之大业，不朽之盛事"的说法，所以，中国文章学的地位很高，几乎达到混淆文艺学和掩盖文艺学的地步。……中国文章学滥觞于先秦，成形于汉代，至《文心雕龙》集大成，此后历久不衰，绵延不断。[1]

这种说法从另一个侧面肯定了文章学和现代文学理论/文艺理论之间的区别与联系。文艺理论学科本身是一种既入乎文学之内，又出乎文学之外的写作方式，它既涉及文学的技巧，又涉及对贯穿在文学之中的各种观念的研究。虽然文章学往往只能入乎文学之内，对文学的技巧进行分析，并不涉及文学中贯穿的各种政治的、哲学的、历史的观念，但是如果文章学已然将文章视为"经国之大业，不朽之盛事"，这表明文章学实际上已经有了现代文艺理论的雏形。这种在文章学中强调经国之用的做法，在晚清及民国初年的"诗文评"的演化中越来越明显。

传统的"诗文评"实则并不完全与现代文艺理论格格不入，在晚清及民国初年的诗文评中已出现了现代性的转型，从个人情趣走向社会、人生关切，走出诗文的内部，打开了文学研究更大的世界和更复杂的多维关系，从而与现代文学理论有了某种近似性。吴宓在《空轩诗话》中就以讨论诗歌为起点，将自己的话题延伸到了国家与社会的现状，一改传统诗话的个人化倾向。他谈道：

> 国于天地，惟恃民德，无之则虽富亦贫，虽强亦弱。而道德者无分公私，无间中外，首在重义轻利。……吾中国人素乏宗教、美术，而重利禄，好货财。所谓处世，实即自私。偶或好名，实亦图利。海通以后，未能窥知西洋文化生活之精深本源，但慕其物质经济之强盛，采其重功逐利之学说，于是增长恶风，变本加厉。[2]

---

[1] 毛庆其：《民国初年的文章学和文范》，《暨南学报（哲学社会科学）》1990年第2期。
[2] 吴宓：《空轩诗话》，见张寅彭编《民国诗话丛编》（六），上海：上海书店出版社，2002年，第72页。

这种评述实际上已经超出了"诗文评"体裁的论域,变成了社会评论。当时大量的"诗文评"作品都发生了与此相似的变化。林庚白在《子楼诗词话》中说道:

> 歌咏所发,性情胥见,此间于中外古今而皆然。中华民族富于惰性,故标榜清高,企求逸豫,虽在贤哲,犹所不免。其隐为民族性之翳者,盖深且远。诗词中举例,尤难更仆。唐之韩昌黎,宋之苏东坡,皆以名臣而兼诗人。然昌黎有句云:"断送一生惟有酒,寻思百计不如闲。"东坡有句云:"惟愿孩儿愚且鲁,无灾无难到公卿。"其委心任运之意绪,盎然字里行间。宜数千年以来,影响于智识阶级之心理而不自觉。民族性之日堕,固有由矣。[1]

他借论诗歌的思想性,将话题拓展到了民族性中的惰性成分上,诗歌在这种"诗文评"中只是一个引子而已。梁启超在《饮冰室诗话》中专论变法中的诗歌,更是将这种做法发展到了极致。如果说在林庚白等人的"诗文评"中,借诗词论国事还是一种借题发挥的话,那么在梁启超那里,则直接在"诗文评"的选材取向上将审美标准或者个人趣味转化为了社会标准。

同时,"诗文评"此时也大大拓展和更新了自己的论说范围,从论诗词、文章,发展到了总论作为一种思想形式的"文学",形成了"大文学"观:

> 民国时期出现了一种新的话体文学批评体式——"文学话"。所谓"文学话",是综论或不分文体地论述"文学"的一种话体批评方式。该批评方式与古代"文话"有很多相似、相通或承续之处,在其漫谈、散议的基本品格中依然可见传统"文话"的余绪。[2]

这一时期兴起的一系列有关《文心雕龙》的研究、有关《诗品》的研究都是"文学话"的组成部分。这些所谓的"文学话"介于传统"诗

---

[1] 林庚白:《子楼诗词话》,见张寅彭编《民国诗话丛编》(六),上海:上海书店出版社,2002年,第115页。
[2] 黄念然:《朱光潜与民国"文学话"的创构:以〈谈美〉和〈谈文学〉为例》,《中山大学学报(社会科学版)》2018年第3期。

文评"和采用西式论文形式的文学研究之间。一方面它们将对"诗""文"的研究归纳在一起并以"文学"的眼光看待它们,另一方面又对"文学"施以传统"诗文评"中常常采用的研究方法。这些研究往往将"文学"视为一个独立的学科,大多在广义上将对社会、人生等诸多问题的论述也算在文学之内,并从"大文学"观的角度对其加以论说,其实已经非常接近后来的现代文学理论。

这种"大文学"观,可以追溯到1904年林传甲所作的《中国文学史》,该书较早地表现了将文字著述总称为"文学"并作为一个学科的理论思维。这一时期的"大文学"观有两个维度:

其一,是将"文"的外延和内涵分别加以扩大,区分广义的和狭义的两种文学。姚永朴在《文学研究法》中即作出了这种区分:广义的文学指"先儒谓凡言语、威仪、事业之著于外者皆是",狭义的文学指"集部遂专为历代文章之总汇"。[1] 在姚永朴看来,广义的文学是有关修饰性的学问,研究作为"纹"之意的"文";而狭义的文学则指个人创作的作品。今天看来,他所说的狭义文学仍然是"大文学"。马宗霍的《文学概论》也采取了广义和狭义的区分方式,但开始在文学性质方面有所界定:

> 文学有二义焉,一则统包字意,凡由字母发为记载,可以写录,号称书籍者,靡不为文学,是为广义。一则专为述作之殊名,惟宗主情感、以娱志为归者,如诗歌、历史、传记、小说、评论等,乃足以当之,科学非其伦也,是为狭义。[2]

也有学者在区分广义和狭义的文学观的时候以"美"作为区分的依据,如沈天葆。这类论述更具有现代"文学"的意味:

> 狭义的文学,是专指美的文学而言的。所谓美的文学,论内容则情感丰富,而不必合义理,论形式则音韵铿锵,而或出于整比,可以阅诵,可以欣赏。广义的文学,是一切述作的总称。用以会通众

---

[1] 姚永朴:《文学研究法》,许振轩校点,合肥:黄山书社,1989年,第15—16页。
[2] 马宗霍:《文学概论》,上海:商务印书馆,1926年,第6页。

心,互纳群想,表白于文章,展发"知"和"情"……[1]

他们的具体观点或与符合现代文学观念不尽相符,但这种定义文学的逻辑思维是传统"诗文评"中阙如的,已经非常接近后来的文学理论的定义方式,呈现出明显的科学性特征。此外其研究对象正是本民族的文化经典,而非外国的文学文化历史,或者说,他们是以本民族的文化经典、文化历史来定义文学,既不是以其他民族的文化经典来置换本民族的文化经典、文化历史,也不是以外来的理论观念和范畴剪裁文化历史事实。这一点颇值得当代中国文学理论建设者们重视。

其二,"大文学"观的另一维度是赋予"学"独立的地位,将"文"与"文学"区分开来,并借由对"文"的方法规律的探求,使"文学"从一种只局限于语言文字、趣味风格等问题的研究开始演化成一种认识论。章太炎提出,"文学"就是关于"文"之"法式"的研究:

> 何以谓之文学?以有文字著于竹帛,故谓之文。论其法式,谓之文学。凡文理、文字、文辞皆谓之文。[2]

这里将所有对"文"的研究类、评论类著作做了单独分类,将这种"论其法式"的著作称作"文学",它们的研究对象是"有文字著于竹帛,故谓之文"的广义之"文",涵盖范围极广。这里"文学"作为对"法式"的研究,意味着对规律的强调,即对"文"的研究不能仅限于个人印象,必须从普遍性、系统性出发来对"文"进行具有相对客观性的研究并认识其规律性,具有了科学的认识论的意味。在此基础上,学者们对"文"本身的法度规律的研究又试图进一步上升到整个人文学科乃至世界普遍规律的高度。王国维在做《红楼梦》研究的时候即主张一种新的研究方式,他说这种研究方式是"哲学的也,宇宙的也,文学的也"[3]。"哲学""宇宙""文学"并置,意味着对作品的研究要同时具备哲学的形式

---

[1] 沈天葆:《文学概论》,上海:新文化书社,1935年,第5页。
[2] 章太炎:《章太炎全集(演讲集)》(上),上海:上海人民出版社,2015年,第32页。
[3] 王国维:《红楼梦评论》,见周锡山编校《王国维文学美学论著集》,太原:北岳文艺出版社,1987年,第10页。

与深度、世界范围的普遍性和对文学本身独特性的观照。这就使文学研究的范围和对象初步达到了现代文学理论的层次。

不过，当时的理论家在论述和建构具体"法式"的过程中尚未走出传统"诗文评"的范畴体系，此时他们所做的仍是一种"文学话体"的评论，而不是现代意义上的文学理论建构。尽管黄侃等学者也非常强调体系性：

> 夫所谓学者，有系统条理，而可以因简驭繁之法也。明其理而得其法，虽字不能编识，义不能编晓，亦得谓之学。不得其理与法，虽字书罗胸，亦不得名学。[1]

不能不说，此类论述已经有了科学思维的雏形，已经在科学化的探索中迈出了坚实的一步。但是，这种"系统条理"主要说的是将传统的范畴、研究方法和价值转化成一个体系。黄侃此论就是在"系统"的意义上来说明对经学中的"小学"进行现代意义上的研究的重要性。他认为：

> 小学必形、声、义三者同时相依，不可分离，举其一必有其二。清代小学家以声音、训诂打成一片，自王念孙始，外此则黄承吉。以文字、声音、训诂合而为一，自章太炎始，由章氏之说，文字、声韵始有系统条理之学。[2]

这里的"系统条理之学"实则指的是在传统学术研究的内部应有各自明确的学科体系，并将这些体系进行排列重组，以期对传统学术研究有更明晰的认识。由是，即便这种研究方法具有了现代的论说形式，但是从价值内核上来看，它们依然是传统的。同一时期，学者们对《文心雕龙》的研究也非常重视体系化，如范文澜的"两分法"、罗根泽的"三分法"、刘永济的"四分法"，都是其中比较有代表性的例子。但是他们的问题均在于即便是拥有了系统性的分析方法和学科独立的自觉意识，由于缺乏文学观上的实质变革，这种研究只能停留在用现代的系统化方式整理讲述传

---

[1] 黄侃（述）、黄焯（编）：《文字声韵训诂笔记》，上海：上海古籍出版社，1983年，第2页。
[2] 同上书，第48页。

统思想的层面上,未能完成从"文学话"向文学理论的飞跃。

"文学话"言说方式的存在表明,"科学的研究方法"和"科学性"之间关系密切,对于后者而言,前者是基础,是初始表现。但也不能忽视二者的区别,科学性并非止于方法,科学的研究方法并不能完全表征文学理论的科学性。尽管在"文学话"那里,学者们通过对传统文学的体系化梳理使文学研究在一定程度上走出了传统研究模式的框架,并促进了文学理论的学科独立。但实际上,这种研究方法尚不能增加任何科学性的知识,它只不过是用一种相对西化的模式将中国的传统文学观念"重述"了一遍。郭绍虞自己即说道:"当时人的治学态度,大都受西学影响,懂得一些科学方法,能把旧学讲得系统化。"[1] 章太炎也说道:"汉学考证,则科学之先驱。"[2] 这都表明在寻求文学理论科学性的初始阶段,虽然学者们能够学习借鉴新的研究方法,但是它们都还保留着传统的观念内核,形式上的现代化、科学化并不意味着思想实质的现代化、科学化。这就如同严密的逻辑学尽管能够使知识话语条理清晰,但是它只能梳理认识而不能提供知识那样,此时文学理论系统化的表述形式只能强化认识,使认识明晰起来,但是并不能改变它的思想实质。可见,一种前现代的文学观念亦可被施于现代的论说方式。

中国早期的现代文学理论建设对系统、体系的追求意在使对文学的研究科学化,但是它的实质指向却是与"启蒙"的人文价值融为一体的。虽然这一时期的思想家在民族现代化的语境中认为系统性和体系化代表着科学,并提出"有系统之真智识,叫做科学;可以教人求得有系统之真智识的方法,叫做科学精神"[3],并在此意义上崇尚科学,主张在民族精神中确立科学精神的一席之地。但是,这种说法的提出并不是针对中国传统"诗文评"难以提供科学之"真"的情形,而是针对传统"诗文评"缺乏体系、难以普及这一弊端。当代有学者在比较传统"诗文评"与现代文学

---

[1] 郭绍虞:《我怎样研究中国文学批评史的》,《书林》1980年第1期。
[2] 章太炎:《自述学术次第》,见《章太炎学术史论集》,北京:中国社会科学出版社,1997年,第392页。
[3] 梁启超:《科学精神与东西文化》,见《饮冰室文集》第14册,上海:中华书局,1941年,第3页。

理论的差异时指出：

> 古典形态的"诗文评"和现代形态的文艺学学术范型不同的最根本表现就是哲学基础的不同。就中国而言，中国古代"诗文评"的哲学基础是中国古代以"善"为核心的伦理哲学，这和西方有很大不同。西方古代像柏拉图、亚里士多德等人追求的核心是"真"……在这个哲学基础上，西方的美学、文艺理论等也是以"真"为追求目标，讲求如何真实地把握"自然"。[1]

而当时的思想家们之所以对"诗文评"进行改革，主要是因为"诗文评""文以载道"的传统承载着封建伦理道德，这不但无启蒙的功能，而且是启蒙所要革除之物；同时，"诗文评"既然不以求"真"为目的，自然无法提供关于文艺的真知识，无法打破人们的蒙昧状态，无法达成启蒙的目标。一如朱希祖所批判的：

> 吾国之论文学者，往往以文字为准，骈散有争，文辞有争，皆不离乎此域；而文学之所以与他学科并立，具有独立之资格，极深之基础，与其巨大之作用，美妙之精神，则置而不论。故文学之观念，往往浑而不析，偏而不全。[2]

传统论说方式因为既没有将"文学"独立出来，又不能将"文学"内部的人文精神阐释清楚，因其不"真"故而不利于启蒙。崇尚科学实则是"因为羡慕西洋文艺思潮底眉目清楚，有条有理，使读者容易把握历代文艺底精神"[3]。如此，文学理论的科学性就不单纯是理论的逻辑系统性，尤其不是旧思想的系统性，而是在根本的意义上在于具有启蒙意义的新思想，能以科学真理的光明照亮人们内心黑暗的蒙昧世界，带来人们思想的觉醒。也就是说，文学理论学科话语系统性需要能够与新的现代的文学思想结合起来，成为其论证与表达方式，能够实现关于文学存在本身及

---

[1] 杜书瀛：《从"诗文评"到"文艺学"：论"中国20世纪文艺学学术史"》，《马克思主义美学研究》2010年第1期。
[2] 朱希祖：《文学论》，《北京大学月刊》1919年第1卷第1号。
[3] 朱维之：《中国文艺思潮史略·自序》，上海：开明书店，1946年。

其演化规律的知识增长,甚至达到对文学未来可能性的预测与价值设定,其科学性才能更充分地敞露出来。在当时,文学进化论在一定程度上是具有此种意义和功能的。

早期文学理论家们对"科学"有两种不同的定义,一种偏重于启蒙性,另一种则更倾向于自然科学客观性。李长之提出一种"新文艺批评",主张"著述须有课题,有结构,有系统,有普遍妥当的原理原则"[1],即"脱离了中国传统的,印象式的,片段的批评,而入于近乎西洋的(质言之,就是受了西洋的文学观念之影响的),体系的,成其为论文的批评言"[2]。黄侃也认为,"所谓科学方法:一曰不忽细微。一曰善于解剖。一曰必有证据"[3]。"不忽细微"是指治学严谨、体系构建完整;"善于解剖"是指要避免空谈感受,要注重分析和论证;"必有证据"指的是论据和论证相配合的西方论文方式。这种"科学方法"的含义非常近似于在德语中的"科学"(Wissenschaft)一词的意义,它指一种理性的、追求普遍性和体系性的研究方法,不同于英语中"Science"一词偏于指涉自然科学甚至包含有科学主义的倾向。在后者的意义上,人文学科只能在其应用了自然科学的数学形式、客观取证等研究方法的时候才能被称作"科学";而在前者的意义上,只要论证严密,有一定体系,且理性地遵循一定的普遍性方法,这种论证就能被称为科学。这种主张的主要意图是通过"眉目清楚""有条有理",使广大民众"容易把握历代文艺的精神",它并非单纯为了"求真",还是为了让文学思想、文学知识易于传播和积累,当然离开新思想新知识,也便失去了传播的意义和启蒙的可能。因此,"求真"的追求是题中应有之义,是内在于启蒙价值之中的。梁启超在研究儒家哲学的时候也谈到科学性问题,他认为儒家学说"以人作本位,以自己环境作出发点,比较近于科学精神,至少可以说不违反科学精神"[4]。就是说,重视"人",并以"环境"为有关"人"的理论提供客

---

[1] 李长之:《李长之文集》第 3 卷,石家庄:河北教育出版社,2006 年,第 153 页。
[2] 同上书,第 514 页。
[3] 黄侃著,王庆元整理:《量守庐论学札记》,《人文论丛》1999 年。
[4] 梁启超:《梁启超论儒家哲学》,北京:商务印书馆,2012 年,第 12—13 页。

观性，这便具有了科学精神。可见，在当时的语境下，科学性确实与以人文精神为核心的启蒙性有着密切的关系，而这恰恰是后世理解科学时所缺失的。

另一种倾向于自然科学的客观性的"科学"定义则如陈独秀所指出的那样：

> 科学有广狭二义：狭义的是指自然科学而言，广义的是指社会科学而言，社会科学是拿研究自然科学的方法，用在一切社会人事的学问上……凡用自然科学方法来研究、说明的都算是科学。[1]

虽然陈独秀在论述中区分了"自然科学"与"社会科学"，但是他对"社会科学"的解释却强调只有那些应用了自然科学方法的研究才能算作科学。这种科学的定义非常接近英语中的"Science"。中国的"赛先生"虽然取自英语中"Science"一词，但是实际意义却溢出了该词，不应只从单一维度来理解。

早期现代文学理论中用自然科学的方法研究文学，实际上大多仅流于一种形式上的模仿。陈穆如在《文学理论》一书中提出：

> 构成文学的要素的也不外下面的一个公式就是："文学＝艺术（思想×感情）/文字"。那就是说：我们有了艺术化的思想与艺术化的感情相融合，拿文字去表现出来就可以称为文学……再具体的讲，文字是艺术地表现思想和感情的文字。[2]

这一定义中的等号、乘号等符号实际上都只能作比喻式的理解，相等并不是真正意义上的数量相等，而相乘或相除也与数量没关系。严格地来看，这些数学符号在定义中只表示这些要素的性质在逻辑上具有关联，以及它们在文学定义中的重要性层级，因此该"公式"完全是一种定性的描述，而不是数学上的量化关系。这种"自然科学"的研究方法于是也只能是一种对"数学"的模仿，数学的形式并未给文学理论带来如数学一样的

---

[1] 陈独秀：《新文化运动是什么》，《新青年》1920年第7卷第5号。
[2] 陈穆如编：《文学理论》，上海：启智书局，1930年，第8—9页。

严密性和客观性。相反，由于不通过文字解释，读者便无法理解这一公式的具体含义是什么，它实际上还在理论中造成了不必要的含混。这样的失误在文学理论的后来发展中也常常出现。

这种简单机械地将自然科学方法用于文学研究的方法忽略了文学及人文学科的特殊性。不加限定、不论前提地用自然科学的研究方法来研究文学，认为文学理论和自然科学在本质上没有区别，同一种研究方法在自然科学中能取得成果，在文学理论中也能取得研究上的突破。老舍在自己的文学讲义中反对这种机械化，作了更为中允的论述："文学自然是与科学不同，我们不能把整个的一套科学方法施用在文学身上。这是不错的。但是现代治学的趋向，无论是研究什么，'科学的'这一名词不能不站在最前面的。"[1] 就是说，文学不是科学，现代的文学研究却不能不考虑科学的研究方法的使用，但又不能简单地套用整套自然科学的方法。他还进一步说：

>文学不是科学，正与宗教美学艺术论一样的有非科学所能解决之点，但是从另一方面看，科学的研究方法本来不是要使文学或宗教等变为科学，而是使它们增多一些更有根据的说明，使我们多一些更清楚的了解。科学的方法并不妨碍我们应用对于美学或宗教学所应有的常识的推理与精神上的经验及体会，研究文学也是如此：文学的欣赏是随着个人的爱好而不同的，但是被欣赏的条件与欣赏者的心理是可以由科学的方法而发现一些的。[2]

老舍的论述虽然混淆了文学和文学研究，但还是很清楚地指明科学方法（主要指自然科学研究方法）在文学研究中的价值功能，并提出其功能的限度："有非科学所能解决之点。"因此文学理论需要尊重文学自身的特点和研究主体的文学经验、体会在文学研究中的作用，以免被自然科学殖民。

另外，吴宓等学者认为，文学作为一种人文学科包含有太多的个人主

---

[1] 老舍：《文学概论讲义》，见《老舍全集》第16卷，北京：人民文学出版社，2013年，第4页。
[2] 同上书，第38页。

观性和个性成分，文学研究无法像自然科学一样寻找研究对象之规律，因而科学面对文学无用武之地：

> 以学问言之，物质科学以积累而成，故其发达也循直线以进，愈久愈详，晚出愈精妙。然人事之学，如历史、政治、文章、美术等，则或系于社会之实境，或由于个人之天才，其发达也，无一定之轨辙。[1]

从文学等人文科学的独特性出发来看问题是可取的，意识到文学的科学化与物理学、数学的科学化有所不同也是一种进步，但是这些反思和批判的意见中又大都呈现出一种认为文学研究和自然科学截然不同也不可能获得客观性和规律性的认识。无论是认为文学的科学化就是要通过条理清晰的科学方法来使文学研究更容易被理解，还是认为文学个性太强，无法被规律性认识，都在一定程度上走上了非此即彼的道路。文学理论确实无法如自然科学的理论一样具有全然客观的规律性，但是文学理论却可以追求相对的客观性和普遍性，这种相对的客观性和普遍性既可见于对文学内部的规律和形式的揭示，又可见于对文学与作为其思想来源的社会现实之间的关系的阐释。

第四节 新范畴构建与文学理论科学性

如果说在早期"文学话"形态的文学研究中，论者由于在体系的建构上仍然保留着传统的范畴体系而导致这些理论建构更多的是将传统学术思想体系化，还缺乏思想观念的根本科学性变革的话，那么用西方文学理论和哲学范畴进行理论范畴体系的建构，就具有了新的思想启蒙、思想革命的意义。范畴作为认识的纽结，新范畴便意味着新思想的出现，而这些新范畴本质上并不是对中国已有文学传统的新认识，而是一

---

[1] 吴宓：《论新文化运动》，《学衡》1922年第4期。

种对中国未来的文学走向的预测或者价值期待。这些新范畴无疑承载着对文学的新的认知，一种在新的学科体系框架内关于文学的新知。也许用后世的眼光来看，其中的某些认识已经失去真理性，但是真理是一个过程，其在当时无疑是具有真理性、科学性的，并且是与启蒙价值融为一体的。

早期文学理论的范畴建设主要是模仿性的，这期间对外国具有启蒙意义的教材的引入对文论建设产生了深远的影响。译介是这一时期范畴体系建设的重要途径。章锡琛在1919年和1924年翻译了日本学者本间久雄的《新文学概论》的前后两编，汪馥泉也于1924年在《民国日报》上刊登了这部其翻译的著作。[1] 有学者评论说《新文学概论》"成为连接中外文论的桥梁，起着沟通中西文论的重要的中介作用；而且为中国现代文学理论直接提供了新的模式，使得中国文学理论在体系、框架、观念、范畴乃至方式方法上有了可供操作和模仿的具体对象"[2]。除了框架体系之外，本间久雄文论的最大贡献是使中国早期文论中出现了以"同情"为核心的文学范畴。本间久雄认为文学"通过想像及感情而诉于读者的想像及感情"[3]，这在一定程度上和人文主义的启蒙思想之间建立起了理论联系。无独有偶，深刻影响了本间久雄的英国学者温彻斯特的《文学批评之原理》[4]，就包含"文学上之感情原素"一章。这两部中国理论家特别看重并译介的重要理论著作中均为"感情"单独分章立论，这不是一个偶然的现象。中国文论的科学性建设一直绕不开启蒙性，启蒙性在某种程度上成了科学性的检验标准。本间久雄以"同情"为范畴体系的核心，它直接影响了后来很多理论家的理论建构，并与这些理论家的启蒙思想相呼应。此外，中国理论界对"同情"中包含的启蒙效力的重视，也使得文学与"情感"之间的关系成了范畴建构的核心之一。

---

[1] 毛庆耆、董学文、杨福生：《中国文艺理论百年教程》，广州：广东高等教育出版社，2004年，第57页。
[2] 傅莹：《中国20世纪上半叶文学概论的发轫与演变》，广州：暨南大学博士学位论文，2002年，第26页。
[3] [日] 本间久雄：《文学概论》，章锡琛译，上海：商务印书馆，1926年，第16页。
[4] 参见 [英] 温彻斯特：《文学评论之原理》，景昌极、钱堃新译，上海：商务印书馆，1923年。

"同情"与"情感"之所以能够与人文主义和启蒙思想建立起密切的联系,其主要原因在于一方面"情感"在一定意义上代表着个人的主体性,在启蒙思想家那里个人的情感体验往往被视为人性的核心要素之一。另一方面,这一"情感"又并不是纯粹个人性的,其中包含着普遍性的成分,在启蒙主义中,思想家们并不鼓吹极端的"情感"和现代主义作品中常出现的那种病态性的情感,他们重视的情感是最具普遍性的情感,以这种情感为基础,人与人之间能够形成有力连结,由于情感之间的联结是每个人依据自身的人性自发形成的,因此这种连结便带有了本质性。文学作品能够通过"审美"活动激发思想中那些具有普遍性的情感体验,如此便可使启蒙思想在某种程度上摆脱抽象性和精英性,与广大民众之间建立起有效的联系。正是因为看到了情感、审美和文学之间的这种关系,深受本间久雄影响的田汉在《文学理论》中提出:

> 就是称为文学的书的,要具备下列三个条件:a,要使人感动(Move),即由作者的"想像""感情"诉诸读者的"想像""感情"。b,要使一般人易于理解,不可取专门的形式。c,要使读者有一种高尚的愉快,即审美的满足。[1]

此处说的"感动",实际上是一种"共情",作者和读者之间的想象和感情产生共鸣的时候,配合以这种体验的崇高性和审美性,一种启蒙就以审美的方式完成了。同时为了确保这种启蒙性,田汉又强调了要使"一般人"易于理解,这与文学领域中俗语化、大众化的倾向是一致的,其最主要的目标是要调和启蒙所涉及的两种话语体系——精英话语和大众话语之间的矛盾。

在对西方文论范畴进行译介和借鉴的时候,理论界并没有完全放弃调动中国传统资源,通过比较研究的方法来激活本土思想元素。刘永济在《文学论》中就曾指出:

> 大凡一种民族生存于世界既久,又不甚与他民族相接触,则其文

---

[1] 田汉编:《文学概论》,上海:中华书局,1927年,第7页。

化自具一种特性。及其与他民族接触之时,其固有之文化始必与新来之文化始而彼此抵牾,继而各有消长,终而互相影响而融合为一。[1]

而作为文化组成部分之一的文学同样也遵循这一规律,最终要走向融合。钱锺书也曾表示要进行"比较诗学"的研究:

> 文艺理论的比较研究即所谓比较诗学(comparative poetics)是一个重要而且大有可为的研究领域。如何把中国传统文论中的术语和西方的术语加以比较和互相阐发,是比较诗学的重要任务之一。[2]

朱光潜在《诗论》的"抗战版序"中也说道:

> 在目前中国,研究诗学似尤刻不容缓。第一,一切价值都由比较得来,不比较无由见长短优劣。……其次,我们的新诗运动正在开始,这运动的成功或失败对中国文学的前途必有极大影响,我们必须郑重谨慎,不能让它流产。[3]

虽然这种中西诗学的比较与融合还存在着诸多问题,但是这种倾向更加表明,文学理论建设的范畴化究其实质就在于通过范畴的整理和融合,以新的范畴为纽结将新思想提炼并固定下来。构建范畴并不是要无中生有地构建全新的理论体系,而是要从借鉴西方思想已有范畴和对中国传统学术的研究出发,找到将两部分理论融会在一起的交叉点。一个新范畴就是一个被建构起来的理论的立足点、出发点。

相较于从语言、逻辑体系等话语形式上进行的科学化转型而言,范畴建构的特殊性在于,"范畴"同时兼具内容和形式两个方面的纽结效力。从思想内容方面来看,对西方范畴论的学习和借鉴真正实现了对思想观念的提炼而使其得以固定化和明晰化。单纯将文学理论学科化、体系化其实并没有完成这一目标,学科独立和思想的科学性之间并没有必然的联系,譬如西方中世纪的神学便是一个独立的体系化的学科,但是其中并不

---

[1] 刘永济:《文学论·默识录》,北京:中华书局,2010年,第96页。
[2] 转引自张隆溪:《钱锺书谈比较文学与"文学比较"》,《读书》1981年第10期。
[3] 朱光潜:《诗论》,北京:生活·读书·新知三联书店,1998年,第2页。

包含什么科学性。只有当中国的文学理论建设出现了明确的范畴意识的时候，科学精神、启蒙意识等才有了在文学理论中立足的可能性。从形式的角度来说，范畴意味着要将思想观念明晰地凝固下来，形成一个概念，并为这一概念在理论体系中找到一个逻辑结构上的位置。这便是科学化的"范畴"与存在于中国传统文论特别是"诗文评"中的"道""意境"等概念的不同，"诗文评"中的概念经常需要靠作品来诠释，靠读者来意会和领悟，它们难以被阐释或定义，而且它们缺乏"范畴"所涉及的在理论体系中的位置。中国传统文论的一些概念有其思想内涵，但是却并不必然与其他所有概念之间具有严格的关联性，同一"诗文评"作者的很多概念之间甚至可以毫无理论性关联而只在思想旨趣上有着总体上的相似性。但是，从中国早期现代文论中引入"范畴"开始，这种总体上的相似性不再能满足理论家们进行思想现代性建设和进行思想启蒙的需要，总体性的相似性被转化为体系内的严格的逻辑关联性。这正是中国通过翻译借鉴西方文学理论著作而获得的宝贵财富。如果单从思想性出发来看这一时期理论家们提出的新范畴，那么对"感情"的强调其实与中国传统上讲的"兴观群怨"并没有太大差别，都是指作者的思想情感态度和读者的思想情感态度之间的共鸣。但是"兴观群怨"并没有明确的理论体系支撑，而田汉等人的理论借鉴了西方文学理论的构建方式，对"情感"问题做了体系化的理论建构，第一次将"情感"放置在了一个完整的体系框架中来看待，这便是早期范畴论的形式意义，也就是说，有了科学的范畴，文学理论体系化的科学性便大大增强了。

当然，早期的文学理论范畴论的问题亦很多，这尤其是表现在范畴的建构上以"空范畴"来承载新学说的"西方中心主义"倾向上。拿"同情"范畴来说，如果围绕"兴观群怨"重建范畴体系，那么"兴观群怨"在文言文话语体系中所涉及的儒家思想就会随着范畴的确立而一并出现，要想摒弃它们的影响，就必须通过有效的论证说明这些思想为什么要被排除在外，这一任务是急于完成文学启蒙任务的理论家们无法负责的。而新范畴则可绕开传统观念，直接与西方理论接轨。换言之，传统学说是有文化语境的，即便它们从来没有被范畴化，但是它们在被范畴化之后是充实的概念。西方思想只能与之融合、斗争而不能直接占据这个概念；而白话的新范畴则不然，它在传统的文化语境中没有任何文化含义，至多只有字面意义，在成为范畴之后阐释的空间极大，西方思想可以直接由这种"空范畴"承载，而不用讨论它们与传统思想之间的差异。"空范畴"现象表明，此时的文学理论建构并不主要意在阐释中国的文学现象，而是一种通过总结西方文学理论、哲学思想而形成的对中国文学的应然式期待。大量从日语、英语和文言词素中来的新"白话"范畴由于本身并不具有任何文化语境，基本是直接对西方理论的挪用，这些具有严格"科学形式"的文学理论，虽然往往建构了严格的范畴体系，但是却"不接地气"；而那些有现实阐释力的理论又并未构建起范畴体系，难以形成有效的学术积累而进入现代学科体系之中。范畴论虽然是科学性的一个主要表现，也在一定意义上促进了我国文学理论的科学化发展，但是由于范畴本身是一种对西方理论的翻译和拼接，缺乏文化内生语境，因而只是一个并没有明确所指的能指，一个"空范畴"。因此实际上这些文学理论范畴试图绕过传统文学研究中包蕴的价值指向而直接达诸科学性和启蒙性。但是科学化永远是对非科学的科学化，启蒙永远是针对蒙昧的启蒙，"空范畴"实则并未消除"新"与"旧"之间的紧张关系，而只是绕开了问题的现实性、历史性。这一直是中国现代文学理论发展的一个症结，即文学理论与本民族文学及文论资源缺乏内在的联系，自我造血功能不足。这一问题一直纠缠到今天也还没有真正得到解决。

中国早期现代文学理论的科学性追求在白话语言革命、文学进化论思想的引入、文学思想的学科化体系化努力以及现代文学理论范畴的熔铸及理论体系建构等不同维度得到呈现，这些维度是交织在一起的，单一的维度是无科学性可言的。理论的这种科学性不是凝定的、永恒不变的，它是一种真理探索过程。并且，在这一过程中，中国早期现代文学理论一直保持着自己的独特性和理论张力，即其科学性与以启蒙性为中心的人文价值融为一体，科学主义的思维始终没有占据主流。虽然存在着科学与科学之用的混淆，但是反过来说，若没有科学之用的内在规定性，人文科学乃至于自然科学是否还有存在的必要呢？是否走向自己的反面？在新科技革命如火如荼的当代社会,似乎应该更全面地看待科学的内涵及其价值意义。

"由来新文明之诞生,必有新文艺为之先声"[1],文学性在中国现代思想界的大潮中从来都不是一种独立的价值,即便是主张在一定程度上恢复文学性、形式性的新时期,这种对文学性价值的肯定也是出于启蒙的目的。新文学在中国一直是新文明的象征,新文明同时也是文学研究科学性建设的最终诉求。蔡元培曾说道:

> 我国的复兴,自五四运动以来不过十五年,新文学的成绩,当然不敢自诩为成熟。其影响于科学精神民治思想及表现个性的艺术,均尚在进行中。但是吾国历史,现代环境,督促吾人,不得不有奔轶绝尘的猛进。[2]

当代学者王一川也指出:"现代性转型作为一种'总体转变',归根结底要在人的生存境遇或生活方式的转型上显示出来。"[3] "现代性体验是指中国人自鸦片战争以来形成的关于自身所处全球性生存境遇的深沉体认。"[4] 由于这种现代性诉求涉及民族存亡,也涉及个体的生存状态,因此思想的现代化本质上是现实生存处境遭遇危机的缩影,这意味着在重要性和逻辑顺序上,中国人文学科本身的科学性永远要密切结合民族的启蒙,科学话语也就离不开胡适所说的"国家话语",科学的理性原则既是现实启蒙之所需,又必须与现实性原则相结合。

作为现代化一部分的自然科学建设虽然从本质上来讲依然不能离开中国的现代性诉求,一种研究成果既要服从自然事物的客观规律又要服从现代化建设的路径和需求。但是,科学性本身在其中有自己的相对独立性,而且在鼓励自然科学发展以促进国家现代化的时候,思想家们往往会刻意强调这种独立性。20世纪初曾有人反思,世界大战的爆发是科学技术

---

[1] 李大钊:《〈晨钟之使命〉:青春中华之创造》,《晨钟报》1916年8月15日。
[2] 蔡元培:《〈中国新文学大系〉总序》,见赵家璧编《中国新文学大系》,上海:良友图书印刷公司,1935年,第11页。
[3] 王一川:《中国现代性体验的发生:清末民初文化转型与文学》,北京:北京师范大学出版社,2001年,第29页。
[4] 同上书,第58页。

酿成的恶果，这种批判尽管有一定的道理，但是郭沫若就强调"然而酿成大战的原因，科学自身并不能负何等罪责"[1]。这里实则是将自然科学和社会现实剥离开来强调其独立性和价值中立性。

对于文学理论的科学性建设而言，文学规律可通过两种途径获得，其一是对文学现象进行内部分析，其二是从社会语境中寻找外部的客观参照。就后者而言，它可以为文学研究提供某种客观性，但是它所关注的主要是社会现象而非文学现象，这种纯粹的外部客观研究无法深入考察与文学的相对独立性相关的现象。对于前者来说，它几乎从头至尾都是人文主义的，因为文学由人创作，最终也必须作用于人。因此什么样的文学现象能够被规律化，什么样的规律应被总结出来，这本身就是一次价值选择。不过，这种价值选择在自然科学中也同样存在，自然科学研究在一定程度上也要服从于人文主义，反人类的自然科学研究难以得到支持。但是文学规律与自然规律不同之处在于，文学不仅是一种对过去的总结，还是一种对未来的应然式期许。因此，文学的科学性建设既是一种认识论、方法论又是一种面向未来的价值论，而且后者更为重要。

美国学者卡林内斯库提出存在着"美学"现代性与"科学技术"的现代性之间的冲突：

> 无法确言从什么时候开始人们可以说存在着两种截然不同却又剧烈冲突的现代性。可以肯定的是，在十九世纪前半期的某个时刻，作为西方文明史一个阶段的现代性同作为美学概念的现代性之间发生了无法弥合的分裂（作为文明史阶段的现代性是科学技术进步、工业革命和资本主义带来的全面经济社会变化的产物）。从此以后，两种现代性之间一直充满不可化解的敌意。[2]

这种对立实则是思想文化现代性同经济社会现代性之间的冲突，虽然它们都追求人性的实现，但是思想文化上的现代性追求独立，而经济社会

---

[1] 郭沫若：《论中德文化书》，见郭沫若《文艺论集》，北京：人民文学出版社，1979年，第11页。
[2] [美] 马泰·卡林内斯库：《现代性的五副面孔：现代主义、先锋派、颓废、媚俗艺术、后现代主义》，顾爱彬、李瑞华译，北京：商务印书馆，2002年，第47页。

的现代性则要将一切纳入到整体的秩序中去。换言之，它们实则是"理性"这块硬币的两面。中国早期的思想现代性建设中亦存在这样的对立，但是这种对立存在于"启蒙—救亡"与"美学—文学"两种现代性之中，前者试图把文学艺术纳入到民族和国家的命运中来，而后者则追求"科学性"以谋取学科的独立，研究范式的体系化、明晰化。尽管二者均强调理性和人文主义，但是它们在精神实质上依然存在着深刻的对立，若一味地忽视这种对立是不可取的。一种全然自主的科学性并不可能存在，因为全然的科学性意味着纯粹的客观性，即一种彻底的非人性。但是，"价值交融"和"价值从属"是有本质区别的，"价值交融"意味着同时存在科学性和启蒙性，二者在理论体系中以一种对话和争论的方式共存；而"价值从属"则意味着如中国早期文论建设中的某些时候出现的现象那样，将科学性的检验标准定位在人文主义那里，将科学性的实现定位在启蒙任务的完成那里，以非科学性的价值为科学性的检验标准。中国文论科学性的特点和未完成性正在于科学性尚未能获得相对的独立性，而始终被纠缠在"启蒙"和"救亡"年代预设的理论逻辑之中。

第二章　中国现当代文学的现代性

中国现当代文学的现代性属于中国文学的现代性的一部分，与文学理论、网络文学（新媒体）等共同构成中国文学现代性的基本场景。中国现当代文学主要指20世纪文学，同时也延伸至19世纪、21世纪。[1] 中国现当代文学的现代性主要研究中国现当代文学中现代性的起源、进程、内涵、规律、特征、价值等，从而发掘其对于未来中国文学及社会发展的作用和意义。中国现当代文学自身的作品及现象虽然不如古代文学那样浩如烟海，但也是极为丰富的，在有限的篇幅里讨论中国现当代文学的现代性不可能面面俱到，加之原有的中国现代文学史、当代文学史等已有深入的讨论。本章不打算重复原有的中国现代文学史乃至文学批评史、文学理论史，而只就中国现当代文学现代性的若干方面进行描述和揭示，以使得我们对中国现当代文学有更为丰富的理解。

中国现当代文学现代性的撰写方法区别于一般的文学史写作模式，选取一些基本的关键问题进行讨论，以凸显中国现当代文学现代性的丰富内涵与立体场景。因此，本章的撰写总体上立足于历史脉络，但不局限于历

---

[1] 王一川将中国现代划分为两个阶段，即现代Ⅰ和现代Ⅱ，分别对应于清末至20世纪70年代和20世纪80年代至今。其中现代Ⅰ又划分为前期（清末至20世纪40年代）和后期（20世纪40年代至70年代）。参见王一川：《中国现代文论史·第一卷　中国现代文论传统》，北京：北京师范大学出版社，2019年。

史脉络，而是力求展现中国现当代文学现代性当中那些隐秘而持久的内涵，从而呼应总课题的研究。

第一节　中国现当代文学现代性的基本内涵

一、如何审视中国现当代文学的现代性？

中国文学的现代性，其关键概念仍然是现代性。现代性不是抽象的概念，而是与社会经济发展、文化传统、意识形态、全球语境等密切相关的，并非只关涉文学，且现代性也不是固定的，而是动态的、变化的概念。尽管传统中也有动态、变化，但现代性的动态、变化却是常态的、社会化的，与传统（主要是农业社会）的基于自然的、生命的、循环的变化（比如《周易》的"生生之谓易"）是不同的。我们不是讨论传统中的现代性因素，而是讨论现代社会的现代性本质特征，即什么决定了中国文学是"现代的"中国文学。在这里主要指的是现代性。

中国现代性对应的是工业社会（商品经济），不同于原有的农业社会（小农经济），但并不排除农业社会本身所具有的现代性内涵，比如宋代和明代较发达的商品经济、贸易。现代性与科技革命关系殊为密切，正是因为经历了几次产业革命，现代性才具有真正的范式性的意义。技术的不断革新、生产力的不断提高、商品经济的繁荣、专业分工体系的发展，这些综合因素导致了工业化社会的到来，它破除了中国原来的自给自足的小农经济（西方是庄园经济），整个社会开始全方位城市化、都市化，确立了社会分工及市场化的运作模式。

在文化上，艺术家、文学家开始依靠其自身的力量获得生存保障（润笔、稿费、版税等），而不再附庸于政治（相对于封建皇权）、宗教（相对于中世纪）、资本（相对于商业利益），逐渐获得其独立的、专业的身份,并积极介入社会,这是现代性最为突出的一个方面。[1] 现代性是世俗化的,原来由宗教、皇权所垄断的精神生产(知识)被打破,市民社会(其中的资产阶级、中产阶级等)崛起,市民对精神产品的需求越来越大。随着印刷术以及其他科技媒介(广播、摄影、电视、电影、网络等)在西方及东方的普及,加之商品经济的发达及文化分工的确立(中国科举制度废除后,大量知识分子从官方流向文化、教育、文学、艺术等社会领域,类似于先秦、元代的情况,大批知识精英走向民间),这些成为催生中国文学现代性出现的重要社会条件。

从思想范型来说,现代性是一种思维方式,即理性化(世俗社会的法则)。至今为止,现代性的内涵多没有超出笛卡儿、康德等启蒙运动哲学家所规定的范畴,也即以理性化为代表的思想范式。理性化是相对于宗教超越性、超验性而言的,这是文艺复兴、启蒙运动以来人类思想的新成果,发现了人自身的独特价值(理性、自由、自我意识等)。现代性确立了人的价值、理性的价值,也确立了人类中心主义、理性中心主义(经由科学主义)的崇高地位。虽然在近代哲学中也存有对超越性(形而上学及宗教)的渴慕,但在现实中,现代性的人类在争取自由、民主、平等、进步、解放的事业上一路高歌猛进,这是不争的事实。然而,缺乏超验维度的(被世俗社会摒除的宗教)、世俗化的现代性遭遇了巨大挑战,资本主义经济危机与政治危机撕裂了社会,而源于资本主义内部冲突的两次世界大战则摧毁了欧洲人对理性的信仰,理性神话与进步论被打破,"西方的没落""资本主义的终结"等论调此起彼伏。现代主义、后现代主义等反思现代性或者反现代性的文艺思潮层出不穷(包括更早的浪漫主义与现实主义),在20世纪愈演愈烈。前者开始挑战既有的现代性模式,即文学艺术的独立化、精英化、立法化及启蒙化的模式。特别是在20世纪50年代以后的后现代社会(信息化、智能化等),文学的细致分工走向了普及化或泛化,文学艺术与生活的界限被打破,全面拥抱经济、商品、生活、科

---

[1] 当然,这仍不排除复合型的作家,比如学者兼作家、政治家兼作家、记者兼作家的情况,但更多的、更主要的趋势是专业作家构成了现代社会文学家的主要群体,他们的主要任务就是写作,他们也被称为文学知识分子。

技，人人皆可成为艺术家、作家（诗人）。在经过现代的独立化（分化）、精英化之后，现代性走向了去分化、去精英化阶段（后现代），文学艺术所承载的传统的道德、政治、宗教等价值不但无以恢复，甚至连审美也遭到让渡，本能、身体、感官及娱乐等反倒成为重点。这种感官化、感性化、本能化、娱乐化、媚俗化的倾向，正好符合制度化、压力大、快节奏的后现代社会，"娱乐至死"就不足为奇了。[1] 大众需要即时的快乐，而不是高远的精神需求，永恒已经不再重要。现代性终于从理性降低到感性，又从感性降低为本能，这必然使得原来理性的、理想的现代性范式遭遇重大的危机，"世界是平的"开始成为常态，平面化、表面化、现象化、形式化一发不可收。这正是身处危机的西方文学艺术所面临的当下危机。西方著名学者丹尼尔·贝尔在《资本主义文化矛盾》中对此有充分的揭示。[2]

但是，中国文学的现代性范式不应重复西方的现代性。现代性的概念并不是绝对清晰的，卡林内斯库在《现代性的五副面孔：现代主义、先锋派、颓废、媚俗艺术、后现代主义》里提到的现代主义、先锋派、颓废、媚俗艺术、后现代主义等，都是现代性（特别是美学意义上的）的体现。[3] 五种特征可谓千差万别，从最激进的先锋派到最日常的媚俗，都是现代性的体现，现代性是无所不包的，也是一个抹去价值的现象。这似乎并不对应于今天所讨论的现代性。在中文语境中，现代性仍然包含着重要的正面价值。现代性在西方的发生是一个特殊事件，而非普遍性的案例，尽管这一事件本身有普遍性的内涵。从现代性的发生而言，中国没有浓厚的中世纪宗教传统（即上帝、彼岸世界以及宗教利益集团等），中国文化本来就是世俗的，也没有发展充分的资本主义（特别是垄断资本主义），因此仍然应放置在中国特色社会主义文化现代化进程中来衡量，即中国文学仍然承担着重要的政治、伦理、宗教、文化、精神等层面的价值

---

[1] [美] 尼尔·波兹曼：《娱乐至死（第2版）》，章艳译，桂林：广西师范大学出版社，2011年。
[2] [美] 丹尼尔·贝尔：《资本主义文化矛盾》，赵一凡等译，北京：生活·读书·新知三联书店，1989年。
[3] [美] 马泰·卡林内斯库：《现代性的五副面孔：现代主义、先锋派、颓废、媚俗艺术、后现代主义》，顾爱彬、李瑞华译，北京：商务印书馆，2002年。

建构功能,在为中国社会进步提供重要的价值支撑。这是由中国这样发展中国家的历史与国情所决定的。因此,中国文学的现代性不必拥抱西方的模式,不必同西方亦步亦趋,不必一味走向现代主义、后现代主义。[1] 其实,一些非洲、拉美的文学现代性范式(当然并非基于某种第三世界立场)反倒更值得中国文学借鉴,中国要坚持走自身特征的现代性道路。而且在西方,已经有学者认识到东西方文化的差异,西方现代性并不能涵盖非西方。当然,在全球西方化处境中讨论非西方现代性这本身就很现代性(西方中心论)。需要说明的是,不需要刻意追逐西方文学的叙事逻辑,尤其是诺贝尔文学奖(包括电影的奥斯卡奖)这样的逻辑,它们都是特定的,基于本国本文化的价值观、审美观,并不适合中国。在中国文学获得充足的成绩之前,指责西方中心主义是苍白无力的。这里要说明的是,中国文学只有迎来自身艺术与审美的繁荣,才能通过这一实绩(非止于话语的,还包括社会的整体联动等)去改变西方文学叙事霸权,去修正东西方现代性(文学、知识、思想等)的不平等关系。这也是强调中国文学现代性的初衷。

  在一般的历史叙述中,中国文学的现代性基本包含三个历史阶段,即中国近代文学(晚清文学)、中国现代文学(民国文学)、中国当代文学(共和国文学)[2]。其中,中国近代文学与中国古代文学有交集,中国当代文学与网络文学有交集。从历史发展阶段来说,中国近代文学、现代文学、当代文学中的现代性程度不一样。近代文学(1840—1917年)由传统向现代转型,现代文学(1917—1949年)则初步确立现代性范式,以自由、民主、启蒙、进步、自律、审美等为特征,当代文学(早期)是现代性范式的收缩,学界有一种说法是称之为"一体化"[3],即泛政治化、意识形态化。进入20世纪80年代之后,当代文学(晚近)一定程度上恢复

---

[1] 周小仪指出中国文学及其批评、理论等都是认同现代性的结果,必然带来一系列的危机。参见周小仪:《从形式回到历史:20世纪西方文论与学科体制探讨》,北京:北京大学出版社,2010年。
[2] 学界关于中国现当代文学的划分,很少使用朝代,这实际上也有弊端,中国文学现代性实际上包括了晚清文学现代性、民国文学现代性与共和国文学现代性三个历史阶段。这三个阶段也不是相互割裂的,前者孕育着后者,后者是对前者的超越与提升。
[3] 洪子诚:《中国当代文学史》,北京:北京大学出版社,1999年。

至现代文学范式,但并未重复现代文学的现代性范式,而是属于社会主义范畴下的现代性。

在媒介上,现代性范式在20世纪90年代以后,进入以经济、科技、资本、商业、符号等为标志的后现代、全球化的时代,这给原有的社会主义范畴下的现代性(以印刷媒介为主)以冲击。因此,在新时代,如何将社会主义、市场经济、现代性、文化传统、新媒体等统筹兼顾,确立新时代中国文学的现代性新范式,就显得愈加重要了。为了理解中国文学的现代性,首先有必要从历史角度考察中国文学现代性的基本历史演进。

二、中国现当代文学的现代性如何演进?

中国文学现代性是在认同西方现代性的同时,走出一条自身现代性道路的过程,即从他律性到自律性的过程。中国文学走自身现代性的道路受到三方面的制约:一是自身的历史进程,二是外来文化的影响,三是自我的创造性实践。在全球化时代之前,东西方文明是并行的,东方文明有自身的演进模式,二者并没有进入实质的冲突状态;但是进入大航海时代之后,东西方的冲突越来越突出,最终导致中国与西方的全面接触,并以中国的失败为起点,西方开始大范围影响、渗透、制约中国,中国现代化进程被动地开启。

这一情况,学术界的解读模式不一,费正清概括为"冲击—回应"模式,这显然是西方中心主义的,西方冲击、中国回应、西方主动、中国被动。西方是中国的救世主,中国被动地进入西方设置好的历史进程之中。这显然夸大了西方的作用,也贬低了中国自身。柯文则提炼出"中国中心观"模式,即从中国内部入手,以中国为主进行讨论。柯文有意识地试图超越费正清概括的模式,这一点并无不可,但问题在于他也犯了和费正清一样的毛病,即以偏概全。实际上,这两种模式并非费正清、柯文的原创,都有前辈学者的思考,而且这两种模式是并行发展的,绝非一个取代一个:一个为新,一个为旧。此外,日本的东洋史京都学派(内藤湖南)认为中国的现代性应该从宋代开始,即"宋代近世说"(按:在日语中近代类似于现代），这提供了一种视角，但不能绝对化，否则西方认为现代源自古希腊，那中国也可以源自先秦。学术研究不以新旧论，而在是否真正诠释了事实。因此，本章并不试图选用何种理论，而是直接面向中国文学现代性本身。

在中国现代化这一进程中，中国社会的现代性也呈现出不同面貌：

一是偏传统的文化保守主义。如桐城派、国粹派、学衡派、东方文化派等，其文化方向是走向传统，同时又与政治上的保守主义合流，比如清朝遗老、北洋军阀、国民党政府等。偏传统的文化保守主义虽有其特有的问题，但实际上起到了缓冲西方现代性的作用，并非拖了现代性的后腿，如果有拖后腿的问题，也只是专制主义遗毒甚大导致的。

二是偏西方的文化激进主义。其文化方向是走向西方，这方面他们没有稳固的政治上的代表，是第三方势力，缺乏长效机制，往往流于表面和空想。偏西方的文化激进主义功利性过强，又缺乏细致的批判分析，并不能活学活用，最终只能停留在模仿学习套用上。后来，偏西方的文化激进主义还表现出偏苏联的左倾，一味套用苏联经验，不利于中国社会革命与发展。这一趋势在文化上影响极大，遍布于现代性的文化界（社团、出版等）、学术界（大学、研究机构等），其代表的进化论、经验论、现实主义、理性主义、自由主义等，层出不穷。

三是偏自身的本土文化建设。其广泛触及社会与政治层面，这一派开始时较弱，因为有强大的传统文化（文化保守主义）和凌厉的西方文化（文化激进主义），自身的本土文化建设要么被视为无用，要么被视为无必要，其功利主义的"短""平""快"等也制约了本土文化建设派的发展。本土文化建设派在马克思主义中国化方面贡献最大，比如毛泽东思想，就是中国早期现代性的主要理论成果，其践行的走向基层、大众、群众、工农是中国革命的正确道路。到了最近阶段，强调自身的文化建设才成为民族共识、全民共识。但是，本土文化建设派不是同传统文化、西方文化（包括苏俄）绝缘的，而是尽量吸收其优秀资源，结合自身实际进行创新，即"古为今用""洋为中用"，这是中国文学现代性的基本经验。

关于现代性与中国文学的关系，杨春时以西方现代性为标准，认为在中国20世纪有五种文学现代性：第一种，是革命古典主义，对应于法国大革命时期，以建立民族国家为目标；第二种，是启蒙主义，对应于欧洲17—18世纪的文化思潮，体现着资产阶级上升时期的价值观；第三种，是浪漫主义；第四种，是现实主义；第五种，是现代主义。后三种都对应于西方特定时期的思潮，其共同特点就是反思现代性本身。[1] 由此来看，今日流行于中国的浪漫主义、现实主义都已经被过滤掉了，成为方法论。杨春时的看法道出了中国文学现代性与西方文学现代性相同的部分，但一味以西方为标准，全无中国自身经验，且弱化了马克思主义，只是将其纳入革命古典主义，并不能全面了解中国文学现代性的丰富内涵。

从历时演进来说，在中国文学现代性自身道路上（以本土文化建设派为主）先后出现了三个方向：五四方向、延安方向、社会主义现代化方向，大体对应于启蒙现代性、革命现代性与发展现代性。陈国恩将现代性划分为启蒙现代性与革命现代性，这是针对现代文学的，扩展至当代，可以提出发展现代性，以统摄整个现当代文学。[2] 从政治话语而言，1949年之后划分为建设与改革两大阶段，但从文艺文化话语而言，建设时期还有很大的革命现代性的遗留，故此革命现代性延伸至20世纪70年代末。本章以本土文化建设派为主，并不否认文化保守主义、文化激进主义，前者表现为周作人、林语堂、梁实秋等人的类似于士大夫的闲适文学，后者表现为徐志摩、闻一多、李金发、九叶派诗人等人的现代派运动。他们也是中国文学现代性的必要组成部分，但就历时演进而言，本土文化建设派无疑更为持续，并且前者最终都汇入进来，故此以本土文化建设派为主进行讨论。

1. 五四方向：启蒙现代性

五四方向有两个定义，狭义即新文化运动方向，广义即新民主主义方向。五四方向孕育于晚清，是清末近代文化运动的深化[3]，在新文化运

---

[1] 杨春时：《现代性与中国文学思潮》，北京：生活·读书·新知三联书店，2009年。
[2] 参见陈国恩：《革命现代性与中国左翼文学》，见陶东风主编《中国革命与中国文学》，哈尔滨：黑龙江人民出版社，2008年。
[3] 汪林茂：《晚清文化史（修订版）》，合肥：安徽文艺出版社，2016年。

动中成型，构成了现代文学文化的主要底色。从狭义而言，五四方向止于20世纪20年代后期。从社会性质而言，五四方向止于1956年中国社会主义改造基本完成，此后进入社会主义阶段。从文化而言，五四方向并未终结。有鉴于此，我们将五四方向确立为新文化运动方向，辅以新民主主义方向。这一阶段的文学现代性基本上以学习西方现代性为主（在一定程度上是近代性，而非当时最流行的现代主义），同时展开对传统的批判。

这一现代性方向从一开始就具有某种内在的矛盾性，不仅指中西文化自身，也指具体内容。就中西文化自身而言，五四现代性（以陈独秀、刘半农等为代表）对传统的评价是有失公允的，主要表现为对传统儒家的全方位批判与全盘否定。这一行为方式并非完全来自西方，传统的异端、造反、起义等因素也在很大程度上影响到了他们的思想和行为。由于他们在当时掌握话语权（舆论、大学等），并不断保持这种话语权，一度导致了西方中心论对中国的压倒性优势，中西矛盾成为主要矛盾。在一段时间内，现代化就是西方化，进而现代性就是西方性。

从具体内容而言，一是对个性的关注，与传统形成张力结构。中国文学自古以来缺乏对个性的关注，更多的只是社会人格（君子），偏重于道德。传统的政治化的儒家已经规范了各种社会角色的义务，比如君君、臣臣、父父、子子。在这一谱系中，只有功能和角色，没有个性。如果对此不满意，要么离家出走，要么遁入空门，如《红楼梦》中的贾宝玉，这都无法使个性得到充分彰显。这主要在于个性缺乏必要的社会发展条件，人们被严重地束缚于农业社会的宗法等级体制之中，社会是超级稳定的结构，给个人的腾挪空间极其有限。二是对社会的关注，传统文学也很强调社会性。比如白居易的新乐府诗歌创作虽然注重与普通民众的关系，但仍然未顾及个性。而五四对社会的关注是将个性与社会性结合起来的，个性上升为社会问题，通过改变社会（主要是反礼教）为张扬个性扫清障碍。

五四时期最响亮的口号是民主与科学，但最激动人心的声音是个性解放、人性解放，以摆脱封建礼教对个性（特别是女性、儿童等）的严重束缚。有鉴于民国建立却没有实质改变中国社会的性质，五四时期的文学更多地将个性解放放置到社会语境中加以探讨，对封建礼教以现代性的文化批判。五四时期的社会问题关注度很高,《新青年》还有"易卜生专号",关注女性问题。社会性总是与具体的个体性联系在一起的,比如鲁迅提到的"娜拉出走之后"的疑问中,就看到个性解放需要必要的社会条件,敏锐地发现个性解放背后沉重的社会束缚问题。不过,从整体角度而言,当时个性解放这样的诉求还是比较精英化的(多数局限于城市知识分子、青年学生等)。作家们追求自我的个性,但对于广大民众(农民)来说,个性倒不是最重要的,相反,经济更重要,人有其生存保障,在此基础上,被当作人,而不是当作被买卖的畜生或者被礼教窒息的鬼魂。五四文学的精神诉求在人,虽然未顾及更广大的工农民众。五四价值诉求与西方启蒙主义及浪漫主义运动所强调的主体性有密切的联系,也与礼教制度下中国人的个性诉求有相通性(比如明末个性解放思潮)。很多文学家也在描写这种吃人的非人的旧社会旧制度,最著名的莫过于鲁迅的《狂人日记》《祝福》等。如果说在社会发展平稳的状态下,这种试图通过文化批判实现社会变革的方式是可以得到渐进式的改良的,但是在后来的发展过程中,遭遇了大革命、遭遇了抗战,个性解放与人格平等的社会环境变得愈来愈不合时宜。历史并没有给个性发展一个适宜的时空,一直到了20世纪80年代,个性解放、主体性思潮才再度复兴。这种切换应该不是现代性自身普遍结构所导致的,而是由中国特定历史条件所导致的。从20世纪80年代至今,对个性的关注一直是一个强劲的话题,但并非与社会性维度形成对抗性状态,恰恰相反,对个性的关注并没有导致对社会性的忽视。社会性维度进一步与政治性靠拢,爱国主义、集体主义叙事被强化。这一点与中国文化传统中的集体性以及文以载道观念有关系,也与中国所实行的社会主义制度有关系。当然,也可以理解为第三世界与第一世界对抗的必要性的体现。这些综合性的因素都决定了中国文学现代性始终不是单方面的。

五四现代性的方向即反封建方向,主要代表是鲁迅的文学范式,强调文学救国,文学具有很强的教育意义、文化批判(反封建礼教、批判国民性等)意义,具有批判的、文化的、现实主义的意味。鲁迅的文学创作是多方面的,他在世时对中国文学有着重要的影响。鲁迅逝世后,对其阐释也使得"鲁迅方向"的影响进一步扩大。毛泽东在《新民主主义论》中这样评价鲁迅:"鲁迅的方向,就是中华民族新文化的方向。"从政治上考虑,这一评价的确有利于中国共产党在文化战线上获得自己的绝对的象征意义,但从学术和文学角度而言,又有特定的限定。鲁迅文学创作的实际经验(前期对封建礼教、国民性给予深刻批判,后期主要在国统区,主要批判对象是国民党反动派等)并不一定完全贴合中华人民共和国成立(或者延安根据地时代)后的文艺政策。延安革命根据地需要的更多是描写人民大众(工农兵)正面形象的作品。从实际情况看,1936年以后的"鲁迅方向"显然有拔高的倾向,至少超出了1936年之前的时代语境。也就是说,鲁迅的文学创作不能与后来(1942年或者1949年以后)的中国当代文学创作的实际经验相提并论。20世纪30年代"鲁迅方向"的确立,大体可以说明中国现代文学是比较符合中国共产党文化政策的(基于左联以及统战的历史经验),具有很强的时代意义。但到了20世纪40年代以后,随着鲁迅离世时间越来越长,新的时代条件需要更多的文学创作实践,以回应中国共产党的文化诉求及其文艺战线的领导权问题。鲁迅这一高高在上的方向显得过于空洞而不合时宜,赵树理方向就被提出来了,这被视为延安道路的最有成果的体现。

2. 延安方向:革命现代性

延安方向的前身是左翼方向,而左翼方向本就内在于五四方向。在20世纪20年代后期,左翼方向即"革命文学"[1],以反叛的姿态逐渐拉开了与五四方向(即"文学革命")的距离,经由20世纪30年代左联,最终走向了延安方向。从后世影响而言,延安方向大于左翼方向,故此左翼方向仍处于五四方向与延安方向的过渡状态。在此意义上,延安方向是左翼方向的集大成,是制度化的状态。

延安方向是中国共产党的文化方向,从精神实质上来说,这与1919年后的新民主主义道路一脉相承,比如关注人的解放等。不过在形式上,二者呈现出某种断裂。五四方向与延安方向有的区别是明显的,前者

---

[1] 成仿吾、郭沫若:《从文学革命到革命文学》,上海:创造社出版部,1928年。

偏重于精英模式,后者则偏重于大众模式。当然,早期的左翼文学也有空想的成分,并不适合中国实际,或者说与中国实际结合度不够,只满足于上海这样的大都市,而到了茅盾(以《子夜》为代表)以及延安时期才更加接地气。延安的大众模式是革命化的与群众化的,并且日益显现了对精英文化的强大的影响力。

从文化性质上来说,五四方向是反帝反封建的资产阶级革命,立足于资产阶级、小资产阶级等进步城市阶层。这个资产阶级革命在当时的中国是先进的,即便中国共产党成立,其后的革命也主要是资产阶级性质的革命,是为了实现反帝反封建这一历史主题,夺取全国政权,进而推进社会主义。问题在于,夺取全国政权的路径并不是类似于苏俄的城市革命,而是土地革命(即"农村包围城市")。中国的资产阶级本身遭遇了它的危机,没有触及土地以及广大农民问题。在文艺运动上也必然如此,这就是杨晦提到的"中国的新文化文艺运动"被"局限在都市的知识分子以及青年学生的小圈子内"[1]。五四方向也越来越不适用于中国社会后来的发展实际了,中国革命必须以广大人民为主体。尽管从文化或艺术上说,五四文学仍然是不可或缺的,它并没有结束,而是在现代性进程中调整了方向。五四方向在十年后即被抛弃,但五四方向本身所蕴含的启蒙精神则需要长期的补课。

中国共产党的缔造者之一毛泽东就受到新文化运动的洗礼,并进一步超越了时代意义上的新文化运动。毛泽东对于中国共产党的文化政策的制定具有决定性的影响,但是在20世纪20—30年代,他还没有表现出强有力的状态,因为当时还处于严峻的政治军事斗争之中,无暇顾及文化上的深入讨论,当时的主要理论来源还是苏联(包括日本左翼)。中国共产党是经历整风运动后实现文化领域的领导权,在政治、军事、文化等方面实现了全面统领。这一方向在一定时间内与新民主主义方向是重合的(即社会性质没有发生质的变化),区别在于延安方向对于中华人民共和国成立后的文学实践有着重要的意义,其终点可以放置在1979年。

---

[1] 杨晦:《论文艺运动与社会运动》,见《杨晦文选》,北京:北京大学出版社,2010年,第127页。

延安方向在文学上的体现就是赵树理方向，被认为是中国共产党整风运动与毛泽东发表《在延安文艺座谈会上的讲话》后形成的一种文学创作倾向。赵树理方向是中国当代社会主义建设时期的主要文学范式，基本上可以概括为建设的、社会主义的现实主义。最早关注赵树理的是周扬，他在1946年就系统评论了赵树理的文学成就。1947年，晋冀鲁豫边区文联召开文艺工作座谈会，在此次座谈会上，赵树理方向得以提出，其后陈荒煤又在《向赵树理方向迈进》一文中做了具体阐述，赵树理方向遂定型化。但赵树理方向与延安文艺座谈会的关系仍然不是绝对的，李杨就指出，赵树理的人生经历与毛泽东《在延安文艺座谈会上的讲话》并无直接的关联，因此，"赵树理发表于1943年的《小二黑结婚》和《李有才板话》，根本不可能是学习《讲话》的结果"。可以说，赵树理的文学创作是自然而然的结果，并不是受制于某种特定的理论的影响，"在这一意义上，与其说是周扬'发现'了赵树理，不如说是周扬'发明'了赵树理与《讲话》的内在联系。《讲话》作为整风运动的重要文件发表后，周扬为宣传《讲话》，选中了通俗小说家赵树理，使《讲话》得以'道成肉身'"[1]。在后来的文学与政治发展过程中，赵树理方向与延安文艺道路的关系日益疏离，最终被抛弃，这也意味着赵树理方向实际上是失败的。但这绝非意味着延安方向的失败，因为延安方向本身是一个理论性很强的文学创作方向。这也决定了，延安方向与鲁迅方向的差异，即后者更具有艺术的自觉。鲁迅方向不仅有理论的概括，也有鲁迅自身文学思想的推动，具有很强的能动性。

延安方向主要是理论性的（早期左翼本身也有理论性，只是没有延安方向成熟），对它有不同的解释。一种解释是将延安方向界定为救亡，也即救亡压倒启蒙，以李泽厚为代表。另一种解释是近年来兴起的，将延安方向视为超越西方启蒙现代性与审美现代性的第三种现代性，以刘康为代表。[2] 刘康的观点是以20世纪50—70年代的毛泽东式的方案为依据，这

---

[1] 李杨：《"赵树理方向"与〈讲话〉的历史辩证法》，《文学评论》2015年第4期。
[2] Liu Kang,"Is There an Alternative to Globalization? The Debate about Modernity in China," *Boundary 2*, vol.23, no.3 (Autumn,1996), pp.193-218.

一方案可追溯至延安时期。延安时期的文学现代性并非启蒙现代性的翻版，也不是所谓的审美现代性。延安在资产阶级之外另开辟了无产阶级的路径。不过，这一路径之前有两个导源：一是五四，无产阶级（先进的无产阶级知识分子）已经登上历史舞台；二是苏联的十月革命及其以后的社会实践。从两大意识形态角度而言，苏联以及中国自身的政治实践可以看作超越西方现代性的另一种现代性，但这容易走向意识形态对立冲突的境地。进入20世纪80年代以后，一种更新的现代性理念被提了出来，即社会主义现代化方向。

3. 社会主义现代化方向：发展现代性

大众化、政治化的延安方向对于激发群众力量投身革命有着重要的作用，但在建设时期遭遇到困境，因为引领社会发展的将是新的科技、知识、观念。在经历"文革"之后，文艺的方向做了新的调整。1979年以后，中国文学迎来了一个新的方向——为社会主义服务、为人民服务的"二为"方向。

"二为"方向可以统称为社会主义现代化方向，统摄于社会主义现代化建设这一伟大进程。社会主义现代化方向是五四方向、延安方向的进一步的发展，进入新时代，又强调"以人民为中心"的创作导向，是对"为人民服务"的进一步丰富。社会主义现代化方向扭转了此前政治性（一定程度上是阶级论）过强或者较为单一的延安方向，但这并不意味着违反了延安方向的精神实质。延安方向确立的人民性（当时主要指工农兵）并没有被放弃，只是在社会主义现代化方向中人民性得到进一步的扩大（即最广大人民），也日益关注文学艺术自身的发展（"双百"方针）。延安方向已经内化到了社会主义现代化方向内部，而不是被摒除了。

在社会主义现代化方向中，始终也存在各种各样的矛盾，其中最突出的是政治性、全球性、消费性。政治性（意识形态性）容易将社会主义现代化方向拉回原来的政治化，强调社会主义与资本主义的全球性对抗状态，而社会主义的中国实质上仍然处于全球资本主义体系之中，与资本主义全球体系的斗争过程将是长期的，因此仍然需要借鉴资本主义社会的先进经验。全球性容易将社会主义现代化拉向西方化，放弃本国文化立场，一味以西方化马首是瞻，丧失了文化的主体性。消费性则有可能将社会主义现代化方向拉向市场化、娱乐化、产业化，积极方面是产生可观的经济效益，消极方面是容易走向急功近利的非道德化以及媚俗化（媚俗化又是现代性的一个方面），这是社会主义现代化方向主要要克服的对象。社会主义现代化方向仍然有着很强的文化主体性，这个主体性是要充分发挥亿万人民的创造性，并非虚假的权力化的不受约束的主体性，即西方后现代性所要批判的人类中心主义、理性中心主义等。

　　大体而言，在20世纪80年代由于惯性的存在，政治性过多介入，但仍能和文艺达成较好的平衡。20世纪90年代以后，市场全方位介入文艺。2010年以后，意识形态介入日益明显，以应对市场性（以商业性挑战伦理道德）、全球性（以西方性挑战意识形态）的冲击，文化自信与艺术自觉开始涌动。从实际经验来看，政治性的介入有它积极的方面，即促使文学有着很强的社会意义。我们丝毫不必讳言，中国社会主义文学就是体现社会主义意识形态的文学，但缺点是政治性过强，缺乏艺术性，具有高超艺术技巧与审美价值的作品还是较少。就连获得诺贝尔文学奖的莫言，也只能放置在西方现代性的叙事框架中才能理解，而并非意味着社会主义文学现代性受到西方的普遍认可。在此意义上，莫言的写作仍然受制于西方中心主义。全球化有利于中国文学接触更多的西方资源，西方文学的手法创新是层出不穷的，古典主义、浪漫主义、现实主义、现代主义、后现代主义等，但它们是特定时代的文学资源，并非都适应于中国受众、中国社会。更关键的问题在于，我们对西方现代性的认同已经深入骨髓，批判吸收已经演变为毫无批判的拷贝搬运，崇洋媚外的心态加剧，民族自信心持续下滑。一切以西方的标准为标准，一切以西方的方向为方向，一提现实主义就是过时，一提后现代就是前沿。实际上，我们并不赞成中国文学袭用西方的方法，而是要借鉴吸收之后创造出适合中国实际的方法。这是中国文学话语创新的关键。市场化的介入也有积极的方面，市场化本来是具有革命性的力量的，即反对（西方）宫廷文学与宗教文学，促使作家实现自身的价值，促使文学有良好的社会效益，但缺点是容易唯利是图、媚俗，缺乏教育、提升民众审美趣味的重要作用。完全市场化的创作必然是迎合观众的，比如中国现代文学中的"礼拜六"派等。这也是卡林内斯库将媚俗视为现代性的一个方面的原因。当然，市场化所导致的媚俗有其合理存在的理由，也未必就一定要清除，因为媚俗本身就是消费社会的本体论。如果不从根本上消除消费社会赖以生存的经济制度基础，是无法消除媚俗本身的。

在中国现当代文学中，文学创作始终与时代密切相关，并没有一个脱离时代的抽象的文学创作，不同时代总有不同的挑战，其应对策略也不同。比如，贾平凹的《废都》以及王朔的小说更加市井气、商业气，不可能产生在理性主义的20世纪80年代，只能产生在商品化的90年代，它们是时代性的写作。这种时代性的写作以媚俗、先锋这两种相反而又相成的方式，消解了原有的文学崇高现代性传统，即宏大叙事、精英化传统。而像陈忠实的《白鹿原》虽然出版在90年代，但却是对80年代寻根思潮的回应，不过使90年代的文学思潮丰富化。其实，90年代本身就是复杂的，不仅有市场化，也有反市场化，比如有人文精神讨论等。包括《白鹿原》在内的文学创作，都有凸显自然（性欲）的一方面，但基本内核仍然在于激发中国社会对传统中温情脉脉的家庭文化的回归，电视剧《渴望》（1990年）也与此类似。中国现当代文学的现实环境是复杂多变的，文学的应对也是复杂多变的。这实际触及中国近现代以来社会现代性的变迁。中国文学的现代性并没有一个一以贯之的绝对主题，总是有各种变调。比如救亡，也只是阶段性的，主要存在于抗战时期（1931—1945年），启蒙虽然比救亡更长久，但也未必就是没有变化，比如在90年代以后。再如现代性，不仅包括资本主义现代性，也包括社会主义现代性。我们对这些问题的探讨必须放置在特定的时代背景中，而不能一味做抽象的讨论。

三、中国现当代文学的现代性有哪些经验？

前面提到的中国现当代文学的现代性的三个方向，即五四方向、延安方向、社会主义现代化方向，是就历时角度而言。在此之外，还有一些很难划入的情况，比如晚清遗老的创作、旧体诗词的创作、少数民族的创作等，但它们都多少受到三大文学现代性范式的影响。三大方向的文学成就不一，首先是五四方向，以鲁迅、郭沫若、茅盾、巴金等为代表；其次是社会主义现代化方向，涌现了很多新的作品，以路遥、陈忠实等为代表；最后是延安方向，贡献的优秀作品较少，以赵树理、柳青等为数不多的几位为代表。

以上就历时和共时角度而言，中国文学现代性表现出以下五个基本特征，即民族现代性、民生现代性、人的现代性、艺术本体现代性、价值观的现代性，这些构成了中国文学现代性的基本经验。

1. 民族现代性：国族叙事

民族现代性是西方现代性的典型特征，尽管并不完全对应于中国，但是对中国产生了至关重要的影响。中国自古并无明显的民族国家意识，而是有着很强的夷夏意识，这是基于大一统文化的。近代以来，夷夏意识让位于民族国家意识。中国从天朝上国沦落为被动挨打之国，这其实意味着西方的霸权，并非意味着中国王道世界观的解体。"落后就要挨打"必然意味着这是一个弱肉强食的时代，而在一个文化的时代，落后反而会得到扶持，"怀柔远人"。在西方资本主义霸权体系，民族的生存成为问题。因此，中国文学的现代性在于赢取国家、民族的解放与独立，推进并实现国家治理的现代化，进而实现中华民族的伟大复兴。赢取国家、民族独立并推进国家治理的现代化与中华民族的伟大复兴，是中国现代性的历史事实与基本经验。现代性在中国的发生主要是应对急剧变化的国际局势，中国国家和民族日益沉沦，赢取国家、民族独立，推进国家治理的现代化成为中国文学的最主要的价值诉求。文学现代性必不可少的重要部分包括热情歌颂在赢取国家、民族独立进程中可歌可泣的民族英雄，反映人民的渴望独立的呼声，珍惜来之不易的国家、民族独立，表现建设、改革时期勇立潮头的优秀分子，等等。

中国文学现代性的国家与民族书写，对于形成强有力的中国精神有着极为重要的作用。这可以称为中国文学的民族现代性叙事，包括宏大叙事与边缘叙事。近代以来，中国由传统帝国转向现代民族国家体制，不可避免地要遭遇重塑民族国家的重大文化问题。这需要中国处理好原有的帝国体制（华夏体系）与现代民族国家体制的关系，如果坚持前者，必然不适应时代，如果一味西方化，则中国必然四分五裂。因此，中华民族也就应运而生。民国建立之初，就确立了汉、满、蒙、回、藏的"五族共和"的民族国家理念，并在五色旗中有所体现。其实，这已经不同于西方典型意义上的民族国家，比如德意志、法兰西等，更类似于今日的欧盟，原来并不明确的民族概念在此时得以明确。显然，"五族共和"是传统帝国的现代转型，与西方严格意义上的单一民族国家不同，但"五族共和"理念的本质仍然不脱民族国家体系，因为五族有着共同的政治经历，特别是列强入侵（英、俄、德、意等）、抗战，由此塑造了一个新的民族——中华民族。中华民族不是一般意义的民族，而是因国家而凝聚在一起的民族，即国族。因此民族现代性是中华民族现代性，而不是大汉族主义的现代性或者分裂国家的民族分裂主义的现代性。中华民族叙事（即国族叙事）在后来的文学艺术中层出不穷，比如在《义勇军进行曲》中就有"中华民族到了最危险的时候"。中华民族成为一个巨大的象征体系，包括土地山河、历史遗产、抗击外敌等。在当代，"中华民族的伟大复兴"也是如此，是民族现代性叙事的新时代表述。中国文学的现代性也正是在民族现代性叙事中拉开帷幕的。

在文学史上，像柳青的《山乡巨变》，描写了中华人民共和国成立初期农业合作化进程中的人民思想情感的变化。这样的作品显然不能放置在西方现代性中来理解。农业合作化虽然已经成为历史，但它是民族现代性叙事的重要一环，即人民如何通过实践去重新塑造一个民族的生存环境并适应这一环境。再如姚雪垠的《李自成》这一历史长篇小说，主角是农民，从历史角度上来塑造中华民族的精神，表现农民起义军不屈不挠的斗争精神。在新的叙事中农民的地位要更高，这仍然发挥了人民性的主题，与今日市场化运作下的清宫剧并不是一种类型。民族现代性是重塑民族精神，给现当代中国的社会实践注入新的活力，这不仅体现在文学中，在其他艺术门类中也多有体现，比如徐悲鸿的《田横五百士》等。

2. 民生现代性：生存与发展

民生现代性侧重于人的生存与发展，也可称之为社会现代性。中国文学的现代性在于促进中国社会的进步与民生的改善，这可以视为中国文学的民生现代性诉求。民生现代性与孙中山"三民主义"中的"民生主义"（即平均地权与节制资本）有联系，但并不一样，民生主义更注重经济，而民生现代性侧重于广大人民群众的生存质量与发展水平的提高。中国曾经取得经济的辉煌，在1830年前后，GDP总量仍占世界的三分之一。但到了工业社会，中国相对落伍，经济受到各方限制，外国商品倾销、割地赔款等加深了社会矛盾与经济危机。中国经济发展迟缓，社会内部不平衡，社会与民生一直得不到改善。虽然清末税收一度很高，如1908年就高达2.3亿两白银，但却是以社会贫困为代价的，其必然导致社会矛盾、政局不稳。在中国现当代文学中有不少作品就揭示了残酷的生存状况，比如叶圣陶的《多收了三五斗》、老舍的《骆驼祥子》、萧红的《呼兰河传》等，它们都不是宏伟的民族叙事，而是琐碎的日常的普通人的叙事。这些作品折射了中国人生存的艰难，像这样着眼于普通人的作品在中国现当代文学中有很多。

历史表明，文学在促进中国社会文明上仍然发挥着重要的作用，不断涌现揭露黑暗的现实，展现新的社会关系（如互利互惠、文明等）、两性关系（自由平等）、家庭关系（和睦）等的作品，以及在当代文学中陆续出现的建国文学、改革文学、底层文学、打工文学、乡土文学、生态文学等的作品。对于那些阻碍社会进步的诸如人情社会、拉帮结派、贪污腐败、违法乱纪、钱权交易等，也是现代性的表达主题。这可以称为中国文学现代性的社会维度，好的作品所涉及的社会维度是广阔而细腻的，是有利于人们对民生的关注。

民生现代性是基于生存的，也是发展的。前者是初级目标，后者是高级目标。20世纪的中国人也处于这种生存与发展的过程之中，生存既有内在的危机（本国封建主义等），又有外在的危机（西方帝国主义）。由于生存问题得不到解决，发展也就无从解决，或者是畸形的。前文提到的老舍《骆驼祥子》就是关于民生生存的例子，祥子是属于来自农村的城市无产阶级，一个无法适应残酷社会而堕落的小人物，饱受了战争、政治、生活等的不断打击。而余华的小说《活着》则从另一角度揭示了民生的哲学性，以新写实主义的冷静笔触揭示了20世纪中国人的生存处境。在民生现代性中，尽管有很多偶然性的东西，但也说明民生建设得不到位，比如安全保障、医疗保障等。不过，民生现代性只是就社会维度而言的，良好的社会发展水平对于人的发展是有益的，但并不是说民生改善一定意味着生存困境就能解决。比如在今天日益改善的民生现代性的前提下，人的观念可能并没有同样获得改善，这需要开启文学现代性的第三个维度——人的现代性。

3. 人的现代性：实现人本身

人是一个充满争议的话题。在中国历史上只有三种人，一种是圣人（君王），一种是大人（官绅），一种是小人（平民），这种区分基本是依据伦理而言，其背后是政治、经济。所谓真正的人，也只是指成年男性（三纲中之父为子纲、夫为妇纲），妇女和儿童并不包括在内。而且这个成年男性主要是士大夫阶层的，只占人口的少数。中国历史上的人的基本概念，已经不适应于现代社会了。

在西方现代思想史谱系中，如福柯所言人是被构造的产物，其主要表现是浪漫主义和人文主义，前者彰显天才、个性、灵感，后者彰显人类的普遍价值。浪漫主义与人文主义都是西方中世纪神学之后的思想产物。大写的人、真正的人成为历史的创造者，比如哈姆雷特等。然而，浪漫主义的个体性与人文主义的抽象性在马克思主义看来都是有缺陷的，就是没有发现人的具体性、实践性、能动性。马克思强调的人是社会关系的总和，创造历史的不是英雄，而是人民（广大劳动者、无产阶级等）以及人的自由而全面的发展。

中国文学的现代性在于促进人的现代性，可以视为中国文学的人的现代性。人的现代性与民族现代性、民生现代性密切相关，只是更注重人本身。人的现代性是一个综合性的命题。人的本质力量就是自由，自由是人的本质。自由就是自己根据规律决定自己的命运并对其负责,是其理智、情感、创造力、想象力、审美判断力、意志力等的综合体现。但是,长期以来,人的本质力量无法得以彰显,而是被动、奴役、逆来顺受的,比如阿Q、祥林嫂、高觉新等,他们都是"非人化"的,虽有人的体格,但没有体现出人的尊严与价值。或者如新时期以来中国的现代主义、后现代主义文学,又进一步将人的价值消解了,凸显了人的动物性、本能性、世俗性与庸常性。如新写实小说于庸常,这固然扭转了此前过分"红、光、亮""高、大、全"的政治与道德叙事,彰显了人自身的复杂性,但又导致另一种非人化状态——物化。与此相关的是,在20世纪90年代以后的市场经济时代,人又被商品化了,与物化合一,血腥、性、暴力成为卖点,导致今日文学中到处弥漫着一种非人的气息。此时,现实主义、浪漫主义等反而彰显了人的精神自由,显示其独特的价值。

人的现代性首先是作家、艺术家的现代性,并由此带动整个民族的现代性以及人口素质的整体提升。相比古典时期,现代的作家、艺术家不再是政治宗教的附庸,而是自由表达自己思想才情和独立的人格。他们的经济基础,就是文学艺术带来的正当合理的报酬。艺术能够给广大社会带来精神享受的,自然有很好的销量。稳定的经济收入与职业尊严促进了作家、艺术家的现代性,他们不再是传统的"艺而优则仕"的政治宗教的附庸。

其次,从内容上说,人的现代性包含着道德、智力、体质、审美、行动等多方面的内容。这需要文学的介入,包括赞美、反思、揭露、质疑、批判等方面。现代文学中的国民性批判与当代文学中的小资产阶级批判、农民性批判、文革反思等,都有类似的倾向,尽管其中的问题也值得反思。在中国现当代文学中,有一类人物总会被关注,就是农民。农民是最传统的群体,也是最不现代的群体。其中,最独特的阿Q这样的典型,有着沉重的精神负担,而社会的险恶又使他们难以真正有自己的生存空间与发展空间。如果生存有所保证,那么发展就成问题,当他们进入现代化社会之后将发生怎样的转变,这是个有意思的话题。比如《陈焕生上城》,表现出农民的淳朴,同时也表现了农民并不适应现代化的尴尬过程。

而像刘亮程的《都市放牛》，则从另一角度反思了现代化，现代化并不是没有问题，它可能是对人的自然性的一种剥夺。这也给人的现代性提出了疑问，人的现代性是否就是清除原有的一切特色，而重新接受一套新的，而这套新的是不是就完全没有问题。如今城市化的弊端日益显现，人的现代性也应该有更深刻的表现。这可以称为中国文学现代性的人的维度。

最后，从艺术形式上来说，作家、艺术家都有自己擅长的体裁、文体和风格，这些都是与作家、艺术家主体相契合的，"风格即人"，人的精神必然折射到形式上。中国现当代文学的现代性也必然体现为体裁、文体和风格的多样化，不再受制于原有的单一化的状态。

中国现当代文学的现代性所追求的人的现代性，就是强调从非人走向真正的人，从异化（物化、商品化等）的状态走向真正的自由解放的状态。真正的人与自由的、解放状态的人并不是抽象的、空洞的，既有像《白毛女》这样的阶级解放，又有像鲁迅《伤逝》这样的社会思考，还有像汪曾祺《大淖记事》这样的人性回归与脱离社会消极观念的浸染，更有像史铁生《命若琴弦》这样的超越性的自我救赎。它们都从不同侧面诠释了人的现代性问题。这个现代性是多样的，不是单一的，它时刻注意人的多样性与个性。当然，我们也能看到反现代化的文学退回到落后、野蛮、保守、动物化的状态，不是满足于商业的窥视欲，就是满足东方主义想象，无法体现中国文学自身对人的现代性价值的关切。

人的现代性是一个涉及阶级、社会、文化、精神的课题，每个人所处的环境不一样，其解放的途径、目标也不一样。现当代中国文学中的人性既可以是野性的、兽性的、鬼性的，也可以是人性的、神性的、圣性的。呈现人本身的复杂性是人的现代性的主题，而强化人的价值则是人的现代性的使命。中国文学中的人的现代性就是实现人本身，就是充分调动人自身的秉性。人的现代性也是与社会现代性密切相关的，为社会现代化提供充足的养分。

4. 艺术本体现代性：重建汉语文学

艺术本体现代性是对文学自身而言的，是从文学之为文学的角度着眼,即西方所言的本体论(即何谓文学),或纯文学、文学性等。本体现代性是考察文学在自身层面如何发生变化的。可以说,中国文学的现代性经验之一就在于促进文学的总体成就,提供足以代表中国艺术成就的伟大作品,并参与到世界文学进程之中,这是中国文学本体现代性的目标所在。

文学是语言的艺术,新的文学必然意味着新的语言(即白话文以及表达新思想、新情感的古典化诗词创作,比如陈寅恪、毛泽东等的诗词创作等)的审美化与艺术化的创作。中国现当代文学始终处于语言现代性变迁之中,这充分激发了汉语的表现力。语言的创作是时代性与历史性的统一。中国现当代文学的语言学与艺术性就是,发现新时代环境下的特有的表现力、潜力和张力特征。文学的艺术性是超越日常的,能够对日常有所提升、升华。《诗经》就是如此,以四言为主,以赋比兴为主要表现手法,《诗经》的语言是劳动的语言、生活的语言,处处体现着当时人的思想情感与审美趋向。《诗经》的语言有感而发,情感自然,如泣如诉,如怨如慕,不一而足。中国现当代文学语言解决了言文不一的难题,从而解放了汉语,实现了汉语从精英化(神圣化)到世俗化(生活化)的转型。这种新文学主要就是白话文学,促进了戏剧、小说、散文、新诗的繁荣,描写人的现实生活成为主导倾向。从形式来说,言文合一更利于表达现代性的日常生活。当然,传统形式(无论是精英形式还是大众形式)可以承载新的内容,这反过来又完善了传统形式,激活了传统形式,使得传统形式有了新的生机,比如旧体诗词的创作。中国现当代文学之所以强调白话文,与宋代以来的商品经济发展、平民崛起有着密切联系,白话文已经在当时的社会上乃至学术中有所体现了,比如朱熹的著作中就有很多白话文。到了近代,世俗化的发展更是促进了白话文在文学上的拓展,而且,中国现当代文学天然地具有一种世俗性的特征,是面向广大社会的,再使用文言化、雅化的方式已经不可能。中国现当代文学的语言更具有开放性,这是一个规范尚未定型的阶段,即便在现代文学时期,也是如此。这无疑给中国文学现代性语言层面的创新预留了足够的空间。语言如何呈现思想、呈现时代、呈现文学以及与时代息息相关,就显得尤为重要了。

今天，提倡新汉语（相对于文言文、白话文而言）文学仍然是有必要的，发掘汉语的艺术魅力（比如网络时代的汉语）仍然有着至关重要的意义。汉语既可以是典雅化的，比如古典诗文；还可以是抒情化的，比如现代诗歌；还可以是叙事化的，比如现代小说等。中国诗学非常强调文如其人，这个"文"首先体现在语言上。在今天粗制滥造的时代，文学欠缺打磨，日常语言冲击文学语言，文学越写越长，不善于剪裁。欧洲汉学家顾彬曾经批评中国当代文学如二锅头，主要针对的是其语言的粗糙、欠缺打磨。这一批评并非绝对，但对于促使人们关注文学语言的重要性是有积极意义的。对中国作家而言，如何使得汉语文学中的汉语纯化与提升汉语的美感，是其重要的文化使命。文学是高妙的语言艺术，必然建基于对语言潜能的思想与审美的激活。汉语不能在英语中心论中被压制，母语写作（如果可能尽量多接触外语）需要不断地提升，它仍然是不可或缺的文学状态。文学语言不但表述事实，而且有着丰富内蕴的艺术形式，作家可以从神话、史诗、网络以及西方语言中汲取营养，使得中国文学的语言现代性更加丰富、多样，真正对得起"文学是语言艺术"的命题。

文学语言最突出的是其审美性与艺术性价值。不同的语言风格可以给人们带来不同的感受，或清新、或沉郁、或灵动、或热情。旧文学满足于程式化，已经是死的文学，而新文学倡导白话文，汲取现实语言经验，贴近现实，令人耳目一新。不过，早期白话文文学实践还是比较精英化的，属于上层知识分子创作，是自上而下的，是精英作家模仿底层，而不是底层自我创作，因此后来发展受到限制。到了延安时期，白话文经由精英化转向了大众化，知识分子进行思想的改造，走向基层、走向群众，发挥出汉语原生态的魅力，但随之也暴露出其自身的问题，经历大众化之后，汉语的再雅化或者再审美化也就成为重要的思路。大众化有教育的作用，但大众化并不能激发审美。从主题思想来说，越先进越好，但是从欣赏效果来说，可能并非越先进越好。今天的人们并不一定接受五四新文化运动的白话新诗，也不一定欣赏大众化的艺术创作，这就说明人民的审美趣味是不断提升的，但在当时，白话新诗却是叛逆的、先锋的、惊世骇俗的，它完全扭转了文学的格局。历史地审视文学，审美地审视文学，对于理解中国现当代文学的现代性是有帮助的。对作家、艺术家而言，应该立足于时代，积极发掘新的创作方法手法和模式，开辟新的文体及表述方式等，以使现代文学能够承载更多的、更深刻的思想内涵。语言的雅俗之变并不绝对，审美与社会的关系也并不是非此即彼。语言的审美性与社会性是变动的，原有的审美性可能是一种束缚。这就迫使作家、艺术家不断地调整语言实践，自动拉开与既往审美惯性的距离，积极探索具有先锋性、前瞻性的话题与内容。现代性不是迎合，而是不停地挑战、创造、打破与再创造。新时期以来当代文学的不同实验就体现了这一点，突破了原来崇高、悲壮、优美的审美状态，而荒诞、虚无、庸常、琐碎、冷漠和玄思等不断涌现，构成了新的语言审美风貌。

客观而言，中国现当代文学的语言实践吸收了西方资源，诸如意识流、象征、隐喻、反叙事、零度写作等，大大拓展了汉语文学的表现力，也提升了汉语文学的国际性。不过，随之而来也出现了新的问题，即民族性、创造力的弱化，中国文学如何贡献自己的现代性的语言实践成为一个巨大的难题。真正的中国文学现代性语言实践或实验，是以中国作家特有的艺术的、语言的、审美的方式彰显现代性价值，让它有艺术化的存在，甚至重新介入对现代性的解释与创造。比如，莫言近年所提倡的复归章回体小说，就是一种趋势。中国现代性是与传统性、后现代性混合的，具有独一无二的特殊性，又超越西方的现代性。语言的创新并不是目的，而是去建构意义。语言是存在的家园，仅仅关注语言，追求花样翻新，那只是形式的，是没有深度和生命力的。真正的汉语文学语言实践必须对中国人的精神存在、意义建构有所折射和显现，否则徒有其表的语言不会有家园，因为它没有灵魂，没有生命，没有温度，没有爱。强化语言的意义建构、精神塑造可以称为中国文学现代性的艺术维度。

进一步来说，重建汉语文学还要思考"为谁写"的问题。中国现当代文学不是为了西方，而是在于是否有利于中国人（包括各个阶层、各个群体）日益增长的精神文化需求，是否有利于丰富和提升中国人的审美趣味。在过去，曾经几个样板戏就占据了艺术的全部，这导致了审美的贫乏，无法让文学贴近人。今天，人们对精神产品的需求越来越大，不仅仅是一种娱乐与教育的需求，也是心灵的塑造。民众与先锋、先进之间也不是绝缘的，甚至民众的言行本身就是最具先锋性的，更不要说文学家就是民众的一分子。包括作家在内的最广大人民群众希望看到的还是他们期望的理想生活。文学家在文学创作的内容与形式上都要有所创新，艺术不是重复自我，而是实现自我。文学家不是着眼于西方的几个评委，而是着眼于十几亿的中国人，着眼于大变革时代的情感、思想。只有这样，才能创造伟大的作品，而不是流行一时的作品。后者只是短暂的，而前者却是永恒的，因为它深深植根于民族文化的沃土与生命的鲜活经验。

5. 价值观的现代性：人民性

价值观的现代性是中国文学的思想、态度、立场的现代性。在民族现代性、民生现代性、人的现代性、本体现代性中，价值观的现代性也多有体现。这里需要打破传统与现代的对立，强调价值观的适应性，即适应飞速发展变化的中国历史情境。比如在现代时期，社会的主要问题是为了尽快摆脱落后挨打的、严峻不利的国内外局面，由资产阶级力量、小资产阶级、市民力量等构成的主力不足以彻底改变中国不利的局面，北洋军阀以及后来大地主大资产阶级，仍然是制约中国发展的主要力量，中国革命也就不得不从下层（工农兵）发掘力量。从这一角度而言，中国文学的价值观现代性中最突出的就是人民性，发挥人民的力量是改变历史、造就历史的唯一正确途径。中国现当代文学中的优秀作品都是具有人民性的作品。

人民性是相对于传统的帝王性、贵族性、英雄性、才子佳人性而言的，上述这些往往忽视了人民性。人民性也是相对于现代的个人主义、感性而言的，这些往往是碎片的，不能上升为一种政治力量。人民性是一种实践的产物，是人民在改造历史、创造历史的过程中所表现出来的积极特征，是具有历史进步性的，并非那种被动适应历史的奴性、消极性。

确立人民性不是抽象的，而是必须立足于人民（包括各行各业各种身份）改造历史、改造世界（也包括改变自身）的实践，用马克思主义的话说就是"典型环境中典型人物"。刚正不阿、为民请命、革命英雄、改革先锋等，都体现了历史的进步性。坚持历史唯物主义的立场，不抽象地理解人民性，而是动态地、具体地、实事求是地理解人民性，不盲目拔高，也不肆意贬低。比如《海瑞罢官》中的海瑞刚正不阿，敢于直言，这就是人民性。有些历史实践主观上是没有多少人民性的，但客观上有人民性。比如秦统一中国，就其他六国人来说是家国破灭，但就整个中原大地的统一而言就具有人民性，表现了历史的趋势。秦统一的政治实践是具有人民性的，但并不意味着秦始皇或者秦朝的所有政治实践都具有人民性，这是两个问题。对人民性要有历史主义的态度，不能机械地理解。

价值观的现代性有很多层面，比如五四时期的科学、民主对中国产生了重要影响。对于文学艺术而言，除了人民性，还有艺术性、审美性、批判性等，其对文学艺术的影响要大于科学、民主。这一点在本体现代性中就有体现。除了人民性，价值观的现代性还包括自然性、人性等内容。人民性不是别的，就是人自身力量的历史化、社会化与艺术化的表达。一个人的言行也可以是人民性的，如果没有表现人自身的力量，那再多的人也不可能具有人民性。

人民性在历史上一度被解读为阶级性。但是，这里的人民性并不是重复原来的阶级性，而是强调人民性的历史创造性。随着社会发展，社会主要矛盾早已从阶级斗争转向社会发展，再使用阶级性就很难做出合理的解释了。这也不适合中国当下的社会主义所确立的最广大人民的执政基础，因为在人民内部不是阶级斗争的问题，而是各阶层共同发展的问题。作家自身的人民性是建基于对整个社会的思考之上的，是将自己的经验熔铸到对社会历史文化的思考之中的，这是其人民性的最根本的特征。在此，我们也就能理解所谓的革命文化、寻根文学、先锋文学的人民的公约数问题了。

人民性的历史性意义是将普遍性的人性作为自己的内涵并加以具体化，因而它不是抽象人性论的翻版。可以说，人民性是人性的落实，人性是人民性的升华。以人民为中心的创新与以人性为中心的创作，并无本质区别。还有一点较为重要，作为价值观现代性的人民性有其特殊的意义，因为它将政治性（民族现代性）、社会性（民生现代性）、人性（人的现代性）与艺术性（艺术本体现代性）融合在一起，构成了中国文学现代性的完整内容。

第二节　中国现当代文学现代性的张力结构

前文就中国现当代文学与现代性的关系以及基本经验的问题等做了梳理，本节则进入更为理论化的层面，探讨中国现当代文学的现代性张力结构。实际上，现代性总处于某种张力结构之中，这也使得现代性本身是变动不居的，甚至是难以捉摸的。现代性的出现使得中国现当代文学有别于传统文学，尽管现当代文学内部的差异也是巨大的。但是，传统与现代并非处于水火不容的状态。这里要破除的一个成见就是，传统与现代本身的二元对立关系应予以打破，双方的关系比二元对立更复杂。就现代性本身而言，它包含着反思性、反抗性的方面，这是资本主义与现代社会分工的必然体现。现代性既包含传统与现代，又包含文化（文艺、审美、学术、教育等）与政治（制度）。只要社会力量是多重性的，现代性自身就会有共存、协商、对话、互动等，而不可能是一元化、简单化的。在历史上，那种弥漫于社会方方面面的绝对的、单一的现代性并不会持久，只是作为特例而短暂地存在过，比如德国纳粹、日本军国主义等。无论是资本主义现代性，还是社会主义现代性，如果缺乏了现代性自身的自我调节机制，最终必然灭亡。对文学现代性而言，它也始终处于对制度现代性的能动反映与反思的位置上。本节拟从自律与他律、制度现代性与文化现代性、离散的文化现代性或后现代性来考察。

一、自律与他律

根据通行的理解，现代性是两面体，即偏于政治社会的启蒙现代性与偏于文化艺术的审美现代性。从另一个角度来说，既有艺术自律的一方面，又有艺术他律的一方面。无论是自律还是他律，二者都是文学现代性的体现，它们具有一种张力的关系，而不是相互割裂的。[1] 在历史上，随

---

[1] 钱中文、刘方喜、吴子林：《自律与他律：中国现当代文学论争中的一些理论问题》，北京：北京大学出版社，2005年。

着现代化的平稳发展，艺术自律就会强化，而一旦社会发生大的转型或者动荡，他律就会凸显。当然，现代化的平稳发展也促进了社会的重新整合，他律也会凸显，比如经济、科技的发展对文学的影响等。因此，不能简单化地看待现代性的自律与他律。

  自律与他律涉及的是文学的自我意识问题，而自我意识是世俗化的产物，是不同于中世纪的上帝意识的。就文学的自我意识而言，它是世俗化运动的产物，文学开始描写世俗，展现人自身，从制度上说，它是被文学批评所建构的，而现代文学的自我意识却离不开浪漫主义运动。浪漫主义运动受到启蒙运动的影响，它关注人，特别是关注作家的个性、天才等。这一主体性构成了文学区别于其他形式的主要依据，文学成为高高在上的一种存在。文学时代也正发生于此。所谓自律，就是优先保障作家的主体性地位，以破除其他领域对这一主体性的干预和干扰。所以，谈论自由，这肯定是一个启蒙主义的话题。因此这里的一个问题就是，现代文学观念如何在内与外两个方面确立自己的地位。在传统世界中，文学自我意识并不明显，缺乏主体性，乃是因为文学在知识上始终从属于经学体系（中国古代的《诗经》属于经，并非集，而在西方主要是神话、宗教等），是神圣化的，在主体身份上也一直未能独立，总是与文人士大夫为一体。后来出现的零星的职业文学家并不占主流，或者偶有较为专业的文学家也往往沦落为市井文人（如宋代的柳永），不被主流所认可。只有在明清较为发达的商品经济时代，文学职业化，商业化的文学才日益壮大。近代以来文学商品化更为突出，为现代文学的经济独立奠定了基础。

  从自律（或目的性）上说，现代性就是促进文学本身的现代化，使文学在现代世界获得独树一帜的地位。自律既有知识上的自律，即文学知识的现代化，文学从原来的经学（政教色彩的）的附庸成为独立的知识体系，又有身份上的自律，即文学主体（作家）的现代化及经济独立，二者相辅相成。知识自律在于文学具有独立的、独特的、不可取代的地位和作用，与此相关，身份自律是指文学主体具有与文学知识一样相对独立的地位和作用。从知识上说，文学虽然从经史子集四部中独立出来，获得了相对独立的地位，但往往还受制于其他因素的困扰，比如政治局势、社会地位、经济效益等,除去那些极端化的文学自律(它们很可能成为颓废、唯美、装饰、把玩的文学),都不可避免地会触及社会、政治、经济问题,即便文学自律也要表现其特有的政治立场,不是表现为对外在的问题的视若无睹。

身份自律和自足是指文学的主体——文学家(包括诗人、小说家等)拥有自己相对独立的政治地位、经济地位,而不是在绝对意义上将文学视为"为稻粱谋"的职业。文学的业余性在古代很明显,但这种业余性并非现代的职业分工。身份自律毋宁说的是以文学为业,不涉及其他,文学不受其他领域的干扰,这一点尤其重要。在古代中国,文学家是从属于政治的,文学家的身份总是和政治紧密地结合在一起,虽然士大夫都有文学素养,但这是文化的安排,而非社会经济发展带动的分化。这种状况只有到了近代(伴随科举制度废除、现代大学的建立、市民阶层的扩大、新闻行业的发展等)才开始改变,并最终分化出了自足的文学家群体,即依靠文学来养活自己。这种情况在古代不是没有,比如元代的戏曲、明代的评书,都是有着明显的商业考量的。但相比于诗文,戏曲、小说地位低下,不构成整个社会的艺术轴心。近代以后,戏曲、小说地位提升,从业者的经济收入也有了保障。这个文学家群体是社会分化的产物,适应新的时代条件,但不意味着和政治没有关系,只是他们和政治的关系不再是成为政治家,而成为人民的代言者。

清末的一批思想家(比如梁启超等)还处于传统士大夫向现代知识分子转变的过程中,他们的身份多是复合的,是政治家、思想家兼文学家,他们的传统思想也比较浓厚,主要的文学体裁是诗文。传统士大夫总是和君主体制密切联系在一起的,其思想基础也是以儒家思想为主的,总是追求一种自上而下的改革,寄希望于上层,特别是君王。中国资产阶级改良派之所以失败就在于他们仍有传统士大夫(贵族精英主义)的精神底色,使得他们不可能从根本上抛弃君主政体。君主立宪的失败直接导致了或者说大大推进了革命思潮的兴起,大批知识分子(教师、学者、学生等)或者不屑于与旧有体制为伍,或者被旧有体制驱逐并被边缘化。由此,自下而上的社会革命道路就成为首选。当然,启迪民智也是维新派所坚持的，但是他们只是将启迪民智视为政治改良的对象。在革命派看来，启迪民智毋宁说是一种社会进程，随着底层人民思想的自觉和成熟，必然导致上层意识形态的瓦解。于是在清末民初，文学这一独特的力量被挖掘了出来，摆脱了政治的附庸（比如八股文等），越来越强调小说、戏曲（话剧）的作用。也就是说，从一开始，文学就和现代性的革新力量有着密切的联系。当然，文学的自足性地位不是马上就建立起来的。在身份上的独立主要依靠的是经济条件的变化，比如市民阶层的发展壮大、新闻报纸的发达与现代稿费制度的建立，文学家可以通过文学作品获得收入，维持生计。在民国时期，茅盾因小说《腐蚀》连载就有充足的稿费保障，尽管有时是急就章。还有一些学者型的文学家通过高等教育获得自己的身份独立，比如在大学任教的鲁迅，其社会地位更高、独立性更强。

文学自律还表现为艺术自律、审美自律，这就是文学的纯粹化过程。文学纯粹化大体有三个方面：

其一是功能转向，旨在剥离文学所不能承载的其他功能，这一方面就是文学的审美化（情感化、人格化等），其内涵主要是情感、自由、平等、独立等关乎精神、人格的内容。这一转向虽然较古代变窄了，但却是变纯粹了、集中化了。周作人认为："文学者有不可或缺者三状，具神思，能感兴，有美致"[1]。在这里，传统的载道、功利观念已经很淡薄了，但更多地转向了文学创作维度。文学纯粹化的努力，一是剥离文学所受制的旧有力量，比如维新前后和新文化运动时期就是如此，此时新的力量开始推动文学；二是反思新的政治力量对文学的干预和支配，此时对文学的思考由外向内转。在前者那里，文学的政治内涵始终如一，只是政治有新旧、进步落后之别，鉴于某些旧力量已经成为文学的形式化因素，故而通过对某些文学形式的贬抑或鼓吹以达到破除旧有力量对新生文学的束缚。就后者而言，文学纯粹化的努力是紧随文学地位提高之后而出现的，此时的情景是文学过分追求社会功能而导致的文学价值（审美价值）的衰竭，如文学革命转变为革命文学，就偏离了纯文学的初衷，当然，这与时代性密切

---

[1] 独应（周作人）：《论文章之意义暨其使命因及中国近时论文之失》，《河南》1908年第4期。

相关。最后，当文学退出社会政治场域后，文学自身的客观价值开始浮现，这便是现代意义的纯文学观念，即最高层次的纯文学，它的另一称谓是形式主义。

其二是身份转向，强调的是文学家独立的地位和人格，这一点可以称为专业化或天职化。这一点侧重的是作家维度，主要是职业作家的出现，这个职业指的是以文学为志业和职业，文学成为作家投身奉献的事业。王国维说，"专门之文学家，为文学而生活"[1]，就是此意。

其三是形式转向，所谓的形式转向对文学本身的语言、形式、美学等方面的限制，即所谓的纯文学，或者形式化的文学。这是纯文学的最为严格的一种，其实如果没有现代语言学的发展，纯文学的发展将是很困难的。西方现代艺术是比较关注形式的，形式本身就是一种价值，艺术就是激发这种形式。比如，蒙德里安的几何构成即是如此，艺术的发展越来越形式化。文学在排除了现代性规范内容之后也就转向了日常、琐碎，开始反文学，这只是形式角度上的文学创新。

"文学纯化"往往涉及这样一对概念，即纯文学与杂文学，或单纯文学和驳杂文学，或纯文学与实用文学（社会文学），或亚文学与俗文学。中文中的纯文学这一术语一般认为始自王国维。[2] 纯文学与杂文学可以从形式上立论，也可以从内涵上立论，还可以从功能上立论。但是从内涵上立论更为妥当。所谓内涵即性质，什么可以归入文学，什么不可以归入文学，这必然涉及文学的功能问题。所谓的纯文学和杂文学的区分也是狭义文学与广义文学之分。狭义的文学仅指美文学，包括诗文、小说、戏曲等；广义的文学则无所不包，新闻、报告、杂文、政论文都可以纳入。这主要是从功能上立论的。在清末民初，杂文学观念比较流行。至少在新文化运动之前，文学观念仍然是纯杂不分的。[3] 在梁启超的观点中，文章和文学是并行的，有的也单称一个"文"字。他在《译印政治小说序》

---

[1] 王国维：《文学小言》，《教育世界》1906年总第139号。
[2] 王国维：《论哲学家与美术家之天职》，《教育世界》1905年总第99号。
[3] 在文学观念的纯杂不分的同时，文学观念在社会上的影响也远较小说弱，可以说这一阶段的文学还是传统的混沌不开的状态。

中提道:"今中国识字人寡,深通文学之人尤寡,然则小说学之在中国,殆可增七略而为八,蔚四部而为五者矣。"[1] 小说通俗易懂,老少皆宜,但文学则可能是高深的。在章太炎以及国粹学派那里,文学观念更为传统。章太炎认为,"文学者,以有文字著于竹帛,故谓之文。论其法式,谓之文学"[2]。在刘师培那里,文学和文章是同一概念,更多的还是指传统的诗文。这种文学观念更近似英文 literature 之本义,也就是说这种文学观念并非现代文学观念之表现。

纯文学只求诸自身,这个自身既可以指作家创作之自身,又可以指作品之自身,就后者而言,还可分为作品内容之自身与作品形式之自身。大体上说,提倡纯文学观念的,一般对社会少有驻心,或者对文化社会化表示不满,注意力多在个性、精神、人生等领域;而提倡杂文学观念的,必然有着参与社会的热情,强调文学与新闻、政治、军事等的密切关系。这里要注意,纯文学与社会功利无关,但并不意味着它就成为无价值的文学,甚至在某些提倡纯文学的人看来,只有纯文学才是最有价值的,因为这种关注个性、精神、人生的文学才是对人有大用的,是永恒的。文学纯粹化要清理的是文学社会化所带来的负面效应,而非驻心于文学自身世界之建构,不过它同时又必然推出自己的社会、政治、人生理想。文学舆论化在清末起了很大的思想宣传作用,力图清除文学与旧政治的一体化关系。在清末曾经盛行一种"无用文学论"的论调,意指那些八股之类的古文完全无关国计民生,在形式上陈陈相因、内容上毫无作为。此处的无用文学而非文学无用。纯文学强调无用,但这个无用是强调文学的自律,不受外在力量的干扰,或者文学并无力解决世间一切问题,它只关注个性、精神、人生。杂文学观念却不这么看,反倒认为文学关乎国计民生,关乎民智的提升,关乎社会的进步,甚至认为文学要为社会、军事、政治摇旗呐喊。

在 20 世纪早期,文学纯粹化发生在散文、诗歌等领域。在散文纯粹化方面,周作人的贡献是无法绕过的。1921 年发表短文《美文》之

---

[1] 梁启超:《译印政治小说序》,《清议报》1898 年第 1 册。
[2] 章太炎:《国故论衡·文学总略》,上海:上海古籍出版社,2006 年。

后，20年代的散文创作才开始有自觉的意识。[1] 其后，王统照受西方理论的影响，还倡导"纯散文"（Pure prose）概念，其与美文相类。散文纯粹化是文学纯粹化的先锋，因为在古代诗文中，文最杂，通过限制文的范围达到文学纯粹化，自然是重要的方向。小品文、随笔、随感的发展就是如此，它们完全剔除了文自身的诸多实用功能，将散文引向了个体心性。在这方面，现代散文又成为古代散文（如公安派散文等）的知音，也成为其现代的某种发展。

　　纯诗运动也可以视为对五四新诗创作的一次补救或者纠偏，以白话、自由、通俗为特征的五四新诗在经过了一二十年的创作后，在客观上到了一个建立规范的时期。闻一多的《诗的格律》提倡格律诗，虽然没有提出纯诗，但已经在进行诗歌的规范化方向上努力了。[2] 提出"纯粹诗歌"概念的是穆木天，这一概念将诗歌与散文划清界限。他还指出，中国新诗运动的"最大的罪人"是胡适，因为胡适提出"作诗须得如作文"。纯诗的方向是向内转，即"诗是得表现的"，注重语言、心灵和形式。[3] 这里已经触及了诗的本体性的某些内涵了。对纯诗运动做出重大贡献的是梁宗岱，他对纯诗有一个界定："所谓纯诗，便是摒除一切客观的写景，叙事，说理以至感伤的情调，而纯粹凭借那构成它底形体的原素——音乐和色彩——产生一种符咒似的暗示力，以唤起我们感官与想象底感应，而超度我们底灵魂到一种神游物表的光明极乐的境域。"[4] 在此，诗歌与社会的广阔联系已经淡化了，而走向了纯粹的内在世界之建构了。

　　从他律上说，文学现代性的表现在于促进社会的现代化。文学启迪民智、传播新知、促进社会进步以及革命、独立、救亡等，从维新运动就广泛引起重视；同时，文学的教化功能也是传统中国的一个重要特色。中国现当代文学贡献了一种他律的文学史范式。这些都无时无刻不在影响着中

---

[1] 周作人：《美文》，《晨报副刊》1921年6月8日。
[2] 闻一多：《诗的格律》，《晨报副刊》1926年5月13日。
[3] 穆木天在《谭诗：寄沫若的一封信》（原载《创造月刊》1926年第1卷第1期）中提出"纯诗"这一概念，即"纯粹诗歌"。
[4] 梁宗岱：《谈诗》，见《诗与真二集》，上海：商务印书馆，1936年，第6页。

国作家，构筑起中国现当代文学自身的生存论基础。相比外部而言，主体性问题却非常棘手，因为相对于社会，它是内部的，但又与文学本体不在一个层次上。这一主体性，从西方说，基本上还是在浪漫主义阶段；从中国说，从先秦以来都在强调道德、气节、精神等，不一而足。就中国现当代文学而言，这个主体性问题主要指的是个人的觉醒、精神的独立，以及不受制于外在的束缚。这一主体性价值也是自律的一部分，它使得文学能够承载新的个性、激发新的表达。

文学的内部价值就是让人意识到自己的力量、自由、价值的重要性，这是西方文艺复兴以来的重大问题。个人自觉是现代性的重要方面。在西方语境中，随着个人自觉的日益成熟，西方现代性才逐渐建立起来，这是一个长期探索并达成共识的过程。虽然西方盛行着各种各样的个人主义，对个人也极为尊重，但人与人之间的共识（自由、平等、独立、个性、法的精神等）却是整个社会的基础，每一个倡导个人主义的人也都意识到他人是不可侵犯的，不能因个人利益而损害他人利益。这一基本原则当然也是西方资本主义自由竞争的产物，但这毕竟有着社会的基础的。基于人文主义、启蒙主义、浪漫主义，西方个性的思潮在中国迅速发展，并与中国的道家思想建立联系，成为现当代文学中最富魅力的一支。但是，他律的社会始终在制约这一支，使其能够纳入他律的机制之中，这反而与传统的儒家诗学有着更广泛的联系。在既有体制之内，文学起着移风易俗的作用，促进社会进步和改良，但是在既有体制之外，文学又起着重建社会价值体系、维护社会精神联系的重要作用。文学的自律与他律始终处于这种互动并寻求适应的过程之中。

二、制度现代性与文化现代性

制度现代性大抵指向国家—社会层面，文化现代性主要指向文化—精神层面。这在一定程度上与自律、他律的内容相重合，但又不尽然一致。自律与他律的主要内容是强调文学与外在的关系，自我意识非常明确，或者以自我为立场，是以文学来思考问题的。制度现代性和文化现代性则使自律和他律问题上升到现代性问题，因为自律和他律并不仅仅在现代才出现,而制度现代性和文化现代性却是现代的。制度现代性是革命现代性之后的发展现代性问题。在革命现代性中又发展了现代性的因子,但其大发展是在发展现代性之中。文化现代性扮演着双重角色,既强调与制度现代性的同步,又强调对制度现代性的反思,当然,无论是制度现代性和文化现代性都是在一定社会基础上形成的现代性,是不能脱离这一基础的。随着社会基础的变化,现代性的内涵也随之变化。

中国近代的制度现代性非常不完善。中国尚处于从传统中央集权制向现代中央集权制转变的过程之中,中间试验了很多制度。首先,资产阶级在共和政治中不是主要力量,共和政治为北洋军阀(皖系、直系、奉系等)所把持,已经是有名无实了。从晚清到中华人民共和国成立,首要处理的就是军阀割据问题。这是中国历史上的老大难问题。军阀割据导致中央权威名存实亡。可以说在制度现代性上,民初的共和徒有其表。其文化现代性的发展也不充分,按照金观涛和刘青峰的观点,清末民初的意识形态是中西二元论的,即社会层面的西方一元论,家庭伦理层面的中学一元论,二者互不隶属、互不干涉。[1] 中西二元论在历史上的确起到了重要作用,但随着历史的发展其弊端也越来越明显。家庭伦理个人等层面的问题在国家、民权、独立等面前固然显得微不足道,但是一个现代国家的建立不可能依靠一群具有传统思想的人士。一方面,传统思想使得爱国主义得到了扩展和张扬,但另一方面,家长制仍然根深蒂固地存在于现代中国社会之中,包括今天的广大农村,仍然有着大男子主义的遗留。可以想见,新文化运动所关注的更多的是个人、家庭和伦理等维度,而并非国家制度、选举权等政治问题,尽管这些很重要。正是由于晚清以来现代伦理观念所涵盖的不彻底,最终导致了新文化运动的出现。其实,近代中国现代化的三个阶段即器物、制度、文化,没有一个是成功的。当改革者领悟了要从文化入手后,但在器物、制度等层面上缺乏跟进,或只做了简单的替代,这其实是有很大问题的,因为器物、制度也同样需要更新,三者是

---

[1] 参见金观涛、刘青峰:《观念史研究:中国现代重要政治术语的形成》,香港:香港中文大学出版社,2008年。

联动机制。但受制于功利主义世界观，中国现代思想往往只抓一点不及其余。新文化运动所瞩目的目标不是制度现代性，而是文化现代性。主要原因在于制度现代性虽然是外在的，实行起来比较快捷，比如已经有一个民国的体制了，但是如果没有文化现代性作为基础，制度现代性难免走样、变形，比如民国的空架子，以至于改革者对纯粹的制度现代性持不信任的态度，而专注于文化现代性的建设。可以说，恰恰是因为军事现代性与制度现代性建设的失败或者挫折遭遇才促进了文化现代性的跟进。

制度现代性在中国的主要表现不是在国内，而是外在民族国家的主权独立问题。而获得制度现代性的对外独立，又必须以内部的团结为基础，而民国时期的中国往往是四分五裂的，军阀割据、派系纷争，无法有效保证国家的政治独立和社会稳定，制度现代性和文化现代性也就无从实施了。这种从清末到中华人民共和国成立的不稳定状态（或者大过渡状态）决定了中国现代性基本任务，就是实现国家独立（主权）与统一（消除军阀割据），从而为国内现代性建设提供保障。抗战在客观方面又进一步推动了中国的制度性建设，抗战时期的中国比近代的任何一个时期都更为团结了，而孕育于革命实践与基层建设（农村）的中国共产党最终实现了制度现代性，并在1949年获得了全国政权。

在中国的制度现代性没有充分建立的时候，个体成长缺乏必要的制度保障，在这样一个制度现代性框架和氛围都不成熟的情况下，就需要国家或者政党力量将个人团结和凝聚起来，从事制度现代性的建设，同时进行相应的文化现代性建设。因此，对于中国制度现代性建设而言，中国共产党的领导是至关重要的。中国共产党作为中国工人阶级、中国人民和中华民族的先锋队，也必然体现工人阶级、人民、中华民族的利益。这一制度现代性建设与西方资本主义制度现代性建设有根本的区别。但这一制度现代性建设并非一劳永逸，它仍然需要应对来自生产力（经济发展、社会进步等）的挑战。与此相适应的文化现代性的作用就不可忽视了。

在制度现代性与文化现代性方面，文学一方面需要揭露、批判制度现代性的不健全、不完善，甚至是来自于封建主义、资本主义对中国现代性的干扰，为新制度摇旗呐喊；另一方面需要基于本国现实（经济、政治、社会等）与文化实际提出自己的制度现代性思考。迄今为止，没有一种制度是完美的，封建主义、资本主义、社会主义都是历史中存在的，即便是封建主义、资本主义，相对于奴隶制、封建制都是进步的。因此，揭露、批判、反思制度现代性问题不仅是必要的，也是必需的，它有利于调动全社会的力量。不能外部一团和气，而内部问题多多，积重难返。这个制度现代性问题在中国主要体现为资本主义现代性与社会主义现代性下中国的消极面、落后面，比如观念陈旧、权钱交易、官僚腐败等。就前者而言，1947年钱锺书《围城》的出版，里面涉及制度现代性中的大学治理问题。在三闾大学中，不是高效的行政管理，而是复杂的人事纠纷，这可以与吴敬梓的《儒林外史》相对照，尽显新儒林的龌龊不堪。近年出版的李洱的《应物兄》与此类似，学术问题被非学术问题所干扰，折射了中国近现代知识制度与社会处境问题。20世纪50年代，中华人民共和国刚刚成立，一些领导干部在思想上放松，官僚主义问题逐渐浮现。官僚主义既可能是封建主义的，也可能是资本主义的，但它又存在于社会主义制度中，腐蚀影响着社会主义制度现代性。对此，王蒙的《组织部来了个年轻人》对官僚主义加以反思和批判。从制度现代性而言，这种反思和批判是必要的。因为即便到了社会主义制度，相关的经济、观念却并不一定全部到位，马克思提到的发展不平衡性也说明，经济社会文化发展的复杂性。然而，由于当时整个社会弥漫左倾思想，《组织部来了个年轻人》被上升到挖社会主义墙脚的地步，将这种制度现代性反思与批判推向阶级斗争。客观而言，那种将社会主义视为完美无瑕的看法本身就是机械的，不符合实情的，是教条的，其本身也不符合马克思主义。马克思主义强调实事求是，而不是教条，否则容易导致人们的主观能动性的受挫。很多时候只是为了政治上的考虑而牺牲了文学对制度现代性的独立思考，这种做法是简单粗暴的。

　　文学除了反思与批判包括官僚主义在内的制度现代性弊端之外，也面临一个如何被制度现代性安排的问题。制度现代性对文化现代性有两重安排，一是要求文化现代性服务于制度现代性，比如"二为"方向（"为人民服务、为社会主义服务"），一是充分考虑文化现代性自身的规律，促进文化现代性自身的发展，并不一定需要它直接服务于制度现代性，比如"双百"方针（"百花齐放，百家争鸣"）、发扬艺术民主等。反过来说，文化现代性的自主性对制度现代性也提出新的挑战，即文化现代性对于制度现代性自身的思考，即从文化现代性而言，是不是制度现代性应该适应文化现代性的发展，为文化现代性的发展提供更好的制度保障？制度现代性自身应该如何，也是文学现代性不可或缺的，在有的时候，文学既不能批判制度现代性，也不能对制度现代性有自己的思考，只能被动地接受政治上的定义。这只是从制度现代性自身来理解文化现代性的结果，是制度化的文化现代性，这并不符合文化现代性的本意。文化现代性对制度现代性有着自身的内动作用。在古代，从文化角度考虑制度也层出不穷，也给人以审美的启迪。古往今来很多作家都在考虑完美制度的问题，比如陶渊明的《桃花源记》，作者直观感受到的世界并非空想，它很有可能成为现实人的某种精神代偿，就像共产主义必须有艺术的形式一样。当然，从反面角度批判可能出现的制度并给人以警醒，也是必要的。无论是完美的想象，还是荒诞的想象，都折射出文化现代性自身对制度现代性的思考，这种思考有时是局部的，有时是全局的，因历史发展的不同而不同。一般来说，在制度现代性尚未建立或者问题繁多时，多表征为全局性的，相反在制度现代性已经建立或者问题尚不突出时，多表征为局部性的。

　　作为文化现代性的一部分，文学在消极方面有助于对制度现代性的完善，在积极方面有助于提出一种基于个体的现代性方案。在现代时期，老舍的《猫城记》就是批判当时一团乱的制度，以黑色幽默的方式表达了作者对黑暗制度的唾弃以及对美好制度的向往，这契合于20世纪30年代的中国现实。当然，任何批判和思考都是特定时代的产物，用马克思主义的话说就是典型环境中的典型人物。老舍的《猫城记》、王蒙的《组织部来了个年轻人》也总是符合于那个时代的，而不能随意夸大。老舍并不是革命家，王蒙也不是反社会主义者，不应将这些作品视为主要倾向，肆意夸大，反而不能看到文学的实际情况。这样的作品是可以存在的，和其他类型的作品都是一样的。在中国诗学中本身就蕴含有"刺"的传统。而且,制度现代性应从历史发展的角度来,重视其历史发展,不能用几十年前的标准来衡量现在。同时,还应考虑局部与整体的关系,不能将局部问题上升为整体问题,也不能将整体问题降低为局部问题。为了营造一个完美无缺的制度现代性而放弃了对文化现代性的反思、质疑、批判,这是得不偿失的。文化现代性往往能够通过这种反思、质疑、批判更大程度地促进制度现代性的发展。尽管从制度现代性而言,没有反思、质疑、批判的现代性更好。但这种更好却意味着更大的危机。

由于文学作为艺术的独特角色,不可能把情况说得如此具体确定,而总是以可感的形象(情感、人物等)来感动人,给人启迪,促人思考。文学的核心任务始终是在塑造活生生的人物形象,而非其他。那些理性的成分并不适宜作家在作品中进行探讨,即便有所折射,也是形象化的,是文学批评和文学理论来诠释的,而且也并不能以偏概全,遗忘了文学自身现代性的建设。由于文学并不以制度现代性为核心主题,所以不必给文学设置过多的制度现代性思考的障碍和禁区。任何制度现代性场景都是有利于对人性的探讨,都不应该加以反对。即便如"文革"时期,也同样如此。对"文革"时期人性压抑的描绘并不会引发对现今制度现代性的损害或怀疑,相反则提醒我们意识到极端时期的危害,并保有某种警觉。当然,文学批评与文学理论自身对文学的评判问题也需要放置在文化现代性的语境中加以考量,不能动不动就上升到政治的、意识形态的高度进行批判,这样就偏离了文化现代性的本然状态,既损害自身(显得不包容),也损害文学(不兼顾文学自身特性)。

三、离散的文化现代性或后现代性

当然,我们也应清醒地意识到制度现代性和文化现代性本身的张力结构。20世纪以来兴起的现代主义、先锋派、后现代主义、女权主义等艺术、文学、文化思潮,无不对西方历史文明大加挞伐,反传统、反精英、反艺术、反美学等,表现出现代性的离心离散乃至分裂倾向。但是,这种离心倾向并非无节制的,比如这些离心的现代性(像当代艺术)并没有遭遇到人身的伤害和攻击,没有政治上的过分干预,这主要在于西方成熟的制度现代性，而这种制度现代性有着严格程序现代性，即对法律及程序的忠诚和遵守，对人身自由、言论自由的保护等，而不是流于形式。超出文学艺术的情况则被纳入法律的层面进行讨论，比如知识产权问题。

文化现代性表现的叛逆性并非与制度现代性不相容。西方文化现代性的批判性运动并没有走向实际的斗争（比如革命、起义等），而仅仅处于话语（思想）层面，因为与制度现代性并无根本上的冲突。为何西方并没有再涌现出社会革命的思潮呢？这是由于西方资本主义制度现代性本身的强大影响，一方面是制度安排，另一方面是文化安排。前者有国家暴力机器，后者有学术。1968年法国的五月风暴之后，文化本身的社会激情只能转移到文化学术艺术上。一方面，文化现代性本身就享有制度上的保障；另一方面，制度现代性容许文化现代性的叛逆性和批判性，甚至吸收多元文化，这都在标榜资本主义制度现代性的开放性、包容性，尽管这种开放性、包容性仍然是以西方价值观为基准的。这种分裂的现代性（即离心倾向的文化现代性）也构成现代性大厦的一部分。制度现代性一直在消化叛逆的文化现代性，将其纳入资本、市场、学术逻辑。比如文学的叛逆性可以通过市场进行调节，将叛逆市场化、消费化，如今西方繁荣的文化产业就是体现。

不过，这也不是说文化现代性对制度现代性的叛逆性和批判性无助于制度现代性的转变（事实上这样的转变也时有发生，比如游行、示威等，但都缺乏长久的目标），而是说，在新的社会基础没有出现、成型、成熟之前，任何文化现代性的努力就没有物质力量可以凭借，因而缺乏自己的独立性，在制度现代性（主要是资本家集团）掌控社会基础的情况下，文化现代性只是与制度现代性达成谅解（方式是制度化、博物馆化、历史化、学院化等）而已，而无法从根本上触动西方现代文明的地基。新的反抗性力量很快就会被导向资本主义的文化逻辑，从而使艺术家无暇于反抗性本身。

在同时代的西方，分裂的现代性或者后现代性的发展是持续的，尤其表现在艺术上。艺术上的印象派、现代主义等就是如此，它们反叛的就是现实主义等既有的传统。这给现代中国文艺带来不小的疑惑，如果以进化论论之，那么印象派、现代主义才是最先进的，但是以社会价值而言，现实主义才是最好的，灾难深重的中国最终选择了后者，这也导致整个20世纪，现代主义文艺运动发展一直滞后。为何盛行的现代主义文艺运动在中国没有发展呢？主要原因是当时的中国找到了一个更先进的思想，即马克思主义或者左翼思潮。而马克思主义或者左翼思潮在20世纪30年代又是全球现象。无论是苏联的社会主义现实主义，还是现代主义的左翼倾向，都无可避免地使得中国文艺更加关注于社会，只是由于中国文学艺术早期接触现实主义（即新文化运动时期宣传的批判现实主义），才最终导致了现实主义成为主流。当然，这并不意味着中国现代艺术发展就彻底断绝了，问题是中国的现代主义文艺运动并没有跟上西方的节奏。

到了20世纪，西方原来的与制度现代性一体的文化现代性发生了新的转型，走向了更为先锋、前卫的地步。原来的以浪漫主义、批判现实主义为标志的一体性的文化现代性让位于现代主义、后现代主义的分裂性的文化现代性，后者不再承担沉重的既有的社会道德政治使命，而是以"后艺术"（反艺术、非艺术、超艺术等）的方式曲折表现这个商业化、消费化、资本化的时代。这构成了整个资本主义世界文化发展的新的趋势。在20世纪80年代以后，中国当代文学特别是先锋派文学也进行了这样的实验，各种各样的非理性的、本能的、零度的、意志论的文学创作不断涌现。这使得当代文学的格局发生了转变，由原来一体化的主流文学（现实主义）分化出先锋文学、通俗文学等，到了21世纪又涌现了网络文学，这增添了中国文学的后现代性内容。

现代中国文学也存在一些对制度现代性的反思，比如梁启超的《欧游心影录》等，流露出对传统的留恋和向往，一些文学家、艺术家也进行了现代主义的形式实验，比如象征主义诗歌、印象派等，这对理解中国文学艺术的现代性的复杂性提供了案例。尽管现代中国没有给分裂的文化现代性或者后现代性以足够的时间、空间，但它毕竟短时间、局部地存在过。而当整个社会制度建设逐渐到位之后，其发展本身的问题也开始呈现，根据文化发展的规律，分裂的文化现代性、后现代性也就不可避免地要提到议事日程上来。这是由基于感性、创新的文化现代性的本质特征所决定的，文化现代性不可能是铁板一块、固定不变的，它不可能躺在制度现代性的既有方案之上睡大觉。如何面对这涌动不息的文化现代性，是当代中国所不得不面临的问题，即如何在解放文化现代性的同时，又不至于放纵文化现代性。因此，探讨中国当代文学的现代性也就不得不延伸至对后现代性的探讨上了。因为后现代性本身就和资本主义的高度发展密切相关，但在全球化时代，资本主义的高度发展（比如产业化、信息化、体验化、去分化等）又必然地影响到中国，而中国自身又处于经济建设的关键时期，不可避免地会受到后现代性的冲击。

如何在社会主义现代性的基本框架下消化吸收后现代性，而不是一味回避，是当前中国文学的迫切任务。当然，这种对后现代性的探讨并不意味着中国文学就走向了后现代，而是说后现代性丰富了中国文学现代性的内涵，而不是取而代之。

第三节　中国文学现代性主题及其当代趋势

我们一般都是从内容与形式二元的角度去理解文学，与此相关，本章从文学与社会整合的角度出发，探讨中国文学的现代性主题。主题是一种价值，这种价值进入文学而成为人们可以通过形式感知到的内容。主题是外在的，但又是内在的（经由形式而转化为内容）。

一、中国文学现代性的历史任务

现代性是一个过程，也是一个涉及深广内容的社会文化运动，与中国近代以来的现代化建设息息相关。具体而言，20世纪的现代中国有三大历史任务：一是争取科学、自由、民主的反封建任务[1]，也就是"启蒙"[2]。这

---

[1] 反封建是对西方庄园经济而言，并不适合中国。中国的封建社会主要是先秦时期，即封土建国之意。后来封建主义主要指专制主义，中国的反封建更多的是反专制主义。
[2] 相对于宗教对人的束缚，启蒙强调人的力量，即自由、民主，但是在中国，并没有严酷的宗教力量的束缚，儒家、道家也更具有人文意识，因此启蒙并不能直接应用到中国。但在反对迷信、专制以及过分的集体主义秩序上，启蒙是适当的。

是现代性的最初内容，偏重于个体、精神，是区别于宗教与皇权的。在挣脱宗教与皇权束缚上，中西有相通之处。清代高度集中的皇权专制主义及民族偏见、高压文化政策、弥漫于整个社会的封建礼教及人身依附（主仆）关系等，是制约中国文化发展的重要外部因素。清代是一个被视为要超越的前现代的存在，尽管中国的现代孕育于清朝，但同时也沟通了中国传统自身的积极力量以及来自西方的力量。比如，龚自珍《病梅馆记》就批判了封建统治者对人才的压抑与戕害。龚自珍更多地来自中国传统思想的熏陶，比如道家的崇尚自然，揭示中国人的悲惨处境，提升人的生存质量与发展水平是启蒙现代性的重要任务，是中国近代文学的主题。鲁迅的《祝福》挞伐了封建礼教（迷信）将人变成鬼的无情。巴金的《家》塑造了高觉新这样代表儒家传统的长房长孙的人物形象，在封建礼教的威严体系中，高觉新只能无奈地接受命运的摆布而不能有丝毫自己的选择权利。在中国现代文学中，反封建的主题可谓俯拾皆是。中国文学的现代性与反封建的历史进程相一致。从正面来说，那种描写新人物、新个性、新社会关系（社会主义、共产主义等）的作品就归于启蒙叙事，属于建设（立）的方面，这里面不仅有工人、农民、军人，还有知识分子、科学家等。鲁迅的《在酒楼上》中与吕纬甫相对的"我"，就是一个反封建的斗士，虽然经历失败，但矢志不渝。

二是争取民族国家（政治）独立的反帝（帝国主义，即垄断资本主义）任务，也就是"救亡""图存"。这是现代性的国家层面，偏重于政治制度现代性，也包含文化的独立自主。地主阶级（洋务派）、资产阶级（国民党）、无产阶级（共产党），先后登上历史舞台。相比启蒙现代性的普遍性，救亡现代性在特定时期是毋庸置疑的时代主题，比如在抗战时期，表现中国人民英勇抗击侵略的可歌可泣的壮举，揭露、批判和挞伐侵略者、汉奸、卖国贼、反动派。茅盾的小说《腐蚀》既抨击了国民党反动派的特务制度，又塑造了女特务赵惠明这样复杂的人物形象。虽然作品并非直接揭露，但从侧面暗示了抗战时期风云诡谲的各方斗争。这呈现了历史与人性的复杂性，比一般的口号式的救亡文学更深刻。"救亡"始终是中国现当代文学最突出的主题，从积极的方面来说是中国传统文化"忧患"意识的体现,能增进当代中国文学的忧患感;从消极的方面来说,可能简化了历史,对帝国主义的认识偏重于道德层面,而没有看到经济层面。在救亡图存的过程中,如果对自身的消极性有所忽略,对反对方的积极性也有所忽略,那么都不能把握其复杂性。救亡中包含着启蒙性,启蒙本身也积极介入、推动着救亡,二者并非简单的相互取代的关系。

三是反资本主义的社会主义(革命与建设)任务,也构成反(资本主义)现代性的一部分。这一任务在近代中国是没有的,是现代中国(自1919年以来)的独特方面。现代中国存在的资本主义主要是民族资本主义、官僚(买办)资本主义,到了当代中国则主要是社会主义市场经济制度下的资本要素,并非资本主义。茅盾的小说《子夜》主要反思民族资本主义,中国的民族资本主义本身是先天不足后天失调的,没有形成一个独立的政治力量。《子夜》的出现使人们对中国民族资产阶级的整体认识有了质的飞跃,这也为无产阶级登上历史舞台并引领中国革命做了文学认识上的铺垫。曹禺的《雷雨》批判了以周朴园为代表的民族资本家,揭示了其人性的缺陷,这对于理解中国现代资本主义有一定的作用。当然,曹禺所表现出的周朴园自身的人物形象也是丰富的。此外,还有很多作品涉及买办资本主义,比如在叶圣陶的《多收了三五斗》中,中国沦为帝国主义国家商品的倾销地,中国本国经济遭遇重大打击,在买办资本家的盘剥下农产品被压低价格售出,而农民面临破产,纷纷逃荒。在中国发展资本主义遭遇前所未有的历史困境,这也客观说明中国不能走资本主义道路。中国当代文学早期也反资本主义,但缺乏比较好的作品。近年来,对资本主义缺乏更深层次的反思,还停留在消费性、功利性等层面,尤其对全球资本主义的问题揭示不够。反资本主义并非反资本、反市场,或是无视资本主义生产关系的积极方面,而是从社会主义市场经济的总体目标(解放生产力、发展生产力)来审视资本主义,充分发挥其作用,同时摒除其消极性。

反封建专制主义的启蒙主义(启蒙主义现代性)、反帝国主义的民族主义(民族主义现代性)、反资本主义的社会主义(社会主义现代性)是现代中国文学(包括艺术在内)的三大思想基础。如果讨论中国文学的现代性，这些主题是绕不过的。

从反封建的角度而言，现代文艺具有启蒙主义（浪漫主义）的性质，积极吸收西方现代文明，张扬理性、个性、自由等。但是，反封建主义并非反传统、反历史，西方的文艺复兴并非从中世纪一直反到古罗马、古希腊，相反，这些迥异于中世纪封建主义的原典思想文化反而被发扬光大。而在中国，反封建主义则有文化还原论的倾向和反传统的倾向，将中国历史一竿子打到底，民族虚无主义、历史虚无主义长盛不衰。[1] 这与中国没有足够多的独立意义上的保守主义力量有关系，经历新文化运动、文学革命、左联等，残留的知识层面的保守主义（学衡派、东方文化派等）已经被打倒，势单力薄，政治层面的保守主义（清朝遗老、甲寅派等）又缺乏合法性。虽然，中国当时也提倡文艺复兴（如蔡元培就将五四新文化运动称之为文艺复兴），但绝非复兴儒家或者孔学，而是更生、更新中国文化。整个现代中国，对古典文化有积极作用的是新文化运动。

从反帝国主义角度而言，现代文艺具有反殖民（后殖民）的民族独立与解放的性质，其深入挖掘民族文化遗产、创造当代文化新精神与新形式，抗拒帝国主义（列强与殖民者）。[2] 由于20世纪的世界是帝国主义的世界，所以必须进行世界革命才能真正彻底完成反帝国主义。这里的一个契机是第二次世界大战，广大亚非拉国家纷纷实现了民族独立，终于实现反帝国主义、反殖民主义的胜利。但是反帝国主义的民族文化建设撞在反封建主义的启蒙主义的礁石上，如何处理民族性（大众化）与现代性的关系成为难题。这就像一个学生去反抗自己的老师，但学生的父亲（传统）和孩子（现代）出现裂痕，父子都反对帝国主义的老师，但是父亲倾向于传统，孩子倾向于现代，这导致他们在对待帝国主义西方文化的时候出现差异，甚至不可调和。

从反资本主义的角度而言，现代文艺具有意识形态性，其中也包括一

---

[1] 如古史辨学派对中国上古史的怀疑，是将科学主义方法论引入人文学领域，科学优越论恰恰导致对历史记载的怀疑和不信任，但历史记载并非历史本身，而是价值本身，故此古史辨学派冲击的恰恰是中国价值体系。

[2] 比如张元济抗战时期编写的《中华民族的人格》（上海：商务印书馆，1937年）。

部分的现代性批判内容。反资本主义有两个方向,一是社会主义(阶级角度)的反资本主义,二是民族文化(发掘传统自然,比如自然、乐天、综合思维等)的反资本主义,如梁启超对西方现代文明的忧虑[1],以及中西方文化论战中一些坚持民族价值的学者的观点[2]。但由于民族文化的反资本主义恰恰与反封建的启蒙主义相撞,又受制于文化还原论与进化论的双重夹击,使得民族文化反而缺乏影响力。一谈传统就保守、落后,这与日本、法国、英国、德国等重视传统文化恰成鲜明对比,于是被凸显的就是社会主义的反资本主义。

反封建主义的启蒙主义、反帝国主义的民族主义、反资本主义的社会主义三大任务是交错在一起的,这使得任何一项任务都不再是绝对的、纯粹的、孤立的,都必须和其他两项任务紧密结合在一起。

二、中国文学现代性的方法论及其问题

这三大任务迥异于西方,也使得现代中国文艺走了一条和西方不同的道路。在这一背景下,20世纪的中国文艺与西方近现代文艺出现某种程度的交错局面。在西方,现代性主要表现为浪漫主义、现实主义、形式主义(各类现代主义、后现代主义)思潮。这些思潮共时地进入中国,触发生了中国式变异。

其一,西方的浪漫主义、现实主义的资本主义自我批判(即现代性批判)演变为封建主义批判、帝国主义批判和意识形态批判,这三大批判成为中国现代性建设的一部分。其二,现实主义、浪漫主义成为方法论,它们的区别也仅仅被视为方法上的不同。其三,受到苏联文艺思想和社会主义意识形态(社会主义现实主义)的影响,现实主义、浪漫主义又被意识形态化了。苏联文艺思想和社会主义意识形态,又使现实主义优越于浪漫主义,即现实主义具有方法论与意识形态的双重优越性,成为政治正确的文学。这是西方现代文学史所没有的。

---

[1] 梁启超:《梁启超游记:欧游心影录·新大陆游记》,北京:东方出版社,2012年。
[2] 郭湛波:《近五十年中国思想史》,上海:上海古籍出版社,2010年。

由此，现实主义本身的科学精神和浪漫主义本身的自由（自然）精神双重缺失。现实主义的意识形态化与优越化，使其成为中国现代性上升期的主要艺术方法论，具有极强的政治动员与文化宣传效应。现实主义成为反封建主义、反帝国主义、反资本主义的最主要的方法。作为补充的是中国浪漫主义（即启蒙主义化的浪漫主义），为人生、为生命的个性主义与人道主义也使其具有重要的反封建的社会作用，并且和中国古代的庄子思想、魏晋文艺及晚明文艺发生了超时空关联。在现代中国文学上，浪漫主义从来都不是批判业已建立的现代性文明（即理性的极度张扬），而是在促进现代性文明的建设，如郭沫若的浪漫主义诗歌、林风眠与刘海粟的新美术运动。[1] 这种现代性和西方启蒙运动时的早期现代性是一致的，高名潞称之为"整一的现代性"[2]，但这和启蒙运动之后分裂的后期现代性是不一致的。加之在中国现代史上就缺乏一个强大的社会现代性力量（只有政治现代性力量），整一现代性也就显得不周延。

相比而言，20世纪中国文学的形式主义（现代主义，源自艺术从宗教、政治的分化）发展极为缓慢，30年代是一个难得的机会[3]，50年代以后，几乎中断，仅存林风眠、吴大羽、吴冠中、穆旦等人的硕果，直到70年代末才慢慢恢复。这是因为形式主义本身就是以文学自身为目的的，与急剧变动的社会现实较远而受到排挤、贬低并忽视。尽管如此，形式主义也不可脱离现代中国的三大任务。不过，中国对形式主义的理解也同时是方法论化的。形式主义内在地同现实主义、浪漫主义有着密切的联系，后者都有导向形式主义的可能。如现实主义走向了自然主义，只重描摹，无关判断，以至于有白色写作、零度写作。浪漫主义也有这样的方法论化的倾向。中国现代浪漫主义一方面被现实主义吸收、同化，所谓的"两结合"就是如此。另一方面它走向了形式主义，情况比较复杂。

---

[1] 高超：《西方浪漫主义在中国现代美术中的嬗变》，《美术研究》2009年第1期。
[2] 高名潞：《西方的两种分裂的"现代性"和中国的"整一的现代性"》，《艺术生活—福州大学厦门工艺美术学院学报》2008年第2期。
[3] 形式主义（现代主义）思潮在现代中国总体影响偏弱，主要集中在20世纪二三十年代的，比如郁达夫的文学创作，以及艺术上的现代艺术运动等，40年代出现了以九叶诗派为代表的现代主义文学创作。

走向形式主义的浪漫主义又分为三个阶段：第一个阶段是"弱形式"的浪漫主义，以情感表现为主、形式为辅，在这里"自我即形式"，情感外倾，形式也不假雕琢，如郭沫若《女神》中的《天狗》"我的我要爆了"的直白表达，这是现代中国最常见的浪漫主义。第二个阶段是"强形式"的浪漫主义，以形式为主、情感为辅，不再满足于直白的情感表现，注重情感表现的形式性，在这里"形式即自我"，如中国现代文学上的象征主义，是有节制的浪漫主义，代表性文学家有李金发、穆木天、九叶派等。与此同时，在美术领域，中国画家也倾向于接受象征主义。英国艺术史家苏立文描述现代中国画坛时说："一般说来，中国的画家都没有太多的冒险精神。于是，一种谨慎的印象主义，有节制的浪漫主义，以及含混不清的象征主义在中国兴起"，那种更为形式化的"达达主义和立体主义被中国画家避开"。[1] 第三个阶段是"纯形式"的浪漫主义，严格意义上说已不是浪漫主义，而走向了高度形式化的表现主义、抽象主义（抽象表现主义）、观念主义，在这里"形式即形式"。

到了当代，特别是20世纪80年代以来，各类泛形式主义（即区别于现实主义、浪漫主义）的文学异军突起，如现代主义、非理性主义、自然主义、唯美主义、颓废主义、女性主义、后现代主义文学等，冲击了现实主义文学的主导地位，对文学史特别是艺术史叙事提出了挑战。但是，非常奇怪的是，尽管中国当代文学艺术非常注重形式上的创新，但却并没有真正形成自己的形式精神、形式叙事、形式体系[2]，依旧处于艺术与社会的二元关系之中，即中国当代文学艺术是中国当代社会的形式化呈现。即便是先锋文学也必然有社会性的某种前提预设，先锋反而成为一种工具（反主流）。西方也是以理解中国社会（政治）的模式来理解中国当代文学艺术的，对中国当代文学艺术进行纯形式的关注和分析并不占主流。究其原因，一是受到中国固有的"文以载道"的传统文艺观的限制，二是受到当代主流意识形态（现实主义）的限制，三是受到中国文学家、艺术家

---

[1] [英] 苏立文：《东西方美术的交流》，陈瑞林译，南京：江苏美术出版社，1998年，第209页。
[2] 这似乎在于形式主义在政治话语中已经成为人人唾弃的陈词滥调，影响了人们对其价值的关注。

并无形式主义的传统的影响，四是受到西方特有的观察中国的意识形态与东方主义偏见的影响。在西方看来，中国是与自由民主的西方不同的国度，其艺术形式必然体现了中国特有的政治制度与社会文化，从而将中国当代艺术的解读拉向社会学解读的方式，而非形式主义的模式。这导致中国当代文学艺术很少进行"纯粹艺术语言的探索"[1]。因此中国当代文学艺术所谓的前卫也只不过是"社会学前卫"而已，内容始终占据重要地位。

高岭认为，当代中国文艺有两种基本叙事方式，一是现实主义叙事，一是形式主义叙事。[2] 现实主义叙事强调当代艺术（写实主义）再现了当代现实，但其问题是这种再现只不过是一种建构，再现客观现实只是一种愿望。现实主义叙事是现代中国艺术中最主要的叙事方式，同现实政治、意识形态等密切相关，在一定意义上，现实主义叙事仍有其合理性和存在的必要性。形式主义叙事明显不同于现实主义叙事，因为它注重的是形式本身，特别是对抽象化和观念化的强调，甚至到了反对所有传统形式的"后形式"阶段。同样，形式主义叙事也是在建构某种艺术世界，在这一点上，现实主义叙事和形式主义叙事在本质上是一致的，因为没有纯粹的现实，都是一种艺术建构而已。即便抽象主义宣称的不需要任何形式，它也需要形式，即需要一种外在的某种媒介，只不过这种外在的媒介过于新奇而不为人认可而已。这种观点突破了将现实主义叙事和形式主义叙事视为对立的惯性思维方式，从而有利于较为全面客观地审视当代艺术多元叙事背后的融合、对话、创新的可能性。

不过，当代文学史或者艺术史的多元叙事不仅要注意它们有共同性的原因，也要注意它们有差异性的原因。其实，现实主义已经发展了一整套成熟的方法论体系（甚至到了本质主义、教条主义的程度），因而更加关注内容（政治），对新形式的探讨并不感兴趣，这是生发形式主义（基于浪漫主义）的一个重要原因，以至于朦胧诗刚出现的时候，就遭遇误解。

---

[1] 殷双喜：《殷双喜自选集》，太原：北岳文艺出版社，2014年，第185页。
[2] 高岭：《当代艺术叙事的多样性》，《文化报》2009年9月3日。

形式主义为何执着于对形式的探讨？究其原因，一方面因为现实问题日趋复杂，使得既有的、传统的形式已经不适应这一时代任务，必须从价值的最为抽象的凝练物——形式入手，如五四新文化运动就断然放弃旧形式（文言文），而选择贴近大众的白话文，这有利于启蒙活动的展开（尽管不完全有利于文学艺术）。另一方面，只有创造新的形式才可以更彻底地和社会保持必要的距离，更能清晰地观察社会，确保文学自身的独立性。在此意义上，形式体现了新的价值。对中国当代文学而言，形式价值尤其重要，它是中国当代文学的本体。

三、中国文学现代性的叙事建构

当代中国究竟需要何种文艺？实际上，现代中国的三大任务并未彻底完成，这也意味着现代中国需要多样的文艺。多样的文艺对中国当代文艺不仅在内容上有所要求，同时在形式上也有要求。

其一，全面发扬优秀传统文化精神，批判反思封建（专制）主义的消极方面，从正反两个方面检视中国文化。西方从最早的文艺复兴到资产阶级政治制度、文化逻辑最终确立的17世纪、18世纪，用了近500年时间，而中国的反封建主义（并非仅仅结束帝制）从五四运动开始至今也只有100余年，并且中国封建主义的历史比西方的要长很多。在当代中国，封建主义的一些不良因素仍然起着作用。比如政治上的官僚主义、官本位、权力本位，其渗透到政治、经济、文化等各个领域，崇尚伟人、英雄、明主、贤人等，而民主作风和个性要求有待进一步提升。其他如家长制、大男子主义、文人相轻等，也都有不同程度的体现。表现在艺术中，就是缺乏那些充满个性的、勇于抗争的人物形象，总是表现帝王、将相、英雄等形象。比如在人际关系上强调熟人、同乡、同姓等，对陌生人充满防备，而现代社会是流通、交流频繁的社会，与陌生人打交道是重要内容，因而对契约精神的重视有待提升。表现在艺术中，就是艺术的规范化机制未能健全。比如在逻辑思维上，强调态度模糊、一团和气，以感性（情绪性）压制理性，而对精确性和理性重视不够。表现在艺术上，就是表面的情感过重，而深度的理性与哲学意识不够，独特的中国性体现不充分。[1] 传统农业社会所形成的艺术形式是古典的、中庸的、含蓄隽永的、文人性的，这些形式构成了中国艺术的表现力体系，是巨大的文化遗产。但是，就中国当代文学形式创新而言，又要不断推陈出新，比如"先锋文学"，就走在了艺术及精神探索的最前沿。当然，先锋的探讨也会遭遇各种各样的挑战。

其二，虽然帝国主义的直接侵略已经不再（中国国家的政治独立），但20世纪中期以后，殖民主义转向了新殖民主义、新帝国主义，西方对非西方的渗透更加曲折隐秘，而具有自觉性、独立性、竞争性的现代民族文化新体系（所谓文化原创力、软实力）仍需进一步建立和完善。随着意识形态斗争的隐秘化，在一些不起眼处仍然充满了帝国主义的霸权。西方的全球垄断资本主义不断提供更多的"进入壁垒"，大规模地进行全球洗牌，将非西方的元素清除或边缘化。比如在语言上轻视母语、重视外语（英语）；在文学上，轻视本土文学，而重视西方当代文学；在文化观上，轻视传统文化，重视西方文化。这些最终将导致民族文化记忆力、原创力与竞争力的下降。这一涉及民族文化安全的问题应该引起我们的充分重视。反对新帝国主义有着迫切的现实任务，因此文学的艺术形式更加大众化、现实主义化、理想化，这对于特定的社会现实是不可或缺的。然而，这一形式本身可能让渡于传统价值、个体价值，而出现千篇一律、政治化、口号化、模式化的状态，这是需要避免的。

其三，反资本主义的社会主义革命任务虽已完成，但社会主义建设的任务才刚刚起步，社会形态的先进性并不意味着社会文化的先进性，因此社会主义思想文化建设的规模、质量、历史都有待进一步拓展。社会主义从本质上是解放生产力、实现人的自由全面的发展。在全球资本主义体系中，社会主义的力量虽然弱小，但其方向是正确的，尽管道路曲折。从理论上说，高度发达的资本主义也必然走向社会主义，但这需要资本主义内

---

[1] 近期中国当代文学出现了一种形而上的趋势，但并没有真正形成中国当代艺术的哲学传统，仍然属于西方哲学谱系。

部的不断变革。在中国，社会主义已是决定性的，但相应地缺乏文化、观念跟进，如果一味追求经济繁荣，而忽视文化，会滋生某种资本主义价值观，比如拜物教等，这是有悖于社会主义的初衷和原则的。因此，在发展经济的同时，大力推进社会主义新文化价值观建设就是关键性的问题了。这与文化现代化的目标是一致的，也是进一步克服和超越资本主义文化弊端的必然选择。在社会主义建设方面，还有一点值得注意，就是社会主义文学的艺术形式问题。全球化、信息化的社会主义文化文学需要与其相适应的艺术形式，这种艺术形式一方面表现为整体现代性，即社会现代性与文化现代性的一致性，文学必然是现实主义、古典主义的，内容与形式的紧密结合。但是，形式本身也还是一种价值，应该大力鼓励文学家适应时代发展进行形式、语言、审美上的纯粹探讨，而不要因其不反映社会、政治而加以批评。这种做法实际上仍然是社会学视角，而非美学视角。纯形式的创新成为新成果后会自然成为文学家创作的重要资源，从而促进艺术水平的提升，而如果形式陈旧，那么艺术表现力也将低下。尤其在今天的高度信息化、全球化时代，"浅阅读""碎片式""听力式""图文式"等阅读日益流行，文学如何适应这一要求，成为一个不小的选择，因此相应的文学形式，比如网络体，也必然会有所创新。中国当代社会应该给予艺术形式探讨以更多的包容、理解、支持，而不要让有些文学承载过重的社会、政治、文化、伦理的任务。当然，这种形式探索并不意味着要使艺术形式成为唯一，而是呈现艺术形式的多样性、时代性。

从中国现代性角度而言，现代中国的历史任务仍将是反封建主义（启蒙主义的人文批判）、反帝国主义（后殖民主义的文化批判）、反资本主义（意识形态的现代性批判），它们的重要程度可能因时代的不同而不同，但鉴于中国特殊的历史经历，这三大任务缺一不可。这是中国现当代文学所必须面对的历史问题。因此，讨论中国现当代文学的现代性也不能仅仅局限于文学自身，而应统筹考虑文学与社会的复杂关系。

就文学和艺术而言，当代中国文学史或者文学史叙事不可能是单纯的、一元的，而将是以启蒙主义（理性、自由、民主、人文）、民族主义（文化精神、文化身份）和社会主义（阶级性、意识形态）为思想基础的当代中国文学史叙事,也是迥异于西方叙事框架之下的当代中国文学叙事。[1] 启蒙主义将促进新的现代性文化的产生,这事关中国文学的人文性;民族主义将促进新的民族文化的产生,这事关中国文学的特有的文化精神之确立;而社会主义将促进新的社会主义文化的产生,这事关当代文学的当下合法性问题。三种文化的合力,就是促进中国的文化现代化进程的力量。当然,这里不是强调所有的当代文学艺术及其叙事都同时针对三大任务,只要针对任何一项任务,那么,这样的文艺也就必然是中国的文艺,也是中国叙事的文艺。中国叙事的文学不仅是内容的,也是形式的,更是内容与形式相结合的。比如启蒙主义、民族主义、社会主义等都共享现实主义,但启蒙主义是理想的现实主义,民族主义是革命的现实主义,社会主义是社会主义现实主义,表现不一,但都应保留纯形式探讨的空间。比如启蒙主义、民族主义的白话文、大众化运动、格律化运动等,都从属于中国文化现代化。内容是具体的,但是使用怎样的形式以更加鲜明地表达内容,这就需要形式创新。20世纪以来中国艺术的主要任务其实并非内容的、主题的,而恰恰是该用怎样的形式来表达特定的内容和主题,以及这种形式是否在当时适应这一特定的内容和主题,而并非意味着不适应的就落后、不合时宜,适应的就是进步的、普遍的,这种非此即彼的看法是错误的。比如20年代中国引进印象派、立体主义、象征主义等就遭到现实主义拥护者(比如徐悲鸿)的批判,认为并不适合社会现实。从社会角度而言无可厚非,但忽略了形式探讨的价值,后来将印象派、立体主义等视为小资产阶级的象征加以批判以至于其长期受到不公正待遇,相反则是现实主义一方独大,限制了艺术的长足发展。中国现代艺术的基本经验是由于受到社会的强大影响,不能给中国现代艺术营造一种宽松自由的发展空间,政治对其他自主力量过于敏感,忽视了文学相对独立的一面,尤其是在纯艺术探索的方面,需要包容和宽容。没有文学是和时代没有关系,它们只是在为未来的现实做准备,而并非脱离历史的。21

---

[1] 河清:《现代,太现代了!中国:比照西方现代与后现代文化艺术》,北京:中国人民大学出版社,2004年。

世纪的中国文学应该吸取教训，强化文学的多元性、多样性、丰富性与有机性等，给文学的发展提供更多的宽松自由空间。

此外，还有一点不得不提及，这是西方经常诟病中国的地方，就是中国当前政治制度与意识形态问题。西方世界一直坚持文化现代性与制度现代性的两分模式，以文化现代性批判、挑战制度现代性为基本原则去审视非西方艺术。这使得西方根本不会以纯艺术的视角来看待中国文学，总是要找中国文学背后的政治因素（而且几乎都是反政治的因素），因此中国当代文学，特别是艺术一直被西方世界所政治化。比如中国当代艺术中的玩世现实主义就被解读为对中国现行政治制度的挑衅与反叛，从而获得了西方的青睐。反过来一些中国艺术家也有意识地从这一点出发进行创作，从而忽略了形式的创新。一些西方的当代艺术形式（比如行为艺术）更是被不断复制过来，导致他们的作品严重地缺乏新意。有些作品虽然表现了正面的政治性，但被视为意识形态性的。这一点应该清醒地看，因为当代艺术是中西意识形态斗争的重要场域，不能唯西方马首是瞻。

中国当前的政治制度因其特定的社会主义初级阶段性，必然会不同程度受到高度发达的传统专制主义、西方资本主义等的影响，这一点尤其要注意。中国当代社会文化的问题是复杂的，有的是中国当代政治制度（社会主义初级阶段）不发达的表现，而有些则是传统专制主义和西方资本主义消极影响的产物，不可一概而论。况且，中国当代社会也有其积极的方面，西方不能戴着有色眼镜来看待。那种只见问题，不见成绩的看法对中国是不公正的，中国社会所取得的巨大进步应该得以承认。中国当代艺术可以对中国当前政治与意识形态问题发表意见，这是基于文化现代性与社会现代性一体性的体现，二者不是分裂的，而是相互促进的，这种文化现代性是表现正面形象（社会主义建设）与批判负面形象（社会主义建设进程中的问题等）相结合的。这种文化现代性一方面促进该政治制度与意识形态的积极建设，促进社会主义建设日益完善、成熟，另一方面是反制来自专制主义、资本主义的消极影响（权力崇拜、消费主义、拜金主义等），这两个方面也必然从属于中国三大历史任务。

四、中国文学现代性的未来场景及其挑战

历史的研究总是从属于对未来的设想，或者说对于未来的设想是今天文学创作的重要保证。为了实现中国文学现代性总体质量（政治、社会、人、艺术）的提升，一方面需要系统总结中国文学现代性的基本经验，另一方面需要推进文学精神走向深入。

其一，作家要解放思想，充分发挥自由创作的精神。没有哪一个行业像文学艺术这般需要自由，自古以来中国传统美学都强调散怀抱、解衣盘礴，这都是强调要排除一切干扰，沉浸于艺术创作的自由之中。当然，自由不是想干什么就干什么，而是以个体性实现人的本质，它是人类社会实践、精神实践的综合产物。并不是所有人都能达到人的本质的状态，很多时候都是受制于非本质的。文艺作为人类自由本能最集中的体现，应该在解放人的自由、实现人的本真性方面走在前面，而不是迷恋于物性、本能性、欲望性而不能自拔。自由不只是挣脱外在政治、经济等的束缚，更是挣脱内在（心灵等）的本能、欲望的束缚。外在的束缚容易克服，而内在的束缚却很难克服。因此，中国文学的现代性要进一步提升创作的自由精神，排除商业、政治上的直接干涉，使商业、政治的考量不能成为艺术的首要标准，而要以精湛的艺术沉入中国社会、中国人心灵的最深处，真正感受大巨变时代中国的脉搏。在急功近利的商业化时代，在命题化创作不断提高要求的情况下，不能将艺术等同于商业利益和政策图解，而必须充分尊重艺术自身的规律（典型化、形象化、意蕴化等），以艺术的方式再现一个纷繁复杂、波澜壮阔的时代。例如巴尔扎克的写作也受制于稿费等一些商业的因素，但他只要投入创作之中，那就是精神自由状态，与任何外在功利性要求无关。这就需要创作者具有高超的精神定力。

其二，文艺体制需要贯彻百家争鸣、百花齐放的方针，引导作家将注意力转向对国家、民族、社会、民生等重大问题的思考与揭示上，不避繁难，勇于创新。这是对创作自由精神的一种补充和矫正，其根本上是与创作自由精神不冲突的。文艺体制归根到底是要充分激发文学家、艺术家的创作自由，协调各种文艺实践。文艺体制应允许文学家、艺术家表达不同

的观点，对有争议的看法，不应上纲上线、扣帽子。很多文学的创新不能简单地加以政治化的解读，除了现实主义，其他文学类型都是艺术多样性的体现。只有关注文学自身，其风格多样性才有保证。文学自身包含着思想性与艺术性，不能说把思想性放在第一位就一定有好的艺术性，不能一味强调思想性，而忽视了艺术性本身对思想性的丰富呈现。否则，干瘪的思想性无助于文学的发展。在表现内容方面，题材无禁区，敏感题材、禁忌题材时刻考验着文艺体制与受众，文学家、艺术家本着严肃的创作态度，将思想性与艺术性融合在一起，不仅有利于历史的艺术化呈现，还有利于提升艺术的历史意义。当代文学艺术拓展的各类主题只要不触及根本的政治问题，作为艺术多样性的一种，都有其存在的合理性。

其三，"文学是人学"，同时又是人性之学、人文之学。人不是一个孤立的存在，而是与天地并生，是社会关系的总和。因此，作家要表现人，就要多接触一些重大的事件、问题、矛盾，展现其中的复杂而深刻的人性问题。这是文学现代性的认识功能、理性功能、人文功能的体现。作为人学的文学就是去表现社会、历史和现实中活生生的人。在此，现实主义不仅是一种方法，还是一种精神。作为方法，它强调典型性（典型环境中的典型人物），巧妙地处理重大问题（即典型环境），寓艺术于历史之中，塑造成功的人物形象（典型人物）。从精神上说，现实主义具有更深广的历史内容、更深刻的历史规律、更深邃的感悟感受，不流于表面、琐碎、日常。现实主义就是时代精神、时代意志、时代感受的体现，由此构成了历史不可或缺的一环。中国自改革开放以来，本身有一系列的问题，中国人的生存、情感、思想模式都发生了很大转变，作家应该将社会的深广性、人性的复杂性、艺术的精湛性融为一体，在文学中把握时代、超越时代。现实主义（包括其他类型的现实主义）天然具有能力去处理如此复杂的事情。因此，不能被现代主义、后现代主义等裹挟，而遗忘了现实主义精神。当然，现实主义也是一种精神气质，作家需要直面现实，思考现实，感悟现实，乃至批判现实、超越现实。在一定意义上说，一切优秀的文学都是现实主义的，卡夫卡的小说《变形记》难道没有现实主义精神？它没有敏锐地把握了人的异化的重大问题？在 21 世纪，人的生存困境问题仍然没有被消除，因此具有现实主义精神的文学也就不会终结。

其四，作家要充分吸收中国文学的优秀遗产，锤炼现代汉语，把握时代精神，感悟宇宙精神，用古老而有生机的汉语书写美丽、宏大、飘逸的中国文学。"文之为德也大矣"（《文心雕龙·原道》），这里的关键词是"大"。文不是小文，而是大文，是天地之文，是天文、地文、人文的合一。用现代的语言来说，就是文学通过语言、形象来展现人的精神、时代精神、宇宙精神。文学那里有历史的消息、生命的脉动。因此，文学才生生不息，文体繁衍，一代有一代之文学。文学首先是文，是语言的艺术。文学要好，首先在于语言好与形象好，而语言好、形象好归根到底在于技术的锤炼与思想、情感的真实充盈，以及相互的取长补短。好文章是不断打磨锤炼的结果。在商业化、粗制滥造的时代，作家仍然需要精打细磨。不仅粗制滥造的作品不能流传，就连当时精巧的也未必流传，这说明语言的精巧与思想的深刻是融合在一起的。中国文学现代性追求的不是纯粹语言，而是语言与意义（生命、天地、宇宙精神）的融合。在语言上，现代汉语、古代汉语、文学汉语、乡土语言等，都可以进一步融合。在思想上，网络时代的来临也给文学带来了新的契机，如何把握与呈现新的时代，是汉语文学无法回避的

其五，未来中国文学现代性应该追求一种"新现代性"。文学本身既是目的，又是工具。说它是目的，就是强调文学的自性；说它是工具，是因为它是实现人的方式和途径。中国文学的现代性就是将这两个维度结合起来，既是文学的，又是人学的。从文学和人学这两个维度来说，中国文学现代性面临多种挑战，需要处理传统性、现代性、后现代性、资本性（商业性）、全球性、艺术性、科技性（网络、媒体、人工智能）等问题。虽然文学时代被影视、网络取代而终结了，但文学并未与历史隔绝、与文化隔绝、与思想隔绝、与人隔绝。现代性是个大熔炉，它开放、包容，但现代性又具有它的特质，就是自由、创新、人文、超越。中国文学现代性自然也是自由的现代性、创新的现代性、人文的现代性、超越的现代性。中国文学现代性植根于人类现代化的伟大进程之中。这一伟大进程不仅是

跨越历史的，由古到今的转变，也是空间交融的，不同文化的交流、碰撞、融合，更是精神表现的，促进人的自由发展与个性解放，摆脱片面的、被束缚的、异化的状态，激发人的创造力、想象力、情感力、意志力、表现力，去实现人本身。孟子说"可欲之谓善，有诸己之谓信，充实之谓美，充实而有光辉之谓大，大而化之之谓圣，圣而不可知之之谓神"（《孟子·尽心下》）。善（可欲）、信（有诸己）、美（充实）、大（充实而有光辉）、圣（大而化之）、神（圣而不可知之）是精神的不同境界。中国文学现代性的未来场景也是从善和信走向美和大，最终走向圣和神。因此，对于中国文学现代性而言，不仅要吸取传统文化精神，总结历史经验，还要吸收西方、亚非拉等地的优秀文化资源以及其他一切优秀思想、艺术资源，通过艺术创造，真正推进一种更高境界的"新现代性"。

探讨中国现当代文学的现代性，这是一个非常大的题目，又是一个很难透彻言说的题目。一是现代性很大，二是中国现当代文学很大，找到二者的切入口并不容易。本章立足现代性的框架，探讨中国现当代文学在经验、规律与趋势上与现代性的复杂关系，这与原来的中国现当代文学史、文学批评史、文学理论史都有不少差异。中国现当代文学的现代性不仅表现为文学的主题性，即反封建、反帝国主义、反资本主义，也表现在形式上，即现实主义、浪漫主义、形式主义（现代主义、后现代主义等），也表现在社会语境的急剧变化上，即晚清、民国、共和国等，更表现在文学家主体从文人性（文人士大夫）到专业作家（知识分子）、职业作家（雇佣知识分子）等的转变上，文学的受众也扩大到全社会，文学迎来了前所未有的变化，但旋即又遭遇科技、产业的冲击，电影、电视、网络、综艺日益发展，使得文学不再居于艺术的核心地位。这一系列变化都是中国现当代文学现代性的题中应有之义。中国现当代文学的现代性始终离不开中国现当代历史的变迁（古今、中西、城乡、身心、情理等的冲突与融合），这一变迁折射于现当代中国人的精神世界（情感、理智、世界观、价值观等），并表现为艺术形式（文学及其相应的创作方法论等）。这种历史性、精神性、艺术性的统一，为我们理解中国现当代文学现代性提供了重要参照。对于未来中国文学现代性的生成，也同样重要。

第三章　古典与现代的相遇和"双向填空"

——以四大名著网络同人小说为例

网络文学是当代中国文学不可分割的重要组成部分，也是中国文学现代性进展到当代时出现的一个重要现象。有意思而又值得关注的是，这些全新形态的网络文学实际上深深地融入了中国古典文学和文化传统并受其影响，从而让中国文学现代性在当代时段与古典传统产生了一种新颖而又重要的联系。本章重点分析《红楼梦》《三国演义》《水浒传》《西游记》四大名著在网络同人小说中的书写状况，由此探究中国古典传统在当代最新颖的文学样式中的传承和演变踪迹。

第一节　网络同人小说中的古典名著书写

所谓"同人小说"，是指建立在已经成型的文本基础上，借用原文本已有的人物形象、人物关系、基本故事情节和世界观设定进行的二次小说创作。网络红楼、三国、水浒与西游同人，是指在四大名著原著的基础上，借用其人物、故事设定衍生全新故事的网络上的二次创作。

一、网络同人小说的公共性

经典名著的网络同人小说通常被认为是反经典的一种亚文化,带有明显的后现代风格的解构、戏仿与拼贴风格:"它有一点反叛,但目的是在宣泄;它有一点冒犯,但只是一个恶作剧;它有一点撒野,但不过是在雪地上打个滚;它有一点消解,但却使得这个社会结构的运行更加顺溜。"[1] 然而,上述论断只是基于一种外围的观察。除去文本的挪用与"盗猎",同人小说还在填补空白,提供想象世界另一种可能性的回答,在书写的同时以一种同人式的"文学批评"介入意义的再生产。更重要的是,当名著的资源被网络媒介与现代性激活,原文本基于线性时间设定的"神圣秩序"被重新解构为一个半开放的空间。更进一步,网络同人小说在互动性的写作与生产中搭建起一种新的"公共性",为读者与作者所共享。

二、网络同人小说与近代"翻新名著"

西方经典名著的同人相对而言较少,仅有《悲惨世界》《飘》《傲慢与偏见》等少数作品的同人能在文学网站同人分区占有一席之地,然而中国经典名著的同人,尤其是四大名著却拥有数量巨大且高度类型化的同人。原因为何?不仅仅因为这些文本我们更熟悉,问题的答案恐怕还要拉回到"同人"本身上来。现今的中国网络同人文化,多被认为是由欧美或日本而来的舶来品:一方面是作为支流的英语文化圈同人——欧美的粉丝小说"粉飞客"(Fan fiction),20 世纪 60 年代后期随着一些电视剧(如播出时间长达三十九年的科幻电视剧《星际迷航》)的热播,大批电视剧粉丝的被动追剧已经难以令人满足,粉丝小说应运而生;另一方面,一种更为"通行"的观点认为,中国的同人文化是直接受到日本的同人文化影响而产生的。但是,一条"本土"的脉络被长期"折叠"了,尤其对于

---

[1] 姚爱斌:《"大话"文化与青年亚文化资本:对〈大话西游〉现象的一项社会学考察》,《文艺理论与批评》2005 年第 3 期。

四大名著而言，相关翻新小说是谈论其同人不可被忽略的"前史"。换言之，在某种程度上四大名著的网络同人与中国近代的翻新小说有着一定的承袭关系，其对网络同人的影响主要体现在两个方面：一是在内容上，作为一种文学传统的"翻新名著"，为同人文本作为共有文化素材与经验的积淀从厚度与广度两方面都进行了"扩容"；二是在人物角色、情节设定、叙事结构等方面拓宽了关于同人想象的"跑道"。

近代翻新小说是指袭用古典名著的书名，并冠以一个"新"字的小说。受梁启超撰写《新中国未来记》的影响，响应"新小说"风潮号召，冷血的《新西游记》、吴趼人的《新石头记》、陆士谔的《新三国》、西冷冬青的《新水浒》、大陆的《新封神传》等都是彼时的"同人"创作。不同于续书接续原作的愿望，翻新小说所描绘的故事多置换了时间、空间，让原著人物穿越到20世纪初，内含强烈的"为时""为势"而作的革新动机。如《新石头记》中将贾宝玉作为封建社会叛逆者的形象突出、放大，宝玉在目睹维新变法、义和团运动、八国联军侵华等历史事件后，毅然成为提倡学习西方的"新人"。再如《新三国》置入了"欧风美雨"（夷风蛮雨）的背景，小说中周瑜就曾对孙权说道："现今世变之亟……夷风蛮雨，横卷东来大秦、乌孙、月氏、身毒诸国，挟其轮船火炮之利，迫我通商，吸我膏血，若听其自然，必至同归于尽。"概括来说，近代翻新小说中已有"穿越"这一元素的使用，以及将原作中人物抽离原有环境的操作，同时也率先打破了续书补完之传统，示范了同人写作"另起炉灶"的可能。

三、网络同人小说的向度和类型

就今天网络同人创作来说，小说往往从以下几个维度展开：一是拓宽原作品中的时间线，描述原作人物在原作情节之前或之后的经历；二是摘取原作品中一个没有详述的细节，进行详细的断片式写作，补完人物的心理活动和动机；三是关注原作中没有受到重视的配角，想象他/她的经历和心路历程；四是颠倒或扭曲原作品中的道德和价值观系统，以原本的反派为视角人物重写原作；五是将喜爱的人物从原作的背景中抽离出来，放置于全新的环境和世界观中，开始全新的故事（Alternate Universe，简写为AU，即平行宇宙）；六是修改掉一部分原著情节（尤其常见的是将原文悲剧的死亡结局强行修改成皆大欢喜的）以满足粉丝们的愿望；七是同人小说中还包含混合同人等创作方式，即将来自两个或多个不同原作的人物放在同一个宇宙观中写故事，例如英国的很多间谍片和侦探片（《007》系列电影与《神探夏洛克》《王牌特工》《军情五处》等）的主角常出现在同一个同人故事中。[1]

根据受名著原著"限制"的松紧程度，可以将网络红楼、三国、水浒与西游同人划分为以下三种类型：一、故事意义上的同人，即或发现、填补原作空白，或扭转、反写原作故事；二、角色意义上的同人，角色的命运与原语境相剥离，人物脱离原本环境、逐渐独立；三、设定意义上的同人，或某一角色发展为某类人物设定进而敷演成小说，或是元素设定泛化为类型文。从"故事"到"角色"再到"设定"，同人写作受原著制约的程度越来越低，也可视为一种从强关联到弱联系的"离散光谱"。

首先，故事意义上的同人往往带有小说粉丝强烈的补偿心理。"填补空白"即抓住原作空白点，进行扩充阐释的创作，如《西游记》同人中经常加入爱情元素、为角色增加感情线。以今何在小说《悟空传》为代表的"大话派"西游同人即是如此，悟空与紫霞的爱情、大圣的反叛话语被整合为一种类似"革命+恋爱"的"反抗+恋爱"模式。同时，"填补空白"还可以是深入原文本的"复义"处深挖，以想象去填补原著的空隙。比如《水浒传》中宋江身上存在着难以统合的两面性，他作为英雄领袖的仁善忠义一面下还有封建腐儒的面孔，两个形象之间存在着裂隙，因而大批水浒同人选择逆转宋江形象，将其塑造为小说中的反派角色。再如《西游记》前七回"大闹天宫"和后九十三回"西天取经"之间孙悟空形象的转折过于生硬，如何弥合这种断裂？齐天大圣与斗战胜佛之间镜像式的自我对决往往成为众多同人的入手点。阅读过程中种种"意难平"会成为二

---

[1] 邵燕君主编：《破壁书：网络文化关键词》，北京：生活·读书·新知三联书店，2018年，第76页。

次创作的首要动机。回溯《红楼梦》宝黛的悲剧性结局的源头，不再相信宝黛爱情的红楼同人选择消解"木石前盟"的神圣性，以逆转黛玉之死。但无论是填补"留白"，还是反转原作故事，都仍遵循着故事一整套的规则与秩序，此时的同人更像是做一道填空题，在已知条件的前提下寻求一个最优解。

值得一提的是，从接受视域入手，如果我们将每一次的阅读行为都视作是一次"填空"行为，与一般阅读过程中的一次性的、单向的"填空"不同，读者在阅读同人小说的过程中，不仅蕴含着对同人小说的"填空"，还包括对原作的"填空"，同人的"填空"是一种"双重填空"。这种双重"填空"并列存在于读者的阅读当中，读者对同人小说的"填空"也会影响其对原作的再次"填空"。在互动的过程中，原著小说与同人小说之间的关系愈加"平等"，种种从原作环境中被抽离出的设定得以并行，共同组成了一个诸如"网络红学"的数据库。阅读时的个人化的理解与认同，经同人作者与读者间彼此的讨论、协商与合作，成为某种"共识"被积淀下来。也就是说，重要的并不只是某一次的"填空"，而是取决于无数次的"填空"意义。其中一个重要的现象便是所谓"二次设定"（简称"二设"）的回流。举例来说，三国衍生文化产品如游戏《三国志》、漫画《火凤燎原》、电视剧《三国》《终极三国》等，其相关同人小说中影响较大的设定也会被应用于三国同人当中，甚至有时会引发如正史还是演义哪种设定更便于同人写作的争议，比如关羽的武器是青龙偃月刀（《三国演义》）还是长枪长矛（《三国志》）。

其次，如果说故事意义上的同人是将原作拆解为模块并重组，那么角色意义上的同人则更"伤筋动骨"。常见的途径是让主角"独立"，当角色更"自由"，同人的创作离原著的距离则更远。一般说来，同人小说中的人物以复制克隆原作为起点，如作者一样花开写作《再证红楼》（一样花开，晋江文学城，2009 年）时称，要塑造出一个"性格大致不变的黛玉"。如此，同人写作如同戴着镣铐起舞，然而"镣铐"一旦被解开，人物形象的塑造便开始"异变"，有使原本形象更丰满立体的"有中生有"，也有私加设定的构建"反差萌"，还有以现代形象顶替原角色的

"移花接木"。很多早期红楼同人小说会设置一个现代人穿越成林黛玉,如《穿越之异世潇湘情缘》(西窗雨,潇湘书院,2009年)中,女主角林逸柳因为车祸而穿越成了林黛玉,她坚强机敏、敢爱敢恨,最终被册封为郡主并与北静王缔结白首之约。宝玉则在黛玉的婚礼当日病逝,便是原著"苦绛珠魂归离恨天"一回中黛玉死于宝玉婚礼情节的倒转。《穿越之我是黛玉我怕谁》(君幻凤,潇湘书院,2008年)中,女主角孟玉儿穿越成了林黛玉,她自信乐观、聪明又淡然,凭借自身的医术救人惩恶,最终改变了林黛玉原本香消玉殒的悲凉结局。主角正是在扭转性格、矫正命运、修正错位的配对、填补空白等动机的同人写作中获取了更大的活动自由。然而极端情况下主角几乎独立为一个新形象,其中,"主角独立"最为典型的案例便是西游同人,孙悟空这一形象经千般演绎,其本身已经成为内涵丰富而多义的文化符号。《大话西游》中以个性与情感为唯一标识性的至尊宝,《悟空传》中叛逆热血的"校园青春版"孙悟空,《西游记之大圣归来》中深陷中年危机的"大叔版"大圣……与其说这些同人是吴承恩版《西游记》内容的延伸,还不如说《西游记》更多地成为一种形式的载体,至此,孙悟空的个人故事开始与《西游记》分化。

最后,设定意义上的同人,基本解除了小说原著设定下的神圣秩序,搭建起自己新的时间线与空间线的宇宙,逐渐溢出同人的边界而进入网文类型化潮流当中。如网络红楼同人与"清穿""宅斗"等元素的互动,《红楼梦》中"心性高强"的秦可卿、"机关算尽太聪明"的王熙凤,这些形象对于熟读"宅斗文""种田文"的读者来说,正是那些非常厉害的管家奶奶的原型。再如西游设定泛化后直接影响着"洪荒流"小说的产生,《西游记》与《封神演义》及其他道教典籍一并被拆分再重新整合,重写或者说搭建起了中国古代神话的宇宙,最终发展为"洪荒文"这一新类型。文学作品"神圣秩序"的不可撼动性根植于时间的线性规定,故事发生的因果联系具有"一对一"的唯一性与排他性,网络媒介的加入对叙事进行了空间化转向的改造,使同人的故事成为一处"小径分叉的花园"。龙迪勇《复杂性与分形叙事:建构一种新的叙事理论》一文提出了"分形叙事"这一概念:在非线性叙事作品中,事件与事件之间尽管仍然存在着因果联系，但这些事件并不形成一个接一个的线性序列，而是在某个关节点上叙事的线条会产生"分岔"。[1] 当主角走到选择的分岔口，不同选择导向的不同结果之间的可能性是平等的，人物命运化可按照同人作者的选择，走上不同的道路。换言之，此时小说原著也只被视为是这一故事的"完美"版本之一。当故事的空间被打开，筋骨粘连的"强联系"被冲淡、转向"另起炉灶"，同人故事的设定也逐渐泛化，作为一种受原著设定限制更少的"大同人"，越来越向独立的新类型靠拢。至此，同人小说已经在事实上成为一个新的故事世界。

下面分节进入具体的《红楼梦》《三国演义》《水浒传》《西游记》网络同人分析，其中网络红楼同人又在四者中最为典型，故用稍长的篇幅详述。

第二节 只有红楼没有梦：
作为宅斗种田文的红楼同人

网络文学发展至今，作品浩如烟海，而且已经分化出了非常多的类型，从数量上看，红楼同人似乎并不算是一个值得被拿出来反复讨论的类型。但在同人领域内部，红楼同人已经非常具有代表性和地位；而它们的原作《红楼梦》本身，更是在"女性向"[2] 网文中的宅斗文[3]、种田文[4]里具有某种意义上的开山鼻祖地位，这也影响了红楼同人今天的类型化走向。同时，随着时间的推移，网络文学的整体走势也在不断变化，新的趋向不断出现，这些趋向也即时地反映在了网络红楼同人中。

---

[1] 龙迪勇：《复杂性与分形叙事：建构一种新的叙事理论》，《思想战线》2012 年第 5 期。
[2] 郑熙青、肖映萱、林品：《网络部落词典专栏："女性向·耽美"文化》，《天涯》2016 年第 3 期。
[3] "宅斗文"指主要描写女性在家宅内部钩心斗角、争夺生存权和财产权的作品。这类作品中，女主角一般精明隐忍，人情练达，对待丈夫的态度则更像对待老板，很少在一开始就付出真爱。宅斗文的典型有吱吱《庶女攻略》（2010 年）等。
[4] "种田文"指集中描写穿越到大家族中的女主人公经营家宅的生活琐事，突出人物心理和细节描写、风格细腻写实的作品。典型种田文有关心则乱《知否？知否？应是绿肥红瘦》（2010 年）等。引自吉云飞、李强、高寒凝：《网络部落词典专栏：网络文学单元》，《天涯》2016 年第 6 期。

一、红楼同人与原著之间

从"二次创作"这一同人的基本性质出发,《金瓶梅》可以被归类为《水浒传》同人,因为其借用了《水浒传》第五十回中的人物关系,敷衍出了一篇全新的故事;传统的红楼续书,如《后红楼梦》(逍遥子,1796年)、《补红楼梦》(娜嬛山樵)等,接续《红楼梦》书写宝黛钗等书中人的故事,也可以视为《红楼梦》同人。此前,也有研究红楼同人的文章将红楼续书纳入到研究范围之中,但笔者在写作之前,需要先讨论红楼同人和红楼续书有何不同。

首先,相对于传统的红楼续书,红楼同人与原著情节的时间关系发生了根本改变。《红楼梦》是一部充满着悲剧精神的古典名著,程伟元、高鹗对曹雪芹原著八十回后的接续部分,虽然在很多读者看来远不如原著高明,但续书的四十回基本遵循"白茫茫一片真干净"的宗旨,补完了《红楼梦》故事,红楼诸人也多以悲剧结局收场。因此,无论是传统续书,还是网络同人,其目的大都在于通过全新的情节,弥补原著中的巨大缺憾,这与红楼同人较多的现状不无关系。但是,两者弥补缺憾的方式是很不相同的:

红楼续书有明确的接续目的。续书或取《红楼梦》第八十回,或接续程高本第九十七回(即"林黛玉焚稿断痴情"一回)或第一百二十回,都是发生在原著之后的故事,如已经死去的林黛玉复活并嫁给宝玉为妻(《后红楼梦》等),或宝黛等主角转世为人,再续前缘(《绮楼复梦》等)。在时间顺序上,这些红楼续书与《红楼梦》原作本身存在线性的接续关系。不同的红楼续书作者对红楼人物的褒贬取向不一,续书作者的不同经历也使得续书情节有着各自的偏向,但对于续书来说,《红楼梦》的既有故事已经成为前在而不可更改的历史,续书的情节自然而然地延续着原作的逻辑和脉络。

不过,网络红楼同人几乎没有接续原作的欲望。《红楼梦》整部作品的主题就是钟鸣鼎食的公侯世家败落过程,到了作品后期,贾府的颓势已经不可挽救,很多业已发生的悲剧是无法再扭转的了。传统红楼续书热衷于描写原著的悲剧人物死而复生，或再世为人，然后众人在贾府再续前缘。然而，红楼同人作者很少使用这些手段，他们往往将其故事开始的时间点设定在红楼原著情节初期甚至之前，从根本上改变红楼故事的走向，达成弥补红楼故事遗憾的目的。他们需要的是真正的改天换地，从根源上将贾府诸女儿的悲剧命运消除殆尽。

这样的转变与穿越同这一元素在网络小说中的普泛化有着直接关系。红楼同人的主角大多数是穿越者，有少部分直接从原著悲惨结局发生的时间点重生而来，但这两种主角本质上都是在已知既定历史的情况下，被不可知的力量传送到一个全新的时空，书写全新的历史。对于红楼同人，甚至所有的穿书文[1]来说，是否遵从作者原意并不重要，是否能够作为原著后续流传于世也不重要，重要的是，新的时空已经打开，从原著的经典开头，能够发散出截然不同的路径和结局。于是，网络红楼同人与红楼原著不再构成接续关系，而是在时间上构成了平行关系。原著的关键故事情节，如修筑大观园、元春省亲等仍然会发生，但熟知红楼故事的主角在每一个关键节点上必须做出选择：与原著迥异的情节选择，会令整个故事的情节不断偏离原著情节，直到独立于原著之外。时间上的接续关系不复存在，意味着网络红楼同人不再受到原著神圣秩序的制约，而得以与《红楼梦》原作展开平等的对话。

其次，除了前文已经提及的对于原作时间秩序的颠覆之外，网络同人写作还在更广泛的意义上溢出了原作封闭的情节脉络和世界观架构：既然原著情节对于同人作者来说不再是既定的历史，而只是情节走向的一个可能，那么同人作者的意志就很容易凌驾于原作者之上，并将其极端个人化的视角和价值观投射到原作之中，在原作的诸多人物里寻找自己的代言人，甚至生造人物，让他们改变情节。

当然，在网络同人写作中，同人文的主角本就经常并非原作中的主角。而主角的改变，往往意味着故事视点乃至价值取向的改变。如《重生老俩口悠闲红楼生活》（喝壶好茶嘎山糊，起点女生网，2010 年）就在文

---

[1] "穿书文"指读者穿越到书中世界，利用自己对书中已知情节的了解发展全新故事的作品。

案中写道:"对不起了曹泰斗(指曹雪芹),俺们的日子不想变成餐桌,上面都是餐具啊杯具[1]!"这部作品的主角是一对离休在家的老夫妻,双双穿越到了红楼世界,成为贾政和王夫人。这对夫妻在原著之中是典型的封建家长,面目死板可憎,可以想见最终结局也不会太好。但当作者将主要视点放到他们身上的时候,配角从此不再沉默,他们为自己的命运发声,要求摆脱满是"餐具""杯具"的命运。而那些"大房文",即以荣国府大房贾赦、贾琏父子一系为主角的作品,如《神棍贾赦》(南岛樱桃,晋江文学城,2014年)、《红楼之农业大亨》(鱼七彩,晋江文学城,2016年)等的套路便有所不同。在这些作品里,贾政是"假正经",满口道德礼法,却长期非礼占据本该由兄长贾赦一家居住的荣国府正房荣禧堂;王夫人更是贪婪狠毒、佛口蛇心的恶媳妇,也是苛待黛玉及庶子女、不敬兄长的元凶。不管褒贬,我们会发现,红楼原著被反复重新解读,即使在红楼同人内部,由于视点人物的不同,价值取向也会出现如此大的差异。

如此,网络红楼同人的基本特点呼之欲出:它们通常并非延续原作脉络的线性叙事,而是打开了新的叙事时间线和空间,往往以配角视点重新看待红楼故事,让配角发声,并为红楼中的各个配角安排丰富而完满的人生。

二、"红楼热"如何影响网络红楼同人基本设定

红楼同人在同人圈中持续火热,究其原因,这一重要网络同人分支与整个社会持续了多年的红楼热有着密不可分的关系。2005年起,刘心武揭秘红楼梦系列讲座为红楼热添了最初的一大把柴,使得很多非红楼读者得以进入《红楼梦》的世界,并奠定了大部分红楼同人的设定基础;2006年8月起,北京电视台推出"红楼梦中人"活动,这是为了拍摄新版《红楼梦》电视剧而在全国范围内举办的大型演员选秀活动,引发全社会关注;2010年,李少红导演的新《红楼梦》电视剧在北京电视台首播,批

---

[1] "餐具"与"杯具",即"惨剧"与"悲剧"的谐音。

评选出，有网友戏称之为"红雷梦"，甚至"青楼梦"；2011年，《刘心武续红楼梦》[1] 正式出版，又一次引起红学界圈内圈外人士的热议。可以说，自被称为"红楼年"的2005年以来，几年之间，《红楼梦》在大众文化视野之中一直占有非常高的话题度。这几年也是网络文学彻底类型化、商业化的几年，此时的文学网站的版图之中，红楼同人已经占据一席之地了。

仔细考究红楼同人在网络文学中的发展史，我们可以将红楼同人的发展大体上分为三个阶段。第一个阶段是在2009年之前。此前文学网站上虽有红楼同人，但也只是零零星星，不成气候；其他红楼相关论坛上的同人虽有，但大多是外传、恶搞性质的中短篇红楼同人。这一时期的红楼同人尚未受到网络文学市场化和类型化大潮的收编，呈现出的还是比较原始的同人圈样态。

从2009年前后起，情况发生了比较大的变化。在女性文学内部，宅斗类型开始流行起来，种田文紧随其后。商业网站中的红楼同人，也就走上了宅斗种田之路。这类作品的主角大多是林黛玉的家人或贾府的一些能够为林黛玉的生存命运说得上话的父兄辈人物，情节上则一般取公共设定，贬斥贾府（尤其是荣国府二房）、拯救林黛玉，至于主角个人的际遇，相对而言却不那么主要。这一时期红楼同人的另外一个重要特点是，题目中几乎不再出现"梦"字。传统红楼续书的经典题名，大多是"续红楼梦""红楼复梦"之类，但到了这一时期，红楼同人的题目格式一般都是"红楼之****"。这当然是出于让读者看到题目，便知道这是一篇什么样的、有关哪个人物的红楼同人的考虑，而将"梦"字省略，或许是出于节约字数的考虑——标题太长的情况下，网站展示作品时会省略标题的后半部分。但相对而言，这类作品强烈的现实精神也确实使"梦"字不再适合在题目中出现。这一时期的典型作品有《红楼之林家有子》、《世家子的红楼生涯》（木璃，晋江文学城，2012年）、《红楼之土豪贾赦》（金子曰，晋江文学城，2013年）等。

---

[1] 刘心武：《刘心武续红楼梦》，南京：江苏人民出版社，2011年。

到了 2015 年，ACG 元素大量进入网文世界，不管是原创作品还是同人作品，都带上了鲜明的 ACG 元素，红楼同人也概莫能外。于是，红楼作品普遍地"萌"化了，加入了很多新鲜的萌元素以及社会热点，如《大老爷的网红生涯》就让贾赦成了一位"网红"，其在荣国府的奢华生活被全程直播给未来星际社会中的网民；《大观园来了个小厨娘》（安静的九乔，晋江文学城，2017 年）的主角虽然没穿越成任何一个红楼已知人物，但"尝遍红楼美食"的主线任务，也足以唤起熟悉网络的年轻读者关于美食博主、视频的记忆。这一时期的典型作品有《大观园吃货研究局》（仅溯，晋江文学城，2016 年）、《大老爷的网红生涯》（一世执白，晋江文学城，2016 年）等。

此前提到，红楼同人中存在一些被广大读者和作者认同的公共设定。这些设定的一个重要来源是刘心武揭秘红楼梦系列讲座：2004 年至 2005 年间，中央电视台科学·教育频道（即今 CCTV-10）百家讲坛栏目推出"红楼六家谈"系列节目，邀请红学研究者录制百家讲坛，向大众推介他们最新的红学研究成果，其中包括作家刘心武。刘心武揭秘红楼梦系列讲座引发了全国观众对《红楼梦》的广泛关注，与此同时，其学术观点在红学界引发了巨大而漫长的争议：首先，学院派红学研究者普遍认为，刘心武的红学研究存在巨大漏洞；其次，争论集中在了作为民间红学家的刘心武是否具备续写《红楼梦》并将自己的红学研究成果发布于电视媒体的权利之上。一时之间，争论甚嚣尘上，沸沸扬扬。当年 12 月，时任国家信息化测评中心常务副主任、《互联网周刊》名誉主编的姜奇平对这场论战下了论断。姜奇平在《后现代主义的网络阅读》[1] 一文中提出，这场论战体现的是后现代主义的阅读特点：不但解构以文本为中心的传统范式，而且解构以专家为中心的范式，这才是刘心武揭秘红楼梦的意义所在。笔者认为，这段议论高屋建瓴，而且切中肯綮。围绕刘心武揭秘红楼梦展开的争议，绝不只是红学观点的正确与否。它是"网络时代的阅读，正从生产者一言堂的独白，向消费者多元化对话的方向演进"之中出

---

[1] 姜奇平：《后现代主义的网络阅读》，《互联网周刊》2005 年第 43 期。

现的一场范式之争,"以文本和专家为中心的现代性范式,正转向以大众和阐释为中心的后现代性范式。超女、红学热暴露了发生在适应与不适应之间的现代化摩擦"。

普通观众对刘心武"秦学"确实相对熟稔而且喜爱。实际上,早在学院派与刘心武的论争热火朝天之前,网络上的红学讨论就已经兴盛起来。在社交媒体尚不发达的互联网早期,同好之间的交流主要通过论坛完成,这一点对于《红楼梦》的爱好者们来说也是如此。《红楼梦》是迄今为止唯一一部被研究多到蔚然成"学"的古典白话小说,而在网络上,"网络红学"也格外兴盛。当时的中文网络上,红学阵地主要有以下几个:首先是天涯论坛的"书话红楼"[1]版。这是天涯论坛上唯一一个以单本作品为主题的版块,始建于2001年10月2日,主帖数已达2万,回帖数更是高达47万。然后是同样始建于2001年的"抚琴居"[2],会员数达到43367人,其版主吴铭恩(抚琴居ID:kolistan)更是集十年之功,于2013年发表《红楼梦脂评汇校本》[3]。这个由普通网友集成的脂评会校本,最早的发布渠道就是抚琴居论坛。另一个比较重要的阵地是百度红楼梦吧[4]。百度贴吧这一应用于2003年正式上线,以其快捷、方便、准入门槛较低,成为新的红迷聚合重镇。此外,中国红楼梦在线、红楼星居等论坛也聚合了一大批红楼同好。在社交媒体兴盛之前,这些论坛或贴吧共同组成了十年之内中文网络的红楼版图。

在中文网络早期,论坛是聚集同好的最主要的方式。网络时代早期的电脑和网络普及度较低,能够参与到论坛之中的网友,其精英化程度相对较高。之所以谈到这一点,是因为红楼论坛坛友的来源直接决定了他们的

---

[1] 网址:http://bbs.tianya.cn/list-106-1.shtml
[2] 网址:http://www.hlmbbs.com/forum/forum.php
[3] 脂砚斋、曹雪芹、吴铭恩著,吴铭恩校:《红楼梦脂评汇校本》,北方联合出版传媒集团万卷出版公司,2013年。一般的红迷对于已经被考证为续作的后四十回兴趣不大,他们认为后四十回极大地歪曲了曹雪芹的原意,不足采信。从网上的帖子来看,红迷提到后四十回时批判的声音较多。反之,他们对于可以确定为曹雪芹原著的前八十回普遍比较感兴趣,而脂砚斋的批评文字作为提示后文情节发展的"官方"解读和"剧透",也就格外受到网络红学家们的重视。
[4] 网址:https://tieba.baidu.com/f?ie=utf-8&kw=%E7%BA%A2%E6%A5%BC%E6%A2%A6&fr=search

态度——实际上,红楼坛友们对刘心武的学说并不感冒,讨论热情不高,而且也大多认为刘心武的"秦学"比较穿凿附会。但是,2005年11月新浪论坛与北京娱乐信报联合发布题为"您如何看待刘心武揭秘《红楼梦》"[1]的调查,共有18282人参与到这一调查中。调查结果显示,53.4%的网友认为刘心武及其"解密《红楼梦》""某些地方有道理",另有31%的网友投票给"是红学的巨大创新"选项;至于"你认为谁有权阐释《红楼梦》"这一问题,更有75%的网民投给了"所有喜欢《红楼梦》的人"。那么,既然红学论坛对刘心武学说的热情不高,支持刘心武及其观点的一大批人,又是从何而来的呢?

这就要回到刘心武最早向大众公开传播自己的红学研究成果的平台——百家讲坛了。这一节目于2001年开播,致力于向大众传播精品学术成果,但最初收视率不佳,一度面临关停困局。2004年,百家讲坛邀请北京满学会会长阎崇年讲授系列讲座"清十二帝疑案",引发大量好评,节目收视率迎来了第一个高峰,百家讲坛的"学术造星"之路也由此开始。"刘心武揭秘红楼梦"也将《红楼梦》影射的历史时期断代于清朝康雍乾三代,尤其是九龙夺嫡时期——这一时段的历史对于百家讲坛的忠实观众来说,自然是非常熟悉,而且易于进入的,收视率高也就不难理解了。

将目光放到更广阔的视野之后,我们会发现,当时的大众早已深受清史题材作品的浸润。由琼瑶言情作品改编的电视剧《梅花烙》(1993年)、《新月格格》(1995年)、《还珠格格》(1998年)等,其时已经在大陆热播多年,广受大众喜爱。历史类电视剧就更加繁多了,1991年播出的台湾电视剧《戏说乾隆》还只是个引子,由二月河作品改编的《雍正王朝》(1997年)、《康熙王朝》(2001年)给清史热添了一把柴,且成为后来无数清穿文的原文本。某种意义上,今天的大多数清穿文都是它的同人;2003年起,尤小刚导演的前清秘史系列电视剧(《孝庄秘史》[2003年]、《皇太子秘史》[2003年]、《太祖秘史》[2004年]、《康熙秘史》[2006年])真正将

---

[1] 网址:http://bbs.sina.com.cn/forum/2005-11-03/194834228.shtml

秘史类电视剧推向了它的鼎盛时期。阎崇年的"清十二帝疑案"系列讲座正是在 2004 年爆红，成为百家讲坛的当家看板的；刘心武的揭秘红楼梦系列也因为注重在真实历史中索隐探究，得到了观众的关注。而在网文领域的旁证是，清穿作品也正是当打之时。女性在网文中为清穿文奠基的"清穿三座大山"[1]，均是 2004—2006 年之间的作品。

在电视媒体上，大众对于历史的兴趣主要体现在戏说剧的流行，以及百家讲坛这样定位于向大众传播文史知识的节目里；而在网络上，"草根说史"也同样流行了起来。如前所述，21 世纪初的几年之内，正是天涯论坛（1999 年）、百度贴吧（2003 年）等讨论空间兴起之时。大众范围内的"国学热"乃至历史热，在网络上反映为雨后春笋一般的"草根说史"帖，这些帖子后来都成书出版，创下了较好的成绩。如《明朝那些事儿》，是由明月于 2006 年 3 月首发于天涯论坛"煮酒论史"板块的帖子，其点击超过百万，回帖上万，已经成为网络上"草根说史"潮流的神话，销量也已超过百万。

如此，我们可以得出结论：最早的一批精英化的网络红迷，对刘心武的学说兴趣不高，提及之时批评也较多。但更大数量的普通观众对刘心武"秦学"却相对熟稔，这既是因为百家讲坛栏目本身要求的相对通俗易懂、喜闻乐见的讲述方式，又是因为秘史、戏说类文化作品的长期流行，给观众打下了比较良好的清史基础，使得观众易于进入他的理论。而这一部分熟悉刘心武学说的观众，后来进入到网络之中，将刘心武的部分红学研究成果融入到网络红学之中，并将这些红学共识作为基本设定，应用到网络红楼同人之中。

三、网络红楼同人共性之辨析

刘心武的红学研究又称"秦学"，原因在于刘心武从金陵十二钗中戏份极少且第十三回即去世的秦可卿入手，层层推演，最终形成了自己的一

---

[1] "清穿三座大山"指金子《梦回大清》（2004 年）、桐华《步步惊心》（2005 年）和晚晴风景《瑶华》（2005 年）。这三部作品是"清穿"文的经典之作，确立了清穿类型叙述模式的基本范式。引自吉云飞、李强、高寒凝：《网络部落词典专栏：网络文学单元》，《天涯》2016 年第 6 期。

套红学观点。刘心武认为,《红楼梦》既然写曹雪芹之家事,则必然影射了真实的清代历史。秦可卿本是小官之女,却嫁入宁国府成为冢妇,其死亡原因也是语焉不详,这些不合常理的情节背后隐藏着巨大的现实指涉——通过分析《红楼梦》中的细节、诗句等,刘心武提出,贾府最终的败亡与其在清代康雍乾三朝的政治失败有着直接关系,秦可卿则是贾府"站队"的明证——她是康熙废太子胤礽的女儿,在襁褓之中即被他人收养,之后嫁入了贾府。刘心武认为,贾元春的飞黄腾达来源于她向皇帝告发了秦可卿的存在,而贾妃最终惨死,贾府的两个政治投机相继失败,自然也未能逃过败亡的政治命运。

"秦学"中最被传统红学界诟病的秦可卿为废太子(刘心武认定红楼原著中"坏了事"的"义忠亲王老千岁"指的是康熙废太子胤礽)之女的推断,就被很多红楼同人应用在了创作之中,如《红楼之林家有子》(青梅如豆,晋江文学城,2012年)中就通过配角之口道出秦可卿非同一般的身份:"宁国府里藏着的那个不是死了?上回她一场大殡出的风头可是不小。"(《回城》)这里所说的"宁国府里藏着的那个",即是秦可卿。刘心武红学研究中另一个被广泛应用到红楼同人创作中的设定,是《红楼梦》与清代康雍乾时期史事的关联。在网文范围内,经过"清穿三座大山"洗礼的作者和读者显然对于九龙夺嫡时期的历史更为熟稔——于是我们看到,红楼同人的历史背景设定被分离为两种:一种是虚构设定,将红楼世界的时间设定为一个与我国清代早期基本平行的封建王朝;另一种将红楼世界历史挂钩到真实历史中的设定,则普遍取康熙年间九龙夺嫡时期作为历史节点,典型如《神棍贾赦》(南岛樱桃,晋江文学城,2014年)、《当雍正穿成林如海》(绯缺落,晋江文学城,2013年)等。

除了从刘心武的红学研究汲取营养之外,能够体现到网络红楼同人小说中的网络红学还有很多其他的共识点。总结起来,主要有以下两点:

1. 拆掉大观园:如何在作为宅斗种田文的红楼同人中保留黛玉形象?

首先是对黛玉的保护。作为《红楼梦》原著的女主角,林黛玉因其品貌出众、命运凄惨,在红楼问世的二百多年里得到了读者的广泛同情与怜惜，这一点到今天也不例外。这种怜惜反映到红楼同人之中，就体现为主角们对黛玉的特殊情结以及保护。保护黛玉的第一步，正是"拆毁大观园"。然而大观园与对黛玉的保护究竟有何关系？

大观园在原著中代表着与世隔绝的世外桃源，是贾宝玉与众女儿的乌托邦，是《红楼梦》中极为重要的场域。但是，网络红楼同人中，这个《红楼梦》中最为重要的场所经常被忽略，同人主角们有时还会刻意为建立大观园制造障碍。如《红楼之土豪贾赦》中便鲜明地反映了穿越成为贾赦的主角对大观园的看法："先断了建大观园的经济基础再说。"《活该你倒霉》（南岛樱桃，晋江文学城，2013 年）中，林黛玉早早地从大观园里抽身而出，重生的薛宝钗对大观园本身也很有几分微词："姨娘（即王夫人）总说喜欢她，一年一年拖下去，薛家的银子填了好些到大观园里，同贾宝玉成亲那时几乎是没得选择了。林妹妹先走一步去得干净，后来四大家族陆续都翻了船，谁又落得好下场了？"（第二十七章）

那么"薛家的银子填了好些到大观园里"又是从何而来呢？这与网络红学对于大观园的基本认识有关。网络红楼同人作者倾向于认为，已经日渐衰败的贾府之所以能建造起大观园，其财产来源可能有二：一是林如海逝后留给林黛玉的遗产，二是皇商薛家为将薛宝钗嫁入贾府而对贪财的王夫人进行的钱财投资。网络红迷们敏感地注意到了林黛玉和薛宝钗的阶级属性与家庭背景，黛玉的父亲林如海"（祖上）曾袭过列侯，今到如海，业经五世起初时，只封袭三世，因当今隆恩盛德，远迈前代，额外加恩，至如海之父，又袭了一代；至如海，只可惜这林家支庶不盛，子孙有限，虽有几门，却与如海俱是堂族而已，没甚亲支嫡派的"。林如海本人是探花出身，出场时是扬州巡盐御史，其妻贾敏是荣国公之嫡女，黛玉的身份非常高贵。成为孤女之后，林家没有比较亲近的族人，于是理论上，黛玉应当继承了来自父母的大量遗产。但这笔钱去哪里了呢？红迷们在《红楼梦》中多方搜求，最终在第七十二回贾琏的话中找到了答案："这会子再发个三二百万的财就好了。"联系到贾琏曾陪伴林黛玉回扬州家中操办林如海丧事，读者很容易做出贾琏受到贾府高层指使，乘人之危，侵吞黛玉巨额家产的推断。

大量的红楼同人都以这一推论为重要故事背景，如《红楼之林如海重生》（双面人，晋江文学城，2013 年）一开头就安排黛玉的丫鬟雪雁将这件事道出，"他们好没良心，拿了老爷留给姑娘的家业，却这样对待姑娘"，"唯有贾琏一点良心未泯，记起当年料理林如海后事时得的好处……"，坐实了贾府侵吞孤女遗产的事实。《红楼之土豪贾赦》则将故事的开头安排在了贾琏即将陪黛玉归南，也就是即将侵吞黛玉遗产的时间点，通过主角贾赦的努力，黛玉的遗产终于保留在了她自己的手中。此前的传统论者很少注意到黛玉"红消香断有谁怜"背后的经济事务：林黛玉实际上是一个本应坐拥大量遗产、家族清贵的孤女，是一个"官二代""富二代"兼"白富美"。然而就是这样的一个林黛玉，贾府不但葬送了她的爱情，而且谋夺了她的财产，令她彻底无处栖身。

以这一眼光重看薛宝钗，宝钗的家世不如黛玉远矣，"（薛蟠）虽是皇商，一应经济世事，全然不知，不过赖祖父之旧情分，户部挂虚名，支领钱粮，其余事体，自有伙计老家人等措办"。前文提到，林黛玉的巨额家产被贾府据为己有，很多红楼同人作者更进一步推断，黛玉之父林如海可能在临终前以这笔财产换取了贾府对黛玉的庇护和宝黛的婚姻，但最后因为王夫人的狠毒悭吝，不但宝黛婚事告吹，黛玉更是郁郁而终。以同样的逻辑推断，既然志在"好风凭借力，送我上青云"的宝钗希望嫁入贾府，那么薛家势必也要对贾府进行经济上的投资，而贾府最主要的奢靡之举就是建造大观园了——如果薛家果真投了这样一笔银子，作为女儿嫁入贾府的经济投资，那么这笔钱应当也被填入了大观园这一无底洞。《红楼之林家有子》采取的就是这个情节设计，"（王夫人）正搂心攥肺之际，妹子薛姨妈又是雪中送炭，一个锦盒儿里头装了十万两的银票，和女儿宝钗一起施施然而来"。王夫人正在算计建造大观园的开销，本想谋算黛玉继承的遗产而不成，这时薛家对贾家进行了投资。于是，王夫人在心里取中了能够给贾府带来利益的宝钗，而非黛玉。

需要注意的是，红楼同人的大部分都是宅斗种田类作品。若要追溯宅斗文、种田文的源头，便不可能不追溯到《金瓶梅》为代表的市井小说和《红楼梦》。《金瓶梅》因其人物关系直接继承《水浒传》，故几乎没有仅从《金瓶梅》故事、人物衍生的同人，而是与水浒同人合流，成为水浒同人的重要知识来源，但《金瓶梅》却哺育了网文的宅斗种田文。《金瓶梅》与《红楼梦》这两部作品开启了描写古代市井人情、封建家宅女性生活的宅斗文与种田文之先河，并提供了明清时期社会生活的重要范本，以及诸多典型的人物形象、情节原型。如《红楼梦》中志大才高但生母出身低微的探春，正是一段时间之内流行的庶女文的女主角形象；再如"心性高强"的秦可卿，"机关算尽太聪明"的王熙凤，这些形象对于熟读宅斗文、种田文的读者来说，正是那些厉害非常的管家奶奶的原型。宅斗文发端于2008年前后，种田文则稍晚，要到2010年前后才初露峥嵘。它们至今依旧是女性在网文版图中的重要类型。有趣的是，有一些宅斗种田作品和《红楼梦》还会展开对话，经典种田文《知否？知否？应是绿肥红瘦》中便时常援引红楼人物关系来说明书中情况。女主角盛明兰风流成性的三哥被其父关了禁闭之后，明兰曾有一段这样的内心吐槽："……光打有什么用?! 要有实际的威胁力，当初贾政要是也对宝玉来这么一招，扣住袭人晴雯不让亲近，拦住宝姐姐林妹妹不让见，只让李妈妈之流面目可憎的婆子服侍，那宝玉还不立马苦读考点儿啥回来?!"（第八十八回）大多数红楼同人因《红楼梦》与宅斗种田类型存在的亲缘关系，也都是宅斗种田文。在典型的宅斗、种田文中，女主角是经世致用、人情练达并很少对爱情怀抱不切实际的期待的，这正是宝钗最核心的特质；黛玉代表的遗世独立、多愁善感，则是宅斗种田文不鼓励甚至有时还要加以批判的。

  这个命题到了黛玉身上，便出现了一个悖论：如果作品以黛玉为女主角，那么她的天真是不应当存在的，她必须如其他宅斗类型小说中的女主角一样，不是洞悉后来，就是有足够心机应付危机，作为宅斗种田文的红楼同人，无论是其情节套路还是读者期待，都不允许出现一个林黛玉式的女主角。但是这样的黛玉，很可能与黛玉在红楼原著中的典型形象又相去较远，而网络红学以及网络红楼同人最基本的共识就是对林黛玉的爱惜和保护，这里自然也包括对原著黛玉形象的维护。以黛玉为女主角的红楼同人作品容易引来争论，也正是如此。较早的红楼同人《黛玉新传》（半卷舒帘，晋江文学城，2009年）的评论区中，就有这么一段长评：

我无意为宝钗说什么好话，她世俗、她心机深沉，这都是事实。从安慰王夫人到嫁祸黛玉，都是她这种性格的体现。但我想说的是，现在作者你写的，又何尝不是另一个薛宝钗？或者从这一点上看来，也能看出作者喜欢宝钗吧。说是现代人的性格，不复黛玉的清高，但改变了的黛玉，还是黛玉吗？现在这个林黛玉刻意交好别人、处事圆滑练达、自私、重财、几乎把所有人都往阴暗面想。[1]

为了折中实用理性与烂漫诗性的矛盾，当代偏爱黛玉的读者，有很多倾向于认为重新解读林黛玉形象，努力确证她的清高与宝玉是不同的：林黛玉并非不通世务，而是清高不屑为之。大量同人作者援引原著情节，证明黛玉在庶务方面的才能，如第四十五回"林黛玉秋窗风雨夕"中，薛宝钗打发婆子来给林黛玉送燕窝后，黛玉知道婆子值夜时经常赌钱，便拿了一些散钱送与婆子，令她"打酒吃"，而不至于在雨夜里白白跑一趟腿，这被认为是通晓人情世故的表现。另外一个经常被援引的例子是抄检大观园。抄检大观园一回中贾探春以其精明和泼辣大放异彩，但红楼同人作者们也注意到，这一次抄检大观园中，很多小姐的丫鬟被查出了事，如司棋、入画等；但林黛玉看上去不见得如同探春一般厉害能干，潇湘馆却没有查到任何不应该出现的东西。同人作者们也通过这一细节推断，黛玉应当是个善于管理御下的人，只不过限于身体不好，而且寄人篱下，没有机会施展才能罢了。《知否？知否？应是绿肥红瘦》的作者关心则乱也曾特意写过一篇很长的帖子[2]，借自己与丈夫的对话，竭力论证黛玉之宜室宜家。

其他既能维护黛玉的形象，又能够满足宅斗种田文套路的方法，是让林黛玉作为配角出现，主角则是能够保护黛玉的人。事实上，大多数同人作者都在使用这一套路：很少有作品再直接以黛玉为主人公了，主角不是她在林家或是贾家的父兄或母辈，就是她未来的配偶。在这类人物中，贾

---

[1] 引自网友 wede 于 2009 年 10 月 6 日发表在《黛玉新传》评论区的评论《这个林黛玉，不过是又一个薛宝钗》。网址：http://www.jjwxc.net/comment.php?novelid=481610&huati=1&page=1

[2] 原帖地址已不可考，但这一篇帖子被转载到了《红楼之土豪贾赦》的读者评论区中，题目为《转帖 转帖》，发帖人 ID 为小虎噢噢。网址：http://www.jjwxc.net/comment.php?novelid=1931757&commentid=155043

赦的出镜率非常之高。贾赦在原著中自是酒色成性,但身为继承了爵位的嫡出长子,本应继承整个家业,却"不知为何"地住在了偏院而非荣府正房荣禧堂——红楼同人中的这个本来具有高贵身份却被打压的形象,不就是男版的林黛玉吗?红楼同人作者绕开了对她们来说有着强烈共鸣感的黛玉本人,让她的保护者们,一些熟练掌握丛林法则,能够在"风刀霜剑"中游刃有余,何况又早已经知道红楼剧情、占尽先机的角色成为书中的主角,替她们在书中大杀四方。这个角色在《红楼之林如海重生》中是林黛玉的父亲林如海,在《红楼之农业大亨》中是表兄贾琏,在《红楼之林家皇后》中是姐姐林婉玉……同人作者对林黛玉的复杂情感可见一斑。这里既有现实中粉丝对偶像的倾慕,又有同人作品中代入长辈身份对晚辈的宠溺。因此,宅斗女主角在作品中的功能性也就大多被分裂给主角,林黛玉则能够在主角的庇护下"做自己",而不必做宝钗了。

具体到宝钗本人,在很大一部分红楼同人作品中,宝钗往往是被贬斥的对象。如《薛蟠生平纪事》(啃冰块,晋江文学城,2014年)中,男主角穿越到薛蟠身上之后就大为不满——因为他在穿越前是黛玉的粉丝,认为薛家参与到了对黛玉的迫害之中,但自己偏偏穿越成为上一世最讨厌的薛家人。在本作的前几章中,主角对当时尚是八岁幼女的宝钗十分厌烦,甚至刻意将宝钗写成了不知礼数的"小肥妞"。《红楼之环御九天》(捕快A,晋江文学城,2013年)也通过钗黛二人给怀孕的赵姨娘送礼的情节,对比了两人的性格。作者刻意表现了黛玉的重情重义,并将其与宝钗进行对比。很多同人作者援引原著段落,将薛宝钗视为虚伪、冷情而且充满野心的女性形象。

然而,何以宝钗形象在同人作品中竟如此负面?首先,这与同人作者和读者们的粉丝心态有着比较重要的关系。原著中的"金玉良缘",是对抗"木石前盟"的,而世俗的"金玉良缘"最终取得了胜利。尽管同人作者和读者不再认同"木石前盟",但对于原著的感情惯性使得他们仍然反对"金玉良缘",对于"金玉良缘"的主人公薛宝钗也要加以攻击。其次,宝钗在实现"野心"时向上爬的姿态,是她被同人作者讨厌的重要原因。之前提到,红楼同人作者格外注意到钗黛二人的家庭背景与阶级属性,强调黛玉出身于清贵书香之家,宝钗则是皇商家的女儿,以古代社会"士农工商"的分级来看,宝钗从出身便比黛玉矮了一等,也低于作为勋贵的贾家。由此,薛家为女儿嫁入贾府而展开的种种钻营(以及可能的经济投资),宝钗本人在金钏投井和滴翠亭事件中的表现,包括宝钗那句"好风凭借力,送我上青云"都成为薛宝钗虚伪凉薄的证据,从而格外地引来读者的厌恶。同人作者对宝钗的态度同样非常复杂,一方面,她们认为宝钗的出身让她虽然无可奈何,但毕竟坏了品行;另一方面,她们写作的红楼同人往往是宅斗种田文,套路的完成却又需要一个宝钗式的女主角,能够胜任钩心斗角、经济往来。

林黛玉和薛宝钗之争表面上是贾府为贾宝玉择妻过程中的个人品貌之争,实际上则是她们背后的财产多寡、去向之争;雕梁画栋、金碧辉煌的大观园,看似青春女儿的乌托邦,实则满是对年轻女性的剥削。网络红楼同人作者通过对原著的解读,敏锐地注意到了林黛玉作为孤女更是带有巨额财产的独生女的身份。这使得同人作者与黛玉之间不但能够形成此前的粉丝与偶像关系,更在共享这一身份之时,形成了深切的共鸣。于是,揭开大观园的经济基础之后,大观园便彻底失去了吸引青春女性的魅力。而钗黛二人的形象与内涵,也在红楼故事剥离了大观园的幻梦,进入宅斗世界后发生了巨大偏转。林黛玉在红楼同人中彻底地薛宝钗化了,或者由她的那些保护者们来完成这一任务;薛宝钗的内核元素被转移后,就像一个被吃空了的栗子壳,被作者们扔到一旁去了。

2. 拆 CP 的"丈母娘"们:网络红楼同人中"木石前盟"合法性之丧失

其次,是对贾宝玉和木石前盟的贬斥。贾宝玉是中国古典白话小说中极为特殊而珍贵的男性形象,其鄙视功名利禄、珍视自然性灵的个性,以及对女性不分主仆贵贱的真心呵护,使得他不仅得到了书中众多女性的真心相待,甚至成为压抑的封建礼教之下女性心目中的理想爱情对象。但也同样是这两个特质,成为当代网络红楼同人中贾宝玉的原罪。红楼同人作者认为,宝玉身上有两个致命的弱点:

第一是不事生产。原著第十七回"大观园试才题对额"中,通过贾宝玉为大观园各处拟定匾额一事，集中展现了他的才学，但宝玉本人反感"仕途经济"，科举一事对他来说自然非为不能，而是不愿。在当代网络红楼同人中，贾宝玉鄙弃功名利禄的特质被重新解读为不事生产，甚至不学无术。

这种解读绝非空穴来风。原著第六十二回中，宝黛二人谈论探春正在进行的大观园改革时，黛玉表达了对贾府经济状况的担忧，"我虽不管事，心里每常闲了，替你们一算计，出的多进的少，如今若不省俭，必致后手不接"。接下来宝玉的回答却是："凭他怎么后手不接，也短不了咱们两个人的。"贾宝玉是贾府嫡孙，身份显赫，但是他显然并未真正意识到"后手不接"之后，贾府败落就在眼前，他和林黛玉的两人世界也会失去维系下去的经济基础。程高本结局虽写到"兰桂齐芳"，但也写到宝玉虽然考取功名，却又出家为僧，彻底离弃红尘。如此，宝玉不可能负担起家族重任，也不可能保护妻儿。

第二是滥情。以今天的眼光来看，宝玉在原著中的情史并非白璧无瑕。先有第六回中，贾宝玉与袭人之间发生了性关系，之后晴雯的嘲讽里又提到宝玉同碧痕的情事。红楼同人作者很少否认贾宝玉对林黛玉的爱慕之情，只是，他们认为这份爱慕是靠不住的。宝玉虽然对身边的女性多有关照呵护，但当她们真正遇到生死攸关之事，如金钏跳井自尽、晴雯离开大观园病逝家中之时，他没有能力施以援手，只能悄悄地"不了情暂撮土为香"、作芙蓉女儿诔祭奠晴雯。逝者已矣，宝玉的怀念不能使她们复生，何况细究她们薄命早逝之直接原因，也正是与宝玉之间有比较亲密的关系所致。有极端的读者甚至认为："都说宝玉好，好在哪里，不过是喜欢在女孩儿身上下功夫，下什么功夫？我一直觉得，这不过是个花心风流的隐晦说法，不过是因为他年龄小，没怎么到外面去风流，只在贾府这一亩三分田里胡闹，所以外面才没有传出什么恶名来。处处留情，又处处无情。……所以，一直觉得，宝玉对女孩儿的温柔，就像叶公对龙的追求，当不得真的。"[1] 被贾宝玉真心爱慕的林黛玉也不例外，他的爱不能

---

[1] 引自网友闲卧云天于2009年9月3日发表在《黛玉新传》讨论区的评论《评贾宝玉》。网址：http://www.jjwxc.net/comment.php?novelid=481610&wonderful=1

将黛玉从病中拯救出来，反而加速了她还泪而亡的过程。

综上缘由，红楼同人既然有志一同保护林黛玉，那么不能给予林黛玉可靠、安全的爱的贾宝玉，就被驱逐出林黛玉理想配偶的行列了。"木石前盟"在原书中被家长拆散，到了当代，却又要被红楼同人作者们再次拆散，拆宝黛CP[1]成了一种必然的情节设计。达到这一目的的路径有两种，大多数红楼同人作者都至少采取了其中一种路径。现以几部红楼同人文本为典型案例试论之。

首先，是要让林黛玉认清贾宝玉不通庶务而且多情滥情的特质，并对贾宝玉死心。这是一般红楼同人中经常出现的套路。如《活该你倒霉》第四十八章，作者安排宝玉出丑之后，林家长辈劝解黛玉："前些日子勾搭七王爷养的小戏子（即琪官），让王府侍卫抽了一顿，这事稍微有心的都知道，今儿更出格……你那外祖母却是真心疼你，只是，继续在荣府住下去，与这没脸没皮的东西混在一起，名声还要不要了？"于是黛玉最终选择跟随长辈回到了扬州家中，宝黛的爱情自然不复存在了。《红楼之农业大亨》中，初见黛玉的宝玉被问到最近在读什么书时，答道："不过是四书五经那些没用的东西，但前几日我倒是读了一本有趣的书，有二个字极妙——""颦颦"二字还未说出，就被主角贾琏打断："四书五经都无用了，那你不如说说，你读得有用的书是什么？"宝玉哑口无言，在黛玉和贾敏面前出了大丑，自然也就不再是黛玉理想的婚配对象了。到了2015年，"甜宠风"横扫晋江文学城全站，网络红楼同人也受到了这一风向的影响。网络红学和红楼同人的基本要义、"政治正确"原就是对林黛玉的爱惜与保护，这是一种强烈的粉丝心态；这又与提倡一生一世一双人、互相宠溺的甜宠画风十分契合。如《红楼之宠妃》，主角是皇子瑞定，他要娶的宠妃正是林黛玉。作者直接在作品文案中咆哮道："没有小妾，没有侧妃，没有继妃，从生到死都只有林黛玉一个……表（不要）问我怎么做到的，连这个都做不到就别当男主了。"甜宠文的底气正在这里。它通过

---

[1] "CP"是coupling的简写（另有说法是character pairing的简写），在日语中写作カップリング（读作kappulingu），或简称カプ（kapu），泛指读者将虚构故事中人物配对的行为。引自郑熙青、肖映萱、林品：《网络部落词典专栏："女性向·耽美"文化》，《天涯》2016年第3期。

强制设定，使读者坚信爱情双方能够保持住他们关系中的甜蜜、唯一以及永远，而不必去顾忌现实世界中爱情关系里可能有的杂质。[1]

想要彻底拆掉宝黛CP，红楼同人作者更需要打破"木石前盟"的合法性，解构这一爱情神话。所谓"木石前盟"，指的是神瑛侍者对绛珠仙草的浇灌之恩，以及绛珠仙草对神瑛侍者的还泪之义，这是宝黛的前世宿缘。林黛玉在原著中经常哭泣，根本原因也在于她需要"还泪"，而前世的恩义一旦偿清，她便完成了在尘世间的使命，回归仙界。那么，"木石前盟"就成为林黛玉不得不爱上贾宝玉也不得不泪尽而逝的原因；捣毁"木石前盟"，对于红楼同人作者也就势在必行。

"木石前盟"源于神瑛侍者与绛珠仙草在太虚仙境中的纠葛，因此，想要解决"木石前盟"，就只能从根源上解决问题，让二人在前世就解除羁绊。不过很多红楼同人作品并不涉及原著仙道层面的故事，因此，这些作者通常采用的情节设计，都是将代表神秘力量、干预人物命运走向的癞头和尚与跛足道人"不由分说直接捆了"，"赶出府去"，以驱除神秘力量对现世人物命运的干扰。如《红楼之土豪贾赦》第四十章，一僧一道在原著宝玉和凤姐遭逢诅咒的时间点（即《红楼梦》第二十五回"魇魔法姊弟逢五鬼 红楼梦通灵遇双真"）来到贾府。穿越者贾赦"想涮这两只很久了"，于是责问僧道，警幻仙子为何竟然"瞒着人家的父母，教一个十一岁的男孩子如何玩女人"（即《红楼梦》第五回"饮仙醪曲演红楼梦"，宝玉的年龄是作者自行设定的结果）？僧道二人无从回答，最后只能慌乱遁去，从此再未出现在作品中，宝黛等人自然也就无从受到他们影响。《红楼之黛玉为妻》中，穿越男主角卫若兰也在这一时间点上截留住了被贾府赶出门的僧道二人，并以自己所知道的红楼剧情恐吓僧道二人，最终使其放弃了让林黛玉还泪的计划。《红楼之环御九天》中，穿越到贾环身上的主角则主动找到了一僧一道，要挟他们给自己提供修仙法宝，在为自己谋利的同时，打的其实也是消耗僧道二人的精力，使

---

[1] 部分观点来自陆正韵：《"红楼同人"之"专宠黛玉"》，见邵燕君、庄庸主编《2015中国年度网络文学（女频卷）》，桂林：漓江出版社，2016年。

他们无暇去对原著人物的命运横加干涉的主意。

但是，这样的情节设计依旧存在漏洞。主角虽然在与仙境势力的角逐中大获全胜，但这样的胜利是很勉强的。如"教一个十一岁的男孩子玩女人"，在原著中的情节是警幻仙子为以声色警示宝玉，故以其妹可卿许配宝玉，并非今天意义上的以情色内容教唆未成年人。如果刻意将这一情节作如上解读，实际上是在强行以现代人的逻辑克服古人逻辑，这是说不通的。再如将僧道二人捆住直到赶出府去，虽然看上去也有合理之处，但一僧一道确又有其神通，如果他们发挥身上的超自然力量的话，人间的绳索之类道具不可能奈何得了他们。这些情节设计固然治标，但细究起来并不治本。

涉及原著仙道层面较多的作品，则通过解构"木石前盟"这一爱情神话，更为本质性地动摇了"木石前盟"的合法性。《红楼之林家皇后》（Panax，晋江文学城，2015 年）和《大观园吃货研究局》中关于浇灌与还泪的设计，比较彻底地显示出了这一解构的过程。

《红楼之林家皇后》第一章中，女主角林婉玉重生成为三生河畔的绛珠仙草，受到神瑛侍者的甘露浇灌。这原本正是原著"木石前盟"的开头，然而，"木石前盟"有三个可疑之处：

第一，根据《红楼梦》原著描述，绛珠仙草生在三生河畔，身边水源充足。原著设定绛珠仙草因受浇灌而化形为人，但三生河畔应是水源充足的地方，因此，绛珠仙草化形的过程根本就不需要浇水。《红楼之林家皇后》采用了三生河畔这个原著设定，一开头就写到，林婉玉刚刚苏醒过来，正在享受充足的阳光雨露，突然"被从天而降的一瓢冷水劈头盖脸的浇了个透心凉"，而且在并不需要浇水的情况下每天都被冷水兜头浇下，以至于她暗自吐槽，"这种浇法，若是仙人掌的话，早就烂根了吧"。对林婉玉来说，神瑛侍者前来浇水不是成人道路上的滋养，反而成了打扰和阻碍。

由此可见，《红楼之林家皇后》与原著均设计了相似的浇水情节，但情节发展已是南辕北辙。原著中的绛珠仙草因为神瑛侍者的保护得以化身为人，不得不接受了这一段恩情，神瑛侍者下凡后，绛珠仙草也只能转世为林黛玉,用眼泪还清前世的所有恩情。既是施恩与回报,那么两人之间的关系就是不平等的,受了浇灌之恩的林黛玉实际上低人一等。但在这篇作品中,绛珠仙草并不需要神瑛侍者的浇灌,只靠自己就能独立生存。

剥离了爱与生存之间的必然关系之后,从情节上看,两人之间原本施恩与报恩的关系也就不复存在,黛玉可以不必还泪,不必受前缘的束缚而自由恋爱。不但如此,这份"爱"不但不再是生命的基础和必需品,反而成为自由生活的牵绊和挂碍,被规避掉了。绛珠仙草既然不需要神瑛侍者的"爱",宝黛爱情也就不再具有原著中的必然性。

第二,是将原著感人至深的"木石前盟"解读为欺骗或是某种契约,从而消解"木石前盟"的神圣性。原著《红楼梦》中,神瑛侍者与绛珠仙草之间的恩情仿佛出自天然,神瑛侍者因怜爱而时常照拂绛珠仙草,而当神瑛侍者下凡之后,绛珠仙草也出自感恩和恋慕追随而去。但《红楼之林家皇后》选择将其解读为一个骗局。在《红楼之林家皇后》之中,神瑛侍者的浇灌照拂并非出自本心,而是受到警幻仙子的命令,前往施恩;警幻仙子则更是经常哄骗刚化形的小仙喝下"灌愁海水",只要喝下灌愁海水,那么林婉玉就只能"五内郁结,缠绵不尽,要她还泪可容易的很了。再者郁结之后,这还多少可就不是她说了算的,前面几个都是恨不得将心肝肺都还了过来,这样一来二去道心不坚,境界退步,也就只能留在她这太虚幻境,供她差遣了"。这一段关于还泪的描述,令人心惊肉跳。看似美好的"木石前盟"实际上只是警幻仙子的骗局,其真实目的在于利用如前文所述的那种不平等的"爱",将女性的手脚束缚住,使其失去自由和自我,在两性关系中自甘卑微。

《红楼之林家皇后》时刻警惕着令女性失去自由和平等的爱情;同样是在试图消解"木石前盟"的神圣性,《大观园吃货研究局》的情节设计更为无厘头,也更温和一些。《大观园吃货研究局》的女主角在吐槽还泪情节时穿越到了红楼世界,成了"贾宝玉",被牵扯到了这一段"木石前盟"的公案之中。这个宝玉是个不折不扣的吃货,每日最大的兴趣是尝试各种在现代尝不到的美食,小小年纪就成了美食家;这里的林黛玉虽然也欠了一份浇灌之恩,但她要还的不是泪水,而是口水,因为宝玉精通美食的制作和品尝，她对美食垂涎欲滴——这个非常无厘头的表述将"还泪"本身附带的欲望，由牵动肝肠、缠绵心腑的情欲降解为对美食的食欲——某种意义上，这是2014年净网行动之后美食文的余波。毕竟，净网之后的言情作品"脖子以下不可描述"，所有的情欲描写都成为禁区。于是，情欲只能换个出口，转换成食欲表达出来。比起情欲，来得更加安全、可控而且政治正确的食欲成为宝黛之间的全新牵绊，"木石前盟"虽然仍在，但在原著中具有的爱情神圣性却荡然无存了。而且，《大观园吃货研究局》中的贾宝玉转为女性，成为荣国府的三姑娘。这样，宝玉和黛玉都成了"萌萌哒"的女孩子，这样的感情去除了情欲，变得更加安全无害了。

第三，原著中没有提到绛珠仙草的数目，只提到林黛玉的前身是三生河畔的一株绛珠仙草。有趣的是，《红楼之林家皇后》在数目上做了文章：三生河畔不只有一株绛珠仙草，而是有一片。那么，神瑛侍者的浇灌之恩也就不只是对这一株草，还可能有下一株、下下一株。事实上，《红楼之林家皇后》就是基于这个设定展开了情节。林婉玉作为一大片绛珠仙草中最早化形的一株，并不领神瑛侍者的情，不受蒙骗而直接转生为林家长女，避免了不得不还泪的厄运。紧接着，林婉玉的妹妹（也就是林黛玉）和弟弟先后出生，他们两人都是由绛珠仙草转生而来，而且因为懵懂不明，已经被骗喝下了灌愁海水，将被警幻仙子奴役。保护这两棵已经注定要"将心肝肺都还了过来"的绛珠仙草免受"木石前盟"的影响，成为林婉玉在作品前期的重要目标。既然绛珠仙草的数目是不固定的，只要能够达成还泪的目标，那么是哪一株也就无关紧要。"木石前盟"之所以优于金玉良缘，一个重要原因是，携带着足以与"玉"相配的"金"的薛宝钗可能有无数个，但与神瑛侍者结下前世宿缘的绛珠仙草却只可能有一个，林黛玉因此也成了独一无二的存在。既然前缘并不唯一，那么爱情的唯一性也就此丧失，黛玉也就和宝玉其他的姐妹没有什么本质不同了。如此，"木石前盟"被彻底解构，宝黛的爱情神话荡然无存了。

在打散"木石前盟"的背后，是作者和读者们对于理想男性的寄望：宝玉不能满足这个希望，无论从宅斗种田文还是甜宠文的角度对贾宝玉进行考察，他不再是男主角的理想形象。因此，贾宝玉被红楼同人彻底抛弃，作者则通过精心的情节设计拆散"木石前盟"，为林黛玉开辟理想的生活图景：有了不再"捐馆扬州城"的父亲，强大的兄弟姐妹，尤其是既能够施加保护又能够提供甜蜜爱情、实现"一生一世一双人"诉求的配偶。

第三节 真作假时假亦真：水浒三国同人中的"历史的叙述"与"叙述的历史"

《水浒传》和《三国演义》虽有诸多不同，但两部作品之间却存在一定的亲缘关系。一般认为，《水浒传》作者施耐庵与《三国演义》作者罗贯中有师徒关系，罗尔纲在《水浒传原本和著者研究》中甚至提出，两书实则同出罗贯中之手；至于李逵与张飞、吴用与诸葛亮这类性格相近的人物描写中的相似性，自不必多言。两书从问世之初起，就常常被相提并论。两书有明代历史演义小说"二绝"之称[1]，明崇祯年间曾合刊，名为《英雄谱》，清末再次合刊，名为《汉宋奇书》；鲁迅也曾在《叶紫作〈丰收〉序》中指出："中国确也还盛行着《三国演义》和《水浒传》，但这是因为社会还有三国气和水浒气的缘故。"刘再复在《原形文化与伪形文化》中援引斯宾格勒在《西方的没落》中将文化分为原形文化与伪形文化的观点，将四大名著分为两类，其中《三国演义》《水浒传》便被划分到伪形文化的范畴中，认为两书"袭用传统的'忠义'理念，但没有灵魂，没有精神指向"[2]。有趣的是，这两部名著衍生的当代网络同人小说，虽然存在差异，但也展现出了一定的相似性。这种相似主要体现在题材和写法上。

---

[1] 冯梦龙《新列国志》扉页左面有叶敬池告白文小字："罗贯中小说高手，故《三国志》与《水浒》并称二绝，《列国》《两汉》仅当具臣。"见（明）冯梦龙：《新列国志》"前言"图一"明末叶敬池梓本书影（一）"，陆树仑、竺少华标点，上海：上海古籍出版社，1987年。
[2] 刘再复：《原形文化与伪形文化》，《读书》2009年第12期。

一、历史题材与"同人之同人":三国、水浒同人的相似性

首先,从题材上看,《三国演义》《水浒传》均以真实朝代、史事为原型,故而两书衍生出的同人小说,尤其是那些在商业文学网站上长期连载的作品,绝大多数都属于历史小说的范畴,考察这些小说的情况时,不应该脱离其所处的类型套路。三国同人以真实的汉末三国时期为背景,而水浒同人也往往依据原著,将背景架设在北宋末年。这两个历史时期均是乱世,故而扶大厦于将倾,也就成为这些同人小说的重要主题。三国同人自不必说,如早期的《大汉帝国风云录》(猛子,起点中文网,2005年)中,丢失了现代记忆的穿越者李弘辅弼汉室,统一中国,最终避免了三国时代的百年分裂。《重生之我是曹操》(冰风皇帝,起点中文网,2006年)则顾名思义,以重生一世的曹操为主角,广纳贤才良将,加速了曹魏统一的步伐。不止如此,很多三国同人不满足于统一中原,将目光投向了域外,如《霸行三国》(不低头,起点中文网)便设计主角与北疆游牧民族开战,甚至征服了安息和贵霜。

水浒同人的北宋末年背景,则决定了靖康之耻成为悬在水浒同人头上的达摩克利斯之剑,几乎所有水浒长篇同人都以救亡为目标。如《水浒求生记》(他来自江湖,起点中文网,2014年)中,主角穿越为梁山泊第一任寨主王伦之后,招兵买马,求贤纳士(因王伦将原著中郁郁不得志的人才一一纳入麾下,本书又被戏称为"人人都爱王头领"),力图以梁山泊全寨之力抗金,规避真实历史上的靖康之耻。《穿成潘金莲怎么破》(南方赤火,晋江文学城,2016年)中的潘小园(即潘金莲)虽是女性,却也不让须眉,在与恋人武松投身抗金战争之余,发展商业,促进女学,成为一代巾帼英雄。这类建立民族国家、抵抗外侮的冲动,持续地萦绕在三国、水浒同人之中。此外,由于两书均出现了众多形象各异的男性角色,三国、水浒同人中也有相当一部分是专门讲述感情的纯爱故事,此处不做过多讨论。

其次,三国同人和水浒同人的一个共同特点是知识体系与公共设定来源极为驳杂,作品本身甚至经常是"同人的同人"。《三国演义》本身即

是以陈寿《三国志》为基础写作的历史演义,将其视为优秀的历史同人亦未为不可;《三国演义》又因其巨大影响力,在东亚大众文化领域衍生出单机游戏《三国志》系列(1989年)、电视剧《三国演义》(1994年)、漫画《火凤燎原》(2001年)、电视剧《终极三国》系列(2009年)、电视剧《三国》(2010年)等众多文化产品,它们均产生过一定范围的影响,也有很多是根据这些小说的衍生影视、游戏作品写作的同人小说。非但如此,这些文化产品分别对《三国演义》原著进行了不同程度的再加工,而当同人作者下笔,很有可能将这些不同来源的、非原著的"二次设定"(指为圈内公认,但原作并未出现的设定)混杂在一起。即使能够分开来看待,如何在写作中运用又是另一回事了。百度贴吧三国小说吧中的一个题为《写三国小说 到底按正史来还是三国演义来?》[1]的帖子,就鲜明地展示出了公共知识体系存在争议时,不同作者的处理方法。网友银手大官人表示"……正史的逻辑完好,里面的人物做事说话都可以理解得通,符合逻辑。而演义则逻辑漏洞百出……如果你不讲逻辑,那你的小说就只能给傻子看了,稍微有点脑子的人都不会喜欢看你的小说的",认为应当以正史为准。而网友柑琴穹在回帖中写道:"三国演义不也是按照正史来?一些扯的地方,按正史来……有些计策,对话,诗歌是精彩得写三国者不得不采用的。正史故事量多有用,小战役书中就一个破字了结,咋写?"从写作技术层面出发,柑琴穹等网友显然支持适当援引演义材料,以使同人作品更加丰满可信。提问者最初的问题更暴露了三国圈"二设"回流的现象:"如果关羽拿的不是青龙刀而是长矛,得有多违和?"真实历史上的三国时期,武将手中的兵器更可能是一柄长矛——但来自《三国演义》的关羽手持青龙偃月刀的形象早已经固定在广大读者心中。可以看出,演义的描写已经深入人心,正史反而为读者所陌生。当然,大部分历史向三国同人仍然标榜自己主要以正史为根本,而为了避免不必要的冲突,很多以衍生品为原文本的三国同人则会刻意在题目中标明自己的原文本,以示其与正史基本无涉,如电视剧《三国》简称为"扭

---

[1] 网址:https://tieba.baidu.com/p/6022499577

三"、台湾八大电视台拍摄的《终极三国》则简称为"终三",诸如此类。

水浒同人的情况则相对简单。水浒同人中的主要公共设定来源,除了《水浒传》原著之外,最早记述水浒三十六人行迹的《大宋宣和遗事》与《后水浒传》(青莲室主人),以及《水浒传》最优秀的同人《金瓶梅词话》,都是水浒同人汲取营养和资源的对象。如《穿成潘金莲怎么破》故事前期,武大郎被害后,主角潘小园不得不在西门庆家暂且停留的一段情节,便是根据《金瓶梅》人物关系敷衍出的故事:《水浒传》并未详细描写西门庆的妻妾情况,《金瓶梅》却围绕着西门庆的内帏展开,而《穿成潘金莲怎么破》中的孙雪娥也是作品前期的重要配角。《大宋第一衙内》(素衣渡江,晋江文学城,2019 年)中关于太监梁师成身世的描述,则明显来自《宋史·卷四六八·梁师成传》:据闻苏轼曾将怀孕的妾室赠给一位姓梁的朋友,梁师成即是这位妾室产下的苏轼之子,此后梁师成亦自称苏轼是其生父,在苏轼诗文一度被禁毁时向上陈情,保留了大量苏轼诗文。《大宋》一文采信了《宋史》中的这个说法:主角高铭将雕有苏轼诗文的核舟赠给梁师成,触碰了其怀念生父的隐秘情感,因而得到梁师成的好感和帮助。

不过,反过来看,三国、水浒同人虽然大多以历史小说的形式表现出来,也借重诸多史料,但它们并不致力于真的还原历史,而是在解构原著情节的同时,为读者制造出一种"在场感",使读者更加真切地代入到主角身上,如同亲手改变原著人物命运。如《大宋第一衙内》中提到的一个小小配角慕容贵妃,正史中实无此人,但在《水浒传》中,慕容贵妃是青州知府慕容彦达的妹妹,也是慕容彦达在朝中的靠山。这并不影响读者对小说背景真实的体认。历史上北宋的真实存在,仿佛与《水浒传》的真实融合在一起,形成了一个"水浒大宋"。再如《穿成潘金莲怎么破》一文中写到的再真实沉重不过的"海上之盟",忽然又借史文恭之口说道:"那个金酋阿骨打不信任汉人,更不信任大宋官家。但他过去……曾受过中原江湖豪士的恩惠,因此对于江湖中人,倒是还有那么一点点放心。"(第一百四十六章)文中并未展开来讲"中原江湖豪士的恩惠",但熟读金庸作品的读者不难看出,这里引申的其实是《天龙八部》中乔峰与阿骨打的一段交往，而非正史，但该文却因为这个细节令读者倍感亲切，也让我们感到小说（历史的讲述）与正史（讲述的历史）之间界限的模糊。

由此，我们可以得出一个结论：作为历史小说的三国同人和水浒同人在写作过程中，广泛参考了官方史料、时人笔记以及此前已有的其他衍生作品（包括但不限于影视、漫画、游戏、小说），其来源之驳杂丰富，正是出于作者对历史小说还原历史现场这一重要维度的追求。小说越是将原著情节与正史紧密连接在一起，尤其注意在细节处附丽于史实，情节就越显得令人信服，而不至于令读者脱离作者苦心孤诣营造的历史现场。这是历史小说必备的环节，并不因为其身为水浒或是三国同人而改变。

二、三国水浒同人写作如何成为大型文学批评现场

事实上，同人小说的人物塑造和情节设计直接体现了作者对原著的认识和喜恶，甚至可以说，规模如此巨大的同人小说是一种文学批评的样式；而那些被固定下来的公共设定，往往体现出作者和读者在一个时期之内对原著的共识，这在三国、水浒同人中主要表现为对英雄个人的褒贬。这种被广泛接受的与原著不一的公共设定更多地表现在水浒同人中：作者们对其他好汉的褒贬往往不一，但大部分作者对原著中统领梁山泊众人招安的宋江深恶痛绝。《水浒传》原著中将宋江塑造为仗义疏财、仁善忠诚的忠义之士，凸显其人格魅力，但如今的同人作者和读者却认为宋江（及其心腹吴用等人）不断设计，害死原本的头领晁盖，将本来安稳度日的军官（如徐宁、朱仝等）逼到不得不上梁山造反，自己却一心一意等待朝廷招安，且临死不忘将忠于他的李逵一并杀死，始终脱不开虚伪和狠毒。《大宋第一衙内》除了晁盖为宋江设计所杀之外，还刻意写到一个耐人寻味的情节：主角高铭（高衙内）阴差阳错上了梁山，最终成为梁山头领，成功招安梁山泊诸人。在梁山时，宋江与高铭争权夺利，但招安结束，宋江得知高铭身为高俅养子的身份后，便悄悄写了一封极为热情的长信，向高铭表达了他加官晋爵的愿望。关于宋江的情节暂时告一段落，留下了一个具有讽刺意味的逗号。男频小说《水浒求生记》中，对有些愚直但本心不恶，尚且能够感化的晁盖，主角王伦与之结交；但对于在水寨中

争权夺利、以阴毒手段诱骗好汉上山的宋江，王伦深恶痛绝，最终将其赶出梁山泊。

为何宋江的形象在同人小说中发生了如此大的转变？早在金圣叹评点水浒时，金圣叹就对宋江作出了这样的论断："盖此书写一百七人处，皆直笔也，好即真好，劣即真劣。若写宋江则不然。骤读之而全好，再读之而好劣参半，又再读之而好不胜劣，又卒读之而全劣无好矣。"（第三十五回评）这段批评文字中，金圣叹对宋江的厌恶呼之欲出。近百年间，论者对宋江形象也存在比较大的争议。及至近年，大部分论者认为，宋江的身上存在着英雄领袖和封建腐儒的两面性，这两面不能有效地对立统一起来，因而宋江形象存在着裂隙。《〈水浒传〉续书的叙事重构和接受批评》一文谈到，"《水浒》续书在人物塑造方面所受金圣叹评点的影响主要体现在对宋江的再塑造上"，这一论断对于当下的水浒同人作者也同样适用。作者们显然倾向于接受金圣叹的道德论断，"宋江以招安诱人入水泊""宋江弑晁盖"等猜测在金圣叹不过是一评点而已，但到了现代已成为水浒同人的公共设定。同人作者们认为，宋江看起来仗义疏财，但这不过是他市恩于好汉们的手段，真实目的乃是在江湖中建立威信，最终以此作为加官晋爵的政治资本，为此他不惜时常背弃自己标榜的善：比如为了将朱仝骗上梁山，宋江派李逵将朱仝负责看管的小衙内杀死，朱仝无奈之下只能落草为寇——而无辜被害的小衙内年仅四岁，"端严貌美"，杀害这样一个孩子是不能为现代社会的普通读者所容忍的行为。

这种因原著的文本裂隙而产生的宋江性格的两面性，及其展现的言与行的巨大矛盾，被同人作者以道德审判的眼光剖析看待，宋江就此在同人小说中成为反角或是丑角。董平和王英在同人小说中也得到了类似的待遇，如《大宋第一衙内》中，董平被高铭设计扑杀，王英则被沉入水中。这自然也不是全无理由，前者强迫程知府嫁女与他，最终杀害了程知府全家，将程小姐据为己有；后者貌寝贪色，武艺平平，宋江却为了人情，将品貌过人的扈三娘送给他为妻。有趣的是，水浒同人作者往往取自原著中恶名昭著的角色，如王伦、高衙内等作为主角，却得以拯救那些在作者看来值得同情的人物，而被认定为"好汉"的宋江、董平等，则被这些原著中的丑角推上了审判席。这固然是出于一种小说架构上的考虑，主角在开篇时境况越不利，如王伦甫一醒来便发现作为寨主的自己身边只有几员虾兵蟹将，潘小园（潘金莲）则已经被西门庆看中，之后主角为了打破困局而试图改变原著情节和自身命运的努力便越精彩。不过，这也是出于一种道德审判的戏剧性的考量。原著高衙内是何许人也？欺男霸女，无恶不作。然而主角穿越之后及时扭转了高衙内的人生走向，对宋江的打击也极具讽刺意味：本来是恶的因缘际会成了善人，反而揭露了伪君子的面目。

由此，我们可以看出同人小说对原著能够进行一种文学式的批评，通过对原著关键情节的重新编排设计，表达作者对原著情节和人物的褒贬，传递现代作者的价值观。不过，需要注意的是，这种批评大多基于人物本身，而且相对局限于道德判断，很少直接继承原著的写作艺术，也很少对原著的写作技巧进行评判。

三、是策略游戏吗？——被应许的统一天下结局与历史拟象

与水浒同人相似，被塑造为忠恕典范的刘备也在三国同人中饱经作者审视。鲁迅对《三国演义》"显刘备之长厚近似伪"的评价在此似乎格外合适，诸如《刘备真仁君，不知为何小说作者要黑他》[1]与《不知为何，黑刘备已经成为了主流》[2]之类的辩论帖也时有出现。这自然是读者为了清除《三国演义》"拥刘反曹"倾向影响的一种反拨，对刘备的人品持怀疑态度的网友也仍然表示："正史上的刘备品德方面有问题，但是能力很强。"[3]（网友@5H画家）不过，三国同人对刘备形象的贬低与其说是道德审判，不如说有时是一种写作策略——否则当主角一再"收下"原本属于蜀汉阵营的文臣武将时，作者要如何说服读者这些在原著中与刘备"情比金坚"的部下会转投主角的阵营呢？道德评判在此已经不再是重点，主角投身于哪个阵营更不重要——甚至曾有作者对读者亲口承认自己内心深处其实佩服刘备的才能，但出于写作需要，只能一再设计抹黑与

---

[1] 网址：https://tieba.baidu.com/p/5504186854
[2] 网址：https://tieba.baidu.com/p/5558550132
[3] 网址：https://tieba.baidu.com/p/5504186854

主角不同阵营的刘备的情节。抛开专写人物与 CP 的短篇同人不论，长篇历史向三国同人中的主角大多是原著中的小角色，甚至是作者创造的全新角色，主角的阵营、立场选择自然也不必受到《三国演义》拥刘反曹倾向的规约。如《霸行三国》中，公孙瓒的儿子公孙续为主角，以幽州军起家；《北地枪王张绣》（赢放勋，起点中文网）由这一题目即可知晓，张绣这个在曹操争霸之路上无足轻重的小角色成为作品的主角，大显身手，得以与曹操抗衡；《恶汉》（庚新，起点中文网，2008 年）虚构了正史中不存在的董卓之子，显然是"凉州流"的代表作；《奋斗在三国》（我就是胖，起点中文网，2015 年）则选择让主角穿越到刘备身上，延续了原著拥刘反曹、匡扶汉室的取向……在这一类三国同人中，唯一可以确定的一点是，一统三国的 HE（happy ending）是作者应许给读者的，而走向这一结果的路径和起点可以有很多条。

为了达成统一天下的结局，主角必然由割据军阀而称帝，至于其创业班底，则必然集结三国原著/正史中出现过的那些名臣良将。鉴于绝大多数三国同人的主角都拥有对这段历史的记忆，主角自然得以抢占先机，抢先将那些主角认为值得招揽的对象纳入己方阵营，壮大实力。关于这一点，百度三国小说吧里的一个帖子曾不解地追问道："只要是三国小说，主角必收典韦、赵云、甘宁、郭嘉？能不能正常一点？写实一点？有意思一点？自己写的不尴尬？"[1] 以上几名三国人物在三国同人作品中的出镜率之高，似乎已经引起了这位读者的厌烦。帖子发表之后，很快引来了几位网友的反驳："三国能够吸引人的原因是什么？无非就是文臣们的奇谋妙计，武将们的驰骋沙场，如果不和里面的那些著名的谋士和武将一起打天下，那还些（写）什么小说。你一个人能够搞定一切？"（网友@wangyan1979031）"关键的问题是你不收他们就一统天下更假啊……"（网友@独孤求败 Nan1a）面对这些质疑，楼主进而回复道："是这套路都是一样的太没意思了，永远是一个样，张仲景治了黄忠他儿子，黄忠来了，太史慈被他妈劝了，太史慈来了……全一个套路当观众老爷是啥，完

---

[1] 网址：https://tieba.baidu.com/p/6106181353

全是在水嘛，有点自己的想法啊！"由以上评论可知，这位读者厌烦的其实并非"收"将领这一套路本身，也并非这几名人选，而是已经渐渐缺乏新意的细节。

换言之，争夺名臣良将是这类三国同人必然具备的重要情节，也是作品的爽点所在，而具体的人选、方法，就要端看各位作者匠心如何了。百度三国小说吧的吧主 as48ka 曾经发表了一篇名为《关于三国小说的顶级、一流人材数量以及搭配》的帖子。该帖子为三国人物按能力划分等级之后，详尽地论述了一般三国同人的人选搭配与评定实力，并一一举出具体作品作为例证，"七个（顶级武将）的话，那么说真的，这回连曹操在武将阵容上都和你不再是一个级别的了，像重生之定三国就是了。别提主角的超强武艺了，除了吕布外，赵云、典韦、关羽、马超、张飞、黄忠以及许褚都在主角那里"。除了这篇帖子之外，as48ka 另有几篇三国同人的情节套路和战略规划的总结帖，可以看出，这是一位对三国同人套路了如指掌的粉丝读者。像 as48ka 这样热心于评定三国人物等级的资深读者并非少数，民间文学中"一吕二赵三典韦，四关五马六张飞"[1]的顺口溜早已存在（当然，不止三国，《水浒传》中 108 名好汉的座次也部分反映着他们的武艺高低，其座次与武艺之辨至今仍是水浒迷津津乐道的话题），但这些武将大都分属不同阵营。如果将大多数文臣武将收纳到同一个阵营中，主角团队会成为怎样的"梦之队"，乃至统一全国，自不必谈。

不过，历史本身的发展并非如此简单，也很难因为几名极优秀人才的去留而改变。关于这一点，网友@和风清酒发出了这样的评论："如果想看符合逻辑的三国小说还是算了吧，你会发现只有发生过的历史事实才是最符合逻辑的。"[2]这句话在一定程度上反映了三国同人作者和读者的认识。历史同人主角的挥斥方遒、无往不胜为读者带来了极大的满足感，但"爽"过之后，作者和读者都清醒地认识到，即使以再多历史细节营造主角的"在场感"，但真实的历史已经过去，同人主角的南征北战不过是后

---

[1] 赵春阳：《三国武将排名》，北京：中国财富出版社，2016年。
[2] 网址：https://tieba.baidu.com/p/6106181353

人根据史料发挥想象,在沙盘中进行的一场又一场推演。同人作品中主角的落脚势力、根据地、创业班底等,比起真实历史,反而更像是游戏《三国志》为玩家提供的条件:新的一局游戏已经开启,出场势力可以在开局时更换,文臣武将也可以任意选择,只要善于运用战略,培养手下,积累兵力,将"游戏数值"不断打到更高,就能够达到那个应许的"最佳结局"。如此,读者如同目睹了作者如何打出一个高端玩家局,对于作品的批评也大多在于这局游戏是否合乎逻辑或是开挂。

于是,一切为了制造在场感的细节描写,一切让作品看似变得更加可信的考据,都在为了这一个历史的拟像、为了这一个已知的结局服务。鲍德里亚在《仿真与拟象》中曾经这样论述:"这已经不是模仿或重复的问题,甚至也不是戏仿的问题,而是用关于真实的符号代替真实本身的问题,就是说,用双重操作延宕所有的真实过程。这是一个超稳定的、程序化的、完美的描述机器,提供关于真实的所有符号,割断真实的所有变故……超真实离开了想象的庇护,离开了真实与想象的差别,它只为模型的轨道重现和仿真的差异生成留出空间。"[1] 对于三国同人和水浒同人来说也是如此。它们尽可能地挂靠在历史背景下,给读者营造出在场感,甚至是改变原著走向的幻觉,但作为历史小说的它们无意标榜自己反映史实,而作者和读者也都心知肚明,这只是一场游戏的沙盘,一个以原著为基准衍生的乌托邦。

综上所述,关于三国、水浒同人的情况,可以暂时下一个这样的结论:三国、水浒同人因其原著性质相近,题材和形式上也呈现较为相近的状态。作为长篇历史小说,它们的原作可以被视为历史同人,而这些网络三国、水浒同人则成为"同人的同人";它们竭力将故事背景架设在真实的历史时空,展现出强烈的大一统和救亡意识,均存在一个应许的 HE;它们专心考据,力求为读者制造强烈的"在场感",但并不标榜自己反映历史,而这种沙盘推演式的同人写作也成为作者和读者心知肚明的乌托

---

[1] [法]让-鲍德里亚:《仿真与拟象》,马海良译,见汪民安等主编《后现代性的哲学话语:从福柯到赛义德》,杭州:浙江人民出版社,2000 年,第 330 页。

邦，一段双方交流文学批评、强化圈内共识的互动。水浒同人相对而言更看重对英雄个人的道德审判，传统好汉宋江等被成为主角的原著丑角王伦、潘金莲、高衙内等推上审判席，其上承金圣叹的水浒批评，以今人的道德观重新审视其人物形象，将人物塑造中的裂隙以道德审判抹平；三国同人则更倾向于对收服—战争—统一这一过程的刻画，很少存在道德批评的向度。

第四节　西游同人及西游主题大众文化产品中的个人成长与叛逆

　　《西游记》的网络同人小说数量虽不及前三者，但影响范围与直接辐射人群却更广。西游同人与其说是网络文学艺术，毋宁说是大众文化的一部分。这与电影《大话西游》在20世纪90年代的火爆密切相关，甚至可以说国内的西游同人在一定程度上接续的是"大话"的脉络。白惠元在《西游：青春的羁绊——以今何在〈悟空传〉为例》一文中将西游同人的发展进程概括为"从'大话派西游'到'奇幻派西游'"，以2005年"奇幻"这一类型在中网文版图中的崛起为界，前者"在古典名著《西游记》的语意空白中发现了爱情"，后者则是"有意强化了西游故事的战斗主题及其英雄主义情结"。[1] 可以说，白惠元一文概括准确地切中了西游同人的两大类型。"大话派"一脉被整合进电影作品的常用主题之中，如《情癫大圣》（2005年）、《越光宝盒》（2010年）、《西游降魔篇》（2013年）、《西游记之孙悟空三打白骨精》（2016年）、《西游伏妖篇》（2017年）等，成为撬动电影票房的助推器；"奇幻派"则将西游的大背景作为一种设定被征用，与《封神演义》《山海经》《道德经》等故事"杂交"（hybrid）一并发展出"洪荒文"这一新类型。《西游记》之所以未能如其他三大名著一般发展出"网络西学"的原因或许正在于此，西游同人媒介

---

[1] 白惠元：《西游：青春的羁绊——以今何在〈悟空传〉为例》，《中国文学批评》2015年第4期。

改编的成熟度及经影视作品带来的大量主流受众，都让其不再只是小众圈子"自己玩儿"的网络产品，而成为真正为大众所共享的文化记忆与文化符号。

一、"大话派西游"：在颠覆前史与消解神圣处完成残酷成长

首先来看"大话派西游"。"大话派西游"的网络同人小说其实更像是"同人的同人"、衍生品之衍生，转换的"中间站"即是周星驰的电影《大话西游》。《大话西游》最初在影院放映时反响平平、票房惨淡，而在五六年后得以风靡，并在众多无厘头影片中被奉为经典之中的经典，其背后是"三种媒介话语变革相互耦合的结果"。"三种媒介"，即以中央电视视台为代表的"权力的媒介"、作为"媒介的权力"之延伸的电影以及彼时在国内开始普及的互联网与校园论坛（BBS）。于此，所谓的"网络一代"正式开启了网络空间中的自我表达时代。《大话西游》用喜剧形式包裹悲剧性内核：命运难以更改，至尊宝除了戴上金箍"别无选择"，这无疑是对西游的一种现代性改写。至尊宝看似有很多次的选择：选择爱谁，救白晶晶还是紫霞？选择谁，将使其成为至尊宝或是齐天大圣？选择做什么，杀唐三藏还是继续取经？但结果其实是他没得选。救白晶晶，不过是让他有理由穿越到500年前，遇见紫霞。救紫霞，不过是让他主动戴上金箍，西行取经。宿命不可抗，他只能接受上天的安排最终"回归正途"。大闹天宫的齐天大圣最终成为"模范弟子"孙悟空——《西游记》中这一"前西游"的故事被无限拉长、填充，成为"大话派"西游同人此后反复演绎的主题。其中，这注定以悲剧收场的爱情故事，被追认为也只能被指认为是主角走上正途前的一段"岔路"，"金箍"则成为阉割自我交换成长之代价的象征。横向来看，"金箍"作为一个符号甚至溢出了西游故事的脉络，被整合进更广阔的文本生产当中。《大话西游》表现出的"在小时代里做大人物"的处境与情怀，也内嵌于那一代人的情感结构之中，在躲避崇高的同时又渴望着宏大叙事，这种悖反与撕裂在此后无数作品中反复闪现。总的来说，其在主题上的"解构一切，除了爱情"，让主角"不想成佛，只想做个俗人"的日常向，开启了一大批西游网络同人

小说,包括《悟空传》(今何在,2000 年)、《唐僧传》(明白人,2001年)、《沙僧日记》(林长治,2002 年)、《唐僧情史》(慕容雪村,2003年)等。

首发于新浪社区"金庸客栈"的小说《悟空传》,某种程度上正是对《大话西游》中的英雄主义与理想主义致敬。《悟空传》直接将孙悟空分裂为两个形象,认为当年那张扬而不受拘束的大闹天宫的齐天大圣才是真正的孙悟空,而想做神仙、一心求加功德分而西游取经的是假悟空。"金箍"作为一种阉割与献祭的符号,至《悟空传》再添一层新的象征,那是"胜利者的王冠":

> 在天宫中,那个头上戴了金箍的悟空和六耳猕猴悟空展开了决战,在不分胜负之际,是既存秩序(如来)的评断杀死了后者。当如来说那个没戴金箍的是六耳猕猴时,六耳猕猴始终没有勇气承认:
> 我是六耳猕猴?哈哈哈!我是六耳猕猴,你也真会编道。
> 六耳猕猴被杀死了,这时,作品中写道:
> 死的真的是六耳猕猴吗?
> 或者,倒在地上那个才是他自己呢。
> 他摸了摸头上,还好,金箍儿还在。
> 那是证明他是孙悟空的唯一标志。

如果说《大话西游》中"戴上金箍"被叙述为一种残酷的成人仪式,明晃晃地昭示着成为孙悟空的代价是舍弃爱情;那么《悟空传》则让"金箍"的符号更添冰冷,掏空了其内涵的怀旧与感伤情绪,只剩符号的真假游戏——不是悟空选择了金箍,而是金箍反向指认了孙悟空的身份,这一次付出的代价是舍弃真实的自我。当取经只是一个惊天骗局,《悟空传》消解了"神性"与终极价值,它表达着对某种神圣不证自明的中心以及等级制度合法性的怀疑。作者更是借金蝉子之口喊出:"我要这天再遮不住我眼,我要这地再埋不了我心,我要这众生都明白我意,我要这诸佛都烟消云散。"但有"破"亦有"立",《悟空传》并非止于一种完全肤浅的戏仿与拼贴,今何在解构了高高在上"神性"的同时又为"人性"注入了某种"神性",或者说现代性的启蒙价值。"我为什么要做神仙因为我想,那样至少自己的命,不用握在他人之手。孙悟空声音高了起来。"那些有关理想主义与终极价值仍未过时,或者说只是有了新的名字——"本性"。紫霞爱孙悟空正在于他"与他们不同,有灵魂",最后在孙悟空杀死作为六耳猕猴的自己时,紫霞对他说:"我要你记住你是一只猴子,因为你根本不用去学做神仙,本性比所有的神明都高贵。"一方面,小说接过了《大话西游》中紫霞与孙悟空的爱情设定,紫霞仍认为美猴王是她"心中的英雄";另一方面以爱情的话语有效驱动了反抗的叙事,将"小打小闹"的叛逆改写为无比沉重而真实的反抗。当孙悟空想要忘却痛苦时,紫霞却偏偏为他做了一袭紫色的战袍,她唤醒了孙悟空:"别骗自己了!你还在做着你的梦吗?我希望你清醒过来,永远记住你是谁!你是孙悟空,妖王孙悟空!你永远不要想和我在一起,因为孙悟空是不能成正果的!你要记住,花果山的天空其实是一片黑暗,在那儿看不见晚霞的!"

  对爱情主题的看重以及对西游前史的颠覆,往往是"大话派"西游同人被贬斥为"反经典"的主要原因。但若调转视角,与其说"大话派"是解构了经典,不如说是在经典中发现并主动填补了"空白"。这是对古典文学作品的现代化解读,但事实上并没有完全脱离原作,"作者恰恰是抓住原作的空白点,进行新的阐释"。历来《西游记》的故事主线被认为前后存在着明显的断裂,即前七回"大闹天宫"和后九十三回"西天取经"之间的矛盾,前后相反的叙事结构使孙悟空的身份混杂了两种不同的话语:挑战天庭神权的齐天大圣与自觉承担降妖义务的孙悟空。也因此,在观众的民间立场上,常有"只认闹天宫的美猴王,不认西天的斗战胜佛"的弹幕[1]发言。从这一角度来看,以《悟空传》为代表的"大话派"西游同人正是在这一断裂当中发现了新的故事,或者说想象了一种新的弥合方式。不同于学界的研究,或从"起义—招安"角度进行解

---

[1] "弹幕"指在提供即时评论功能的视频网站上,那些横向飘过视频画框或悬停在视频画面之上的文字评论。

读[1],或将其视为少年的"中国式成长小说"[2],"大话派"西游同人直接将取经前后的孙悟空视为不同的人,将齐天大圣与斗战胜佛形象拆分也渐渐成为此后西游同人写作的一种"共识"。

  从文本的生产方式来说,这种"填补原版叙事中语意空白"的方式,正是费斯克所论述的"生产者式"文本:"粉丝文本必须是'生产者式'(producerly)的,因为它们必须是开放的,包含空白、迟疑不决和矛盾使粉丝生产力得以成型。在这些文本被粉丝重新创作和激活之前,它们都是欠缺的,不足以发挥其传播意义和快感的文化功能,粉丝们正是通过这种重新创作的活动生产出自己的大众文化资本的。"[3] 值得一提的是,《西游记》的空白点不仅只有爱情这一主题,从现代化的管理与生活经验出发,一些同人作者还将目光对准了后九十三回西行取经的故事:师徒四人取经成功、修成正果,其中便隐含着一个团队如何合作与如何走向成功的经验。在商业化浪潮席卷的今天,西游同人还衍生出一类同人职场小说,通过将职场打拼、工作交往等现代化的经验注入写作,演绎出管理学的知识文,如《孙悟空是个好员工》(成君忆,2004年)、《孙悟空职场打拼记》(河月山,2004年)、《西游记的人生智慧》(乔力,2006年)等。《孙悟空是个好员工》将孙悟空大闹天宫被镇压而后通过西行取经成为斗战胜佛的故事,解读为一个由个人奋斗失败后转向团队成功,最终实现个人价值的经典案例[4]。作者从原作的人物入手,将取经看成是一项事业,将唐僧、孙悟空、猪八戒与沙僧师徒四人分别划分为力量型的人、完美型的人、活泼型的人、和平型的人,认为克服困难的助力正在于性格与观念。

二、"玄幻派"西游同人:在新类型套路中询唤英雄情结

  如果说"大话派"西游同人主要是通过发现"空白",来进行反写亦

---

[1] 张天翼:《"西游记"札记》,《人民文学》1954年第2期。
[2] 施战军:《论中国式的成长小说的生成》,《文艺研究》2006年第11期。
[3] [美]约翰·费斯克:《粉都的文化经济》,见陶东风主编《粉丝文化读本》,北京:北京大学出版社,2009年,第11—13页。
[4] 成君忆:《孙悟空是个好员工》,北京:中信出版社,2004年。

或是"戏说",其仍与《西游记》故事有着筋骨粘连的"强关联",而"玄幻派"西游同人则是"另起炉灶"的一种"弱关联"。作为一种受原著设定限制更少的"大同人",越来越向独立的新类型靠拢。网络西游同人的文本生产力从2005年起开始陡增,一批奇幻西游小说形成了与"大话西游派"相反的"奇幻西游派",这一流派的作品主要包括《朱雀记》(猫腻,起点中文网,2006年)、《重生成妖》(蛇吞鲸,2008年)、《重生西游》(宅猪,2008年)、《黑风老妖》(和气生财,2008年)等。[1]这有意强化了西游故事的"战斗"主题及其英雄主义情结。对于中国网络文学而言,"奇幻"(fantasy)类型通常指代以西方中古世界为背景的"剑与魔法"(Sword and Sorcery)[2]的故事,而"玄幻"则更有东方风格,指以中国古代世界为背景、内含东方元素的幻想小说,故笔者在此选择将这一类型称为"玄幻派"西游同人(而非"奇幻派"西游同人)。具体来说,"玄幻派"西游同人主要有两条发展脉络:一是以战斗升级的快感模式为主,二是融合进中国神话体系。前者与游戏的互动更密切、深入,如"网易西游三部曲"游戏《梦幻西游》《大话西游》《创世西游》等,"打怪升级"模式与同人文的写作相互影响,改写着小说内置的快感程序:大败敌手、获得经验升级成为叙事的主要驱动力。英雄"养成"化、经验"等级"化、世界"数值"化,"西游之路"的九九八十一难有了新的量化指标。但升级套路在西游同人的世界观中很快便触到了"天花板",因《西游记》的原有背景里等级升级的上限只能到"准圣",达成修为满级的目标过于简单而模式又重复单一,作者与读者们渐渐地厌倦了这套设定,于是开始转向开拓新的"副本"[3]——西游"种田"[4]流。《如来

---

[1] 参见白惠元:《西游:青春的羁绊——以今何在〈悟空传〉为例》,《中国文学批评》2015年第4期。
[2] 剑与魔法:奇幻类子流派,还有披风与剑(历史冒险故事),披风与匕首(间谍行动故事)等分类。使用剑的战士是主角,使用魔法的术士是配角,故事着重于叙述勇武的英雄对抗具有超自然力量的邪恶势力,巫师、邪灵、怪物(包括龙)等是其常见的敌人。剑和魔法大多取材于神话和古典史诗,如荷马的《奥德赛》、北欧神话和亚瑟王传说。
[3] 游戏术语"副本"指一个被当作人物看待的事件以及相关的区域,如一次重要考试、一个新的场所等。
[4] "种田"最早最为策略类游戏的一种,治大国如种菜园。作为男性向玄幻类型网文的一个类型,主要指主角从无到有建立自己的根据地和队伍,在此基础上一步步发展经济、军事和政治,完善各项制度,并通过经济、科技和制度的优势所带来的军事优势战胜对手,从一小块地盘发展到征服天下。

必须败》(乌云,起点中文网,2018年)即是典型代表:

> 万灵国派出代表,主要是为了进一步增进贸易和人文交流。我们可以给祭赛国提供三十年的免费稻种,传授你们最好的种植技术。罗刹女先抛出好处,说道:"种出来的粮食,既可以满足你们的需要,多余的也能出售给我们。"万灵国已经是一个大国了,小国的粮食都能消化的了。但作为代替,万灵国希望以后和祭赛国进行灵物贸易,双方都使用符文币。
>
> ……
>
> "我希望你做一件事。"孙悟空收敛笑容。控制西牛贺洲的第一步,就是要改变思想。孙悟空对妲己说道:"从今天开始,我要通过音符,把万灵国的知识、艺术、文明分享给西牛贺洲的所有人类。"
>
> (节选自第二百三十二章《分享知识》)

《如来必须败》中孙悟空刚出世便提前看到了无字天书,看到了未来的"既定历史"和自己的结局。由此小说中的孙悟空从菩提祖师处学艺归来后,按照预知后世的社会模式开始了花果山改造计划,继而影响了整个三界。"大话派"西游同人种种逆天改命的实践均以"扑街"而告终,作者们清楚地知道想要"打出一个完美结局",只能另起炉灶,开启新的"游戏地图"。换而言之,在西游的故事里想要真正的逆天改命只能回到源头,直接取消"大闹天宫"及后续所有的故事。此时,孙悟空的形象也不再是桀骜不驯的齐天大圣,而是一个懂得吸取经验与教训、用科学知识"武装"自己、改革花果山的建设者。至此,战斗升级模式的"玄幻派"西游同人已经基本脱离了"同人"的语境,成为事实上的一类花果山种田文。

"玄幻派"西游同人的另一条发展脉络则进入了"封神洪荒"这一新类型。《西游记》与《封神演义》及其他道教典籍被拆分并重新整合,修改或者重构起了中国古代神话的宇宙,最终发展为洪荒文这一新类型。在"话本小说网"的"西游同人"版块,同人标签高频词之一便是"洪荒封神"[1]。

---

[1] 网址:http://www.ihuaben.com/category/xiyoutongren/

对于此，首要问题是要回到到底何为"洪荒文"上来，洪荒文主要指的是以洪荒为背景或线索的小说。一般来说，"洪荒"指混沌蒙昧的状态，借指太古时代，直接出处为"天地玄黄，宇宙洪荒"，故事一般遵循着一套"公共设定"：从盘古开天、鸿钧讲道开始，经历巫妖大战、女娲造人、三皇五帝等洪荒大战再到封神之战、佛道之争等主题，以朝代更替映射圣人间的较量。但这其实并不能算是网络化的全新"玩法"，而是同人作者们从神话文本中挖掘出了本就隐含于中国神话系统间的关联（或者说是激活了神话间的互动关联）。《西游记》小说的续书就有《续西游记》《西游记补》《后西游记》等，而最具争议的《封神演义》是否也是《西游记》的续书？因为二者之间存在着大量的重叠之处，比如共用了一套天庭中的神仙体系，尽管在细节处理上略有差异。在两者之间存在着一些疑问，如李靖的宝塔是由如来还是燃灯道人所赠予，哪吒是被如来还是太乙救活的，最终降服孔雀的是如来还是准提道人。但若从神仙体系完整性的角度而言，封神的故事更像是西游的一本"天庭说明书"与索引指南。若暂且不提《西游记》与《封神演义》是谁"因袭"了谁、谁续补了谁的争议，一个不争的事实是，二者放在一起显然构成是一个更为完整的世界观设定。网络上的同人写作者们抓住的正是这一点，并将学界通常认为的二者折射出的"佛道之争"——具体来说就是《西游记》的线索是"扬佛抑道"，而《封神演义》是"崇道讽佛"[1]，置入更宏大的中国传统神话体系，以内丹学家秉持的"佛道本是一家"的观点打通了佛道隔绝的世界观设定。如此做法早就有迹可循，如辽初道士刘海蟾《还丹破迷歌》说"真个佛法便是道，一个孩儿两个抱"[2]，宣扬的便是佛道融合的观念。

小说《佛本是道》（梦入神机，起点中文网，2006年）将神话传说、《西游记》《封神演义》等著作中比较出彩的人物、重点事件进行融合、汇总与再创作。正式开启了"洪荒文"脉络，基本奠定了"洪荒文"的

---

[1] 张一方：《〈西游记〉〈封神演义〉折射出的佛道之争》，《盐城师范学院学报（人文社会科学版）》2011年第1期。
[2]（辽）刘海蟾：《还丹破迷歌》，见阎凤梧、康金声主编《全辽金诗》，太原：山西古籍出版社，1999年，第12页。

基本法则。首先，小说中往往把大道、天意作为关键词。其中修炼者大多以道成圣，证得混元道果为最终目标。其次，串起了以往从鸿钧证道为节点的前后间的种种中国古代神话传说。上有盘古开天辟地，下有元神化三清（太清太上老君、玉清元始天尊、上清通天教主），分别创立人教、阐教、截教。十二祖巫（蓐收、句芒、共工、祝融、天昊、玄冥、强良、翕兹、帝江、烛九阴、奢比尸、后土）神话，妖族四大首领除女娲外，还有妖皇帝俊、东皇太一、女娲之兄伏羲。此外还有太阴孕育出神祇的羲和、太古洪荒天庭中的妖师鲲鹏，妖族太子陆压（《封神榜》中化名陆压，《西游记》中的乌巢禅师）等。后羿射杀妖族九个皇子（帝俊之子），直接引发妖族和巫族大战。西方二圣接引道人与准提道人于封神之战后化为佛教……自《佛本是道》之后，"洪荒封神"逐渐成为男性向小说的一大分类，并于2014年前后进入女性向网站写作，其中《天庭出版集团》（拉棉花糖的兔子，晋江，2016年）即是典型作品。作者在继承神话的基础上，将原有洪荒人物的特点不断放大，创造出一组"萌"人物的群像，成功实现了在原始人设上的"二设"（原设定下的追加设定）。如在《封神榜》原著中，通天教主门下有大量原型为兽类的徒弟，这是该人物自带的设定。在《天庭》中，这样的设定被再次强化，通天教主成为"绒毛控"，以"萌"为收徒标准，一看到可爱的小动物就走不动路。当"洪荒"的大历史已经被消解，从中被抽取出的要素代替深刻性和意义成为写作的中心，于是"萌"不但成了人物的特色，而且成为刻画人物的宗旨。[1]

此后，西游的故事再也不是叙述的重心，而只能算是这一新类型众多小说里的一段插曲，孙悟空的形象则往往被改写为一个无金箍的猴子。《假唐僧》（霜明雪，晋江文学城，2017年）与《封神榜》联动、以截教毁灭为背景，求一线生机为核心。小说对孙悟空的大闹天宫进行重新解释，展示了猴子无辜可怜的一面。在《天庭出版集团》中，主角黄竹直接将孙悟空收为自己的弟子，昭告天下孙悟空因闹天宫被罚，私下却教他化

---

[1] 陆正韵：《拉棉花糖的兔子〈天庭出版集团〉：神话也在"卖萌"》，《文学报》2017年1月5日。

形术成为天庭的齐天大圣，从而取消了孙悟空与金蝉子（唐僧）的师徒因果：

> "是的，是佛教一名弟子，不知此世是拜在谁门下了，金蝉一只，已脱壳逃走了。"竹把蝉蜕展示给他看，"只留了这个在现场，想必是受佛教二圣之令。"孙悟空咬牙切齿地道："可恶……若叫俺老孙遇见，定然要将其打杀了。""还是不必了，"黄竹沉吟道，"你们原该有段缘分的。"孙悟空好奇地道："什么缘分？"不会发生的事就不要提了，"黄竹在他毛茸茸的脑袋上摸了一下，"怎忍你头戴金箍……好了，随我来吧，我传你化形之法。"

不忍悟空"头戴金箍"，可以说几乎成为"后西游"网络同人时代作者们的新共识，这既回应着"大话派"遗留的无可逆转的 BE（bad ending）问题，同时也是西游同人不再"西游"的明证。更重要的是，作为某种"青春残酷物语"的"名著"版符号，"不戴金箍的猴子"正是网络时代语境里"无疼青春"的改写，并再次流通进入大众文化的生产场域当中。

小　结

今何在曾说："网络，它使我有一个自由的心境来写我心中想写的东西，他完全是出于自己的一种表达的欲望，如果我为了稿费或者发表来写作，就不会有这样的《悟空传》。因为自由，文字变得轻薄，也因为自由，写作真正成为一种个人的表达而不是作家的专利。"正如前文所说，重要的是那"无数次的填空"。网络同人读写场域中的表达、交流与互动所凝成的"公共性"更值得我们分析。

首先，当传统文化与当下时代精神相遇，从无数同人创作实践积淀下来的"公共设定"中，我们得以窥见传统元素以怎样的比例在今天被继承，又是以何种的方式被接受。必须承认的是，在这个文化健忘的时代,对于古典名著资源的反复召唤与故事的再创作,一定程度上唤醒了人们的阅读记忆以及这个记忆背后的某些深厚的东西;而对于小说文本本身而言,当代人把史料中或想象中古代人的生存方式和生命形式都以碎片化的形式介入到文本中,成为同人文本话语生命的一部分。历史与当下、文本与生存、话语与生命等因素在这种互文性的关系中得以保存和呈现。中国古典小说四大名著生成于传统的文化语境之中,因而传统文化精神通过作品的叙事模式体现出来;而网络同人小说生成于当代的文化语境之中,当代文化因素势必通过网络同人小说的叙事模式表现出来。比如四大名著的同人写作都遭遇了一种共性的"冲突"——无论是孙悟空成佛前后的形象之断裂,或是宋江造反与招安的两面性,还是林黛玉是否应加入"宅斗",今天的同人写作不约而同地选择"做自己",因而悟空是有反抗性的、宋江总是虚伪的、黛玉是需要被安排一个稳定环境的。从深层的原因来看,这是以现代眼光在重估古典之后的一种"批评式"的重构,这或许与将"正确""正义"相拆分的游戏化思维相关。经典游戏《龙与地下城》,根据是否守序将善恶分成了9种阵营[1],规则设置了道德与秩序两个不同维度的坐标轴,英雄既可以是公法正义的推行者,又可以是私法的执行者,相对正义补位绝对正义。人们对所有宏大叙事都"心怀戒惧",故而"做自己"反而成为一种新共识。

  "大众文本所提供的不仅是一种意义的多元性,更在于阅读方式以及消费方式的多元性。"对于古典名著网络同人而言,这句话可以从横纵两个层面得到校验:在横向层面,名著经典携带的具有普遍性和传承性的"记忆共识",内含的本民族的文化价值观、民族传统意识和集体记忆,经同人的"变异"加入了时代背景的变量,比如红楼同人对黛玉的保护正内在于网络女性主义的浪潮之中;在纵向层面,网络同人写作同时包含着媒介间的继承、吸收和对文本意义的重新表达,如西游的故事自小说、电影电视、动画漫画之间的改编与转译。而"无数次填空"编织起的或强或弱

---

[1] 分别为守序善良、中立善良、混乱善良、守序中立、绝对中立、混乱中立、守序邪恶、中立邪恶与混乱邪恶。

的联系网络，这种联系的定位关键在于对差异存在的认可以及沟通，且在沟通的过程中有新的意义产生。

其次，经典之为经典，正在于其情节完成度之高、文字之优美、社会影响之巨大，能为社会中大多数人所熟知。所以，经典名著因其覆盖受众的最大可通约性，首先是作为一种能被共享的文化素材和经验（common knowledge）而被同人写作所瞄准。换言之，"经典"之所以进入同人作者的创作视域而备受"青睐"，这当然与其高蹈的艺术成就和地位相关，但更重要的是因为它的实用性——足够好用。那么，使"交流效率"最大化的"约定俗成"的网络名著同人，何以成为一种"公共性"的基础和媒介呢？同人场域中的互动是一种"泛文学批评"式的交流，读者们对原作及同人的理解与探讨，如读者"白玉小猪"在小说《红楼之黛玉为妻》评论区的留言："在原著中，贾宝玉真心爱的只有黛玉一个……别的不说，宝玉对那些女孩子，是从心眼里爱护的。当然，他的爱护很多时候反而成了这些女子的催命符，但是在封建社会的背景下，作为一个贵族公子贾宝玉的这种真心是很难得的。"读者希望通过这些评论与同人写手和其他读者产生交流，并达成某种共同体意义上的"共识"。这正是阿帕杜莱所描述的，人们日常主体性在电子媒介中的转变。通过新媒介，群体意识不是被深埋而是重新被挖掘出来，这种共同的情感模式有可能形成了更大规模的情感政治。过去的人们通过阅读共同的书籍、报纸、小册子形成"情感的共同体"，在今天或许他们通过进入网站论坛、探讨同样的主题达成新的"公共性"。

或如亨利·詹金斯所言，技术在分化，而文化在融合。经典作品不是一个封闭的体系，而是开放的，而网络同人写作的加入则可以既使经典发展为更立体的形态，又能够扩大经典文本的传播广度和深度。

第四章 中国音乐现代性

从中国文艺现代性进程的开篇起，音乐就展现出积极变革的活力，特别是艺术歌曲的引入和创作发出了中国音乐现代性的先声。

第一节 20世纪中国音乐的现代性追求
—— 以艺术歌曲为中心

众所周知，20世纪初蔡元培提出的美育代宗教一说，对现代中国的文化和教育变革影响深远。此说也可谓近现代中国追求文化艺术现代革新的动力和共识之一。梁启超更具体地指出："专从事诱发以刺戟各人器官不使钝的有三种：一是文学，二是音乐，三是美术。"[1]整个20世纪，文学、音乐与美术这三个艺术门类的发展史都贯穿一个关键词——"现代性"，该词蕴含着新民强国的诉求，服务于近现代以来仁人志士谋求中国成为现代化国家的总体设想。其中，音乐这个艺术门类又别具些许特殊性。一则因为中国历史上"乐/歌""诗"交融传统源远流长，"诗言志，歌永言"；二则因为华夏文明"致乐以治心"的"乐教"观念根深蒂固，所谓移风易俗，莫善于乐。因此音乐革新对现代国家的重要性很早就

---

[1] 梁启梁：《美术与生活》，见夏晓虹编《梁启超文选》（下），福州：福建教育出版社，2020年。

被康有为、梁启超一代的启蒙思想家所强调："盖欲改造国民之品质，则诗歌音乐为精神教育之要件，此稍有识者所能知也。"[1] 梁启超甚至认为近代中国文化和国力落后的原因之一在于，清代以降诗与乐逐渐分离，以至于词章家不通音律而专攻于诗词的结构文理，因而无法对国民产生影响力，"至于今日，而诗、词、曲三者皆成为陈设之古玩，而词章家真社会之蠹"[2]。梁启超曾经倡导过"三界革命"（诗界革命、文界革命、小说界革命），其实还应该加上乐界革命。从革新的目的和效果考虑，相较于其他艺术门类，音乐在民族精神革新和锻造乃至表达上具有难以替代的作用，独具直接抵达人心的情感力量。但两千年的音乐变革岂非易事，中国音乐追求现代性的发展历程，固然波澜壮阔，不择细流，呈现出奔腾向前的大势，也有在传统与现代、民族性与世界性之间的徘徊跋涉和探索。而且，在不同的历史时刻，现代性的表现方式互有差异或推进，恰如一个链条上的不同环节，但正是这种差异和发展，突出了中国音乐现代性内在的丰富性，以及在不同时期的探索和思考。发源自德奥的"艺术歌曲"在中国的引进和发展史，最为典型地展现了20世纪中国音乐对现代性的追寻历程。

一、现代性的最初显现——学堂乐歌

甲午战败举世哗然，中国民族危机意识蔓延朝野内外，上自朝廷下至士子，纷纷探求救亡之道。新政教育成为"鼓荡国民，振厉维新"最迫切的举措，而音乐启蒙成为其中一项极为重要的内容，被赋予开民智、爱国爱民、尚武的重要功能。1904年，竹庄在《论音乐之关系》一文中便说道："凡所谓爱国心、爱群心、尚武之精神，无不以乐歌陶冶之。则欲改良今日中国之人心风俗，舍乐歌末由。学校为风俗人心起源之地，则改良之着手，舍学堂速设唱歌科末由。"[3] 新式学堂的兴办以及一批留日艺术家、现代音乐教育家（如沈心工、曾志忞、路黎元、高守田、冯亚雄等）

---

[1] 梁启梁：《美术与生活》，见夏晓虹编《梁启超文选》（下），福州：福建教育出版社，2020年。
[2] 同上。
[3] 张静蔚编：《中国近代音乐史料汇编：1840—1919》，北京：人民音乐出版社，1998年，第214页。

的倡导和努力促生了中国音乐现代变革的第一步实践"学堂乐歌"——"所谓学堂乐歌,通常是指清季末叶和民国初年的学校歌曲。其实民国元年(1912)教育部公布新学制(史称'壬子学制'),已将'学堂'改称为'学校';到了民国十一年(1922),教育部公布'壬戌学制',又将'乐歌'改称为'音乐'"[1]。学堂乐歌是本土的乐教理想与外来的音乐嫁接的产物,是新式学校为自身而编创的歌曲,早期内容上多是富国、强兵、尚武等,形式上或借用外来的旧曲调倚声填词,或创作新的曲调,最早多采用来自日本的歌曲曲调,后逐渐广泛选用欧美歌曲曲调填词,也有部分借用中国民间歌曲音调填词的。

钱仁康在其所著的《学堂乐歌考源》中将学堂乐歌分为十类,分别为中国音乐家作曲的学堂乐歌、采用中国歌调的学堂乐歌、采用日本歌调的学堂乐歌、采用德国歌调的学堂乐歌、采用法国歌调的学堂乐歌、采用英国歌调的学堂乐歌、采用美国歌调的学堂乐歌、采用意大利和西班牙歌调的学堂乐歌、采用东欧和北欧歌调的学堂乐歌、赞美诗填词歌曲。[2] 这十类中,除了前两类外,其余均借鉴和采用外来曲调,虽然部分改编对中国音乐有所继承,注重与本土经验相结合,以有利于大众接受,但是从风格上来讲,已经与中国传统的音乐有了巨大的变化。钱先生曾考证梳理过借用曲调的"源"和"流"的情况,学堂乐歌对原曲的改变采用了简化装饰音、节奏化繁为简、弱起变为强起、强起变为弱起、倒装曲调、扩充结构、记谱差异和曲调倒装等方法。[3] 旧曲翻新以及新创的填词,既是借鉴吸纳外国资源又是民族发明创造,以此赋予了原有歌曲不同的面貌和时代气息,成为当时音乐进行现代变革的重要手段,也是服务于现代思想启蒙的方便有效的途径。即便是中国的音乐家新创作的旋律曲调,其风格也受到西方音乐的强烈影响。以沈心工的《黄河》为例,作品在整体基调上表现为西方的大调色彩,特别是第八小节中的曲调,明显给人以所属功

---

[1] 钱仁康:《学堂乐歌考源》,上海:上海音乐出版社,2001年,"前言"第2—3页。
[2] 同上书,目录页。
[3] 钱仁康:《学堂乐歌借用曲调的"源"和"流":在〈学堂乐歌考源〉出版座谈会上的发言》,《音乐艺术》2001年第4期。

能的色彩,这是受到西方功能和声的影响,甚至可以说这是建立在功能思维上构建的旋律,每个小节中的旋律素材均基于西方音乐理论中的三和弦与七和弦。或许仍有学者在描述这一乐歌时采用宫音、徵音的描述方法,但是这并不改变作品的风格实质。

音乐的现代性不但意味着社会外在形态的变革,而且是文化、艺术中的基本概念和范畴意识的转变,是人的心灵、思想和精神的内在结构的转变。学堂乐歌作为中国现代音乐的开端,其广泛的传播既得益于又配合了启蒙思潮和白话文革命。学堂乐歌是思想启蒙、历史代际交汇转折中涌现出的一种新的文学性和音乐性的结合,有中国现代歌(诗)的滥觞之说。它与现代文学写作、语言和审美变革一道进行了脱胎换骨,表达和传播了诸多启蒙问题,展示了20世纪中国人的社会和心灵变革:"有反对封建、鼓吹民主革命、宣传妇女解放的;有号召民族觉醒、要求富国强兵、团结御侮、振兴中华的;有倡言破除迷信、开通民智、提倡科学、兴办实业的;有勉励敬业乐群、敦品力学、惜时爱物的;也有提倡体育锻炼、丰富科学知识、反映学生生活的。"[1] 传播新思想和白话文最广泛、最普及大众的方式莫过于新式歌曲。从后来成熟的现代音乐来看,学堂乐歌的艺术价值很大程度上并不在于其乐本体,而是在于其启蒙和传播功能。它是时代的先声,是中国传统音乐的质的蜕变,对现代音乐和诗歌都具有里程碑的意义,也在现代中国的孕育中起到了积极作用。

二、现代音乐的专业化——艺术歌曲

随着五四新文化运动中新文学和新音乐艺术的发展,以及近代音乐教育的专业化,在学堂乐歌的现代音乐开端之后,中国音乐家们随后进一步探索更加注重艺术本体创新的作品,艺术歌曲成为作曲家们最为青睐的一种体裁,其创作的技术手段也越来越多地借用西方的,特别是多声部的音乐语言。艺术歌曲源于德奥,最早流行于19世纪初西方音乐的浪漫主义时期,是随着欧洲浪漫主义抒情诗歌的繁荣而兴起的诗歌与音乐相结

---

[1] 钱仁康:《学堂乐歌考源》,上海:上海音乐出版社,2001年,"前言"第1页。

合，并用钢琴伴奏的三位一体的音乐体裁。中国艺术歌曲可以溯源于学堂乐歌时期，但兴起于20世纪20年代，与现代新诗运动互为表里，而契合于中国新文化运动"个性解放""激情""浪漫"的时代氛围中（类似欧洲浪漫主义时期）。当时以萧友梅、青主、赵元任为代表的归国留学生，带回了西方的作曲技术和音乐理论，以上海国立音乐专科学校为代表的专业音乐教育的建立，以及音乐会的兴起，也推动了艺术歌曲的发展和传播。艺术歌曲在中国20世纪三四十年代得到空前发展，以黄自为代表的新一代艺术家，在前辈耕耘拓荒的基础上创作出大量优秀的艺术作品。

艺术歌曲具有高度艺术品质，作为三位一体的音乐体裁，除了要有新诗歌的兴起（或古词新编），还需吸收西洋技法，引进美声唱法与声体系。中国作曲家们将西方音乐的体裁、音乐语言和结构逻辑运用到本土创作，艺术歌曲的形式在调式调性的布局转换、曲式结构、和声结构等方面打破了中国传统歌曲的单一结构。借鉴西方的技术手段确实成为作曲家较为一致的选择，但在很多的细节上作曲家也在思考如何体现出中国特点。艺术歌曲中那些优秀之作既吸收了欧洲的音乐特征和技法，又与本民族文化相结合，这符合中国人的审美需求，如赵元任的《叫我如何不想她》、萧友梅的《问》、黄自的《玫瑰三愿》等均显示出这样的特点。这些艺术歌曲奠定了中国声乐教学的基石，直到今天还是声乐学习与表演中的经典作品。

赵元任的创作始于20世纪20年代，他是最早将西方的音乐创作技法进行民族化探索的音乐家。赵元任在创作中有意识地对西洋和声技法与多声技巧加以创造性地运用，为其创作的旋律提供和声支持。以歌曲《叫我如何不想她》为例，赵元任采用了著名诗人刘半农的诗歌，歌词中的"微云""银夜""鱼儿""燕子"等意象既富有诗意，又有强烈的画面感，容易使听众代入感情。在音乐上创作上，该歌曲一方面将西方音乐的和声语言进行了充分地运用，另一方面通过调性转换的旋律及歌词的意境体现着中国音乐的元素，核心的一句"叫我如何不想她"与京剧西皮过门的尾部曲调十分相似。赵元任自己也认为《叫我如何不想她》用的是以"五声音阶为主的""中国派的调"和"西皮过门的末句"。赵元任曾说:"中国的音乐程度不及外国的地方,说起来虽然一大堆,可是关键就在于和声方面。有了和声的变化,才有转调的媒介,一调当中全用起十二律来用得才有意义。没有和声不但是缺乏和声的兴趣,连单音上也没有多少发展的余地。"[1] 同时他又强调,歌曲创作一定要突出和声的国性与中国风味。

同时期,除赵元任之外,萧友梅的艺术歌曲同样展现出以西方语言为基调的现代性特征。学校歌曲是萧友梅声乐创作中数量最多的一类,他树立了一种兼容并包的音乐创作观,既借鉴德奥艺术歌曲的风格,又将自身和中国文化质朴、儒雅的气质灌注其中,因而作品曲调深沉舒展又流畅自如。萧友梅一直将引进统一的记谱法与和声作为现代音乐教育的重点,并认为经过这样的努力,中国音乐将会迎来一个发展的新时代。从萧友梅的艺术创作来看,这样的理念也十分清晰地通过作品呈现出来。以艺术歌曲《问》为例,组曲从最开始的弱起音体现出强烈的属功能色彩,第一二小节中的和声语言是典型的西方传统和声语言的"主属主",整个旋律置于传统和声语言之上,成为其表层,甚至给人以纵生横之感。《问》借对青年学子的发问,抒发了作者感于内忧外患、国家沉沦的忧虑之情,该作品自问世后即被广泛采用为音乐会独唱曲目,被公认为是萧友梅的代表作。

黄自于 1924 年留学美国,回国后任教于上海国立音乐专科学校,是 20 世纪 30 年代中国艺术歌曲创作进入繁荣时期最引人瞩目的一位作曲家。黄自的艺术歌曲一般都有古典高雅的气质,旋律优美、形象生动、感情细腻,色彩变化鲜明丰富,技法运用细致周密,并十分注意歌词语言与曲调的展开,善于将民族色彩鲜明的诗词与西方先进的和声作曲手法相结合。黄自创作民族化新音乐的理念是非常自觉的,他虽然认为中国传统旧音乐在现代已失去感召力,但全盘西化也是不可取的,旧乐与民谣中蕴含的民族特质应当保存和发扬。他清楚地指出,中国新音乐的发展要洋为中用,"必须由具有中华民族的血统与灵魂而又有西洋作曲技术修养的作者

---

[1] 赵元任编:《新诗歌集》,上海:商务印书馆,1928 年,第 11 页。

创作出来"[1]。黄自创作的几乎都是声乐作品，发表于 1933 年并传唱至今的《玫瑰三愿》是其最有名的作品。这首歌曲运用拟人手法，借玫瑰花的三个愿望表达出对未来幸福生活的渴望。此歌明显受到舒伯特声乐套曲《冬之旅》中第二十三首《虚幻的太阳》的影响，E 大调的调色彩与 AB 两段的曲式结构，无不显示出西方音乐的影响。然而，《玫瑰三愿》在此基础上又有发展，扩充了动机的拱形旋律，伴奏上以琶音增加音乐的动力，使歌曲充满盎然春意。[2] 黄自有名的作品还有《春思曲》《思乡》《卜算子》等，这些歌曲不仅注重声乐演唱技巧，还都讲究配合精致的钢琴伴奏。黄自在钢琴伴奏上大胆运用印象派技法，并与中国传统五声调式相结合，加强对意境的渲染和情感表达，在钢琴伴奏的民族化上也有重要贡献。

20 世纪三四十年代，由于抗日战争和解放战争的磨难与淬炼，中国艺术歌曲产生了一些新的气象，创作题材融入了反帝反封建、抗敌救亡、革命战斗等元素，风格气质上由含蓄转向外在，旋律刚劲有力，突出战斗性、宣传性，在表现形式上引进革命音乐理论，注重钻研大众歌曲，有意加强了民族性。在国难中诞生了一批抚慰人心、鼓舞民族、昂扬斗志的优秀作品，如张寒晖的《松花江上》、聂耳的《铁蹄下的歌女》《梅娘曲》、贺绿汀的《嘉陵江上》、赵元任的《老天爷》等。这些作品虽然在演唱上还是以西洋唱法为主，但在对民间音调的提炼运用（如小调、山歌和民歌的因素的吸纳）与和声民族化实践方面相较之前更加成熟，是中国音乐现代化、民族化历程中一个重要的阶段。

三、艺术歌曲民族化——丰富的探索与理论化

艺术歌曲经过了 20 世纪三四十年代众多音乐大师的创作实践，可以说，作曲家们对欧洲音乐作曲技法的运用已经精湛纯熟，众多优秀作品的曲式结构与和声调式布局的设计都具有相当高的水准。虽然西洋音乐

---

[1] 陈志昂：《抗战音乐史》，济南：黄河出版社，2005 年，第 17 页。
[2] 韩梅：《新诗、德奥风、美声唱法与 20 世纪早期中国艺术歌曲格范的确立》，《音乐研究》2020 年第 4 期。

民族化的途径也积累了不少经验，但西洋技法与民族传统文化的结合以及普及化、大众化的问题仍然在探索中。实际上，从欧洲音乐技法引入之初，中国音乐家就未曾完全撇开或抛弃过传统文化因素，但在以引介、学习、模仿西方技术为创作重点的时代，如何进一步地表现民族精神与探索相应的技术并不是作曲家关注的焦点。但随着对西方技艺的掌握的广度与深度的双向发展，中国音乐艺术家将目光和技术探索聚焦在民族精神的表达上。

中华人民共和国的成立为艺术家提供了广阔天地，20世纪五六十年代许多作曲家挖掘、学习全国各地丰富多彩的民歌，并对其进行艺术化设计和提升。为了在增强艺术品质和表现力的同时，能够最大程度地保留民歌的朴实、豪放、通俗易懂、多姿多彩的特性，作曲家和理论家不满足于西方大小调的束缚，进一步探索如何将更加具有民族风格和民族精神的五声调式在创作中运用，借鉴如何在西方多声部语言技术的基础上应用五声性素材。这一时期涌现了很多以少数民族歌谣为基础的丰富多彩的民族歌曲和音乐家，黎英海便是其中取得了卓越成绩，并将经验提升为理论的最具代表性的作曲家之一。

1956年，上海文艺出版社出版了黎英海的《民歌独唱曲集》，这是他根据各地民歌而创作的艺术歌曲集，其中《嘎哦丽泰》《在银色月光下》《小河淌水》《我的花儿》《百灵鸟你这美妙的歌手》等作品脍炙人口，深受广大人民群众的喜爱。这些作品既保留了原有的民族元素和朴实的风格，又提升了艺术品位和感染力。黎英海的创作着力于探索西方音乐技法如何与中国民族五声性音调相融合，在多年的理论研究与实践创作中，他创造性地提出了三度叠置的和声与五声音调相融合等多种方法。黎英海的这些理论思考与实践创作在某种程度上极大地促进了我国民族音乐的振兴与发展，同时对中国民族音乐的发展与创作在理论上给予了充分的研究和总结，尤其对民族音乐与西方音乐形式结合方面的理论研究，为我国民族化音乐创作提供了更为可靠的理论实践依据。

其中，最有代表性的是黎英海的钢琴音乐创作，他曾在作品集《民歌小曲五十首》的前言中说到，这些创作是为了研究民歌配置和声的问题，研究民间调式及配置和声。[1] 黎英海的创作已经摆脱了功能和声的音响结构与技术规范，而将多声部的音乐语言转向更加民族化的调式与和声风格。从他的作品中可以看到，调式中没有导音倾向性的属和弦恰到好处地为旋律提供支持，平行四度的进行和空灵的音响色彩显示出旋律的朴实质感，平行五度加厚的旋律线条更加突出了情感特征……总之，五声性调式的特点被加以处理和强调，成为真正的具有中国风格的音乐作品材料基础。

在这一材料基础上，作曲家们创造性地发展运用各种和声技术，如调式交替——同宫系统内的各调式交替、主音相同，宫音不同的各调式交替；调式综合与多调性；五声性转调手法——在我国的传统乐学理论中，将调性发展手法归纳为以下两种，即"旋宫"（移宫犯调：不同系统的调性转换，即现代概念的转调。宫音位置发生转移，而主音或调式可能同时变化，也可能不变）与"转调"（同宫犯调：同宫系统的调式转换或交替。只改换调式的主音，而不改变宫音及调式音列）。黎英海通过创作，尝试运用移宫犯调手法的多种可能性，取得了令人瞩目的成果。

从历史的角度看，以上探索是对西方功能和声语言的一种抛弃。功能语言不能完全地表达出中国音乐风格的全貌，因此，中国作曲家和理论家才探索了五声材料的调式化和声语言。但从中西方的对比来看，西方的现代风格伴随着无调性思维，而五六十年代中国艺术歌曲的五声性的探索在思维上尚未放弃调中心。随着时代的发展，更新、更现代的无调性音乐语言开始进入作曲家的视野，作曲家逐渐不再局限于调中心的限制，随着80年代的到来，开启了音乐现代性的另一历史阶段。至此，西方话语中的现代性和我国音乐创作中的现代性在内涵上开始统一起来。

四、新时期创作——与西方"现代性"含义的对接与统一

20世纪80年代以来，艺术歌曲的创作走向了新的突破和繁荣，确切地说是音乐现代性的历史阶段开启了。新时期充满了新思想、新观念和新

---

[1] 黎英海：《民歌小曲五十首》，上海：上海文艺出版社，1959年，第1页。

技法，给音乐创作带来蓬勃生机。其中，音乐技法最显著的变化是作曲家逐渐脱离调性或调中心的限制，走向无调性或泛调性，音乐语言越来越趋向复杂。作曲家开始用音程、音列、序列、整体序列等方式取代共性写作时期的调式调性。譬如新维也纳乐派（或称"第二维也纳乐派"）的代表性作曲家勋伯格，他所创立的十二音作曲法，其意义不仅限于技术层面，更重要的是形成了一种崭新的音乐观念及音乐风格。新时期以来，西方现代音乐技法在中国作曲家群体的创作也得到广泛运用。

1983年，罗忠镕在《音乐创作》上发表了声乐作品《涉江采芙蓉》（女高音独唱），这首作品被认为是中国第一首十二音音乐作品。为了表现中国古典诗歌中所蕴含的意境，罗忠镕在设计十二音序列时，使每一个相邻的三音列都具有五声调式的调式特征，但整体序列却是无调性的。作曲家通过这种方式，把碎片化的"五声调式"巧妙地镶嵌在无调性的十二音序列中，使作品呈现出一种新颖而又古朴的风格。罗忠镕创作了多部不同体裁的十二音作品，其中，具有代表性的当属他的《第二弦乐四重奏》。

此后，自罗忠镕的《涉江采芙蓉》发表之后，研究现代作曲技法的文论、著作和音乐作品开始大量涌现。20世纪八九十年代，中国音乐家协会下属的《音乐创作》编辑部，曾在全国专业音乐院校范围内多次举办艺术歌曲征集比赛，并由此激发了作曲家们的创作热情，一批具有创新意义的新的艺术歌曲问世。在这批作品中，激进的现代音乐技法屡见不鲜，诸如十二音序列、无调性、泛调性、新人声等。

五、当下中国音乐中的现代性

20世纪末以来，全球化使世界多元文化的交流与交融越来越深入。虽然目前世界音乐体系仍然大致可分为民族音乐与西方音乐，前者具有不同民族的色彩，但是相对而言传播具有地域性。西方音乐则被认为是世界性的音乐——中国音乐的现代化，即是向西方音乐的学习过程，同时这个过程中自始至终贯穿着一个主线，即不放弃民族风格和民族素材。但进入21世纪后，对待民族传统亟须一种新的态度，不仅是寻求西方技艺的本土化，也不再停留在继承和保存传统的思维阶段，而且是运用全球化的思维审视传统，开拓视域进行创新，不但将本土音乐文化发展推向一个新的高度，而且也参与到世界音乐的创造和贡献中。从民族音乐的立场出发应当如此，从西方/世界音乐的发展趋势看亦应如此。西方的现代化音乐语言走向极度控制和整体控制后，西方的作曲家开始寻求新的方向，如"偶然音乐"等是接受了东方哲学影响的结果，另外像"微分音"之类，也可以追溯到非西方的世界。

当下，中国作曲家的音乐创作技术手段十分多元，已经超出了西方语境中的现代和后现代技术的划分。但是，音乐精神内核却十分一致，立足于中国的传统文化和民间素材，将这些宝贵的文化和历史积淀当作最好滋养，也是对当代世界文化的丰富和补充。中国交响音乐的杰出代表朱践耳的交响诗《纳西一奇》，是一部继承传统又锐意创新的重要作品。《纳西一奇》的核心动机来源于纳西族特有的口弦音乐中的三个基本音——D、A、C。作曲家在作品中刻意强调这个三音列的主导作用，使其渗透到旋律、和声、织体等各个方面，口弦音调贯穿于四个乐章中，但表现手法却各有特点，织体写法和调性安排也都根据表现内容的需要精心铺排，并且每一乐章的标题也是用口弦音乐的曲牌名来命名的。口弦曲的曲目繁多、内容丰富，但音调较为简单甚至单调。朱践耳以他娴熟的管弦乐手法，把纳西族民间音乐音调融入到交响乐队纵横交错的音响结构中，使古老的中国民间音乐焕发出新的绚丽的光彩。

在技术上，丰富多彩的民族乐器音色成为作曲家偏爱的领域之一，在这一领域里中国作曲家尽情地发挥着创造力和想象力，并收获了世界范围内的听众、认可与赞誉。如贾国平为笙、古筝与管弦乐队作品而作的《万壑松风》，秦文琛的笙、竖笛二重协奏曲《迭响》等。

《万壑松风》是受德国曼海姆国家交响乐团委约而作，作品的灵感来自南宋著名画家李唐的山水画名作《万壑松风图》。作曲家贾国平期望借用音乐的表现手段，以音响形态的方式刻画自然万象之生动而又变化莫测的意象。该作品在德国曼海姆玫瑰园音乐厅首演后，德国音乐评论家施特凡·德特灵格在《曼海姆晨报》中评论道："音乐仿佛把听众带进雄伟的自然之中，掌声久久回荡在曼海姆玫瑰园莫扎特音乐厅。这是此交响乐团在最近十年当中,在这个大厅里带给观众最好的首演作品之一。""的确,无论从哪个方面来看,《万壑松风》都属于现代音乐文献里极为出色的作品,它与众不同的鲜明个性,甚至可以让听众在第一次听到它的时候就记住它。"[1]《万壑松风》能获得世界性认可,并不是简单靠民族传统音乐元素以新奇取胜。贾国平曾借用瓦列兹在其著作《音响的解放》的一段话来说明自己的态度:"我们不可能依赖传统来生存长久,即使是我们期望如此。世界是处于不停的变化中的,我们也随之而变化。"[2]《万壑松风》的成功靠的是摆脱传统思维所构成的束缚,不泥于古法,对历史与传统,对当代音乐创作的现状都进行反思,在此基础上才形成独特的"己见"。贾国平通过聚焦中国传统乐器的音色思维,结合序列数控与多维结构思维,使背负着不同文化符号的中西乐器巧妙碰撞和交汇,进而创作出十分个性化、富有当代性的音乐。

秦文琛的《迭响》(原名《风月迭响》)是 2004 年"中日现代音乐节"的委约作品,使用了笙、竖笛这两种乐器的音色,体现出东西方不同的乐器音色风格。作曲家运用各种现代技术手法,完美地将这两种古老的民族吹管乐器和一支现代管弦乐队相结合。作品体裁虽然是协奏曲形式,但整体曲式结构和音乐发展没有采用"主题动机发展变形""和声调式布局""协奏曲曲式结构"等西方传统作曲技术,而是融入了中国传统琴曲"散起—入调—入慢—复起—散出"渐变式音乐陈述构思。另外,《迭响》把中国民族民间音乐中有代表的元素,如小三度音程、自由的节奏、悠长的气息、装饰音及笙的音色等,运用西方现代作曲技术,进行轴心音布局、主导音程贯穿、单音微分化处理等。

同《万壑松风》一样,《迭响》也将民族地域性音乐放置在当代音乐语境中,运用现代作曲手法进行各种创新,如核心音进行微分音化的处理、点与线的织体结构叠置、富有民族色彩的多重节奏突显、不同乐器表

---

[1] 黄宗权:《新结构思维与传统文化精神意蕴:评贾国平〈万壑松风〉的创作特征》,《人民音乐》2020 年第 2 期。
[2] 贾国平:《基于传统音响元素与序控结构设计的作曲探索与实践:以〈清风静响〉〈万壑松风〉为例》,《人民音乐》2020 年第 2 期。

现出细腻的音色变化，以获得音乐色彩上的对比，来创造鲜活独特的音乐形象。作曲家通过这些技术方式表现和创新了中国传统音乐的精神特质，用西方现代作曲技法折射出浓厚的东方气质。

纵向观之，以艺术歌曲为线索，在音乐语言和技术上，中国音乐的现代性经历了几个不同的历史时期，每一阶段的重心和观念有所转换，但是无论技术层面的现代性如何转变，中国音乐走向世界的现代历程都自始至终没有放弃过"传统"，即中国的文化、民族的风格和多元的素材。在现代主义音乐一词已经成为历史，艺术家苦苦寻求新的现代性的当下，代表着东方智慧的、博大精深源远流长的，还远远没有被世界充分认识和理解的中国的"传统"，正在世界范围内被看作是一种新的方向。

第二节　中国音乐戏剧的现代性发展

自 20 世纪 20 年代以来，随着新文化运动的推动、中国工业文明的发展，中国音乐与世界音乐的交融也日益深入，一度强调音乐是"世界共同语"。欧洲音乐模式成为中国音乐建设的范例，只有这样才是跻身于世界音乐行列的可行之路，只有这样才能够体现出中国音乐富有了现代性。

歌剧与中国传统的戏曲，审美质地是有本质不同的。从隋唐起至宋元成型的中国戏曲艺术，王国维的解释是以歌、舞讲故事，这里的歌与舞，是指构成了戏曲审美的程式化演唱与表演形式，与五四之后中国艺术语境中的歌、舞并不是同一种含义了。

一、新声音构成的音乐戏剧

（一）儿童歌舞剧

音乐戏剧，是概括以音乐进行戏剧性叙事与表演的舞台样式的最为宽泛的术语，它的来源是西方的 Musical Theatre。提到中国歌剧的产生，首先要提到的人物是黎锦晖。黎锦晖以他的艺术才华，在中国现代音乐史上留下不朽的成就,他不仅是中国音乐戏剧的开创者,也是中国流行音乐的奠基人。1916年到1919年,黎锦晖参加了"北大音乐研究会",组织并主持了"北大音乐研究会"的"潇湘乐组",开展丝竹音乐,经常参加演出。后来在上海又创办了中华歌舞学校。这期间,他创作了不少儿童歌舞剧,最著名的作品是《麻雀与小孩》《葡萄仙子》《神仙妹妹》。其中《麻雀与小孩》写于1920年,诸多学者认为,这部作品应该算是中国最早的歌剧。因为在1928年由中华书局出版的《麻雀与小孩》的"卷首语"中,黎锦晖提到了"歌剧"这个词:

> 我第一次编的儿童歌剧,就是这出《麻雀与小孩》,最初(1920)在开封一师和女师附小,排演过几次。那时还是一种表情唱歌,不过略具剧的雏形而已。
>
> 当全剧编成后,随时教黎明晖女士演习,随演随改。并油印出来,托张明德女士用作上海国语专修学校附属小学的唱歌教材,教熟之后,连演了几次,观众多认许这种表演,颇有价值。

黎锦晖所总结出来的歌剧的价值,都跟儿童们的学习有关:可以方便学生学习国语;因为可以将自然知识、图画、音乐、体育都糅合进歌剧,所以也方便学生掌握国语课之外的别的知识;学生们因为表演高尚的歌剧,学生和观众可以进入到"谐和甜美的境界中,而且对于社会教育有极大的帮助"。

也就在这篇文章中,黎锦晖提到了王光祈介绍西洋音乐的系列著作《德国人之音乐生活》《西洋音乐与诗歌》《欧洲音乐进化论》《德国国民学校与唱歌》,并对其时的音乐状况发出了感慨:"一想到我中国的学校与一般社会,对于音乐与戏剧的感情,过于薄弱,真令人十分的伤感!"这段话透露了一个重要的信息,即中国歌剧确实是在西方文化的影响之下诞生的。

独幕六场歌剧的《麻雀与小孩》在1920年试演,后经修改后于1922年正式首演。中华歌舞学校成立以后又重新排演,更名为《觉悟少年》。剧情写的是老麻雀与小麻雀母子情深,相依为命的故事:老麻雀外出觅食，小麻雀受淘气的小学生的诱骗，被关进笼子。老麻雀回家后不见女儿，悲伤啼叫，其真挚的母爱打动了那个淘气的学生，他交出小麻雀，使麻雀母女重新团聚，过上了快乐的生活。

从剧情可以看出，这是教育儿童要学会爱、要养成善良的品质的歌剧，也就是黎锦晖本人所说的要引导学生进入到"谐和甜美的境界"的歌剧。全剧共有6段乐曲，其中5段为歌曲，大多数采自民间曲调。其中的一首"飞飞曲"，采用西洋儿歌的曲调，表现麻雀学习飞翔的情景。直到1956年，这部歌剧还在北京中国儿童剧院演出，只是将歌剧中的麻雀换成了喜鹊，名字也改成了《喜鹊与小孩》。当年黎锦晖口中的"歌剧"，与现在音乐范畴中的"歌剧"并不是同一所指，这一点以后另行论述。

黎锦晖是新文化运动坚定的践行者，他是用白话写音乐戏剧剧本的第一人。他创作儿童歌舞剧的一个重要理念是要以富有趣味的形式向孩子们普及白话，传递新的文化思想，并着力强调音乐的美育功能。他的创作，为中国音乐的现代性发展注入了基础内容，是中国音乐戏剧的同西方融合、创新、实践的第一步，这第一步是与中国千年戏曲完全不同的文化定位，它是新的、都市的、时尚的，也是流行的。

(二) 话剧加歌唱

无论从哪方面讲，黎锦晖成立的"明月歌舞剧社"，都是中国现代史上最有名的音乐团体。中国第一代歌星如周璇、白虹、严华，流行音乐作家如黎锦光都属于这个团体。杰出的音乐家聂耳也曾于1931年考入这个团体，并向团体中的提琴手学习。如果没有这段经历和影响，聂耳也就不会有后来的《扬子江暴风雨》。

《扬子江暴风雨》（1935年）由田汉和聂耳共同创作，讲述的是上海码头工人不顾帝国主义和国民党特务的迫害，团结一致，英勇抗争，把日本军火扔进扬子江里。但是不论从哪方面看，它都更像是"话剧加歌唱"，更像是一出配乐剧。剧中插入了聂耳创作的《打桩歌》《打砖歌》《码头工人歌》和《前进歌》，其中最著名的是《码头工人歌》，它在1934年就已经完成，由蒲风填词。歌曲采用回旋曲式，主题取材于长江码头工人的慢步号子，表现工人劳动的沉重以及他们心中的愤怒。四个插部曲调都是由它发展而来，主题第四次再现后，激烈的呼喊爆发了，具有一种震撼人心的效果，成为全曲的高潮。

20世纪40年代前后出现的歌剧，均处在适应中国表达的探索过程中。中国汉字的四声平仄，使得演员在学习使用宣叙调时非常别扭，演员表达时别扭，听众也很不习惯。因此，话剧加唱的作品的出现，也是非常自然的。当时的陈田鹤连续创作了《皇帝的新衣》（1935年）、《荆轲》（未完成，1936年）、《桃花源》（1938年）三部歌剧，作品的话剧思维亦是很明显的。[1]《皇帝的新衣》是一部儿童歌舞剧，也是陈田鹤探索中国歌剧所创作的第一部歌剧。《皇帝的新衣》依据叶圣陶翻译安徒生的同名童话改编而成，由廖辅叔作词，钱光毅编剧。在音乐与结构安排上都比较简单，剧本基本是话剧结构，唱段短小易于演唱。该剧虽然是具有流行音乐色彩的小型儿童歌舞剧，但显然比黎锦晖的创作手法更为洋派，而故事也来自西方。

《桃花源》的创作也颇有当时的时代特点。当时的陈田鹤创作了许多抗战主题的作品，他认为"这时代的火焰在音乐上所反映的应当不仅只是歌曲"，"在戏剧音乐上，器乐曲上——进行曲，交响乐，交响乐诗——当有更多的表现与收获"，"在这伟大的抗战期中，我深信中国一定会产生伟大的音乐作品"。[2]《桃花源》的故事虽然是抗战性内容，但"桃花源"作为国人心中记忆久远的"乌托邦"，以此为切入点更易于引起观众的共鸣。

无论是黎锦晖的儿童歌舞剧，还是聂耳、陈田鹤的话剧加唱，都为我国歌剧的发展奠定了重要的思想基础，反映出在中国走向现代社会的变革中，音乐家在创作技术方面做出的思想呼应。陈田鹤爱读鲁迅的作品，认为鲁迅的作品"就好像在一条冰冻的河面上飞架起的一座桥，感到心头收到鼓舞，锐气大增，感觉未来会是无限温暖的，光明的……"，"是暗夜彷

---

[1] 牛蕊：《陈田鹤的歌剧》，《歌剧》2015年第A1期。
[2] 陈田鹤：《抗战期中的作曲问题》，《战歌周刊·战歌》1937年第1卷第2期。

徨青年们的指路明灯"。[1] 在进步的革命思想的感召下，当时的音乐家们自觉担负起重塑国民精神的责任，使得笔下的旋律成为唤醒大众爱国、护国、强国的武器。

二、新歌剧的现代性

（一）新歌剧

1945年，延安鲁迅艺术文学院（简称"鲁艺"）在毛泽东"延安文艺座谈会上的讲话"精神的指引下，由贺敬之、丁毅执笔，马可、张鲁等作曲，根据民间传说的"白毛仙姑"的故事，改编创作了歌剧《白毛女》。

《白毛女》体现了中国歌剧创作的重要成就，主要表现在以下几个方面：在内容方面，它表现的是底层劳动人民的生活，这与西方歌剧中表现上层社会有根本的区别。虽然西方早期的歌剧也大多取自神话传说，但白毛仙姑的故事与西方的神话传说在题材、人物身份以及价值观上的差异都是显而易见的。在音乐创作方面，《白毛女》的音乐是在中国民歌和地方戏曲的基础上改编而成的，比如杨白劳的著名唱段《十里风雪一片白》就是根据山西民歌《拣麦根》改编的，而刻画喜儿性格的音乐主题主要来自河北民歌《小白菜》和《青阳传》。《白毛女》采用了管弦乐伴奏，并配以合唱、领唱、重唱，体现了它既不同于中国传统戏曲，又不同于西方歌剧的音乐形式。

《白毛女》的出现，是20世纪以来西方音乐进入中国文化土壤的一个重要的阶段性成果。它是崭新的，充满了现代色彩。当时歌剧Opera这个术语来自遥远的意大利，本身就代表着洋气的、新潮的，它与王国维口中的"以歌舞讲故事"的中国戏曲是完全不一样的。

在中国歌剧史上，《白毛女》被当作中国"新歌剧"的典范。"新歌剧"这个词颇有意味，一方面它试图说明这种歌剧与中国传统戏曲的距离，另一方面又要与西方歌剧拉开距离。作为新歌剧的典范，《白毛女》确实给中国未来的歌剧创作留下了太多的启示。从《白毛女》诞生的那一

---

[1] 陈晖编：《陈田鹤编年纪事稿（初稿）》，内部资料，第15页。

天起，所有关于中国歌剧创作道路的讨论都会回到《白毛女》。从某种意义上说，《白毛女》的地位和形象有多么高大，它所留给后人的影响就会有多么长远。因为《白毛女》的巨大成功，一些人认为，中国未来的歌剧应该沿着《白毛女》的方向走下去，以使歌剧贴近底层人民的生活，为老百姓所喜闻乐见。这种论点当然有其相当的"合法性"，而且在很长的时间里，这种论点明显地具有先天的道德优势和官方色彩。而另一种意见认为，歌剧本身是一种高雅艺术，是阳春白雪，《白毛女》只是在特定的历史时期出现的作品，这种特殊性不应该被总结为歌剧创作的普遍规律。如果像《白毛女》那样走通俗化、半戏曲化的路子，中国歌剧不可能与世界歌剧真正接轨。坦率地说，后一种看法同样有其合法性，而且随着中国现代化程度的加深，随着城市文明建设的加速，这种合法性越来越明显。鉴于这样的讨论很可能是有始无终地继续下去，我们不妨还原到《白毛女》最初上演的那个时代，听听创作者本人对这部歌剧的看法。

(二) 贺敬之谈《白毛女》的不完美

创作者本人贺敬之在1946年3月的一篇文章，说出了他对《白毛女》的真实看法。他认为，这部歌剧虽然已经取得了很大成就，但还是不完美的：

> 歌剧，照字面的了解，可以说是音乐（歌曲）的戏剧。它的重要组成因素之一的文学部分（剧本）则是诗的。诗、音乐、戏剧是它的三大因素。它表现生活、事件、细节、人物的性格、思想、情感的方法，除了要完成一般的集中化典型化的任务之外，还必须更进一步地经过再选择、集中、提高、升华，使之成为诗的东西。它避免生活的完全自然形态的处理，避免散文化。这样，在我们的实践过程中，就存在着许多具体的困难。可以说，我们没有掌握这种方法和技巧。过去，创作小型秧歌剧的经验已经不能全部解决这样大型歌剧的问题了。而对于外国及中国的这种遗产我们几乎是一无所知，而且就它们所已经提供的经验，也不能全部搬来应用来创作表现我们新的人民生活的歌剧。我们在吃力地摸索着、尝试着。《白毛女》在形式上技术上始终是不完整的。

有些地方是近于歌剧的处理了，而有些地方则相当容忍了散文化部分的存在。有不少地方是"话剧"的。因之，它没有做到整个的统一谐和。歌词，一般地说，未能提高到诗的境地，有许多地方，是说白加韵脚，配上曲调。而一般的说白，则完全是话剧的处理方法。[1]

应该说，贺敬之当时的自述相当诚恳，尤其是在取得极大的轰动效应的时候，他这样检视作品更显得难能可贵。对于21世纪的歌剧创作来说，这段话至今仍然值得思考。

（三）从音乐分析的角度观察

歌剧《白毛女》的音乐创作，创造性地运用了中国戏曲、曲艺音乐中的"板腔体"结构。板腔体也称板式变化体，"以对称的上下句作为唱腔的基本单位，在此基础上，按照一定的变体原则，演变为各种不同的板式"[2]，主要分为慢板、原板、快板、散板四大类。《我要活》这首歌的板式即为散板，下例是歌曲的第一段，由上下两个对称结构的句子组成。

图4-1　《我要活》简谱

这段演唱，唱中有说，说唱相间，情绪激烈，极富戏剧冲击力。"我

---

[1] 贺敬之：《〈白毛女〉的创作与演出》，见王宗法、张器友编《中国当代文学研究资料丛书·贺敬之专集》，南京：江苏人民出版社，1982年。
[2] 中国艺术研究院音乐研究所《中国音乐词典》编辑部：《中国音乐词典》，北京：人民音乐出版社，1985年，第15页。

要活"三个字,就是悲愤的呐喊,基本上是按照语言的音调"说"出来的。演员在演唱时,往往借鉴戏曲唱腔的"喷口",即吐字时短促有力的"爆破"的唱法。这种表达方式既不是戏曲的"七仙女",也不是歌剧的"茶花女",而是一种新创的鲜活的新歌剧"白毛女"。

迄今为止,《白毛女》中喜儿的演唱者,最有代表性的是王昆、郭兰英和彭丽媛,其唱法也经历了由王昆的"土嗓唱法"[1]、郭兰英的"戏曲唱法"到彭丽媛的"中西结合唱法"的演变。三个不同的喜儿角色的演唱特点,刚好说明了三个不同时期中国民歌唱法的演唱风格,也勾勒出了中国民族歌剧的发展轨迹。这从另一个方面说明,《白毛女》的创作不仅很好地复合了中西方音乐戏剧的精粹之处,用新形式新方法对中国旧社会人民生活真情实感进行了艺术表达,作品更具有强烈的思想感染力,使其历经岁月而时时焕发光彩,这种自我更新的力量实际上是作品整体饱含的现代性文化能力的显现。

(四) 民族歌剧《江姐》

《白毛女》之后,在20世纪的50年代和60年代,中国出现了一批歌剧作品,比较有代表性的作品是《小二黑结婚》(1953年)、《洪湖赤卫队》(1958年)和《江姐》(1964年)。

《小二黑结婚》是中央戏剧学院歌剧系根据山药蛋派作家赵树理的小说改编的歌剧,由马克、乔谷等作曲。剧情描写的是农村青年小二黑和小芹之间的爱情,他们反对封建礼教,追求恋爱自由。曲作者主要吸取了山西民歌和山西梆子的音乐素材,在很多方面都是《白毛女》风格的延续。它注重戏曲念白的形式,写出了具有民族特色的宣叙调。其中《清粼粼的水来蓝莹莹的天》,是乡土风味的咏叹调中的上乘之作。《洪湖赤卫队》描写的是土地革命时期湖北洪湖地区一支赤卫队,在乡党支部书记韩英和赤卫队队长刘闯的带领下与白匪进行斗争的故事。音乐大多取材于湖北天沔花鼓戏,以及当地的民间音乐,其中流传最广的唱段是《洪湖水,浪打浪》。《江姐》是根据罗广斌、杨益言革命历史题材的长篇小说《红岩》改编的歌剧,歌剧的音

---

[1] 土嗓,指的是用纯真声演唱,民间称之为大嗓,学院派称之为土嗓。

乐主要是以四川民歌和川剧为基础，也部分地吸取了四川扬琴、越剧、京剧等音调，其中最著名的唱段是《红梅赞》和《绣红旗》。

就歌剧的创作手法而言，《小二黑结婚》《洪湖赤卫队》《江姐》可以说与《白毛女》一脉相承，歌剧所传达的思想内容或者说意识形态，当然更是一脉相承。如果说有变的话，也只是将音乐与地域性特点紧密结合，比如根据人物的活动背景将音乐的素材从河北民歌变成了湖北民歌，或者变成了四川民歌。但需要肯定的是，在歌剧音乐创作上这些作品还是做了积极的探索，取得了重要的成就，以《江姐》最为突出。

（五）《江姐》的主题曲与《卡门》

《江姐》在很大程度上将民族音乐元素与歌剧形式如重唱、合唱有机地结合起来，具有一种歌剧的整体性。交响乐队的有效利用也使得整部歌剧显得气势恢宏壮美，增添了戏剧性冲突。主题歌《红梅赞》对江姐形象的塑造，起到了非常重要的作用。关于这个主题曲的产生，《江姐》的主创人员金砂有一段回忆，这段回忆揭示了《江姐》与西方歌剧的隐秘联系：

> 《江姐》歌剧中有一曲主旋律《红梅赞》倾倒全国歌迷。它的产生却很偶然。当时，（空军司令员）刘亚楼司令员对江姐的创作，提出了8个字：精雕细做，打造精品。在歌剧《江姐》中，开始没有想写主题歌，后来刘亚楼找到阎肃说："我在莫斯科的时候，看歌剧《卡门》，他们都有主题歌，《江姐》也写一个好吗？"阎肃先写的词是："行船长江上，哪怕风和浪……"刘亚楼觉得不满意，阎肃于是从口袋里掏出一张稿纸，说："这是上海音乐学院的同志请我写首歌词，原意是写梅花的，我取名《红梅赞》，你看行吗？"一看，都说好，就这样《红梅赞》成了《江姐》的主题歌。作曲者之一的羊鸣最先写出一句主题旋律的雏形"红岩上红梅开"，触发金砂的灵感，在此基础上加上了甩腔唱法，大幅度拉开、压缩、加花、扩充，并融进一些江南滩簧音调，与四川的扬琴音乐相互渗透，刚柔并

济,形成了相对完整的《红梅赞》主题曲。[1]

《卡门》是法国作曲家比才创作的伟大歌剧作品。卡门原是法国作家梅里美一部小说中的主人公,是美丽的吉卜赛女郎,性格妖野狂放,"有一种肉欲的、炽热的表情,就像是埋伏在角落,正准备去抓一只麻雀的贪婪的猫眼"。她因为追求绝对的、超越现实伦理的自由,而死于痴情的男人的剑下。20世纪最伟大的歌唱家卡拉斯,是卡门最有名的扮演者。我们现在无法考证,刘亚楼看到的《卡门》是哪个版本的,因为《卡门》自问世以来有众多的版本。我们现在所能知道的,只是刘亚楼的这句提醒对《江姐》的成功起到了举足轻重的作用。从一个追求绝对自由的妖野女郎卡门,到一个为共产主义献身的江姐,虽然人物不同,价值观不同,但在艺术的内部,它们却必须遵守着歌剧的基本规范。《红梅赞》作为一个音乐主题,在江姐的其他重要唱段中,得到了充分、巧妙的运用和发展,并且有机融合在一起,突出了《江姐》的抒情性特征。

在演唱方面,歌唱家万馥香在中国的歌剧史上也值得记上重重一笔,虽然她主要采用了民族唱法,但她借鉴了美声唱法的很多技巧,比如腹式呼吸方法等,所以她的音域非常宽广、音色优美。这是中国歌剧史上在演唱方面最早的"土洋结合"。比如《红梅赞》曲调昂扬挺拔,表现了共产党人大无畏的英雄气概,是深受人们喜爱的作品。全曲用单二部曲式写成,歌曲第一段的四个句子,采用了中国民族民间音乐中常见的起、承、转、合结构。虽然是民族歌剧,但这首咏叹调同样适合以美声唱法演唱,它明朗、开阔,刚柔并济,很有气势。

被称为"民族歌剧"典范的《江姐》,其内部成分其实相当庞杂,不存在一种纯粹的"民族歌剧",无论是音乐构成,还是歌唱,从它诞生的那一天起,它就与西方歌剧有着无法割裂的关系。

(六) 美声唱法与《江姐》

2008年,歌剧《江姐》再次排练上演。最新一代的江姐扮演者,是

---

[1] 参见《党史博览》2006年第6期。

美声唱法的青年演员王莉。在媒体的广泛宣传中，王莉主演的江姐被认为是 21 世纪的江姐。在接受媒体采访时，王莉自称：

> 我的基础是一种沉稳的、气势磅礴的美声唱法，而江姐柔美的、女人味的一面我就用通俗唱法来表现，此外这部剧中的民族调式本就很多，因此我也将民族唱法与美声结合。[1]

民族唱法、通俗唱法、美声唱法第一次在《江姐》中一同唱响。这是《江姐》演出史上的一个重要变化。据主创人员自述，他们努力在继承的基础上找到了"创新点"，那就是要让江姐首先变成一个女人，再成为一个英雄，女英雄。他们认为，这是最新一代江姐的特色——柔中带刚，是"青春版"的新型江姐。虽然连主创人员也搞不清楚"青春版"三个字的具体所指，但我们依稀可以感受到，他们的艺术创作冲动首先来自对中国歌剧中的歌唱的重新认识。美声唱法，第一次在这部革命历史题材的歌剧中登堂入室。鉴于《江姐》在中国歌剧史上和意识形态领域的特殊地位，这种改变实在是意味深长。

中国歌剧，在向西方歌剧的借鉴中歌唱，在向传统戏曲和民间文化的汲取中歌唱。这些代表性作品的音乐构成、表演特性的演变，也正是中国音乐的现代性由不自觉到自觉的一种演变。如果我们的视野再宽阔一点，我们就会发现，这不仅是中国歌剧所走过的道路，在中国的许多领域，我们都经历了这样的过程，并怀着对历史和现实的丰富的感受再次进入这一历史进程。

三、现代音乐的戏剧叙事

中国进入改革开放的时代，是社会加速现代化发展的时代。20 世纪 80 年代之后的十年，人们的思想得到了很大程度上的解放。在文学方面，以余华、苏童、莫言等为代表的作家开始了文学先锋性（先锋性文学主要体现在思想上的异质性和艺术上的前卫性）的探索，打破了之前的平

---

[1] 王莉：《五代江姐同唱"红梅赞"，80 后王莉演青春版江姐》，《北京晚报》2008 年 1 月 25 日。

衡与流畅性。文学界先锋性的探索带动了音乐先锋性的创作，音乐戏剧观开始变化，体现最明显的就是歌剧《原野》。

1986年首演的歌剧《原野》，集中反映了新时期文化思潮在音乐创作方面的实践。《原野》是由万方编剧、金湘作曲、李稻川导演，主要讲述了在封建社会时期，青年农民仇虎和金子的复仇与爱情故事。这部歌剧是以西方的歌剧范式讲述中国的故事，在舞台美术上以真人扮作树林，具有强烈的压迫性效果。在音乐方面，过去的中国歌剧作品以旋律优美著称，多使用民族化的演唱方式和创作手法。但歌剧《原野》在作曲技法上使用了"主导动机"并贯穿全剧，旋律上多使用大七度、增四度等不协和音程，甚至使用了西方无调性的创作手法来表达人物矛盾的内心和复杂的情感。这在中国之前的歌剧中几乎是没有出现过的。比如第四幕出现的多调性合唱部分，四个声部同时唱一样的歌词，但是旋律呈现出了两个叠置的增四度（见图4-2中画圈部分），使用不协和的音响表现"牛头马面"的可怕形象。

图4-2 《原野》简谱

作曲家金湘提到这部歌剧的创作时是这样表述的：

从东、西方各种作曲技法中选取了我所需要的，并将其融合到我的音乐中来。例如，我运用偶然音乐手法于序幕的合唱、三四幕之间的幕间曲中，以表现错落起伏的原野与散落四方的冤魂；运用点描手法于打击乐中,以加强乐队的空间感;运用微分音手法于幻觉一场,以加深其阴沉、模糊的气氛;运用多调性变形民间音调以表现阎王殿之荒诞、怪异;运用戏曲中的垛板于金子、焦母等的唱段之中以加强其心理波澜。[1]

除了舞台美术和音乐方面之外,在作品内部也有着现代性的体现。金子经历了和仇虎的一夜恩爱之后,呼叫"我活了!"(咏叹调《啊!我的虎子哥》),在中国从未有过在舞台上如此直接地表现性。这种直面女性的生理上和心理上的诉求,关注人本身的需求,正是先锋性文学所追求的,歌剧《原野》就是先锋性文学在歌剧舞台上的折射。中华人民共和国成立初期,国家提出要建设"四个现代化",这不仅仅是物质要求,更是新时期在文化观念上的要求。现代性,其实就是带有某种叛逆性地反对过去,提出新观念,同时更带有某种思想上的前卫性。只有思想超前,行为才能前进。

代表着中国歌剧先锋实践的《原野》,率先走向了国际舞台,被称为是"第一部叩开西方歌剧宫殿大门的东方歌剧"。西方歌剧乐坛惊喜地发现,中国音乐人在 20 世纪的 80 年代,竟然用西方的歌剧范式讲述了一个色彩浓烈、爱恨分明的中国故事,中国的歌唱竟然如此就穿透了东方与西方戏剧舞台。

四、走向国际舞台的歌剧《狂人日记》

20 世纪 90 年代以后,先锋性创作思维更加成熟。在歌剧方面,代表作是歌剧《狂人日记》。歌剧《狂人日记》首演于 1994 年,是第一部由欧洲委约创作,并由欧洲演员以汉语首演的中文歌剧,这意味着中国歌剧在世界舞台上已经具有了一定的影响力。曲作者郭文景在中央音乐学院读书时,严格学习西方音乐知识和作曲技法,曾创作过钢琴前奏曲《峡》(1979 年)、大提琴狂想曲《巴》(1982 年)等当时非常前卫的作品,特别是他的毕业作品交响诗《川崖悬葬》,使用"偶然音乐"等先进的西方

---

[1] 金湘:《困惑与求索:一个作曲家的思考》,上海:上海音乐出版社,2003 年,第 100 页。

作曲技术，引发了国内作曲界持续的讨论。一系列创作实践奠定了他音乐现代性创作的基础。

歌剧《狂人日记》改编自鲁迅的同名白话文小说。鲁迅思想对现当代知识分子的影响深远，可以说所有知识分子的创作，从文学到艺术都有意无意地对鲁迅思想进行着回应，歌剧《狂人日记》就是音乐界对鲁迅思想的回应。

1918年小说《狂人日记》发表时并没有获得很大的关注，但随着社会的不断发展，其给中国文学界带来了很大的影响。它"将旧社会的病根暴露出来"[1]，"意在暴露家族制度和礼教的弊害"[2]，是中国现代主义小说的代表作之一。可以说在20世纪中叶，《狂人日记》小说已经在社会上有了广泛的影响。莫言在《读鲁迅杂感》中谈到阅读《狂人日记》的感受时是这样描述的："印象最深至今难忘的传闻是说西村的庄姓哑巴——手上生着骈指，面貌既蠢且凶——将人肉掺在狗肉里卖……这些恰是我读鲁迅不久前的传闻，印象还深刻在脑子里，所以，读罢《狂人日记》，那些传闻，立即便栩栩如生，并且自然地成了连环的图画，在脑海里一一展开。"[3] 将这样的作品呈现在歌剧舞台上，其影响力不亚于当年的《玩偶之家》在新文化运动中的意义。《玩偶之家》的不断排练和演出，表现了当时的人们在思想上对打破过去封建规则的渴望。歌剧《狂人日记》在1994年的上演，实际上是一种对当年鲁迅的思想做出的迟到的回应，也是一个崭新的回应。现代意识从1919年五四运动时期就已生发，从那时产生的灿若星辰的伟大思想家对后世深远的影响一直存在着，一直回荡在历史的维度之间。而作曲家郭文景在接近世纪之交的时候，以歌剧《狂人日记》与鲁迅思想做了一个很好的呼应，同时这也是鲁迅思想一直延宕在我们社会中的很好的论证。

卡林内斯库曾这样说："从现代性的角度看，一位艺术家，无论他喜

---

[1] 鲁迅：《〈自选集〉自序》，见《鲁迅全集》第4卷，北京：人民文学出版社，2005年，第468页。
[2] 鲁迅：《〈中国新文学大系〉小说二集序》，见《鲁迅全集》第6卷，北京：人民文学出版社，2005年，第247页。
[3] 莫言：《读鲁迅杂感》，见《会唱歌的墙：莫言散文选》，北京：人民日报出版社，1998年，第121页。

欢与否，都脱离了规范性的过去固定标准，传统不具有提供样板供其模仿或提出指示让其遵行的合法权利。"他非常明确地指出："我们要讨论的是一个重要的文化转变，即从一种由来已久的永恒性美学转变到一种瞬时性与内在性美学，前者是基于对不变的、超验的美的理想的信念，后者的核心价值观念是变化和新奇。"[1]

可以说，"现代性"本身不仅具有时间概念上的含义，也是"使之变""使之新"的过程。中国思想中历来有"变"的智慧。《诗》曰："周虽旧邦，其命维新。""革故鼎新""推陈出新""标新立异"等成语，也都传递着破旧立新、打破原有规则以及确立新章法的内涵。"变"是推动社会进步的主要力量，所以司马迁立志于"究天人之际、通古今之变"，梁启超也感叹"故夫变者，古今之公理也"[2]。

中国音乐家，尤其是20世纪80年代之后成长起来的当代音乐家，站立在全球化发展的历史背景下，在中国音乐的现代性表达与呈现等多方面做出了富有成效的探索。这种探索的过程，既是在音乐的创造中求变、创新的过程，又是中国音乐随着社会文化的变革而调整自身发声形态的过程。

---

[1] [美] 马泰·卡林内斯库：《现代性的五副面孔：现代主义、先锋派、颓废、媚俗艺术、后现代主义》，顾爱彬、李瑞华译，北京：商务印书馆，2002年，第9页。
[2] 梁启超：《变法通义·自序》，见《梁启超全集》第1卷，北京：北京出版社，1999年，第10页。

第五章　从革新传统到革命身体：
##　　　　中国舞蹈现代性生成

现代性的力量转换着置身其中的每个民族、每个个体，并促使传统社会制度、社会生活理念、个体生活形态和品质持续发生不稳定的转变。[1]这种转变可能指向一种舞蹈文化的延续与重构，如现代舞之母伊莎多拉·邓肯创造的自由舞，一方面以一种全新的姿态延续古希腊舞蹈所展现的生命活力，另一方面重构出第二次世界大战后现代身体律动的美国模式。该转变亦可能逆向带来一种舞蹈文化的迷失与断裂，如中国舞蹈空间中渗透着种类繁杂的西方现代舞理念与形式，部分舞蹈家迷失于模仿西方现代舞的只言片语，以及由于中西话语权的不平衡导致人们普遍认为现代舞是从西方传入中国的印象。而中国传统乐舞文化断裂，我们有必要将近代中国舞蹈实践置于现代性理论维度中重新考量，以现代性理论为视角来探讨中国舞蹈现代性的生成。这样做一方面有助于发觉中国舞蹈本有的现代张力、对世界舞蹈艺术现代发展的贡献、对人类现代生存的身心律动模式的积极影响，另一方面重释中国舞蹈现代性生成时期舞蹈家们自觉的舞蹈实践活动。这有助于看清中国舞蹈特有的现代性生成之路，亦为呼唤一种能引起国人共鸣的中国舞蹈现代形象、为今日促进国人本体认同、激发国人

---

[1] 刘小枫：《现代性社会理论绪论：现代性与现代中国》，上海：华东师范大学出版社，2018年，第333页。

活力与生机的中国舞蹈当代发展所应具有的现代意识找寻源头之力。在衡量中国舞蹈现代性生成的过程中重新理解近代中国舞蹈家们的实践活动，有助于进一步理解中国现代舞区别于西方现代舞的独特品格（革命性）所在，希冀中国现代舞蹈审美之维的力量依然能为人类在全球现代性的顺逆境体验中输送生命起舞的动力。

本章将现代性理论引入中国近代舞蹈史研究，将中国近代舞蹈图景中的重要人物与事件置于现代性理论中分析，重新阐释舞蹈家们在近代中国内忧外患的背景下进行的独特的舞蹈实践活动，提出近代中国舞蹈实践的突出特征为中国舞蹈现代性的生成。近代中国舞蹈实践活动中杂糅着传统戏曲舞蹈、民间舞蹈（包括汉族和少数民族舞蹈）、外国舞蹈（苏联革命舞蹈、俄国芭蕾、西方现代舞）等多种舞蹈形式，舞蹈家们切身感受着传统与现代、东方与西方前所未有的冲击。多种力量的扭结形成了强劲的变革身体运动模式的动势，使得舞蹈家们从积极革新传统舞蹈到勇于革命再造适宜于表现中国近代舞台需要的现代身体，这既是舞蹈家们在政治、文化、教育、艺术等不同场域中的现代舞蹈艺术实践，又是中国舞蹈现代启蒙的重要阶段，更是近代中国舞蹈家们对中国人新形象在舞台场域中的现代性构建。本章从现代性理论的视角来厘清舞蹈家们是如何通过自觉革新传统舞蹈、辨别吸收国外舞蹈、理性建构舞蹈教育、主动创造革命舞蹈来形塑中国舞蹈的现代品格的。

第一节　革新传统：现代舞蹈艺术形态的中国探索

何种运动模式主宰着人类的身体是舞蹈现代性生发过程中的核心问题。现代舞蹈艺术在觉察人类传统身体运动模式的基础上自觉拓展出前所未有的、多元丰富的身体表达形式，其中重要的跃升方式之一即舞蹈家们对本土传统舞蹈律动形式的自觉革新。对于有着厚重的舞蹈文化传统的民族如何进行现代转型的课题，唯有在深入体验理解该传统律动精髓的基础上才能做出恰当的选择。舞蹈家们选择的中国舞蹈现代化之路不是抛弃传统舞蹈，而是在认清传统身体律动模式的基础上进行去伪存真、去粗取精的现代创作。

一、自觉重建舞蹈传统

中国的主流思想将五四新文化运动视为中国现代的开端，而引入"现代性"论述之后，关于中国现代性的源起与主流及中国现代化的开端有了不同的表述。[1] 尤其在审美现代性这一层面，其拓展了主流话语，强调中国文化艺术中具有现代性特征的审美意识。在舞蹈艺术领域中，中国自身已具备的审美现代性内涵的舞蹈形式依旧是本土舞蹈艺术现代化进程的精神力量源泉，但在西方现代艺术的刺激下，中国现代舞蹈艺术的雏形得以唤醒并重构。回顾百年中国舞蹈现代化进程的历史原点，可以接通先辈们"怀有的巨大的历史渴望，那种民族自强不息的奋进意识，历经多少苦难、历经血与火的洗礼也在所不惜的前行动力。它渴望翻身、渴望赶超和跃进，它不惧险峻，要赶超世界的巨大动能"[2]。最早学习欧美、日本舞蹈的舞蹈家裕容龄在经过对伊莎多拉·邓肯的自由舞、古典芭蕾、日本古典舞蹈[3]等的研究后，为中国舞蹈现代性生发走出了不同于西方现代舞生成的方式——自觉革新传统舞蹈、重建中国舞蹈传统。

裕容龄作为清宫御前女官曾为慈禧表演华尔兹、希腊舞、西班牙舞等舞蹈作品，这让近代中国的统治阶层意识到当时中国人对舞蹈的理解以及身心自由起舞的状态较之西方已是大大落后了。中国纯舞蹈艺术自唐朝开始融入戏曲表演之中，舞蹈成为戏剧演出中表情达意的方式之一。但通过观察西方纯舞蹈艺术，慈禧发现"斯诚足乐，中国数百年前之女子，恒为是。吾知此大不易，且舞者必有殊荣"[4]。舞蹈可以作为戏曲的组成部分而存在，为戏剧情节的发展助力，但舞蹈亦有其作为独立艺术门类存在的

---

[1] 陈晓明：《无法终结的现代性：中国文学的当代境遇》，北京：北京大学出版社，2018年，第5页。
[2] 同上书，第6页。
[3] 仝妍：《民国时期舞蹈研究》，北京：中央民族大学出版社，2013年，第5页。
[4] 裕德龄：《清宫禁二年记》（上卷），北京：北京阅览文化传播有限公司，2017年，第113页。

缘由，即"言之不足、歌咏之不足、嗟叹之不足"的不为言说的价值。慈禧在裕容龄表演的西方纯舞蹈艺术作品中了解到西方现代舞蹈艺术的发展态势，并发现裕容龄对舞蹈颇感兴趣，于是鼓励她学习并复兴中国的纯舞蹈艺术传统。慈禧一直"想让王府格格们研究舞蹈，但总找不到相当的人。既然容龄会跳舞，就让她在宫里研究吧"[1]，裕容龄在得到慈禧的允许和鼓励后开始研究并创作中式现代舞蹈，并在慈禧和皇家贵族妇女面前表演。

慈禧这位被认为是保守的、近代中国的女统治者在听到裕容龄讲述西方现代舞之母伊莎多拉·邓肯的自由舞活动后，对邓肯的舞蹈哲学有极大的兴趣。邓肯式现代舞是西方女性解放思想的具身化呈现，是肉身现代性的表现形式之一。邓肯基于演化论的身体现代性哲学观认为，"脚是人类进化的杰作与胜利，一定要通过自由舞让身体摆脱西方芭蕾舞舞鞋的束缚，回到没有压抑的古希腊理想状态"，"最自由的身体蕴藏最高的智慧"[2]，在身体自由舞动的体验中可以使人类的心灵打破过去和未来、国家和世界的边界。自由穿梭于不同想象场域的身体可以作为生命存在的原点将不同民族和国家、历史与未来中最具生命活力的起舞状态融于一体，每个个体通过自由舞而不断更新与激活，这种强大的身心当下转化能力，将为人类有勇气去开创全新的时代提供身体层面的动能，这一观念体现了西方现代化开端阶段女性早期现代舞蹈家追求生命独立自信的活力。在看过裕容龄表演的舞蹈之后，舞蹈着的、自信的姿态，现代女性独立而有力的具身化形象与慈禧作为中国历史上重要的女性统治者的意图产生了精神上的连通和共鸣。慈禧曾表示出想要会见邓肯的意愿，并鼓励裕容龄研究皇家艺术收藏绘画中的人物形象来重建中国舞，重构中国女性本有的生命独立、自由起舞的现代形象。

裕容龄作为清朝驻西洋特使裕庚之女，这一非典型的、不合规则的独特存在，让她不但成为中国舞蹈界学习日本、欧美舞蹈的第一人，而且成

---

[1] 容龄等：《慈禧与我》，沈阳：辽沈书社，1994年，第11页。
[2] [美]伊莎多拉·邓肯：《生命之舞：邓肯自传》，蔡海燕、凌喆译，杭州：浙江文艺出版社，2010年，第166页。

为与邓肯一道一同推动世界舞蹈现代化发展的重要力量。裕容龄的妈妈对世界艺术和潮流非常敏感,送她到邓肯舞校而非芭蕾舞校去学习舞蹈,裕容龄从 14 岁左右开始跟随 23 岁的伊莎多拉·邓肯学习"希腊舞"2 年,并在邓肯编舞的作品中扮演重要角色[1]。当时被西方媒体描述为落后、保守、排外的清朝,其公主却光着脚、穿着轻薄宽松的舞服,以一种较当时西方普通民众更为开放的姿态站在法国上流社会的聚会之中,扮演一位希腊女神。慈禧在获知这种自信开放的姿态后,也为中国有女舞蹈家能代表清朝跨越种族、国家、文化自由选择生命的呈现形式而感到鼓舞,并对邓肯主张男女平等的哲学感到某种发自内心深处的共鸣。如果能借现代舞蹈的形式将附加在中国女性身体上的包袱甩开,重新放空、放松身体,借现代舞蹈之力,重新形塑中国女性现代形体与形象,借由现代舞撬动生命意识的进化,这让当时所谓落后的中国统治阶层女性对自身有了新形态的想象。如果这种身体意识能在当时的中国发展起来,便有了真正落实于行动的现代性启动的力量。舞者的身体状态并非线性的、随时间流逝的生命状态,而是非线性的、与时空整体共在的律动模式,是可以通过身体运动于不同的时空中穿梭的自由状态,最重要的是伊莎多拉·邓肯指出可以通过舞蹈的律动去触碰生命源头的动能,回到自身的过去来形塑属于未来的、全新的身体。邓肯认为舞蹈家的身体应被训练成为一个无边界的、与世界共存的自由的场域,人类的身体,特别是女性身体的现代化需通过回到原初、回到东西方文明的源头(如古希腊、古代东方等场域)中去获取力量。而裕容龄在当时直接参与到邓肯现代舞发生的现场,以东方的身体展现出一种跨文明、跨种族自由吸收与释放力量的生命姿态。这种"自然健康的女性身体"代表自己可以掌控自己身体的"自然",这一"自然"而非"天然"的女性身体,是在现代舞蹈中可以通过训练获得的一种怡然自得的身心状态。

  身体是 20 世纪传播现代性的重要媒介,现代舞的身体是现代意识形

---

[1] 裕容龄:《清末舞蹈家裕容龄回忆录》,《舞蹈》1958 年第 2 期;叶祖孚:《西太后御前女官裕容龄(七)》,《纵横》1999 年第 7 期。

态在身体表达上具身化、艺术化的体现。肉身不仅是指身体或者身体文化，也是人际层面交流的直接渠道，是认知、交流、互动的终端，现代舞呈现的肉身现代性通过全新的身体律动模式影响着观者对现代人身体存在形态的理解。裕容龄带着一副崭新的"自身"回到中国，开始着手从本土文化艺术精品中提炼舞蹈精髓，为中国舞蹈重新成为独立的现代艺术形式迈出了关键一步，也展示了当时中国政治权力核心地带的参与者想要向着现代转型的意识上的松动和身体上的行动。裕容龄作为近代中国统治阶层的精英女性，在世界舞蹈现代发展的进程中既体验过西方古典芭蕾舞所呈现的典雅体态，又参与了西方现代舞的前沿发展，她所选择的中国舞蹈现代发展的方式是通过革新中国传统舞蹈来重建中国舞蹈传统。舞蹈艺术向前行进一步，需要舞蹈家能够觉察并汇聚其背后存在的巨大推动力，裕容龄将西方现代舞的理念、中国传统舞蹈的内涵重新提炼，创造出了新的中国现代舞蹈的形态。

她在观看宫廷典礼活动后将仪式表演中的舞蹈部分提炼出来，创作了《扇子舞》《观音舞》《剑舞》《如意舞》《荷花仙子舞》等作品。[1] 在演出形式上，她采用的是专业的现代的演艺模式，舞蹈与乐队均由受过专业训练的舞者和乐手组成，具有艺术专门化的表演特征。[2] 在演出内容上，其一是引领舞蹈独立于戏剧演出。从舞蹈作品的图像资料中分析，《扇子舞》和《剑舞》分别是对中国传统舞蹈文舞和武舞的精髓提炼。《扇子舞》中的女性形象婀娜妩媚，《剑舞》中的女性形象英姿飒爽。《观音舞》与《荷花仙子舞》将中国审美意识中端庄典雅、和谐恬静的女性形象在舞台上复活。这些作品的共同特征，即突出舞蹈区别于其他艺术门类的身体动态性。人体动作是人类重要的表达方式之一，动作本体即可以独立地展现人物的身心律动状态。从裕容龄创作的作品内容可以看出，其已经显现出现代舞蹈艺术独立于其他艺术形式的本体艺术性追求。其二是对

---

[1] 仝妍：《现代性与大众化：中国现当代舞蹈发展研究》，北京：中央民族大学出版社，2014年，第41页。
[2] 刘青弋：《刘青弋文集10：中华民国舞蹈史（1912—1949）》，上海：上海音乐出版社，2013年，第77页。

中国传统舞蹈元素的提炼与创新,即扇子、剑、如意等舞蹈道具的运用。舞者运用道具表现人物内心情感的意象性与抽象性,是中国舞蹈区别于西方舞蹈的鲜明特征之一。道具作为中国舞蹈重要的表现手段是舞蹈肢体的延伸,相较于身体而言道具更是舞蹈着的人物内在张力的意象化呈现。为呈现女性本有的柔美一面,裕容龄身着现代改良的满族舞裙,用全部舒展开的扇子的弧线来体现人物内心的圆融。在《剑舞》中为呈现现代女性阳刚有力的一面,她用道具剑的直线条张力来表达。在《观音舞》中为表现东方女性特有的内在稳定感,她采用观音坐于莲花座上的姿态,莲座等道具具有现代舞台艺术设计的理念。[1] 裕容龄创作的中国舞,实则是现代舞,她所启动的中国舞蹈现代发展之路,不仅仅是重建传统中国舞蹈,也为恢复中国的舞蹈传统迈出了重要一步。

从民间舞蹈、戏曲舞蹈中提炼中国舞蹈艺术精髓的方法至今影响着中国舞蹈的现代创作。作为现代女性的裕容龄,一方面积极融入世界现代舞蹈发展之中,另一方面也以身体力行的方式推动着中国舞蹈现代性的生成,并在中国权力核心地带产生了重要影响。这并非简单的西方现代舞理念的输入,也并非以"新"代"旧"、以"西"代"中"的线性发展过程,而是一种通过复活中国舞蹈传统来创造中国舞蹈新生的现代努力。

二、自主发展现代戏曲舞蹈

"现代"这一术语延续至今有着特定意义,即"代表一种根本性的分界。这种分界使得先前的经典文化有别于现代文化,而后者的历史任务在于对先前的文化进行再造"[2]。在西方现代舞之前,用舞蹈来配合戏剧情节进行演出的形式居多,即使在西方的舞台上,20世纪前后仍多以舞剧形式来叙述故事情节。中国纯舞蹈艺术自宋朝开始逐渐融入到戏曲艺术之中,用以辅助展现戏曲中的人物性格。面对舞蹈展示本体艺术特征的表现

---

[1] 刘青弋:《刘青弋文集10:中华民国舞蹈史(1912—1949)》,上海:上海音乐出版社,2013年,第78页。
[2] [美]弗雷德里克·詹姆逊:《现代性、后现代性和全球化》,王逢振、王丽亚等译,北京:中国人民大学出版社,2018年,第13页。

空间被压缩的情形，近代戏曲艺人们对舞蹈进行了再造，通过舞台空间的抽象化、叙事模式的非线性、人物身段的中国化、人物动作的舞蹈化把失传的中国古代舞蹈创造性地再现于戏曲舞台，展现人物内心复杂细腻、不为言说的情感张力。其不同于话剧中人物动作的辅助叙事功能，也超越了西方舞剧中用手势叙述故事情节的哑剧形式，找到了中国舞蹈"言之不足、歌咏之不足、嗟叹之不足、手之舞之足之蹈之"的现代表现空间，实现了戏曲中人物从程式化表意性动作向舞蹈化表情性动作的现代性发展。戏曲舞蹈的革新显露出中国舞蹈现代性生成的独特之处——其诞生于本土传统文化并在自身所处的社会历史环境需求中逐步成形，并对世界舞台艺术的现代发展做出了贡献。

齐如山和梅兰芳合作改编了戏曲中的古代舞蹈部分，不仅为中国传统舞蹈的现代发展创建道路，使传统的舞蹈文化依然可以作用于现代社会并与现代观众相互呼应，也为西方现代舞蹈开端阶段的探索提供了中国传统舞蹈千年实践中累积的养分。这为现代观众新的情感体验和社会问题提供中国审美选择，在中国传统身心律动及审美意识渗透进东西方舞台的舞蹈实践过程中，灵动的身姿跨越了时间和空间的限制，将传统与现代、东方与西方在身体层面重新整合。

首先，中国现代戏曲舞蹈对现代舞蹈表演空间的发展有所贡献。表演空间作为舞蹈背景既为人物勾勒出活动的范围，又是人物行为模式背后重要的隐性要素。特定环境中酝酿出的人物特定的动态，促使现代戏曲艺人们在发展戏曲舞蹈时着重改良舞台空间设计。1916年，《嫦娥奔月》剧前半部分为戏剧内容的铺陈，着重写实，后半部分为写意的奔月场景，齐如山和梅兰芳认为传统舞台设计中过于写实的戏剧布景无法烘托嫦娥超凡脱俗的舞蹈形象，需重新设计适于表现诗情画意的写意空间。"中国剧的一切组织，完全美术化。大致与希腊古剧相近，较写实派的戏剧实在高得多。场上的布置，剧中人站立的地方，以及一切举止动作，都有一定的组织，不得任意，可是不但不呆板，却是非常自然，而且是美术化的自然。"[1] "美

---

[1] 齐如山：《齐如山谈梅兰芳》，北京：文化艺术出版社，2015年，第48页。

术化的自然"是指一种着重于写意的中国审美追求与意境营造的手段，将之运用于舞台场景的设计是现代舞蹈艺术抽象性表达的方式之一。更进一步，梅兰芳为表现《天女散花》中天女御风而行的凌空感，创制道具"风带"，在风带与人的互动下舞台不再是固定的"镜框"，而成为一个动态的、变化的空间。这种舞台设计用人物舞动的道具勾勒特定的动态意境，以呈现舞蹈中的人物与空间环境之间千变万化的动态关系，使观众获得不为外在固定环境场景所束缚的更为自由的心灵与精神层面的抽象审美体验。相较于同期美国戏剧舞台而言，百老汇戏剧家、导演大卫·贝拉斯可曾在梅兰芳访美期间与其交流，"排戏布景的模型，大概布景以像真是最要紧的一个主脑"[1]。梅兰芳呈现的戏曲舞蹈在美国戏剧界形成了一定影响："若用艺术的眼光来详细察看，就知道实在比西洋戏中最新的还要新。梅君在这里演戏以后，美国剧一定受极大的影响，或者要把组织法变化变化——变成中剧化，也未可知。"[2]

其次，中国现代戏曲舞蹈对现代舞蹈表演内容的发展有所贡献。传统西方舞剧的叙事模式为用舞蹈辅助故事情节发展的线性叙事模式，而中国传统戏曲舞蹈讲求抽象的美学图景，这种表现方式——"组织"——不仅是一种舞蹈编排上的操作技巧，而且是一种有别于线性思维模式的非线性表达。这是一种非线性的舞蹈化的思维方式，人物的表现可以通过动作的瞬间完成个体内心活动、活动场景，甚至不同人物之间的转换。人物动作的运动轨迹不再依赖于时间线性的发展，而是可以跳出时间维度掌控下的逻辑式、情节性舞蹈表达，仅通过人体运动即可在不同空间中自由穿梭，即舞蹈的完整性取决于舞蹈本体的当下性，不依赖于故事情节的逻辑性。爱森斯坦认为梅兰芳能够不断地在姿势和表情中达成这一理想的多种组合状态。舞蹈化非线性的"组织"形式使得京剧在20世纪30年代的世界艺术创新版图中拥有一席之地。美国现代舞早期奠基人露丝·圣·丹尼斯受梅兰芳戏曲舞蹈启发，将舞蹈作为人类精神世界自由起舞的象征带回

---

[1] 齐如山：《梅兰芳游美记》，北京：中信出版社，2013年，第148页。
[2] 同上书，第164页。

美国，并将中国戏曲舞蹈艺术通过人体不断变化的动态象征精神世界的纯粹与自由的意象引入美国早期现代舞，创编了《观音》等作品。

在自主发展现代戏曲舞蹈的过程中，由于融入到戏曲之中的中国古代舞蹈失传的情况严重[1]，但"三分唱念、七分做"，"做即是舞，舞为国剧的基本艺术"，因此对舞蹈本体系统研究的重建工作成为理论与实践并举的中国现代戏曲舞蹈发展模式。戏曲舞蹈中舞蹈的关键，在于用身段和舞态形塑人物的内心动态。在舞蹈身段和舞姿研究中，戏曲舞蹈将中国传统身体审美意识进行了总结与提炼，"中国绘画不大讲真，专注意用笔，这大概是由像真进一步，成为美术化了。中国戏也正是这个道理，一切举止动作，言谈表示，都是由像真演进为美术化"[2]，确立了"阴与阳""柔与刚""圆与方""顺与变""抻筋拔骨"的概念，要求在表演过程中"凡有动作，必有舞意"。在由"男子扮女子的舞段中，不是摹仿真女子的动作，乃是用美术方法来表演女子的各种精神的神志"[3]。舞蹈化了的身段一方面使表演者打破性别限制，更为自由地根据舞台人物需求形塑艺术形象；另一方面加强身段作为整体的表情达意功能，突破许多京剧演员只是从师傅那里学习表演的动作，而并不询问为何如此表演，使得动作成为固定不变的程式。僵化的动作并不能反映每一个具体角色的区别，更不利于观众有效地品评京剧。[4]

齐如山给梅兰芳复排的戏曲舞蹈中的每个动作、姿势以诗性之名，并以古典诗歌中的关键词句进行阐释。"中国古时候的歌舞，差不多是相连着的，所以从前在昆腔里有唱工，就一定有身段，借身段来形容唱词的意义，不过后来大半都失传了。到了皮黄，因为腔调的关系，不容易安身段，差不多都是单用面部来表情。"[5] 齐如山自给梅兰芳编成《嫦娥奔月》后，立意要安上几个身段，来形容其诗意，使表情更加深刻而完满。

---

[1] 齐如山：《齐如山谈梅兰芳》，北京：文化艺术出版社，2015年，第185页。
[2] 齐如山：《梅兰芳游美记》，北京：中信出版社，2013年，第16—17页。
[3] 齐如山：《齐如山谈梅兰芳》，北京：文化艺术出版社，2015年，第48页。
[4] 赵婷婷：《中国式"蒙太奇"：齐如山与梅兰芳重新组织的现代性京剧》，《文艺理论研究》2014年第6期。
[5] 齐如山：《梅兰芳游美记》，北京：中信出版社，2013年，第76页。

他认为动作起源于心灵,动作是心声的传达表露,任何外部动作都需揭示人物的内心动机和情感状态。透过恰当的舞蹈动作,人的内心世界可得到合理的展现,外部形体动作作为推动戏剧情节发展的重要手段,使得戏曲舞蹈在现代发展的过程中成为剧情重要的组成部分,其将戏之"能"转于"身",将身之舞作为表现手段再归于戏剧情节。"安置舞式时照着词句的意思,仿着古人诗赋中的形容词造成的。"[1]"自梅兰芳始极力提倡之,把百十年来之舞式恢复旧观,且取《周礼》《乐记》等书,及鲍明远之《舞鹤赋》、傅武仲之《舞赋》、曹子建之《洛神赋》等篇中词句之意义;又取钟鼎刻石及古代图书之姿势,参互创为种种身段;和以今乐,而成现在之舞。"[2] 如为表现天女姿态的高洁,引用李白《白纻辞》"垂罗舞縠扬哀音""扬眉转袖若飞雪",解释动作"舞縠";引用东汉傅毅《舞赋》"顾形影,自整装,顺微风,挥若芳",解释动作"挥芳";引用杨玉环《赠张云容舞》"轻云岭上乍摇风,嫩柳池边初拂水",描述"云轻"这一动作等。戏曲舞蹈《天女散花》(1917年)中为了让观众更适应现代化京剧的表演形式,在第四出"云路"中,齐如山将二十句唱词相对应地配上二十一个姿态(其中一个句子较长,需要两个姿态),将诗歌舞融于一体共同创造意境。爱森斯坦认为梅兰芳的舞蹈中"每一个动作都仿佛独立存在,但整体又像是所有个体动作的合成"[3]。齐如山在舞蹈创作中运用"组织"的方式,使得每一个舞蹈姿态都在表达整体的局部,使观众不必等到演出结束去思考这出戏的意义,而是将注意力集中到每一个瞬间,在当下的动作中完成意义的传达,并给予观众身体感受层面的共鸣以及言语留白后的思考空间。

《霸王别姬》创作开始于1918年,修订完成于1919年,这正是梅兰芳由早期创造活泼年轻的闺阁少妇,逐渐走向庄重妩媚的中壮年妇女的阶段。梅兰芳有感于以往青衣和花旦分工过于严格,而限制了人物性格和表

---

[1] 齐如山:《梅兰芳游美记》,北京:中信出版社,2013年,第77页。
[2] 齐如山:《中国剧之组织》,北京:中信出版社,2014年,第101页。
[3] 转引自赵婷婷:《中国式"蒙太奇":齐如山与梅兰芳重新组织的现代性京剧》,《文艺理论研究》2014年第6期。

演艺术的发展。虞姬既有雍容华贵的风度,在举止行态中有宫廷嫔妃的风范,又因为她自幼娴书剑、习文武,眉宇间更有英武的气态。她不像杨贵妃那样美而娇、骄而贵,自从随霸王东征西战,备尝辛苦,因此在华丽大方中有刚健的气质。所以她的步伐不完全按照青衣的台步,必须把青衣、刀马旦和宫装戏的台步融合在一起。因此梅兰芳尝试青衣也兼重做工、花旦也较重唱工,更吸收刀马旦的表演技术,创造了一种新的角色——花衫,表现更多不同的妇女性格,体现出虞姬应有的气度。我们从悲壮一死的虞姬身上看到,梅兰芳开始走出单纯抒情和柔美的世界,对残酷斗争的社会现实予以关注。五四运动爆发前夕,以《霸王别姬》为代表的戏曲舞蹈作品中显露出中国舞蹈现代性的端倪之一。在《霸王别姬》中,梅兰芳塑造了一位厌恶战争、不沉溺于享乐,而是辅助男性君主的巾帼英雄形象。与其说是霸王别姬,不如说是姬别霸王。梅兰芳虚构出的舞台女性形象为中国现代女性形塑了一个艺术化的未来,现代女性主体意识的觉醒在《霸王别姬》中通过虞姬的死来唤醒沉睡千年的女性主体意识。

第二节 革弊流俗:辨别吸收国外舞蹈

舞蹈对生命体现的意义在于舞蹈着的身体应是人的主体意识确立过程中自觉起舞的身体[1],但19世纪末20世纪初中国舞蹈式微,在两次鸦片战争及八国联军侵华战争等西方政治、经济、文化的刺激下,西方舞蹈亦以先进文化的姿态占据了中国社会舞蹈及专业舞蹈的重要舞台。这种占据是身体文化层面的入侵,看似一派歌舞升平的景象背后,实则是普通群众主体意识缺失,放弃了自身文明存活与积累在身体之上的活的体验,转而进行一种"他者"体验。[2] 国人热衷于西方舞厅舞蹈、艳羡西式现代生活方式[3],使得近代中国舞蹈家们警醒于国人对舞蹈艺术认识的匮乏与

---

[1] 徐颃:《舞蹈身体表达的"主体性"自觉》,《北京舞蹈学院学报》2014年第3期。
[2] 王一川:《中国现代性体验的发生》,北京:北京师范大学出版社,2001年,第6页。
[3] 仝妍:《民国时期舞蹈研究》,北京:中央民族大学出版社,2013年,第12页。

偏颇，进而为应对国外舞蹈在中国的畸形流变，在理论与实践领域中形成了革弊低俗流行舞蹈、推动专业现代舞发展的中国舞蹈现代性生成之路。

一、革弊低俗舞蹈畸形发展

作为人最基本的物质存在，身体是人类一切精神活动的物质基础，而舞蹈发生与发展的物质条件亦在于人类身体结构及功能所能到达的高度。舞蹈在人类生命活动中的首要目的，即是保证这个物质体的自由、健康、强壮、美好与完善。[1] "然现世许多的跳舞场所成为一种淫乱的源泉。有许多下流的跳舞表演是志在引起人的欲望以遂其营业的目的的。这种跳舞真是丑态百出，令人作三日呕。这不过是妄用这种艺术的坏处，生出许多流弊。我们断不能因为这些流弊，而抹杀它本来的好处和价值。"[2] 在中国精英阶层的舞蹈艺术为世界舞蹈艺术的现代发展提供养分之时，中国本土舞蹈的现代性生成之路杂糅着物质化、商业化的气息。鸦片战争后随着中西文化交流日益频繁，上海于1842年开办了第一家教授西方交际舞的"新新舞蹈学校"[3]，随后中国主要城市兴起了跳流行西洋舞的热潮。舞蹈被作为一种商业牟利手段在中国舞蹈现代性生成过程中经历了现代身体的物化体验，这一体验的危险性在于面对"西舞东渐"的浪潮，外来文化的冲击不仅是国之将亡，更是中国普通百姓的内心对民族身份认同的危机。舞蹈作为不同民族文化的"活化石"，传承着不同民族在其赖以生存的土地上生长出来的身心律动体验。而中国普通群众不了解本民族的舞蹈，将心灵之舞交予他族，并将其低俗化、商业化，这尤令一些理解舞蹈文化内涵的人士痛心，由此革弊低俗西舞畸形发展、加强本土舞蹈研究与复兴成为民族解放的力量之一。

为抵制外来不良舞蹈现象的影响，需要转变的是人们如何认识舞蹈的思想意识、如何审视中国传统舞蹈，以及如何重建中国的舞蹈传统。一批仁人志士在重要报刊上发表文章以匡正古训中男女授受不亲之说，纠正在

---

[1] 刘青弋：《返回原点：舞蹈的身体语言研究文集》，北京：中国文联出版社，2014年，第150页。
[2] 唐杰编著：《跳舞的艺术》，上海：良友图书印刷公司，1931年。
[3] 仝妍：《民国时期舞蹈研究》，北京：中央民族大学出版社，2013年，第10页。

此观念束缚下畸形发展出的舞厅舞蹈。"这几年跳舞不顾一切反对而风行起来，其之所以如此得势，绝不是因为跳舞是摩登的事情，而是因为人类生活的沉郁。"[1] 许多人以为跳舞是件时髦的事情，这是不对的。人类在原始时代就知道跳舞了。但中国的老人反对跳舞，一方面是因为他们不了解跳舞的作用，另一方面受到中国传统观念的束缚。舞者自身沉醉于一种合于自然节奏的动作中，忘记了一切。法国诗人保尔·瓦莱里曾说："最高尚而又最可抵抗大沉郁的，是'动作'，尤其是使我们的身体摇撼得忘却一切的那些动作，如跳舞之类。这些动作可引我们进入到一种奇异新鲜的状态当中，这种状态可以说是距离那大郁闷最遥远之路。换言之，我们是将判断的自由兑换成动作的自由。世间有一样动物可在火焰里生活，一个跳舞的人如果真正跨入了跳舞的真正国度，那么他的生活可说是与这种动物无异，只不过包围他的火焰乃是一种音乐与动作合成的纯精。假如我们要拷问舞者的心境，他一定答到：我一点也不感觉什么，我并没有死，然而也不活。"[2] 要转变国人对舞蹈的肤浅认识，不仅要了解舞蹈是一种社会交往的方式，还要认识到舞蹈解决身心沉郁的功能，也需使国人了解真正舞动的生命对抗着社会感觉的麻木，尤其在普通群众甚至统治阶层对西方舞厅舞蹈的流行风潮乐此不疲之时，要反思这种流行舞蹈背后的动机所在。因此舞厅舞蹈在一些仁人志士的眼中反而成为一种不自知、不爱国的表现，要对"只知跳舞不知救国者有所警惕"，"平津歌舞升平，几曾知东北有失地之事"，这种舞厅舞蹈盛行的情况会"使国际不因我不知自爱，而藐视于我"。[3]

其次，研究者们开始对中国传统舞蹈进行整理和研究，对本土舞蹈文化中"的缺陷即缺少希腊人那样对待身体的眼光进行了反思。中国最大的问题是身体问题，中国数千年都偏向精神的方向发展，而工作与思想都是由身体原动力创造出来的"[4]。但这种缺陷并非中国自古有之的，而是唐

---

[1]《谈谈跳舞》，《广西青年》1932年第5期。
[2] 同上。
[3]《跳舞救国》，《礼拜六》1933年第490期。
[4] 刘青弋：《刘青弋文集10：中华民国舞蹈史（1912—1949）》，上海：上海音乐出版社，2013年，第33页。

朝以后舞蹈由盛行而逐渐衰退，被新兴的歌剧所吞并，终止成为独立的艺术形式。[1] 几百年中国人的身体本体经由舞蹈自然呈现美感的需求受到的压抑，在近代西方舞厅场域中集中地畸形爆发。因此在生理与心理两个维度上，重新正视身体，唤醒国人对本土健康舞蹈文化的认识。邵茗生在其《古舞考》中系统梳理了中国历代雅舞的名称与内容，将夏商周三代乐舞，如云门舞、大咸舞、大磬舞、大夏舞、大濩舞、大武舞、象舞、勺舞、帗舞、羽舞、皇舞、旄舞、干舞、人舞、野舞、万舞等进行考证，并在汉魏六朝乐舞考中对不同时代的乐舞，如武德文始五行之舞、昭德文始四时五行之舞、盛德文始四时五行之舞、公莫舞、巴渝舞、云翘舞育命舞、昭武舞、武始之舞、鞞舞、正德舞、宣武舞、鼙舞、白纻舞、铎舞、前舞、后舞、大壮舞、七德舞、皇始舞、覆焘舞、山云舞、城舞等进行了考证。[2] 邵茗生并对舞器（相、应、䈁、雅、戈、弓矢、戚、扬钺、籥、翟、羽、童子舞羽、鹭羽、羽葆幢、旌、节、童子舞节、庆隆舞节、麾、箾、干、金錞、钲、金铙、金铎、鼗鼓、舞缀兆、舞表）和舞衣（冕、爵弁、皮弁、建华冠、章华冠、方山冠）进行细致考证[3]，以提醒世人了解中国古代灿烂的舞蹈文化，而不要被西方低俗的舞厅舞蹈潮流所蒙蔽。在舞蹈专业理论建设方面，舞蹈理论家们集中翻译了一些西方舞蹈理论中的主要观点，将之介绍给国人。如舞蹈是没有标准定义的艺术形式，跳舞家、哲学家所持的关于舞蹈的论调都是由体验而来的。这种借由切身体验而来的论断是认识和了解舞蹈世界的重要渠道，如安娜·巴芙洛娃认为"跳舞是肉体和精神所全有的"，罗斯金认为"跳舞的意义便是对所爱的对象的赞美"，伊莎多拉·邓肯认为"表现人生最高贵的情感是跳舞的功用，寻觅美观的形而表现之，是跳舞的艺术"，露丝·圣丹尼斯认为"跳舞是种有节奏、有规律、有持续的、精神上的感动。跳舞是由物质上移到精神上的艺术"，轩世普提出"跳舞是活动的建筑"，伊曼奴尔·康德指出"令姆跳舞是知觉的生命。好像火焰般燃烧着，凡由音乐而引起的动

---

[1] 戴爱莲：《发展中国舞蹈的第一步》，《新星》1946 年第 5B06 期。
[2] 邵茗生：《古舞考》，《剧学月刊》1933 年第 2 卷第 6 期。
[3] 《舞器舞衣考》，《剧学月刊》1934 年第 3 卷第 7 期。

作,在希腊都称跳舞"。[1] 在民国时期关于东西方舞蹈的研究中,较为客观地认识舞蹈本质的理论性文章已出现,为推动国人正确认识舞蹈艺术做努力。

二、推动专业舞蹈现代发展

中国舞蹈现代性的发生与中国舞蹈专业化发展的进程紧密相连。面对西方舞厅舞蹈盛行的局面,舞蹈家们开始反思中国舞蹈发展的现实状况,认为"在民间流行的中式跳舞,要是有,也着实近于鄙野了。今后如果真是有人去专心研究和发展中国的跳舞,则我们本有这种艺术将来会成为大有可观也是意中之事"[2]。在对中国传统舞蹈进行重新挖掘和梳理的同时,吸收西方专业舞蹈发展的成果。

受到西方专业现代舞的影响,并回国推动中国专业舞蹈现代构建的重要艺术家有戴爱莲和吴晓邦。"现代首先是在审美批判领域中力求明确自己。现代一词具有审美本质的含义,集中体现在先锋派艺术的自我理解之中。"[3] 戴爱莲和吴晓邦无疑是当时舞蹈艺术领域中的先锋派。戴爱莲在战火纷飞的中国大地上"走啊,跑啊,寻找啊,寻找我们可以称为现代性的那种东西"。抗战时期,戴爱莲曾在重庆抗建堂表演舞蹈《思乡曲》,像一位"富有活跃想象力的孤独者,不停地穿越巨大的人性荒漠的孤独者",在飞机轰炸中起舞、在炮火连天中给人希望。戴爱莲的舞蹈实践活动曾给当时的观众带来过何种身心重启的现代力量?是否也曾推动国人重拾在身体底层的种族自信?那种切身的感动与激动,是否也曾表达出中国舞蹈艺术家在中国现代性进程中的全力呐喊?在探寻中国舞蹈现代性的源头力量之时,我们必须正视戴爱莲作为受西方现代舞训练成长起来的舞蹈家给中国舞蹈带来的专业舞蹈的现代力量,以及戴爱莲的舞蹈实践活动对中国舞蹈现代化之路所提供的推动力。现代性亦可以被看作是主体在"多元刺激的过程中,不断重新创造自身的能动性"的突显,是"主体不断通

---

[1]《跳舞》,《体育周报》1932年第1卷第50期。
[2] 唐杰:《跳舞的艺术》,上海:良友图书印刷公司,1931年。
[3] 阎孟伟、李福岩主编:《现代性问题研究》,南宁:广西人民出版社,2018年,第31—32页。

过与外部对话,吸取外部的活力与能量,重新建构自身主体的积极创造性过程"。[1] 戴爱莲将中国舞蹈现代发展的姿态同本土的与外来的、历史的与当下的、现实的与想象的融汇于一己之身,在重建新中国舞蹈的历史情境下显现出了独有的姿态。

戴爱莲在英国学习古典芭蕾时期就感到程式化的传统舞蹈缺乏表现力,"不能适应于现代社会的发展和现代人新的美学观念"[2]。当她在伦敦看到德国表现主义舞蹈家玛丽·魏格曼极其富有现代意识的表演时,敏锐地捕捉到了舞蹈未来发展的方向之一即现代舞全新的表现形式。同时,戴爱莲也清晰地看到当时的现代舞还处于萌芽阶段,缺乏系统的身体训练技术体系,便提出了将现代舞和芭蕾舞在技术层面相互借鉴、互为补充的见解,但这一观点在当时的西方并没有被接受。[3] 反而在她排除万难到达中国之后,在抗战的舞台上激发了她将所学凝练成"新舞蹈"的形式,开创出中国舞蹈现代发展的新局面,将西方现代舞、芭蕾舞、中国传统民间舞蹈融于一体进行舞蹈艺术作品创作。如"1937年卢沟桥事变,日本侵略者的铁蹄蹂躏着中华大地的情景深深地触击着戴爱莲的心,她为同胞所遭受的苦难而深感痛楚,为中华民族的生死存亡而深感焦虑。为此创作了舞蹈《警醒》《前进》,以期唤醒更多的华侨为祖国分忧解难"[4]。1939年戴爱莲以优异的成绩获得了著名的尤斯莱德舞蹈学校奖学金,从而成为被西方舞蹈界推崇为现代舞蹈艺术理论之父的拉班体系中的一名学生,学习现代舞有关情感表现、舞台表演技巧等方面的理论和舞谱。她本可以继续在国外进行深造和表演,但"她的心早已与燃遍抗日烽火的祖国连在一起,当她于1940年到达香港时,她眼含激动的泪花、兴奋不已"[5]。艺术家的真情实感是创作的源泉,戴爱莲与当时民众所面临的国

---

[1] 陈晓明:《现代性的幻象:当代理论与文学的隐蔽转向》,福州:福建教育出版社,2008年,第40页。
[2] 王克芬、隆荫培主编:《中国近现代当代舞蹈发展史(1840—1996)》,北京:人民音乐出版社,1999年,第74页。
[3] 同上。
[4] 同上。
[5] 同上书,第75页。

破家亡的情景融于一体,创作了《东江》《思乡曲》《空袭》等反映时局的现代舞作品。这些作品的突出特征即运用现代舞的形式反映当时的社会现状,作品内容紧贴旧中国人民生活,用现实主义的手法控诉日军的轰炸,形塑出一系列典型民众生存现状的众生相,丰富了中国现代舞蹈的表现内容和形式,并在群众中产生一定的影响。同时,戴爱莲于1947年7月成立"中国乐舞学院",以"培养乐舞专门人才及普及乐舞教育为宗旨",为中国舞蹈的现代发展培养了重要的骨干力量。[1] 她的舞蹈作品和创作方法奠定了中国舞蹈现代性萌生的开端,其建立的专业舞蹈教育机构推动了中国舞蹈现代发展。

戴爱莲作为鲁道夫·拉班的学生,将西方现代舞理论介绍到中国,并用抽象的舞谱记录中国传统民族民间舞蹈,"在抽象中,在艺术与技巧——即人工技巧中,寻找着现代的趣味和它奥妙的解答"[2]。戴爱莲在西方学习现代舞和芭蕾舞的时候就萌生了发展现代中华民族舞蹈的意识,回国后开始寻找中国舞蹈的根,并收集了大量的民间舞蹈素材,如瑶族舞蹈、西康舞蹈、汉族舞蹈、藏族舞蹈、维族舞蹈、彝族舞蹈、羌族舞蹈等,用现代舞谱将它们记录下来,用舞蹈本体语言——舞谱分析中国民间舞蹈的特征,这为她进行现代舞蹈创作提供了素材。戴爱莲将收集到的民间舞经过提炼编创集结成了一系列舞蹈作品,于1946年3月举行了首次"边疆舞蹈大会"。在扎根于中国大地的、民众们熟悉的身体语言、舞蹈语汇之中"洞见着崭新的语词、形象、音色",这些崭新的语词、形象、音色,"能够以唯有艺术才能领悟的方式去'领悟'现实——进而否定现实"[3]。戴爱莲"投身于此创作和重组的过程中,希望催生出一个簇新的社会——其不是作为一个政治活动家而是作为艺术家,因为艺术的传统不能简单地被忘却和忽视。那些在真诚形式中业已获得、展现和揭示的东西,也许包含着超越直接现实性和解决问题的真理性,包含着超越任何现实性和解决问

---

[1] 王克芬、隆荫培主编:《中国近现代当代舞蹈发展史(1840—1996)》,北京:人民音乐出版社,1999年,第79页。
[2] 见包亚明主编:《现代性与空间的生产》,上海:上海教育出版社,2013年,第26页。
[3] [美]赫伯特·马尔库塞:《艺术,作为现实的形式》,见[美]赫伯特·马尔库塞《现代文明与人的困境:马尔库塞文集》,李小兵等译,上海:生活·读书·新知三联书店上海分店,1989年,第377页。

题的真理性"[1]。戴爱莲把传统中国舞蹈视为一种真诚的形式,一种承载着中国普通民众生命活力的形式,在这些民族民间舞蹈中祖先们曾经跨越的艰难困苦时刻的生命活力依然以一种身体力行的方式在民间流传。传统中国舞蹈包含着超越时空、超越现实的力量,并可以转型于现代舞蹈艺术作品之中的,其不仅可以作为现代舞蹈创作的源泉,对民族舞蹈的发掘与研究提供创作的素材,更重要的是其传递着一种祖先延续下来的生命力量,让同属族群的民众可以切身感受到这个国家中各民族依旧鲜活的生存活力。在这种生命活力的呼唤与重启之中,国破家亡的阴郁之气被暂时替换,人们感受到生存的希望所在,以及祖先的力量再次汇聚于彼此的可能,因此其影响半径超越出了舞蹈的范畴,借由舞蹈的形式鼓舞了人的内心。戴爱莲在当时甚至被称为"边疆舞蹈家"[2],为中国现代舞蹈的发展打开了民族舞蹈的宝库,较早地将民族民间舞蹈转换成艺术性的专业现代剧场舞蹈。

借舞动之力推陈出新,用一副全新的躯体以期引领民众在艰难困苦之情景中有奋起反抗的生命力,是中国舞蹈现代性生发时期的重要任务。舞蹈家们在中国社会历经磨难之时将自身进行了一次集体涅槃,他们用身体经历与表现了时代的动荡,以将自身撕裂并重组的方式促进中国新舞蹈的再生,希望借由舞蹈去切身启动中国人对新中国的想象,去身体力行地创造新的国度、新的生活。其中舞蹈家吴晓邦被誉为"点燃新舞蹈艺术的火种"[3]。新舞蹈艺术是20世纪30年代以鲁迅为旗手的左翼文化运动影响下兴起的产物,它的起点伴随中国革命战争,与西方殖民主义者在中国传播的低俗歌舞形成鲜明对比,成为这一时代中国舞蹈艺术的主流。在吴晓邦用新舞蹈艺术向"封建主义、帝国主义及一切反动势力宣战"[4]之时,中国专业化的舞蹈创作手法也随之形成。吴晓邦广泛吸收当时国际上

---

[1] [美]赫伯特·马尔库塞:《艺术,作为现实的形式》,见[美]赫伯特·马尔库塞《现代文明与人的困境:马尔库塞文集》,李小兵等译,上海:生活·读书·新知三联书店上海分店,1989年,第376页。
[2] 王克芬、隆荫培主编:《中国近现代当代舞蹈发展史(1840—1996)》,北京:人民音乐出版社,1999年,第78页。
[3] 同上书,第64页。
[4] 同上书,第66页。

先进的舞蹈理念与实践方法，让作品充满了能够打动观众的真情实感。他在上海创办了晓邦舞蹈学校，并于1935年举办了中国近代史上第一个个人舞蹈作品发表会——晓邦舞蹈作品发表会。吴晓邦的舞蹈作品充满着批判现实主义的精神，"在现存社会中成为了一股力量。他不从属于这个社会，而是产生受命于现存的现实，背负着美丽和崇高、超脱与愉快的艺术。他与现实分道扬镳，将自身投向另一种现实：他所表现的美和崇高、快乐和真实，并非仅仅是那些获之于现实社会的东西"[1]。作品《傀儡》是针对1931年九一八事变后日本强占中国东三省扶持溥仪为傀儡皇帝的内容，用艺术影射日本军国主义卑鄙丑陋的行径，舞蹈采用木偶戏的动作[2]，丰富了舞蹈表现语言和形式。吴晓邦的舞蹈作品作为一种全新的"异在"，为中国专业舞蹈现代性的生发带来了强力的助产力，酝酿出一批极具表现力、批判力的作品，成为抗战初期中国新舞蹈艺术的典范，形塑出中国舞蹈现代性生发阶段的新舞蹈美学：不拘一格地从西方芭蕾舞、现代舞中汲取营养，从内心感情的波动里引发人体的舞动，塑造充满浪漫精神的艺术形象[3]。吴晓邦主要从中国传统人体艺术和日常生活动态中提取素材，并在现实中捕捉人物形象进行创作。他将中国舞蹈进行了现代性转化，借外力打破固有的运动模式，吸收现代舞运动模式的精髓，并将中国舞蹈的传统躯体借西方现代舞的力量再次飞升，在混合旋转的过程中融合出中国现代舞蹈的新形态。他将在日本留学期间学习到的舞蹈理念"以自然为本、以理想为动力、以呼吸作主导"运用到专业舞蹈作品的创作之中，使舞蹈成为一项严肃艺术站立在中国的舞台之上。

吴晓邦亦是将中国舞蹈教育研究系统化、科学化、中国化的重要代表人物，他整理了舞蹈基本训练教材，出版了舞蹈学理论专著《新舞蹈艺术概论》《舞蹈新论》《舞论集》《舞论续集》《舞蹈学研究》等，为舞蹈艺术在学术理论领域开辟了研究之路。其中，《新舞蹈艺术概论》是中国第

---

[1] [美]赫伯特·马尔库塞：《艺术，作为现实的形式》，见[美]赫伯特·马尔库塞《现代文明与人的困境：马尔库塞文集》，李小兵等译，上海：生活·读书·新知三联书店上海分店，1989年，第370页。
[2] 王克芬、隆荫培主编：《中国近现代当代舞蹈发展史（1840—1996）》，北京：人民音乐出版社，1999年，第67页。
[3] 同上。

一本舞蹈学理论专著，对新舞蹈的方法、舞蹈美和舞蹈思想、舞蹈和其他艺术的关系、舞蹈艺术的三大要素、新舞蹈创作问题、组织创造运动中的经验、新舞蹈艺术的初步技术教程等进行了探究，并对中国舞蹈艺术发展简史进行了梳理。

第三节　革正教育：理性建构学校歌舞

席勒在《审美教育书简》（1795年）中设计了一套审美乌托邦，赋予艺术一种全面的社会革命作用，试图通过艺术的教化使人达到真正的自由。教化人去"用一颗感受并实现美的全部威力的心灵去进行美的事业"[1]，这对思想家、美学家和艺术家有着强大的感召力，使得东西方许多仁人志士为其理想的实现作出切实的努力。在"西学东渐"过程中，舞蹈被认为是"最高尚最优美的人体运动"，可使人"养成高尚的品格、优美的姿势、规矩的动作，且能使人身体健康、发育平均"[2]。蔡元培在《美术的起源》（指广义的美术，即艺术）一文中赞美了舞蹈的美育作用："舞蹈的快乐是用一种运动发表他的情感的冲刺"[3]，他希望学生能成为"意志顽狠、体魄强健"[4]的新青年，以使国人认识到舞蹈不仅是一种娱乐和社交性的行为，也是一个囊括身体教育和精神教育的综合体[5]。中国资产阶级启蒙主义者和改良派人物效仿西学，在民国初期兴起的审美教育运动中，建构和发展了新式学堂舞蹈理论与实践，这客观上推动了民国时期关于西方学校舞蹈教育的相关研究，为民国学堂舞蹈美育活动的重启带来了理论和实践并举的现代模式。

---

[1] [德] 席勒：《审美教育书简》，张玉能译，南京：译林出版社，2012年，第14页。
[2] 仝妍：《现代性与大众化：中国现当代舞蹈发展研究》，北京：中央民族大学出版社，2014年，第52页。
[3] 蔡元培：《蔡元培美学文选》，北京：北京大学出版社，1983年，第96页。
[4] 陈景磐编著：《中国近代教育史》，北京：人民教育出版社，1983年，第250页。
[5] 《中国舞蹈史》编写组编：《中国舞蹈史》，北京：高等教育出版社，2019年，第255页。

一、恢复学堂舞蹈美育

中国舞蹈现代历史的展开,"伴随着现代性从西方中心扩展并强行进入中国,引起中国的现代性的形成与发展,乃至于展开激进化的变革和革命;即使认为中国现代性有其自身的起源,也不能否认西方现代性对中国直接而强大的影响作用"[1]。西方学堂舞蹈美育经验中较为重要的是,建立了以舞蹈本体艺术特征为核心的教学目标和教学法,强调学生通过舞蹈训练获得平均平衡能力、自我身心管理能力,以及在舞蹈中习得协调自我的同时在社会意义上协调与他人的关系。[2] 由于舞蹈运动模式与竞技性体育类活动的区别之处在于,其不突出某一种身体运动模式的竞争性,通过舞蹈训练可在生理上进行身体器官系统的健全刺激,以期获得"从身体姿态中得到忘我境界"的生命体验。为实现这一教学目标,西方学堂舞蹈美育建立了相应的教学法,其中为民国新式学堂模仿的重点是如何针对儿童身心特征进行舞蹈训练。

第一,"教导儿童成功的基础就是对于儿童有同情心的了解。儿童心理的健全根底,儿童生长及发育的研究,及对于他深厚的友爱,是每一个小学教员应当有的条件"[3]。在这一理念的影响下,蔡元培担任会长的北京大学音乐研究会中的"潇湘乐组"组长黎锦晖,开启了革正传统教育模式、建构发展中式学堂歌舞的美育模式。黎锦晖受现代舞蹈美育思想的影响,提出了情感教育理念,以"爱"为核心强调歌舞形式在教化人心方面的实效性。

第二,"小学儿童的身体和精神特点是不停的活动。'前进'这个字表示出他的行为和他的兴趣。他喜欢前进,他喜欢使一切事物前进。……一年级的时候,活动的耽溺不过只为他的愉快,而没有任何获得动作技能的观念。儿童喜欢跑、跃、跳、滚、溜、掘、攀、击、抛和用大动作运用身

---

[1] 陈晓明:《无法终结的现代性:中国文学的当代境遇》,北京:北京大学出版社,2018年,第11页。
[2] 志仁译:《美国体育研究会小学舞蹈委员会的报告》,《体育季刊》1933年第1期。
[3] 同上。

体,但是他没有跑得快、跳得高或胜过别的儿童的欲望。总之只有能供给现时愉快的事物在他是看为重要的。自动的注意是不容易有,注意的时度是很短的。他的想象是生动的,他常常不能分别真实和不真实;他喜欢如神仙,妖魔,巨人等这一类的想象的人物。他对于有形的世界的兴趣是浓厚的,他喜欢模仿动物、飞禽、雨、风和太阳。他切望成人同情的关照,假如他得不到,他或者发生使他成为注意中心的暴躁行为的方式。这样的行为常常是羞怯,自觉,或异常恭顺等情形轮流的发现。在这个年龄种种的恐惧是容易养成的,应当巧妙的指导儿童使他们不发生恐惧。这个年龄的感觉生命是大为重要的,而我们很少的了解它对于儿童是何等的关系重大"[1]。黎锦晖受这一舞蹈美育思想的影响,启动了"儿童歌曲革新运动"以辅助五四时期的新文化运动。他深入观察和分析儿童身心运动的特征,以舞蹈作为美育手段创作了适合儿童心理特点的作品,如《老虎叫门》(1920年)、《可怜的秋香》(1921年)、《寒衣曲》(1922年)等二十四首儿童歌舞表演唱和《麻雀与小孩》(1921年)、《葡萄仙子》(1922年)、《三只蝴蝶》(1924年)等十二部儿童歌舞剧。这种较为符合少年儿童好动天性的方式,潜移默化地形塑与美化少年儿童的行为习惯,"训练儿童一种美的动作与姿态,养成儿童守秩序与尊重艺术的好习惯"[2]。

  第三,在建立学堂歌舞的过程中,黎锦晖坚持用中国民族民间音乐创作儿童歌舞作品,"改进俗乐""创造平民音乐""中西合璧、雅俗同堂"的艺术主张让中国学堂舞蹈美育模式在现代化进程的起点上,就承担起了东西方文化在身心层面上整合一体的模式。黎锦晖注重诗歌、音乐与舞蹈为一体的整体乐舞教育模式,既传承了中国古代传统乐舞教育模式,又吸收西方舞蹈美育的理论研究长处,以对中式学堂舞蹈的表现内容和手段进行创新。在表现内容方面,他创作的中国题材儿童歌舞剧,涉及大自然、日常生活、校园活动等;在表现手段上采用舞蹈动作配合演唱的方式,在歌唱中编排符合歌词内容的生活化舞姿,并注重按照音乐段落变化进行舞

---

[1] 志仁译:《美国体育研究会小学舞蹈委员会的报告》,《体育季刊》1933年第1期。
[2] 刘青弋:《刘青弋文集10:中华民国舞蹈史(1912—1949)》,上海:上海音乐出版社,2013年,第72页。

蹈队形编排的现代舞蹈"音乐视觉化编舞法"。

第四,在舞蹈美育中运用较为形象生动的方式,使学生体悟到个体之独立与进步的身心动能。蔡元培说:"美育为近代教育之骨干,美育之实施,直以艺术为教育,培养美的创造及鉴赏的知识,而普及于社会。"[1]将美育理念落实于个体舞蹈美育实践中,学堂舞蹈课程中较为重视培育学生体验人体运动的独立性、自由度、协调能力与驾驭身体重量转移的能力。西方舞蹈美育中对以上目标的实现通过学习体验身体重量及身体重量转移的教学方法,如"独自或多人一起做合乎音乐节奏的走步、跑跳步(skip)、跑步、滑步(slide)、跑马步(gallob)、单足跳(hop)、双足跳(leap)、卜克步(polka)、沙的西步(schottische)、华士步(Walz)、狐跳步(fox trot)"等有节奏地转移身体重量的舞步,对自身重量的驾驭感的习得使得学生在行为习惯上养成一种"独立、自信而发达的感觉"。这一感觉发达一方面指向生命个体体验到自由表情、心理健全的根底,另一方面有助于学生在团体舞蹈过程中培养协作意识。这一借由舞蹈进行身心审美能力养成的美育模式,不仅是在舞蹈层面提供相关知识与技能的教育,更为培育了解生命发展原动力的人提供途径。[2]

第五,在政策上随着民国政府教育部将学堂改为学校,在1912年先后颁布《小学校令》《中学校令》和1915年颁布《国民学校令》,舞蹈美育被正式列入国民教育。[3]

以上针对西方学堂舞蹈教学目标、教学法及政策的研究与国人对中式学堂舞蹈美育的探索,使得民国时期学堂舞蹈美育活动有了较为清晰的理念和体系。

二、创作现代校园舞蹈作品

进入20世纪新旧文化斗争激烈,在新式学堂开设的舞蹈课程被认为是"高等之运动法也。姿势优美、动作平均,为他种运动所不能及"。崭

---

[1] 蔡元培:《蔡元培美学文选》,北京:北京大学出版社,1983年,第169页。
[2] 志仁译:《美国体育研究会小学舞蹈委员会的报告》,《体育季刊》1933年第1期。
[3] 《中国舞蹈史》编写组编:《中国舞蹈史》,北京:高等教育出版社,2019年,第255页。

新的动作使得许多教育工作者认为舞蹈是一种"最高尚最优美的运动",它能使人民"养成高尚的品格,优美的姿势,规矩的动止,且能使人民身体健康、发育平均"。基于这样的认识,当时许多教育家将舞蹈作为强健学生体魄的重要教育手段之一。蔡元培为《舞蹈新教本》题词"动的美术",特别是在该书的第三章收录了由舞蹈教师编排的反映新生活的现代校园舞蹈作品,如播古舞、健康舞、船夫舞、猴舞、雪花舞、茉莉花舞等。现代校园舞蹈的创作使得学生有机会学习如何用身体的律动直接感受天地之美,从以上舞蹈内容来看,创作内容涉及自然、劳动、身体健康等方面,对自身律动的训练有助于学生发展全身心地与自然、劳动、自身健康相连接的敏感度,为学生今后的发展奠定身体美育的基础。

在民国时期创作的众多现代校园舞蹈作品中,黎锦晖的《可怜的秋香》(1921年)、《麻雀与小孩》(1921年)、《小小画家》(1928年)等歌舞作品成为当时学校盛行的歌舞作品,这些现代校园歌舞作品在中华人民共和国成立后仍有复排和上演,可见其旺盛的艺术生命力。黎锦晖的儿童歌舞剧以浓厚的儿童情趣、积极向上的思想教育、形象化的舞蹈动作开辟了学校舞蹈美育的平台,是中国近代舞蹈史上难得的、引人注目的校园舞蹈活动。[1]"在他之前,中国的音乐歌舞从来不曾和人民大众发生那么密切的关系。他的努力,使中国歌舞和音乐走向现代。"[2]

黎锦晖深受蔡元培的"以美育代替宗教"教育思想的影响,在五四运动时期比较全面地继承了学堂乐歌时期新音乐在少年儿童歌舞创作、表演与传播方面的创作经验和优良传统,注重新型少年儿童歌曲的社会作用,并将育人融入到寓教于乐的乐舞作品之中。1916年9月,黎锦晖任教育部教科书特约编辑,他力主将文言文改为白话文,把"要将国文改国语"作为自己的座右铭。黎锦晖在此年也参加了北京大学音乐团,此团乃以后北京大学音乐研究会的前身。五四运动爆发前夕,北大校长蔡元培就已经开始呼吁国民树立新文化意识。他提倡新文学,反对旧文学;提倡白

---

[1] 王克芬、隆荫培主编:《中国近现代当代舞蹈发展史(1840—1996)》,北京:人民音乐出版社,1999年,第230页。
[2] 黎遂:《民国风华:我的父亲黎锦晖》,北京:团结出版社,2011年,第56—57页。

话文，反对文言文，并公开讲座，允许旁听。1918年，黎锦晖成为旁听生中的一员。蔡元培主张要用音乐来为文学服务，他说推广白话文最好的手段是唱歌，通过唱歌活动或唱歌课程来推广白话文，这样会起到事半功倍的效果。黎锦晖积极吸收了新文化的思想观念，并付诸行动，他开始认真做宣传白话文、推广普通话的工作。就在这一年，黎锦晖成为"国语统一筹备会"的成员。这样他又有了与其他国学大师、语言大师一起学习的机会，例如他就向语言大师钱玄同单独请教过诸多语言问题。钱玄同与赵元任又是好友，赵元任在五四时期创作并出版了不少优秀歌曲，他们之间相互影响，给了黎锦晖巨大的动力。1919年，黎锦晖通过主编《平民周报》提出了"平民音乐"概念，并提出"中西合璧、雅俗共赏、改进俗乐、创造平民音乐"的观点。1921年，黎锦晖又应中华书局之邀到上海负责小学国语（白话文）教材的编写工作，这也是新文化运动不断发展影响的结果。1921年11月，黎锦晖在上海创办了"国语专修学校"，他以此作为歌舞创作表演基地，推广白话文、推广"平民音乐"。从这里我们不难看出，其服务对象为初等小学的学生。同年，黎锦晖创办《小朋友》周刊，发表了我国第一部儿童歌舞剧《麻雀与小孩》。

学堂乐歌是一次音乐下放活动，也是一次音乐普及活动，说到底是音乐的平民化运动，它开始于学校，对社会也产生了巨大影响。在这次活动中，白话语言传播起到了推波助澜的作用，加上蔡元培、刘半农等国学大师的提倡，学堂乐歌取得了较大的发展。[1] 黎锦晖认为"学国语最好从唱歌入手"，追求"深有趣味，富于感情，而且含艺术意味的歌剧"，"籍此可以训练儿童的一种美的语言、动作和姿态，也可以养成儿童们守秩序和尊重艺术的好习惯"，并"锻炼他们思想清楚、处事敏捷的才能"。他还提出，"学校演歌剧对社会教育也有帮助"。经过一系列的乐舞创作与实践，他体会到"歌舞剧是辅助教育的利器"，"希望人人认识歌舞剧，它可以增进知识与思想，是普及民众教育的桥"。[2]

---

[1] 齐柏平：《黎锦晖与学堂乐歌》，《西安音乐学院学报》2016年第3期。
[2] 雷惠玲：《黎锦晖儿童歌舞音乐创作的美学思想探究》，《儿童音乐》2010年第12期。

在中国舞蹈现代性生发的过程中，舞蹈曾以一种肯定中国共产党革命的姿态呈现在中国现代舞的历史舞台上；但同时舞蹈又以一种"异在"的生命存在形式，对社会现实中的弊端提出挑战。"艺术，作为现存文化的一部分，它是肯定的，即依附于这种文化的；艺术，作为当在现实的异在，它是一种否定的力量。艺术的历史可以理解为这种对立的和谐化。"[1] 否定的力量作用于阻碍社会发展的现实黑暗面，会产生一种负负得正的推动力。现代舞的重要审美特征之一即突破传统舞蹈表现形式，将直指人心的、社会现实中丑陋的一面搬上舞台，拓宽了舞蹈审美维度。舞蹈家彭松在1947年编导了一系列反映社会现实的现代舞蹈作品，如《弃婴》《乞儿》等，由抗日战争时期重庆育才学校中逃难的学生表演，将绝望、凄惨的情绪诉诸舞台空间，以抗议国民党政府统治下的社会现实，并以舞蹈的形式揭露美军暴行。[2] 育才学校于1944年在舞蹈家戴爱莲的带领下由吴晓邦、盛婕、彭松等老师组成舞蹈组，开设舞蹈必修课，教授新舞蹈。学生们不仅学习舞蹈基本知识和形体训练，还创编舞蹈《荷叶舞》《抗日胜利大秧歌》《化学舞》等。育才学校一方面培养学生具备高雅的精神追求，如《荷叶舞》中表现的"莲花出污泥，污泥不能染"[3]；另一方面鼓励学生们面对困苦的现状，建立抗战必胜的信心。

育才学校建构现代校园舞蹈美育的旨趣在于，培养学生做"手脑双挥"的创造型人才[4]。学生们在接受基础的舞蹈训练之后，要发挥自己的智慧，主动让自己的生命起舞。陶行知曾在1943年10月15日发表《创造宣言》，号召老师和学生们"不要光伸手继承现成的东西，要培养自己坚韧不拔和百折不挠的精神，攀登科学、艺术的高峰"[5]。《化学舞》便是师生们创作的寓教于乐的作品。此舞以儿童歌舞的形式，配合幻灯、灯

---

[1] [美]赫伯特·马尔库塞：《现代文明与人的困境：马尔库塞文集》，李小兵等译，上海：生活·读书·新知三联书店上海分店，1989年，第370页。
[2] 王克芬、隆荫培主编：《中国近现代当代舞蹈发展史（1840—1996）》，北京：人民音乐出版社，1999年，第125—126页。
[3] 同上书，第122页。
[4] 同上。
[5] 同上。

光，以寓言的表现手段展现化学元素的不同组合形式[1]，开创了中国舞蹈美育的新纪元。学生们从小就培养一种舞动的生命情态，了解现代的身体不再仅受地缘或民族因素的决定，现代身体可以是一种自由表达的、舞动着的生命存在。学生们可以根据自身的需要，在任何情景中起舞。舞蹈的本质不在于学习某种固定的表现类型，而是一种可以自由创作的、个性化的身体运动表达形式。这种表达形式的有力之处在于，它以人体自身的运动为桥梁调动学生生命的整体机能去感知人体运动与万物运动的内在连接，使学生在自由创作的现代舞蹈中，理解自己的生命运动可以形成一种超越地域、超越民族甚至超越时空的表达，从而形成具备现代舞蹈形态的全新的生命气质。育才学校的舞蹈教育理念对重庆地区的很多学校有一定的影响，到育才学校学习舞蹈的学生受其鼓舞，组建了多支舞蹈团体，其充满青春活力、健康向上的演出，为校园文化的重构乃至社会的发展带来了新的生机和可能。

第四节　革命身体：创造中国舞蹈的现代形式

19世纪以来，人类历史的帷幕展开新的篇章——现代社会。"现代性"作为现代社会的内在属性和本质特征被阐述出来，其勾连着现代社会建构中的诸多层面，点明着人类生存方式的转型——这一现代性的基本内核。[2] 现代性理论将"人类社会自18世纪以来在社会组织、政治制度和精神生活方面发生的巨大变迁"[3] 凝练成有关现代性的思考，之所以能够凝练成现代性的概念，是因为其反映着现代社会内在属性和本质特征的趋同，体现着现代性的内涵即现代社会中人类的生存方式趋同。人类自现

---

[1] 王克芬、隆荫培主编：《中国近现代当代舞蹈发展史（1840—1996）》，北京：人民音乐出版社，1999年，第123页。
[2] 刘伟斌：《图像的狂欢与幻境的超越：现代性理论视域中的视觉文化研究》，北京：人民出版社，2018年，第32页。
[3] 陈晓明：《现代性的幻象：当代理论与文学的隐蔽转向》，福州：福建教育出版社，2008年，第77页。

代化发展以来，整体生存状态在身心律动模式的体现上向着打破传统模式、构建更适宜人类生存的现代节奏迸发。舞蹈的现代转型以人类身心律动模式的转型为呈现方式，作为人类生存方式转型的具身化艺术形式之一，现代舞蹈以其生动的形象触碰着人类现代生存方式中所面临的新挑战。对中国舞蹈现代性生成的探讨是在现代性理论视域下审视中国舞蹈艺术的现代转型，为中国舞蹈艺术在现代性生成阶段的探索提供了解释维度。现代性作用于中国舞蹈的过程中，中国舞蹈的理性维度被唤醒，中国舞蹈家的主体意识显现。而革命性的身体律动模式是中国舞蹈家们根据中国所处的特殊历史时空创造出的中国舞蹈区别于西方现代舞的现代品格。西方舞蹈的现代身体的舞动特质从"以培养抽象的自我认同为目标和促使成年人个体化的社会化模式"[1]中，形成新的身体运动模式——抽象的身体、个性化的身体。而中国舞蹈在现代性生发过程中因其历史背景却需强调——具象的身体、集体化的身体，以具象的可以代表中华民族形象的整合力量来凝聚集体、对抗外族入侵。虽然中国舞蹈的现代性也强调要为反映和推动打破旧制度的桎梏建立新中国的目标而努力，但这种反传统的力量与现代舞之母伊莎多拉·邓肯所提出的反芭蕾的做法不同。中国现代舞蹈家们将有益于表现中国斗争需要与表达中国人民建立新国度的古今、中外多种舞蹈元素融于一体，打造出了新的革命性的身体以为政治目标服务。

我们在借助现代性理论厘清中国舞蹈现代性生成的复杂图景之时，亦可以看出人类身心律动模式的现代转型对中国舞蹈艺术现代性生成的推动，以及中国舞蹈艺术在现代性生成过程中对现代舞蹈艺术转型的贡献即革命性身体律动模式的呈现。"对欧洲而言，现代现象（Modeme）是事物和人的巨大变形，是商业文明大背景下人的变形。而对于中国而言，现代现象呈现双重性冲突：传统与现代的冲突、中西的冲突。"[2]中国舞蹈在民族国家重建与现代转型力量的裹挟之中，融合东西方舞蹈审美观念，创

---

[1] [德] 于尔根·哈贝马斯：《现代性的哲学话语》，曹卫东译，南京：译林出版社，2011年，第2页。
[2] 刘小枫：《现代性社会理论绪论》，上海：华东师范大学出版社，2018年，第11页

造出了一种革命性的现代舞蹈语言。西方现代舞的发展以"求异"为目标，舞蹈家们多为了探求自身独特的舞蹈理念，以自己的名字来命名舞团，如丹尼斯·肖恩舞团、玛莎·格莱姆舞团等。在中国现代舞生发阶段，舞蹈家们秉承着"求同"的东方特质。他们以中国传统舞蹈审美为核心，融合西方现代舞、古典芭蕾舞、民间舞蹈、流行舞蹈、体育舞蹈等优长[1]，开创了中国近现代史语境下符合现实需要的中国现代舞蹈艺术，形成了中国现代舞特有的革命性身体语言——将身体献祭于一项伟大而壮丽的事业之中，即中国舞蹈家以自身承载并呈现国难的洗礼，在内忧外患的时代背景下，重塑中国舞蹈现代形态，自觉主动地转变中国舞蹈的现代驱力。舞蹈的身体不仅仅是生理意义上的身体，更是一种社会意义上的身体。而身体作为一切社会的起点[2]，舞蹈着的身体作为社会现象的舞台提炼，为探讨中国舞蹈现代性生成提供中国舞蹈家的切身体验与呈现。

马尔库塞曾引用马克思的观点认为："僵化了的（社会）条件，必定在向它们唱出它们自身的小曲时，才会被迫起舞。"他认为舞蹈可以使死寂的世界充满生机，并使其成为人的世界，并以极端生疏的和脱离所有直接性的形式——即艺术中最自觉和最审慎的形式——"活动艺术"，将具有质的差异的社会的事件进行呈现。这种对人类自身建立全新的审美憧憬的活动是社会革新的重要组成部分，亦是马克思的憧憬，即"动物仍按需求建构（塑造）自己，而人可以按照美的规律塑形自身"[3]。中国舞蹈家在国难之中自觉担负起了制造"质的差异的社会"活动的艺术事件，以革命自身律动习惯为己任，对丧失主体身心律动创造之力的国人进行启蒙，对抑制本国国民生命律动的存在进行批判，并对本土传统舞蹈所承载的祖先之生存活力进行自觉的现代转化。

---

[1] 刘青弋：《刘青弋文集10：中华民国舞蹈史（1912—1949）》，上海：上海音乐出版社，2013年，第73页。
[2] 杨豪：《传统的发明：翻身运动中的仪式与身体——以冀中解放区为中心》，《党史研究与教学》2013年第2期。
[3] [美]赫伯特·马尔库塞：《现代文明与人的困境：马尔库塞文集》，李小兵等译，上海：生活·读书·新知三联书店上海分店，1989年，第379页。

一、民族民间舞蹈的现代重塑

戴爱莲在1946年提出"对中国一切舞蹈作一次完整的学习,以这些材料,为舞台建立起新的中国现代舞。并展开土风舞运动,使之远而且广,要每个人为娱乐自己而舞,从日常生活的烦恼得到解放"。她创办了中国舞蹈艺术社,为创作中国舞剧努力。但她认为如果舞剧"用了外国的技巧和步法来传达故事,好像用外国话讲中国故事",虽然"故事内容是中国的,表演的是中国人,但不能说那是真正的中国舞剧"。她认为就创造"中国舞"而论,由于当时"缺乏中国舞蹈文化和习惯的知识,而汉族在当时又缺乏舞蹈",因此她"将注意力放到了边疆的民族"。世界上各种音乐舞蹈大部分都是从土风舞蜕化而成,如华尔兹来自日耳曼的土风舞、探戈来自西班牙的土风舞、狐步来自尼格罗的土风舞、伦巴来自古巴土风舞等。因此中国的新舞蹈必须从民间吸取素材,而边疆同胞的歌舞生活无疑是丰富的源泉,并且内地失传的歌舞在边疆还可以发掘,如服饰保留着唐代影响的巴安弦子其歌舞。[1] 因此,戴爱莲提出挖掘土风舞,认为"舞蹈的历史,开始有原始舞,发展为土风舞,以后进展到美化的舞蹈,如果我们要发展中国舞蹈,第一步需要收集国内各民族的舞蹈素材,然后广泛的综合起来加以发展。这是为建立中国舞蹈成为独立的现代剧场艺术迈出属于自己的坚定的第一步"。土风舞历史悠久,"西康藏族土风舞巴安和日本舞蹈相似,受唐朝汉族舞蹈影响,保留至今"。"歌剧里的剧舞、北方跳秧歌的土风舞、新年舞狮的节气舞、超度作法的典礼舞"等少数民族舞蹈是中国舞蹈的宝库[2],可以作为中国舞蹈现代转型的起点。1946年3月6日戴爱莲在重庆青年馆举办首次"边疆音乐舞蹈大会",将她收集到的民族民间舞蹈搬上舞台。剧目涉及汉族、藏族、维吾尔族、彝族、瑶族、羌族等多个民族舞蹈形式,这激发了当时人们对充满活力的生命状态的向往,特别是对当时的青少年有很大的触动,在抗战的过程中依

---

[1] 中央社:《国立边疆学校表演边疆舞蹈》,《联合画报》1948年第214期。
[2] 戴爱莲:《发展中国舞蹈的第一步》,《新星》1946年第5B06期。

然掀起了年轻人学习边疆舞的热情。[1]

戴爱莲用边疆舞蹈的律动形式将中国人传统的生命张力与革命背景下的生存需求这两者之间进行了身体层面的关联，使得传统与现代在身体层面不再是简单的对立关系，起舞的身体成为具有强大统一力量的场域。这一场域由舞动着的生命体开创，使身体成为传统与现代、过去与未来重新融合之地，成为可以被重新塑形的节点，而这一过程借由舞蹈家们所创造的剧场仪式启动，使得观众在边疆舞蹈大会这一仪式中意识到中国人本有的生命活力与重塑自身的可能。身心律动层面的革命性转型是戴爱莲等舞蹈家们所能触碰到的中国社会现代转型的根源性力量之一。这一力量不仅在舞蹈领域中开创了重庆国立歌剧学校舞蹈系、中国乐舞学院，也为当时的国立社会教育学院、育才学校开办起了舞蹈美育课程，借边疆舞的传播推动青年一代在身体层面对本民族有本体认同。"身体是事件被铭写的表面，身体是自我被拆解的处所，是一个永远在风化瓦解的器具。"[2] 具有象征特征的舞蹈在更新传统、形塑身体的过程中，将身体固有的运动模式（习惯）打破，将长期根植于民众之中的行为习惯和集体记忆重塑，舞蹈家们开始借助创造新的仪式以转变民众身心律动层面的习惯。1946年3月中央大学边疆研究会主办的《边疆音乐舞蹈大会（特刊）》上写道："我国的舞乐艺术，从汉唐以后就日趋沉减，终致被视为流俗人之事。结果国人失去发泄生命余力的机会而不得遂其发展，性情得不到真善美的冶炼而颓唐，理想得不到艺术的熏陶不会高远，因之社会关系失其滋润至于干枯呆滞，国家也失去活力至呈衰老的景象。我们举办边疆音乐舞蹈会，希望能藉此促请国人注意艺术，以为国家民族创造活力。"[3]

在演出后采访戴爱莲发表的"文联社稿"《边疆舞和戴爱莲》一文中惊喜地写道：我们这个古老的民族，忽然有一天，靠了几个艺术工作者的

---

[1] 王克芬、隆荫培主编：《中国近现代当代舞蹈发展史（1840—1996）》，北京：人民音乐出版社，1999年，第78页。
[2] [法]米歇尔·福柯：《规训与惩罚：监狱的诞生》，刘北成、杨远婴译，北京：生活·读书·新知三联书店，1999年，第27页。
[3] 建恒：《写在边疆音乐舞蹈大会之前》，《边疆音乐舞蹈大会（特刊）》1946年第3期。

热心，在广大的废墟中，把祖先的一件遗宝发掘了出来，这是多么庆幸的事情！何况，这一件遗宝既不是死的残骨，又不是呆的鼎釜，却是有生命能跳动的宝物——舞蹈。就现代中国人的生活看来，在各种艺术部门之中，我们与舞蹈的距离可以说是最远。边疆音乐舞蹈和戴爱莲的艺术慰藉了饱受蹂躏的人民的精神创伤，提升了抗战胜利前后中国人的民族文化自信。在对边疆的文化艺术和音乐舞蹈的挖掘方面，舞蹈家走在了时代的前列，成为创造和发展"自己的艺术"之先锋。一方面，要创造新的艺术，就以吸收和发展民间艺术为基础，同时要发展民间艺术，得以加深对于本国及外国艺术的理解及技巧的训练，这两点都可以从戴爱莲的成功得出结论来。戴爱莲的舞蹈打破了以往的纪录，是因为她改变了以前的作风而发展民间舞蹈。另一方面，边疆人民的表演不如戴爱莲受欢迎，因为她以她高深的舞蹈技巧更加洗练了她的演出。现在一些从外国受了很高技巧训练的艺术家似乎走了另一条路，我为他们惋惜。戴爱莲的路线不仅是舞蹈的路，是整个艺术的路，也是音乐的路。[1]

值得注意的是，在"边疆音乐舞蹈大会"上演之际，戴爱莲这样写道：为建立中国舞蹈成为独立的剧场艺术的坚定的第一步，现在大家可以有机会来证明了。这次（指"边疆音乐舞蹈大会"），节目里面包含大部分少数民族的舞蹈……将来希望能够给予一些对于舞蹈工作有兴趣的人以可能的便利，对中国一切舞蹈作一次完整的学习，以这些材料，为舞台建立起新的中国现代舞。同时，还得展开土风舞运动，使之远而广，要每个人为娱乐自己而舞，从日常生活的烦恼里得到解放。为什么说这是中国舞蹈发展的第一步？戴爱莲认为：舞蹈的历史，开始先由原始舞发展为土风舞，以后进展到美化的舞蹈，如果我们要发展中国舞蹈，这一步需要收集国内各民族的舞蹈素材，然后广泛地综合起来加以发展。解读戴爱莲的生活与艺术，没有人不为那里蕴含的爱国心、思乡情、民族魂而动容动情。民族是指具有共同文化传统和信仰的族群。对于这一点，戴爱莲的思想十

---

[1] 刘青弋:《1946:"边疆音乐舞蹈大会"——七十年后值得钩沉的历史》,《北京舞蹈学院学报》2017年第1期。

分清晰。"我是中国人!"黄皮肤、黑眼睛的戴爱莲听从内心的召唤,回到中国,寻找属于她和她的舞蹈文化之"根"。并且从此,她的心和她的艺术就从未离开过她的"民族"之体。"寻找中国自己的舞蹈"是戴爱莲对祖国最大的报效,因为戴爱莲认为,中国有没有自己的舞蹈是关于民族自尊心的问题,而现在中国的舞蹈不见了。这个看法,她在1946年4月10日《中央日报》发表的《发展中国舞蹈第一步》一文中作了明确的表达:中国有舞蹈的历史,但要找出千年以前正确的细节却相当困难,我们只读到历史上有舞蹈这回事,而关于舞蹈更多的事实,只好从塑像,壁画,版画等遗迹中去想象了。[1]

舞蹈艺术将人类日常平凡的身体动态赋予了某种不平凡的意义,并且在某种超越现实的精神色彩中,给予人按照自己的意愿表达感情的自由。戴爱莲深刻认识到这点,她在回忆录中谈道:"舞蹈是人类创造的最早的艺术,后来发展成不同民族的舞蹈,有不同的跳法与不同的美。"[2] 舞蹈中的身体反映出不同民族的精神面貌和审美情趣。"一个民族有一个民族的美感,有一个民族的形象",因此,她反复强调:"搞文艺的人要爱自己的国家,要爱自己的人民,爱自己的文化。"[3] "民族文化就是我们艺术发展之根,没有'根'的东西,我认为是没有前途的东西。没有'根',文化发展就没有后劲。"[4] 在这一认识层面上发掘舞蹈艺术的本质与深意,戴爱莲带领其学生们创造的舞蹈中的身体就始终和民族的命运连结在一起,同呼吸,共患难,便能够唤醒那些原生态文化所赋予我们的集体记忆,赋予正在悄悄失去根性的生活以历史感,在饱含丰厚的文化底蕴的基础上,开创了中国民族舞蹈的崭新的天地。[5] 如当时"平市舞蹈团

---

[1] 刘青弋:《1946:"边疆音乐舞蹈大会"——七十年后值得钩沉的历史》,《北京舞蹈学院学报》2017年第1期。
[2] 魏爱莲:《留学英伦岛的日子》,见傅杰选编《梨园忆旧:中国著名表演艺术家自述》,杭州:浙江大学出版社,2008年,第189页。
[3] 魏爱莲:《关于舞蹈人类学和舞蹈民族学:对20世纪80、90年代后中国文化的看法》,见戴爱莲口述,罗斌、吴静姝记录整理《戴爱莲:我的艺术与生活》,北京:人民音乐出版社、华乐出版社,2003年,第303页。
[4] 同上书,第304页。
[5] 刘青弋:《1946:"边疆音乐舞蹈大会"——七十年后值得钩沉的历史》,《北京舞蹈学院学报》2017年第1期。

体联合会在本年二月中由北大民间歌舞社、北大'沙滩'、'大地'、'北风'等歌咏团舞蹈组、清华歌舞社、燕大高唱队舞蹈组、师院黄河合唱团舞蹈组等八个团体联合组成。今天的中国民间舞蹈还是个新生的艺术。因爵士舞正腐化中国,而民间歌舞却表现了中国人民大众的真实情感。舞联主要的学习来自中国的民间歌舞,继续提高再还给民间去,是为了人民解放而努力的,愿和全国各地的舞蹈工作者一起向颓废进军。"[1] 在普通民众特别是在一些高校的舞蹈团体中,用民族舞蹈重塑国人身体本体认同的仪式性实践活动自觉展开。在这场身体运动模式再造的进程中,也形塑了适合表现属于中国人生命活力的现代舞蹈之躯。

1946年8月,作为中国近现代史上第一位将中国民族民间舞蹈带到美洲的中国舞蹈家,戴爱莲在美国纽约拉梅里舞蹈中心讲授中国民族民间舞蹈,在布鲁克林音乐学院举行演出,实现了她的理想,向世界宣传了中国民族的舞蹈,也不负中国观众的期望:把"中国"这两个字说得响亮。[2] 中国民族民间舞蹈的现代重塑在戴爱莲的努力之下走出了具有自身特色的塑形之路,即在民族危难之中激发出的找寻本体身体认同的中国民族民间舞蹈现代性生成之路。其之所以在当时能产生国内外、舞蹈界内外的共鸣,亦在于舞蹈家将自身融入于民族、国家更为广阔的舞台之上来看待需要发展的现代中国舞蹈形态,其不仅代表的是中国现代舞蹈形象,而且代表的是具有独立的民族意识、呼唤国家世界和平的生命起舞的中国形象。

二、革命舞蹈的出现

在舞蹈视域下观察近现代中国,可发现近现代中国是一个极具革命抗争张力的场域,是一个具有动态性、舞蹈性特征的场域。革命、抗战等多维张力交织的场域,是中国舞蹈现代性生成的重要而独特的舞台。正是近现代中国极具变革力量的时空背景,酝酿生成了中国舞蹈独特的现代品格并影响至今。将近代中国视为一个有机的、舞动的场域来考察,将舞蹈家

---

[1]《北平舞联》,《新音乐》1948年第1卷第1期。
[2] 刘青弋:《1946:"边疆音乐舞蹈大会"——七十年后值得钩沉的历史》,《北京舞蹈学院学报》2017年第1期。

们在特殊的历史舞台上创造出的中国现代舞蹈的个性特征——革命性以现代性的维度进行考量,有助于权衡当时的舞蹈实践活动是否对其国民之魂自由起舞有激励作用,有助于评判舞蹈家们的创作是否具有民族国家发展所需的现代主体意识、是否对传统中国乐舞精神有继承与发展,以及是否对本民族本体存在获得身心层面的集体认同有引导作用。"现代性作为一场社会的总体转变,它最深刻之处在于现代人的精神价值结构趋于形成。吉登斯对现代性的阐释就偏重于人的主观认识体系。他认为现代性建立了一套反思体系,对现代社会生活的反思构成了现代性最根本的特征。现代性建立的反思体系使得在现代性中展开的文学艺术实践获得迅猛发展。现代性创建出一套引领社会变革发展的理念,同时也在反思这些理念。"[1]中国舞蹈现代性的重要特点之一,为其以革命性的姿态扮演了这场社会总体转变过程中的一种主观性的推动力量。1929年12月,在古田会议中由毛泽东起草的大会决议案是用无产阶级思想进行党的建设和军队建设的重要文献,也是建设革命文化的重要文献。决议的第四部分指明了中国红军宣传工作的重要意义,明确提出:"根据士兵和发动群众的需要,根据争取敌占区群众的需要,应重视文艺宣传,应把各级政治部的艺术股充实起来,开展演戏、打花鼓、出壁报、收集和编写革命歌谣活动。"[2]当时的群众在舞蹈家们掀起的新秧歌运动、边疆舞蹈大会、新艺术舞蹈等革命舞蹈的影响下,反思自身的生存模式,并试图打破已有的模式惯性。中国舞蹈现代性的生成是世界舞蹈艺术现象中独特的舞蹈现象。从中国历史上传承下来的舞蹈形式在现代中国革命时期得以延续,尤其是在政党意识形态作用下的舞蹈,更为集中地呈现出与西方现代舞生发阶段相异的身体语言。中国舞蹈现代性的生成一方面由舞蹈家们对本土传统舞蹈进行挖掘,另一方面积极吸收西方传统芭蕾舞及现代舞的长处。其核心是以自身为母体孕育出了形式上融合中国传统及国外舞蹈优长,内容上以中国革命

---

[1] 陈晓明:《现代性的幻象:当代理论与文学的隐蔽转向》,福州:福建教育出版社,2008年,第77页。
[2] 王克芬、隆荫培主编:《中国近现代当代舞蹈发展史(1840—1996)》,北京:人民音乐出版社,1999年,第86页。

为主要题材，为中国活力之人乃至活力之国度的崛起身体力行反抗外敌入侵的革命性现代舞蹈。这种中国特有的现代舞形式以鼓舞普通群众使其对革命充满信心和鼓舞部队战斗的士气为目标，以通俗质朴的革命舞蹈形式向普通群众宣传红军，并在红军爬雪山过草地的艰难征程上创造出了革命乐观主义精神的舞蹈表现形式。

中国舞蹈的现代性是借由舞蹈家在特定历史舞台上的切身体验生成和体现的。一批民国时期的舞蹈家的实践活动推动着中国舞蹈现代性的生发，并与西方舞蹈的现代性进程进行互动与连接。探讨中国舞蹈现代性的发生，根本上是厘清中国舞蹈形态现代转变的因素。1927年大革命战争失败后，中国共产党人创建了井冈山革命根据地、广东海陆丰苏区、赣东北革命根据地，以及湘赣、闽西、闽浙赣、湘鄂赣、鄂豫皖等革命根据地。这些革命根据地成为舞蹈家实践的土壤，是新型现代舞生成的重要时空舞台。这些新型现代舞在当时被界定为"苏区歌舞或红色歌舞"[1]。在特定的历史条件下，为展现普通百姓顽强的生命力、体现中国共产党乐观必胜的坚定信念，舞蹈家们将自身的舞蹈模式凝练成一副革命的身躯，使之成为中国现代舞生成阶段一个重要的审美特征——革命性。

"现代性不是一个概念，而是一种叙事类型。是对过去已有说法或叙事进行改写。"[2] 如果说现代性是一种转义，属于一种修辞效果，那么其与"第一次"这个转义密切相关。这种"第一次"不仅属于个人经验的第一次，还属于集体的第一次，即"现代"。[3] 中国舞蹈现代性本身就是中国现代性的集体身体经验重新叙写的第一次，是中国现代性的符号之一，它舞蹈化地展示了中国革命的自身主张。从中国舞蹈历史现象出发，以现代性的视角重新审视苏区土地革命战争时期产生的舞蹈现象，可以看出当时的舞蹈家们对重新形塑国人革命性身心体验的努力。创作红色歌舞时，主要采用的方式是改编大众熟悉的民歌重新填词、重新创作舞蹈

---

[1] 王克芬、隆荫培主编：《中国近现代当代舞蹈发展史（1840—1996）》，北京：人民音乐出版社，1999年，第81页。
[2] [美]弗雷德里克·詹姆逊：《现代性、后现代性和全球化》，王逢振等译，北京：中国人民大学出版社，2018年，第31页。
[3] 同上书，第27页。

形象，以通俗质朴、喜闻乐见的形式鼓舞战士、发动群众。如鄂豫皖苏区1930年为召开工农兵代表大会创作的革命歌舞《八月桂花遍地开》，其根据群众熟悉的当地民歌《八段锦》改编，重新创作歌词，将革命内容融入歌舞形式之中，舞蹈主要按歌词编排[1]，生动地展现了"八月桂花遍地开，鲜红的旗帜竖呀嘛竖起来，张灯又结彩呀啊，光华灿烂现出新世界。亲爱的工友们呀啊，亲爱的农友们呀啊，唱一曲国际歌，庆祝苏维埃"。这一形式为"洞见崭新的语词、形象、音色的人。这些崭新的语词、形象、音色能够以唯有艺术才能领悟的方式去'领悟'现实——进而否定现实"[2]。熟悉的曲调配以朗朗上口的歌词，使得"台上表演完，台下也学会了，台上台下一起表演"[3]，作品具有较强的共情力量。舞蹈家们借革命歌舞再造舞蹈新的叙事模式，同时再造革命性身体，使得舞蹈艺术在中国现代性发生的过程中不仅是展现在舞台之上的，亦是悄无声息地沁润入人们的身心之中的。

为了面对真实身体的脆弱与渺小，舞蹈家们创造了表现战争需要、鼓舞士气的身体。他们身体中流动出的力量弥补着受战争摧残之苦的切身之痛。舞蹈的身体成为精神上起舞的生命状态的化身，艺术再现中理想的生命状态成为现实的慰藉与希望。当时红色歌舞演出之后，经常出现"父送子、妻送郎"[4]的场面，这为扩大红军队伍起到鼓动人心的作用。本雅明指出，一旦身体发生变化，一切都会随之转型。身体既是抵抗现代化全球趋势的最后据点，又是首先受到它们影响的前哨。[5] 舞蹈艺术的身体有别于它所企图模仿的血肉之躯。在舞蹈再现中，身体不再是身体，而是一个符号。中国舞蹈家们将身体形塑成革命的符号，它不仅是自身的再

---

[1] 王克芬、隆荫培主编：《中国近现代当代舞蹈发展史（1840—1996）》，北京：人民音乐出版社，1999年，第84页。
[2] [美]赫伯特·马尔库塞：《现代文明与人的困境：马尔库塞文集》，李小兵等译，上海：生活·读书·新知三联书店上海分店，1989年，第377页。
[3] 王克芬、隆荫培主编：《中国近现代当代舞蹈发展史（1840—1996）》，北京：人民音乐出版社，1999年，第84页。
[4] 同上书，第85页。
[5] [美]尼古拉斯·米尔佐夫：《身体图景：艺术、现代性与理想形体》，萧易译，重庆：重庆大学出版社，2018年，第1页。

现，更被附上一系列隐喻含义，舞蹈家们运用情景、背景和风格来做出这些隐喻，将一个复杂的革命体系通俗化、符号化，展现一种可以抗击摧毁性力量的英雄式的身体图景。舞蹈家们借由身体运动所开创的图景，会对观者的物质身体产生非常实在的直接影响，尤其是在决定何种形态属于当下环境中"正常"状态方面，以具身化的形式鼓舞了大量青年参加红军投身革命。"革命叙事建构起了中国自己的现代范式。革命的、红色的、暴力的、激进的浪漫主义情怀，使得革命本身自带理想的终极目标，即从起始到终结的自我回归。"[1] 但这种现代性因现实历史条件所制约，更具有一种激进性的现实主义情怀，中国自身的历史条件使舞蹈家们将观念上的现代舞与现实生存体验相结合，创造了属于自身的舞动的历史。

"言"被置于中国文化的主要表达方式，舞蹈处于边缘地带，被认为是剩余的、无意识的、原始的形式。直到接触到西方现代舞，中国激起了对中国舞蹈传统的反思。福柯曾在审美意义上描述现代性："现代性经常被刻画为一种时间的不连续的意识：一种与传统的断裂，一种全新的感觉，一种面对正在飞逝的时刻的眩晕感觉。当波德莱尔把现代性定义为'短暂的、飞逝的和偶然的'时，他就是如此。但是，对他来说，成为现代人并不在于认识和接受这个永久的时刻；相反，它在于选择一个与这个时刻相关的态度；这个精心结构的、艰难的态度存在于重新夺回某种永恒的东西的努力之中，这种永恒之物既不在现在的瞬间之外，也不在它之后，而是在它之中。现代性区别于时尚，它无非质疑时间的过程；现代性是一种态度，这种态度使得掌握现在的时刻的'英雄的'方面成为可能。现代性不是一个对于飞逝的现在的敏感性的现象；它是把现在'英雄化'的意志。"[2] 福柯所认为的审美现代性与社会历史语境下的现代性不同，甚至是相悖的。在时间感上，社会历史的现代性给人一种持续向前发展的、不间断的时间感，而审美现代性给人的是一种断裂的、转瞬即逝

---

[1] 陈晓明：《无法终结的现代性：中国文学的当代境遇》，北京：北京大学出版社，2018年，第89页。
[2] [法]福柯：《什么是启蒙?》，汪晖译，北京：生活·读书·新知三联书店，1998年，第430—431页。

的、碎片化的时间感。审美体验中的现代性对抗着现实，与人类生存的现状形成一种反差与张力，造就一种"英雄意志"，即这个现代性试图"创造他自己"。在审美化重建自我的过程中，中国舞蹈因其独特的现实境遇，产生了与西方现代舞不同的"英雄意志"，即以重构国家为己任的激进革命者形象。这一审美形象与现实中饱受侵略的国人形象形成鲜明的对照，并以二者间的张力试图引领国人在审美形象中获得力量与希望，为现代民族国家的建构注入一己之力，为激进的变革提供生动的形象支持。[1]革命文化的构建是中国近代史上重要的思想阵地，"为了确立国家的边界和民族身份的情感，大量区域性舞蹈被收集选取，强化风格，作为国家身份的象征。也正是在这样的背景下，民间歌舞被提纯，搬上舞台"[2]。

当身体被卷入激进的革命性力量交织的场域之中，舞蹈家们是否敢于投身其中重塑身体？进而以何种身体运动模式登上舞蹈史的舞台？何种身体运动模式随之被隐藏？在被强化的革命舞蹈步入中国现代舞蹈的范畴中时，其通过何种方法创造了适于表现中国现代性的舞蹈语言？当革命性身体语言占据中国现代舞蹈生发阶段的舞台之时，其对其他舞蹈种类表现形式的影响及对后世中国现代舞蹈发展的优势与弊端在哪里？在现代性的维度下回答以上论题，有助于厘清中国舞蹈现代性生成与西方现代舞发展的不同模式。西方现代舞是反抗古典芭蕾舞所造成的程式化的身体表现形式，而中国现代舞是要重构一种标准化的革命性的身体。一个是从统一走向分散，一个则需要从分散走向统一。舞蹈对现实身体状态的构建让中国现代舞在启动阶段极具现实性。伴随着中国革命的脚步，革命式的中国现代舞与西方现代舞在解放人体、释放天性的审美追求上产生了相反的启动模式。革命的身体是对自然人体动态的否定，是建立在重构并强化民族自我认同基础上的反自然的身体运动模式。中国原发的舞蹈现代性与西方现代舞混合，这成了中国舞蹈独特的现代性特征。"中国现代性有历史本身的存在境遇。在中国现代化自我重构的进程中有一种不可屈服的倔强，有

---

[1] 陈晓明：《无法终结的现代性：中国文学的当代境遇》，北京：北京大学出版社，2018年，第11页。
[2] 刘晓真：《舞蹈人类学、方法论和中国经验（上）》，《民族艺术研究》2016年第6期。

一种悲壮的昂然挺立的模样。就这一意义上来说,也是切中了当代中国思想文化寻求自身道路的精神状态。"[1]

时代赋予了中国现代舞一种特有的革命气质。当时敢于投身革命重塑身体以体现革命需要的舞蹈家们被誉为"赤色跳舞明星"[2],其创作表演的剧目以农民舞蹈、工人舞蹈、红军舞蹈、苏联舞蹈为主。从舞蹈内容来看,舞蹈家们以一种全新的姿态对客观环境进行感应、反映、抒发,将时代客观存在的革命浪潮融入其主观形象创作之中,使革命思想寄托于参与革命的主体工农兵形象塑造之中,使革命的现实主义与浪漫主义集于一身。表现题材亦从中国传统舞蹈艺术表现的生活现象,扩大至对社会、对国家发展更为关切并直接参与变革的广阔语境之中。中国现代舞在发端阶段强调以叙事舞蹈展现革命人物努力生产、支援红军的现实情节,以较为直接的故事情节为主线设计舞蹈内容,易于群众接受和理解。舞蹈作品以叙事为主,实则淡化了舞蹈艺术本体语言,舞蹈隶属于故事情节,为革命宣传活动服务。从舞蹈形式来看,舞蹈家们创造了一种"歌舞活报"[3]的表演形态,将舞、歌、诗、剧融为一体,只要是能反映现实、通俗易懂,能及时起到宣传、教育和鼓舞群众作用的艺术手段就被融汇于一体进行艺术创作。

舍勒认为生活世界的现代性问题不能仅从社会的经济结构来把握,还必须通过人的体验结构来把握。现代现象是一场"总体转变",包括人的精神气质(体验结构)的结构转变。现代性是传统"价值秩序"的颠覆,现代的精神气质体现了一种现代型的价值秩序的成形。舍勒提出的主要类型是舍勒的哲学人类学,其关注的现代性不仅是社会文化制度的转变、知识形态的转变,而是人本身的转变,是人的身体和精神的内在构造本身的转变;也不仅是人的实际生存的转变,更是人的生存标尺的转变。[4] 舍勒将人类具体的精神气质分为古希腊型、古印度型、基督教型

---

[1] 陈晓明:《无法终结的现代性:中国文学的当代境遇》,北京:北京大学出版社,2018年,第5页。
[2] 王克芬、隆荫培主编:《中国近现代当代舞蹈发展史(1840—1996)》,北京:人民音乐出版社,1999年,第92页。
[3] 同上书,第94页。
[4] 刘小枫:《现代性社会理论绪论》,上海:华东师范大学出版社,2018年,第58页。

和现代型,那么之于中国人的现代转型,现代型的精神气质以何种姿态呈现是中国现代舞蹈家们的主要诉求之一。

在1936年8月埃德加·斯诺观看人民剧社表演的舞蹈描述中,可以看出中国现代舞蹈家们对现代中国人的期许:"第二个节目是《丰收舞》,由剧社的十几个女孩子优美地演出。她们光着脚,穿着农民衣裤和花背心,头上系着绸头巾,跳起舞来动作整齐优美。我后来知道,其中有两个姑娘是从江西一路走过来的,她们原来在瑞金红军戏剧学校学习舞蹈,她们是真正有才华的。《统一战线舞》,表演中国动员抗日,忽然之间有一群青年穿着白色的水手服,带着水手帽,穿着短裤——先是以骑兵队形,后来以空军队形、步兵队形,最后以海军队形出现。她们的姿态十分逼真地传达了舞蹈的精神。接着一个叫《红色机器舞》,小舞蹈家们用音响和姿势,用胳膊、大腿、头部的相互作用,天才地模拟了气缸的发动、齿轮和轱辘的转动、发动机的轰鸣——未来的机器时代的中国的远景。"[1] 这些舞蹈塑造呈现出的中国农民、军人、工人的舞台形象,成为舞蹈家们对未来不同行业中国人形象的期许。在普通百姓对红军的革命目标感到迷茫、"想要亲眼看看红军是什么样"[2] 时,演出活动给出了生动形象的答案。红色舞蹈家们在中国舞蹈现代发展史上扮演了先锋的角色,在审美领域中创造出了明确的革命形象,并积极参与到革命实践活动之中。"现代首先是在审美批判领域中力求明确自己。现代一词具有审美本质的含义,集中体现在先锋派艺术的自我理解之中。"[3]

中国舞蹈现代性的生发是与舞蹈家们将审美视角凝聚于振奋人心的革命舞蹈相关联的,舞蹈家们以身体力行的方式参与到极端艰难的革命环境之中,使得革命舞蹈在中国舞蹈史迈入现代的进程中呈现出一种先锋姿态,尤以活跃在长征路上的舞蹈家们所表达、传递的身心力量为中国现代舞蹈之特色。"艺术保留着美和真的表现,并与现实的表现对立。"[4] 在

---

[1] [美] 埃德加·斯诺:《红星照耀中国》,董乐山译,北京:作家出版社,2008年,第166页。
[2] 王克芬、隆荫培主编:《中国近现代当代舞蹈发展史(1840—1996)》,北京:人民音乐出版社,1999年,第106页。
[3] 阎孟伟、李福岩主编:《现代性问题研究》,南宁:广西人民出版社,2018年,第31—32页。
[4] 同上书,第16页。

"举世闻名同时又是艰苦卓绝的二万五千里长征途中,振奋人心的革命歌舞一直伴随着红军前行"[1]。审美维度所开创的理想化身体与现实生命体所承受的饥寒、困苦形成了表现的对立。即使面对激烈的战斗、经历大自然的考验,他们依旧将切身所感提炼成行动。"过雪山时,舞蹈队员们会提前爬到山腰和山顶,插上一面小红旗,部队远远地看见白皑皑的雪山上飘扬着鲜艳的红旗,战士们高兴地喊着:快爬呀,看宣传队员表演去!"[2] 从认识论的角度来说,艺术是对既定社会现实的反映,什么样的社会现实决定了与之相应的艺术。艺术作为人类的普遍精神现象之一,取决于具有物质属性的社会现实。[3]

革命舞蹈的出现一方面取决于现实革命斗争的需要,另一方面也是对现存困苦在身体层面的有意否定。"红军战士虽然在历经与大自然的搏斗之后已精疲力尽,但一看到宣传队员们又来到身边,顿时感到莫大的安慰,兴致也就随之而生。宣传队员们成为了战士们战士敌人、战胜自然的精神支柱之一。"[4] 这种审美维度的身心感染力是宣传队员们以其生命舞动的活力注入红军战士的生命体之中的一种直接激活,舞蹈艺术不仅是一种表演,还是舞蹈家们的身体中所呈现出的不同寻常的生命活力。"艺术遂在(现存)社会中成为一股力量,而不是从属于这个社会。产生并受命于现存的现实,背负着美丽和崇高、超脱与愉快的艺术,最终还是与这个现实分道扬镳,将自身投向另一种现实:艺术所表现的美和崇高、快乐和真实,并非仅仅是那些获之于现实社会的东西。……艺术即'异在'。"[5] 宣传队员们起舞的生命状态在与红军"共在"的长征队伍中成为一种"异在"。这种"异在"的力量"激励着官兵们在极端险恶的环境中,挺起胸

---

[1] 王克芬、隆荫培主编:《中国近现代当代舞蹈发展史(1840—1996)》,北京:人民音乐出版社,1999年,第97页。
[2] 同上书,第99页。
[3] 阎孟伟、李福岩主编:《现代性问题研究》,南宁:广西人民出版社,2018年,第16页。
[4] 王克芬、隆荫培主编:《中国近现代当代舞蹈发展史(1840—1996)》,北京:人民音乐出版社,1999年,第100页。
[5] [美]赫伯特·马尔库塞:《现代文明与人的困境:马尔库塞文集》,李小兵等译,上海:生活·读书·新知三联书店上海分店,1989年,第370页。

膛、咬紧牙关,坚持着走向希望、走向新生"[1]。

结　语

西美尔认为现代性不是生命的新形式反抗生命的旧形式,而是生命反抗形式原则本身。[2] 人类传统身体律动模式在舞蹈艺术上集中呈现的结果是各国传统民族民间舞蹈程式化表现形式的形成,而生命反抗形式的突破在现代舞领域中尤为明显,即用身体直接打破固有的民族民间舞蹈形式,对人类身体运动规律进行全新的理论化研究与实践探索,以跳出程式化的身体律动模式。舞蹈艺术的现代性特征表明人类身体律动模式的多元化倾向,并从舞蹈界整体上开始一种趋同的认识——打破固有的舞蹈形式向全新的现代舞方向前行。"艺术家应投身于此过程中——不是作为一个政治活动家而是作为艺术家,因为艺术的传统不能简单地被忘却和忽视。那些在真诚形式中业已获得、展现和揭示的东西,也许包含着超越直接现实性和解决问题的真理性,包含着超越任何现实性和解决问题的真理性。"[3] 但在人类新的生存模式下,如何转化传统使之反映甚至引领新的生存模式,是现代舞蹈家们的期许与追求。因而,舞蹈的现代性并不只是客观世界的、绝对精神的、自在自为的活动,它是人类在物质生产劳动的实践体验和精神文化艺术中合力创造的结果,它反映着现代舞蹈理念引领舞蹈变革的主体能动性。这种主体能动性所带来的巨大推动力无限制地在空间和时间的结构中延伸,影响着全球舞蹈艺术的整体现代化。中国舞蹈现代性的生成及其品格为中国舞蹈的身体及精神内核的重塑带来了全新的舞台生命体验,也为世界舞蹈现代发展提供了革命

---

[1] 王克芬、隆荫培主编:《中国近现代当代舞蹈发展史(1840—1996)》,北京:人民音乐出版社,1999年,第100页。
[2] 刘小枫:《现代性社会理论绪论》,上海:华东师范大学出版社,2018年,第69页。
[3] [美]赫伯特·马尔库塞:《现代文明与人的困境:马尔库塞文集》,李小兵等译,上海:生活·读书·新知三联书店上海分店,1989年,第376页。

性的实践变革动力。近代中国舞蹈实践活动中杂糅的传统戏曲舞蹈、民间舞蹈（包括汉族和少数民族舞蹈）、外国舞蹈（苏联革命舞蹈、俄国芭蕾、西方现代舞）等多种舞蹈形式，都成为中国现代舞蹈家们切身感受到的传统与现代、东方与西方前所未有的冲击。多种力量的扭结形成了强劲的变革身体运动模式的动势，使得中国舞蹈家们从积极革新传统舞蹈到勇于革命再造适于表现中国近现代舞台需要的现代身体。这既是舞蹈家们穿梭于政治、文化、教育、艺术等不同场域中的现代舞蹈艺术实践，也是中国舞蹈现代启蒙的重要阶段，更是近代中国舞蹈家们对中国人新形象在舞台场域中的现代构建。

近代中国舞蹈实践的突出特征是中国舞蹈现代性的生成。现代性的实现确实使舞蹈艺术的生产、实践活动提升并达到了前所未有的规模，但舞蹈现代性最根本的特质还在于它反映了人对其自身运动的认识和评价达到了前所未有的高度。舞蹈现代性作为一场世界舞蹈范围内的总体转变，其最深刻之处在于现代舞蹈家们的精神价值结构趋于形成，即打破传统的身体律动模式。吉登斯对现代性的阐释就偏重于人的主观认识体系。[1] 他认为现代性建立了一套反思体系，对现代社会生活的反思构成了现代性最根本的特征。舞蹈现代性所建立的反思体系使得在现代舞中展开的艺术实践活动获得迅猛发展。从现代性理论的视角来厘清舞蹈家们如何通过自觉革新传统舞蹈、辨别吸收国外舞蹈、理性建构舞蹈教育、主动创造革命舞蹈等来形塑中国舞蹈的现代品格。从现代性理论的视角重新提炼促使中国舞蹈实践活动现代转型的重要力量，探讨中国舞蹈现代性的生成。这一方面有助于发觉中国舞蹈本有的现代张力、对世界舞蹈艺术现代发展的贡献、对人类现代生存的身心律动模式的积极影响；另一方面重释中国舞蹈现代性生成时期舞蹈家们自觉的舞蹈实践活动，有助于看清中国舞蹈特有的现代性生成之路，亦为呼唤一种能引起国人共鸣的中国舞蹈现代形象、为今日促进国人本体认同、激发国人活力与生机的中国舞蹈当代发展所应

---

[1] 陈晓明：《现代性的幻象：当代理论与文学的隐蔽转向》，福州：福建教育出版社，2008年，第77页。

具有的现代意识找寻源头之力。在衡量中国舞蹈现代性生成的过程中重新理解近代中国舞蹈家们的实践活动，有助于进一步理解中国现代舞区别于西方现代舞的独特品格所在，希冀现代中国舞蹈审美之维的力量依然能为人类在全球现代性的顺逆境之中输送生命起舞的动力。重释中国舞蹈现代性生成及品格亦是为了呼唤一种能引起国人共鸣的中国舞蹈现代形象而努力，希冀以审美之维的力量引领国人在现代性的顺逆之境中自由起舞。

第六章　中国戏剧现代性

中国戏剧的历史虽然远不如文学、音乐、舞蹈、美术等悠久，但其在中国文艺现代性进程中扮演了不可或缺的重要角色，甚至是先锋角色，因而需要重点关注。

第一节　现代性的"纠结"
——《新青年》戏剧话语与百年戏剧史之消长

在中国戏剧史领域，"戏剧"一词有广义与狭义之分。广义的戏剧为舞台表演艺术的总称，而狭义的戏剧一般只适用于话剧，指受欧洲戏剧影响而出现的一种戏剧形式。"话剧"这一译名至20世纪20年代才出现，并被频繁使用，此前多用"新剧"来指代。尽管这几个概念实际上并不能完全对应，而且，在戏剧史的建构里，在不同的语境下，使用也并不严谨。"戏曲"一词虽古已有之，但在20世纪初期，由于王国维在《宋元戏曲史》等奠基性的著作里使用，从而被赋予了戏剧文本的含义，其后逐渐被使用于"中国传统戏剧"这一形态上。本章所谈及的戏剧与戏曲的"纠结"，即指话剧与戏曲之间的关系，这是中国20世纪戏剧发展的一条主要脉络。

在 20 世纪中国戏剧的历程上，从戏剧形态与话语竞争的角度看，最大的矛盾和动力来自话剧与戏曲之间的相互缠绕与争辩，这里将之定义为"现代性的纠结"。其核心在于对中国戏剧的现代性的不同认知上，而其深层逻辑则是来源于现代中国的总体方案的差异。中国戏剧史上的一些热点议题，譬如戏剧改良运动、左翼戏剧、鲁迅对梅兰芳的批评、戏曲改革乃至现今的跨文化戏剧等，都在不同程度上关涉这一问题。虽然登场的人物、使用的话语以及社会语境都有所变化，但无疑都是从话剧与戏曲之间的"纠结"的旋涡里被抛出，而成为各种力量争夺的场所。围绕着这些话题的争论及其走向，20 世纪中国戏剧史的基本面貌得以塑造。

一、《新青年》戏剧话语的构造及影响

《新青年》作为新文化运动的一份标志性刊物，已被视为"现代中国"社会与文化的原点。对于戏剧领域而言，1918 年《新青年》组织的两次专刊——"易卜生专号"（第 4 卷第 6 号）与"戏剧改良专号"（第 5 卷第 4 号）通过对话、争论与批评的方式构造出一种新型的戏剧话语。此后随着《新青年》及新文化运动影响的扩散与深入，此种话语成为中国戏剧发展中的主流话语的源头，同时也成为话剧与戏曲之间相互缠绕的起点。

1918 年 6 月，《新青年》第 4 卷 6 号推出了"易卜生专号"，刊有胡适《易卜生主义》、袁振英《易卜生传》，并翻译了易卜生的《娜拉》《国民之敌》《小爱友夫》三部剧作。同年 10 月，《新青年》第 5 卷 4 号又推出"戏剧改良专号"，刊有胡适《文学进化观念与戏剧改良》、傅斯年《戏剧改良各面观》《再论戏剧改良》、宋春舫《近世名戏百种目》、欧阳予倩《予之戏剧改良观》、张厚载《我的中国旧戏观》"脸谱"与"打把子"》等。与此同时，《新青年》同人在《新青年》《晨报副刊》等刊物上发表了与此相呼应的文章，如钱玄同《寄陈独秀》《随感录十八》、刘半农《我之文学改良观》、周作人《论中国旧戏之应废》等，这些文章及其言论构成了一个讨论戏剧的舆论场。

在这些文章里，有一些说法影响深远，譬如胡适的"遗形物"、刘半

农对打把子的描述、傅斯年的"门外谈戏"等。其中以胡适的"遗形物"说最为典型：

> 文学进化的第三层意义是：一种文学的进化，每经过一个时代，往往带着前一个时代留下的许多无用的纪念品；这种纪念品在早先的幼稚时代本来是很有用的，后来渐渐的可以用不着他们了，但是因为人类守旧的惰性，故仍旧保存这些过去时代的纪念品。在社会学上，这种纪念品叫做"遗形物"（Survivals or Rudiments）。如男子的乳房，形式虽存，作用已失；本可废去，总没废去；故叫做"遗形物"。即以戏剧而论，古代戏剧的中坚部分全是乐歌，打诨科白不过是一小部分；后来元人杂剧中，科白竟占极重要的部分；如老生儿、陈州粜米、杀狗劝夫等杂剧竟有长至几千字的说白，这些戏本可以废去曲词全用科白了，但曲词终不曾废去。元明之际，已有"终曲无一曲"的杂折，如屠长卿的昙花白（说见臧晋叔元曲选序），可见此时可以完全废曲用白了；但后来不但不如此，并且白越减少，曲词越增多，明朝以后，除了李渔之外，竟连会做好白的人都没有了。所以在中国戏剧进化史上，乐曲一部分本可以渐渐废去，但他依旧存留，遂成一种"遗形物"。此外如脸谱，嗓子，台步，武把子，……等等，都是这一类的"遗形物"，早就可以不用了，但相沿下来至今不改。西洋的戏剧在古代也曾经过许多幼稚的阶级，如"和歌"（Chorus）面具，"过门"，"背躬"（aside），武场，……等等。但这种"遗形物"，在西洋久已成了历史上的古迹，渐渐的都淘汰完了。这些东西淘汰干净，方才有纯粹戏剧出世。中国人的守旧性最大，保存的"遗形物"最多。[1]

胡适由进化论引出"遗形物"，其所言的戏剧领域的"遗形物"，一则包含了傅斯年、刘半农、钱玄同等《新青年》同人所批评的"打把子"（武打）、"打脸"（脸谱）等目标，并且将其归入"文明/野蛮"之二元对

---

[1] 胡适：《文学进化观念与戏剧改良》，《新青年》1918年第5卷第4号。

立关系；二则将"中国古代戏剧"以"男子的乳房"譬喻，实际上是将之进行贬抑，起到负面象征的效果。《新青年》同人的批评矛头虽然各有指向，但基本没有脱离胡适的这篇文章。周作人《论中国旧戏之应废》[1]一文则断言"中国戏是野蛮"，其意正是将戏曲与进化论相关联，进而在现代中国之方案中将其置于被淘汰之地位，因此周作人提出以"欧洲式的新戏"取代戏曲。由于《新青年》同人以进化论之说来区分戏剧与戏曲，进化论为彼时社会的主流话语，在戏剧领域构造了一种以"进步/落后""文明/野蛮"的模式来看待戏剧与戏曲的关系的视角，进而形成一种"新剧/旧戏"的话语模式。

《新青年》两期戏剧专号的制作，尤其是"戏剧改良专号"的组织，具有很强的针对性。1929年，刘半农在《〈梅兰芳歌曲谱〉序》里提及："我可以不打自招：十年前，我是个在《新青年》上做文章反对旧剧的人。那时之所以反对，正因为旧剧在中国舞台上所占的地位太优越了，太独揽了，不给它一些打击，新派的白话剧，断没有机会可以钻出头来。"[2]如果对照陈独秀、钱玄同在1918年发表的言论，如钱玄同在《随感录》的开头即感叹："两三个月以来，北京的戏剧忽然大流行昆曲；听说这位昆曲大家叫做韩世昌，自从他来了，于是有一班人都说，'好了，中国的戏剧进步了，文艺复兴的时期到了。'我说，这真是梦话。中国的旧戏，请问在文学上的价值，能值几个铜子？"[3] 1918年，由于京郊的昆弋班社进入北京演出，京剧名伶梅兰芳、杨小楼与梆子名伶贾碧云、鲜灵芝等提倡演出昆曲，在北京兴起了一股昆曲热，昆曲被认为是"文艺复兴"。《新青年》同人之所以组织"戏剧改良专号"，以张厚载为靶子集中批评戏曲，可视为是对于"文艺复兴"的话语权的竞争。林庚在1937年的国立北平师范大学讲义里，为这一场"对于旧剧的攻击"作结论："大约当时问题的焦点无非是主张话剧与反对旧剧两件事，其实二者根本不是一件东西；故既未针锋相对，终于发生影响甚少，反对者尽可言之成

---

[1] 周作人：《论中国旧戏之应废》，《新青年》1918年第5卷第5号。
[2] 刘半农：《〈梅兰芳歌曲谱〉序》，《梅兰芳歌曲谱》，缀玉轩印，1929年11月。
[3] 钱玄同：《随感录》，《新青年》1918年第5卷第1号。

理,而旧剧依然盛行如故。"[1] 作为一种"元气淋漓"的出自历史现场的文学史描述[2],林庚认为《新青年》戏剧的论争,对于话剧与戏曲产生的影响很小。这一感受与后来者的表述不同。譬如,由翁思再编选的《京剧丛谈百年》一书(分为"'五四'论争""学人漫谈""艺人自述""重要议题""菊坛札记""附录:海外对京剧的反应"等部分)中,将"'五四'论争"置于正文之首,显然具有被当成京剧"百年"的起点的含义。

之所以产生这种差异,实则是因为观念影响的后发性所致。虽然在戏剧领域,《新青年》所构造的话语并非具有权威性("门外谈戏"),也对实际演剧影响较小(同时尚有多种戏剧刊物如《春柳》等拥有较大影响),但是由《新青年》杂志所催生的新文化运动,成为此后中国社会的主流观念的源头。《新青年》同人大多成为拥有话语权的人物,因此《新青年》所倡导的观念成为此后中国社会的主导性话语,而《新青年》所构造的戏剧话语,也伴随着这一总体趋势,而成为"新"的话语的一部分,对中国戏剧发挥着越来越大的实质性的作用。

二、现代性的"纠结":戏曲的文化位置

在现代中国的话语场域里,随着《新青年》观念的影响,戏曲被视为"旧剧",虽然京剧、梆子等剧种在娱乐及文艺圈里仍然非常流行,但是在文化观念里却处于落后、保守与边缘的位置。同样,在现代中国的逻辑里,戏曲与话剧构成了一对彼此相反的类型,并被视作现代性与反现代性的代表。

"话剧"这一译名在20世纪20年代的中国出现并成为定名。在戏剧领域,此前最为常见亦最常使用的译名为"新剧"。"新剧"之名来自日本,在《新青年》同人的戏剧话语里,亦是以"新剧"作为提倡的对象。

---

[1] 林庚:《新文学略说》,《中国现代文学丛刊》2011年第1期。该文为潘建国整理,后以《林庚〈中国新文学史略〉》之名由商务印书馆于2017年出版。
[2] 孙玉石、吴晓东:《元气淋漓的"新文学之当代史":读林庚〈新文学略说〉》,《中国现代文学丛刊》2011年第1期。文中评述:"在编写及讲授时间这个意义上,《略说》是对刚刚逝去的文学阶段进行'现场'总结的'新文学之当代史',呈现了抗战之前新文学的阶段史的简约而完整的发展图景,堪称是中国新文学20年的一部反思录。"

但是，在彼时的社会语境里，"新剧"固然被用来与"旧戏"相对，但是它的概念与使用范围比后来的"话剧"要宽泛得多。只不过当"话剧"这一名词出现并占据优势之后，后来者往往用"话剧"来指称此前曾使用的"新剧""白话剧""文明戏""爱美剧"等名词。

与《新青年》同时的另一份戏剧刊物《春柳》上，对"新剧"与"旧剧"进行了并而论之的探讨，不但在刊物栏目上分为"新剧""旧剧"（但文章又往往混同），而且对"新剧"的概念与形式作出初步的评述。由此可见，在《春柳》同人心目里，"新剧""旧剧"并非截然对立，而且都需要进行"改良"。《春柳》创刊于1918年，是当时平津地区销量最大的戏剧刊物，由曾参与春柳社在日本的活动的李涛痕主办，共出版8期。值得注意的是，在《春柳》杂志上，关于梅兰芳的内容非常多，甚至构成"制造梅兰芳"的现象。李涛痕不仅陪同梅兰芳去日本巡演，还在《春柳》上进行报道与评述，梅兰芳也被其认为是戏剧改良的先锋。[1]

《春柳》杂志可作为1918年前后的话语场的一个例证，也印证了林庚在1937年所叙述的感受。在《新青年》杂志提倡"戏剧改良"之前，"戏剧改良"已是中国戏剧领域的主要命题，区别在于《新青年》以"戏曲"作为对立面，而提倡"新剧"，并将这一话语斗争引申到现代中国的发展路径。如前所述，《新青年》杂志的戏剧话语虽然对当时的戏剧领域影响不大，但是随着中国社会的整体进程，《新青年》话语成为其后中国社会主导性的社会文化思潮，其戏剧话语也裹挟于其中，因而对戏曲名伶产生影响，并体现在其艺术之中，从而使得其作品呈现出"另一种现代性"的特征。此处以梅兰芳、程砚秋为例。

在梅兰芳对其艺术变化的描述里，有"时装新戏""古装新戏""戏装新戏"三个阶段，体现了戏曲与话剧结合的不同程度与不同阶段。在时装新戏阶段，梅兰芳编演《孽海波澜》《宦海潮》《一缕麻》《邓霞姑》《童女斩蛇》等剧目，这些大致相当于文明戏及问题剧，为当时戏剧改良运动之推波助澜者之一。到古装新戏阶段，梅兰芳编演《天女散花》《麻

---

[1] 陈均：《〈春柳〉杂志与民初之戏剧改良》，《戏曲研究》2008年第3期。

姑献寿》《霸王别姬》等"载歌载舞"的"新剧",因而引导民国"新剧"的新潮流。一方面与传统老戏相区别,从服装、思想内容上趋于新潮,另一方面,又是以"复古"为创新,向昆曲学习,加强舞蹈性,并借鉴欧美及日本的戏剧新潮,因而区别于当时其他类型的"新剧"。在戏装新戏阶段,梅兰芳顺应时代主题,编演《牢狱鸳鸯》《抗金兵》《生死恨》《穆桂英挂帅》等新历史剧,将京剧艺术与时代主题相结合。《牢狱鸳鸯》对应于五四时期的问题剧,《抗金兵》《生死恨》指涉的是抗战时期对于侵略者的反抗与痛诉,相当于当时的抗战话剧潮流。《穆桂英挂帅》则是在中华人民共和国成立初期编演,带有当时的社会情绪与政治议题。梅兰芳艺术革新的变化,实际上是在内容上吸取了时代意识,在形式上则融合了"古今中外",因而使其成为"现代中国"艺术的引领者中的代表。

以《天女散花》为例,《天女散花》一剧为梅兰芳的成名作。1918年,梅兰芳因为编创《天女散花》,引发了"古装新戏"的剧坛潮流,并被邀请到日本巡演,成为代表中国京剧剧坛的世界名伶。《天女散花》在形式上吸取了欧洲的"小仙儿剧"与日本的"电光俑"同步,借鉴昆曲的舞蹈化的身段,并顺应无声电影时代的歌舞片潮流,可称之为"熔铸古今中外"。《天女散花》所透露的意识,和现代中国思想意识同步,甚至成为现代中国思想意识的一部分。譬如在《云路》一场,有如下唱词:

> 祥云冉冉波罗天,离却了众香国遍历大千。诸世界好一似轻烟过眼,一霎时又来到毕钵岩前。云外的须弥山色空四显,毕钵岩下觉岸无边,大鹏负日把神翅展,迦陵仙岛舞翩迁。八部天龙金光闪,又见那入海的蛟螭在那浪中潜。阎浮提界苍茫现,青山一发普陀崖。

以上为天女在云路上所见之情景,它既是对佛经中大千世界的复述,又可以看作是对民国初年中国人的地理意识的描绘。在《天女散花》的开头,如来佛祖说道:"要醒千年梦,需开顷刻花。"在初始版本里,"千年梦"原是"大千梦",即从"大千世界"而来。但是其后的流行剧本里,"大千梦"往往变成了"千年梦"。虽是一字之易,佛经故事就被悄悄改造成了"醒世"戏。这一变化与鲁迅打破"铁屋子"的"呐喊"

类似，正是民国初年由新文化运动引发的现代中国启蒙思潮的象征。

从时装新戏到古装新戏再到戏装新戏，可以看出梅兰芳因时而动的艺术革新，所谓"时"，就是迅速变化的社会文化与社会意识。梅兰芳于20世纪50年代提出"移步不换形"的戏曲改革方案，也正是基于这些艺术经验之上。

程砚秋较之梅兰芳，虽然同列"四大名伶"，但是艺术生涯略晚。他曾拜梅兰芳为师，之后则与梅兰芳形成竞争之势。程砚秋的艺术思想与舞台作品，可以作为新文化运动影响到社会及至戏剧界的明证。1931年，程砚秋在中华戏曲专科学校的演讲里，谈到"我之戏剧观"：

> 一直到现在，还有人以为戏剧是把来开心取乐的，以为戏剧是玩意儿。其实不然。……每个剧总当有它的意义；算起总账来，就是一切戏剧都要求提高人类生活目标的意义，绝不是把来开心取乐的，绝不是玩意儿。我们演剧的呢？我们为什要演剧给人家开心取乐呢？为什么要演些玩意儿给人家开心取乐？……我们除靠演戏换取生活维持费之外，还对社会负有劝善惩恶的责任。所以我们演一个剧就应当明了演这一个剧的意义；算起总账来，就是演任何剧都要含有要求提高人类生活目标的意义。如果我们演的剧没有这种高尚的意义，就宁可另找吃饭穿衣的路，也绝不靠演玩意儿给人家开心取乐。[1]

1932年1月3日，程砚秋在经过多方努力后，得以赴欧洲考察，在临行前发表的《赴欧洲考察戏曲音乐出行前致梨园公益会同人书》里，重申了他的戏剧观：

> 第一要紧的事，就是要使社会认识我们这戏剧，不是"小道"，是"大道"，不是"玩艺儿"，是"正经事"。[2]

戏剧是"正经事"，具有"提高人类生活目标的意义"，这些表述，非常接近《新青年》戏剧话语，反映了《新青年》观念成为社会主

---

[1] 程砚秋著，程永江整理：《程砚秋戏剧文集》，北京：文化艺术出版社，2003年，第12页。
[2] 同上书，第17页。

流观念之后对于戏剧领域的渗透与影响。20 世纪 30 年代，程砚秋编演了《锁麟囊》《荒山泪》《春闺梦》等剧目，被认为是程砚秋的代表作，除了在声腔艺术上精心设计外，这三部作品对于时代主题进行了刻画与描绘。

《荒山泪》《春闺梦》二剧对应的是 20 世纪 30 年代的战争主题。虽然二剧的背景是古代中国，但其创作之缘由正如程砚秋所说："欧洲大战以后，'非战'声浪一天天高涨；中国自革命以来，经过二十年若断若续的内战，'和平'调子也一天天唱出。这是战神的狰狞面目暴露以后，人们残余在血泊中的一丝气息嚷出来的声音。戏曲是人生最真确的反映，所以它必然要成为这种声音的传达。"[1] 在程砚秋的表达里，戏曲不但是现实生活的反映，以"社会问题"作为对象，而且也必须表明"政治主张"[2]。

《锁麟囊》的故事内核是贫富转化后所产生的社会悲喜剧，其中《朱楼》一场的台词道出了这种人间悲喜之情状："一霎时把七情俱已昧尽，参透了酸辛处泪湿衣襟。我只道铁富贵一生铸定，又谁知人生数倾刻分明。想当年我也曾撒娇使性，到今朝哪怕我不悔前尘。这也是老天爷一番教训，他教我收余恨，免娇嗔，且自新，改性情，休恋逝水，苦海回身，早悟兰因。"这种个人随社会变迁而产生的命运悲剧，其实"隐写"与浸透了清末民初改朝换代之后的旗人命运的悲剧感。[3]

1933 年 5 月 10 日，程砚秋从欧洲考察返回，发表《程砚秋赴欧考察戏曲音乐报告书》，除了叙述在欧洲考察的经历外，程砚秋着重讨论了欧洲与中国的戏剧的异同和优劣，以及提出改良中国戏剧的建议。如下言论，无疑是对《新青年》话语的响应：

> 中国戏剧有许多固有的优点，欧洲人尚且要学我们的，这里也说一说。中国人自己有些不满意于中京剧，就把中京剧看得没有一丝半毫的好处，以为非把西方戏剧搬来代替不可；假如知道西方戏剧家正在研究和采用中国戏剧中的许多东西的话，也该明白了。

---

[1] 程砚秋：《检阅我自己》，《北平新报》1931 年 12 月 11 日。
[2] 同上。
[3] 付立松：《〈绣囊佳话〉与〈锁麟囊〉：北京旗人命运之隐性书写》，《中国现代文学研究丛刊》2020 年第 5 期。

中国戏剧是不用写实的布景的。欧洲那壮丽和伟大的写实布景，终于在科学的考验之下发现了无可弥缝的缺陷，于是历来未用过写实布景的中京剧便为欧洲人所惊奇了。……

……

提鞭当马，搬椅作门，以至于开门和上楼等仅用手足作姿势，国内曾经有人说这些是中国戏剧最幼稚的部分，而欧洲有不少的戏剧家则承认这些是中国戏剧最成熟的部分。……马比他们的木凳进步的多。《小巴黎报》的主笔很惊奇地对我说："中国戏剧已经进步到了写意的演剧术，已有很高的价值了，你还来欧洲考察什么？"我起初疑他是一种外交辞令，后来听见欧洲许多戏剧家都这样说，我才相信这是真话。

兑勒向我要去许多脸谱，我以为他只是拿去当一种陈列或参考而已，后来看见《铿咨人》中有一个登场人是红脸的，才知道欧洲人是在学我们了，脸谱是一种图案画，在戏剧上的象征作用有时和灯光产生同一的效果，法德两国已有一些戏剧家是这样的意见了。我并不说脸谱必须要用，我也不说脸谱必不可废，我更不因欧洲戏剧中有一个红脸便拿来做主张脸谱的论据；我只觉得反对脸谱者并不具有绝对的理由，因反对脸谱而连带排斥中国戏剧者更不具有绝对的理由。

独白也是中国戏中一件被攻击过的东西；站在对话的立场来攻击独白，原是很自然的，不足为怪。但是，如巴黎某女演员的《夜舟》，是话剧，又是一个人独演的，那里面便只有独白而没有对话。这虽不是巴黎某女演员在学我们，却可见欧洲戏剧也并不是绝对排斥独白。在我们的新创作中，于可能状态之下不用独白是可以的，要绝对排斥独白也可以不必，这是我的一个信念。

中国京剧中的舞术，和中国的武术有很深的关系，这是谁都知道的。拉斯曼先生要把太极拳改为太极舞，足见欧洲人对于根源于中国武术而蜕化成的舞术是同意的。[1]

对比出国前程砚秋所表述的言论，此时程砚秋无疑是从其欧洲见闻里吸收了不同的经验，因而逐条对《新青年》戏剧话语里关于"写意""脸谱""武术"等方面的观点进行批驳。由此可知，《新青年》戏剧话语的流行程度以及对于戏曲界的互动。从程砚秋的表述与实践来看，他吸收了《新青年》所带来的社会启蒙观念，但是对《新青年》戏剧话语持怀疑态度，并且通过他在欧洲戏剧的见闻与经验予以辩驳。

1935年三四月间，梅兰芳访问苏联的演出亦提供了相似的经验。在访苏联前夕，左翼知识分子对旧剧进行了猛烈的抨击，而其论点和《新青年》戏剧话语非常相似，仍然延续与运用《新青年》戏剧话语。而在苏联演出时，梅兰芳注意到，苏联戏剧家们关心、"研究"的是戏曲的虚拟化的假定性的技巧与艺术。"苏联戏剧，现在竭力在谋打开一条新出路，故对于我国戏剧颇多参考之处。"对于传统，"苏联之戏剧新创造演出颇多，但旧作亦多演出者……演出方法，亦并不注意于无产阶级之宣传，故余等在苏联参观二十余家戏院演剧，只有一家演出宣传意义之戏剧耳"[2]。1935年4月14日，在梅兰芳离开苏联前夕，苏联对外文化交流协会举办"梅兰芳剧团访苏总结讨论会"，梅耶荷德、爱森斯坦等苏联34位艺术家参会，其中9位艺术家发言。发言者一致公认梅兰芳访苏联演出带来的效果，"中国戏剧给我们的戏剧生活带来了某种深刻且严肃的冲击"。梅耶荷德发表了后来广为人知的关于"梅兰芳的手"的赞美，爱森斯坦由梅兰芳的表演探讨"形象的文化"，他们都以此来批评苏联正在展开的"社会主义现实主义"的意识形态。[3] 梅兰芳在讨论会现场也感受到这种热烈的氛围，并"高度评价这些追求与愿望"[4]。苏联文艺界的探索，以及对于中国戏剧的推崇，想必给梅兰芳留下深刻印象。梅兰芳后来

---

［1］程砚秋：《程砚秋赴欧考察戏曲音乐报告书》，北京：世界编译馆北平分馆，1933年。
［2］小凤：《梅兰芳欧游杂感》，《趣味》1935年第1期。
［3］李湛编辑整理：《"梅兰芳剧团访苏总结讨论会"记录》，皮野译，《当代比较文学》2022年第1期。
［4］同上。

索取讨论会记录，但是并未获得。[1] 1935年9月4日，梅兰芳答记者问时表述："京剧之所以别于西洋戏剧者，即在形式。西洋戏剧有纯歌剧、纯舞剧、纯话剧，京剧则混合歌舞话于一炉；西洋重写实，京剧则重象征，以桨代船、以鞭代马，俱为西洋戏剧所未有；手足以及全身，帮同表情，更为西洋人士视为中国艺术之特点。京剧若取消其原有形式，而换以西洋形式，则将不成为京剧矣。"[2] 访苏联巡演的经验给梅兰芳提供了从《新青年》戏剧话语压抑下得以解脱的自信，正如苏源熙所定义的，此次演出对梅兰芳而言是"一次重生"[3]。

程砚秋、梅兰芳的遭遇代表了中国戏剧现代性发展中的吊诡经历，在现代中国的社会文化空间里，戏曲被视为落后、保守、娱乐性的艺术。在中国社会"新"与"旧"的进化论式的话语逻辑里，戏曲是现代性的反面，应该由"新剧"或"话剧"所取代。但是当戏曲置身于"全球化"的场域之时，却意外成为欧美戏剧的现代性所追求与取法的对象，是最能代表某种更新潮的现代性的一种艺术。这种跨文化的经验，无疑有助于梅兰芳、程砚秋等名伶进一步规划自身的艺术道路，进而反思戏曲在现代中国的文化位置。

三、重返"戏曲的现代性"：王元化、白先勇与郭宝昌的反思

在对于梅兰芳访苏联演出的考察中，苏源熙认为梅兰芳在不同的现代性里占据着不同的位置，而这些差异恰好体现了现代性本身的争辩性。[4] 如前所述，在由《新青年》而来的中国戏剧现代性方案里，话剧（新剧）处于现代性的前端、先锋的位置，而戏曲则处于后端、保守的位置。现代性就是话剧取代戏曲成为中国戏剧的主体，而戏曲逐渐边缘化乃至消亡。

---

[1] 李湛：《1935年梅兰芳剧团访苏总结讨论会：历史谜团与解析》，冯伟译，《当代比较文学》2022年第1期。
[2]《梅兰芳昨晚赴沪：九日来京筹备出演义务戏 谓京剧应保存形式改进内容》，《中央日报》1935年9月4日。
[3][美]苏源熙：《1935年，梅兰芳在莫斯科：熟悉、不熟悉与陌生化》，卞东波译，见卞东波编《中国古典文学与文本的新阐释：海外汉学论文新集》，合肥：安徽教育出版社，2019年，第386页。
[4] 同上。

这种现代性方案实际上并非孤立，它是建立在中国社会的现代化总体目标之中的，也即此种现代性首先是一种政治上的现代性，其目标是将中国由落后国家建设成为现代国家，因而发明了一套如新/旧、进步/落后、文明/野蛮等的二分式的标准来进行考量。但是在欧美戏剧的现代性里，以梅兰芳为代表的中国戏曲的虚拟、写意等特征则是欧美所追求的现代性里的前端、先锋，而中国话剧所探索的道路，却是他们所要超越的目标的模仿。吴新苗在《艺术与政治的对话：一九三五年梅兰芳访苏前后的国内舆论》[1]一文中展示了这种"文艺与政治"之争的情景。

然而，在中国社会的现代性目标之下，《新青年》戏剧话语逐渐扩散，并伴随革命话语，从苏联引入的斯坦尼体系成为戏剧的经典话语，戏曲逐渐被边缘化。自20世纪80年代以来，对于这一问题及其境遇的反思，往往都会追溯至这一起源之处。王元化、白先勇、郭宝昌等人的思考及表达可作为讨论的典型个案。

20世纪50年代以来，王元化从事中国近现代思想史与当代文艺理论领域的研究，且对当代思潮发展颇有影响，是一位兼具政治与文化双重角色的知识分子。在他的著述里，关于戏曲尤其是京剧的文章虽然不多，仅结集为《清园谈戏录》一种，但产生了较大影响。王元化担任《京剧丛谈百年录》顾问，并撰有长文《绪论：京剧与传统文化》。文章主题是"京剧与传统文化"，实际上是以新文化运动以来的中国现代文化为反思对象，通过对"京剧与传统文化"的辨析来阐述京剧的价值与特色。值得注意的是，在王元化的阐释里，始终有两个向度：其一是将京剧与西方文艺观念相对照，如文中的"大传统与小传统"之说、"模仿说与比兴说"、"演员、角色与观众"等；其二是具体针对京剧在中国现代历史上的遭遇及重要现象进行反思，如梅兰芳访苏、鲁迅批评梅剧、戏曲改革等，这是一种争辩中的观念表达，而争辩的对象即是由《新青年》戏剧话语影响之下的中国戏剧观念。譬如，王元化对于这一处境的思考就是从胡适开始追溯的：

---

[1] 吴新苗：《艺术与政治的对话：一九三五年梅兰芳访苏前后的国内舆论》，《读书》2020年第3期。

以西学为坐标的风习由来已久。五四时期胡适曾做出不容忽视的贡献，但他在学术界也留下了一些至今仍未消除的偏见。胡适青年时很喜欢京戏，当他成为新文学的开山大师后，他的态度有了根本性的改变。他晚年在日记中写道："京剧音乐简单，文词多不通，不是戏剧，不是音乐，也不是文艺。我是不看京戏的。"（大意）"五四"以来新文艺阵营的人多持这种态度。我本人也有过同样的经历，几达十余年之久。主要原因就在于以西学为坐标去衡量中国传统文化，从而采取了一种偏激态度，认定新的一定比旧的好。[1]

翁思再解读王元化的表述时，认为王元化对京剧的反省从"'五四'时期庸俗进化论的影响"开始，而且"'五四'新文化运动的反传统的消极面一直影响到了今天"。王元化谈论的虽然只是"京剧与传统文化"，但实际上要解决的是"本世纪思想史、文化史上的一个重大问题"[2]。由以上解读可知，王元化将20世纪中国戏剧发展的问题归源于《新青年》戏剧话语的"偏见"的影响，从而在中西方文化的思考的脉络中予以展开。

作为一位著名小说家，自2004年起，白先勇以制作巡演青春版《牡丹亭》而推动了昆曲的"复兴"。在2001年昆曲入选世界"非遗"之后，随着青春版《牡丹亭》的巡演和国家对于"非遗"的社会动员，昆曲的知名度与所获得的关注日益增加，并出现"青春版《牡丹亭》热"与"昆曲热"的现象。在青春版《牡丹亭》及其后续新版《玉簪记》等舞台作品的巡演与推广过程中，白先勇提出一系列观点，譬如"原汁原味""只删不改""昆曲新美学"等，对国内的戏剧尤其是昆曲舞台创作产生影响。

白先勇的表述不直接涉及《新青年》戏剧话语的脉络，而且与王元化关心的问题不同。总体而言，王元化的表述乃是作为《新青年》戏剧话语构造的潮流中人，而白先勇更多的是站在旁观者的位置，而以戏曲作为中

---

[1] 王元化：《京剧与传统文化丛谈》，见王元化《清园谈戏录》，上海：上海书店出版社，2007年，第31—32页。
[2] 王元化撰论，翁思再注跋：《绪论：京剧与传统文化》，见翁思再主编《京剧丛谈百年录》（上），石家庄：河北教育出版社，1999年，第35页。

国传统文化的代表，并将其与中国文化的现代性结合在一起，通过将传统转化为现代，从而使中国文化变得现代。从这一角度来看，白先勇与一百年前的《新青年》戏剧话语，正好是一个反向的相合。《新青年》戏剧话语以反对戏曲提倡新剧（话剧）为目的，以其作为中国社会现代化的方案的组成部分，而白先勇的方案则是以戏曲而非话剧作为方案的核心部分。

作为一位以电视剧《大宅门》等影视剧闻名的著名导演，郭宝昌曾学习京剧，并将《大宅门》改编为京剧演出。2021年，他出版的《了不起的游戏：京剧究竟好在哪儿》引起了知识界的关注。郭宝昌直截了当地述及这一状况："二十世纪以来，我们一直在这种现实主义戏剧的现代性压迫之下检讨自身。一检讨，我们的程序，我们的检场，我们没有悲剧……好像都是毛病。但是，如果不从这个现代性的视角出发，而是把现代性作为一种参照，深入我们戏剧发展自身的机理之中，我们就能发现，京剧自身有它是审美意识。"[1]而且，郭宝昌也指出"京剧表演美学具有完全独立于西方现代剧场的另一种特质"[2]。郭宝昌意识到《新青年》话语所扩展与延伸的"现代性"的压迫，在将京剧与西方戏剧（或话剧）相比较时，第一是强调京剧本身的独特性，提倡用"京剧内在视角"来研究京剧；第二是强调京剧是"现代的，而且是超前的现代"[3]。因此，郭宝昌用"游戏"来概括京剧的特点，力图以"游戏"这一概念来颠覆和取代西方戏剧以及以往用西方戏剧概念来观察中国传统戏剧的视角与概念，譬如"写意""程序""间离""体验"等。这一点也被评论者观察到，商伟提出时代的变化会导致观察西方戏剧与中国戏剧的视角发生变化：

> 《了不起的游戏》为我们讲述了京剧艺术观演一体的精彩故事及其重要意义，而观演一体的瓦解正是现代社会文化转型过程的一个重要部分。时过境迁，我们今天又重新遭遇了观众和读者的问题。一方面网络平台正在系统地取代面对面的直接交流，另一方面又通过多媒

---

[1] 郭宝昌、陶庆梅：《了不起的游戏：京剧究竟好在哪儿》，北京：生活·读书·新知三联书店，2021年，第61页。
[2] 同上书，第55页。
[3] 同上书，第14页

介技术为我们介入影像和文本的制作生产并与其发生互动，提供了前所未有的可能性。[1]

而且，使用西方概念与自身创造的概念存在两难处境，"如果说我们的目标是用自己的语言讲自己的故事，那么这个'自己的语言'还有待于未来的创造"[2]。

经过本节的梳理，我们可以看到，在中国20世纪戏剧的发展历程中，至少存在两条基本线索：其一是《新青年》戏剧话语的构造以及影响，经由现代中国与文化的展开，作为新文化运动的一部分，现代话剧逐渐占据了话语优势，从而将20世纪中国戏剧史建构为话剧不断挤压传统戏曲而占据主体位置的历史图景，这一过程则展现为现代性的产生与伸展的历史。其二是戏曲在现代中国的二重性，一方面，戏曲作为中国传统文化的一部分，在不同时代的话语里，呈现出不同的面相，也是中国现代文化现代性的组成部分。另一方面，戏曲在西方戏剧现代性的追求中，被当作现代性的方向之一，并在中国产生持续的反响与启发。戏曲与话剧的纠缠的历史，恰好成为中国戏剧追求现代性的复杂表征，并继续影响着中国戏剧的发展与变化。

第二节　"寻路"与"融合"
——21世纪以来中国戏剧发展中的现代性探索

进入21世纪之后，中国戏剧的现代性仍然在"寻路"。传统与现代的关系及其转化，也是中国戏剧正在实践的重要命题。自20世纪80年代以来的先锋戏剧潮流，此时虽有延续，但"先锋"的姿态与创作方式已成为"成规"，甚而成为商业戏剧的标榜，对于社会现实及戏剧形式的探索性大为减弱。2001年5月18日，中国的昆曲艺术入选联合国教科文组织评选

---

[1] 商伟：《传统戏曲与中国表演艺术的理论建构：评郭宝昌、陶庆梅〈了不起的游戏：京剧究竟好在哪儿〉》，《文艺研究》2022年第4期。
[2] 同上。

的世界首批"人类口头与非物质文化遗产"（以下简称"非遗"），此后经过中国政府的社会动员及体制化，"非遗"成为中国社会的关键词之一，得到了极大程度的普及。以往被纳入民间文化、民族艺术的学科与艺术种类，也大部分被认定和归入为各级"非遗"。除昆曲外，古琴、京剧、粤剧等相继入选世界"非遗"目录，绝大多数戏曲剧种入选中国各种级别的"非遗"。而且，随着中国政府将中国传统文化的提倡与保护作为中国社会文化的主要目标之一，中国传统文化作为戏剧现代性探索可资利用的文化资源，得到更多的关注。与此同时，跨文化戏剧、后戏剧剧场等在西方戏剧里新兴的先锋实践与理论思潮，逐渐在中国得以传播、实践与探讨。作为先锋探索的小剧场运动，自21世纪以来，从话剧延伸到戏曲领域，"小剧场戏曲"方兴未艾，引领戏剧的现代性探索。受这一时代氛围的影响，中国戏剧将戏曲及多种传统文化作为资源或戏剧元素引入，成为其探索现代性的一种颇具活力的主要倾向。

一、"传统型"戏剧的现代化

虽然在20世纪的"现代性"话语里，戏剧处于相对边缘的位置，但是戏曲仍然是一种当代文化现象，频繁参与各个社会发展阶段的政治、文化与日常生活，并发挥着重要作用。譬如，1956年昆曲《十五贯》成为政治领域"反对官僚主义"的形象教材，1962年昆曲《李慧娘》则被赋予时代精神的象征，引发了"不怕鬼的故事"及之后的社会运动。20世纪80年代以来，京剧《曹操与杨修》、晋剧《傅山进京》等戏曲表达了知识分子与时代的关系。为便于讨论，这里将这些在古代及近代历史上形成、保持着传统的表现形式但参与当代生活的戏曲种类定义为"传统型"戏剧，用以与现代时期传入中国并产生与发展的话剧、歌剧、音乐剧等"现代型"戏剧相区别。

21世纪以来，青春版《牡丹亭》的创演以及运作被认为是戏剧领域里影响最大的文化事件。自2004年起，作家白先勇联合苏州昆剧院制作了青春版《牡丹亭》，截至2022年，已巡演390多场，不仅足迹遍及中国大陆及港台地区三十余所名校，还曾到美国、英国、希腊等国演出，形成

"青春版《牡丹亭》热"的现象。尤其是 2006 年青春版《牡丹亭》在美国西部的巡演，被认为可与 1930 年梅兰芳访美演出相提并论。青春版《牡丹亭》影响深远，与"非遗"在中国的体制化一起，改变了昆曲在中国社会的处境，并为"传统型"戏剧的发展提供了可资借鉴的探索经验与范例。青春版《牡丹亭》的制作与影响，展示了"传统型"戏剧在新世纪的观念与美学更新，也探索了一条将传统转化为现代的路径。

在对青春版《牡丹亭》的表述里，白先勇有两个核心观点：其一是将青春版《牡丹亭》阐释为"情与美"，其二是总结出"琴曲书画"的"昆曲新美学"。这两点其实关涉到戏剧的内容与形式的问题。对于《牡丹亭》意义的阐释，在 20 世纪 50 年代以来，主流观念是杜丽娘的"情"体现了"反封建"的反抗精神，这是一种符合彼时政治文化的阐释，一直得以延续。青春版《牡丹亭》将"情"定位为"爱情神话"[1]，并将全剧分为"梦中情""人鬼情""人间情"三个阶段，尽管这一阐释也并非汤显祖《牡丹亭》的原意，但是从"反封建"到"爱情神话"的转变，无疑更契合 21 世纪以来的受众群体的感情认知。《牡丹亭》的整体风貌从趋于政治化转变为文学化与审美化。关于"美"或"昆曲新美学"，白先勇的表述主要侧重于舞台美学，即用现代艺术观念，吸纳与重组传统文化要素，从而营造某种沉浸式的舞台奇观，或者构造一种"流动的中国文化博物馆"[2]。这些方式都是"传统型"戏剧适应现代受众并利用现代剧场的"现代化"方式。谈及青春版《牡丹亭》在处理"传统与现代"关系时，白先勇确立其原则为"尊重古典但不因循古典，利用现代但不滥用现代。古典为体现代为用"[3]。在青春版《牡丹亭》之后，"传统型"戏剧的制作理念与生产方式发生了较大的变化：其一，"原汁原味""全本"成为一种普遍认可与追求的范型。"原汁原味"与"全本"的概念，来自陈士争导演的全本《牡丹亭》所宣传的理念，其意在于恢复汤显祖时代的

---

[1] 白先勇：《青春版〈牡丹亭〉编剧策略》（手稿），台北图书馆"当代名人手稿典藏系统"，编号 274—3。
[2] 张成：《青春版〈牡丹亭〉：从一出戏到流动的文化博物馆》，《中国艺术报》2016 年 10 月 28 日。
[3] 白先勇：《青春版〈牡丹亭〉编剧策略》（手稿），台北图书馆"当代名人手稿典藏系统"，编号 274—3。

演出情景。这一理念可追溯至欧美戏剧领域里在演出莎士比亚剧作时,还原维多利亚时代场景的实验。在陈士争版《牡丹亭》里,大量使用了民俗仪式、评弹、花鼓戏等多种"跨界"艺术形式,演出后虽然在西方受到欢迎,产生较大影响,但在昆曲界引起争议。白先勇则将"原汁原味"这一概念转换为尊重原文本,即"只删不改",以针对彼时昆曲新编剧目改编和新创剧本的倾向。"全本"虽然不是如陈士争版《牡丹亭》般将汤显祖原本全部演出,但是也保留了大部分折子,进行了"三本"的完整演出。其影响所及,如江苏省演艺集团的昆剧《1699桃花扇》,将剧名加上"1699"的定语,即是强调其所演绎的是1699年产生的"原汁原味"的《桃花扇》,上海昆剧团制作的四本《长生殿》,也采用了"全本"的概念,将全部《长生殿》分为四本,按照四天的规模对《长生殿》进行演出。这些制作方式,与中华人民共和国成立之后以"一本"为主要形式的晚会型演剧方式相迥异。其二,注重舞台美术,以现代艺术观念重组与改造传统舞台,正如青春版《牡丹亭》里,大量使用抽象、写意的现代艺术方法,来营造新的舞台奇观。《1699桃花扇》里,使用了"戏中戏"的设置,在大舞台上使用了一个小型的亭台式舞台,由演员扮演观戏者,这些手段其实是先锋戏剧的惯常方式。在白先勇创编的新版《玉簪记》里,书法、绘画、古琴等传统文化元素成为该剧的重要组成部分,如将画家奚松的观音画像置于舞台中央,在演出《琴挑》《偷诗》诸折时,将观音佛画与舞台上演员演绎"谈情说爱"的表演并置,制造一种观看的效果,不仅使舞台空间变得有机,还在这两折通常的"耍笑戏"风格之外,增添了"慈悲"这一言外之意,从而使其内涵变得深刻。舞台背景使用了书法家董阳孜的书法,但并非纯粹照搬与在led屏上投射,而是以抽象的形式加以变形,将书法转换为抽象艺术,实则是一种现代主义的展示。这一设置,不但使舞台显得空灵,而且展现了该剧整体上的现代主义精神。在这些探索的基础上,白先勇总结出"琴曲书画"的昆曲新美学。

与青春版《牡丹亭》所带动的昆曲制作新潮流有所不同,梨园戏是另一个突出的个案。在"传统型戏剧"里,与昆曲、京剧等在全国流布的剧种不同,梨园戏是一个典型的地方剧种,主要在泉州一带传播,也只有一个剧团(称作"天下第一团")进行传承与演出。近些年来,梨园戏却受到较多关注,成为国内外戏剧的热点,也吸引了青年群体。一般而言,对于梨园戏的认知,大多体现在其"古老"与"表演"上。"古老"是指它的历史较长,比昆曲产生时间更早,向来被当作"唐宋遗音"与南戏的遗存。"表演"指它以身段见长,有丰富细腻又较为古朴的"十八步科母"等表演程式以及乐器"压脚鼓"等特色。梨园戏除传统剧目《陈三五娘》《李亚仙》《刘智远》《王十朋》等之外,还有《董生与李氏》《节妇吟》等这一类很受欢迎的新编剧目作为代表,因此成为一种独特的戏剧现象。在"非遗"的传承与保护的社会背景之下,梨园戏的这些特色得以保持并发展。此外,除了经典剧目的传承与演出外,梨园戏的新编剧目也逐渐引人瞩目,包括梨园戏改编的一些其他剧种的传统剧目,如京剧《御碑亭》等。这些新编剧目,以传统的表演方法,来表现当代生活,取得了很好的效果。2022年6月上演的改编剧目《倪氏教子》,甚至在文章中还被冠以"看活化石如何演绎一场鸡娃悲剧"的题目。在该剧的演出中,其表演规范虽然遵守传统,但舞台设计更为现代,其价值观得以"迭代"更新[1]。梨园戏的"现代化"路径在于保持甚至放大梨园戏的特性,而在剧作内涵及戏剧节奏上贴近当代观众。青春版《牡丹亭》与梨园戏作为"传统型"戏剧处理"传统与现代"的案例,其经验在于在继承传统规范的基础上,保持其当代性,从形式与内容上予以转化,使古典文化得以参与到当代生活中,因而实现了从传统到现代的成功转型。

二、跨文化戏剧:传统文化作为先锋戏剧的重要载体

先锋戏剧及其探索,是中国戏剧现代性的驱动力之一。从中国现代话剧史上的经典如《雷雨》《原野》《北京人》等剧的创演,到20世纪80年代以来的《绝对信号》及至孟京辉、王翀等人的创作,大多取法于欧美先锋戏剧潮流,而创作出不同时代风格的中国先锋戏剧。新世纪之后,随着传统文化在中国社会影响渐增,先锋戏剧较有意识地吸纳中

---

[1] 水晶:《看活化石如何演绎一场鸡娃悲剧》,《北京青年报》2022年7月15日。

国传统文化，使之成为实验手段及先锋性的一部分，并成为一种重要的路径。

与此同时，跨文化戏剧成为国内外引人瞩目的现象。"跨文化戏剧"的产生，起源于对"全球化戏剧"的反驳，而在质疑西方中心主义的观念下，提倡一种"交叉的表演文化"。"跨文化戏剧"不但作为更大范围的"跨文化"潮流的一部分，应用于戏剧研究，譬如从"跨文化改编"的角度来归纳现代戏剧史上改编西方戏剧的现象。[1] 而且，"跨文化戏剧"迅速被运用于先锋戏剧的实践。根据其取材及程度不同，大致可分为四种类型：第一种类型为利用戏曲的形式，在内容及方式上予以创新，譬如在戏剧领域经常提及的"西戏中演""莎戏曲"等。"西戏中演"为将西方经典戏剧改编成戏曲，譬如莎士比亚、奥尼尔、易卜生、荒诞派等。其中，在台湾还出现了一个特定类别——"莎戏曲"，指用戏曲的形式改编演出莎士比亚戏剧。这种类型在戏曲与实验戏剧里屡见不鲜。对于戏曲来说，演绎西方经典剧目也是其新编作品的主要路径之一，如昆曲《血手记》《公孙子都》、河北梆子《美狄亚》、评剧《武拜城》、豫剧《朱莉小姐》、京剧《浮士德》等。对于实验戏剧来说，如台湾当代传奇剧场的《李尔在此》《欲望城国》《等待果陀》等，将西方经典戏剧改编为戏曲的形式，并予以创新，因而得到较多关注。其中，《李尔在此》以一人分饰十角的方式，运用中国戏曲的行当与程式，并加以实验戏剧的观念表达，较为成功地融合了中西方戏剧。第二种类型为由中外演员合作演出，包含演出中国戏曲、西方戏剧及混合演出等形式，如中日版《牡丹亭》、中英版《邯郸梦》等。中日版《牡丹亭》即是由日本歌舞伎大师坂东玉三郎与中国演员俞玖林共同演出昆曲《牡丹亭》。此外，也有不同的戏剧种类的合作演出，如歌舞伎与昆曲的同台演出。第三种类型为将戏曲与当代艺术融合起来，进行跨界的艺术实践。第四种类型为吸收传统文化，以之为主要元素，用实验话剧或舞台剧的形式予以表现。这两种类型，常常以新编历史剧或古装剧的形式出现，譬如北京人民艺术剧院 1959

---

[1] 胡斌：《跨文化改编与中国现代戏剧进程》，《中国现代文学研究丛刊》2015 年第 6 期。

年排演的话剧《蔡文姬》，较早吸收戏曲与古琴的元素，使之成为追求"话剧民族化"的手段。新世纪以来，传统戏剧及传统文化的元素，不仅仅作为故事，更是作为形式参与到戏剧，甚至成为戏剧本身。譬如孟京辉的话剧《临川四梦》、黄盈的话剧《黄粱一梦》《西游记》等，都以中国传统文化作为主要概念来进行编演。

香港进念·二十面体的艺术实践涉及多种类型，我们以这一戏剧团体为例，来进行讨论。进念·二十面体成立于1982年，是香港从事戏剧活动的跨界跨媒体实践的文化团体。这个团体不但与世界各地的先锋戏剧及艺术团体有着密切的交流与合作，而且其探索也具有鲜明的特色，被认为是"先锋戏剧中的先锋"。在其戏剧探索的方向中，荣念曾的实验戏曲系列，不仅包括"一桌二椅"系列、"独当一面"系列、"朱鹮艺术节"系列等实验项目，还包括《诸神会：挑滑车》《荒山泪》《夜奔》，以及跨界戏剧《万历十五年》《紫禁城游记》等。这些实验戏曲将不同的表演样式与美学、现代科技与剧场艺术进行交叉和跨界，以戏剧的形式将美学、社会、政治与文化的问题综合起来进行讨论。因此，有论者将这些探索放置于"现代戏曲"的变革之中，认为其不同于《十五贯》《曹操与杨修》之类的"现代戏曲"代表作，创造了新的范型。[1] 值得注意的是，在进念·二十面体的艺术创作中，戏曲虽然占据重要位置，但其本身却是实验戏剧的进一步发展，并不能简单等同于"现代戏曲"或"实验戏曲"。其意义仍在于利用戏曲的传统形式加以变化，将之作为先锋戏剧及其理念的表达手段和重要元素。

实验剧《夜奔》为荣念曾以昆曲《林冲夜奔》为潜文本而重新构造，于2004年在挪威首演，后又在香港、上海、横滨、台北、南京、汉诺威、柏林、密歇根、多伦多、伦敦等多个城市演出，其意图被表述为"论述表演艺术如何在政治动荡中，不断发挥它的生命韧力；同时探讨古今文人雅士，如何借艺术评议世间百态，如何由小舞台影响到大社

---

[1] 陈琳：《数字化媒体介入"传统"戏曲物质性：荣念曾实验戏曲研究，以〈挑滑车〉为例》，《新美术》2017年第10期。

会"[1]。在该剧中，昆曲折子戏《林冲夜奔》作为一种具有互文性的文本与剧场演出相互对照，借用经典文本，该剧至少讨论了三个层面的问题：一、元戏剧的概念。不同于戏剧中具体的人物与角色，该剧对演员并未设定身份，而是提示为既可以是作者（《林冲夜奔》的作者李开先或正在写作的文人），又可以是剧中人（林冲），还可以是饰演林冲的演员，作者与文本的界限被弥合。二、百年昆曲的变迁。譬如师徒关系的变化，检场在舞台上的作用，所指向的是因西方戏剧观念所导致的中国戏剧的变化。三、个体本身的表达。在演出中，原文本《林冲夜奔》并不如通常的昆曲折子戏一般由演员扮妆表演，而是以投射字幕的形式或音乐的方式来参与全剧，演员则不穿戏曲服装，而采用近似肢体剧的方式。与荣念曾制作实验戏剧的一贯方式类似，该剧以观念的思辨、展开与表达为主导，以戏曲作为其思考对象与载体之一，而在戏剧、文本、社会、历史各层面均有所关涉。

《紫禁城游记》是将戏剧与建筑进行跨界融合的尝试。2009年，进念·二十面体策划"建筑是艺术"的香港首个建筑艺术节项目，以建筑为主题，以多媒体音乐、戏剧等跨界形式呈现。在戏剧单元，进念·二十面体和江苏省昆剧院合作，由胡恩威导演、张弘编剧，借用昆曲里"一生一丑"的演出方式，叙述了在煤山自缢前的最后一天的崇祯皇帝，在工匠蒯祥的鬼魂陪同下，沿中轴线边走边游紫禁城的故事。《紫禁城游记》又名《宫祭》，一方面，它是一个建筑项目，依照赵广超《大紫禁城》一书的文本，介绍故宫建筑的历史及特点；另一方面，它又是一出处理巧妙的新编昆曲，全剧采用一套【新水令】曲牌贯穿，舞台美术极简，以生与丑不同行当的特点转换舞台气氛，寄意于反思明朝历史，以及政治、建筑与文化之间的关系。受此剧创作之启发，编剧张弘后来又创作了《铁冠图》里的《观图》一折。2012年，《紫禁城游记》在第五届中国昆剧艺术节上特邀展演，此后多次演出。

《万历十五年》由黄仁宇畅销一时的同名历史著作改编而来，以张居

---

[1]《荣念曾实验昆曲〈夜奔〉即将香港首演》，《东方早报》2010年1月13日。

正、戚继光、申时行、海瑞、万历皇帝、李贽六个角色的六段戏构成，来演绎"中国历史上失败的总记录"。2006年5月、9月，《万历十五年》在香港文化中心剧场及湾仔艺术中心演出26场，很受欢迎。该剧融合了多种形式，如第一、四场为话剧，第二场引入说书人的角色，第三场加入粤剧元素，第五场为新编昆曲，第六场模仿希腊悲剧。此外，该剧借鉴戏曲行当特点，将六个人物的形象及性格符号化。除吸收戏曲、曲艺等元素外，该剧还讨论了政治与艺术之间关联的主题，"探索中国近几百年来为何与现代化擦身而过、为何落后于世界强林"[1]。

香港进念·二十面体作为一个具有探索性的先锋戏剧团体，其剧目与创演方式融合了多种文化元素，并且将科技与戏剧进行结合。在戏剧活动里，进念·二十面体利用京昆粤等传统戏剧艺术构成了其重要特点。在将传统文化作为实验戏剧的重要元素这一探索上，黄盈近年也做出了一些实践，如《黄粱一梦》《西游记》等。

三、小剧场戏曲的"实验性"与"当代气质"

小剧场戏剧于19世纪末起源于法国，而后扩散至欧美其他国家，成为反对现实主义戏剧、进行实验与探索的戏剧运动。20世纪70年代末，小剧场戏剧传入中国。1982年，林兆华、高行健等人排演小剧场话剧《绝对信号》。同一时期，《站台》《魔方》等小剧场话剧作品影响巨大，成为中国戏剧史上的重要节点。及至2022年，中国的小剧场运动已有四十年。2022年3月23日，《中国当代小剧场戏剧40年影响力榜单》发布，在40部代表性剧目里，包括28部话剧、6部戏曲、1部儿童剧、1部形体剧、4部跨界融合的实验戏剧。与大剧场相比，小剧场被赋予了与欧美小剧场不同的功能，欧美小剧场运动以反主流、反商业而著称，中国的小剧场话剧则注重探索性，小剧场与大剧场之间并不存在绝对的分裂。一些小剧场话剧作品，在成功之后也会被搬演到大剧场里。

---

[1]《以嬉笑怒骂的喜剧手法剖析明朝的悲剧史：〈万历十五年〉热演香港引爆读史热》，《深圳特区报》2008年5月9日。

也可以说，小剧场话剧是中国戏剧追求现代性的主要驱动力与演出机制。

"小剧场"概念与戏曲相结合，最早的实践被认为来自中国戏曲学院周龙。自1993年起，因国际交流的需要，他陆续创演《秦琼遇渊》《巴凯》《巴奥》等小剧场作品。第一部影响较大，被认为是小剧场戏曲确立标志的是2000年由盛和煜、张曼君编剧，并在北京京剧院演出的《马前泼水》，该剧采用小剧场话剧的探索手法，同时又利用戏曲的虚拟、写意、时空转换自由等特点，构造出一部具有现代思维方式但唱念较为接近传统的小剧场戏曲，对此后小剧场戏曲的发展与实践方式具有很高的启示性。

进入21世纪之后，中国海峡两岸和香港的小剧场戏曲开始迅速发展，在台湾地区，此前吴兴国的当代传奇剧场等团体编演的《欲望城国》《王子复仇记》等作品，具有小剧场戏曲的特征。但是，直到《马前泼水》等作品出现后，小剧场戏曲的概念才影响到台湾地区，成为一种专门的"戏曲小剧场"概念及戏剧运动。现今，台湾地区从事小剧场戏曲的团体，除国光剧团、台湾戏曲学院戏曲团等有一定规模与建制的戏曲团体外，还活跃着众多的小型戏剧团体。王安祈将台湾地区的小剧场戏曲进行了阐释：

> "戏曲小剧场"接续着"戏剧小剧场"的实验与颠覆精神，不过挑战的对象，不是政治社会体制，而是严谨的戏曲程式。……小剧场的解构精神，在此既是传统戏曲工作者因应社会变迁的策略手段，更是对于传统本身的反省，以及再创造、再发挥，这是"戏曲小剧场"存在的深层意义。[1]

在王安祈看来，小剧场戏曲是在小剧场话剧影响之下，对于传统的戏曲演出与生产方式的突破和颠覆。中国大陆的小剧场戏曲，此时往往是在两种含义上混合使用：一种是相对于传统戏曲演出的"大剧场"，而将在

---

[1] 王安祈：《寻路：台北市京剧发展史（1990—2010）》，台北：台北市政府文化局，2012年，第116—117页。

小型剧场举行的戏曲演出称作"小剧场",譬如北方昆曲剧院演出的《村姑小姐》《偶人记》《陶然情》等;另一种是王安祈的论述意义上的小剧场戏曲,具有实验性与探索性。总体而言,小剧场戏曲的出现打破了"传统型"戏剧常规的生产方式,以场所之"小"而得以另辟蹊径,将小剧场话剧的实验精神应用于戏曲创作,为戏曲乃至"传统型"戏剧开辟了新路。

自2014年以来,小剧场戏曲获得了超常规的发展,成为戏曲与实验戏剧这两个领域探索的标志,获得了较多的关注度,也形成了一些固定的生产机制,譬如小剧场戏曲节的设置、剧目的甄选、展演等。2014年,北京繁星戏剧村开始每年举办"当代小剧场戏曲艺术节"。2015年,上海戏曲艺术中心举办"戏曲·呼吸"首届上海小剧场戏曲节,后于2020年升级为"中国小剧场戏曲展演"。2021年,杭州"好腔调·2021小剧场戏曲季"举办。北京、上海、杭州等城市都出现了小剧场戏曲节及展演,以及在各种戏剧节里也往往设置小剧场戏曲单元。这意味着小剧场戏曲已成为大众所认可的一种戏剧形式。从对小剧场戏曲的报道及描述来看,"实验""青年""市场"是其频频出现的关键词。三者虽然指向不同,"实验"指创作方式,"青年"指观演者的年龄层次,"市场"指传达对象,但都是区别于传统的戏曲运作方式。同时,三者其实也是一体的,它们同时构成小剧场戏曲略显模糊的面貌。小剧场戏曲在其发展过程中,容纳了大量在"小剧场"演出的"戏曲"。据统计,在小剧场戏曲节里出现的作品大致涵盖了十余个主要剧种,其制作方式各不相同,"其小剧场戏曲作品,或以当代意识重新阐释经典,探究传统剧目的当代审美表达,或抓住小剧场的空间概念,将经典传统折子戏进行进一步的浓缩和加工,或实验性地排演新剧目,为大剧场演出做预热,积极探索着当代戏曲发展的新方法、新路径"[1]。从在小剧场演出的传统剧目,到具有实验性的戏曲,再到使用戏曲形式的舞台剧,都被纳入到小剧场戏曲的名目之下,参加小剧场戏曲节的展演。这也使人们在观察小剧场戏曲时,难以把握其特征与走向。总

---

[1] 李小菊:《小剧场戏曲:立足传统 独辟蹊径》,《人民日报》2017年1月20日。

体而言，在对小剧场戏曲的讨论里，"实验性"与"当代气质"获得了较多的关注，"实验性"即其精神，"当代气质"即其面貌，二者构成小剧场戏曲寻求现代性的动力，促使新世纪以来的戏剧进一步发展。

四、剧场性：后戏剧剧场与"传统型"戏剧

1999 年，雷曼出版《后戏剧剧场》一书，将"后戏剧剧场"的概念引入到戏剧领域，这一概念成为先锋戏剧运动的重要理论之一。雷曼将"戏剧"与"剧场"进行区分，"将表演从文学文本中解放出来"[1]，这是西方戏剧进一步将戏剧从文学里脱离开来，凸显其独立性的理论发展。雷曼以此为标准，将戏剧史分为"一、前戏剧剧场时期（包括古希腊戏剧及各民族'原始'的戏剧形式）；二、戏剧剧场时期（古希腊戏剧之后，尤其是中世纪戏剧之后以剧本为中心的戏剧形式）；三、后戏剧剧场时期（萌芽于 20 世纪初，在 20 世纪 70 年代蓬勃发展直到今天）"。这一戏剧史的分期，为各种从属于"后戏剧"的戏剧实践提供了新的理论与空间。

2010 年，《后戏剧剧场》一书由李亦男首次翻译成中文出版。尽管中国学者对后戏剧剧场仍然心存疑虑，对这一译名的准确性及在国外的实际影响都有所质疑，但是在戏剧实践中，"后戏剧剧场"的概念却迅速扩散并流行，成为 21 世纪以来中国先锋戏剧的主要发展趋向之一。李建军将之表述为"它勾勒出了'后戏剧'图谱，这和传统戏剧建立在再现基础上的美学范式以及围绕这一范式建立起来的一整套工作方法形成了明显的对照"[2]。值得注意的是，后戏剧剧场在中国的先锋戏剧实验里，更多的是一种理念，一种看待戏剧创作的方法，或者一种独立姿态，"用'剧场'而非'戏剧'一词界定自己的演出创作，也体现了体制外创作者们对掌握绝对话语权的体制内戏剧的本能反抗"[3]，而不仅仅是

---

[1] [美] 马文·卡森：《"后戏剧"及"后戏剧剧场"在当代的若干思考》，刘艳卉译，《外国文艺》2017 年第 4 期。
[2] 转引自李亦男：《雷曼的后戏剧与中国的剧场》，《戏剧（中央戏剧学院学报）》2019 年第 4 期。
[3] 同上。

对国外戏剧运动的移植或"转译"。它代表了剧场性在先锋戏剧里得到更多关注，以及成为主要元素之一的趋势。同时，后戏剧剧场启发了话剧与戏曲的融合，即先锋戏剧从戏曲里汲取实验的方法，甚至戏曲也成为实验的对象。

李亦男在《后戏剧剧场》"译者序"里将后戏剧剧场与戏曲进行了比较，"中国的剧场传统，向来是一门'唱、念、作、打'的综合艺术，而不是以文本为中心的。而今天，我们的戏曲传统却完全没有受到应有的重视"[1]。正因为后戏剧剧场与戏曲在"剧场性"上具有一定的共通性，甚至雷曼提出这一概念也受到东方戏剧的启发。因此李亦男希望从后戏剧剧场的角度来"为中国的剧场艺术研究者从另一个角度看待、研究自己的戏剧传统开辟一个视角"[2]。这一表述虽然只是从戏剧理论上进行探讨，但其在文本与表演之间关系上的论述，无疑也启发了先锋戏剧探索对戏曲及传统文化使用与发展的一个可能的方向。

我们以陈士铮导演的《牡丹亭》、张静编剧的《四声猿·翠乡梦》为例，来讨论戏曲及传统文化的使用，探讨其如何成为先锋戏剧的基本元素。1999年，陈士铮导演的《牡丹亭》在纽约林肯中心艺术节首演，这是现今所知的《牡丹亭》的首次全本演出，此后多次在欧洲巡演。《牡丹亭》全本55出全部排演，是中国戏曲跨文化传播的重要事件之一，开启了此后中国以"全本"作为昆曲制作的理念。此版《牡丹亭》在舞台表演上融合了多种戏曲及传统文化形式，譬如昆曲、评弹、花鼓戏、民俗等，带有较强的跨文化特征。而且，此版《牡丹亭》为了塑造某种东方文化的奇观，除了在演出形式上采用了某些"东方"元素（如亭台式小舞台、水面、提词人等）外，在剧场空间的运用上，较多地使用诸如打破"第四堵墙"之类的由布莱希特表述的中国戏剧特征。譬如，在柳梦梅"言志"时，检场人上台，在打扫与收拾道具时，推搡柳梦梅。在杜丽娘"离魂"时，民俗里的葬礼仪式环绕剧场，以营造一种沉浸式剧场的

---

[1] [德]汉斯·蒂斯·雷曼：《后戏剧剧场》，李亦男译，北京：北京大学出版社，2010年，"译者序"第5页。
[2] 同上。

效果。

　　《四声猿·翠乡梦》由上海戏剧学院与上海昆剧团合作编演，于2015年在第六届中国昆剧节首演，2017年在第二届上海小剧场戏曲节演出。该剧改编自明代徐渭杂剧《四声猿》里的《玉禅师翠乡一梦》，虽然人物及情节大致不变，但是在剧本结构及内涵上做了新的处理。原本由两折构成，分别是"红莲诱玉通"与"月明度柳翠"。徐渭原意是对社会现象进行批判。改编本保持二折的结构，但是通过"转世"的设置，即第一折里的红莲、玉通双双坐化，转世为月明、柳翠，从而将原有的二折变成一种镜像结构，主旨则变为禅宗的体悟。这一改编不仅使全剧的戏剧性增强，而富于趣味，还更贴合当代观众的审美。在诸多变化里，剧场性的设置也独具匠心，譬如水池与鼓声的配合，在舞台前方放置了一个矩形水池，舞台右侧为乐队，是昆曲的传统场面，由鼓、笛、笙、琵琶、中阮、三弦组成。在演奏时，加入了电子合成乐的音效。当演出红莲诱惑玉通、柳翠诱惑月明这两段关键场景时，舞台用暗场处理，演员进入幕后，灯光打暗。该剧由《新水令》《步步娇》两支曲牌演奏，混合了爵士布鲁斯与摇滚，鼓师敲打大鼓，池塘里的水应声激起，水柱跟随鼓声的节奏而起落，将音乐转化为视觉。这一设置是科技对于剧场艺术的应用，用以烘托气氛，并暗示剧情的进展，可谓是剧场与科技结合的一个范例。这部戏虽然有专门的编剧，但是在编演过程中采用了开放式的讨论形式，最终确定剧本。这种方式也非常接近后戏剧剧场的创作方式。

　　以上二剧，虽然并非典型的"后戏剧剧场"之作，但是在观念上认同与注重剧场的方法与美学，并用于"传统型戏剧"领域，从而使其得到新的发展。

　　本节讨论了21世纪以来在戏剧领域发展的新趋势，这些新趋势一方面体现了欧美戏剧在中国的传播与影响，如小剧场、后戏剧剧场、跨文化戏剧等，这些运动和戏剧议题出现在不同年代，但是在21世纪之后，强烈地影响与塑造了中国先锋戏剧的走向。而且，它们在形式与理念上相互渗透与运用，一部跨文化戏剧也可能是运用小剧场的形式，带有后戏剧剧场特征的作品。这些欧美的现代主义或后现代主义的运动，对于中国先锋戏剧的变化来说，虽然在观念与方法上都起到一定的革新作用，但大多很快就变成新的成规。在戏剧领域，经过艰苦的"寻路"，将戏剧与话剧等多种形式"融合"，使其更具有"当代气质"，实践了"传统型戏剧"的现代化进程。另一方面，进入 21 世纪以来，戏剧的现代性被激发，而且在欧美新的戏剧观念影响下，戏剧作为戏剧现代性追求的形式与内容、观念与方法被一再激活并应用，因而也成为 21 世纪以来戏剧现代性的主要载体与重要资源。

第七章 中国电影现代性的民族性、时段性和当前课题

中国电影固然有作为独立艺术门类的艺术史，但也同时与整个中国式现代化历史进程相伴随，因而也是中国式现代化历史的一部分。从中国式现代化回看中国电影现代性进程，可以更清晰地认识和把握中国电影现代性的特质与发展规律。中国式现代化可以视为中国社会实施现代化变革的一种总体进程，而中国电影现代性既是这种社会现代化变革总体进程的一部分，同时又是对于它的一种影像表达方式。以运动影像系统形式去再现中国式现代化进程，构成中国电影现代性的基本品质，由此，中国电影现代性的民族性、时段性等特质及其当前课题也都可以得到阐明。

第一节 中国电影现代性的民族性特质

作为一种前所未有的来自西方的新兴艺术门类，电影的引进和发展给现代中国艺术门类体系提供了一种新的制度化元素：运用摄影机镜头组接成的移动影像形式，去真实地和活灵活现地呈现动态化的人类生活与世界情境，随后又陆续加入声音、戏剧、音乐等元素，使之逐步成为一种不可替代的拥有巨量普通观众和时尚效应的新兴大众艺术门类。伊朗导演阿巴

斯认为："一部电影能够从寻常现实中创造出极不真实的情境却仍与真实相关。这是艺术的精髓。一部动画片可能永远不是真的，但它仍然可能是真实的。看两分钟古怪的科幻电影，如果在令人信服的情境下充满可信的人物，我们就会忘记那全是幻想。"[1] 电影确实能以精心创造的"极不真实的情境"反映社会生活的"真实"。如今看来，电影的这种拥有巨量普通观众和时尚效应的大众艺术特质，只有电视艺术可以与之相媲美。只不过，电视艺术比起电影来又是更加后起的艺术门类了。如果要考察与中国式现代化进程相伴随的中国艺术现代性进程，电影无疑是一门合适的艺术门类。

应当注意到，自从在20世纪初进入中国以来，电影在中国的现代性进程中显示出一个突出的特质：它从一开始就凸显的，与其说是它的新兴现代性本身，不如说是这种新兴现代性所需要依托于其上的中国艺术自身的民族性特质构型。也就是说，这门外来艺术在中国人眼中及其移植到中国本土后，人们首先寻求的不是炫耀它的时髦性，而是考虑这种新兴艺术如何能够适应中国观众固有的以戏曲或戏剧为中心的鉴赏传统，从而将其吸纳到中国自己的民族艺术传统链条构造中。正是这样，中国电影现代性的特质突出地表现为"非西方"的中国民族性特质，而这一点恰与中国式现代化的"非西方"性质以及基于中国国情的民族特色相共振。

中国电影现代性的民族性特质追寻，首先表现为以中国固有的戏曲或戏剧传统去尝试定位电影这一新兴艺术门类，提出"影戏"说。1897年就有人在上海目睹这样的"电光影戏"："近有美国电光影戏，制同影灯而奇妙幻化皆出人意料之外者。昨夕雨后新凉，借友人往奇园观焉。座客既集，停灯开演：旋见现一影，两西女作跳舞状，黄发蓬蓬，憨态可掬。又一影，两西人作角抵戏。又一影，为俄国两公主双双对舞，旁有一人奏乐应之。又一影，一女子在盆中洗浴……"这种"电光影戏"构成的"奇观"让中国观众产生了深深的感叹："天地之间，千变万化，如蜃楼海

---

[1] [伊朗] 阿巴斯·基阿鲁斯达米：《樱桃的滋味：阿巴斯谈电影》，btr 译，北京：中信出版社，2017年，第14—15页。

市,与过影何以异?自电法既创,开古今未有之奇,泄造物无穷之秘。如影戏者,数万里在咫尺,不必求缩地之方,千百状而纷呈,何殊乎铸鼎之像,乍隐乍现,人生真梦幻泡影耳,皆可作如是观。"[1] 这位早期论者选择"影戏"一词去形容这种从未见过的新奇艺术形式,显然是在自觉地勾连旧有的中国本土戏曲传统。由于在电影进入中国之前,宋元明清时期的中国已经形成了自身的戏曲或戏剧传统,即"影戏"的皮影戏,因而当电影在清末(1896 年首次进入中国,时距电影诞生仅半年多)进入中国市场时,人们首先考虑的是让它与固有的戏曲传统实现汇通。此时关注的不是外来电影门类如何先进,而是它如何适应于中国戏曲文化传统的现代传承。侯曜等所进行的"影戏"理论探讨,正构成这一方面的典型范例。"影戏是戏剧之一种,凡戏剧所有的价值他都具备。他不但具有表现、批评、调和、美化人生的四种公用,而且比其他各种戏剧之影响,更来得大。"[2] 他列举的"影戏"的媒介特质有"比较的逼真""比较的经济""比较的具有永久性与普遍性""是教育的工具"等四条。[3] 正是通过这一系列论证,他力图证明电影即"影戏"是戏剧的一种,具有表现、批评、调和、美化人生的功能,与中国已有的戏剧或戏曲、文学、美术等本土艺术门类相比毫不逊色。这种电影合法性论证与电影在西方诞生之初时借助"高雅艺术"去证明的情形,存在着一致性:"为了走出这个有限的狭境,电影就需要'高雅艺术'的支持,以证明自己也能讲述'饶有趣味'的故事,而 19 世纪和 20 世纪之交的'高雅艺术'就是戏剧与小说。这并不是因为梅里爱的奇观影片还够不上短小的故事,而是因为它们尚未具有一出舞台剧或一部小说的成熟和复杂的形式。"[4] 从侯曜等所表述的中国早期"影戏"理论可见,中国电影现代性在其开端时段就

---

[1] 佚名:《观美国影戏记》,原载《游戏报》1897 年第 74 号,据丁亚平主编《百年中国电影理论文选(最新修订版)》上册,北京:文化艺术出版社,2005 年,第 3—4 页。
[2] 侯曜:《影戏剧本作法》,上海:泰东书局,1926 年,据丁亚平主编《百年中国电影理论文选(最新修订版)》上册,北京:文化艺术出版社,2005 年,第 57 页。
[3] 同上书,第 57—59 页。
[4] [法]雅克·奥蒙、米歇尔·玛利、马克·维尔内、阿兰·贝尔卡拉:《现代电影美学》,崔君衍译,北京:中国电影出版社,2010 年,第 72 页。

凸显出鲜明的民族性特质，力图让电影这个新奇的外来艺术门类与中国固有的戏曲艺术传统嫁接起来，获得本土戏曲沃土的丰厚滋养。这种对于戏剧艺术传统的依赖心理是这样强烈，以致直到改革开放时代初期的1979年，白景晟导演还撰写《丢掉戏剧的拐杖》一文，发出中国电影必须"丢掉戏剧的拐杖"而寻求更加自由的时空形式和更具灵活性的蒙太奇手法等的大声疾呼。这一点正从反面说明中国电影早期对于戏曲或戏剧传统的高度依赖性。

进一步看，中国电影现代性的民族性特质还表现在对传统文化的认同上。中国电影不仅在艺术门类传统上寻求本土戏曲艺术的支撑，还在表达对象上注重家族伦理传统和中国式心性智慧传统的传承。这就是说，中国电影在题材上从一开始到现在一直在致力于本民族生活方式中家族伦理传统和古典心性智慧传统的现代传达。《孤儿救祖记》（1923年）讲述富翁杨寿昌家族历经冤屈和离散打击而最终祖孙团圆的故事，传达出中国式仁厚、容让、悔过等多重价值理念的现代价值。《天云山传奇》（1980年）围绕知识分子干部罗群从蒙冤到平反这个中心事件，重点通过宋薇的人生回忆和道德悔恨，以及通过宋薇、罗群和周瑜贞对于冯晴岚的共同的深情追怀，阐述了忠诚与背叛、容让与坚韧、纯朴、善良等传统理念在当代生活中的意义。《烈日灼心》（2015年）聚焦于三名犯罪嫌疑人杨自道、辛小丰和陈比觉的多年自我心灵赎罪之路，形象地阐明了这三个人物"生不如死"的心灵焦灼状况，也借此反映了"心学"传统的现代生命力。

还应该看到，中国电影现代性的民族性特质还表现为自觉传承唐宋传奇以来的传奇英雄的传统，致力于讲述现代中国革命的传奇英雄故事，特别是中华人民共和国成立以来"十七年"间的中国电影。例如，《翠岗红旗》《新儿女英雄传》《钢铁战士》《中华女儿》《青春之歌》《刘胡兰》《赵一曼》《董存瑞》《南岛风云》《小兵张嘎》《鸡毛信》《南征北战》《智取华山》《渡江侦察记》《洪湖赤卫队》《平原游击队》《铁道游击队》《地道战》《地雷战》《51号兵站》《永不消逝的电波》《野火春风斗古城》《回民支队》《智取威虎山》《红色娘子军》《红旗谱》等数量庞大的此类电影，塑造了一大批现代革命战争中的传奇式英雄，满足了社会主义时期观众对于现代中国革命历史的回眸式鉴赏的渴望。直到当前，这种现代电影传奇叙事传统仍然在延续下来，例如《湄公河行动》《红海行动》《战狼2》《我不是药神》《奇迹·笨小孩》等，从不同角度去讲述当代生活中的传奇英雄故事，满足当代观众对于奇异英雄人物的强烈好奇心。

此外，中国电影现代性的民族性特质也表现为对于中国古典艺术"余味"或"余意"传统的自觉传承。按照南朝刘勰《文心雕龙·隐秀》的"深文隐蔚，余味曲包"[1]、宋人范温《潜溪诗眼》的"有余意之谓韵"[2]等观点，中国古典艺术传统中存在着一种注重"余味"或"余意"的创作与鉴赏制度，留有一定的"空白"或"余地"，这样可以诱使观众自觉发掘"完形"其蕴含的深长意味并且回味再三，感觉余兴悠长。中国电影人自觉地在电影这一新兴艺术门类中传承这种独特而久远的民族艺术传统。《神女》（1934年）中阮嫂形象的塑造，《小城之春》（1948年）中戴礼言、玉纹、戴秀、章志忱等之间的复杂情感纠葛，《巴山夜雨》（1980年）中秋石和刘文英等人物性格的呈现路径，《城南旧事》（1983年）中的林英子的童年记忆方式，《那山·那人·那狗》（1999年）中新乡邮员儿子与老乡邮员父亲之间的关系演变轨迹，《影》（2017年）以中国水墨画形式叙述三国时期替身境州对于自己真身的狂热追求，这些都以各自不同方式传承了中国古典"余味"或"余意"传统，给现代观众留下了开阔而深邃的延后品味空间。这使得中国电影展现出与其他国家电影品质不同的本土民族性。有意思的是，在由吴永刚执导的《神女》、吴永刚担任总导演而吴贻弓担任执行导演的《巴山夜雨》，以及吴贻弓后来执导的《城南旧事》之间，始终贯通着一种以"余味"为中心的中国艺术传统的代际传承线索。吴永刚在《巴山夜雨》上映时坦陈自己三十多年来一直坚持"素描画的意笔"，"想在平淡中让人思索、寻味"[3]，而吴贻弓也确认

---

[1] 刘勰：《文心雕龙》，据范文澜《文心雕龙注》（下），见《范文澜全集》第5卷，石家庄：河北教育出版社，2002年，第553页。

[2] 范温：《潜溪诗眼》，据钱锺书《钱锺书集·管锥编》（四），北京：生活·读书·新知三联书店，2011年，第2122页。

[3] 吴永刚：《我的探索和追求：导演〈巴山夜雨〉的一些体会》，《电影新作》1981年第2期。

自觉地追求"思想内容的清新隽永、意境的淡雅、深邃和表现形式的朴素、含蓄"[1]这一电影艺术风格。

第二节 中国电影现代性的时段性

同百余年来中国式现代化进程的历时态演变轨迹相应,如果将"大历史观""大时代观"与"长时段"概念等相关史学理论加以汇通可见,中国电影现代性也可以视为一个尚在持续进行的长时段或超长时段的宏阔历史进程,其中还可以进一步细分为若干中时段,而中时段下面还可以再分为若干短时段。正像中国式现代化进程体现为"中华民族迎来了从站起来、富起来到强起来的伟大飞跃"[2]这个三时段叙事构架一样,中国电影现代性也可以据此而大致分为如下三个中时段:中国电影现代Ⅰ、中国电影现代Ⅱ、中国电影现代Ⅲ。

中国电影现代Ⅰ是指中国电影自诞生到1978年期间的状况,主要体现为以影像形式系统再现中国现代生活世界情境,刻画了中华民族从"前所未有的劫难"中"奋起反抗"、"奔走呐喊"、进行"可歌可泣的斗争"[3]直到最终"站起来"的集体实践历程及其英勇姿势。其中还可以划分出三个短时段。中国电影自20世纪初诞生至20年代为中国电影现代Ⅰ的第一短时段,产生了大约三种影像范式:一是现实家族伦理范式(《孤儿救祖记》),二是仁义范式(《火烧红莲寺》),三是古装片范式(《西厢记》)。20世纪30年代至40年代为中国电影现代Ⅰ的第二短时段,出现了三种影像范式:一是现实社会批判及革命范式,相当于是上一时段现实家族伦理范式和仁义范式相结合的产物,有《神女》《渔光曲》《十字街头》《马路天使》《八千里路云和月》《一江春水向东流》等;二是怀旧范式,如《小城之春》;三是古装片范式,如《木兰从军》。20世

---

[1] 吴贻弓:《谈谈拍摄〈巴山夜雨〉的体会》,《电影》1981年第1期。
[2]《中共中央关于党的百年奋斗重大成就和历史经验的决议》,北京:人民出版社,2021年,第62页。
[3] 同上书,第3页。

纪 50 年代至 1978 年为中国电影现代 I 的第三短时段，有两种影像范式引人瞩目：一是现代革命传奇范式，属于新生的中华人民共和国的诞生历程及其结果的影像正义宣示，有一大批影片如《翠岗红旗》《新儿女英雄传》《钢铁战士》《中华女儿》《青春之歌》《上饶集中营》《刘胡兰》《赵一曼》《董存瑞》《南岛风云》《小兵张嘎》《鸡毛信》《南征北战》《智取华山》《渡江侦察记》《洪湖赤卫队》《平原游击队》《铁道游击队》《地道战》《地雷战》《永不消逝的电波》《野火春风斗古城》《回民支队》《红色娘子军》《红旗谱》等；二是现代社会建设范式，如《铁道卫士》《羊城暗哨》《虎穴追踪》《神秘的旅伴》《冰山上的来客》《秘密图纸》《我们村里的年轻人》《老兵新传》《李双双》《女篮五号》《舞台姐妹》《五朵金花》《刘三姐》等。这个时段中国电影着力展示中华民族在现代危机中自主和自立的挺拔英姿。

中国电影现代 II 是指 1979 年至 2012 年间的中国电影状况，主要描绘中华民族大力推进改革开放、经济建设和物质文明建设的集体姿势。它可以划分为两个短时段。1979 年至 20 世纪 90 年代为中国电影现代 II 的第一短时段，出现了三种影像范式：一是诗意现实范式，致力于诗意地反思过去历史，出现了《小花》《巴山夜雨》《小街》《城南旧事》《沙鸥》《青春祭》《那山·那人·那狗》等影片；二是现实改革范式，延续现实家族伦理范式、现实社会批判及革命范式传统，更多地直面当下社会现实问题的解决方式，如《天云山传奇》《邻居》《人生》《野山》《老井》《人到中年》《芙蓉镇》《背靠背，脸对脸》等；三是文化反思范式，以断裂姿态试图反思更加深广的现代历史与文化症候，有《黄土地》《黑炮事件》《红高粱》《孩子王》《边走边唱》《菊豆》《大红灯笼高高挂》《秋菊打官司》《活着》等。2002—2012 年为中国电影现代 II 的第二短时段，有三种影像范式成为主导：一是中式大片范式，试图仿效和回应《泰坦尼克号》和《卧虎藏龙》的大片效应，但也同时构成对于现代革命传奇范式在古代和当代的延续与拓展，有《英雄》《十面埋伏》《满城尽带黄金甲》《夜宴》《赤壁》《无极》《赵氏孤儿》《集结号》《梅兰芳》《风声》《十月围城》《南京！南京！》《金陵十三钗》《让子弹飞》《唐山大地震》《建国大业》《建党伟业》《一九四二》等影片；二是现实改革范式，继续延续上一时段现实改革范式，有《盲井》《盲山》《图雅的婚事》《三峡好人》《团圆》《钢的琴》《万箭穿心》等；三是轻喜剧范式，尝试以轻松灵活的喜剧方式去告别过去和处理现实问题，有《疯狂的石头》《疯狂的赛车》《人在囧途》《失恋三十三天》《人再囧途之泰囧》。这个时段中国电影集中展示了中华民族在改革开放、经济建设和物质文明建设中的自力更生与自富自足的姿态。

中国电影现代Ⅲ是指 2012 至今的中国电影状况，主要再现中华民族寻求自信自强的集体姿势，可以见到如下三种影像范式：一是当代中国传奇范式，可以视为前述现代革命传奇范式在当代另一种形态的延续，只是更集中描绘当代中国的传奇英雄故事，如《中国合伙人》《湄公河行动》《红海行动》《我不是药神》《中国机长》《攀登者》《战狼 2》《夺冠》《长津湖》《奇迹·笨小孩》《独行月球》《万里归途》等；二是正喜剧交融范式，以正剧与喜剧之间相互转化或交融的方式以及轻喜剧方式，去讲述当代中国的个体命运、家国同构故事，如《港囧》《心花路放》《夏洛特烦恼》《煎饼侠》《滚蛋吧，肿瘤君》《驴得水》《我和我的祖国》《我和我的家乡》《我和我的父辈》等；三是现实改革范式，延续了《孤儿救祖记》以来的现实家族伦理范式传统，有《烈日灼心》《老炮儿》《风中有朵雨做的云》《你好，李焕英》《我的姐姐》《少年的你》《送你一朵小红花》《人生大事》等。

中国电影现代性以如上三时段状况演变至今，相继出现了多种多样的影像范式以及相应的艺术风格，其中比较突出的是两类：一类是现实家族伦理范式，一类是传奇英雄范式。它们分别代表中国电影现代性的两种民族性特质，一是古典家族伦理传统和心性智慧传统，二是唐宋传奇以来的奇异英雄塑造传统。这表明，中国古代叙事文学中的家族伦理传统以及心性智慧传统获得了现代传承，展现出顽强的生命力；同时，古典奇异英雄传统也展现了广阔的公众前景。

第三节　中国电影现代性的当前课题

当前，在中国式现代化视域下从事中国电影现代性研究，需要面对两方面的课题：一是中国式现代化的基本内涵有待于用新的电影影像去阐释，同时新的电影史论著述也需要去阐释；二是中国电影现代Ⅲ正在展开，虽已有十多年时间而今尚在进行中。正是这两方面的课题的当前交汇成为一个问题结症：当前正在开展的中国电影现代Ⅲ需要一方面继续深入反映中华民族"强起来"的集体姿势，另一方面从正面刻画百余年来中国式现代化所已经展开和正在继续展开的基本内涵。这意味着，中国电影需要在2012年以来新开拓的基础上继续前行，更加自觉地将中华民族"强起来"的飞跃姿势与中国式现代化的基本内涵融合在一起予以集中和深入地刻画。笔者下面即依托过去十多年来中国电影作品的相关经验，从中国式现代化的五项内涵的影像表达需要入手，对中国电影现代性的当前课题作简要分析。

一、人口规模巨大的现代化，要求电影全面反映这个拥有巨大人口规模的国度的现代化的艰难曲折性和坚强不屈性。与人口规模小的国家实现现代化的比较集中和快捷不同，在中国这样有着巨大人口规模的国家实现现代化，从全部人口解决温饱问题到实现全民"小康"，其任务显然更繁重和更复杂，道路也更曲折，其过程更是漫长。《亲爱的》（2014年）叙述大城市中失独夫妻田文军和鲁晓娟的痛苦与坚持不懈的寻子努力，同时也叙述偏僻山村中村妇李红琴对于生育儿子的极度渴望，这两方面的诉求客观上反映了当代中国家庭对于人口及其传宗接代作用的非同寻常的重视传统，以及其中出现的人性扭曲状况。《我不是药神》（2018年）和《奇迹·笨小孩》（2022年）分别把镜头对准当代大都市上海与深圳两地，讲述当前中国城市人口正在遭受的医疗困境以及团结互助寻求改善和治愈的奇迹般努力。当前和未来中国电影还将尽力再现这个人口规模巨大的国度在追求更高层次和更高质量的人口现代化时的具体生活世界情境，这将不仅涉及巨大规模人口在衣食住行、生老病死等物质存在环境方面的整体改善，而且更需要其在国民教育、人格、法律、理性、科技、想象力等方面的全面改善。

二、全体人民共同富裕的现代化，呼唤电影再现生活在中国大地不同地理方位的 56 个民族、14 亿多人民对于共同富裕、公平正义的热爱和追求轨迹。与有些现代化国家其社会群体或阶级之间地位不平等、少数人富裕而多数人贫穷不同，中国式现代化追求全体人民共同富裕，也就是人民不分地域、民族、阶层、群体等，都在整体上实现自由、平等、和睦、友善。宁浩总导演的《我和我的家乡》（2020 年）以五个短故事再现了全国不同地域人民共同奔小康的动人景观：《北京好人》中的城郊农民已经像城里人一样享受到医保的福利；《天上掉下个 UFO》讲述西南山区人民在先进科技发明支持下可以促进日常生活条件和爱情生活条件的根本改善；《最后一课》旅欧阿尔兹海默病患者范老师回到浙江家乡目睹现代化巨变而病情好转；《回乡之路》在陕北毛乌素沙漠实现从寸草不生到绿树葱葱的转变背景下，让经销商乔树林在知名电商闫飞燕帮助下实现家乡"沙地苹果"的畅销；《神笔马亮》中生于东北山村的美术教师马亮放弃上重点美术学校而回到家乡扶贫开发，让家乡变美。周楠等导演的《你是我的春天》（2022 年）讲述新冠疫情防控阻击战中发生在武汉、上海和乐山等地的两组医生家庭、一对母女患者、一群社区工作者和两位送货员身上的故事，形成武汉抗疫历程中医疗前线与后方、战场全景与私人小景相互结合、紧密交融的景观，通过独特的影像手段逼真地重建起新冠病毒袭击下不同地域的普通人及其家庭的共同的生存危机境遇，以及在此环境下对于家的息息相通的渴望。"全体人民的共同富裕"不是一句空话而是实实在在的团结互助、相濡以沫和同舟共济的集体实践。

三、物质文明与精神文明相协调的现代化，期待电影高度重视中国人民的物质生活与精神生活之间的协调和平衡，而不能容忍那种只要物质富裕和幸福而不要精神健康和高尚的极端物质主义偏颇。在尹力导演的《没有过不去的年》（2021 年）中，王家四兄妹为了挣钱以及享受物质富裕而忽略了年老、体衰和病重的母亲宋宝珍。作家王自亮本人被肉体享乐与精神完善、妻子与情人、虚伪与诚信等多种力量撕裂而处在挣扎中；其弟王自建作为拥有权力和财富的官员却挣黑心钱；妹妹王向藜和王向薇分别在屠宰场和剧院的岗位成功中难掩精神孤独及失落；只有他们的慈母一生坚守精神信仰不动摇，以及他的爱徒佟元能沐浴恩师光辉而一生如"复圣"颜回一般安于清贫生活，体现出物质欲流中的精神守护者功能。幸而在母亲召唤下，四兄妹重回徽州老宅，有感于佟元能一家的朴实、真诚和仁厚之心而有所醒悟，共同领会到有灵魂的生活的超乎寻常的重要性。其中的"妈在，家就在，没家就完了"一句话，高度凝练地、寓言地和意味深长地阐发了拥有精神家园的生活才是真正文明的生活的人生哲理。随着中国人口物质文明水平越来越发达，与之相应的国民精神文明水平的持续提升就变得越来越关键了，而这恰是中国电影需要认真处理的紧迫课题之一。

四、人与自然和谐共生的现代化，对中国电影提出了发扬中国式"天人合一"和"万物一体"的智慧传统，并与现代生态环保理念及绿色文明建设相汇通的新召唤。《狼图腾》（2015年）、《美人鱼》（2016年）、《流浪地球》（2019年）和《流浪地球2》（2023年）等影片，分别在人与狼之间如何和谐相处、人类如何保护大海生态及鱼类生命、人类如何拯救地球和太阳系的毁灭危机等主题领域展开各自独特的描绘，凸显了人与自然和谐共生的当代价值。它们同时也在唤起人们对于有关庄子的"乘物以游心"理念、"秋水"精神等道家自然意识以及与其相通的"中国艺术精神"的记忆。这既是一个自中国式现代化进程以来一直在持续的课题，又是一个在新的现代化征程上变得愈益严峻的全球性课题，需要中国电影人以巨大的勇气和卓越的才智予以创造性应对。

五、走和平发展道路的现代化，给中国电影提出了如何在全球性生存境遇中透视中国角色和中国贡献的创造性机遇与积极担当。《湄公河行动》（2016年）、《红海行动》（2018年）、《战狼2》（2019年）等影片，相继反映中国人在当代国际交往事务中秉承的人类命运共同体理念，以和平发展与和平崛起的理念处理各种问题，向全球各国人民展示了中华民族爱好和平与团结友爱的动人形象。在饶晓志执导的《万里归途》（2022年）中，我国中年外交人员宗大伟和年轻外交人员成朗等用自己的智勇双全言行,克服重重阻力,帮助援外工人团体平安回归祖国,从而以他们的集体行动向外国民众诠释了中国的和平发展原则与对于人类共同价值的始终不渝的追求。

上面涉及的还只是过去十多年间部分影片在中国式现代化领域所做的影像探索,它们已经初步展现了中国电影在中国式现代化表达上的开阔前景以及中国电影现代Ⅲ的早期景观。当前和未来中国电影,应当更加自觉地和自信地回忆、感知或想象中国式现代化的演进景观及其节律,展现中华民族在新的现代化进程中的奋斗印记及其精神气象。

从中国式现代化考察中国电影现代性问题,也可以视为中国电影学发展的一次新机遇。面对与中国式现代化相伴随的中国电影现代性及其正在进行的现代Ⅲ进程,包括电影理论、电影史和电影批评在内的中国电影学也应当肩负起自身的使命来,也就是加强对于中国电影现代性及其现代Ⅲ进程的来自电影理论、电影史和电影批评的把握。有电影学者认识到:"电影是一种过去和现在都是多面性的现象,它同时是艺术形式、经济机构、文化产品和技术系统。……无论何时电影都同时是所有上述四个范畴的总和;它是一个系统。理解这一系统是怎样运作的以及它是怎样随时间进程发生变革的,意味着不仅要理解电影中个体成分的运作情况,而且也要理解它们之间的相互作用。"[1] 有关电影的这一"系统"特性,或许还存在更丰富多样的不同界说,但毕竟把电影视为"艺术形式、经济机构、文化产品和技术系统"已经能够代表当今人们有关电影的最基本的和普遍的看法。这告诉我们,当前中国电影学应当重视对于中国电影现代性的来自上述四方面或四维度的相通性研究,挖掘中国电影中艺术、经济、文化和技术等不同维度之间的相互关系及其缘由。同时,中国电影学还需要将中国电影现代性与世界各国电影现代性进程结合起来把握,因为中国电影现代性从一开始就是无法与世界电影现代性相分离的进程。即便是中国电影现代性的独特的民族性特质,也必然地是在与世界各国电影现代性相联

---

[1] [美]罗伯特·C. 艾伦、道格拉斯·戈梅里:《电影史:理论与实践(最新修订版)》,李迅译,北京:北京联合出版公司,2016年,"前言"第2—3页。

系和相比较的意义上来认识的。还应该看到，中国电影学也需要返身重新审视自身的发展历程。正如罗伯特·C.艾伦、道格拉斯·戈梅里所说："任何一个新学科成熟的标志之一就是对本学科研究的方式方法、成就和缺点的清醒认识。我们相信，电影史研究已经到了应该审视过去提出的电影史问题以及审视过去赖以回答这些问题的方法的时候了。"[1] 把中国电影学发展历程纳入中国式现代化道路去重新审视，意味着既与中国电影现代性进程本身紧密相连地通观，同时又与中国艺术现代性进程整体以及其他多种艺术门类的现代性进程紧密相连地通观，此外还需要与世界各国的电影现代性和艺术现代性紧密相连地通观。经过这样系统地重新审视，中国电影学必能激发出新的拓展可能性来。

---

[1] [美]罗伯特·C.艾伦、道格拉斯·戈梅里：《电影史：理论与实践（最新修订版）》，李迅译，北京：北京联合出版公司，2016年，"作者序"第1页。

第八章　全球视野下中国美术现代性路径

"现代性"是 20 世纪发展历程中世界各国均无法回避的问题，在这一历史阶段，由于西方在经济、政治上拥有绝对的优势，现代性理论从而在文化艺术实践和理论建设领域中以裹挟之势席卷各地区、民族和国家，对世界各国尤其是第三世界后发国家产生非常重要的影响。在其影响和冲击之下，各国的文化反应各不相同，如南美各国在文化艺术上就完全走上了西方所规定的现代性之道路，而中国则始终在斗争中呈现出越来越强的自身特性。究其根本，是因为现代性中的所谓"现代"并非西方文化发展的"前现代""现代""后现代"时序中的一环，西方现代发生的背景和社会基础亦是其他国家所不能复制的，即并非所有国家和地区的现代文化皆与西方在历史和理论上有完全相同的基础。因此，在现代经济和文化上后发的国家，应该在各自的社会经济、政治、文化的具体基础之上参照西方现代文化形态，生发出基于本土经验和社会发展并且对现实具有实际效用的现代性文化艺术。对西方现代性理论全盘接受并进行完全复制的现代文化，并非符合西方"标准"的和"真正"的现代，而在其强势席卷之下所坚韧生长出的具有文化个性的独特文化，才真正具有更强大和鲜活的现代生命力，以及更强的理论价值。

我们意欲清除现代性理论形成的固有遮蔽而从中发现新的价值，则需要转变理论认识的视角，将中西二元对立且"中"处于被输入之弱势的格局认知转为全球视野。我们只有在全球视野下，才能从根本上改变中国文化艺术被西方现代性理论的"弱小""落后"等主观书写，而尝试认识中国文化艺术的现代性。这其中有三个理论基点：其一，中国文化艺术在对异质文化接纳和包容的过程中所体现出来的"化生性"；其二，除却外部影响之外，中国文化艺术自身所体现出来的适应现实社会和经济、政治形势的向现代形态转换的主动性与原生性；其三，在西方现代艺术以及现代性理论的发展过程中，中国艺术特别是文人画艺术对其所产生的实际影响力和所提供的现实建构性。唯有在全球互动的视野之下，我们才能发现20世纪中国在内外因的共同作用下，走出一条独特的20世纪文化艺术现代性之路。中国文化艺术特别是美术的现代性发展道路充分体现出其与中国社会、历史、文化的整一性，这种适合自身文化逻辑的独特发展路径激发出中国文化的丰厚生命力，为中华民族的文化伟大复兴提供重要依据，同时给予第三世界后发国家以文化发展道路选择的有益启示。

美术这一学科与现代性理论的关联、渊源，在艺术所包含的一众科目中尤为深厚，在中国对西方现代性理论接受的过程中亦是最先受到冲击和影响的——正是欧洲对中国"如画"的古典园林的风格借鉴，成为西方现代性理论的发端之处。而我们在考察中西文化的关系时，发现作为其源头的中国以及东方艺术却处于相对弱势的位置上，这一显著的矛盾让我们认识到重新对现代性理论的理路进行梳理的必要性。这一理论的出发点、旨归以及其框架体系的建立所包含的浓厚的文化政治色彩不可避免地凸显出来。故而我们对现代性理论在中国的进一步研究和探讨之中，首先要注意把握去除其中隐含的西方中心视角，重新进行理论言说主体性确证的关键点，这样才能生发出现代性理论在中国艺术尤其是美术领域中的延展性和新面向。

我们在立场上有了转变的意识之后，在方法论上就需要回到历史本身，深入史料进行重新分析，这样才能去除西方现代性理论既有表述中的种种遮蔽，跳脱出西方现代性理论的既有视野，重新探究中国艺术发展道路是否缺失现代性，抑或仅仅只是不存在西方意义上的现代性这一问题。

我们探寻美术现代性理论的中国路径的关键，并非只是理论表述上的简单转变，而是以主体之姿态来观照中国20世纪美术的发展历程，在纷繁的美术史中发现契机。我们只有回归到中国美术历史发展自身，才能从中生发出不同于西方的别样的现代性理论。同时，"现代性"作为面对"现代"社会形态的理论体系，其所具有的开放性和生长性也值得关注。对于非典型西方社会发展形态的文化艺术发展路径，我们应当在中国美术尤其是20世纪以降的中国美术发展历程中进行探寻，对中国20世纪美术发展史的基本线索进行梳理，并对其中与现代性相关的主要环节进行展开，选取具有代表性的典型事例，通过对美术史实的重新观照，进行更符合历史事实及更具理论价值的叙述、书写和提炼总结，进而从20世纪美术史中总结出中国艺术理论发展的路径独特性。总之，正是对看似碎片化实则具有反映和折射能力的美术史现象的分析，中国美术现代性的理论叙述才更具历史感。反过来，理论的探寻又可以对中国20世纪美术史的书写起到一定的指导作用，通过更新叙事范式，以史带论，史论结合，史论互动，而使得美术现代性的理论更具说服力，且具有更深的根基。

本章将中国"现代性"问题置于全球视野中，尝试打破西方现代性理论中包含的文化艺术单向输入视点，而更为客观地在全球互动的情境中观照中国美术的发展，发现作为第三世界后发国家代表的中国在这一过程中独有的发展线索和叙事方式，并借此呈现出独特的现代转型路径，以打破西方的现代性话语的片面性和局限性。我们不但要看到全球现代性推动下的中国现代美术，而且要关注中国美术对于西方现代艺术产生影响的案例，打破西方视角下的中国美术叙事，尝试建立中国美术发展的主体性地位，以丰富现代性理论的形态。

第一节　中国民族文化系统对西方美术的化生

中国文化系统具有开放性和强大的包蕴之力，自古以来便对异质文化展现出积极的吸纳之势，但这种吸纳绝非简单地照搬照抄，而是将中华文化的特质浸入对象，铸就并形成新的交相融汇的文化形态，使之成为中国文化的有机组成部分。佛教传入中国后，禅宗的形成便是中国民族文化对外来文化"化生"能力的例证。也正是对外来文化的吸收及与原有文化体系的和合，中华文化纳百川而成海，因有容乃博大，才能历经数千年而不衰，并对更多的国家和地区的人们形成越来越大的感召力，对世界文化图景做出越来越大的贡献。这便是中国在面对外来文化时一以贯之的文化逻辑。事实上，20世纪的中国文化艺术发展也正是这一文脉的延续，只不过在政治、经济等方面因力量对比的悬殊暂时缺落了文化的自信，从而失去了文化叙述的主体性。

在20世纪中国美术发展历程中，向西方学习是无法忽视的重要方面，但这种学习并不仅仅是单纯模仿，也并不能简单地以后殖民意义上的"全盘西化"一概而论。事实上在现代语境下遭遇西方文化的过程中，内在于中国文化传统的强大的包容性基因再次发挥效用，从而将学习对象在深层上与中国文化进行"化生"与"和合"。这不止于在风格样式层面上学习西方艺术，也不仅在观念层面上借鉴西方艺术的资源，而是立足于本土文化语境，直面中国现代发展进程中的种种问题，主动探寻解决方案和发展道路。但这条20世纪中国美术的发展线索通常被西方的"现代性"话语遮蔽了，倘若尝试转换视角，以中国美术为主体观照美术发展历史，分析中国现代美术的诸多现象，便可借改变叙事的方式来重新发现新的要点。在具有代表性地对油画、版画和现代艺术接纳和本土化的历程中，生成了在发展动能、话语系统、体制生态等维度上的20世纪中国美术现代性的独特之处。

一、油画媒材的中国气派与学派

油画作为舶来的艺术形式，如何在中国文化语境中进行本土化发展的问题贯穿中国油画发展历程的始终。其间，"油画民族化"问题是一条发展和转换的线索，其在不同历史时期的语境之中有着不同的内涵，也随着历史发展的浮沉变迁而体现出不同的特点。起源于欧洲的油画技法自明万历年间随着"西学东渐"传入中国，在不同时期给中国绘画带来不同程度的影响与冲击。对这一画种与民族艺术关系的深入思考和辨析在20世纪变得更为集中。20世纪早期一批批中国艺术家赴欧美留学，在现代性的层面上学习绘画技巧，系统、全面而主动地学习这一根植于西方文化土壤的画种。他们不仅仅要将油画作为一项外来的技巧加以吸收，更要将之变为民族艺术系统中的有机组成部分加以发展，以民族文化为本体对外来艺术进行整合。

对油画的本土化发展，中国学者和艺术家有着深切的自觉意识和主动的积极姿态。早在1923年，刘海粟在《石涛与后印象派》中就首次提出了"油画民族化"的问题。20世纪初，李铁夫、李叔同、林风眠、徐悲鸿、颜文梁、潘玉良等人留学日、法，学习并引入西方油画技法，其中徐悲鸿、林风眠等人更是中西融合之路的践行者。在经历了中华人民共和国成立后对苏联模式的全盘接受学习之后，探寻油画民族形式的重要性逐渐凸显出来。20世纪50年代"油画民族化"问题被明确提出，并且成为艺术家的实践方向。这一时期虽然取得了不可忽视的成果，但与此同时所处的特定社会和文化语境使其出现单一化的倾向。进入20世纪70年代后期至80年代，"油画民族化"再次成为美术界的重要话题。绘画的民族形式问题就其实质而言是面对和驾驭某一画种时的较为复杂的文化身份问题，在操作层面上它不但包括绘画的内容、题材等方面，还更多地指向语言的表现力，这些要素共同构成民族形式的要义。而实现油画的民族化重要的通道之一就是深入传统，找到可以沟通二者并实现转换的契机。

在探寻油画中国风的过程中，以董希文为代表的中国艺术家即自觉地从中国画的绘画方式中提取可以融贯中西的因素，试图架构起沟通中西的桥梁从而激发油画的民族形式。董希文认为这项事业首先需要的是一种气度和胸怀，将外来的艺术形式内化为自己的表达方式，使之成为言说中国画家自身对于生活的想法和看法的工具，而且这是具备现实可能性的。因为"中国画与西洋画并不是两相克的东西"[1]，两者之间存在打通和相互

---

[1] 董希文：《从中国绘画的表现方法谈到油画中国风》，见郎绍君、水天中编《二十世纪中国美术文选》（下册），上海：上海书画出版社，1999年。

借鉴的可能性，基于此他进行了有益尝试，在油画中探索中国绘画表现方法的应用。关于具体的方法和路径，他认为进行两者的融合应从厘清中国绘画的核心特点出发，即董希文所说的"发挥民族绘画的优良传统，主要应该从中国绘画的创作方法方面去研究"[1]。关于这种本质特征，董希文总结道："中国的绘画在表现方法上一开始就不是自然主义的描写，中国画不只停留于表现表面现象，更重要的是表现对象本质的东西——对象的生命特征和对象的物性（包括形、体、构造、质、量等）。"[2] 董希文从中西绘画两端进行认识和把握，并将两者在本质上进行了区分。从董希文的思考中可以看出，油画民族化的核心在于在掌握基本技法的基础上突出中国传统绘画中所包含的表意性，而不能完全为西画的科学性所限制，在透视、空间以及造型的准确性与情感、意志的表达之间找到新的平衡，在油画中突显出民族形式特色。

  油画的民族化问题不仅仅局限于形式层面的探讨，关于油画在中国社会存在与发展的基础、民众的认知习惯也在艺术家的观照视野之内，对此吴作人做出分析，他说："如果说在前几个世纪，油画曾不止一次地有移植到中国的机会，而没有能在中国生根，这是由于当时油画的表现形式和当时人们对造型的传统观念不相符合，而没有被人广泛地接受和继承。然而从'五四'以来，尤其是在解放以后的新中国，油画以其表现的特性，有说服力地带给人民大众以新的形态，而逐渐为大众所接受。"[3] 五四运动对西方科学的传播，对于光影、透视等的运用奠定了接受甚至欣赏油画的知识基础。同时，中国油画的创作也不能满足于广泛地向西方学习和观摩的层面，"若不从自己民族生活的现实中去追求艺术的源泉，不深入观察，不钻研刻画自己民族的人物形象，只注意别人画面上的流利的笔触，鲜明的色彩，从表面上仿效外国作品，是会严重地妨碍画家自己的前途和艺术发展的"[4]。艾中信在其《油画民族化问题探讨》中重点对所谓

---

[1] 董希文：《从中国绘画的表现方法谈到油画中国风》，见郎绍君、水天中编《二十世纪中国美术文选》（下册），上海：上海书画出版社，1999年。
[2] 同上。
[3] 吴作人：《对油画的几点刍见》，《美术》1957年第4期。
[4] 同上。

"化"进行了关注——究竟怎样"化"？是变化、融化、演化，还是同化？他认为油画民族化不是简单地与中国传统形式相融化的问题，"从它本身的发展来说是一个艺术新品种的演化成长过程"[1]。所谓"化"，不仅是要在形式上下功夫，而且需在三个方面上着力：一要"有时代感情"，二要"和群众有共同语言"，三要"热爱和钻研民族艺术传统"，三者不可偏废。[2] 这些论述都认识到需要在油画所表现的内容、主题和情感上彰显出民族感和时代感。

董希文、罗工柳、王式廓、吴作人等油画家不但是此一话题在理论上的倡导者，更是实践者。董希文在创作《开国大典》（图8-1）时，就旨在"把它画成一幅与平常的西洋风的绘画不同的具有民族气派的油画"[3]。在构图上，董希文并没有完全依照透视办法来处理，他对画面中领袖的位置和建筑关系做了更改，大胆取消了一个遮挡视线的建筑立柱，以这种"非真实"来表达一种精神风貌的真实。在色彩上，他参照了中国画中重设色的一类作品的色彩使用，用鲜明的对比色营造出一种热烈、明朗的氛围。而整个光源被单纯化处理，使画面具有一种装饰风效果，这借鉴了传统年画的表现手法，从而在艺术语言上对油画的特点进行了重新阐释和演绎，得到毛泽东、周恩来等"是中国，是大国"的评价，从而达成了以民族化的形式言说中国历史表达的目标。

进入20世纪80年代，在政治、经济、文化等各方面语境都发生转变的境况下，对油画民族化前一阶段的探索成果有了新的反思和突破。80年代初期的《美术》杂志重新组织讨论这一话题，詹建俊在文化格局下对之前"油画民族化"话题之内涵进行了重新思考和审视，对油画未来进一步发展和推进的道路做出新的感知与判断。虽然油画的民族化是中国油画发展历程中的核心命题，但在不同历史阶段这一问题所体现出的文化意义和价值诉求不尽相同，这就导致民族化和本土化的方式、技术手段以及其中所蕴含的思想观念也存在较大差距和转变。80年代对五六十年代

---

[1] 艾中信：《油画民族化问题探讨》，见艾中信编《油画风采谈》，天津：天津人民美术出版社，1991年。
[2] 同上。
[3] 董希文：《油画开国大典的创作经验》，《新观察》1953年第21期。

图 8-1 董希文《开国大典》，1953 年

所提倡的油画民族化进行回望，反思其所沉淀下来的相对程式化的操作，如避免人物面部侧面受光形成阴阳脸，在构图中呈现出完整的人体，技法上以平涂为主、不依靠肌理来表现质感等，这些具体规则形成的所谓"民族风格"就显得表面化、简单化和泛化，变成一个缺乏实际意义和效能的口号。而80年代至2000年的中国油画发展则试图进入绘画语言的本体层面，在形式、风格等更为深入的问题上进行探讨，将单一化倾向转变为更深入和细致的求索与推进。

正是在这个意义上詹建俊更加赞同"中国油画学派"的说法，针对并解决具体的创作问题，以适应不同时期国家和社会文化整体发展的需要，继续推进油画的本土化进程，在新的层面上更积极深入地推动油画与中国文化的深层融合，并对油画进行内涵和意义的当代转化。詹建俊强调油画要在学术上形成中国特色，要把古今中西融合起来形成油画的新面貌，并期待每个人都能根据自己的个性思考并创造出一种符合当下中国审美需要的艺术面貌，创造油画的中国气派。对油画这一外来画种观看视角的改变和思维方式的转换，成为建构中国油画学派的实质进步，也即此时油画这一画科不再局限于本土化和民族化。在油画取得各国普遍承认的成就，具有公认的国际水平之后，其发展目标也随之转变为对绘画语言精微性与学术建树的追求，以求能自成体系地实现与西方各个国家的油画以平等的姿态进行交流和对话。目前活跃的意象油画学派也是沿着这条道路进行油画民族化形式的继续探索。

这一阶段中国的油画艺术发展已然超越了"洋与中"的问题，亦不必再将"民族化"看成空幻的模式，而是在全球化的时代语境中，于精神、内容、情趣、形式、技法等方面进行油画学术体系的建构，在自身具有主体性的文化实践中达成与世界各国的交流对话。以詹建俊为代表的一批油画家在其创作中追求"造境""韵味"的表达，与中国传统文化对接、融合，与时代风貌呼应、互动，注重文化理路的梳理和内在精神性、思想性的充实。技艺与观念内涵相互渗透、互为表里，建构起中国油画自足而独特的体系，在世界文化全局中彰显中国油画艺术的独立品性和深厚的中国文化魅力，使油画成为言说中国文化和中国情怀的新手段，成为中国人生活体悟和中国文化、中国精神的艺术载体，成为中国现代文化建设的有机组成部分。

中国美术家协会油画艺术委员会和中国油画学会提出并一直坚持的"民族精神，时代特色，个性特征"的艺术方向，即为油画中国学派所追求的学术目标，也是油画中国学派建构的自觉体现。未来中国油画艺术的高峰也就应该是未来世界油画艺术中的一座高峰。

二、作为现代意义上的版画与中国革命

就美术自身的发展历程来看，艺术媒介的改良和引进、艺术语言和样式的交流学习都是非常重要的方面，但美术的发展样态与特征更取决于与借鉴主体自身所处的文化情境的互动。在中国20世纪特殊的时代语境中，西方艺术形式的进入就呈现出不同于其原有样态的"化生性"。20世纪上半期的中国陷于深重的民族危机之中，内忧外患、民不聊生是当时不得不面对的社会现实，救亡图存成为时代的主题。在这种形势之下，美术的发展自觉地带有鲜明的革命精神和坚定的革命信念，美术家也积极投身

革命的洪流。这一时期的美术作品成为斗争的武器(图8-2),艺术家走向"十字街头",以油画、国画等各种材料媒介表现人民疾苦,激发国人斗志,以同仇敌忾、共赴国难。尤其在20世纪三四十年代,艺术家们以美术运动的独特方式参与到不屈不挠的反抗斗争中。

在这一时期的诸美术门类中,作品数量最多,影响最为广泛的当属版画。但这里所说的版画又与中国古而有之的版画概念相区别:由艺术家独立完成的创作版画形态与刻印佛经书籍插图和叶子等的商业化模式之间的区别。如鲁迅所言,"中国木刻图画,从唐到明,曾经有过很体面的历史。但现在的新的木刻,却和这历史不相干。新的木刻,是受了欧洲的创作木刻的影响的"[1]。

图8-2 李桦《怒吼吧,中国》,1938年

新兴木刻运动开启了中国现代版画艺术的发展,是中国现代美术只的独特叙事。在这场艺术运动中,从创作的媒介材料、技术技法到画面的主题、语言等更多的是对西方的学习,但这场在20世纪上半叶苦难中国大

---

[1] 鲁迅:《〈木刻纪程〉小引》,见《鲁迅全集》第6卷,北京:人民文学出版社,2005年。

背景下发展起来的艺术运动,一开始就与蓬勃汹涌的民族解放斗争紧密地结合起来,其现代性中融入了更多的现实主义因素,而与西方原初语境中的特性产生差距,形成自身的个性。鲁迅是这场运动的推动者和一大批青年创作者的导师,他通过举办木刻讲习会、举办展览、出版画集等形式,将西方版画家如珂勒惠支、麦绥莱勒等介绍到中国,为中国版画艺术的发展提供可借鉴的资源。全国各地版画团体大量涌现,在上海、重庆、武汉、北平、延安等地参与到轰轰烈烈的革命进程中,揭露现实、动员民众、宣传抗争。在这特殊的社会背景和文化形态下,中国新兴木刻版画运动从诞生伊始就具有明确的革命基因,正如艾青所言:"中国的木刻从开始至成长,都是受着革命文学之父——鲁迅先生栽培、浇灌与维护的。因此,中国的木刻就没有一刻离开过战斗的血统,人民的呼吸,和旧势力的压迫。"[1] 中国近现代版画,与其他艺术形式相比,具有鲜明的特殊性,进行着另一种意义上的现代性探索。

从性质上来看,这场版画并非由艺术家自觉发起并进行的艺术运动,其发展动能并不是艺术本体演进和发展的需求,也非赞助人对于艺术的需求发生了改变,而是一场由知识分子发起的艺术革命。"之所以称'艺术革命',是因为这场运动是中国近代社会革命在艺术领域中的延伸。"[2]

谈到革命性和战斗性成为新兴木刻版画艺术运动的题中之义的原因,鲁迅在《〈新俄画选〉小引》中指出:"因为革命所需要,有宣传,教化,装饰和普及,所以在这时代,版画——木刻,石版,插画,装画,蚀铜版——就非常发达了。"[3] 事实上可以说革命的现实需要是木刻版画发展的起点,这场艺术运动实质上也是以革命为最终旨归。正是在这一总体目标的带动之下,新兴木刻运动才呈现出其他的一系列特点,从而形成了现代版画的总体面貌。版画运动的政治现实性超越并主导了视觉性,两者相互融合而形成其现代性的独特性。中国的现代版画运动所蕴含的"现代性",并不是在其反叛传统以及突出个性和个体价值的层面上进行的,恰

---

[1] 艾青:《略论中国的木刻》,《新华日报》1938年1月30日。
[2] 安雪:《另一种现代性》,《美术》2014年第9期。
[3] 鲁迅:《〈新俄画选〉小引》,见《鲁迅全集》第7卷,北京:人民文学出版社,2005年。

恰相反，这种独特的现代特性是以发扬版画的大众性，强调其宣传之能而显现出来的。鲁迅在《新俄画选》前言中明确说道，西方的现代艺术诸派只注重对旧体制的破坏，而这些左派艺术并没有新的建构，只破而未立，而且从这些流派努力的方向上来看，"尤其致命的是虽属新奇，而为民众所不解，所以当破坏之后，渐入建设，要求有益于劳农大众的平民易解的美术时，这两派就不得不被排斥了"[1]。西方各现代画派只尚新奇而脱离群众，而中国的社会革命者则看到了艺术所蕴含的巨大能量，鼓舞士气"新派画的作品，几乎非知识分子不能知其存意。因此绘画成了画家的专利品，和大众绝缘，这是艺术的不幸"[2]。革命性及与之相联接的大众性，指导并塑造出中国新兴木刻运动各个维度上的特点。

首先，在版画的语言上，新兴版画运动绝非对西方版画的模仿和抄袭，而是在其核心诉求的引导下进行的本土转换实践。事实上，中国现代版画语言的发展经历了一个发展和转变的历程，在版画运动之初期，形式上受到德国表现主义木刻的影响，在语言上突出表现为形象的变形和夸张，以实现对情感的强烈表达，同时也通过一定的象征意味来传达画面主题。但在发展过程中中国版画家逐渐发现革命性的实现是需要与大众化相关联的，唯有获得（普罗）大众的理解和认可，宣传才能实现。正如鲁迅所主张的版画应该具有真切而朴实的表现形式，晓畅明白、易于理解。而表现力的形成依靠的是创作者绘画技能的训练，鲁迅也看到了这一点并认为"木刻最要紧的是素描基础打得好"[3]，版画家应当通过扎实的素描功底的培养来解决形象塑造准确性的问题，然后才能在准确的基础上实现主题的传达。鲁迅也强调了光在木刻版画中的重要性："木刻只有白黑二色，光线一错，就是一塌糊涂。"[4] 在光影的运用、人物表现的手法等造型因素方面进行的转化，扩大了普通民众对于版画的接受程度。在1942

---

[1] 鲁迅：《〈新俄画选〉小引》，见《鲁迅全集》第7卷，北京：人民文学出版社，2005年。
[2] 《鲁迅在中华艺术大学讲演记录》，见人民美术出版社编《学习鲁迅的美术思想："鲁迅与美术"研究资料》，北京：人民美术出版社，1979年，第1页。
[3] 胡一川：《鲁迅与左翼美术运动》，见人民美术出版社编《回忆鲁迅的美术活动："鲁迅与美术"研究资料》，北京：人民美术出版社，1979年，第73页。
[4] 鲁迅：《致曹白》，见《鲁迅全集》第14卷，北京：人民文学出版社，2005年。

年毛泽东发表《在延安文艺座谈会上的讲话》以后，艺术为工农兵服务也成为木刻工作者的创作原则，版画家深入农村、工厂和前线，在火热革命斗争中体验生活、寻找灵感、发现题材，更重要的是与此同时在表达语汇上向中国民间美术学习，开始探索中国木刻的新形式，创作出一批具有抗争的思想性和民族风格艺术性的木刻作品。线条表现突出，构图简洁明朗，情感充盈有力，从而形成了为大众欣赏和接受的通俗性语言系统，更好地为革命性的目标服务。

关于这一特殊时期艺术形式的中西问题，当时的艺术工作者即进行了自觉地反思，"所谓中国画的'现代化'有两种含义：第一是内容的'抗战化'，其次是技术的'西洋化'。非然者，所谓西洋画的'中国化'会化成风雅游戏主义而取消抗战的进步性。相反的，中国画的'现代化'也必须以西洋画之'中国化'为条件！否则亦将有同样地不为大众所爱好之危险"[1]。在中西艺术语言在版画中的借鉴与融合的问题上，鲁迅也一再申明"新的艺术，没有一种是无根无蒂，突然发生的，总承受着先前的遗产，有几位青年以为采用便是投降，那是他们将'采用'与'模仿'并为一谈了"[2]。鲁迅也极为肯定了介绍西洋艺术和翻印古代中国木刻同时并举，全面学习和吸收养分对新兴木刻发展大有益处，从而明确提出："采用外国的良规，加以发挥，使我们的作品更加丰满是一条路；择取中国的遗产，融合新机，使将来的作品别开生面也是一条路。"[3]

其次，在版画所表现的题材上，鲁迅认为一些日本木刻家的风气"都是拼命离社会，作隐士气息，作品上，内容是无可学的，只可以采取一点技法"[4]。鲁迅对他国版画取舍的标准即在于对中国所面临的问题解决的有效性，远离社会的乌托邦式表达无益于中国的社会现实，"我的主张杂入静物，风景，各地方的风俗，街头风景"[5]。鲁迅的这一见解的重要意义在于：一是逆日本版画之风而行，直面中国现实；二是提高新兴木刻的

---

[1] 洪毅然：《抗战绘画的"民族形式"之创造》，《战时后方画刊》1941年第14期。
[2] 鲁迅：《致魏猛克》，见《鲁迅全集》第13卷，北京：人民文学出版社，2005年。
[3] 鲁迅：《〈木刻纪程〉小引》，见《鲁迅全集》第6卷，北京：人民文学出版社，2005年。
[4] 鲁迅：《致刘岘》，见《鲁迅全集》第14卷，北京：人民文学出版社，2005年。
[5] 鲁迅：《致陈烟桥》，见《鲁迅全集》第13卷，北京：人民文学出版社，2005年。

大众接受度，从而促进其传播，以更好地实现新兴版画的社会效能。

再次，在媒介材料上木刻版画具有突出的优势，以其制作过程简便、快速且易于掌握，传播途径方便、快捷而得到普遍接受。尤其是版画可多次复印的特性使得其传播更加普遍，可以在更广阔的范围内产生效用。而黑白分明、易于表现的特点则使版画成为当时最合适的艺术宣传工具。版画媒材在制作时间和影响力的空间上都有着其他艺术形式所不具备的优长，能更好地服务于革命性的目的，成为美术革命、抗战的先锋。以古元的木刻作品为代表，他喜用黑线条平面的表现手法，民族形式的通俗性非常明显，成为流行于西北的木刻典型。

总之，新兴木刻版画是在革命的目的性主导之下形成的多种要素的组合与变化，生发出独特的艺术风格样式及特征。在革命目标的统摄之下，中国艺术形式因素得以发现和张扬，在中国当时的语境之中，将木刻版画、漫画等形式发扬光大，成为中国现代艺术史叙事中不可缺少的组成部分，并生发中国现代美术中独特的现代性品格。西方的艺术形式与中国具体的历史语境化生和合，借鉴并为我所用，探索出其独特的表现力，中国新兴木刻版画对西方版画的表现力边缘的探寻和开拓，塑造出其独特的现代特性。这些艺术作品所包含的情感意蕴和斗争精神也成为中华民族精神现代传统中的一部分。

三、现代艺术及其理念的中国建构

对西方现代艺术的集中学习是中国现代美术发展历程中的重要环节，这个过程首先也是最突出地在艺术本体语言上促进中国艺术开放性面貌的形成；在现代艺术市场的建立以及体制生态的现代化、国际化等维度上的建设方面，也具有开拓和推进的强大效用。正是在这场运动的影响之下，中国艺术生态进入现代化的运行逻辑之中。"星星画会"开启了"85美术新潮"之先声，中国的现代主义艺术运动在1985年前后到达盛期与高潮；后以1989年的"首届中国现代艺术大展"作为富有争议的终结而落幕；及至20世纪90年代当代艺术市场的建立，中国与世界形成更多元的对话机制。中国现代艺术不仅仅是对西方现代艺术形式、样态本身的接纳，重要的是丰富了中国艺术生态的多样性，形成了与世界现当代艺术机制所共有、共享以至于共创的体制，从而相互贯通。中国艺术以现代之姿融入全球化的艺术世界，更好地置身于国际话语体系而实现中国文化艺术的有效表达。

随着新时期社会现代化的推进，文化现代性得到相应发展。1979年，邓小平在第四次文代会上发表《祝辞》，明确阐释新时期的文艺方针，为美术界的思想解放打开一扇大门。美术领域的变化具体体现为对于传统艺术的反思和对于现代表述的进入。这一转型过程的发生可被划为两个主要阶段：第一阶段，从20世纪70年代末到1985年前后，是以"伤痕美术"与"乡土写实绘画"为代表的反思性探索，对艺术本体及内在精神的回归性关注一定程度上起到了桥梁作用。第二阶段，主要以1985年前后到1989年的"85美术新潮"为代表。这一阶段的中国艺术发展以学习西方的现代艺术样式为主要特征，但这些样式在中国生效的方式和这一时段中国现代艺术史书写的逻辑却与西方迥然相异。

在复杂的80年代社会情形之下，艺术还承担着超出艺术形式和语言本身的使命，这就使得这一时期对西方艺术的学习包含着很多的层次。"因为科学、经济的落后，使他们愈加走进沙龙；哲学的贫困，使他们不得不去冒充哲学家；思想的无力，使艺术作品不得不承担它负担不起的思想重任，这正是当代中国艺术的骄傲，然而这也正是当代中国艺术的可悲。"[1] "85美术新潮"可视为向美术本体回归的潮流，从美术语言上，"85美术新潮"可上溯至伤痕美术的乡土写实风潮。伤痕美术在反思中重新推开了绘画"自由表达"之门，而"艺术反映真实"之需求逐渐回归为对内心真实与人性真实的表达诉求上。因其承担着思想上的开化或者启蒙的作用，这一时段的中国艺术表达自然而然地对西方艺术主动误读甚至重构。如罗中立创作的《父亲》（图8-3）体现出对于照相写实主义的吸收及成功运用，其以领袖画的巨大尺幅描绘了一位饱经风霜的农民形象，他精细地刻画其手上的伤口与脸上的皱纹。这幅作品引起了美术界对

---

[1] 李家屯（栗宪庭）：《重要的不是艺术》，《中国美术报》1986年第28期。

于表现"崇高"及"典型"形象问题的争论。而对于《父亲》普遍达成共识之处在于,其以写实性的笔触对苦难进行深刻地描绘,同时又为人物加上善良、淳朴的可贵精神特质。但《父亲》能够进入到美术史叙事的序列之中,并非仅仅出于其形式上的特质,更在于这些形式得以生效的语境,"但罗中立所采用的一切手段都只能在我们这些看惯了'红''光''亮'、'三突出'的样板画的观众身上才能产生影响,简言之,是我们的文化背景,我们已有的先见和所见决定了这幅作品的意义。从最严格的意义上来说,罗中立的《父亲》在油画这门学科内并无任何建树,在艺术形式上也毫无新意,但这丝毫也不降低这幅作品在中国当代艺术史乃至文化史上的重要地位。因为在当时,《父亲》这幅作品通过中国当代的文化背景凝聚了几代人的感情"[1]。这件作品对中国的艺术发展而言,重要的是其对观念的解放,对艺术生态和体制的解围。

图 8-3　罗中立《父亲》,1980 年

---

[1] 邹跃进:《他者的眼光:当代艺术中的西方主义》,北京:作家出版社,1996 年,第 31 页。

无论是对于西方艺术思想的引进，还是具体语言方法上的借鉴，带有冒险精神的"85美术新潮"在拓宽当代艺术家视野方面都具有先驱性意义。面对改革开放以来的西方文化冲击，"85美术新潮"的发生带有明显的反思意味，既包括对之前时代的反思，也包括对于艺术本体的反思，其核心精神在于大胆地将中国美术导向现代化实验的方向，并将传统与现代、民族与世界的张力问题提到一个新的平台进行探索与实践。面对纷繁的艺术现象，高名潞着重对于抽象等艺术本体理论问题进行探讨，将新潮美术中的主要艺术活动划分为"理性和宗教气氛""直觉主义与神秘感"以及以装置和行为艺术为主的"观念更新与行为主义"[1]，总结出西方艺术在20世纪初向现代主义转型的典型特征。郎绍君则将"85美术新潮"的追求总结为对于生命本体的思考、心理幻境的描绘和文化反思及寻根意识三个方面[2]。观念、装置、行为诸形式极大地拓宽了艺术创作的范围以及创作的可能性，理性、生命、文化等艺术创作的观念表征则拓展了艺术的容量，从而在实践和理念上改变了中国传统美术的结构，使之生成新的开放性及与国际现代艺术进行交流和对接的可能性。

"85美术新潮"的重要意义，鲜明地体现在对艺术创作语汇的极大丰富方面，同时在这个过程中，批评家的地位被凸显出来，理论话语的生产进入轨道并卓有成效。如栗宪庭、高名潞等人敏锐发现了风格样式，并指导、推动艺术创作。周彦对王广义作品的阐释、贾方舟对艺术形式的关注等，也是对当时现代艺术在中国的蓬勃发展所做出的理论性总结与回应。这些批评家大都对于现代文化思潮和西方现代艺术理论作过深入的文本阅读和个人思考，其阐释超越了艺术家抒怀式的自我表达而有更大的效能。正如易英所言："1985年作为一个重要的转折点不仅在于新潮美术运动的发生，还在于批评对运动的参与和某种支配作用"[3] 在这场轰轰烈烈的现代美术运动中，美术批评作为学科的建设得到新的推进，艺术自觉意识开始萌生。1989年、1990年举办的"美术批评笔谈"围绕"批评的本体

---

[1] 高名潞：《'85青年美术之潮》，《文艺研究》1986年第4期。
[2] 郎绍君：《论新潮美术》，《文艺研究》1987年第5期。
[3] 易英：《进展与徘徊：1989年—1993年美术批评述评》，《艺术探索》1994年第2期。

意识和科学性"等问题展开探讨[1]，确立了中国"当代美术批评"的范畴，在艺术世界的重要维度上推进中国艺术生态之现代转型。

1989年之后，国内艺术的形势发生很大的变化，作为新潮美术发展和传播主要阵地的杂志如《中国美术报》《美术思潮》等都遭到停刊，批评家在90年代又以策展人的方式来实现个人的价值以及在中国艺术发展中的责任，展览代替了文字成为表达观点的手段和方式，如"广州双年展""文献巡回展""批评家年度提名展"即是在这样的情境下出现的。而"批评家策划展览是比单纯的文本批评更为有力的一种批评，也就是我说的'权力批评'。因为策划一个展览要比发表一篇文章能对当代艺术产生更大的效应和影响力。后来慢慢发展出来一批独立策展人"[2]。这些策展人逐渐掌握话语权力，以批评意识表达文化诉求。策展机制逐步在历史意识的架构之中形成，并在观念、方式等方面更具开放性，同时与国际艺术运作体系接轨形成对话之势，之后的中国艺术发展迎来策展人时代。

进入到90年代，中国艺术市场初露端倪，中国当代艺术的商业属性得到彰显，同时形成一条与国际交流的通道。与之相适应的是中国画廊业的兴起，美术馆体制尤其是民营美术馆亦如雨后春笋般涌现，在不同的学术维度上潜心探索，力图实现不同美术议题的视觉呈现，通过展览的组织进行学术的探讨。虽然在这个体制生态中存在一系列的问题，但正是在对西方学习的过程之中，中国美术的整体发展体制更趋完整，更接近现代艺术的世界样态。这一阶段在文化上与世界的链接进入新的状态，在艺术体制上形成了开放的态势，具有了与国际艺术界对话的运行机制的保证。

在这个大规模直接向西方现代艺术学习的进程中，艺术的表达方式及至整体的运行机制都嵌入中国艺术的自主发展之中。在西方现代性话语中，中国学习甚至抄袭西方。"这个'他者'是中国艺术家、批评家所理解、所需要、所想象的'西方'，是他们创造出来为自己的行为获得合法性、获得意义、获得超越性的'西方'。在这种意义上，这个'他者'所

---

[1] 易英、范迪安、王明贤、殷双喜、高名潞：《批评的本体意识和科学性：批评五人谈》，《美术》1990年第10期。
[2] 段君：《策展：权力批评——贾方舟访谈录》，《美苑》2006年第2期。

指向的'西方'在实际上是中国当代艺术中的'西方',即它并不在中国艺术之外,而是在中国的艺术之内,它以千奇百怪、无所不有的方式被创造、被评价、被传播、被接受,它在中国的土地上生长,又在中国的历史时间中发展。"[1] 从中国艺术发展的历史情境来看,中国艺术家在西方艺术样式以及艺术生态的设置面前的客体化,实质上是与对西方艺术形式及艺术世界各环节的内化过程同步,实为一体之两面。通过对西方艺术的误读和想象,中国艺术家实现了对它的重新建构,这种重构是以中国的艺术及现实问题的需要为框架,只是以被支配为表现形式。而在这表象之下实际隐藏着一条超越仅仅被指称为抄袭、模仿、借鉴、学习等的中国艺术主体性的逻辑线索。

第二节　中国传统美术的现代转型

中国在进入现代性话语体系的文化探索中,并未将传统不加辨别地全面抛弃,而是审慎地进行现代转换,其保留的核心在于艺术的民族特性。对此鲁迅在评价陶元庆的绘画时说"中国向来的魂灵——要字面免得流于玄虚,就要民族性"[2],也就是说,正是民族性的彰显才使艺术表现得深沉而闷约。余英时也认为在现代化的进程中传统具有母体之特性,"'现代'即是'传统'的'现代化';离开了'传统'这一主体,'现代化'根本无所附丽"[3]。故而对西方艺术的进入对中国绘画的影响之考量,不可停留在"冲击—回应"的认识层面上。潘天寿即在艺术实践的开阔视域中进行过思考,"艺术每因异种族的接触而得益、而发挥增进,却没有艺术亡艺术的事情""历史上最活跃的时代,就是混交时代。因其间外来文化的传入,与固有特殊的民族精神互相作微妙的结合,产生异样的光

---

[1] 邹跃进:《他者的眼光:当代艺术中的西方主义》,北京:作家出版社,1996年,第8页。
[2] 鲁迅:《当陶元庆君的绘画展览时我要说的几句话》,见《鲁迅全集》第3卷,北京:人民文学出版社,2005年。
[3] 余英时:《现代危机与思想人物》,北京:生活·读书·新知三联书店,2005年,第8页。

彩"。[1]

在 20 世纪中国美术发展格局中,除了对西方艺术的借鉴和学习之外,对传统美术进行观照和研究亦是非常重要的一路,传统美术在现代的文化语境中重获新生,取得了突出的成就。所谓"变古为今"并非一条单一的路径,而是丰富的现代转型策略的集合。在其中包含着以现代视野重新观照传统绘画,发现其中的契机,消解传统文人画的精英性,进行大众化的积极转换;也有放开视野借西方语汇发展传统美术,扩充"中国画"的概念内涵;或者在本体层面对中国画进行形式的演进,以与现代社会的文化语境相呼应;又或者在中华美学精神的哲学层面进行当代演绎。20 世纪的中国美术发展是一个具有连续性的整体,无论在内部焕发新生机,还是化用西方的美术元素,都是中国社会内部具体情境与艺术创作深层互动的结果。

一、中国画的现代探索

作为中国传统美术核心的绘画遭遇现代语境之后,中国学者和艺术家进行了一系列的主动变换和改造,以使之在新的语境中继续产生艺术效力并能对新的观众群体产生感染力。在中国传统美术的现代转型进程中蕴含着一条本体演进,也即自律性的发展线索,其中包含对形式的关注,对笔墨问题的思考和现代转换,同时在概念内涵上对传统美术样式进行扩充,在形式感和融合性上进行探索。在文人画的传统之外,着意于媒材的特性,在现代艺术的框架内对其表现力进行重新发掘和开拓;或者借用西方绘画的技法及其背后的观念形态,丰富传统媒材所携带的文化信息。艺术家吸取更广泛的文化资源,在中西艺术的两相对照之中找寻传统美术发展的新道路,开拓艺术作品的新面目。这与西方绘画在现代艺术阶段借鉴东方文化资源以开艺术之新境的逻辑有着异曲同工之妙。事实上,无论中国还是西方的现代艺术发展都普遍存在借用异己文化的现象,这也是在全球化时代文化艺术发展不可避免之道路。

---

[1] 潘天寿:《中国绘画史略》,《阿波罗》1928 年第 5 期。

不同于其他的美术创作类别，坚持民族文化核心价值的"中国画"，具有保持民族审美品格的独特性要求，因此其现代创新与探索将涉及诸多命题。大体来看，对中国画的"改良"与"改造"问题的争论及开创性探索实践，构成了20世纪中国美术现代转型之路的重要脉络，其又分属于不同的历史时期和时代语境。

在20世纪上半叶的中国画坛，西画引入及中国画改良之争论成为近现代中国美术发展的两大序幕，也成为此时期美术教育的思想背景。改良问题所涉及的是美术界对于"新旧问题"的思考和认知，在继承民族文化遗产和接收外来文化之间，如何进行"新"的探索，对于"旧"持何种态度，成为中国画现代化探索之路的重要课题。

对此康有为反对守旧不变，他曾明确指出，中国画欲求发展应"正其本，探其始，明其训"，并提出新的中国画发展之道在于"合中西而为画学新纪元"[1]。1919年，陈独秀在《答吕澂（美术革命）》一文中提出，"断不能不采用洋画的写实精神"[2]。同年，蔡元培在北京大学画法研究会上的演说中提出，"彼西方美术家能采用我人之长，我人独不能采用西人之长乎？故甚望中国画者，亦须采西洋画布景实写之佳，描写石膏物象及田野风景……今吾辈学画，当用研究科学之方法贯注之。除去名士派毫不经心之习，革除工匠派拘守成见之讥，用科学方法以入美术"[3]。蔡元培认识到中国传统绘画中太随意或过于拘束的士人与工匠两派的弊端，希望以科学方法一举而破之。徐悲鸿在《中国画改良之方法》中则直言"中国画学之颓败，至今日已极矣"[4]，并指出"古法之佳者守之，垂绝者继之，不佳者改之，未足者增之，西方画之可采入者融之"[5]。在理论层面上，诸位学人多认为当将西方画学之优势融入传统美术之中，以增

---

[1] 康有为：《〈万木草堂藏画目〉序》，见乔继堂选编《康有为散文》，上海：上海科学技术出版社，2013年。
[2] 陈独秀：《答吕澂（美术革命）》，见《陈独秀文章选编》，北京：生活·读书·新知三联书店，1984年。
[3] 蔡元培：《在北京大学画法研究会上的演说》，《北京大学月刊》1919年10月25日。
[4] 徐悲鸿：《中国画改良之方法》，见王震编《徐悲鸿文集》，上海：上海画报出版社，2005年。
[5] 同上。

益其能。在具体的艺术创作实践上，形成以高剑父为代表的"折中派"、以徐悲鸿为代表的"改良派"，以及以林风眠为代表的"调和派"。

岭南画派的代表人物高剑父曾在一则笔记中表达过自己的主张："西洋今日新中之新，未必能适于我国也；然则我国古中之古，又岂能为用于今日者哉？吾择两途之极端，合炉而冶，折而衷之，以我国之古笔，写西洋之新意。"[1] 在技法上，高剑父及岭南画派诸家反对勾勒法，而选择了传统没骨法。居巢、居廉又创撞水、撞粉法，使画面的水、墨色产生自由变化的写意效果。另外，岭南画派吸取西洋画法的写实因素，即所谓"折中"。第一代岭南画家有高剑父、高奇峰、陈树人等人，第二代代表画家包括关山月、黎雄才、赵少昂等人。第一代画家中的"二高一陈"皆有留日教育背景，因而将日本画法纳入中国画的创新之中。此外，岭南画派在题材上也首开风气之先，反映现实生活，描绘当代题材。高剑父身体力行创作了一些带有生活场景的画面，他曾如是表达过自己的创作观念："……尤其在抗战的大时代当中，抗战画的题材，实为当前最重要的一环……最好以我们神圣的、于硝烟弹雨下以血肉做长城的复国勇士为对象，及飞机、大炮、战车、军舰，一切的新武器、壁垒、防御工事等。"[2] 岭南画派在语言和题材上进行了中与西、古与今的融合。

以徐悲鸿为代表的"改良派"，则体现为对西方古典写实主义的重视，如前文所述，五四时期随着启蒙主义、现实主义等思潮的到来，对西方写实主义的引入成为国内美术教育的重要理念之一。在人物画改良上，徐悲鸿注重对西法解剖学、透视学的引入，并坚持以素描为师造化训练基础的教学主张。受徐悲鸿影响，走中国画写实之路的代表性画家有蒋兆和，其《流民图》以26米的长卷巨制表现了国破家亡的民族悲剧，其中一百多个人物的写实性刻画展现出具有深度素描训练的现实主义特征。

同为留法艺术家的林风眠，以"调和东西艺术"为主张，他认为："中国现代艺术，因构成之方法不发达，结果不能自由表现其情绪上之希

---

[1] 李伟铭辑录整理：《高剑父诗文初编》，广州：广东高等教育出版社，1999年，第61页。
[2] 高剑父：《我的现代绘画观》，见郎绍君、水天中编《二十世纪中国美术文选》（上册），上海：上海书画出版社，1999年。

求；因此当极力输入西方之所长，而期形式上之发达，调和吾人内部情绪上的需求，而实现中国艺术之复兴。"[1] 林风眠受到蔡元培的深刻影响，主张多吸收西方现代主义艺术，这与徐悲鸿对现代主义的反对形成鲜明差异。林风眠的中国画创新之处，在于水墨与色彩之独特结合，突破传统笔墨程式，又保留了东方审美意蕴，并以此新法来突出传统文人画的抒情因素。同为主张撷取西方现代主义艺术的刘海粟，更加侧重于笔墨表现。此外，关良将西方现代主义渗透入传统艺术，其开拓性实践多体现在戏曲人物画系列上，人物造型生动抽象，色彩鲜艳明丽，形成独特的艺术语言。

关于中国传统绘画的第二次论争集中于中华人民共和国成立后，争论的聚焦点落于如何"推陈出新"之上，"中国画改造"成为一个新的概念被提及和传播。此一阶段"新国画"概念被提出，一批具有新面貌的中国画承载了新的历史使命及时代要求。李可染根据其创作实践（图8-4）进行了理论性的思考和总结，认为此时期的中国画改造的关键在于"必须以最大的努力根据新的生活内容，来创造群众需要的新的表现形式，创造新的民族作风"[2]。李桦也认为改造中国画的基本问题，在于要以思想的改造来带动内容和形式的新的创造。艾青的观点与二者有异曲同工之处，他提出新国画"画人必须画活人，画山水必须画真的山河""画新画要有新的感情"[3]，在思想、情感和内容上表现对生活的真切感触。

关于中国画改造的创作实践，主要体现为如下三方面。第一，是对于写生的重视。1953年艾青发表《谈中国画》，提出"新国画"的概念，而要实现国画之"新"的具体的改造办法即为"写生"："必须以对实物的描写来代替临摹，作为中国画学习的基本课程。画风景的必须到野外写生，画花鸟虫鱼的也必须写生。对人，对自然，都必须有比较深刻的观察……一幅画的好坏必须看它是否符合社会的真实和自然的真实……"[4]

---

[1] 朱朴编著：《现代美术家·画论·作品·生平·林风眠》，上海：学林出版社，1996年，第10页。
[2] 李可染：《谈中国画的改造》，《美术》1950年第1期。
[3] 艾青：《谈中国画》，见《艾青论创作》，上海：上海文艺出版社，1985年。
[4] 艾青：《谈中国画》，《文艺报》1953年8月15日。

图 8-4　李可染《万山红遍》，1963 年

在这其中实际上蕴含着现实主义的评价标准，而其后的观念则是科学主义，这实际上是以西方美术的视域考量中国画的改造问题。而李可染以中国绘画发展的历史作为出发点寻找问题，也得出了同样的结论："我认为改造中国画首要第一条，就是必须挖掘已经堵塞了六七百年的创作源泉。什么是创作源泉，这在古人可以说是'造化'，我们现在应当更进一步的说是'生活'。"[1] 李可染倡议重新恢复中国绘画师造化的传统，加强对客观事物的深入认识，强调写实是中国画创作的重要一环。李可染风餐露宿投身自然山水怀抱，为个人的艺术创作也为中国山水画的发展找到一个支点。"国画家们在今后应多到生活中去，多作写生练习，不

[1] 李可染：《谈中国画的改造》，《人民美术》1950 年第 1 期。

只是要到名山大川去，而且要随时随地寻找美丽风景作画。通过生活实践和艺术实践，为国画创作开辟新的道路。"[1] 1954 年，李可染、张仃、罗铭三人同赴江南国画写生归来后在北海举办画展，极大地触动当时的美术界并开写生新风。三人都从事教学工作，写生的方法也就影响到了青年学子，从而对整个中国画的改造和发展产生不可估量的意义。及至 1960 年秋季，江苏画家与鲁迅美术学院以及南京艺术学院的师生组成十三人写生团，由傅抱石带队，进行了一次行程二万三千里的写生旅行。同时期，北京地区吴镜汀等传统派画家赴黄山写生。这一时期类似的以传统功底描绘新现实、走进具体山河的举措及活动纷纷开展，以贺天健、吴湖帆、胡佩衡等成就为著。此外，傅抱石、钱松嵒等江苏画派画家，赵望云、石鲁等长安画派画家及岭南画派第二代画家，皆践行着一条走出旧程式、走进真山河的探索之路。在这个过程中，传统的写生概念从"古法写生"扩展至"对景写生"的内涵新境。

第二，"新国画"在表现内容题材上，提倡反映现实生活，讴歌大好河山及建设新貌。"新国画"是要通过表现人民的生活来反映人民的忧喜，故而对于中国画的创作，王逊甚至认为其艺术价值之高低的体现"首先要注意的是题材的选择是否得当，题材内容是否得到了真实的生动的表现等等，而不是把笔墨提到第一位"[2]。力群也认为对大众生活的观察和体验是创作的基础，他提及毛泽东在延安文艺座谈会的讲话中曾着重指出"中国的革命的文学艺术家，有出息的文学家艺术家，必须到群众中去，必须长期地无条件地全心全意地到工农兵群众中去，到火热的斗争中去，到唯一的最广大最丰富的源泉中去，观察、体验、研究、分析一切人、一切阶级、一切群众、一切生动的生活形式和斗争形式、一切文学和艺术的原始材料，然后才有可能进入创作过程"[3]。除了对人民日常生活的表现，新国画的题材还包括黎雄才、关山月等人描绘带有建设图景类的

---

[1]《中国美术家协会创作委员会召开国画家黄山写生座谈会》，《美术》1954 年第 7 期。
[2] 王逊：《对目前国画创作的几点意见：北京中国画研究会第二届展览会观后》，《美术》1954 年第 8 期。
[3] 力群：《谈深入生活》，见《力群美术论文选集》，北京：人民美术出版社，1958 年。

山水作品及以革命圣地与毛泽东诗题为题材的"红色山水",如关山月和傅抱石合作的《江山如此多娇》(图8-5)。徐悲鸿认为中国画今日需向着现实主义的方向发展,应该排除古代山水画中的闲情逸致,因为在古代的文化语境中具有根本性价值的面向在当时不能起到对人民的教育作用,也就失去了其积极作用,所以山水题材的画作所表现的内容也应当随之改变,将革命豪情和建设的激情熔铸其中。这就再次强调了对中国画艺术的改造应以对当下社会的需要为旨归。

题材问题是与新国画以谁为目标观众、为谁服务的问题关联在一起的,题材背后涉及的观念性立场是"为人生而艺术"。以为人民服务、为工农兵大众服务作为"新国画"创作的目标和目的,故而在内容上以表现劳动人民的真实生活为务,在其中又更为强调"人物画"的创作,艺术的内容要以人为主题,以人的活动作为艺术表现的中心,因为人物画能更直接地反映大众的生活。

第三,以前两者为前提的笔墨形式探索,在反映现实生活这一主旨之下,传统师古法的笔墨已不能满足新的需求,直接描写生活、表现生活需要一套更为灵活的新方法。傅抱石率领的写生团也是对"中国画传统笔墨如何反映现实生活"这一的问题实践,而这一方法即体现于对传统绘画技法与西方写实方法的融合性探索之上。徐悲鸿重视中国画创作中素描技法的使用,以西画的造型观念来改造中国画。李可染则强调了在革新中国画中对传统的学习和借鉴:"反对封建残余思想对旧中国画无条件的膜拜,反对半殖民地奴化思想对于遗产的盲目鄙弃,我们要从深入生活来汲取为人民服务的新内容,再从这新的内容产生新的表现形式;我们必须尽量接受祖先宝贵有用的经验,吸收外来美术有益的成分,建立健全进步的新现实主义,同时还要防止平庸的自然主义混入。"[1] 中国画在适应新题材和纳入西法的同时还兼顾保持民族形式的艺术诉求,在中国艺术的传统中继承遗产、找寻养料而后进行转换,这就需要回归到笔墨本体,比如李可染的笔墨发展就经历了从"书法式的线结构变为雕塑式的团块结构"的

---

[1] 李可染:《谈中国画的改造》,《人民美术》1950年第1期。

过程。[1] 无论从传统还是从西方借鉴资源,"新国画"的笔墨探索都是为了更好地服务于题材内容的表现,在方向上仍是要追求建立"写实性"的话语体系。

图 8-5　傅抱石、关山月《江山如此多娇》,1959 年

受到林风眠的影响和教育,在 20 世纪八九十年代,吴冠中进行了一系列艺术主张及实践,引发了画坛对于"内容与形式""抽象美""笔墨"等问题的诸多论争。在现代的语境之下,中国艺术家着重探讨了艺术的形式问题,以及与形式因素相关联的艺术中的抽象之美,重新思考传统的笔墨之于艺术作品整体的意义、价值和生效的方式,以及内容与形式的关系等议题。后来的"现代水墨"与"新文人画"是从不同思路对传统中国画进行求变、展开裂变的表现。现代水墨崛起于 20 世纪 80 年代中期,后续又衍生出"当代水墨""实验水墨""抽象水墨""观念水墨"等概念。这些水墨艺术的探索实践的主要特征在于与传统中国画拉开距离,强调当代性和实验性。水墨画开始走向更为广阔的开放性、多元化、跨媒介的探

---

[1] 郎绍君:《黑入太阴意蕴深:读李可染先生山水画》,《文艺研究》1986 年第 3 期。

索空间,其创新生长点多借鉴西方现当代艺术的理念,可谓自觉或不自觉地确立在它山之上。现代水墨呈现出不同的创新流向,刘曦林将之划为"传统笔墨表现型""融合表现型""综合制作型"和"抽象水墨型"四类[1]。其中具有代表性的如刘国松、周韶华等突破传统笔墨技法,在制作方式上采用特殊肌理实验。此外,谷文达、石虎等在水墨的表现性维度上进行了探索。1989年,中国美术馆相继举办了"中国新文人画展""中国新文人画研讨会",这是"新文人画"确立和发展的标志。新文人画的出现带有对全盘西化的反思和重新审视,因此新文人画家重拾传统文人画的创作旨趣,并加诸现代意识,追求民族化与现代化的并行不悖。

在现代文化进程中,中国传统绘画经历了对其价值的落后、技法的保守以及蕴含的精神内涵的不适用性等多重质疑,但在一系列否定之后,学者和画家同时也将其在各个方面不断进行转换以与新的时代之不同需要相呼应,在创作目标、服务对象、表现题材和表现手法等方面积极地改造与求索。

二、文人画的原生现代性

上述中国传统美术样式的现代转型道路之一是将西方意义上的"现代"元素、形式以及方法论纳入自身体系之中,在借用和融汇的基础上更好地与全新形态的社会生活相呼应。然而,中国传统美术的现代发展并非只是在被动意义上的发生,而是发掘并呈现其自身所蕴含的原生现代性的过程。从时间因素上来看,20世纪中国传统美术的发展是自宋代开始出现现代性的萌芽而经历现代转型历程的继续推进,其发展的动力来自传统绘画尤其是文人画内部,而并非完全与外来艺术的冲击构成直接因果关系。在东西方的空间意义上,作为"心印""心画"的文人画,在注重自我情志表现方面领先于西方现代艺术,在由模仿走向直觉表现的逻辑线索上具有超前的先进性,成为现代艺术发展重要的艺术参考资源。

在西方的社会生产和文化样态大举进入中国的情形之下,传统中国

---

[1] 刘曦林:《向现代形态转换的求索:'89后的中国画》,《文艺研究》1994年第4期。

绘画失去了理论与实践自洽的社会和文化土壤，对其存在的基础和活力所进行的反思势在必行，然而"中国画在本体论意义上，没有走到衰亡期，因为它还远没有走到自我否定的阶段。中国画面临的挑战在社会学意义上，即：是由于西方文化的冲击而造成的"[1]，这也成为当时许多传统画家及学者的认识。在中国画的变革成为时代要求的背景下，如何从传统中开出新路，成为部分中国画家探求的命题。其中尤以齐白石、陈师曾、金城等人为代表，他们在充分认识和比较中西美术本质与表现特点的基础上，重估传统文化的价值，坚持在传统的基础上演进。这些创作凸显出在中西美术并存的格局中源自中国画自身体系内部的生命力。这一路学者和画家的探索实践以消解传统文人画的精英性为核心特征，使之达到雅俗共赏的效果，以适应现代社会观众群体和现代欣赏习惯，在立足于中国画艺术自身本体特征的基础上融贯古今，别开生面。

陈师曾将文人画的概念进行了现代转换，以"进步"的视角来重新观照文人画在现代生活和文化语境中的存在价值及生发出的新意义。陈师曾在《文人画之价值》中对传统文人画的定义进行了重构，此文开宗明义："何谓文人画？即画中带有文人之性质，含有文人之趣味，不在画中考究艺术上之工夫，必须于画外看出许多文人之感想。此之所谓文人画。"[2]陈师曾对文人画重精神、轻形式与重趣味、轻形似的特点进行了强调和辨析。这就将文人画中所包含的独具特色的中国文化与西方现代艺术的诸种特质打通，并形成了呼应关系，从而将文人画的评价体系和美学价值的体现转向了现代；将审视传统文人画的理论框架和基础转向了现代，"以19世纪以来西方现代诸流派，如印象派、后印象派、立体派、未来派、表现派反再现、反写实的这种转变为其理论基础，并引入象征的概念和移情论的观点为其理论依据"[3]。他还提出文人画的四要素，"第一人品，第二

---

[1] 潘公凯：《限制与拓展：关于现代中国画的思考》，杭州：浙江人民美术出版社，1997年，第117页。
[2] 陈师曾：《文人画之价值》，见郎绍君、水中天编《二十世纪中国美术文选》（上册），上海：上海书画出版社，1999年。
[3] 成佩：《陈师曾关于文人画的理论》，《美术研究》2005年第1期。

学问,第三才情,第四思想。具此四者,乃能完善"[1],从而进一步在现代社会的文化环境中为文人画找到了新的立足点,同时将文人画家的身份进行了现代转换,改变了其生存的土壤及机制。陈师曾在概念上对文人画的内涵进行了现代转换,在新的社会结构和审美需求的语境中转换了认识和鉴赏文人画的观念框架,从而以新的视角认识传统艺术,发掘和彰显出传统绘画的现代价值。

陈师曾并非单纯为文人画进行辩护,同时也是在为其现代转换寻求发展路径,在古与今、中与西等诸多矛盾对立的冲撞中找到融通的交汇之点,将传统文人画纳入新的体系,循着新的艺术发展逻辑获得生命力,将文人画不求形似的固有特点以"进步"的现代话语进行创造性的解释。陈师曾的理论基础是"进化论",达尔文19世纪后期在《物种起源》一书中提出生物的进化是自然选择的过程,而后这种解释自然生物规律的理论被推演到社会领域。陈师曾在留学期间接触到"进化论",由严复翻译介绍到中国的赫胥黎《天演论》也为"进化论"奠定了认识基础。陈师曾在《中国画是进步的》一文中对认为中国传统绘画具有保守和落后甚至退步性的观点进行了反驳,以文人画不求形似的特点作为中国画的进步而展开论述。其以进化论作为理论工具,改造中国传统绘画的叙事范式,将西方进化论体系纳入到观照中国绘画发展历程的视点之中,以不同的理论框架和视角来重新审视中国传统绘画,实现了在理论层面上的现代转换。

虽然中国现有的20世纪艺术发展叙事多囿于西方现代性的框架,然而事实上,西方现代艺术的发展多受到包括中国艺术在内的东方艺术的启发。19世纪末20世纪初,冈仓天心对艺术中欧化主义的反思具有启发意义,通过宣扬东方艺术之"美"来缝合西方资本主义对人的异化及人内在的精神需求之落差。冈仓天心通过《茶之书》来阐释东方文明于细节中追求精致与美好的文化特质,又创办杂志《帝国之花》(又称《国华》),来向西方世界阐释东方绘画尤其是中国与日本的文人画,在此类文化宣传中欧美各国尤

---

[1] 陈师曾:《文人画之价值》,见郎绍君、水中天编《二十世纪中国美术文选》(上册),上海:上海书画出版社,1999年。

其是法国开始受到东方文化的感染。冈仓天心在宣扬东亚地区文化的过程中，在《东洋的理想》一书中将日本言说为"亚洲文明的博物馆"，使得日本一度成为欧美各国的博物馆机构及个人认识中国艺术、收藏中国艺术作品的重要文化介质。但事实上，当时的日本对中国艺术的认识存在很大的局限性，欧美各国仅能接触到通过民间贸易渠道流入日本的艺术作品。如法常（约13世纪）这类并不为当时主流的中国绘画评价体系所肯定的画家之作品。然而到19世纪末20世纪初，欧洲藏家进入中国本土，接触到皇家大族及宫廷收藏的绘画精品时，才逐渐从冈仓天心所灌输的日本艺术为东亚代表的认知中摆脱出来，对中国绘画有了新的认识。随着考古发掘不断出现新的艺术精品，珍贵文物流入欧洲，西方藏家才真正认识到中国美术之美。"日本主义"在欧洲的盛行，为欧洲观众欣赏和接受中国绘画及其观念搭建起重要的桥梁，为新一轮"中国热"的逐渐兴起做了准备。

事实上，以欧洲为代表的西方世界对中国绘画甚至绘画史和绘画理论的接受渊源甚深且颇成系统，可上溯至19世纪欧洲汉学确立到20世纪这段时间，历经一百余年的发展，其"研究之兴味，日趋浓厚"[1]，主要表现在这一历史阶段的海外汉学家译介画史画论，并对其展开阐释和研究上。1905年，翟里斯出版了《中国绘画艺术史导论》（*An Introduction to the History of Chinese Pictorial Art*），在书中他介绍了宋代苏轼"高人岂学画，用笔乃其天""不践古人"等画学思想。专注于进行古代绘画研究的《伯灵顿杂志》（*The Burlington Magazine for Connoisseurs*）在同年刊登的书评谈到"尤其是在英国，由于缺乏任何可靠的有关中国艺术的叙述，对于中国艺术仍表现出很多无知，也缺少欣赏"[2]，这就开启了欧洲对中国绘画在知识和理论层面上的接受。1935年，瑞典学者喜龙仁发表《作为艺术批评家的苏东坡》一文，对其生平、创作以及画论思想进行了全面阐释。这些著述使得中国文人画

---

[1] 莫东寅：《汉学发达史》，上海：上海书店出版社，1989年，第142页。
[2] *The Burlington Magazine for Connoisseurs*, vol7, no.29 (Aug,1905), p.405.

在西方形成传播之势，经过"日本主义"的过渡阶段，到19世纪末20世纪初欧洲收藏中国艺术品的黄金时段，其中尤以宋画为著。如此欧洲艺术家便有机会得以在实物观摩和画论原理两个层面上，对中国绘画尤其是文人画形成较为全面深入的认识和理解，欧洲的中国绘画收藏实践和画论研究一定程度上为西方现代艺术的发展提供了关键的精神榜样与语言资源，也提供了重要的契机。

在这一过程中，许多西方现代艺术家都受到了东方艺术的影响，比如象征主义艺术家莫罗即深受东方艺术启发，莫罗博物馆陈列了中国的瓷器，我们在其许多油画作品中亦能见中国青铜器的厚重、沉着之美感。莫罗的作品《印度》等在布局、笔法及观念表达中都体现出中国绘画的诸多特点。同时作为马蒂斯的老师，莫罗也在平面性、色彩的单纯性等方面对其引导，使得现代主义野兽派艺术在形象、空间等形式艺术语言及物我相融的艺术观念、和谐宁静的艺术精神上与中国绘画形成同构呼应之势。

而就文人画内部的原生现代性，在中国20世纪的艺术史中即有艺术家在不同层面上对其进行了发现与主动转换。从艺术创作的层面来看，吴昌硕将传统美术进行了现代转化，其早年接受古文、金石、书法、篆刻等中国传统"雅"文化的全面教育，而非单纯绘画技术的训练。既"与古为徒"，又溯古创新。他既像传统文人那样以书入画，又超越传统文人画，能以金石入画。吴昌硕在深厚的古典文化基础上生成的大写意画，在散发渊深的古典气息的同时，更展现出

图8-6　吴昌硕《三千年结实之桃》，1918年

刚健雄强的近现代艺术精神。吴昌硕从中国古代文化中汲取养分，尤其是从碑刻、青铜器铭文等古文字中吸取一种既久远又新鲜的"金石审美"意趣。吴昌硕一举超越元代以来传统文人画的柔和、温润、文秀，将古代钟鼎、石碑所铸刻的古拙、质朴、厚重的意味，将金属利刀镌刻在青铜、石头上的古文字的笔道、章法、体势等，熔铸于当下的毛笔纸本翰墨之中，凝练于大写意的花卉画之中（图8-6）。吴昌硕在1885年作《墨梅图》（西泠印社藏）上题"以作篆之法写之，师造化也"，在1903年作《冷趣图》（西泠印社藏）上题"似重临《石鼓》一通也"。又如其在《红桃花》（广州艺术博物馆藏）上题诗："枝干纵横若篆籀，古落簇簇录科斗。平生作画如作书，却谈丹青绘桃柳。"在吴昌硕看来篆籀与丹青之间是一种边界模糊的相通关系，他以金石书法的用笔统率了墨与色的使用，拙朴沉雄的笔触充盈于画面，显示了一种独特的"力量之美"。吴昌硕在画面的经营中追求雄浑的"气势"，延续了书画之间的同源贯通性，画面充满书写性并呈现出一种半抽象状态。

  在绘画的用色方面，吴昌硕打破了中国传统文人画一直避讳色彩艳俗的传统，打破了墨色易古不易俗的规则，常用大红、绿、黄、紫以及舶来的西洋红等鲜艳夺目的色彩，以其强雄、朴拙而又恣肆的金石功力，赋予强烈色彩以雄浑拙重的"力道"与"厚度"。吴昌硕将鲜艳夺目的色彩与苍浑厚重的墨痕水迹交织在一起，与气势磅礴的大写意笔法、笔道融为一体，造成一种独特的"金石色感"，创造出鲜艳而又古雅、斑斓而又厚重、雄浑而又朴拙的视觉效果。吴昌硕将文人画的用色扩展到前所未有范围之内，从而将传统文人画的水墨写意中或优雅或恣肆的古典之美一变而为气势磅礴、明丽斑斓的现代之美，为古老的文人画开拓了崭新的形式美感。

  齐白石则是另一路在中国传统大写意绘画内部自抒机杼、别开生面的代表。齐白石出身于农民，在乡野大自然中造就了一颗天真烂漫的赤子之心，他对自然界的生灵充满由衷的喜爱之情，并在艺术创作中赋予它们性灵与活力。他以大写意笔墨去表现前人从未表现过的乡野农村题材，从而在文人画的传统中注入平民审美趣味以及自然的独特视野，对文人画传统进行了现代转换。晚年变法后的齐白石，以精粹的大写意笔墨去表现文人画,以至中国画中出现丰富、新鲜、活跃的乡野景物,展现出一种前所未有的朝气蓬勃、清新质朴的新时代气息。

齐白石与吴昌硕的古典文化起点迥然相异,他甚少能得到观摩甚至临摹古代名迹的机会,而且他所见之徐渭、八大、石涛的作品有多少是真迹实在难说。[1] 缺乏"古意"的齐白石在表现乡野的自然天趣之中,凸显了自己艺术上的个性。据郎绍君统计,齐白石画过的乡野景物有数百种之多,其中多为花草、蔬果,更有树木、鱼虫,也包括禽鸟走兽,以及工具什物。[2]

齐白石在创作中提出自己的美学标准,认为对物象和生活的表现"太似为媚俗,不似为欺世""妙在似与不似之间"[3]。相较之下,齐白石更注重自己内心对于景与物的感受,所谓"胸中山水奇天下,删去临摹手一双"[4]。齐白石早年做过木匠,所使用平直的刀法对其绘画中的线条的表现力有着直接影响,而这种"平直线"往往传递出一种稚拙的审美意趣,生动地表达出大自然的灵动与生机。与之相配合,齐白石绘画中所用之色彩清新纯净,具有民间绘画特点的响亮之色与素雅的水墨碰撞相融,进一步强化了清新之感,从而形成独特的"齐白石色彩构成"[5]。

吴昌硕和齐白石在 20 世纪中国巨变的大时代成为"新国画"的前驱先导。吴昌硕从溯古钩沉的远古文化之中,感受、吸取一种刚强雄健的力量,通过对古代艺术的再诠释,溯古更新,确立一种新时代的新国画形式。在赵之谦等人开创的"金石绘画"基础上,吴昌硕更为全面、精粹地把古老的金石艺术升华为全新的精神力量与形式因素,一扫文人画末流的纤弱枯萎,表现力量之美,于文人画注重水墨的逻辑线索中构建出新的图式风格。吴昌硕凝聚了中国文化悠久而深厚的底蕴内涵,将古典形态的文

---

[1] 郎绍君:《齐白石研究》,北京:人民美术出版社,2014 年,第 163—174 页。
[2] 同上书,第 186—187 页。
[3] 齐白石:《与胡佩衡等人论画》,见《齐白石谈艺录》,长沙:湖南大学出版社,2009 年,第 259 页。
[4] 张行:《大匠之门:齐白石》,见齐白石口述,张次溪笔录《白石老人自述》,南宁:广西美术出版社,2014 年,第 116 页。
[5] 北京画院编:《齐白石研究》第 4 辑,南宁:广西美术出版社,2016 年,第 141 页。

人画引领到表现个性的"现代语境",为中国写意画从古代向现代的转折开辟出一条崭新的道路。齐白石则体悟自然与生活的本真,展示出中国画"现代"的审美追求,彰显了中国绘画的生机活力。齐白石超越了当时中国画坛关于西洋画"写实"与中国画"写意"的激烈论争,成为20世纪前期"新国画"多方探索中最为成功的范例。

总之,吴昌硕以其凝重、大气、古艳的"金石绘画",齐白石以其自然、清新、质朴的"乡土绘画",同时消解了文人画的精英性,将其变为雅俗共赏的艺术形式,为"现代中国画"开拓了无限可能。二者通过不同的路径,在中国传统文化和丰富的生活中吸取营养,在传统艺术的内部开拓出中国传统绘画的现代转型道路,对文人画的传统进行创造性的接续和自觉性的开拓。

三、美学精神的当代传承

中国传统美术中蕴含着美学精神,这种美学精神在现代乃至于当代的艺术创作中仍得以传承,其中包括了中国的自然观念,在作品中体现出自然性和天人合一。

当代艺术家徐冰在《背后的故事》中追溯了中国的艺术传统,以当代艺术的形式体现传统文人画中的笔墨趣味。笔墨是一套独特的语言系统,以别致的方式描摹山水等中国式的诗意物象,其不同于西方意义上的"真实",而更注重诉诸心灵的宁静淡泊之意境的表现,所使用的笔法墨法也正是对自然之理的模拟。正是这种艺术与自然的关系使得徐冰此件作品得以实现,事实上也唯有中国的绘画可以以此种自然之物的堆叠交错之法来进行复制。徐冰将树枝、树叶和荨麻等进行组合安排,以反传统绘画之道而行之,以真实之物模拟画中笔墨及其形成的物象,从远处观其影像,则见山石树木、亭台桥路,也在其中看到对于勾勒技法以及各种皴法的复现,比如以真的荨麻来实现对披麻皴的表现。艺术家在作品里所进行的这种反向表现实现了对古代绘画的诠释,也表达出了中国传统绘画中天人合一的自然观。同时艺术家在作品中表现的是与古人、传统的对话,徐冰模仿的是300多年前王时敏的作品,而王时敏模仿的是他300多年前的黄公望的作品。在徐冰的作品中，中国画的魅力再次迸发出来，也将其中蕴含的中国哲学观念进行了转译，使之进入我们的当代视觉经验之中。

我们从中可以看出徐冰对中国传统的文化与思维方式的转化和使用，事实上在他作品中体现出的核心方法，便是将对立、矛盾、纷争的东西以特定的方式达成联系而不仅仅是相互拒斥，找到某种路径能使得二者或多者实现往来交通，不著于相。其艺术是形式化了的转译，是抽象出的桥梁，深得禅宗"一转念"之精髓，使得观者能产生对于向来对立的概念以不同的认识，建立起"之间"和"转换"的关系。比如，《新英文书法》中的汉字的形和英文的内容之"中"与"西"、《天书》中字的"真"与"假"、《木林森计划》中画面上的树到现实中种植的树之"虚"与"实"、《芥子园画山水卷》中的画谱中的分别示范与组合而成的总体画面之"分"与"总"、《背后的故事》《凤凰》中垃圾与高雅的山水画或具有神力的祥瑞之"高"与"低"、《五个复数系列》中的"单"与"多"、《文字写生》中的字与画面之"图"与"文"等。但是，徐冰的艺术方法及其表达的思想具有艺术家本人身上的文化基因所导致并显现出的独特之处，他在艺术中所建构起来的并置、转换与沟通不是盲目的和机械的，也不是生硬的和强制的，而是感受的和自然的，这是突出于间性理论的探讨的。首先在媒材符号的选择、主题的表达上皆是来源于生活中的问题或者际遇，比如他在近距离的地方见证了"9·11"事件中双塔的炸毁，便将其作为创作的契机。对作品媒介的选择、对尘埃意象的敏感则来自他独特的文化视角，作品的形式中包含的对暴烈的恐怖行径与安然静谧的偈语之间的转换和张力，这仿佛是中国传统无数怀古诗篇兴亡感叹和无数禅意诗篇汹涌而至的现场了。这种对矛盾双方的对立与转化的认识正是中国哲学中关于统一与通达的认识的体现，正是深厚的中国哲学传统和艺术精神在作品中的呈现使得徐冰在全球当代艺术发展格局中开拓出具有创造性的崭新图景，为当代艺术的发展创造出更多的可能性。

气韵生动是中国传统美术所追求的最高境界，深受中国传统艺术观念影响并有着深厚的传统文化积淀的旅法艺术家赵无极，在油画创作中追求氤氲化生的气象，其用笔、用色、构图等方面均充满着丰富的变化，从而形成画面微妙的气韵流动之感，这是以中国传统的美学精神和哲学观念开拓油画新境的有益尝试。赵无极六岁开始练习书法，深厚的书法基础造就他不同于西方画家的用笔方式，他注重每一笔的丰富变化，及每一笔之间的衔接和相融。赵无极继承了中国传统绘画中的"书写性意味"[1]，书法式的用笔使得不同笔触之间甚至同一笔触的起笔和收笔之间都有力度和速度的变化，同时由于这种变化也就产生了飞白、枯涩、厚重、流畅等不同的效果。[2] 赵无极善于使用和控制油，他在创作中以油当水，在画布上产生了流淌、泼洒、晕染的水墨效果，使画面产生水墨画的肌理，整个画面显得透明清丽。这种面貌不同于西方康定斯基和蒙德里安的坚硬锐利，是来自东方艺术的韵味和诗性特质。赵无极作品中闪动着光的韵味及祥和平静的意境，暗合着对"虚空"的追求。色彩氤氲融合，营造出含蓄的空间，黑、红、黄等各种颜色流淌交融在一起，产生晕化的质感和丰富的肌理变化。

赵无极的作品中笔触所生成的线和面并没有严格的区分，而是相互交融叠加，没有相交的锐利感。笔触之间自然衔接，多变的笔触藏于整体的画面之中，形成虚实相济、相融、相生的效果，使画面整体呈现出一派虚静气象。赵无极在讲学中强调："整体，整体了再有变化，这个变化不要牺牲整体的感觉，要保持整体，在里边变化。"[3] 不同于波洛克，其作品中每一种颜色都构成一个独立的空间，色彩之间是相互叠加的关系，彼此之间并没有融合。

刘国松的艺术创作则继承了中国山水画中老庄的阴阳二元论哲学思想的内涵，致力于在山水画中探索黑白的表现。他坚持中国传统绘画的基本原则，黑中留白，同时探索如何在画中加入白线以丰富画面的表现力。他将关注点聚焦在绘画媒材上，在其发明的粗筋纸上，利用纸张着墨后将粗的纤维抽出的方式形成自然的白色肌理，实现了在国画宣纸上画出白色线

---

[1] 李娜娜：《赵无极绘画语言中的书写性研究》，《美术界》2011年第10期。
[2] 惠波：《赵无极与康丁斯基抽象油画作品笔触语言比较》，《淮阴工学院学报》2006年第2期。
[3] [法] 赵无极、弗朗索瓦兹·马尔凯：《赵无极自传》，邢晓舟译，上海：文汇出版社，2002年，第192页。

条的目标。刘国松承继古人在山水画中对"道"的追寻，通过改变美术媒材特性的路径创造出新的技法和语言，也就是其自称的"抽筋扒皮皴"。刘国松在绘画面貌上彰显出山水画丰富的哲学内涵，并在新的高度上继承了精妙的山水精神。

当代艺术家泰祥洲在绘画中遇到问题便在宋代诸家之中寻找答案，他将马远对水的波纹、流向的理解，引向气韵在画中的流动，他认为郭熙的山水都是云的表现，由此引发出他的宇宙之思。因而其在创作中追求的不是图像的呈现方式，而是对水和云关系理解的画面表现，是对自然之理的哲思之视觉化呈现，故而其作品中有着具有生命力的气韵的流动。他的创作是以理解为根基而进行的突破，其中的笔与墨都不浮泛空虚，而注重其根基与背后的观念和思考的深度。他在创作中追求的是穷理尽性，是对物之本真的沉思和探寻，是各种物态之间关系的转换，并通过创作的程序来实现这一点的。泰祥洲的作品是对古代绘画中蕴含的道的发扬，是基于当代人对宇宙、山水、云气的知识的掌握而进行的更高层面上的情思抒发，是艺术家对万象生气的理解化为画面上的气韵。

无论天人合一、气韵生动还是黑白之道，中国传统的文化精神和美学追求在全球当代艺术的发展中显现出新的重要性，也为当代文化发展的多元面貌做出不可或缺的贡献。在 20 世纪乃至于 21 世纪的中国美术发展中中华美学精神持续提供着深厚的理论养料，并成为中国现代以及当代美术发展形成独特性的不竭源泉。

第三节　中国现代美术教育体系的建立及特征

在中国的现代艺术发展历程中，美术教育具有格外的重要性。一方面，在 20 世纪民族遭遇危机之时，以蔡元培为代表的知识分子试图通过教育开启民智、增强人民精神力量而挽救风雨飘摇中的国家。另一方面，学院化的专业美术教育体系也逐渐建立起来，为中国美术事业提供人才储备，提供持续发展的能量。在中国现代文化及教育发展的进程中，作为与德育、智育同等重要的美育受到有识之士的关注和重视，在广义的范畴内得以探讨以大众为主要对象进行情感陶冶的美育之重要性以及实施的途径。在专业的美术教育范畴内通过对西方美术教育体系的复制和挪用，解决中国社会所面临的实际问题，同时在美术教育体系的建构中呈现出独特性。

一、专业美术教育

中国现代美术教育的发展，是库恩意义上"范式"的改变，从其发端到具体课程设置体系结构的建设，再到背后与之联动的精神和价值观念，都存在着现代性话语中的"新"与"旧"、"中"与"西"以及其间的张力。同时在实用与精神表达的拉扯之中还暗含着科学观念的输入，以及实现了对中国传统美术教育方式中的种种玄妙与模糊的去蔽和现代性改造。

现代美术教育专门院校的发展得益于蔡元培对美育的倡导，他在1912年《对于教育方针之意见》中将美术列入国民教育五项宗旨之一。在其影响之下美术学校如雨后春笋般涌现出来，数量剧增。1900—1949年间，近六十所美术专门学校成立[1]，且以公办和私办相结合的形态呈现，其中又尤以私立学校为盛，几近五十所。此外还有设立美术科系的综合性大学十多所，包括开设图画手工科的师范类院校，以及国立中央大学等。美术教育活动由专业院校承担起来，在整个教育体系中美术专门院校的分量得到提升。

1918年创办的国立北京美术学校是我国最早的公立美术学校，这标志着中国新兴美术教育迈出了重要一步，郑锦受聘成为第一任校长。创办此美术学校的目的是：一为社会美术教育界提倡美育，二为中小学提供师资，三为社会实业界改良制造品。[2] 从中可以看出，美术院校的使命除却美育之外，是改良制造品，也即解决社会生产的问题。这和中国新式美

---

[1] 此统计参考郑工：《演进与运动：中国美术的现代化》，中国艺术研究院博士学位论文，2000年；朱伯雄、陈瑞林编著：《中国西画五十年（1988—1949）》，北京：人民美术出版社，1989年；陈瑞林：《20世纪中国美术教育历史研究》，北京：清华大学出版社，2006年。
[2] 中华人民共和国文化部教育科技司编：《中国高等艺术院校简史集》，杭州：浙江美术学院出版社，1991年，第75页。

术教育体制的发端一脉相承，正是在实业教育中发展出的生产与教育相结合的办学方式，成为中国传统手工坊师徒传授向现代美术教育过渡的形态，也正是在这一宗旨中体现出美术教育担负着富国的重任。中国第一所私立美术专门学校上海美专，也是以培养短期速成的技能型实用美术人才为主要任务，以服务国际化大都市的生产需要和社会需求。除却实用的目的，美术教育还承担着另一重使命，即在文化层面上寻求民族艺术与西方的关系及其在时代语境中的发展独立性。林风眠的办学宗旨是"介绍西洋艺术；整理中国艺术；调和中西艺术；创造时代艺术"[1]。上海美专也在艺术上提出了自己的追求："第一：我们要发展东方固有的艺术，研究西方艺术的蕴奥。第二：我们要在残酷、无情、干燥、枯寂的社会里尽宣传艺术的责任，并谋中华艺术的复兴。第三：我们原没有什么学问，我们却自信有研究和宣传的诚心。"[2] 无论在实用还是艺术的层面上，现代美术教育皆以解决中国问题为要务，以促进中国实业和文化的现代转型为终极目标。

中国现代美术教育的专业化、学科化以及课程体系设置完善化的过程中，鲜明地体现出全盘引进的"移植性"特点。美术学科在学校中最初以单独课程的形式出现，再发展到"科""系"，如南京两江优级师范学堂在1906年改"图画手工课"为"图画手工科"。1911—1949年间美术学科逐渐形成，课程的体系也逐步架构起来，设立中国画科、西方画科以及绘画、图案、雕塑、建筑等科系[3]，即是逐步仿照西方美术教育体制结构的过程，也是中国美术教育逐步走向细化的体现。

从整体上来看，20世纪中国美术界对西方艺术的吸纳，经历了从被动接受到主动吸收的过程。中国近代的留学运动始于19世纪70年代[4]，自五四运动以来直至20世纪30年代，先后出国留学的画家达200余人，除

---

[1] 陈瑞林：《20世纪中国美术教育历史研究》，北京：清华大学出版社，2006年，第133页。
[2] 同上书，第81—86页。
[3] 朱伯雄、陈瑞林编著：《中国西画五十年1898—1949》，北京：人民美术出版社，1989年，第43—44页。
[4] 袁源：《中国油画的先行者：中国美术史上的留学运动》，见吕澎主编《艺术的历史与事实：20世纪中国艺术史的若干课题研究（1900—1949）》，成都：四川美术出版社，2006年。

了有自觉的意识，其学习的目的及使命感也更为明确，他们对于中国现代美术之形成起到了至关重要的作用。西方美术的流入不仅对创作实践产生了极大影响，其"东渐"亦体现为美术教育形式上的开展与演变。正是这一批人学成归国之后，建构起中国现代美术教育的体系。这些留法、留美学子学成归国后多成为倡导、实践西画的中坚力量，同样具有东方文化基底的日本在对西方文化的吸收上具有值得借鉴的经验，因而这对于当时的留学生来说不失为一个选择，东渡日本的艺术家及教育者包括陈师曾、高剑父、李叔同、陈树人、何香凝、郑锦等人。他们作为中国美术教育的实施创办者和推动者，以不同的方式融合西法，其路径亦根据取向及吸收程度的不同而有所区别，从而形成了中国美术教育面貌的丰富性，将欧美及日本不同的教育模式移植到中国现代美术教育体系之中。

故而在具体的课程设置及教学理念上，中国的现代美术教育也鲜明地体现出"移植性"的特点。如南京两江优级师范学堂1902年的课程，"图画课目：素描（铅笔、木炭）、水彩画、油画、用器画（平面几何画、立体几何画——正投影画、均角投影画、倾斜投影画、透视画、图法几何等）、图案画、中国画（山水、花卉等）"[1]。又如蔡元培对国立杭州艺术专科学校课程的记述，"又兹校自十八年度起，规定无论何系学生，第一年均习木炭画，即预备于绘画科中专习中国画者，亦从木炭画入手，为将来改进中国画之基础云"[2]。此外，其他艺术学校的课程也包括石膏素描、透视、解剖学等。由此可见西画基础技法和素描造型能力成为教学的重点，这从根本上区别于中国传统的美术教学的内容和方法。

在对西方教学体系进行普遍性采纳的背后，是基于对中国文化结构状况乃至社会发展形势进行反思而生成的问题意识，以及对西方社会和文化观念的接受。与素描、解剖和透视等西画技法相关联的是科学观，在现代美术教育体系中追求的绘画技术和方法的改变指向的是观照和表达世界方式的改变。正如在观念层面上，徐悲鸿认为作为民族生活和思想表征的艺

---

[1] 姜丹书：《我国五十年来艺术教育史料之一页》，《美术研究》1959年第1期。
[2] 蔡元培：《二十五年来中国之美育》，见《蔡元培美学文选》，北京：北京大学出版社，1983年。

术应该维护和体现真理，艺术乃为求真的武器。"艺术家之天职，至少须忠实述其观察所得；否则罪同撒谎，为真赏所谴！"[1] 徐悲鸿追求写实和艺术之真，是因为唯有写实的手法和现实主义艺术才能有效地服务于社会变革，更具宣扬与教化的功能，而符合时代的需要。他本人在创作实践中对西方古典写实主义进行吸收，并在实践过程中将之应用于中国现实主义美术的创作之上，将西画的造型方式融入对社会现实的描绘之中，表达家国忧思与奋争精神，将作为一切造型基础的素描贯穿其教学的始终并近乎严苛地执行。同时徐悲鸿将西方造型方式与国画线性表达相结合，创作《九方皋》《徯我后》等作品，在国画原有技法的基础上为画面增加体量感、力量感。他提出"欲救目前之弊，必采欧洲之写实主义"[2]，其对中国画的改造策略也非出于审美，而是回应时代精神之需求，以最大限度地发挥艺术的社会功利性能。

中国现代美术体系的建立对传统美术教学体系和模式造成极大的冲击，然而正是在这个过程中传统美术教育走上了现代转型之路。第一，以素描为主进行的造型训练改变了中国美术教育的内容；第二，学院制度的建设改变了传统师徒传授的教育模式和机制；第三，体系化的课程和系统的教学改变了观摩师傅创作演示、临摹古画等传统国画的师徒授受的教育和学习方式。传统美术教育在一定程度上具有碎片性和随机性，主要通过经验的累积以提升绘画水准，而现代学校的美术教育则是通过完整的课程体系和细致的课堂教学来达成教学目标，具有系统性和规范性。

事实上，在这些表象之下，对造型和写实手法的强调也改变了美术教育乃至艺术本身追求的终极目标：从求"道"转变为求"真"，从追求意趣的表达转变为对现实的反映和摹写，从艺术对个人意趣的承载转变为对社会变革重任的承担。与此同时，现代美术院校的创办打破了传统文人画所设置的阶层限囿，瓦解了传统美术教育的阶层局限性，让更广泛的人群有通道进入到专业美术学习的领域之中。黄宾虹以"君学"与"民学"

---

[1] 徐悲鸿：《〈中央大学艺术学系系讯〉序》，重庆《国立中央大学艺术学系系讯》1944年第1号。
[2] 徐悲鸿：《美的解剖：在上海开洛公司讲演辞》，上海《时报》1926年3月19日。

之分野将中国画的服务对象以及表现内容进行了现代改变，使中国画能够进入到现代文化的范畴内，"使人民有自由学习和自由发挥言论的机会权利。这种精神，便是民学的精神"[1]。黄宾虹的观念不仅在形式语言和审美追求的层面上来看待国画，还在绘画背后的权力机制以及艺术价值观的层面上进行观照。此外，现代美术教育课程具有科学性、逻辑性的话语表述体系与评价标准，去除了人们对传统中国绘画神秘性的认知习惯、程式化的绘画语言及其背后的玄妙哲学的领悟。在教学中，笔法、墨法、皴法也让位于光、形、色。这些方面都成为美术教育现代性在各个维度上的重要表征。

除却在文化观念的冲突和矛盾比较集中的中国画领域，现代美术教育更为集中地体现在西画的教学中，其中又能分为古典主义传统的教学以及西方现代主义艺术的教学，如直接受到印象派、表现主义影响的颜文梁、刘海粟，较为注重外光的表现、色彩的跳动感，但同时也未失写实的基本风格。作为中西融合的革新者，林风眠既被视为中国现代绘画的实践者，同时也被视为现代美术教育的奠基人。林风眠不是照搬西法，而是将其与深厚的中国文化传统及东方美学意蕴相结合，正是这种打通融汇式的教学给予吴冠中、赵无极、朱德群等一批艺术家以深刻的启示，为他们在国际现代艺术的语境之中创作出具有中国情味和哲思以及强烈形式感的绘画起到奠基性的作用。

当下学院的美术教育也在不断探寻新路，在"移植"西方的教学体系之后，更加注重科研与教学的主体性视角。比如，中央美术学院油画第三工作室始终贯穿一条如何将油画与民族化的特色相结合的线索，从董希文所主张的民族形式的探寻，到詹建俊形成独立的学术主体并与世界各国对话的呼吁，问题意识随着时代的变化而不断深化。

二、大众美术教育

在20世纪中国的文化境遇中，教育作为当时开启民智、救国救民的

---

[1] 黄宾虹：《国画之民学》，见《虹庐画谈》，上海：上海书画出版社，2007年。

主要途径得到重视，而美育作为教育的重要组成部分，又以其诉诸感性的特殊之处而成为现代教育中格外被关注的部分。蔡元培对美育的倡导健全了现代教育的发展，也深入影响到中国艺术现代化的进程。但其在国民中开展美育之目的不同于西方的公共教育，而是有着深重的现实关切，实现以教育救国的目标。刘海粟将美术视为救国的根本之道，认为可以通过对国人进行美育而解决社会问题，"吾国之患，在国人以功利为鹄的……其人非不知爱国，非不知爱社会也，特以其鹄的所在，无法以自制耳。故救国之道，当提倡美育，引国人以高尚纯洁的精神，感发其天性的真美，此实为根本解决的问题"[1]。梁启超也认为唤起国人的审美本能以使其摆脱麻木的状态而积极追求人生趣味，如此才能实现"艺术救国"的宏愿。

这其中所蕴含的逻辑可以表述为良好的社会是由良好的个人组成的，而意欲有良好的个人，就必须先有良好的教育作为保障。蔡元培认为此前国民所接受的奴性教育使人之本性受到摧残，而主张对国民进行"德育、智育、实利教育、体育和美育"的五育教育以恢复人性本真。蔡元培在1919年的《文化运动不要忘了美育》一文中，尤其强调国民塑造、文化进步和社会变革都亟待美育的发达，"文化进步的国民，既然实施科学教育，尤要普及美术教育"[2]。与梁启超、刘海粟等一样，蔡元培也将美育的作用落实在陶养感情上，"美育者，应用美学之理论于教育，以陶养感情为目的者也……美育者，与智育相辅而行，以图德育之完成者也"[3]。在《美育与人生》中，他再次说道："人人都有感情，而并非都有伟大而高尚的行为，这由于感情推动力的薄弱。要转弱而为强，转薄而为厚，有待于陶养。陶养的工具，为美的对象，陶养的作用，叫作美育。"[4] 人天生的感情经过教育和陶养是可以发生转变的，正是这种转变对个人及社会的发展能够产生重要的作用。

蔡元培在美育与宗教的比较中，分析和探寻美育在当时的社会语境中

---

[1] 刘海粟：《救国》，《美术》1919年第2期。
[2] 蔡元培：《文化运动不要忘了美育》，《晨报副刊》1919年12月1日。
[3] 蔡元培：《美育》，见《教育大辞书》，上海：商务印书馆，1930年。
[4] 蔡元培：《美育与人生》，见聂振斌选编《中国现代美学名家文丛·蔡元培卷》，杭州：浙江大学出版社，2009年。

不可替代的重要功能。蔡元培认为："美育之附丽于宗教者，常受宗教之累，失其陶养之作用，而转以激刺感情……鉴激刺感情之弊，而专尚陶养感情之术，则莫如舍宗教而易以纯粹之美育。"[1] 宗教与美育作用于人的情感的方式不同，宗教对人的情感进行刺激。具体而言，蔡元培总结了宗教与美育在三个方面上的优劣：美育是自由的、进步的和普及的，而宗教则是强制的、保守的和有界的。所以，蔡元培认为更具启蒙特性的美育应替代宗教，成为国人精神之支撑和灵魂重建之手段。

蔡元培分析了作为古代六艺的礼、乐、射、御、书、数，认为除了乐为纯粹美育之外，其他艺中也分别蕴含着远鄙俗、求娴雅、尚美观等美育成分，这就为在现代中国实行美育准备了文化上的条件，提供了现实的土壤。同时，正如聂振斌所说："蔡元培的'以美育代宗教说'，充分说明了中国文化的理想境界是艺术—审美而非宗教；中国人的道德人格培养是靠内省的，完全是自由自觉的，毫无外在的强迫。这两个方面都是靠艺术—审美教育来完成的。"[2] 在这个意义上，"以美育代宗教"、通过美育获得精神动力是中国传统文化逻辑的现代延续。

梁启超在1922年上海美术专科学校的演讲中，呼吁将美术从奢侈品变为民众生活的必需品，"中国向来非不讲美术——且还有很好的美术，但据多数人见解，总以为美术是一种奢侈品，从不肯和布帛菽粟一样看待，认为生活必需品之一。我觉得中国人生活之不能向上，大半由此……要而论之，审美本能，是我们人人都有的。但感觉器官不常用或不会用，久而久之，麻木了。一个人麻木，那人便成了没趣的人，一民族麻木，那民族便成了没趣的民族"[3]。梁启超主张通过将审美渗透到日常生活中的方式，来唤起国民对精神趣味的追求。为实现美术的普及性，梁启超还从创作者的方面进行了呼吁，"今日的中国，一方面要多出些供给美术的美术家，一方面要普及养成享用美术的美术人。这两件事都是美术专门学校的责任。然而该怎样的督促赞助美术专门学校叫它完成这责任，又

---

[1] 蔡元培：《以美育代宗教说》，《新青年》1917年第3卷第6号。
[2] 聂振斌：《蔡元培的美育思想及其历史贡献》，《艺术百家》2013年第5期。
[3] 梁启超：《美术与生活》，见素颐编《民国美术思潮论集》，上海：上海书画出版社，2014年。

是教育界乃至一般市民的责任。我希望海内美术大家和我们不懂美术的门外汉各尽责任做去"[1]。他倡议教育工作者、艺术工作者以及普通大众以高度自觉的意识投身美育事业，挽救民族于危亡之际。在20世纪20年代初，刘海粟便提出美术工作者应该转变心态、提高认识，在作品的预期观众方面进行调整，与新的受众相适应。艺术的趣味也当进行转变，"真正的绘画，雕刻，并不是要人人都欢迎，赞赏的，却是要把画家雕刻家的特性思想极意发展起来，将自然界的生趣十分表现，使一般人看得都要被他感动，将一切虚伪和不纯粹的观念淘洗除却，另生出一种真实和有生趣的观念来"[2]。他认为美术家不能孤芳自赏，需要敞开胸怀以展览会的形式与大众交流，获得大众对作品的反馈，但实际现状却乏善可陈"我们国内社会上没有一些美化，纯是阴沉沉的一片秋气。真正的美术展览会在一年的中间几乎看不见一个。即使有一二次私人开的，也是临渴掘井，事后就没有继续，真所谓'一曝十寒'，美术的前途也只有听其自生自灭了。这大概是研究美术的人，都抱着个私人问题、闭关主义，既没有群众运动便成了这种现象。"[3] 西方现代艺术中崇尚个性张扬的个人主义是不可取的，中国的现代美育要反其道而行之。

蔡元培将"美育"作为一种"文化运动"来推广，以学校为中心展开。1918—1919年，蔡元培在北京大学发起并成立各种艺术研究会，包括画法研究会、书法研究会、音乐研究会、戏剧研究会等，以"养成学生人格"[4]为宗旨。这些研究会通过课余社团的形式增益学生的修养，进而由学校推广向全社会，实现各阶层民众审美能力的提升，乃至社会理想的实现。

美术教育既能与中国传统文化的特质相对接，又能启发民智，为大众融入现代文化做好智识上的准备。在中国社会与文化现代化的过程中，美

---

[1] 梁启超：《美术与生活》，见素颐编《民国美术思潮论集》，上海：上海书画出版社，2014年。
[2] 刘海粟：《日本美术展览会的鸟瞰》，见刘海粟编《日本新美术的新印象》，上海：商务印书馆，1925年，第3页。
[3] 同上书，第2页。
[4] 蔡元培《北大一九一八年开学式演说词》，见高平叔编《蔡元培全集第3卷（1917—1920）》，北京：中华书局，1984年，第191页。

育起到重要的作用,并产生了深远的社会影响和意义,在中国传统文化与西方现代文化之间起到沟通和理解的桥梁性作用。作为大众教育的重要组成部分,美育通过转变大众的审美趣味,培养大众的审美能力,使之进入到现代社会的文化语境之中,最后反过来促进中国社会发展的现代化。

结　语

通过对 20 世纪中国美术现代性的研究辨析,我们可以对西方现代主义美术的价值标准是否具有普适性做出合理的判断。正如不同国家和地域的社会经济形态的现代化道路各不相同一样,不同民族文化的现代转型也不可能重复一个模式。20 世纪的中国有自己的现代美术,它不是西方现代主义的翻版,而是在中华民族救亡图存、独立自强的奋斗历程中,在中西文化冲突下整体的精神文化氛围之中,美术家们对时代巨变所做出的"自觉"回应。

全球化是对文明冲突的理性整合,而非绝对化的统一。对此艺术家早有自觉,潘天寿曾告诫说:"东西两大系统的绘画,各有自己的最高成就……这两者之间,尽可互取所长,以为两峰增加高度和阔度,这是十分必要的。然而决不能随随便便的吸取,不问所吸收的成分,是否适合彼此,是否与各自的民族历史所形成的民族风格相协调。"[1] 现代性是具有跨文化性质的,是不同文化间的交融与互动,我们应当抛弃狭隘的民族主义。近 20 年来,随着全球化和网络技术的发展,以及学术界对于现代性的反思,逐渐形成了所谓的全球艺术史。其特点是在研究、写作和教学中力求突破国家和地区的界域,把艺术的发展看成是一种在空间中互动与延伸的过程。

西方"现代性"一词,与园林有关。欧洲在 18 世纪开始借用中国的园林构造方法改造其几何形传统,但对这一艺术上跨文化学习借鉴的事

---

[1]《潘天寿美术文集》,北京:人民美术出版社,1983 年,第 155 页。

实，欧洲不断地改变其表述措辞，直到沃波尔发表其关于园林发展历史的论文，"在他看来，当时流行于欧洲的园林是英国人独特的成就。值得注意的是，他没有将这个传统叫做'不规则'的园林，也没有用'如画性'来命名，'英中风格'的园林更不行。他所选择的称呼是'现代性'的园林。从文化政治的角度来看，他的措辞是足智多谋的发现。原来在园林的历史发展中，中国的优势源于自然园林在中国的悠久历史，而它在英国的姗姗来迟却令英国人感到羞耻。不过，凡是有悠久历史的当然不可能是'现代性'的。因而，沃波尔使用'现代性'来取代'自然性'"[1]。由此可见，"现代性"是文化政治的产物，如此便掩盖了西方现代文化的发展是国际性的和跨文化借用这一事实。

作为后发国家的中国，其艺术发展道路有两种模式可供采取：一是20世纪50年代哈佛大学历史学家费正清提出的"冲击—回应"模式，他认为"西方是19世纪和20世纪震撼全球的技术进步及其他种种进步的摇篮和发明者，因而西方能从自身的文明中完成近代化……而中国由于自身独特的传统，则只能借助外部力量实现现代化"[2]。在西方现代艺术的外力冲击下，中国一向停滞的艺术的发展框架被打破，从而获得新的发展，并将自身纳入西方艺术的框架中，以实现艺术的现代转型。二是保持自身文化传统的延续，坦然成为西方世界眼中的"他者"，为其提供政治化、民俗式的异域风情图式。欧美西方国家欲将世界艺术纳入"麾下"的企图无可厚非，但若以此为视点来观察和概括非西方国家艺术的发展，则是对这些国家艺术的极大简约化处理。这种"西方话语中心模式"下建立起来的文化艺术体制所带来的困境并非解释第三世界后发国家艺术发展逻辑的钥匙，而仅仅是叙述的开始。

"双重批判"也即在全球化语境中的西方和自身传统"之间"的探索道路。王一川在《中国现代学引论》中提出现代Ⅰ和现代Ⅱ的划分，两种现代的含义分别为"按世界话语标准而寻求中国文化的世界化"与"致力

---

[1] [美] 包华石：《中国体为西方用：罗杰·弗莱与现代主义的文化政治》，《文艺研究》2007年第4期。
[2] [美] 费正清：《美国与中国（第4版）》，张理京译，北京：世界知识出版社，1999年，第132页。

于在全球化或世界化语境中国寻求在世之我"[1]。现代性之于后发国家并非一个简单的概念,而是蕴含着丰富的层次和内涵。后发国家既要站在自己的文化立场上理解和接纳现代艺术,又要在现代性框架之下重新理解自身文化的传统和独特性,从而最终实现进入国际体系并与之对话的使命与目的。马歇尔·伯曼认为存在着"先进民族国家的现代主义"和"起源于落后与欠发达的现代主义"的两极区分。[2] 所谓欠发达现代主义,由于这些国家的"现代化进程还没有进入正轨","被迫建立在关于现代性的幻想与梦境上,和各种幻象、各种幽灵既亲密又斗争,从中为自己汲取营养"[3]。伯曼也意识到了对同处在全球化之下的不同民族国家而言,现代主义的意蕴差距甚大,而其中欠发达的现代主义则需要与包含其中的种种要素艰难互动,但其最终目的也是得以通达实现自身物质上的现代化及精神上的现代性之道路。潘公凯也选取了全球性图谱的视角来进行中国关怀,他认为在 20 世纪中国出现了一种独特的现代现象:"在这个历史时期,艺术脱离了纯粹的、自发的、自然的生长和发展过程,而由文化精英自上而下地、有意识地来选择、引导和培育、推广……这种作用是由近现代中国社会最大最基本的事实所决定和引发的,那就是面对落后挨打的困境,知识精英在这样的时代背景和历史要求之下,自觉承担起以艺术来救国救民的使命,自觉面对现实提出应对策略……'自觉'就是 20 世纪中国艺术现代性的重要标志。"[4] 潘公凯在这里所提及的"自觉"也即是针对民族现实而对各种文化资源和观念所进行的策略性使用,其同样是对全球化体系中分属不同序列的国家所面对的现实进行区分的情况下,试图对后发国家艺术现代性发展的道路及独有特点进行发现与总结。

艺术家在对各种文化资源和艺术观念的多重使用和批判相互交织中,必然有所指向,必然为了解决某种问题。对此,格洛伊斯在其《艺术

---

[1] 王一川编著:《中国现代学引论:现代文学的文化维度》,北京:北京大学出版社,2009 年。
[2] [美] 马歇尔·伯曼:《一切坚固的东西都烟消云散了:现代性体验》,徐大建、张辑译,北京:商务印书馆,2003 年,第 222—380 页。
[3] 同上书,第 304 页。
[4] 潘公凯:《自觉与四大主义:中国现代美术之路》,北京:北京大学出版社,2012 年,第 119 页。

力》中就平等审美权利理论中谈道："当今艺术家指涉的不是神圣真理的'垂直'无限性，而是审美上平等同存的图像'水平'的无限性，毫无疑问，要想在具体表现语境中奏效，每次对这种无限性的指涉都需要经过检验，并策略性的使用。部分艺术家放入国际艺术界大环境的图像代表了各自具体的民族或文化出身。这些图像旨在抵抗目前大众传媒避开一切地域性规范的审美控制。同时，另有一部分艺术家将大众传媒里产生的图像移植到自身所在的地域文化中，希望借此摆脱地域性和民族风的限制。"[1]他认为此两类艺术家的艺术策略无论是强调民族身份还是体现国际化，看似矛盾，但其实"两者都指向在某个具体文化环境下被排除的东西……他们背后是审美平等广阔无垠的'乌托邦'领域"[2]。对于以欧美为主的国际社会来说，20世纪80年代中国艺术的加入与发声是其在现代意义上的应有之义，在其审美平等层面上尽显包容；但中国等后发国家面对相对成熟的现代艺术理论系统，则不可避免地会显得手足无措，在新给予的框架之下对自身的观照也陷入了迷茫。处在此一情态中的国家，都是在这样两条看似相悖的逻辑线上发展，但是这两条线索也是殊途同归的，不过所归之处不是对审美层面上平等的追求，而是在话语层面上的融入与独立。福柯意义上的"话语"更多地与权力紧密联系，知识和话语是权力的表征，这在艺术领域也是如此。艺术的形式、表现的题材、传达的价值观念不仅要从艺术本体角度考量，而且要在一个系统中来彰显其地位。葛兰西在20世纪30年代提出"文化领导权"（"文化霸权"），即某种意识形态或文化具有霸权性地位，也就是美国战略学家约瑟夫·奈所说的理念、价值观、文化等的"软实力"学说。在全球化的文化生态体系中如美国学者特里·史密斯所说："围绕'现代性'概念的争论实质上是意识形态和社会权力斗争的体现：谁持有普遍的现代性定义，谁就拥有正义的历史，获得强有力的控制权；谁要想反对它们，就必须提供更有力、更被看好的定义。在现代性这个问题上，那些把自身描述成比事实上更现代的过往艺

---

[1] [德]鲍里斯·格洛伊斯：《艺术力》，杜可柯、胡新宇译，长春：吉林出版集团股份有限公司，2016年，第8页。
[2] 同上。

术,那些自称为最现代的艺术,最有希望在权力斗争中取胜。"[1] 后发国家唯有接纳现代艺术并改变对自身传统的叙述方式,以取得加入这一体系进行交流的一席之地,艰难地追求确认自身的主体性。

要改变中国现代美术发展理论上的失语及漂浮的状态,我们需要转换认识的框架,重新梳理现代美术史中指涉的历史事实。如赵汀阳所言:"尽管西方知识往往自诩'本来'就是普遍的,但是通过使用西方知识对中国经验的描述可以发现,这样的知识生产不是非常成功,这些知识在实践的可行性(constructiveness or feasibility)上有着局限或缺陷,在利用许多西方概念叙述中国历史时存在这样一个问题:替换了概念就在很大程度上等于替换了事实。因此,在表面上似乎理论融贯的论述,很可能是以牺牲了事实为代价的。"[2] 已有的现代性话语是对已有历史事实的不同理解方式和不同叙事的建构方式,中国美术的发展有西方的"现代性"话语所不能容纳的独特的历史经验,其中蕴含着巨大的创造力。而要厘清中国社会和文化现代性的独特性,我们需要重新回到经验,回到历史事实本身,尽可能地解除话语的遮蔽,或者重新建构新的主体视角和话语系统。

---

[1] [美] 特里·史密斯:《艺术与社会》,见宋晓霞主编《"自觉"与中国的现代性》,香港:牛津大学出版社,2006年,第122页。
[2] 赵汀阳:《没有世界观的世界》,北京:中国人民大学出版社,2003年,第120页。

第九章　现代性视域下的平面设计与集体认同关系研究

第一节　现代性与平面设计的关系

本节试图归纳梳理现代性、全球化、集体认同、平面设计、城市品牌、场所精神等相关的现有理论和关键性的概念，探究现代性的特征、动力机制有哪些，为什么现代性与全球化、集体认同有关，平面设计为什么能以及用何种方式推动城市品牌和集体认同的营造等。

一、现代性背景下的集体认同危机

1. 吉登斯的现代性理论

现代性是一个极为复杂的、综合了多个研究领域的理论体系，哲学、社会学、政治学、经济学、文学、艺术等诸多领域的学者从不同的视角界定了现代性的概念及其核心特征，并借助不同的媒介材料展开对现代性的建构、解构、反诘与批判。按照美国哲学家詹姆逊对现代性词源的考察，现代（modemus）一词在5世纪就已经存在，基拉西厄斯教皇一世使用该词来划分当朝与前朝，而在西罗马被哥特人征服之后，中世纪古罗马的政治家与作家卡西奥多罗斯赋予了"现代"一词新的含义，即意味着现代与过去之间的时间断裂，这种分界使得"现代"这一术语形成了固定的意涵，并延续至今。[1] 在马泰·卡林内斯库的考证中，现代性（modernity）这个术语，至少从 17 世纪开始就已经在英国传播了，《牛津英语词典》显示该词最早出现在 1672 年，意指"现今时代"。[2] 与之相对应的法文"modernité"出现得相对晚一些，《罗贝尔词典》发现该词首次出现于夏多布里昂出版于 1849 年的《墓中回忆录》。此外，在泰奥菲尔·戈蒂埃发表于 1867 年的一篇文章中也有该词。[3] 在西方的哲学领域中，从 18 世纪后半叶开始，现代性就已经成为哲学讨论的主题。[4] 在当代对现代性概念的争论中，除了现代性本身所具有的在时间维度上断裂的含义之外，其概念内涵大致分为特性（quality）和经验或体验（experience）两个方面。

在特性方面，卡林内斯库通过五副面孔（现代主义、先锋派、颓废、媚俗艺术和后现代主义）及其内部平行对立的矛盾属性（如新与旧、更新与革新、连续与断裂、永恒与瞬间等）定义了现代性的特质。英国当代社会学家安东尼·吉登斯从社会制度变革的层面界说了现代性的概念。在经验或体验方面，波德莱尔从美学角度将现代性看作一种转瞬即逝的感觉，他说："我所说的现代性，是指艺术之短暂的、迅即消逝的、偶然的那个方面，它与艺术的另一个方面，即永恒、不变构成了一个统一体。"[5] 社会学家博伊恩和拉坦西同样认为现代性指涉的是生活在现代世界中的体验或经验。他们指出现代性是一种新颖的、不同于以往的生活在世的经验，它伴随着资本主义经济开始取代封建自然经济而产生于 17 世纪的欧洲。[6] 日益明显的城市化、工业革命、法国大革命向世界释放了巨大的能量，一系列全新的体验由此生成。[7] 因此，我们或许可以把现代性理解为 16 世纪、17 世纪以来出现在欧洲的新的社会制度、观念、技

---

[1] [美] 弗雷德里克·詹姆逊：《对现代性的重新反思》，王丽亚译，《文学评论》2003 年第 1 期。
[2] [美] 马泰·卡林内斯库：《现代性的五副面孔：现代主义、先锋派、颓废、媚俗艺术、后现代主义》，顾爱彬、李瑞华译，北京：商务印书馆，2002 年，第 49 页。
[3] 同上。
[4] [德] 于尔根·哈贝马斯：《现代性的哲学话语》，曹卫东等译，南京：译林出版社，2004 年，第 1 页。
[5] [法] 波德莱尔：《现代生活的画家》，王小箭译，《世界美术》1986 年第 1 期。
[6] R. Boyne and A. Rattansi, *Postmodernism and Society*, London: Macmillan, 1990, p. 3.
[7] R. Boyne and A. Rattansi, *Postmodernism and Society*, London: Macmillan, 1990, p. 3.

术、实践、体认和体验的集合。它既是多个历史事件的结果,在线性的历史脉络中可以定位其"准确"的坐标,又关乎人类的某种抽象的观念想象和体验。本章主要借鉴吉登斯在社会制度层面上所建立起来的现代性理论,并以此为基础深入探讨和辨析集体认同与平面设计间的关系。

  吉登斯定义现代性为"在封建时期的欧洲首先形成,而后却在20世纪日益具有世界和历史性影响的制度及行为模式"[1]。就吉登斯所论,现代性从本质上来说是一种制度性的转变,即与传统的秩序发生了深刻的断裂,而后形成一种"后传统秩序"[2],是新的经济制度(工业生产、市场经济、商品生产体系)、政治制度(民族国家与民族)及新的文化与生活方式,是后传统秩序的主要组成部分。更详细地说,吉登斯认为现代性可以被理解为一个"工业化的世界",资本主义、工业主义、监督机器和军事力量是它的四个基本制度维度。[3] 第一个维度是资本主义,它是建立在竞争性劳动力商品化基础之上的商品生产体系,"它以对资本的私人占有和无产者的雇佣劳动之间的关系为中心,这种关系构成了阶级体系的主轴"。资本主义社会有四个明显的特征:第一,资本主义企业间的竞争与扩张持续地、普遍地刺激技术的开发与创新;第二,经济领域内,发达的技术创新极大地增强了经济制度对其他制度的控制力;第三,政治与经济制度的分隔是建立在私有财产得以保障的基础之上,资本的所有权与劳动力的商品化有着直接的关联;第四,国家的自主性受到资本积累的制约,而国家尚且不具备控制资本积累的能力。第二个维度是工业主义,其主要特点是在商品生产过程中对非生命资源的采用,机械化在生产过程中起到核心的作用。工业主义并不局限在工业革命时的大工厂与蒸汽机,而是包括高科技领域所有的发明和创造。在工业主义生产关系的框架内,人与自然之间的互动发生了本质性的变化。在前现代文明中,人们常常会把自己看作自然的延续,很大程度上是因为平时的生活和所需深受大自然的

---

[1] [英]安东尼·吉登斯:《现代性与自我认同:晚期现代中的自我与社会》,夏璐译,北京:中国人民大学出版社,2016年,第14页。
[2] [英]安东尼·吉登斯:《现代性的后果》,田禾译,南京:译林出版社,2000年,第3页。
[3] 同上书,第49—55页。

束缚。由技术革命和科学发展所建构起的工业世界中，人们不再受自然的羁绊而开始控制和改造自然。第三个维度是监督机器，监督指的是在政治领域内但不限于政治领域，对被管理人口的行为的指导和约束。监督可分为直接监督（如监狱、学校及露天工作场）和间接监督，间接监督是最主要的监督手段，即建立在对信息掌控基础之上的监督。第四个维度是军事力量，即对暴力工具的控制。与前现代中央集团的军事力量仰赖于它与地方势力的联盟不同，现代国家已经实现了对暴力工具的绝对性垄断。军事力量与工业主义之间有着密切的联系，战争的工业化促使战争进入"全面战争"以及核战争时代。

  以上四个维度中的制度性变革的促成得益于现代性内部独特的三股轴心力量或动力机制——时空分离、脱域机制、反思性，这三股力量彻底改变了全球社会变迁和连接的方式。它们从根本上将现代的秩序与传统的秩序区别开来，并为现代性的制度维度的形成创造了必要的条件。时空分离，用吉登斯的话来说，指的是时空的"虚化"（empty），时空发生分离，而后被重新排序组合。在前现代社会，"时间和空间只是通过具体位置的情境性而连接在一起"[1]。即是说，每一种文化都有自己独特的时间和空间观念及约定俗成的模式，时空被限定在具体的位置，并与当地的社会行为、活动密不可分。在现代社会，时间的虚化是时间从空间（地点）中的分离，即时间不必再与特定的空间（地点）相联系，时钟、日历和时区的划分使时间得以精确计算并在全世界范围内标准化。时间的虚化诱发了空间的虚化。空间的虚化的主要特征是空间（space）与地点（place）发生分离，不再受"在场"的支配，"缺场"的、远距离的力量开始参与地域性空间的建构。脱域机制（disembedding）是"社会关系从彼此互动的地域性关联中，从通过对不确定的时间的无限穿越而被重构的关系中'脱离出来'"[2]。也就是说，社会关系从地域性的情境中剥离出来，从而在无限的时空中重新组织新的社会关系。社会关系的脱域与时空的虚化

---

[1]　[英]安东尼·吉登斯：《现代性的后果》，田禾译，南京：译林出版社，2000年，第15—39页。
[2]　[英]安东尼·吉登斯：《现代性与自我认同：晚期现代中的自我与社会》，夏璐译，北京：中国人民大学出版社，2016年，第14—20页。

相互刺激，相辅相成。吉登斯把脱域机制分为两大类："象征标志"（symbolic tokens）与"专家体系"（expert systems），两者统称为"抽象体系"（abstract systems）。象征标志指的是"相互交流的媒介，它能将信息传递开来，用不着考虑任何特定场景下处理这些信息的个人或团体的特殊品质"。象征标志中最典型的例子就是货币符号。专家体系指的是"由技术成就和专业队伍所组成的体系，正是这些体系编织着我们生活于其中的物质与社会环境的博大范围"。专家体系通过对专业知识的运用把不同的时间与空间连接在一起，而就这些专业知识和技术的有效性而言，它们是独立于从业者和消费者的。这种专家体系及其所形成的观念已经渗透到人类日常生活的方方面面。时空分离与脱域机制驱使社会生活摆脱了传统的机制与惯例，为反身性的产生创造了必要的时代背景。作为第三个动力机制的反思性或反身性（reflexivity），吉登斯将反思性定义为："一种敏感性，具体指社会生活的大多数面向及其与自然的物质关系对受到新信息或知识影响而产生的长时性修正之敏感性。""从根本的意义是说，反思性，是对所有人类活动特征的界定。人类总是与他们所做事情的基础惯常地'保持着联系'，这本身就构成了他们所做事情的一种内在要素。"换言之，反思或反身的过程就是新信息或知识对社会实践及知识生产系统的再调整、改造和修正。人类总是与他们所做事情的基础保持联系，指的就是对思想和行动的价值基础的监测与反思。现代性正是通过人们反思性地利用并进行知识生产，而被建构起来的。吉登斯强调，人类对世界的认识与思考存在着不稳定性和多变性，现代性的反思性力量被引入"系统的再生产的每一个基础之内，致使思想和行动总是处在连续不断地彼此相互反应的过程之中"后，更是减弱了知识的稳定性与确定性。这三种现代性动力彼此互为条件和影响，包含着现代性的制度性维度，同时也受其制约。

  吉登斯否定后现代社会的到来，他认为当今社会所处的是一种"极盛现代性"或"晚期现代性"的状态。难以驾驭且肆意滋生蔓延的现代性带来了两个突出的特点：一是社会层面的外延性（extensionality），它带来了全球化并建立了全球范围的连接方式；二是个人层面的意向性（intentionality），它浸入人们的日常生活，催生了具有西方个人主义特色的价值理念与行为模式,开启了以自我价值实现为动力的"我该如何生活"的探索。[1] 这两种属性是现代性的两极,二者之间不断交互,互为结果,既是制度革新后进步的表征,又是一个"风险社会"的隐患。

2. **集体文化认同危机的根源——全球化中的同质化与异质化的消长**

如上文所述,吉登斯认为在现代性演变过程中,现代与传统发生了明显的断裂,并产生了两个结果:全球化交流方式的建立与个人主义的价值观念、行为方式的确立,即全球化和自我认同。二者是全球化与地方化辩证法的两极,两极之间既存在对立又相互联系,二者不断增长的互动性是现代性的主要特征之一。现代性的动力机制(时空分离、脱域与反思性)是全球化与自我认同产生的根本原因,与此同时也产生了潜在的危机和风险。这正是吉登斯所说的"风险社会",他认为现代性社会是一个弥漫着危机、风险和不确定的世界。在这里,风险具体指的是人类知识本质上的不确定性和非必然性及由此所带来的社会发展方向的不可预测性,从而导致人类活动的方方面面不会按照原定的计划(如欧洲启蒙时期的理性主义)开展,而活动所产生的结果具有很强的偶然性。[2] 现代性的不确定性及所产生的风险从根本上源自"未预期的后果和社会知识的反思性或循环性"[3]。吉登斯列出了现代性"风险环境"的三个方面:知识的不可确定性和不可预测性所带来的风险,战争工业化带来的毁灭性的威胁,个体焦虑与人生无意义的价值观的威胁。[4] 尤其是现代性的反思性所引起的诸多不确定因素,造成了个体对信任、安全、存在等方面的焦虑。持续不断的焦虑威胁着自我认同的感知和形成。正如吉登斯所言:"……它(现代性)绝不是一个由完成的机械构成的引擎,而是一个里面充满张力和矛盾,往不同方向你拉我扯的引擎……只要现代性的制度持续下去,我们就永远不可能完全控制驾驭的路径或速度。相应地,我们也不可能完全感到

---

[1] [英]安东尼·吉登斯:《现代性与自我认同:晚期现代中的自我与认同》,夏璐译,北京:中国人民大学出版社,2016年,第1页。
[2] 陈嘉明:《现代性与后现代性十五讲》,北京:北京大学出版社,2006年,第247页。
[3] [英]安东尼·吉登斯:《现代性的后果》,田禾译,南京:译林出版社,2000年,第134页。
[4] 陈嘉明:《现代性与后现代性十五讲》,北京:北京大学出版社,2006年,第249页。

安全，因为它所穿越的这些领域都充满了具有严重后果的风险。本体性安全和存在性焦虑这双重感情将彼此爱恨交加地共存下来。"[1] 抽象体系在不确定后果与知识反思性的因果循环中组建，同时又瓦解着本体的安全性。在全球化的今天，个体的焦虑早已延伸到了集体认同层面，特别是地方性的文化正在或已经经历了多次深刻的认同危机。在现代性的反思性触及社会和自我的核心之前的传统文化中，集体层面的习俗、规范与认同在代际更替之间鲜有变化。即便是有改朝换代的情况发生，传统只是更新换代而未被彻底扼杀和否定，强大的地域性文化基因始终界定并掌控时间与空间的内涵和界限。现代性的动力机制打破了传统社会原有秩序的平衡，新的社会、文化关系的重组和再生又无法按照预期设计的路径前行，从而引发了个人与集体身份同一性的错位和断裂。在对其成因层层抽丝剥茧后，我们会发现集体文化认同危机根植于全球化过程中所产生的两种相生相伴的文化现象：同质化与异质化。

"全球化"（globalisation）一词于20世纪60年代首次被用来描述和分析全球生产和消费中的新现象。[2] 有些学者认为16世纪欧洲资本主义的发展代表着全球化的开始。[3] 罗伯逊则认为发生在1870年到1925年期间的事件：世界时区的划分与国际日期线的确立，公历和一周七天的全球采用，国际电报和信号代码的建立，代表着全球化的发生。[4] 与全球化新现象的论调有所不同，威尔认为全球化并不是一个新的现象，它已经生长了数百年，但是就目前全球经济、政治和文化方面的互动和相互依赖的广度和深度而言，比过去更加的强烈和频繁。[5] 全球化的定义涉及多领域的知识，对于一些评论家来说，它是一种文化、社会、经济和政治的多个复杂的网络或系统；而对另外一些专家来说，它是一系列全球互动和互联的强

---

[1] [英] 安东尼·吉登斯：《现代性的后果》，田禾译，南京：译林出版社，2000年，第122页。
[2] MF. Guillen, "Is globalization civilizing, destructive or feeble? A critique of five key debates in the social science literature," *Annual Review of Sociology*, 2001, p. 238.
[3] MF. Guillen, "Is globalization civilizing, destructive or feeble? A critique of five key debates in the social science literature," *Annual Review of Sociology*, 2001, p. 237.
[4] R. Robertson, *Globalization: Social Theory and Global Culture*. London: Sage Publications Ltd, 1992, p.179.
[5] J. Wills, "Globalization and Protest," in *Introduction Human Geographies,* eds. P. Cloke, P. Crang. and M. Goodwin, London: Hodder Arnold, 2005.

度和速度日益增长的过程。奥沙利文等人将全球化描述为运行在全球范围并以此为基础的经济和文化网的增长和加速。[1] 经济网指涉的是由银行、证券交易、国际和跨国公司及市场所组成的金融系统。文化网指涉的是各种交流技术和方式,例如使人和货物流通的运输技术,使货物和货币流动的电子与数字通信手段,此外,还包括电影、电视及世界各地的人自由交流的媒体技术。基兰认为全球化是一个导致世界上经济、政治和社会单位之间以及一般行动者之间的相互依赖和相互意识(自反省)更为强烈的过程。[2] 威尔同样认为全球化是一个经济、政治、社会和文化的过程,通过这个过程,全球各地的联系日益加剧;社会联系和经济交易在世界范围内频繁发生;全球本身成为一个可识别的地理实体。[3] 吉登斯在社会学角度界定了全球化的意涵,即"世界范围内的社会关系的强化,这种关系以这样一种方式将彼此相距遥远的地域连接起来,即此地所发生的事件可能是由许多英里以外的异地事件而引起,反之亦然。这是一个辩证的过程,因为有这种可能,即此地发生的桩桩事件却朝着引发它们的相距遥远的关系的相反方向发展。地域性变革与跨越时——空的社会联系的横向延伸一样,都恰好是全球化的组成部分"[4]。罗伯逊更为简洁地将全球化定义为对世界的压缩(compression)以及世界作为一个整体的意识的增强。[5] 社会学家阿帕杜拉根据货币、技术、人口、图像、文本、商品和观念的流动将全球化归纳为五种流动模式:族群景观(ethonoscapes)、技术景观(technoscapes)、金融景观(finanscapes)、媒体景观(mediascapes)和意识形态景观(ideoscapes)。[6]

  以上是对全球化定义的简要概述。除了在学术视角和侧重点上有所不

---

[1] T. O'Sullivan, J. Hartley, D. Saunders, M. Montgonery and J. Fiske, *Key Concepts in Communication and Cultural Studies*, London: Routledge, 1994, p.130.
[2] MF. Guillen, "Is globalization civilizing, destructive or feeble? A critique of five key debates in the social science literature," *Annual Review of Sociology*, 27, 2001, p.236.
[3] J. Wills, "Globalization and Protest," in *Introduction Human Geographies*, eds. P. Cloke, P. Crang, and M. Goodwin, London: Hodder Arnold, 2005, p. 573.
[4] [英] 安东尼·吉登斯:《现代性的后果》,田禾译,南京:译林出版社,2000年,第57页。
[5] R. Robertson, *Globalization: Social Theory and Global Culture*, London: Sage Publications Ltd, 1992, p.8.
[6] A. Appadurai, "Disjuncture and Difference in the Global Cultural Economy," in *Global Culture: Nationalism, Globalisation and Modernity*, ed. M. Featherstone, London: Sage, 1990, pp. 297–299.

同以外，它们都具有某些共性。无论全球化被认为是文化、社会、经济和政治等因素交织而成的网络，还是一系列国家间相互联系和依赖逐渐加强的过程，是时空间的不停的压缩和标准化，抑或是穿梭在世界上的"动力流"所汇聚成的新景观，处在全球化时代的世界，其最显著的特点就是各种内外部的力量以不同的形式穿越国界，汇聚、碰撞与杂交。这种全球范围的汇聚与连接为人们如何区别自己与他人，以及如何理解和体验世界创造了新的叙事模式。值得注意的是，不同动力流的扩散和汇聚的过程与方式并不是恒定的、平稳的、单一的和单向的，而是可变的、动态的、不均匀的、双向甚至多向的。以西方资本为首的全球主导力量渗透到世界各个角落的同时，面对这股力量所带来的挑战、风险与机遇，地方的行动者的反应各不相同。多数情况下，地方通过强调自己所具有的全球属性与世界的大部分地区做有效的交流和沟通，与此同时加强自身的独特性进而对地方意识进行庇护，意在与其他地方区别开来。一些杂交的文化形式或修改后的"传统"层出不穷，以应对地方与全球之间频繁的交流。我们可以把这一个过程解读为地方性的反思性活动，其主要目的是来回应全球化所带来的势不可挡的影响。同全球化的概念和开始的时间一样，其产生的影响以及带来的变化一直以来都是一个饱受争议的话题。接下来我们将从同质化和异质化两个全球效应来梳理一下学界关于全球化影响的诸多观点。第一种说法是，全球化的过程是一种使一个原本具有多样性的世界均质化、同质化、单一化和西化的过程。例如，吉登斯的现代性的概念就意味着一个制度、时间经验、历史模式的全球范围内的同质化。关于"现代性是一个西方化的工程吗？"的问题，吉登斯的回答是肯定的。罗纳·史戴尔曾在《纽约时报》的言论版上发表一篇关于美国大众文化全球影响力的文章时说："我们提供一种以大众娱乐和大众满足为基础的文化……我们透过好莱坞与麦当劳，将文化讯息传递到全世界，籍此掌握并瓦解别的社会……与传统的入侵者不同的是，我们不满足于仅是通知对方，我们还要强迫他们和我们一样。"[1] 第二种说法是，全球化可以激发地方的潜

---

［1］ 转引自［美］吉姆斯·华生：《饮食全球化》，台北：早安财经文化出版社，2007年，第20页。

能，作为文化差异源头的地方（the local）在能动地抵御同质化力量的侵蚀，呵护地方文化的同时，还可以促进新的杂交文化的产生。雷·贝克提供了一种代替全球单一化的观点，他指出全球化并非不可避免地使地球上的每个角落变得一样，因为全球的连接无法完全地将分散在不同地理空间的社会整合在一起的；即便是在全球的资本和文化圈中，一些独特的地方特性依然存在甚至是在广泛的培育之中。[1] 马尔科姆通过考察商业和全球广告的案例，得出主要结论：地方文化是文化迷惑（puzzlement）、文化差异的来源，并非简单的被支配者或被同化者；全球的跨国公司被迫考虑当地和地区文化，思考如何与他们打交道，在这种情况下，地方能够被理解为抵抗全球化同化效应的潜在来源，虽然它们不能免于全球化所带来的影响，但是却能提供不同的文化形式来对抗单一化的威胁。[2] 第三种说法是，同质化与异质化、世界主义和地方主义是同时发生且相互牵连的，全球与地方的关系是辩证的、多维度的且不停变动的。罗兰·罗伯森认全球的同化趋势和异化趋势早已经成为20世纪末生活的基本特征，两种趋势相互渗透且交叉存在。[3]

针对认同或身份危机的问题，迈斯纳曾指出，个人、集体和民族国家在受到挑战、威胁或破坏时，总是试图重新定义自己的身份。寻找新身份或重新定义身份其实是一个适应的过程，在这个身份演化的过程中，传统元素和新的挑战之间产生了新的平衡点。一旦达到一种新的平衡，即便是暂时的，身份危机就会得到解决。[4] 当下集体认同焦虑之源头可以被理解为在同化与异化并行杂交的全球化时代引起了想象中的共同体的变动，而变动的速度和复杂性是人类以前所不曾经历过的，尤其是针对非西方国家。我们可以把集体认同危机或者集体身份建构的问题与现代的民族国家的概念相连接，但是会存在对国家民族身份和形象过度简化或在对很

---

[1] L. Back, "Local/Global," in *Core Sociological Dichotomies*, ed. C. Jenks, London: Sage, 1998.
[2] B. Malcolm, *Graphic Design as Communication*, London and New York: Routledge, 2005.
[3] A. Appadurai, "Disjuncture and Difference in the Global Cultural Economy," in *Global Culture: Nationalism, Globalisation and Modernity*, ed. M. Featherstone, London: Sage, 1990, p. 27.
[4] W. Meissner, "China's Search for Cultural and National Identity form the Nineteenth Century to the Present," *China Perspectives*, 2006, 68:1-17.

多细节描述不充分的问题。因此，在本章中涉及的集体或者集体认同更接近于一个国家的核心城市的身份建构和认同。

二、作为一种交流媒介的平面设计

1. 平面设计的概念

平面设计已经发展了大约一百年，依据帕拉西奥和维特所说，共经历了三个阶段：在19世纪末被理解为商业艺术；1922年威廉·艾迪森·德威金斯最早使用了平面设计（graphic design）一词，并将欧洲现代主义平面设计带入美国；进入21世纪，发展成为一门跨越多领域的视觉传达学科。不同的学者对这一领域采取了不同的界定方法。蒂博尔·卡尔曼将平面设计定义为一种媒介，一种交流手段，其基础建立在文字与图像的结合。[1] 理查德·霍利斯指出"平面设计就是指通过对基本元素的创造或有意识的选择，在平面上加以组合，借此传达一个主题思想的表现方式……它们是若干符号，通过其之间的潜在关系，对一种含义形成统一的表述，这些符号的组合排列亦可以使之产生新的意义"[2]。他强调，在绝大多数的情况下，文字和图像会放在一起使用，有时以文字为主或以图像为主，有时每一个组成部分可能由另一个决定其含义；在很多案例中，模棱两可的图像需要依靠词语的精确性来表达一个确切的含义。保罗·克林和大卫·克劳利认为平面设计由三个相互依赖的要素构成：一是平面设计是大规模生产的；二是它们很容易得到，可供广大消费者使用；三是它们通过文字和图像的组合来传达思想。[3] 设计师兰达从实践的角度定义平面设计为一种用来向观众传达信息的视觉语言，是一种依靠视觉元素的创造、选择和组织来产生有效沟通的理念的视觉再现。[4] 另外，兰达指出了六个作为二维设计基础的图形元素：线条、形状、量值、颜色、纹理和格式。诚如理查德·霍利斯所言，"平面设计创建了一种语言，这种语言

---

[1] B. Malcolm, *Graphic Design as Communication*, London and New York: Routledge, 2005, p. 10.
[2] [英] 理查德·霍利斯：《平面设计简史》，石婧译，桂林：广西美术出版社，2018年，第13页。
[3] B. Malcolm, *Graphic Design as Communication*, London and New York: Routledge, 2005, p. 11.
[4] R. Landa, *Graphic Design Solutions*, New York: Thomson Delmar Learning, 2006, p. 4.

是由变化莫测的语法和不断扩充的词汇构成"[1]。现代的平面设计通过运用不同的视觉材料、视觉形式（广告、书籍装帧、标志设计、海报、图案设计等）和不断变化的信息技术（印刷技术、计算机技术、数字技术等），向公众传达信息和思想的一种传播手段和语言。

2. 平面设计的功能

从实践的角度考虑，兰达使用一系列动词来解释平面设计功能，她认为一个强大的平面设计方案能够说服、告知、识别、激励、增强、组织、品牌化、唤醒、定位、参与、传递或传达多层次的意义。[2] 依据理查德·霍利斯的观点，平面设计有三个核心功能：第一个是识别性，"即描述出某件事情是什么，或者它自哪来"，例如招牌、广告牌、徽章、标识、包装标签；第二个是说明性和指导性，"说明事物与事物之间的方向、位置和比例"，如地图、图标和路标；第三个是展示性和宣传性，"主要目标是如何吸引人注意并对所传达的信息留下深刻记忆"，如海报和广告。[3] 雅克·奥蒙也提出了平面图像的三个基本功能：象征（symbolic）、认知（epistemic）和审美（aesthetic）。象征性图像代表或象征着上帝、灵魂、宗教信仰或文化价值。认知图像传递有关世界及其内容的信息，如风景画、地图、植物图鉴等。审美图像旨在取悦观众或产生某种特定的受众所预期的感知，如广告、海报等。[4] 相较以上的三组对平面设计功能的阐释，理查德·泰勒提出的四个功能更为合理、详尽，分别为信息功能、修辞功能、装饰功能和魔法（magic）功能。[5] 第一个是信息功能，其主要特征是告知和交流信息、知识和智力。第二个是修辞功能，又称为劝说功能，顾名思义，某些平面图像用来说服和影响人们的思想和行为。第三个是装饰功能，其目的就是娱乐和取悦受众。最后一个是魔法功能，主要涉及两种情景：第一种类似于奥蒙提出的象征性功能，人们通过图片对宗教

---

[1] ［英］理查德·霍利斯：《平面设计简史》，石婧译，桂林：广西美术出版社，2018年，第16页。
[2] R. Landa, *Graphic Design Solutions*, New York: Thomson Delmar Learning, 2006, p. 4.
[3] ［英］理查德·霍利斯：《平面设计简史》，石婧译，桂林：广西美术出版社，2018年，第15—16页。
[4] B. Malcolm, *Graphic Design as Communication*, London and New York: Routledge, 2005, p. 13.
[5] B. Malcolm, *Graphic Design as Communication*, London and New York: Routledge, 2005, pp. 14-18.

的指涉而到达某种精神层面的满足；第二种是通过平面设计将一件事物转换成另一件，简单来说，通过对各种材料和技法的运用，例如绘画、拼贴、印刷、蒙太奇等，所呈现或再现的事物或视觉效果已经不同于原本的事物。

　　文化研究学者马尔科姆·巴纳德换了一个角度来看待平面设计所承担的角色，从社会、文化和经济三个维度来考察平面设计的功能。[1] 他的主要论点是，平面设计不仅仅反应或表明某种价值和价值关系，而是建构、复制和挑战价值和态度的手段之一。平面设计产生了社会、文化和经济关系，同时它又是社会、文化和经济的产物。第一，平面设计是建构社会阶级和制度的媒介。社会是由阶级和制度所构成的，平面设计是建立和确保社会阶级和制度的身份与存在的方式之一。这意味着，在一个由阶级和制度组成的社会中，不同的阶级都有自己的意识形态、思想、需求、信仰和利益，这影响着他们如何感知和对待社会制度。作为意识形态的创造者、价值观的捍卫者、信仰的传播者，统治阶级可以利用平面设计来合法化统治阶级的利益、维护社会的等级关系，而从属阶级则会使用平面设计维护自身的权益，挑战现有的社会秩序。第二，平面设计是建立和传播文化价值的手段。文化可以被理解为是一群人的信仰和价值（意识形态），以及这些信仰和价值被传播、复制和竞争的方式。平面设计是一种文化活动，因为它是传达这些信仰和价值的一种符号系统，也是这些信仰和价值被表达或挑战的方式之一。所以，平面设计的文化功能就是沟通、传播、复制或挑战某种文化信仰和价值。第三，马尔科姆所指的平面设计的经济功能，并不是平面设计，它是国家设计产业的一部分，是平面设计如何传导和调节经济、文化和社会三者之间的关系。经济是社会阶级产生的原因之一，因为阶级认同是经济关系和所有制关系的产物。平面设计既是一种经济生产手段，也是一种社会生产手段，因此可以助力或挑战社会阶级的认同。同样，经济也是文化的核心部分，因为消费早已渗透到文化象征符号从产生、理解到使用的整个过程。通过消费，一个社会的秩序可

---

[1] B. Malcolm, *Graphic Design as Communication*, London and New York: Routledge, 2005, p. 80.

以被体验并变得有意义。简而言之，一个文化群体通过消费不同于其他文化群体的产品来建立和传播自身的信仰和价值。因此，消费成为社会和文化之间的桥梁，而平面设计最重要的经济功能是产生、鼓励或者挑战、抵制消费。

3. 交通标志与城市的场所精神

一个与地方感相近又有别的概念即是场所精神（genius loci / spirit of place）。弗里茨·斯蒂尔把场所精神定义为一系列赋予一个地点特殊感觉和个性特点的组合，例如一种神秘的当地氛围抑或是一个人/集体的身份特质与地方特色的结合。诺伯舒茨从现象学的角度考察了这一概念。追本溯源，该词在古罗马的信仰中指的是世上每一种独立的本体，包括人和地方都有自己的守护神灵，如影随形、相伴终生，并决定其特质和个性。古罗马人视这种万物皆有的神性为最高的生存法则，甚至视它们为"敌对"的、"不可反抗"的，认为与生活场所的守护神灵妥协、调和是安身立命、安居乐业的必要条件[1]。诺伯舒茨认为这个词组现代的意义已经与古代的大不相同，是指通过建筑物或物在大地之上、苍穹之下集合成场所并孕育出独特的地方性气氛。他强调，"场所精神的形成是利用建筑物给场所的特质，并使这些特质和人产生亲密的关系……建筑应为这场所精神的形象化，而建筑师的任务是创造有意义的场所，帮助人定居"[2]。在场所精神形象化和空间化的过程中，建筑既是"原本"气质的守护者，又是新精神的缔造者。这里需要强调的是，场所精神在很长的一段时间内具有相对的稳定性和连续性，但并不是固定不变的，在一些特定情况下，如战争、政治变革、文化迁移、国族认同转型、城市改建等，它是变化的、流动的、可形塑的、整体的、主观的、文化的、情绪的。

诺伯舒茨将场所精神视为场所存在的本质，他提出"空间"和"特性"两个互补的观点，以及与之对应的人类精神和认知方面的功能："方向感"（orientation）和"认同感"（identification），用来解释和分析建筑

---

[1] [挪威] 诺伯舒茨：《场所精神：迈向建筑现象学》，施植明译，武汉：华中科技大学出版社，2010年。
[2] 同上书，第4、23页。

物或物的聚合、场所结构和场所精神（尤其是人为场所）的产生。[1] 空间在这里不仅仅指的是抽象的数学概念即三维的、均质的、等向的几何空间，还包括组成一个场所的所有存有物、具体定位、地形、空间关系、界定或排列的组合方式、包被或延展的方向等。空间结构是促进人的方向感形成的客体。特性一方面与地方独特的氛围紧密关联，指的是一种综合性气氛（comprehensive atmosphere）；另一方面指的是具体存有物（自然物和人造物）的细节、造型、材料、功能和其本质。特性是人的认同感的客体。我们日常的生活场所正是由形成人的方向感的空间结构和影响人的认同感的空间特性所组成的。尽管诺伯舒茨在错综复杂的自然地景和人为聚落中，梳理出场所的这两个属性，并且构建出一个清晰的结构世界。但在现实生活中，这两种精神功能及其对应的客体是混杂在一起的，例如一座广场的纪念碑既有可能起着界标的作用（空间、方向感），又有可能因为其独特的造型、材料、装饰和功能成为当地特有的文化客体（特性、认同感）。当然，这并不妨碍我们借助这两个观点去观察和剖析场所精神的形成、散播和保存，因为只有当这两种属性在城市的边界相融相合之后，才能为场所精神的产生创造必要的条件。总而言之，透过对空间的结构和特征的分析，我们可以完全地把握一个场所精神的具体表征。诺伯舒茨的"场所精神"虽然透彻地分析了场所的现象和构造，但是却忽略了人类的文化行为和活动对场所精神所产生的影响，尤其需要指出的是这种影响并不是间接的、次要的。

地方感和场所精神之间的关系又是什么呢？此问题的回答可以为我们澄清二者与城市品牌之间互为因果的内在逻辑关系。我们或许可以从海德格尔的"居住"，也可称作"定居"或"安居"（dwelling）的概念中找到答案。海德格尔通过对建筑（bauen）词源的追溯，得出结论："人类存在意味着作为短暂者在大地上，此即意味着居住……居住是短暂者在大地上的一种方式……居住设立于和平，意味着和平处于自由，保护和守护每一

---

[1] [挪威] 诺伯舒茨：《场所精神：迈向建筑现象学》，施植明译，武汉：华中科技大学出版社，2010年，第4、23页。

事物本性的自由领域之中。居住的基本特性就是这种保护和保存……我们似乎只有借助建筑才能达到居住。"[1]一直以海德格尔的哲学为自己思想催化剂的诺伯舒茨认为:"定居的意义是和平地生存在一个有保护性的场所……当人类能将世界具体化为建筑物或物时便产生定居。"[2] 按照海德格尔和诺伯舒茨的观点,人类以居住的方式存在于天地之间,建筑扎根于地、守望于天、包被着凡人,并为其提供一个"存在的立足点"(existential foothold)。人为场所唯有同时实现了人的方向感和认同感,即知道自己身处何地,并与场所产生共鸣与认同,他才可以定居,才可以感受到安居,才可以获取一个存在的立足点。[3] 诺伯舒茨强调,方向感和认同感是可以单独存在的,但真正的归属感必须建立在两种精神需求同时满足的基础之上。[4] 与这两种精神功能所对应的,正是我们在上文中着重描述的空间和特性。因此我们可以得出结论,安居就是人的感知、感受与场所精神不断契合的过程,而作为场所精神形象化的建筑,为人构建了充满意义的场所,提供了与万物共存的安居。如果说方向感(安全感)、认同感与场所精神密切相关,那么归属感则是决定地方感的核心要素。根据诺伯舒茨的观点,归属感正是在方向感(安全感)和认同感的全面发展中得以酝酿产生的。那么我们前面的问题也就得到了解答,场所精神可以理解为是一个场所最突出的、最具代表性的特质和本质,当人们对场所的本质有了切身的体会和感悟之后,所产生的好感、归属感和安居感便就是地方感了。正如我们前面所提到过的,在古代的罗马,场所精神如鬼魅一般渗透进并指导着人们的生活和生产。今天,场所精神被灌注了新的血液,这种血液促使场所精神成为现代城市品牌建构的核心要素,地方感则成为城市品牌化的终极目标。

设计,尤其是平面设计、工业设计、建筑设计和城市设计,在城市品牌的塑造、推广,空间的设置、优化和身份认同的建构中起到举足轻重的

---

[1] [德]海德格尔:《诗·语言·思》,彭富春译,北京:文化艺术出版社,1991年,第131—137页。
[2] 同上书,第22页。
[3] 同上书,第18页。
[4] 同上书,第20页。

作用。笔者选择平面设计中的交通标识设计及相关的设计理论为主要的研究对象。之所以选择交通标志，一方面是因为交通标识设计是典型的平面设计，具备这个门类的很多共性特征；另一方面则是因为交通标志设计同时又具有很强的个性，尤其是与其他设计门类如城市设计、建筑设计等一样具有很强的共通性。交通标志设计的共性和个性决定了它与它所处的城市文化和场所精神紧密相连。我们将从符号学的维度来构建一个包括场所精神、地方感、城市品牌和交通标识设计的理论框架，进一步考察在打造独特城市品牌的过程中，交通标识系统所扮演的角色和起到的关键性作用。

一组成功的城市交通标志系统是可以有效地维护、加强和传播当地的场所精神、文化信仰、社会价值和集体认同，即城市品牌的核心。上文所述，场所精神的两个要素是空间和特性。空间和特性分别对应着人类精神的功能——方向感和认同感。人们如何在日常生活中深刻感知一个城市的场所精神、一个成熟的城市品牌呢？答案很简单，就是人们一方面可以轻松地识别方向、完成空间定位，把周围的环境理解为友好的、安全的；另一方面可以充分感知城市的具体特色，大到城市的空间规划，小到城市的微结构，充斥在其中的独特氛围促使人们对该城市产生好感与认同感。当两种精神方面的功能得到充分的发展，归属感和地方感便油然而生，一个充满吸引力的、与目标受众良性互动的城市品牌应运而生。交通标识设计对这两种精神需求的满足和地方感的进一步形成起着至关重要的作用。具有相似性与指示性的交通标志对受众方向感的产生有着积极的影响，一组优良的交通标识就像是一个个散落在城市空间的线索，顺理成章地把整个空间整合为一体，不但能够有效地控制车流和人流，更重要的是帮助司机或者行人完成在空间内部、空间之间的穿梭。具有象征性的交通标识则起着放大城市特性的作用，其能指与所指之间的强烈的文化缔结促使交通标识成为一种象征性的图形符号，辅助建筑群完成城市的空间叙事，保存当地居民的集体生活印记，并为不同文化背景的游客缔造新的、有意味的场所体验。在复杂多变的景观中，作为城市设计和建筑设计一部分的交通标志系统与其他的构成物一同被组织进不同的空间语法结构中。标志与空间、文化、记忆、归属感、场所精神、地方感等发生了直接或者间接的联系。简单来说,交通标志系统不仅可以优化城市的方向系统,还可丰富目标受众的场所经验,强化他们与周边环境的认同,最终完成城市场所精神的形象化,促使地方感和安居感的生成,从而推动城市品牌和集体认同的建设和完善。

第二节 集体身份的巩固与再造:现代平面设计与北京现代城市身份的建构

本节首先梳理北京城市品牌的具体内容、面对的挑战,并从更深层次指出集体认同焦虑的两个来源:其一,警惕西方文化霸权的入侵与加入西方文明为主导的全球经济和文化秩序之间的矛盾所引起的焦虑;其二,"传统"在现代化转型中被扭曲、压缩和变形所产生的焦虑。在集体认同焦虑的情况下便产生了一个连续不断的反思性监督与修正,参与其中的平面设计既是反思性修正的生产工具,又是其修正后的结果。其次,笔者提出参与北京城市品牌塑造的两类平面设计:一类是直接介入北京城市空间营造的平面视觉要素;一类是经由标志性的事件对当地形象产生构建作用的平面视觉要素,并提供相应的案例分析。最后,通过对2008年奥运会的视觉识别系统的分析,进一步说明反思性设计如何对北京城市身份进行再塑造,北京又是如何实现从20世纪相对被动地追求文化认同的最大公约数到21世纪主动的文化净输出的转向。

一、北京城市品牌的内涵与矛盾

一个多世纪以来,北京已经实现了从控制、组织和限制个人自由的帝国行政空间向一个21世纪多功能、多面向、以服务城市使用者为中心的公共空间的实质性转变。北京城市品牌的概念最早是在2002年第九届北京市党代会上提出的,并在2003年的《北京市政府工作报告》中正式提出。根据此报告的相关内容,北京市政府正在积极地将北京打造成为一座有利于国内外投资、市场条件稳定、交通便利、生态宜居、旅游方便、古今文化交融的世界城市。在 2004 年,《北京城市总体规划(2004—2020)》正式提出了北京作为国家首都、世界城市、历史文化城市和宜居城市的发展规划。总体规划明确提出,北京将打造一个能够适应全球城市的文化系统,这一系统能够突出其独特的文化认同、文化形象和文化精神。2008 年北京奥运会提出"绿色奥运、科技奥运、人文奥运"的理念,在此基础上 2009 年提出"人文北京、科技北京、绿色北京"的城市建设目标。在最新的北京城市规划——《北京城市总体规划(2016—2035)》中,北京新的战略定位围绕着四个中心被提出,即建设成为政治中心、文化中心、国际交往中心、科技创新中心的国际一流都市圈。新的城市规划表明,文化建设、经济增长、环境可持续性和技术创新仍然是北京未来 20 年发展的重中之重。简言之,自 2003 年北京的品牌概念被提出来之后,市政府一直致力于为北京打造一个卓越的城市品牌。当代北京城市品牌的主要组成部分包括包容性、开放性、文化独特性、科学但以人为本的可持续发展原则、和谐宜居和良好的投资政策和制度环境。这些价值观正是北京城市品牌的核心内容,也是这座城市的意义之所在。但是种种品牌策略、定位、目标和传播的背后却仍有不少至今都无法协调的矛盾。旧城的空间秩序被打乱,但是新的空间秩序却还没有建立起来。不同风格的新建筑拔地而起,却无法聚合起新的城市精神。古与今、新与旧、真与假、西与中、全球与地方之间的裂缝仿佛已经在这座城中被碾平弥合,可是破碎的想象与时空的错位仍然会在不经意间引发已被深埋的危机感。

  面对北京部分的非反思性、非理性的快速拆建和对文化基因的"无视""抛弃"与"根除",王受之是持怀疑态度的,特别是对北京旧城过度开发的总体趋势。他将近代北京旧城的变化大致分为三个阶段:第一个阶段是 1950 年以前,旧城虽然有所变动,但是大体风貌保存完好;第二个阶段是 20 世纪 50—80 年代,旧城的外部城墙、大部分城楼、牌坊、部分胡同和街道被拆除,行政中心进入北京旧城;第三个阶段是 20 世纪 80 年代到现在,北京旧城的轮廓快速消失,经济的高度发展、房地产开发利益的驱使、消费文化和物质主义的流行,旧城的保护面临着比以往更加严峻的局面。[1] 他随后从城市规划发展、建筑设计和历史脉络等的角度提出北京目前面临的各种城市病和认同危机的根源，具体概括为以下四类因素：

第一，高速发展的经济与城市建设。

自1978年改革开放以来，中国一直保持着较高的经济增长率，成为世界主要的经济体之一。国民经济从复苏到全面发展直接带来了建筑业的繁荣，摩天大楼、公共建筑和基础交通设施仿佛一夜之间拔地而起，这样的速度与规模在人类历史上都是极为少见的。北京的城市建设正是这一速度和规模的集中展现。但是，飞速的现代化和城市化并没有带来一个成熟的现代都市，"拔苗助长"所产生的各类城市病及人类历史上罕见的问题层出不穷。

第二，都市化、郊区化与新都市化并存。

目前发达国家城市，以美国为例，它的扩张轨迹是由里到外，再由外向里，即从都市化，到郊区化，再到新都市主义化。都市化指的是在工业国家早期的发展阶段，大批人口从乡村流向城市，城市的所有功能包括居住、商业、制造业等均集中在市中心。随着资源的缺乏、恶劣的生活品质、拥挤的交通等城市化问题，城市开始往外扩张，尤其是居住区摆脱了中心城区的束缚，大量人口和产业迁至郊区，这便是郊区化。新都市主义化主要是针对城市郊区的无序蔓延带来的城市空心化、能源浪费、生态破坏等问题，重建多样性的、适于步行的、紧凑的、环保的、以人为本的新型城市社区。北京的"独特"之处在于几乎同时运行这三种模式，这种情况同样是始料未及的，在没有更多经验可供借鉴的今天，北京的空间一方面在扩张，另一方面却在紧缩，两种模式无序交替进行。

第三，房地产开发与基础条件老旧对旧城产生了双重压力。

追逐经济利益最大化的地产开发商进入城市大规模的改造项目中，侵蚀着旧城的传统结构、建筑形式与空间布局；沦为大杂院的四合院由于产权混乱、基础设施薄弱、卫生条件较差、空间拥堵，与现代生活变得"格

---

[1] 王受之：《北京手记》，北京：中国青年出版社，2008年，第86—88页。

格不入",面临着大规模的拆除,伴随着双重重压和快速拆迁,居民旧的生活方式消散、传统空间消逝。

第四,建筑风格不统一。

北京的城市建筑成为世界建筑的试验场,完整连续的历史空间被打碎,古代建筑被当作"孤品"对待,雷同的现代主义和欧陆风格的住宅区成为城市的主角。与此同时,在缺乏统一的、持续性的和前瞻性的建筑规划的前提下,北京的公共建筑区成为国际建筑的实验项目。各种风格的建筑在北京拔地而起,短时间内改变了城市的面貌和个性。

以上的四类因素彼此之间相通,而背后的矛盾正是开发与保护、历史与现代、未来之间的矛盾。如果再进一步推演其内核矛盾,那便是在现代性转型中,全球化与本土化、同化与异化、现实利益与长远发展同时发生以及在自反省地反复调整城市身份建构时,所产生的只能暂时搁置却无法根除了的集体认同的危机感与焦虑感。如王受之对"逝去"的北京所发出的感叹:"不北京的北京,当代北京,所有的人都处在迷茫的状态,失去了对未来的憧憬,谈论的多是现实的利益。城市给彻底改造,老北京基本消失了。"[1] 如今迎来的一个多元的世界,却变得越来越无序和混乱。从更深的层次来看,北京日新月异的城市环境的表象下面暗流涌动,两股力量交织扭合:同化与异化、全球与地方,这里并不是简单地把全球归结为同化力量或者认为地方就等同于异化。实际上,这两种相悖的力量早已面目全非,你中有我、我中有你。两种甚至多种力量的融合、对抗和杂交在非西方社会中体现得最为明显和激烈,这或许是造成非西方社会集体认同焦虑的主因。简言之,处在全球化链条中的关键一环但尚未达到现代化和城市化"成熟阶段"的非西方社会或城市,不得不面对无法明确辨析文化层面和经济层面的"自我"与"他者"的窘境,以及对此种辨析的必要性的反思与怀疑。具体说来,集体身份和认同焦虑体现在两个方面:

其一,警惕西方文化霸权的入侵与加入西方文明为主导的全球经济和文化秩序之间的矛盾所引起的焦虑。在经济、科技和文化全球化的今

---

[1] 王受之:《北京手记》,北京:中国青年出版社,2008年,第85页。

天,采用西方现代制度体系和标准似乎已经成为现代化和进入全球合作与竞争的前提条件之一。但是吉登斯却认为现代性的全球普及稀释了西方的霸权,他提出:"(现代性)它的最显著的特征——历史进化论的终结,历史目的论的隐没,对现代一以贯之的结果性反思的认识,以及西方之特权地位的消亡——把我们带入到一个全新而纷乱的情景之中。如果说,这里的'我们'还仍然主要是指那些生活在西方——或者更确切地说,实际上已经工业化了的地区——的人的话,那么,它的影响则在世界的任何一个地方也都被感受到。""……现代性不仅是种种文明中的一种。西方对世界其他地区控制的日渐减弱,并不是最早诞生于西方的种种制度的冲击力逐渐减弱的结果,倒是它们全球性扩张的结果。经济、政治和军事力量曾经给予西方最高权力,并且尽力在现代性的四个制度性层面的结合上,如今它们却再也不能如此明白无误地把西方和其他国家区别开了。我们可以把这个过程看成是全球化……的过程之一。"[1] 吉登斯给出了言之凿凿的论证:全球化将西方的文明和制度通过各种各样的方式遍布世界,现代性的力量激荡地席卷全球,改变且威胁着地域性身份的同时,其不稳定性及对历史进化论和历史目的论的终结致使西方也逐渐失去对这股力量的掌控,被其反噬和重塑。他认为由于西方文明的全球扩散,"我们"已经不再是传统意义上的"我们",已经无法再与"他者"区分,西方面临着权力的流失和认同的危机。然而,吉登斯的论证其实从侧面印证了曾经专属于西方的制度已经潜移默化地成为全球的制度的现状。对于非西方的区域来说,是否接受和如何接受西方的各种制度同样威胁着自身身份和集体认同的建构。对于正在崛起的中国来说,如何消除大国崛起所引起的世界秩序的失衡,避免同老牌霸权体系的冲突,减弱"中国威胁论",寻求国与国之间的联系和共性,成为中国集体认同焦虑的主要来源之一。

其二,"传统"在现代化转型中被扭曲、压缩和变形所产生的焦虑。吉登斯考察了传统与现代性之间所存在的巨大的断裂及其成因,并指出前现代社会中传统存在和延续的特点:

---

[1] [英]安东尼·吉登斯:《现代性的后果》,田禾译,南京:译林出版社,2000年,第45—46页。

在传统文化中，过去受到特别尊重，符号极具价值，因为他们包含着世世代代的经验并使之永生不朽。传统是一种将对行动的反思监测与社区的时—空融为一体的模式，它是驾驭时间与空间的手段，它可以把任何一种特殊的行为和经验嵌入过去、现在和将来的延续之中，而过去、现在和将来本身，就是由反复进行的社会实践所建构起来的。传统并不完全是静态的，因为它必然要被从上一时代继承文化遗产的每一个新生代加以再创造。在处于一种特定的环境中时，传统甚至不会抗拒变迁，这种环境几乎没有将时间和空间分离开来的标志，通过这些标志，变迁具有了任何一种富有意义的形式……在前现代文明中，反思在很大程度上仍然被限制为重新解释和阐明传统，以至于在实践领域中，"过去"的方面比"未来更为重要"。此外，因为识字只是少数人的特权，日常生活的周期化仍然是与原来意义上的传统联系在一起的。[1]

依据吉登斯对传统的描述，我们可以将传统解释为一种运行在过去、现在和未来的、含有世世代代的经验的符号系统，它具有很强的地域性，存在于一个特定的时空合一的地域并通过周期性的重复成为惯例，进而得以延续。然而，传统得以延续的两个必要条件——周期性的重复和时空合一的地域，在一种吉登斯称为后传统的秩序中发生了彻底的断裂。传统的周期性被打断，其赖以生存的时空发生分离，孕育传统的土壤被摒弃，甚至出现多个领域通过批判传统来突出现代的"新"与"变"。恰如卡林内斯库所分析的那样："'现代'主要指的是"新"，更重要的是，它指的是'求新意志'——意欲对传统的彻底批判来进行革新和提高的计划……"[2] 在吉登斯的视野中，仍旧存活于现代社会中的传统早已经不是以前的那个传统，"……在现代社会中最现代化的东西里面，传统与习惯的惰性结合在一起，还在继续扮演着某种角色……所谓已被证明为合理的传统，实际上已经是一种具有虚假外表的传统，它只有从现代性的反思

---

[1] [英] 安东尼·吉登斯：《现代性的后果》，田禾译，南京：译林出版社，2000年，第32—33页。
[2] [美] 马泰·卡林内斯库：《现代性的五副面孔：现代主义、先锋派、颓废、媚俗艺术、后现代主义》，顾爱彬、李瑞华译，北京：商务印书馆，2002年，第2页。

中才能得到认同"[1]。时空已经脱离了传统社会的控制，失去土壤的传统存活率极低，它们在现代性的反思和转型中被扭曲、压缩、变形和改造。由此，要不要保留传统、如何保留传统、如何使失去生存土壤但仍需对抗全球侵蚀力量的传统保持活力及如何处理失去传统后的集体认同危机等问题是集体认同焦虑的来源，这一情况在非西方国家尤为严峻。

其实我们可以用吉登斯提出的"推—拉"的辩证关系来理解这两层焦虑。吉登斯曾提出现代的民族国家一方面要在"反思性的秩序关系"中维护其合法主权的地位的同时与其他国家保持良好的互动关系，维持彼此的共同利益与共性；另一方面要反思性地对待自己的地域民族文化，策略性地加强其主体性与地域性。这就是他所说的全球化所具有的两种需求间的"推—拉"的辩证关系："一方面是由诸国家体系的反思性自身所固有的权利集中化倾向，另一方面却是各特定国家所具有的维护其主权的倾向。"[2] 平面设计介入并调节这一推拉关系，它既是平衡这两种力量的手段，又是这两种力量冲突后的结果。

二、现代平面设计对北京城市身份建构的影响

我们已经通过梳理现有文献定义了平面设计的文化、社会和经济的功能，以及它特有的对现代性制度的全球扩张的推动和对集体认同（城市）的影响。接下来，我们将要讨论平面设计是如何在北京现代化过程中，参与北京现代城市身份建设的，以及如何在顺应现代化建设的同时，反过来丰富北京独特的现代性文化想象。这正是现代平面设计与北京现代性建构的辩证关系。这里需要指出的是，城市的定义和认同的形成处在一个由印刷、数字、新媒体等多重媒介混杂交融的媒体环境中。在各种媒介中，现代平面设计承载、观照并塑造着现代生活的一个面向，仍旧对人们日常的生活方式起到极为重要的影响作用。相较于平面设计在20世纪之初的影响，考量《良友》《大众》《现代电影》等印刷媒体对中国现代性经验的

---

[1] [英] 安东尼·吉登斯：《现代性的后果》，田禾译，南京：译林出版社，2000年，第34页。
[2] 同上书，第64页。

建构，它们对今天观察主体的"凝视"的影响很可能更为深刻。观察主体的"凝视"经常被社会性地、文化性地构建。无论是拉康的凝视（gaze）理论还是社会学家约翰·厄里提出的"游客凝视"（tourist gaze），凝视不是一个中性的观察过程，观察者是一个对图像的意义敞开心扉的欲望主体。一方面观看者行使自己的主动权，依照某种成规去理解、解释和欣赏图像；另一方面观察者的凝视被图像吸引、限定和牵引，引导观察者去完成"看"或"不看"的三个主要内容：在哪里看、看什么、怎么看。乔纳森·克拉里认为观察者或观察主体"既是历史的产物，也是特定的实践、技术、体制以及主体化过程的场域"，所以，观察者并非用双眼观察客观的事物或现象，而是"在整套预先设定的可能性当中观看，他是契合在成规与限制的系统当中的"。[1]

这里提到的成规涉及社会的方方面面，不只限于再现艺术的实践。用乔纳森·克拉里的话来说："视觉史（history of vision）的范畴，远比再现实践（representational practice）的演变史还来得庞大。"[2] 具体来说，在多种媒体并存的环境中（这个环境正在变得越来越复杂），受众的视觉、知觉和想象被层层地形塑、浓缩、裁剪、限定，甚至被"定义"和"支配"。但需要指出的是，观察者的"凝视"并非只受到主流的媒介如网络、电影、电视、摄影、小说等，以及伟大的艺术作品的影响，而是同样受到象征着日常生活中细枝末节和隐藏在城市空间中建筑细部的图像的巨大渗透。很大一部分原因是，与前卫的视觉艺术实验性的体验和表意方式或者需要去特定地方观看的图像（如电影院、展览馆、博物馆）相比，这些日常视觉语言和图像（通常为平面设计的传统范畴）与人们的日常生活息息相关，更容易被大众接受和理解。在20世纪40年代抗战时期，设计师朱获在《美术字新研究》中提到美术字在大众中的影响力，他说："……目前发展着的美术字……是大众的，易懂的，为大众欢喜的，容易为大众接

---

[1] [美] 乔纳森·克拉克：《观察者的技术：论十九世纪的视觉与现代性》，蔡佩君译，上海：华东师范大学出版社，2017年，第11页。
[2] 同上书，第9页。

受的,因此它的作用这么大,它们的影响有这么广。"[1] 所以,这些常见的"次要"图像不只是一面反射现代性的镜子或者仅作为现代性的表征和载体而存在,而是一个高效的建构现代性和现代观察者凝视的生产手段。无论是宏观的城市总体形象还是微观的城市人文地理,都能够通过现代平面设计来增加其能见度(visibility)和图像性(imagability)。因此,一组优良的、完善的现代平面设计能够为不同的城市观察者(居民和游客)提供关于城市身份的相关文化信息和具体的形象特征,帮助他们更好地适应新的城市氛围,快速形成对城市独特的凝视、认同感和归属感。格特-简·霍斯珀斯总结了三类城市形象的载体:建成环境(the built environment)、标志性事件(hallmark events)和著名人物(famous personalities)。[2] 在这个分类的基础之上,我们可以将参与到北京现代身份塑造的平面设计分为两类:一类是直接介入北京城市空间营造的平面视觉要素,一类是经由标志性的事件对当地形象产生构建作用的平面视觉要素。同著名人物有关的平面设计可以归为第一类。

第一类是平面设计直接介入北京的整体和局部空间的塑造,连同周边的建筑群和自然景观营造积极的城市氛围与意义,也可称为空间性平面设计。这类平面设计包括匾额、招牌、城市道路标志系统、广告、灯箱、海报以及建筑上的字体设计、图形设计、颜色设计、城市涂鸦等,种类繁多,一般情况下,直接作用于周边的建筑景观。

天安门广场的历史性扩建及广场中的字体设计就是一个典型的例子。中华人民共和国成立伊始,根据时代的要求,相继对首都北京进行了以旧城为核心的城市规划和建设。从全城的空间布局来看,最关键的是对天安门广场的扩建,把昔日封闭围合式的皇家广场转变为雄伟空阔的城市公共广场;同时,又将广场两侧的东西长安街打通并延长,这样一条东西走向的轴线与传统的南北走向的轴线汇合在天安门广场上,形成一个"T"字

---

[1] 朱荻,《美术字新研究》,转引自周博主编《字体摩登:字体书与中国现代文字设计的再发现(1919—1055)》,北京:中信出版社,2017年,第79页。
[2] [英]格特简·霍斯珀斯,《城市品牌化和游客凝视》,转引自[英]基思·丹尼编著《城市品牌:理论与案例》,沈涵等译,大连:东北财经大学出版社,2014年,第41页。

形。北京1959年十大建筑中的人民大会堂和中国历史博物馆（现中国国家博物馆）坐落在广场两侧，与天安门遥遥相望，共同见证一个崭新世界的到来。历史地理学家侯仁之总结了北京城规划建设中的三个里程碑，其中第二个就是天安门广场的扩建工程。他认为扩建后的天安门广场代表着一个新时代的来临，完成了从宫廷广场到人民广场和交通中心的演变，"它赋予具有悠久传统的全城中轴线以崭新的意义，显示出在城市建设上'古为今用，推陈出新'的时代特征，在文化传统上有着承先启后的特殊含义"[1]。朱文一认为天安门广场的改建打破了传统城市形式——"边界原型"和"街道亚原型"，迈向具有内外沟通性和外向性的"广场亚原型"，建成的天安门广场成为北京新城市空间的代表。[2] 天安门广场及周边的建筑物自然而然成为现代北京、现代中国的象征。

在这么一个新旧交替的广场空间中，三组风格迥异的字体被用来突出和强化天安门广场的特殊身份，并共同完成一个集体性的空间叙事。一组字体出现在天安门的立面上，是由钟灵设计的宋体美术字"中华人民共和国万岁"和"世界人民大团结万岁"。另两组则出现在正对着天安门由梁思成主持设计的人民英雄纪念碑上，分别是位于正面的由毛泽东手书的"人民英雄永垂不朽"和背面的由周恩来书写的小楷字体的碑文。它们一方面醒目地向受众提示出字面上的信息，另一方面透过自身独特的审美系统以及与所在建筑功能的契合完成场所精神的营建。

吴帆对此做出解读：

> 在天安门广场这样一个特殊的公共空间里，文字以两种截然不同的形式发挥着相同的索引功能：纪念碑碑面手写因其书写者的特殊身份和文字承载的媒介，因而指向了过往的历史事件及对过往者的追思。而天安门墙面上标准化的宋体则以一种清晰有力的普世语调，将我们的目光引向遥远的未来，完成着对在世的塑造与激励。两座时间相隔久远的构筑物凭借文字及文字在空间中的书写形式，完成了构筑

---

[1] 侯仁之：《北京城的生命印记》，北京：生活·读书·新知三联书店，2009年，第303页。
[2] 朱文一：《空间·符号·城市：一种城市设计理论》，新北：淑馨出版社，1995年，第177页。

物自身的识别性和对具体时间的抽象指示（即索引）。正是文字在空间中的这种索引功能，完成了一个古典空间（外廷）向具有纪念和激励性质的现代公共空间（广场）的最终转化。与此同时，从更加宏观的空间范围来看，北京传统的南北纵向轴线与现代意义上规划的东西横向轴线——长安街"动线"垂直交会。在这种极富意味的空间里，语言和它的构筑物又一次被组织进更为宏大的空间语法之中，以一种特殊的被空间化、索引化的语言形式塑造出一个独特的现代中国形象。[1]

不难看出，在吴帆的分析中，字体设计协助建筑物完成了自身身份的识别。用朱文一的话来说，就是建筑单体的"文本化"，观者通过阅读文本（牌匾、对联、商标等）的内容和设计风格，从而理解建筑单体或建筑群所传达的信息。[2] 人民英雄纪念碑上带有领袖个人特色的、气势恢宏的书法字体书写了纪念碑的名字及碑文并篆刻在雄伟的白色大理石上，以这样一种方式向逝去的生命表达最崇高的敬意。相较之下，更为中性的、更具有广泛群众基础的宋体美术字与两条标语共同指向新的国家认同和国际主义精神。从而，天安门被赋予了某种现代性的色彩。吴帆重点指出，文字设计能够与时间和空间相联系的一个关键性的原因在于文字本身的索引功能，即皮尔斯符号学三种符号中的索引或指示符号（index）。而笔者认为，字体、空间与时间之间的抽象联想是一种象征符号（symbol），并非指示符号，尽管二者经常重叠且相互作用。指示符号中的能指与所指有着因果、局部与整体、邻近等导向性的关系。象征符号中的能指和所指之间的关系是任意的、约定俗成的、文化的。在天安门广场字体设计的案例中，领袖的书法碑文是集体意志和官方话语的体现。而从明末形成并广泛用于书刊印刷的老宋体，到肇始于民初的仿宋体，再到20世纪20—50年代的宋体的变体字、美术字，数百年的历史沉淀与记忆使宋体字拥有广泛的群众基础，庄重、紧凑、严格、简洁的宋体字成为一个

---

[1] 吴帆：《空间书写：一个现代形象的塑造——现代主义背景下的设计与字体》，引自周博主编《字体摩登：字体书与中国现代文字设计的再发现（1919—1955）》，北京：中信出版社，2017年，第159页。
[2] 朱文一：《空间·符号·城市：一种城市设计理论》，新北：淑馨出版社，1995年，第127页。

"陈述事实、输出知识"的文化载体。天安门城楼上的简化宋体美术字与旧日皇宫的牌匾、对联形成鲜明的对比，这些字体和其所蕴含的象征意义正是集体共识和约定成俗的结果。新建筑上的传统字体与旧建筑上的新字体在广场上有机联合起来，共同建立一种吸引集体凝视的新磁场。

此外，还需要指出的是观者"新"凝视的产生。除了上面所讲到的，文字与广场成为吸引集体凝视的新磁场之外，观者的凝视被植入进了一个新的成规之中，由它们指引着观者去完成"看"的三个内容：在哪儿看、看什么和怎么看。这个新的成规正是中华人民共和国文字改革的结果。1955年中国文字改革委员会印发了《汉字简化方案草案》征求各界人士的修改意见，1956年《人民日报》发表了国务院的《关于公布〈汉字简化方案〉的决议》和《汉字简化方案》，教育部在当年11月发出《关于在各级学校推行简化汉字的通知》。从1955年的元旦开始，全国书籍报刊的排版逐渐由直排改为横排，中国传统"由上而下，从右到左"的书写空间和阅读顺序自此彻底改变。[1] 天安门上硕大的标语同样肩负着普及文字改革的使命，两行显著的标语就由一开始的繁体字改为简体字。观者的凝视被锚固在一个新的规约之中，他们开始重新组织语言和情感，与新的城市精神达成共识、产生共鸣。在这种情景之下，建筑、字体设计、空间、时间和观者的凝视如同念珠般地被串联起来，共同宣示了城市空间和身份的双重转变。

第二类是平面设计在北京举办的周期性或一次性的重大国际国内的活动中，以简洁、凝练、充满记忆点的视觉要素总结并突出北京的某一个特殊的属性，及此属性与活动之间的合理指涉和联想，使某种共同体的想象变得可见，使其成为活动性平面设计。

语言、图形和文化象征所组成的视觉识别系统，为一个现代的国际城市或民族国家身份的构建提供了一种有效的视觉手段。换句话说，城市或民族国家——想象的共同体能够以一种更为形象的方式被创建并呈现出来。想象的共同体是著名民族主义理论家本尼迪克特·安德森提出的，其

---

[1] 王均：《当代中国的文字改革》，北京：当代中国出版社，1995年，第54—97页。

主要观点是:"民族是一个想象出来的政治意义上的共同体,即它不是许多客观社会现实的集合,而是一种被想象的创造物。"[1] 安德森提出"民族"在本质上是一种现代的想象形式,它源于人类的思想意识在现代化或进入现代性的过程中发生的一次重大突变。想象的共同体的形成,主要依赖于两个历史条件:第一,人类理解世界的方式发生了彻底的变化,宗教的、王朝的、层级式的、神谕式的世界观和时间观在一个祛魅的过程中失去了权柄,取而代之的是世俗的、想象的民族共同体的诞生,18世纪初兴起的两种印刷媒介——小说与报纸为共同体的产生提供了必要的技术支持。第二,"生产体系和生产关系(资本主义)、传播科技(印刷品)和人类语言宿命的多样性这三个因素之间半偶然的、但又富有爆炸性的相互作用"[2]。不难看出,安德森反复强调引印刷品、印刷媒介、印刷技术、印刷资本主义对想象的共同体的形成所起到的决定性的作用。吉登斯也认为:"从最初的书写经验开始,由媒体所传递的经验,已长久地影响自我认同和社会关系的基本组织。"[3] 发轫于16世纪的印刷语言通过三种不同的方式为欧洲民族意识打下基础:第一种方式,印刷业和出版业的兴起造成了拉丁文的式微和地方性口语印刷语言的成型,"这些被印刷品所联系的'读者同胞们',在其世俗的、特殊的和'可见之不可见'当中,形成了民族的想象的共同体"。第二种方式,印刷语言给予语言一种固定性(fixity),在历史长河的涌动中,固定性"为语言塑造出对'主观的民族理念'而言是极为关键的古老形象"。第三种方式,印刷语言激发了一种新的语言权利关系,经过反复的吸收与被吸收,某种方言更好地成为印刷语言并吸收了与之类似的,最终成为本民族的印刷语言。[4] 这进一步证明了,早期的民族想象的共同体是通过阅读文字孕育而成的。

---

[1] [美]本尼迪克特·安德森:《想象的共同体:民族主义的起源与散布(增订本)》,吴叡人译,上海:上海人民出版社,2016年,第2页。
[2] 同上书,第42页。
[3] [英]安东尼·吉登斯:《现代性与自我认同:晚期现代中的自我与社会》,夏璐译,北京:中国人民大学出版社,2016年,第5页。
[4] [美]本尼迪克特·安德森:《想象的共同体:民族主义的起源与散布(增订本)》,吴叡人译,上海:上海人民出版社,2016年,第43—44页。

这三种方式同样适用于今天平面设计中的视觉形象识别设计对民族国家想象共同体的塑造。在各大世界和地区性的活动中，如世界博览会、奥运会、国际经济合作论坛、国际影展等，视觉形象识别系统运用统一的、具有强烈文化特性的视觉符号将活动内容、理念和精神、举办城市或国家的文化特质等抽象概念，转化为综合了文字、排版和图形等的具象的视觉符号系统。一般情况下，视觉符号系统的设计和营运是以一个由活动象征图形、名称和标准色所组成的主体标志为中心，展开整个系统的设计和传播。首先，统一的、具有明显文化认同的视觉符号得到"观者同胞们"的普遍认同和共振；其次，视觉符号赋予某种抽象的概念一种固定性，即在一定的时期内，视觉符号与此概念及想象之间的联系是固定的、相互指涉的；最后，通过调查研究、细心设计和一轮又一轮的筛选，最终"胜出"的设计方案成为建构想象共同体的视觉语言。但是，与传统的印刷语言相比较，视觉形象识别系统有着独特的可视性和跨文化的能力。因此，就有了第四种方式，即跨文化的视觉图像影响着外部世界对地方的认识和想象。科学技术的迅猛发展为咨询的全球流通提供了前所未有的支持，具有强大流通能力的视觉形象识别不仅仅使内部世界的共同体可想象、可见，甚至促成了外部世界对某地域的"想象"和"积极印象"的形成。外部世界主要包含了其他的民族国家和从母国分离出去的海外定居群体。外部的影响因素在想象的共同体的形成过程中同样起到至关重要的作用，主要是因为在全球经济一体化的今天，现代的民族国家并不是一种单一的、封闭的政治和经济实体，而是彼此识别、结盟或敌对的关系。诚如吉登斯所描述的："（国家）它们不是作为一种经济机制而运作，而是作为维护自己的领土主权并顾及到培育自身的民族文化，以及在与其他国家和国家联盟发生战略性地域关联的'行动者'而运作的。"现代的民族国家体系与前现代的国家体系有着本质的不同，"在民族国家体系发展的早期，主权是与'边境'（borders）取代'疆域'（frontiers）这个现象相联系的；国家在其领土内所宣称的自治权，是通过其他国家对其边境的认可而被承认的。这就是区分民族国家体系与前现代时期国家体系的一个主要因素，在前现代时期，很少有这种类型的所谓反思性的秩序存在，而且,'国际关系'概念在当时可以说是毫无意义。"[1] 与印刷文字相比,精心设计的图像更具备跨文化、跨地域的全球传播和沟通能力。吉登斯认为发达的印刷和电子媒介将曾经具有很强地域性的自我认同的形成放置在全体体系之中并被其影响,他说:"伴随大众传媒尤其是电子传媒的发展,自我发展和社会体系之间的相互渗透,正在朝着向全球体系迈进,这种渗透被愈益显著地表达出来。"[2] 同样,集体的认同也从一个地域内的关系过渡到一个全球关系之中。一个成功的视觉识别系统对内可以将想象的共同体进一步具体化、可视化,对外可以更好地塑造和推广地方的整体形象,随之强化国与国、城市与城市之间的积极关系,并且参与到全球现代性的建设之中。当然,不可否认的是,出于对现实甚至是商业的考量,视觉识别系统在某种程度上削弱和简化了共同体的多样性、丰富性和"真实性"。

  接下来,我们可以通过 1990 年北京第十一届亚运会,也是中国 1978 年改革开放之后举办的第一次综合性的国际体育大赛的主体视觉形象识别系统中的会徽和吉祥物,来说明这类平面设计对城市进行建构的。第十一届亚运会在北京的成功举办,是中国现代化进程中一个重要的节点。1990 年第 19 期《瞭望》周刊中的《跨越世纪的挑战:第十一届亚运会的历史坐标》一文,称这次亚运会的举办"是中国体育史上具有划时代意义的事,是近百年来中华儿女历尽艰辛实现的一次重大突破"[3]。另一篇文章《历史给了我们一次机会》指出,亚运会是"中华民族历史上第一次承办的最大规模的洲际综合性运动会,也是新中国面临的一次大规模的国际性检视"[4]。面对当时并不友善的国际环境,中国期望通过举办这次大赛,在国际上树立一个正面的大国形象,在国内全面推动北京进入国际性大城市的行列。侯仁之讲的北京规划建设的第三个里程碑,就是亚运会的召开、国家奥林匹克体育中心的建成与北延长线的建设,彰显着北京从此

---

[1] [英]安东尼·吉登斯:《现代性的后果》,田禾译,南京:译林出版社,2000 年,第 64 页。
[2] [英]安东尼·吉登斯:《现代性与自我认同:晚期现代中的自我与社会》,夏璐译,北京:中国人民大学出版社,2016 年,第 5 页。
[3] 江钱峰、倪小林:《跨越世纪的挑战:第十一届亚运会的历史坐标》,《瞭望》1990 年第 19 期。
[4] 寄如:《历史给了我们一次机会》,《瞭望》1990 年第 19 期。

走向国际性大城市的时代。[1] 可以说，第十一届亚运会的成功举办是北京成为国际性大都市的一个起点。综上分析，我们可以认为这届亚运会的目的是以积极姿态迎接国际性检视的挑战和机遇、凸显中国的正面形象以及推动北京的全面国际化。

亚运会的形象识别设计对于实现这一目的起到了推波助澜的作用。由朱德贤设计的第十一届亚运会的会徽（图9-1）由三部分组成：放射16道光芒的红日（上部），正负形长城组成 A 和 XI 字（中部），"XI ASIAN GAMES. BEIJING 1990" 的字样（底部）。红日代表着亚洲奥林匹克运动会，是亚奥理事会会徽中的主体形象。作为中国古老文明象征的长城所组成的 A 字是英文字母亚洲 Asia 的缩写，XI 就是第十一届的罗马字母，图形与字母结合组成了一条团结亚洲各国人民的纽带。这届亚运会的吉祥物是一只叫"盼盼"的国宝熊猫，由长春电影制片厂的美术设计师刘忠仁以熊猫"巴斯"为原型设计的。盼盼左手举起带有天安门图案的金色奖章，右手跷起大拇指，奔跑向前。取名盼盼，寓意着盼望和平、友谊、出色的成绩，与这届亚运会的理念"团结、友谊、进步"相互照应。总的来说，以长城和熊猫形象为视觉中心的设计折射并创造了一个统一的、辨识度极高的国族身份认同。首先，对广大的群众来说，雄伟的长城与憨态可掬的熊猫体现了国族性格的一刚一柔，再加上1990年春节过后北京的大街小巷和全国电视台的播报，绿色的长城和举着带有天安门标志奖牌的熊猫深深烙印在国人的脑海之中。一个崭新的国族和城市的形象以具体的形式展现出来，让抽象的认同变得可想、可见。

其次，这次体育赛事的主要目标是推广北京和中国的正面形象，加强其国际的影响力，拉近国外的观众与中国和北京的距离。在这样的大背景下，具有某种"世界性"的长城和熊猫的形象符合国外观众对中国形象的预期。之所以这样说，是因为他们已经被包括电视、电影、新闻、报纸书刊在内的媒体渠道建立起了这种预期的凝视。中国的长城（the Great Wall）不只是中国古老文明的象征，它同时还是世界文化遗产，the Great

---

[1] 侯仁之：《北京城的生命印记》，北京：生活·读书·新知三联书店，2009年，第303页。

Wall 在英文为第一语言的文化里时常会特指中国的长城。长城的形象很容易满足国外受众对中国的想象。同样，熊猫的形象在"熊猫外交"的加持之下，深受中外人士的喜爱。从 1869 年法国传教士阿尔芒·戴维将一个大熊猫标本带回欧洲开始，熊猫热便席卷了欧洲和美洲大陆；熊猫"苏玲"带给了处于 20 世纪 30 年代经济大萧条阴霾下的美国人一丝慰藉；熊猫"明"的照片刊登在英国的报刊上用来鼓舞英国人反抗法西斯的士气，熊猫一时之间成为当时西方报纸杂志、摄影电影、玩具业、旅游业的焦点；伦敦动物园的明星熊猫"姬姬"凭借她的在国际上的高识别度，在 60 年代被世界野生保护组织选为该组织的标志。[1] 进入 70 年代，伴随着西方诸国与中华人民共和国的建交，"熊猫外交"继续引领西方世界的熊猫热。最为轰动的一次是 1972 年尼克松总统访华后，中国政府赠送给美国一对大熊猫"玲玲"与"兴兴"，一贯对中国苛刻的西方主流媒体对中国熊猫进行了正面的报道，在报道中可爱、良善的中国形象代替了相对负面的"红色中国"的形象。[2] 熊猫也就自然而然成为国际上最能代表中国的符号之一。所以说，长城会徽和熊猫吉祥物的组合超越了传统的以文字为基础的印刷媒介对想象共同体的塑造，利用自身的图像性和跨文化性，巩固和建构了已知的形象和体验，促进了一个正面的集体认同的产生。

图 9-1　北京第十一届亚运会的长城会徽和吉祥物熊猫盼盼

---

[1] 扬程屹：《熊猫外交记》，《史林一叶》2012 第 1 期。
[2] 赵丽君：《"熊猫外交"的效果研究》，《公共外交季刊》2018 第 1 期。

三、反思性设计对北京城市身份的再塑造

关于中国平面设计中的现代性问题可以追溯到20世纪初,《彩色美术字》的作者宋松仁就曾对传统的手书牌匾发表自己的看法:"余著此集之动机,全由改进匾额之美观而起。举凡商店机关,以及大厦庭院等匾额,类多以名家手笔,籍资号召,而为荣幸。对于匾额之用意及美观,均置之不问,斯实为不合现代性。"[1] 处在二三十年代的中国字体改革时期,宋松仁的用意很明显,他认为传统的牌匾和字体的审美与信息传达功能已经无法适应一个现代中国的需求,急需一种新的文字设计来匹配现代的生活,使其得以被记录、表达和塑造。吴帆将20世纪初期和中期的中文字体设计与西方拉丁文文字设计进行比较,他认为西字设计主要围绕着"现代性"的表述和理性话语的建设而展开。它们是时代的"对称植物",与现代性的演化齐头并进,相较之下,中文字体设计以一种审美和风格化的手段,强调文字的实用性、大众性和革命性。吴帆认为这是由于在20世纪初期和中期,中国处在一个被动地认识和接受现代性的过程,这是一条矛盾的、时空混乱的、非线性的发展轨迹,并以继承和断裂共融的复杂形式生成了中国特殊的现代性,"这种特征通过一种,更为普遍的介质——'文字'在上至国家下至百姓这样一个广泛的层面上折射出中西现代性——政治与美学的纠缠和设计与生活的统一,二者在特定历史时期的基本差异"[2]。这个发生于古今争斗、中外汇通的历史背景下的设计上的纠葛与纷扰并没有在20世纪得到很好的解决,反而在21世纪,在认同焦虑和反思性机制等多重合力作用下,进一步激化、爆发。借用建筑师雷姆·库哈斯在2014年威尼斯艺术双年展上的发言:"……吸收现代性,变得越来越现代,不是一个欣然接受的过程。吸收,更像是一场搏击,不得不应对敌人的攻击,因此,我们意识到,吸收现代性在很多情况下是一个痛苦的

---

[1] 宋松仁:《彩色美术字》,上海:上海形象艺术社,1934年,第1页。
[2] 吴帆:《空间书写:一个现代形象的塑造——现代主义背景下的设计与字体》,引自周博兰编《字体摩登:字体书与中国现代文字设计的再发现(1919—1955)》,北京:中信出版社,2017年,第169—171页。

过程……与全球化创作的同质性相反,许多国家,事实上几乎是每一个国家都在坚持自身的独一无二的现代性。"[1] 一方面要回应"敌人"的攻击,一方面又要与"敌人"和平相处,即如何在寻求全球共性的同时又能够培育和输出各自的地域文化,这是很多发展中国家所面临的严峻挑战。

在上一节中,我们分析了平面设计时如何建构北京的现代集体认同,使其可想象、可见。其中,我们分析了1990年北京第十一届亚运会采用长城和熊猫的形象来寻求国内外文化认同的最大公约数,力求树立一个正面良好的国家形象。而产生这一视觉表达的直接动能就是在集体认同焦虑的情况下形成的一个连续不断的反思性监督与修正,这正对应于吉登斯提出的三个现代性动力机制之一的反思性。实际上,就"认同"这个概念而言,它本来就是一种反思性机制的产物,阿斯曼曾定义"认同是与意识相关的,即,它与一个无意识的自我认知所进行的反思相关。这一点同时适用于个体和集体层面"[2]。换句话说,集体认同和个人认同的形成与演变都是通过现代的反思性完成的,而进一步激发这种反思性行为是不停变动的身份的更新和重建所带来的焦虑和危机感。进入21世纪的中国,无论从经济发展水平还是全球的影响力,都已经不可同日而语。基于大国和平崛起的视角,一个对外和平的、合作的、共赢的,对内统一的、引起共鸣的、带有鲜明民族性的国家形象急需塑造出来。这刚好对应了两个集体认同的焦虑源,由集体认同焦虑所激发的反思性明显地体现在2008年北京奥运会的平面视觉识别系统上,其主要特点是视觉形象的焦点从20世纪相对被动地追求文化认同的最大公约数转向了主动的文化净输出。接下来,我们将通过具体的形象分析来对这一转向进行阐述。

2003年8月3日,由张武、郭春宁和毛诚设计的北京奥运会的会徽——"中国印·舞动的北京"于北京天坛祈年殿正式揭晓。会徽由三部分组成,主体为上部的红底白字的"京"字图形,篆体的"京"字与刀刻留下的粗糙纹理组成了一个中国印的意象,"京"字外形还酷似一个向

---

[1] [法]雷姆·库哈斯:《2014威尼斯建筑双年展导言》,《世界建筑》2014年第11期。
[2] [德]扬·阿斯曼:《文化记忆:早期高级文化中的文字、回忆和政治身份》,金寿福、黄晓晨译,北京:北京大学出版社,2015年,第130页。

图 9-2 2008 年北京奥运会的"中国印"会徽和吉祥物福娃

前奔跑的人,这刚好体现了"更高、更快、更强"的奥林匹克精神;"京"字下面是用毛笔书写的汉代竹简字的"Beijing 2008",充满动感的字体与奔跑的人形上下呼应;最下面是奥运五环标志(图 9-2)。红色的中国印被赋予了四层内涵:其一,中国传统特色的印章和书法同运动精神的结合,人的造型的"京"字强化了北京印象,红色象征着吉祥、喜庆,印章代表着诚信和诺言,二者的结合寓意北京将"举办历史上最出色的一届奥运会",张开双臂的"京"字代表着北京迎接八方来客的热情与真诚;其二,汉代竹简字的巧妙运用;其三,局部与整体构图和谐,图形可以单独也可组合使用;其四,有利于在实际城市景观和场馆中运用及产品市场开发。同样以篆体为灵感的奥运会体育图标——"篆书之美",于 2006 年 8 月 7 日发布(图 9-3)。这组体育图标仍以篆体结构为基本型,融入了甲骨文和金文的特色,文字的象形意味用一种更为现代的形式表达出来,符合体育图标的易识别和易记忆的要求。吉祥物从 2004 年开始向全国征集方案,2005 年 11 月 11 日,奥运会吉祥物"福娃"横空出世。它们由五个带有不同象征头饰的卡通水墨形象组成,"贝贝"(新石器时代鱼纹和水纹组合成的鲤鱼形象)、"晶晶"(宋瓷上的莲花瓣为头饰的熊猫形象)、"欢欢"(以敦煌壁画中的火焰纹和奥运圣火为原型)、"迎迎"（以藏羚羊为原型）、"妮妮"（北京传统的沙燕风筝的造型）。这五个形象分别对着这北京欢迎您的谐音、传统五行五色的概念、天人合一哲学思想、奥运五环。

图 9-3　2008 年北京奥运会体育图标

从本土设计的角度来看，与 1990 年亚运会的长城和熊猫形象相比，奥运会的视觉包装形象包含了多重"原汁原味"的本土元素。首先是篆书的广泛应用。这种民族化的文字设计风格可以追溯到 20 世纪 30 年代，不少的设计师如张光宇就已经积极地将带有明显中国装饰特点的元素与西文字体结合。[1] 历史上，篆字常用于徽章类的设计，如北京大学校徽（1917 年）（图 9-4）、复旦大学校徽（1951 年）、中国人民大学校徽（2002 年）。这源自于篆书常用来书写官书和制作印章，而印章自诞生以来就赋予了中国人"名字"和"诚信"的力量。《说文解字》中称印为"执政所执信也"。所以，在中国文化里，篆书与印章象征着名字、诚信与权柄。篆书应用在各种徽章的设计上是一种更为本土的逻辑与习惯。其次，与之前的长城和熊猫的"官方"色彩不同，鲤鱼、莲花、风筝等具有浓厚民间

---

[1] 周博、刘畅：《20 世纪 30 年代：中国现代文字设计的高峰》，转引自周博主编《字体摩登：字体书与中国现代文字设计的再发现（1919—1055）》，北京：中信出版社，2017 年，第 25 页。

色彩的形象出现在奥运会的视觉形象设计中，使奥运会的设计更具有中国民间的装饰特色。最后，中国特有的天人合一的哲学思想和环保精神被输入到这次的设计方案之中，五只拟人的福娃分别象征着大海、森林、草原、天空和圣火，突出以人为本、天人合一的人文奥运理念。

图 9-4　北京大学校徽

从世界平面设计史的角度来看，这组奥运会的平面视觉设计可以被看作是现代主义与后现代主义的合璧，这是在目前世界平面设计领域内，惯用的一种手法。现代主义风格中的"国际主义"以密斯·凡·德·洛主张的"少就是多"的设计原则为中心，全无装饰、无地域特色、强调直线、简洁的"史密斯主义"的建筑设计观几乎使当时大城市的景观趋向于一致、千篇一律。[1] 同时期流行的平面设计也拥有相似的美学观，几何学和无衬线字体的运用、明快的构图排版、平衡匀称的整体、高度的功能化和理想化，避免个性表现以及过度的商业化和艺术化。[2] 日本现代平面设计的奠基人之一，龟仓雄策所设计的1964年东京奥运会的标志、海报和其余的视觉设计由明显的几何元素构成，具有浓厚的国际现代主义风格。德国现代平面设计的领军人物之一奥托·爱舍尔为1972年慕尼黑奥运会设计了一套同样由几何图形构成的体育图标，由于其强大的"国际化"，从而成为此类设计的经典，并深深地影响了之后的体育图标设计。后现代主义的大部分社会主张与现代主义相反，美国建筑师罗伯特·文丘

---

[1] 王受之：《世界现代设计史》，北京：中国青年出版社，2017年，第288页。
[2] 梁梅：《现代平面设计史》，北京：北京大学出版社，2015年，第110页。

里强烈反对"少就是多"的设计原则,提出"少就是乏味"的观点。后现代主义的设计主张浪漫、典雅、装饰性、娱乐性和历史折中主义,特别是建筑设计强调历史的连续性、象征性和文化性。尽管今天的后现代主义建筑逐渐式微,但是在平面设计领域,现代主义和后现代主义的设计原则融合成为一个普遍存在的现象。进入数字媒体时代,平面设计的风格变得更加多元化,大众文化、消费文化、国际主义、民族特色、亚文化、多元文化等为平面设计的风格和表达提供了充足的养分。在没有牺牲可读性和传达信息功能的前提下,北京奥运会的视觉设计吸收了现代主义和后现代化的不同主张,其成熟的设计方案与良好的市场运作为深层次的文化价值、信仰的输出和新的文化认同的形成奠定了基础。如北京奥运会的设计总监王敏所说:"……每个体育图标的整体形象又是非常现代化和国际化的,这个效果来自于所有现代与西方设计的元素……我们成功地创作了一个个不仅具有独特中国特色、同时又简洁、清晰、对全世界观众来说都富有美感的形象……我们借助了西方风格的视觉语言和技巧,但我们的设计则是深深地根植于中国文化,传达了强烈的中国信息。"[1] 这次以文化净输出为主的设计转向是符合预期目标的。当卡恩-森·奥里谈起城市品牌就是为了改变公众的认知和感知时,他提到了北京:"……2008年北京奥运会向世界展示了中国首都的形象。长久以来,人们一致认为北京是一个污染严重、落后的专制国家的政治中心,而奥运会的开幕式向世界展示了中国的四大发明——造纸术、指南针、印刷术和火药。随着奥运会的成功举办,世人眼中的北京已经成为一座现代高效又不失中国传统的城市。"[2] 奥运会的整体视觉识别系统在改变公共认知和新的北京城市品牌发展的过程中功不可没。

最后,我们仍从集体认同焦虑和反思性的角度来分析北京奥运会的视觉识别设计。按照我们之前论述的,集体认同的焦虑激发反思性的行为和思考,反过来,反思性的行为和思考缓解集体认同的焦虑。尽管北京奥运

---

[1] Richard B. Doubleday, Stephen Goldstein:《王敏的图形语言》,《包装与设计》2007年第6期。
[2] [英] 卡恩-森·奥里:《城市品牌化和社会变迁的矛盾》,转引自 [英] 基思·丹尼编著《城市品牌:理论与案例》,沈涵等译,大连:东北财经大学出版社,2014年,第79页。

会的设计取得了不错的成效，但是在设计成形的过程中，集中在传统与现代或时代感之间的争论依旧存在。一直以来，关于设计中传统与现代甚至是当代之间的关系，设计界并没有一个统一的得到普遍支持的观点。尤其是关系到集体认同与国家形象有关的设计项目时，对这一关系的解读和运用尤为重要。这次奥运会对整个国家和民族都是一次千载难逢的机会，所以在部分设计方案发布后，关于这一关系的各种讨论再次炽热化。以会徽中国印为例，在中国印推出之际，申奥标志"中国结"的作者之一、著名设计师陈绍华表达了对"中国印"的不满，他说："……会徽并没有把这种精神（奥林匹克精神）表现出来，缺少力度，没有激情，更没有'新北京'的'新'意。"他认为组委会的工作方式和评委会的选择是这次"失误"的主因。他认为，组委会请了很多德高望重的老专家评审和外国评审，资历固然是挑选好设计的重要因素之一，但是老专家有一定时代局限性，他们对未来的、前沿的新观念有可能是持反对甚至厌恶态度的。外国评审看中国文化更容易陷入肤浅的表面而无法深入。[1]"中国印"的设计师之一郭春宁认为，会徽的设计应该在传统中找寻能量，但是目前的设计界，尤其是年轻的设计师，他们很容易漠视"古旧"的传统而固执地"求洋、求外、求新、求异，是当今艺术设计圈的普遍现象"。除了业界的争论，"中国印"在民间特别是网络上也掀起了类似的讨论。这虽然是会标发布后的讨论，但笔者相信，这个讨论在设计过程中早已经开始。这个讨论背后所凸显的正是当下中国社会正弥漫着的集体认知或者集体认同的焦虑感和危机感。这一焦虑感所激起的设计上的反思性主要体现在三个方面：其一，对传统的再思索，符合时代精神的设计并非仅限于对当前材料和观念的运用，过去的设计素材和方法并非如昨日黄花，一去不复返，他们一直潜藏在民族基因里，通过各种方法获得重生，而打破线性时间重获新生的传统，会在现代的秩序与法则中更具生命力；其二，对现代平面设计和版权的反思，现代平面设计能够承载5000年文化之重逐渐得到普罗

---

[1] 许沛君、梁梅:《"中国印"能否承载文化之重：2008年北京奥运会会徽设计引发的讨论》，《美术观察》2003年第9期。

大众的认可，并激发了从官方到民众对图像文化承载能力的讨论与思考，版权意识的增强保障了设计的原创性以及后期所带来的巨大经济利润；其三，对文化输出的反思，20世纪的单调和苍白的刻板印象已经不能满足国内外受众的"凝视"需求，并且对北京甚至中国的正面形象的建设形成一定的掣肘。一个丰富的、复杂的、亲切的、可见的想象共同体就此慢慢成形，满足了民众所需要的厚重感和归属感的同时，将更为"纯正"的中国现代文化向全球输出。

第三节　现代性制度和文化的普及：交通标识设计的同化与异化

符合国际标准并带有现代英文注释的交通标志的广泛使用，已经成为一座开放、包容、便利的世界城市应当拥有的品质之一。显然，现代英文和国际信息标志具有某种程度上的跨文化、跨种族、跨地域的全球属性。就现代英文而言，从17—20世纪中叶英国在世界范围内的殖民扩张以及随后美国横扫一切的经济、文化、科技和军事的全球影响力，现代英文逐渐演变为第一个全球通用语和主要的国际辅助语言。与带有明显"西方"文化特征的英文比起来，符合国际标准的符号和标志似乎更加中性，经过将近一个世纪的演化，成为一种无须翻译和解释的全球性视觉语言。主要的几个国际公共符号和标志的标准包括国际标准化组织（ISO）发布的公共和交通标志准则、美国平面设计协会和美国运输部所设计的50个公共环境图标，以及《日内瓦道路标志和信号议定书》《维也纳道路标志和信号公约》（以下简称维也纳公约）等。随着这些符号和标志逐渐在全球普及，它们的现代性和全球性似乎也被进一步落实和加强。从普通民众到平面设计师、规划师、建筑师、新锐艺术家，都不假思索地享用着这种全球性所带来的便利，利用这些符号和标志的"普遍性""普适性"来完成信息和意义即刻的生成与传递，仿佛它们生来就是被人所熟知的、跨越所有文化障碍的。因此，现行的国际公共符号和标志中常常潜藏着不易察觉的地方性、制度性、文化特殊性，甚至是阶级性，中性的、中立的、通用的、非文化性的符号和标志是不存在的。公共标志系统的文化独特性是由多种原因造成的，一般情况下，设计师、设计机构和执行机构所处的时空背景、地质水文、社会政治体制和文化语境是产生这种文化性、地方性的最主要原因。首先，本节通过对 ISOTYPE、SSS 和 ISO 标志系统中的"通用性"与"文化性"进行详细分析，重点论述了符合国际标准的符号和标志具有很强的西方制度和文化属性。之后，通过对北京部分的公共标志系统分析，总结出当前国际流通的公共信息标志系统在中国被本土化的三种方式：等效式、改编式和创作式。最后，论证这三种标志本土化的方式是对全球同化力量反思后的一个结果。在这样的语境中，本土化后的标志系统反映了内外、异化与同化两种力量的博弈，这与我们之前所提到的双重焦虑形成同构，西方现代的制度和文化体系与中国本土文化和实际需求之间，存在着既相互启发又相互对抗的关系。

一、ISOTYPE、SSS 和 ISO 公共图标系统中的"通用性"与"文化性"

赋予当前全球流通的标志全球性和通用性的原因，很大程度上在于现代化的进程中"强势"文化和制度对其他"弱势"地区的文化输出、渗透和影响，这实际上与英语成为全球通用语的原因如出一辙。正如吉登斯所言，"现代制度的其他诸多方面（包括那些在小范围内运作的制度）都影响着高度'发达'地区之外的那些生活在更为传统情境下的人们"[1]。后殖民主义理论家着重论述了殖民主义虽然已经在全世界范围内消退，但是前殖民地依然以不同的方式（意识形态、文化、经济）经历着压迫的残余，一种无孔不入的、一元的同一性仍旧牵制并同化着异质性和多样性。萨义德认为在我们这个时代，殖民主义早已结束，但帝国主义却一直存在，存在于一种普遍的文化空间中，以及特定的政治、意识形态、经济和社会实践中。萨义德和其他学者声称，文化的商品化和消费在很大程度上继续维持第一世界（尤其是美国）的霸权地位。国际化和全球经济一体化必然会将世界形塑成一个

---

[1] [英]安东尼·吉登斯：《现代性与自我认同：晚期现代中的自我与社会》，夏璐译，北京：中国人民大学出版社，2016年，第21页。

依靠霸权力量最终会抹杀掉任何对立的文化表达和文化模式的系统，尽管第一世界通过吸收非白人、非欧洲/美国文化元素可能会产生一些混合的文化形式，但是就其体量上来说二者之间的交流仍然是单向的，即第一世界单向输出。在第一世界中，美国几乎是一个产品、形象和文化的净出口国，以其特定的价值观、观念、意识形态和话语席卷整个国际市场。

尽管后殖民理论家对文化的输出和接受有着详细的论述，但是笔者始终认为文化间的交流应是双向的、多维的、微妙的，甚至是可变的、逆反的。文化霸权、文化殖民、文化同质化、中心与边缘等理论概念的确提供了一种分析全球文化现象的途径和可能，但并不是说这是唯一的有效途径。在很多情况下，强与弱之间的互动会激发混合文化的产生，二者的关系并不是一成不变的。约翰·汤姆林森就曾说过，全球景观下的文化和地理区域之间的交流与互动远比单向输出和被动接受的模式复杂得多。阿帕·阿帕杜莱提出，整个主流或强势文化的概念已经过时了，过度简化了杂交、借鉴和再借鉴的复杂过程。这又为我们观看世界提供了另一条通路。事实上，无论是第一条中心与边缘的霸权模式，还是第二条双向甚至多向的力量所汇聚成的文化杂交模式，都可以用来解释不同时空背景下的文化现象和事件或者同一时空背景下的两个不同的面向。就目前世界流通的公共标志而言，它们是西方现代化的产物，由最初的欧洲学者与设计师为了满足社会变革的需求而设计出的教育和传播工具到之后的寻求一种新的国际交流的图形语言。它们并不完全等同于其他的文化产品，如迪士尼、麦当劳、可口可乐等。以 ISOTYPE 为例，从诞生的那一刻就顶着"国际主义"和"国际图形语言"的帽子，设计者企图将其发展成为一种世界通用语，但是其内核中固有的文化意涵、文化盲区以及文化出口式的流通稀释了原本的宏愿和期许。换句话说，现行的世界通用标志具有很强全球流通性的同时，也具有某种不自知的、隐藏的地方性和文化特殊性。

1. ISOTYPE

ISOTYPE，是国际印刷图片教育系统的缩写（International System of Typographic Picture Education），是由维也纳社会科学家、经济学家奥托·

纽拉特、玛丽·雷迪米斯特和德国艺术家格尔德·阿恩茨在20世纪20年代合作开发的一种图形语言,意在协助国际间的理解与交流。ISOTYPE被认为是今天机场、奥运场馆和其他国际公共场所中广泛使用的标志与符号的基础。这套图形系统是纽拉特的维也纳图形统计方法的产物,这种方法最初是被用作推动红色维也纳时期的公民科学教育与参与社会事务积极性的。这赋予了ISOTYPE第一个历史使命——教育并帮助公民(工人阶级)学习目前社会和经济的问题、现状和发展方向,为正在进行的社会变革铺平道路。它的另一个作用源自于纽拉特和其他学者、设计师对图形语言的信念——与口头和书面语言相比较,图形语言是更加中性的、非情绪的和灵活的,在各种年龄和能力范围内都能有效地运作。另外,在一个国际环境下,图形语言能够跨越地域、文化、种族和语言的差异,建立联系和传达信息,"图片产生连接、文字产生分裂(pictures make connection, words make division)"[1]。特别是在20世纪20年代到70年代西方世界对国际主义和人道主义的推崇之下,图形语言被认定在克服国际尖锐冲突和开创一个跨文化理解与全球和平的新时代方面拥有巨大的潜力。但是,最终这个理想并未顺利实现,尤其是20世纪70年代之后,图形语言类的项目面临着来自内部与外部的严峻挑战和批评,使其陷入窘境的根本原因是缺乏对图形语言固有的文化特殊性、自身的文化盲区和偏见以及家长式的单向文化输出等的反思和纠正。

图9-5　ISOTYPE图形符号(左边);英国电影《日本天皇》,1939年(右边)

---

[1] M. Twyman, *Significance of Isotype* (1975), http://isotyperevisited.org/1975/01/the-significance-of-isotype.html, [29-01-2019].

如图 9-5 所示，左边所展示的是 ISOTYPE 图形系统中对种族特点的描述。以图中最右边戴着斗笠的人种图形为例，用今天的眼光来审视，不难看出这个图形是一个典型的西方文化对亚洲人的刻板印象。但对于当时的这组图形的设计师而言，他们只是运用纯粹"客观""理性"的图形语言来陈述一个"客观"的事实，这种"客观"事实产生、复制和传播于绘画、小说、音乐剧、电影等各种流行媒介之中。图 9-5 右边所示的，正是与 ISOTYPE 差不多同时期的一部拍摄自 1939 年的英国歌舞喜剧电影《日本天皇》，斗笠形的帽子成为一个必要的"东方"元素贯穿于电影，荧幕中的演员和荧幕外的观众对这种刻板、简单的视觉形象深信不疑。ISOTYPE 图形系统的创作正是根植于欧洲新与旧的本土文化之上的，更确切地说，ISOTYPE 图形系统反映出的是独特的欧洲视角和认知，并不具备全球的通用性和适用性。

2. SSS

鲁道夫·莫德利，作为纽拉特团队的一员，于 1930 年将 ISOTYPE 的设计方法引入美国，并于 1934 建立了图片统计公司（Pictorial Statistics Incorporated），致力于促进教育、新闻信息和企业通讯等类 ISOTYPE 图形的商业生产与销售。通过主流媒体，如 New York Times、New Yorker、Survey Graphic、Science News-Letter 等的报道，ISOTYPE 和莫德利的类 ISOTYPE 图形在美国的视觉交流领域独树一帜、站稳脚跟，并得以广泛应用。不同于纽拉特的满足社会和经济改革需求的目标，莫德利是为大众媒体的信息传播制作图形和表格，使它们能够成为一个国际主义政治和自由人道主义的代理。到了 20 世纪 70 年代，尽管莫德利所推广的图形交流模式受到极大的争议，但是其发展并未完全中断，反而在交通标志和体育标志设计领域大放异彩，其中最具代表性的就是由美国运输部（DOT）和美国平面设计协会（AIGA）联合设计完成的 50 个公共环境图标——符号标志系统 Symbol Sign System（SSS）。在 1974 年 AIGA 出版了 34 个符号，1979 年又添加了 16 个。目前，AIGA 官网上的 50 个自由版权标志符号可供所有人、所有机构免费下载。官方网站对这套符号标志系统的介绍是这样的：由 50 个符号所组成的标志系统是为满足现代生活中不同公共空间内信息交流的需求而设计的，如在机场以及其他交通枢纽和大型的国际活动；它们已经成为具有公共意识的设计师实现普世沟通的例证。不可否认，这 50 个图形符号已经流通于世界的各个角落，一种近似于"中性"的、"通用"的图形语言使国际公共空间的人流和物流畅通无阻。我们或许可以说，AIGA 版的图形语言比纽拉特的 ISOTYPE 更加符合现代生活中简洁、清晰和即时的要求。但是在文化性方面，AIGA 版的图形系统并未摆脱一以贯之的西方视角，美国的文化视角和假设仍然潜藏在几何图形的排列组合之中。

图 9-6　SSS 中的美容院、理发店、酒吧的图标

图 9-6 中的三个图形，从左到右分别代表美容院、理发店和酒吧。前两个符号所代表的是欧美所特有的文化，美容院（Salon）是向消费者提供美容美发的地方，通常情况下以女性消费者为主。理发店（Barber）则是专门为男性理发的场所。这两个图形符号具有很明显的区域文化的特殊性。而第三个符号，代表着酒吧的鸡尾酒图形暗藏着地道的美国文化。专门用鸡尾酒的图形而不是其他如红酒杯、香槟杯或者啤酒杯的形状，来代表酒吧是非常美国化的。换句话说，这三个符号只有在编码的、特定的欧美文化圈才会产生意义。从这个角度来说，SSS 图形语言并非普适的、通用的视觉图形语言。

3. ISO 公共图标系统

国际标准化组织简称 ISO，是由世界上大多数国家的标准化组织的代表所组成的国际标准制定机构。国际标准化组织图形符号技术委员会，简称为 ISO/TC145，以及下设的三个小组委员会：SC1 公共信息符号，SC2 安全标识、标志、形状、符号和颜色，SC3 设备图形符号，制定了一系列符号、形状、颜色等的国际标准，并为这些符号、标志在公共空间的应用制定相应原则和指导。图形符号技术委员会由 20 个参与国和 31 个观察国所组成，涵盖了世界的大部分地区。即便是使用范围如此之广的图形语言，仍然逃脱不了图形所暗含的文化特殊性。

图 9-7 所示的是 ISO/TC145 标准系统中的博物馆图标，这个典型的希腊建筑图标由三个基本的部分组成：上半部分的山形墙、中间部分的立柱和底部的基座。图 9-8 中（2-4）是英国官方使用的博物馆图标，由三或四个部分所组成：希腊风格的山形墙、立柱、基座和大写字母 M。基本上，希腊建筑是 ISO 标准中博物馆图标的核心视觉元素。对于用希腊建筑的剪影来表达博物馆的概念，作者认为对于大多数的西方人来说，它可以唤起世界上第一座国立博物馆（大英博物馆）的形象或其他建筑风格类似的西方博物馆。位于伦敦市中心的大英博物馆是一座有着四个配楼的方形庭院，由建筑师罗伯特·斯米尔克爵士于 1823 年设计，1852 年完工。这是一座典型的希腊复兴式建筑，具有古希腊建筑的基本特点，例如山形墙和爱奥尼式圆柱，并逐渐成为西方世界中博物馆概念的视觉象征。ISO 中的博物馆图标和英国博物馆的图标都是以此为原型设计而成的。除了希腊建筑的剪影，居于英国博物馆图标正中心的大写字母 M，正是 Museum 这个单词的首字母。当这个带有希腊建筑和大写字母 M 的图标出现在城市地图、地铁或者路标上的时候，母语为英语或者类似语系的人，如德语、法语、西班牙语等，可以很容易地理解和识别这个符号所传达的意涵。从图标的整体形式来看，无论是 ISO 的国际标准还是英国的地域性设计，均建立西方的思维方式、视觉文化和书写方式。换言之，此图标代表的是西方文化中博物馆的概念和形象，但是在西方文化之外的其他文化圈中，此符号存在着失效的风险。

图 9-7　ISO 中的博物馆图标

图 9-8　（1）大英博物馆；（2）伦敦街道地图上的博物馆图标；（3）伦敦旅游手册上的博物馆图标；（4）英国旅游路标上的博物馆图标

总之，20 世纪西方图形语言发展的前提是认为图形是客观的、理性的、普适的，是可以穿越文化的障碍产生普世性价值的。通过对 ISO-

TYPE、SSS 和 ISO 图形系统部分图标的分析，我们可以清楚地认识到，这些国际图形和符号并非中立的和通用的。无论是早期的、进展期的还是目前全世界流通的图形系统，它们仍然不同程度地含有西方文化的视角、习惯、假设、价值和主张。因此，这样的图形语言是不具备真正的世界性、普世性或普适性的，从而验证了索绪尔、皮尔斯等人的关于符号是具有契约性和文化性的观点。无论图形的设计者或设计机构无意识或有意识地通过图形符号将西方文化推而广之，地方文化并不会坐以待毙、被动接受，而是用自己的方式不同程度地本土化（localise）这些"外来"的图形系统以满足当地的实际需求。正如我们之前所强调的，文化之间的交流与互动并非单向的输出与接受，而是双向甚至是多向的。在这种情况之下，文化间杂交的方式或者主流文化被本土化的方式和最终产生的杂交文化的形式是多种多样的。接下来，我们通过分析北京的公共标志系统来总结当前国际流通的公共信息标志系统在中国是如何被本土化以及本土化的方式有哪些。

二、国际公共信息标志在中国的本土化形式——以北京的公共信息标志系统为例

现代英语连同国际公共信息符号会同时出现在大多数世界城市的交通标志上，旨在为不同文化背景的行人提供准确的交通信息。为了建设成为一个世界城市，特别是在 2008 年奥运会期间，北京不遗余力地推广双语甚至多语的交通标志。双语的交通标志有效地创造了一个可交流、易识别的城市空间。更重要的是，这样一个城市空间可以促进不同文化背景的游客融入北京当地的生活。因此，北京市政府采取了一系列的举措，确保双语指示牌和信息牌在地铁、高速公路、铁路、机场、旅游景区等公共空间中的使用，帮助外国游客更好地适应新环境。符合国际标准的符号和标志也逐渐成为北京空间导向系统不可或缺的组成部分。就标志颜色和形状的使用而言，北京的道路指示标志已经融入国际交通标志的系统中。以 ISO 标准为例，GB/T 10001.1 公共信息图形符号系列是参考 ISO 7001：1990 和 ISO 7001AMD1：1993 设计而成的。在实际操作上，中国国家标准化管理

委员会并没有机械地复制国际标准，而是在国际标准的框架内，根据不同的具体需求，对其进行局部的本土化。在国务院于1990年所颁布的《中华人民共和国标准化法》中，国家支持包括ISO、IEC和KWIC在内的国际标准、国外地区性的先进标准和跨国企业或组织的优秀标准的采用。其中所提到的"采用"指的是通过研究和分析以及具体的实施情况，对现有的国际或者地区的标准进行不同程度的调整和修改以符合中国的实际情况。国际标准（ISO）在中国的采用类型分为三种：相同、等效和非等效。顾名思义，相同采用表明国家标准与国际标准完全相同，等效采用表示小范围的修改，非等效采用意味着国际标准只作为国家标准的参考。由此可见，基于中国社会的实际情况，一系列的进口的国际标准被修改或重新设计，这种情况在国家公共标志设计中更为突出。通过对北京部分的公共信息标志系统以及中国国家标准化管理委员会所发布的城市公共标志标准的案例分析，我们可以把国际公共信息标志在中国本土化的方式归纳为三种：等效式、改编式和创作式。

1. 等效式

等效式是指在国际公共信息标志原有的标准基础上进行小范围的修，改以达到提高标志可识别度和清晰度的目的。随着国际公共信息标志在全国范围的推广，已经有一定群众基础的符号并不需要太大的变动。标志的微调主要集中在需要文字辅助的标志。一般情况下，带有英文辅助的标志均需替换为汉字。以交通管理标志为例，北京城内和周边道路所采用的交通管理标志，包含警告标志、禁令标志、指示标志、指路标志，均与维也纳公约一致。形状、颜色均与维也纳公约相同，其中较为醒目的改变体现在中英文的互换。图9-9中，自上而下分别是北京的路标、维也纳公约和英国交通标志规则。如图所示，北京目前的交通标志更像是维也纳公约和英国交通标志的结合，八角形的停车让行（STOP）标志和倒三角形的减速让行（GIVE AWAY）标志，均改为了黑体的中文。这一修改方案的目的显而易见。另外，北京一般的主路信息牌、高速公路牌、旅游休闲路牌也基本与维也纳道路标志规定和英美的交通规定基本一致（图9-10）。稍有区别的是,《维也纳道路标志和信号公约》中的道路信息牌均为浅蓝色。美国的道路信息牌为绿色,景区的标志为棕色。在英国,蓝色的标志牌指示高速公路,绿色指示主路,棕色指示景区。

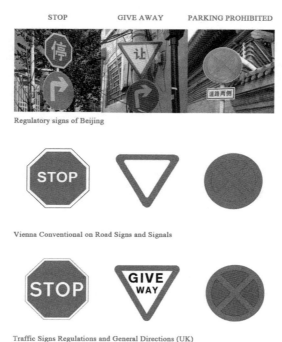

图 9-9 (1) 北京警告标志;(2)《维也纳道路标志和信号公约》中的警告标志 (3)《交通标志规则和一般指示》(英国) 中的警告标志

2. 改编式

改编式是对国际公共信息标志进行改编以适应地方的具体需求,相较于等效式,改编式的变化更为明显。仍以 ISO 中的博物馆图标为例(见图 9-7),显然,这个在西方文化共识中所产生的代表博物馆的图标是不适用于中国各大城市的公共空间的。其中一个主要原因是,古希腊建筑在中国并不像在欧美那样普及,大部分中国人对这种建筑形制及其功能并不熟悉。人们即便是在街道上看到此类的标志,其中的所指意义、文化联系无

第九章 现代性视域下的平面设计与集体认同关系研究 | 373

图9-10　北京机动车主路标志，其中浅蓝底白字代表一般路标，绿底白字代表高速公路，棕底白色代表旅游区或公园休闲区

法快速生成。纵然是加了字母注解的图标，如英国的博物馆标志（见图9-8），也无法产生信息的有效传递。在中国，英文既不是官方语言也不是日常用语。虽然汉字注音已经被转写为标准的拉丁字母，但是中文博物馆拼音的首字母是B而不是M。在这样的语境下，大写字母M只会产生更多的疑惑。

为了向大部分国人传递准确的信息，由中国国家标准化技术委员会所发布的公共信息图形符号和道路交通标志在遵循国际标准的前提下，进一步优化和修改现有的符号和标志。图9-11中所示的正是《公共信息图形符号 第1部分：通用符号》的博物馆图标。不难看出，ISO博物馆符号的基本组成部分——山形墙、立柱和底座被保留了下来，一个中式的圆鼎代替了中间的两根立柱成为核心元素。图标中的圆鼎是一个经典的三足两耳青铜器。正如许慎在《说文解字》中阐释道："鼎，三足两耳，和五味之宝器也。"鼎从最初的炊具之一演变成国之重器，其使用功能被弱化象征

图 9-11　中国国家标准中的博物馆图标

功能逐渐被放大，鼎带着丰富的象征性融入进中国人的文化基因。出于准确传达信息的考量，设计师将一个国人熟知的视觉元素与原本的国际符号相融合，以期创造出一个能够兼顾地方文化语境的国际符号。尽管这个修改过后的博物馆图标尚未在国内主要城市得到应用，但是其设计的初衷、动机以及方法都是值得思考与讨论的。这种对国际信息标志的改编也可以从其他已经广泛采用的交通标志中看到。

3. 创作式

顾名思义，创作式就是按照国际公共信息标志的设计原则进行新的设计和创作。这种情况一般发生在国际信息标志系统中没有与地方的事物产生直接关联或者指涉的图标。地方的设计师和标准机构以国际设计原则为参照，为地方所特有的事物，如建筑、交通工具、动植物等重新设计图标。在这里暂且不讨论设计成品是否恰当地体现出地方事物的特征，但就按照统一的设计原则进行的再创作而言，新设计的图标不但不会与现存的图标发生冲突，反而能够推动整个系统的正常运作。笔者通过对本章提到的几个国际信息标志系统视觉特点的分析，总结归纳出两个主要设计原则：几何化和扁平化。这些设计原则旨在凸显信息本身并使信息交流更容易和更有效。图 9-12 和图 9-13 所示的正是两个典型的创作式案例——交通工具（三轮车）和建筑（古建筑）。三轮车是一种在整个亚洲都很常见的交通工具，但在欧洲和美国并不是很常见。图 9-12 的三轮车禁行标志上显示了两种常见的三轮车类型：一种是有顶篷和座位区，专供游客休闲

图 9-12 （1）北京观光人力三轮车；（2）北京人力三轮车禁行的路标

游览的人力客运三轮车；另一种是运输货物的人力货运三轮车。一方面这种交通工具并非欧美地区常见的代步工具，所以目前的国际公共信息标志系统中并未有三轮车的图标；另一方面包括北京在内的许多旅游城市中，三轮车多用于观光，是旅游景区最具吸引力的交通工具之一，但也存在着极大的交通安全隐患，带有三轮车图标的交通指示标志是十分必要的。出于以上两个原因，一组遵循几何化和扁平化原则的三轮车标志被中国标准化研究院等单位设计研发并在实际中成功应用。出于同样的原因，一套中国特有建筑的图标在此设计原则的基础之上被设计并投入使用。如图 9-13 所示，复杂的建筑物被分解成简单的几何图形，并遵循扁平化的原则，去除纹理、透视、装饰性元素，最大限度地突出信息本身。

通过对以上的案例分析可以看出，一方面，中国努力地使国家公共信

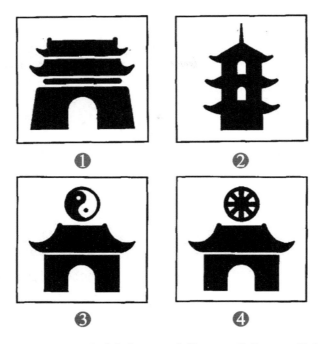

图 9-13　（1）名胜古迹；（2）古塔；（3）道观；（4）佛寺

息标志的标准与国际标准相协调，进而加强与全球市场和文化的连接，增强跨文化交流中的敏感性；另一方面，借助本土化部分"水土不服"的国际符号和标志来满足国内民众的具体需求，强化文化交流中的兼容性。在国际标准的制定方面，中国一直在积极摸索和改革，开始了由局外人、参与者到贡献者、建设者的角色转换。促使角色转换的原因是多方面的，其中，积极参与国际标准的起草并向国际标准机构提出新的方案是非常重要的因素之一。正是在三种国际公共标志系统本土化方式的综合作用下，中英双语的、符合国际标准的同时又具备一定文化兼容性和弹性的标志系统已经在包括北京在内的中国主要城市中普及，这也从侧面反映了全球文化交流中，地方在应对全球势力"侵入"时的主动性、反思性、适应性和创造性。最初诞生于欧洲，经过将近一个世纪的发展和推广，已经成为世界范围内流通的公共符号和交通标志系统仍然具有很强的象征性、规约性和文化性。作为西方现代制度和文化表征的标志系统同化着北京城市景观的同时，在实际需求和集体认同焦虑的双重压力下，部分的城市的交通标志被本土化，我们可以把这种本土化、异化理解为地方对全球同化力量反思后的一个结果。

第四节　场所精神的营造：
交通标志设计与北京城市遗产保护

　　自从 2001 年中国加入世界贸易组织、申奥成功以及 2008 年夏季奥运会的成功举办起，北京的路标系统被注入了多元文化的内涵、商业价值和品牌意识，旨在协助北京成为一个重要的文化、商业和旅游的目的地。在上一节中，我们已经通过对符合多个国际标准的北京交通标志和符号做了详细的分析，并得出部分的北京标志系统本土化是地方对全球同化力量反思后的一个结果。这一现代性的反思性还体现在对北京部分"本土"标志——门牌、胡同牌和部分路牌等的保护和延续使用上。带有明显北京民间特色的红色及深蓝色搪瓷牌连同被保护的历史街区和街巷的名称被用来提升北京品牌的另一个面向，即一座历史文化名城、一个具有吸引力的旅游目的地。红色和深蓝色的搪瓷牌之所以能够被延续使用，是因为它们被视为 20 世纪甚至更早期的遗产。在 20 世纪 80 年代和 90 年代，大部分北京传统住宅区的老式的路牌、门牌和胡同牌及传统的名称被保留，破损的标志牌则被翻修。这一政策一直延续到现在，并在《城市总体规划（2004—2020）》《城市总体规划（2016—2035）》中得到严格执行。为了保护北京老城区传统的棋盘格布局和传统老街巷的空间特色，相关的城市管理、规划和设计的职能部门将红白色的胡同标志和门牌视作历史景观的一部分。在这样一种内因的前提之下，这些"遗产"自身的历史重要性和价值使它们拥有了自己的区域标准和差异。与符合国际标准的标志和符号系统相比，红白相间的搪瓷牌被专门用来划分和界定北京传统的城市生活空间。它们代替早已拆除的城墙、城门、坊墙、牌坊，成为新的虚拟"墙"，延续着城墙分割、界定和围合的功能。

一、消失的古"墙"与虚拟的新"墙"

历史上，中国王城的规划都是建立在井田制度的基础之上的。《周礼·考工记》中就记载："匠人营建王城。全城九里见方，每一面开设三个城门。王城中主要的道路，南北干道三条，每条三涂。经纬涂道的宽度等于九轨。"[1] 北京虽然只有九座城门，但是依然保持了井田制的基本形式。皇城位于城的中心位置，其余则是四合院群所组合成的胡同。据统计，清末，北京总共有 2211 条街巷，其中有 1121 条胡同，还有 10 个坊。[2] 借用朱文一的观点，中国传统的城市空间属于"边界原型"和"街道亚原型"，"边界原型"的城市空间强调"边界的实体性和连续性，即内外分隔性和内向性（封闭性）"[3]。"边界原型"空间中的建筑呈现出四个特点：建筑单体弱化、类型单一化、等级化和文本化。由于建筑单体弱化和类型单一化使建筑环境的可识别性减弱，建筑单体需要被"文本化"后才能体现不同的功能、等级与个性。[4] 简而言之，中国传统建筑符号空间则是突出内外分割性、封闭性，以牌坊和砖墙围合的内向性单元为特色。在中国传统的"边界原型"和"街道亚原型"中，墙是组建边界和街道的核心要素，"正是'墙'构成了'院'（院墙）、城市（城墙）乃至国家（长城）的形态……建筑是'墙'的放大、延伸"[5]。喜仁龙曾描述中国城市特点："可以说，正是那一道道、一重重的墙垣，组成了每一座中国城市的骨架或结构。它们环绕着城市，并把它划分为地段和场院。墙垣比其他任何建筑更能反映中国居民点的共同基本特征。"[6]

然而，以墙为核心的北京的整体布局、建筑形态和营造法式受到现代

---

[1] 闻人军评注：《考工记译注》，上海：上海古籍出版社，1993 年，第 85 页。
[2] 王彬：《北京微观地理笔记》，北京：生活·读书·新知三联书店，2007 年，第 76，137 页。
[3] 朱文一：《空间·符号·城市：一种城市设计理论》，新北：淑馨出版社，1995 年，第 119 页。
[4] 同上书，第 127—128 页。
[5] 同上书，第 120—121、124 页。
[6] [瑞典] 喜仁龙：《北京的城墙和城门》，许永全译，北京：燕山出版社，1985 年，第 1 页。

建筑思潮的冲击而日益萎靡。朱文一认为,当今中国城市符号空间的演化是从城市"街道亚原型"转向城市大街,城市的"院"转向城市的广场为主要的特征,与此同时,"边界原型"和"街道亚原型"仍旧以某种变异的形式存在于城市的空间中。[1] 很明显,城市空间由封闭的"院"转化成开放的"广场"是以墙的消逝为代价的。20世纪90年代以来,在北京的东城、西城、崇文、宣武四区,将近九百条胡同被拆除建造楼房。[2] 设计理论家王受之曾发出这样的感慨:"站在长安街中间,看见两边向东西成百里延伸出去的大楼,北京除了方位感还在,老北京已经非常依稀模糊了。"事实上,北京的空间及内容物并非一成不变的,作为六朝古都的北京,经历了不同时代的更替,每一次更替和变革都会带来一些新鲜的血液。当前北京城市空间的发展主流是城市的街巷向城市大街转变、城市的"院"结构向城市广场演化。这种发展的趋势不可避免地与传统的空间布局(边界原型)和街巷结构(街道亚原型)产生冲突。那么面对今天的变革,为何传统与现代,新与旧的矛盾变得格外的尖锐与不可调和?其中一个重要的原因正是本文所强调的,在同化与异化的并行过程中,现代力量大肆地侵蚀传统,企图建立一个更利于资本流通和扩张的城市物理空间,而另一边,蜗居在城市角落的传统在反思性地自我更新,守护着经年累月所形成的城市精神空间。但是问题是,二者在体量和速度上差距悬殊。现代力量侵蚀的速度远大于、强于传统通过自我调节嵌入现代生活的速度,这样一来,传统被无序但快速的现代资本的力量无情地吞噬。造成的结果是,同化与异化之间的严重失衡,导致了集体认同的焦虑和对未来的无计划的迷茫和恐惧的产生,反过来形塑了某种另类现代性。

虽然在现代的全球城市中,实体的墙被拆除了,但是墙的包被、指示、界定、分隔和象征的功能被新的虚拟的"墙"所替代,这些新的墙就是城市的平面标志系统。它们的形式之间虽然相似但又有各自的特点,它

---

[1] 朱文一:《空间·符号·城市:一种城市设计理论》,新北:淑馨出版社,1995年,第159—185页。
[2] 王彬:《北京微观地理笔记》,北京:生活·读书·新知三联书店,2007版,第70页。

们可以被固定在建筑物上，也可以单独存在成为一堵虚拟的墙。诺伯舒茨从空间和特性两个角度界定了作为边界的墙的特点：墙"使得空间结构明显地成为连续的或不连续的扩展、方向和韵律"，垂直的墙对都市的特性有着决定性作用，"构成一个场所的建筑群的特性，经常浓缩在具有特性的装饰主体中，如特殊形态的窗、门及屋顶……因此特性和空间在边界结合在一起"。[1] 我们已经从定位（空间）和识别（特性）角度分析了交通标志系统与场所精神的关系，即交通标志系统集导向功能和识别功能于一体。因此现代标志系统与墙的部分功能是重叠的，特别是对于已经损毁的古城墙，城市标志系统填补了这一空缺。伴随传统的城市空间逐渐被破坏，用来围合的门、窗、墙几乎已经全被拆除（城墙和牌楼于20世纪50年代被拆除，城市大街逐渐成形，环路取代了以前的城墙），浅蓝色的标志系统和红色的标志系统成为虚拟的"墙"并结合不同层级的道路划分目前的城市空间，一部分聚合着新开拓的"地标原型"和"广场亚原型"的城市空间（城市广场、商业区、办公区），一部分围合着仅有的"边界原型"和"街道亚原型"的城市空间（四合院和胡同的组合）。浅蓝色和红色的标志系统在完成指示和导向功能的同时，还扮演着文本化空间的作用，定义新的城市特性和守护传统的城市精神和认同的角色。

二、虚拟的"墙"、集体的认同与场所精神的缔造

"如果说，北京的四合院是中国传统民居的代表，那么，胡同则是中国传统居住环境的代表，可惜，对此我们认识不够。我们更多的是从交通的角度考虑问题，胡同似乎只剩下出行一种功能了。这当然失之片面。胡同的本质是居住空间的组成部分，是四合院的延伸，是从公众场所到私密场所的过渡。"[2] 这是作家王彬对四合院和胡同的描述。同样地，标志系统不仅仅只有指路和导向的功能，而是潜移默化地参与了这一从外到内、从公共到私密的过渡的过程。北京的门牌经历了从红白椭圆形的金属牌

---

[1]［挪威］诺伯舒茨：《场所精神：迈向建筑现象学》，施植明译，武汉：华中科技大学出版社，2010年，第15—16页。
[2] 王彬：《北京微观地理笔记》，北京：生活·读书·新知三联书店，2007年，第77页。

（1900 年），到深蓝白矩形搪瓷牌（1910 年），再到红白矩形搪瓷牌（1960 年）的变化。同样，北京的路牌和胡同牌在不同的历史时期有所不同，例如，在 20 世纪 60 年代，胡同牌从深蓝白矩形的搪瓷牌变为红白矩形的搪瓷牌。简言之，从 1908 年开始，新式的金属门牌、路标陆续出现在北京的大街小巷。经过一个多世纪的发展，它们的形状、字体和排版被进一步简化，逐渐成为北京传统街区的最小组成部分。事实上，除了研究北京的史学家和民俗家以外，大部分当地人并不知道北京近代的标志系统是受当时使馆区和租界的标志系统的启发以及对警察制度和市政制度的模仿之下，设计并广泛应用的。今天，对于大部分人来说，独特的标志景观已经成为北京当地文化以及集体认同和记忆不可分割的一部分。尤其是红底白字的门牌和胡同牌，在 20 世纪 60 年代和 70 年代，连同带有很强政治色彩的街巷名字与"文化大革命"紧密联系在一起，而到了 80 年代和 90 年代，在原本意义的断裂与延续之间，它们化身成为北京民间文化的象征，并于传统城景观——四合院和胡同融为一体。后者的民间文化象征性在今天的北京得到进一步的加强（图 9-14）。

更具体地来说，红白相间的标志牌经受住了时间的考验，为当地居民和游客提供了一种新旧意义的独特更替。以标志牌的颜色为例，在 20 世纪 60 年代的"文革"期间，传统的红色被赋予了很多新的意义，如"文化大革命"、反修防修、毛泽东思想、力量与正义等，并且大量地运用于绘画、歌舞、电影、海报及标志牌的设计。显然，在这个时期，各种路牌上的红色被用来表达民族国家认同和政治信仰。时至今日，尤其是只有北京的部分城市标志系统是红底白字的，标志牌上的红色俨然从国家民族的身份定义转变为北京所特有的视觉识别语言。从文化层面上讲，红色的寓意恢复到最初的民间意义：繁荣、吉祥、喜庆。这一变化主要归因于在 20 世纪 80 年代和 90 年代，红色在"文革"时的象征意义日益弱化和淡化，与此同时，红色传统的吉祥寓意逐渐恢复。如今，伴随着新的北京品牌的建立与传播，红色也被赋予了自信、热情、活力与古老文明等新内涵，成为 21 世纪中国文化复兴的象征。因此，今天标志牌上的红色多了一层丰富的意涵，能够引人触发多层面的联想，一方面从地理空间上，它

图 9-14 四合院门牌与胡同牌

仅与北京的民间文化发生联系,另一方面由于北京独特的文化和政治地位,标志牌上的红色多了一层民族国家的意味。

同 20 世纪 60 年代的门牌相比,现在的红底白字的门牌变动并不大,但是胡同牌从材料到排版发生了很明显的变化。在 2000 年左右,出于安全的考量,一种由反光材料制成的胡同牌开始在北京普及。如图 9-15 所示,与旧的胡同牌(上部)相比,新的标志中添加了黑体的拉丁字母(拼音)。此外,新的胡同牌要更大,色彩的饱和度和亮度值更高。尽管新的反光材料代替了搪瓷,但外观依然沿用了传统的形式。不同于门牌(宋体、仿宋或楷体)和一般路牌(合体)的字体,新胡同牌上所用的字体是新魏碑体(图 9-16)。顾名思义,介于隶书和楷书之间的魏碑体是一种典型的文字刻石(摩崖刻石、碑刻、造像题记等)的书法体。但从字体的选择上,三类标志——门牌、胡同牌和路标产生了各自的"性格"。与上一节提到的符合国际标准的标志和符号相比,胡同牌中本土的视觉要素(颜色和字体设计)得以凸显。我们暂且不讨论新的胡同牌设计的优劣，单从文化角度来看，并存于胡同中的新老胡同牌和门牌有效地界定了传统空间，强化了"场所精神"，吸引了游客的"凝视"。因此，这些与胡同的青砖灰瓦清水脊融为一体的红白标志牌成为代表北京当地文化的视觉符号之一也就不足为奇了。另外，添加了拼音的胡同牌，无论是对国内还是国外的游客，都变得更加易读、更容易理解和识别，从而加强了其指示和界定的功能。

图 9-15　新旧胡同牌对比

传统建筑群与红色标志的组合丰富了游客的在地体验，促使他们形成独特的"凝视"与经验，从而加速游客对周边环境的感知从功能到情感的过渡。敏锐的商家很快发现了红色的搪瓷牌对游客的吸引力，胡同牌被制成不同的纪念品，如冰箱贴、钥匙扣等，并在当地的纪念品店出售。就像是购买明信片一样，游客们将这一枚小小的标志牌买回家，以此来提醒他

图 9-16　标志牌上的字体：门牌（楷体或宋体），
主路牌（黑体），胡同牌（魏碑体）

们对这座城的记忆和体验。在经济全球化和旅游业全球化的背景之下，红色标志牌被来自世界各地的游客当作北京老城的"信物"带走。正因为如此，当地繁荣的旅游业将红色标志牌的象征价值转化为商业价值，将文化转化为商品。集合文化价值、商业价值及本身的功能性于一身的红色门牌和胡同牌，为建设北京成为历史文化名城做出了积极的贡献。当然，北京并不是第一座实施这种零售营销战略的城市，即旅游（特别是以文化遗产为主题的）纪念品可以体现当地的文化特色，反过来，文化内涵赋予旅游纪念品巨大的商业价值。许多享誉世界的历史文化名城，像伦敦、柏林、布拉格等，早已将道路标志与特定的历史遗址、活动、组织和名人联系起来，以实现文化和商业价值。与这些世界著名城市一样，北京的红色标志牌是一个具有有形和无形价值，能够代表北京当地生活和建筑环境的视觉符号。北京的有关部门已经意识到这些标志的价值，并已采取措施确保门牌和胡同牌的形状、尺寸、颜色和字体的一致性。

对于当地人和组织而言，这些图形和建筑自然而然成为他们识别自己和"家"的象征性符号。例如，北京胡同里的一个非政府组织——北京文化遗产保护中心（CHP），该组织致力于保护北京的物质及精神文化遗产免受快速城市化、现代化和全球化的侵蚀与破坏。在他们的视觉形象识别中，红底白字的胡同牌作为其中的一个重要组成部分，出现在网站、海报和宣传册等媒介中，旨在与当地人建立起情感共鸣，从而更好地推广其价值理念和文保项目，招募到更多的志愿者（图 9-17）。曾经或者正在居住在胡同的居民早已视门牌和胡同牌为他们日常生活的一部分，标志牌就像是每条胡同、每户人家的名片，与灰色的墙壁、红色大门形成一个组合守护着人们的记忆、见证着时空的变迁。作为一个在胡同里土生土长的北京人张洋，在西城区西绦胡同双寺甲7号成立了一家专门展示铁皮玩具的私人收藏馆。在收藏馆入口处的一面墙上，贴满了张洋在拆迁区收集来的门牌和胡同牌（图9-18）。张洋告诉笔者，这些从拆迁区收集来的红色标志牌是他的童年记忆的印证，是一种代表着"家"的符号。对他而言，锈迹斑斑的红色搪瓷牌并不是一种随处可见的指示标记，而是他和他那一代人归属感的守护者。显然，张洋通过收集和展出这些红白的搪瓷牌来探索、理解和表达了自己的身份认同。

图 9-17　以胡同牌为原型的北京文化遗产保护中心的宣传贴纸

如果说对红底白字的标志牌进行维护和修复，可以理解为对北京传统民俗文化和市民生活方式的延续，那么将曾经存在于1910年到1960年之间的深蓝底白字的门牌和历史照片一同在博物馆和主要商业街展出，则可以解释为是对这座城集体记忆的唤起和纪念（图9-19和图9-20）。这两

图9-18 西绦胡同铁皮玩具收藏馆的入口

种标志牌对个人与集体认同的构建都起着积极的作用。一个社会群体的共同记忆与认知是使这种建构成为可能的基础。用扬·阿斯曼的话来说，集体认同指的是一个"形象"或"社会归属性的意识"："集体建构了自我形象，其成员与这个形象进行身份认同……它建立在成员分有共同的知识系统和共同记忆的基础之上，而这一点是通过使用同一种语言来实现的，或者概括地说：是通过使用共同的象征系统而被促成的。"[1] "与共同遵守的规范和共同认可的价值紧密相连、对共同拥有的过去的回忆，这

---

[1] [德]扬·阿斯曼：《文化记忆：早期高级文化中的文字、回忆和政治身份》，金寿福、黄晓晨译，北京：北京大学出版社，2015年，第136、144页。

图 9-19 深蓝白相间的搪瓷门牌挂在首都博物馆的老北京民俗文化的展馆中

两点支撑着共同的知识和自我认知,基于这种知识和认识而形成的凝聚性结构,方才将单个个体和一个相应的'我们'连接到一起。"[1] 阿斯曼进一步解释,这里的语言并非仅限于"词语、句子和篇章",同时也包括了"仪式和舞蹈、固定的图案和装饰品、服装和文身、饮食、历史遗迹、图画、景观、路标和界标等"[2]。这些语言可以被转化成用以编码共同性的符号。推动编码与解码的过程的主要动能并不是媒介本身,而是其背后的

---

[1] [德] 扬·阿斯曼:《文化记忆:早期高级文化中的文字、回忆和政治身份》,金寿福、黄晓晨译,北京:北京大学出版社,2015年,第6—7页。
[2] 同上。

图 9-20 （1）位于中轴线上的前门大街，在 2004 年翻新，并于 2008 年重新开放；（2）深蓝白门牌与清朝时期的旧照片同时挂在前门大街的墙壁上，揭示逐渐被遗忘的记忆的碎片

"象征性意义"和"符号系统"。也就是说，组成集体形象的语言或符号至少具备两个条件中的一个：共同知识和价值系统与共同的认知和记忆系统。在阿斯曼提到的语言的例子中，历史遗迹、图画、景观、路标和界标可以让我们联想起艾德森在《想象的共同体》中描述的东南亚的殖民政府曾经使用地图（图画、路标和界标）和博物馆（历史遗迹和景观）来进行殖民地共同体的想象及统治合法性的维护。在阿斯曼和艾德森的论述中，路标和界标的象征性功能是与地图相对应的，即建立一个有形的、封闭的公共国土的知识体系和想象。我们可以将之理解为边界即权利。但是在本章的论述中，路标、界标及一系列含有平面视觉要素的标志体系是通过自身的视觉语言来促成一个集体形象和认同的形成。无论是马路上的交通标志、胡同里的搪瓷牌还是私人展览馆抑或是公立博物馆中的门牌展品，皆是建立在公共知识系统（交通规则、门牌和胡同牌的设计形制及排列顺序）和集体记忆基础之上的文化符号。它们可以独立于地图而单独存在，与地图所圈画的封闭的政治实体不一样，门牌和胡同牌所组织的是一个更为私密（当地居民）但是开放（游客）的"封闭"场所。最终的结果是，一个鲜活的集体形象被建立，个人与这个形象进行不同程度的身份认同。从微观层面上来看，这些符号并不是直接和权利体系发生关联，而是浸淫在人们琐碎的日常生活之中，与人们的情感、情绪和体验发生直接

的关系，在潜移默化中塑造了集体与自我的想象。

此外，值得一提的是，目前北京的两色主路路标也是一个交通标志与北京传统空间相联系的典型例子。浅蓝色的路标是专门为机动车指示方向，红白与绿白双色主路路标专门为行人服务。如图 9-21 所示，一种是嵌套在黄色金属架的红字白底的矩形金属牌，指示一条从东向西辐射的大道；另一种是白字绿底的金属牌，指示一条由南向北的道路。如前文所说，北京的整体布局是一个有序的网格，这就意味着东西走向和南北走向的道路组成了一个整齐的经纬网。路标的色彩系统恰如其分地嵌入空间的秩序，不但可以帮助行人快速地定位，而且强化了北京特有的空间布局。根据 1999 年国家颁布的《地名标牌城乡》的规定，城市的地名牌分为两种：蓝底白字指示东西走向，包括东西向的斜街；绿底白字指示南北走向，包括南北走向的斜街。目前，中国的其他城市大多采用这一标准，来整体规划道路的标志系统。这进一步使北京的路标有别于其他的城市。一个关于北京路标的口头禅：红东西、绿南北，流传于北京当地人中。也就

图 9-21　北京特有的主路路牌，红色的指示东西大街，绿色的指示南北大街

是说，这套双色路标系统一方面可视化了北京的物理空间，另一方面它又文本化和口语化了同一空间特征。理论上，人们可以将城市的细部景观与航拍照片所反映的整体布局联系在一起，建立起一个更丰满的、复杂的北京城市意象。

但是，为什么小小的门牌路标可以悄无声息地渗透到人们的生活，拥有唤起和组建人们记忆和情感的力量？其中很重要的一个原因是他们参与了场所精神的营造，并且扮演一个非常关键的角色。个人对一个集体形象的归属感、安全感和认同感，是一个集体认同产生的前提。个人的归属感和安全感又与场所精神紧紧相连。概括来说，集体形象和身份的建构要借助于生存环境的形象及其环境所包含的特殊结构、气质、氛围、节奏和秩序，即场所精神，映现出来。我们已经阐述了场所精神的概念及其在城市品牌营造过程中的核心地位。北京目前的城市标志系统对场所精神的营建和维护起到了一定的助推作用。作为城市微景观的一部分，北京的标志系统界定和加强了城市的空间结构和特征，强化了人们与周遭环境之间的关系，具体化、形象化了城市局部的场所精神。具体来说，在指示功能和象征功能的层面上，平面的识路系统能够呼应人们对方向感、认同感及安居的需求。建立在海德格尔提出的定居（dwelling）的概念之上，诺伯舒茨声称："人要定居下来，他必须在环境中能辨认方向并与环境认同。简而言之，他必须能体验环境是充满意义的。"[1] 也就是说，定位和识别是人们产生安全感、归属感和居住感的基石。在北京的例子中，城市标志系统是如何帮助人民安居在这个城市中的呢？

首先，越来越多与国际标准相符的交通标志和符号出现在北京的公共空间中，其目的是为不同文化背景的人们提供一个安全、可靠、高效的交通运输环境。在传统的居住区，带有拼音和阿拉伯数字的标牌能够有效地帮助人们在迷宫似的胡同中找到自己的定位。它们组合成北京虚拟"城墙"，划分了里与外、内部秩序与外部秩序、现代空间与传统场所、全球

---

[1] [挪威] 诺伯舒茨：《场所精神：迈向建筑现象学》，施植明译，武汉：华中科技大学出版社，2010年，第4页。

性与地方性、公共性与私密性。再加上北京整体棋盘格式的空间格局和发达的交通路网，当地居民或者外地游客可以绘制一幅粗略但清晰的城市认知地图（cognitive map），从而产生一种安全、舒适的体验。其次，如本节详细分析的红白和深蓝白相间的标志牌，它们是传统居住环境和民间文化的象征符号，与当地人的集体记忆产生共振的同时，又丰富着外来游客的旅游体验。对于当地居民而言，北京是他们成长和生活的地方，选择自己生活环境中常见的"符号"作为自我归属和认同的形象载体也就不足为奇了。而外来游客在来北京之前或许会有一个模糊的、预期的印象，但也有可能并没有一个"正确"的认知，例如非亚洲的游客很有可能把亚洲城市混为一谈。无论是哪种情况，游客都希望能够沉浸在地道的北京文化之中，获得一种在家中无法拥有的体验和记忆。胡同中的带有明显地方特色的建筑群与标志系统，为游客们提供了一个可以与不同城市精神"互动"的场所。卡恩-森·奥里敏感地觉察到城市品牌并非定格的、不变的，在城市品牌的生长进程中，需要面对多个挑战和矛盾，他一共总结了三处矛盾，其中第三个矛盾是居民和非居民对品牌或者某种价值与属性理解的差异。[1] 能与当地人引起共鸣的城市属性和特色或许无法引起非居民的共鸣，而受游客欢迎的精简化和商业化后的城市信息或许与"真实性"有所出入，无法引起居民的赞同。通过对北京胡同牌和门牌的详细分析后发现，"真实性"的问题可以在标志牌的象征性中得以化解，对于外地游客和外国游客而言，这样的符号简单概括且容易理解，对当地居民而言，社会、历史和文化的复杂性并不会削弱。总的来说，北京目前的城市标志系统在空间定位和识别两个方面都起着建设性的作用。换言之，在北京高速城市化及城市化所引起的生活环境（物质）和方式（精神）快速转换的过程中，城市的标志系统帮助人们在维护旧有的生活方式和文化遗产的同时，反思性地建构新的认同及缓解这个过程所造成的认同焦虑，进而适应新的生活环境。

---

[1] [英] 卡恩-森·奥里：《城市品牌化和社会变迁的矛盾》，转引自 [英] 基思·丹尼编著《城市品牌：理论与案例》，沈涵等译，大连：东北财经大学出版社，2014年，第83—84页。

以上对北京城市标志系统视觉语言的分析，我们可以清楚地看出，两套标志系统已经成为北京城市品牌战略的一部分。面对"一刀切式的"全球势力和标准，北京并没有被动地接受，而是根据城市的发展方向、新的集体认同的建设和居民的实际生活需求，对其进行二次改造或重新设计。同时，强化"本土"标志与建筑环境之间的指涉和象征关系，维护原有的文化凝聚力，实现地方旅游业的经济效益。而产生这一结果的直接动能正是我们反复强调的，在集体认同焦虑的情况下产生的一个连续不断反思性的监督与修正。同之前所分析的北京奥运会视觉识别系统一样，北京城市标志系统试图体现全球化与地方化、同化与异化间推—拉的辩证关系，缓和推—拉之间所产生的摩擦，虽然无法根除但是可以缓解和应对全球化所引起的集体认同焦虑。

结　语

本章第一节回顾梳理了现代性理论与平面设计的关系。第二节重点探讨了参与北京品牌塑造的两类平面设计：一类是直接介入北京城市空间营造的平面视觉要素（空间性的平面设计），一类是经由标志性的事件对当地形象产生构建作用的平面视觉要素（事件性的平面设计）。首先通过对天安门广场上的字体设计的个案分析，勾勒出空间性的平面设计是如何影响集体认同的形成。其后通过对 1990 年北京亚运会和 2008 年北京奥运会的总体视觉识别形象系统的比较分析，揭示了事件性平面设计的主要特征，并阐述其以何种方式对集体认同进行建构和重塑。第三四节深入剖析了北京的现有的交通标志系统（典型的空间性的平面设计），并将其与伦敦交通标志系统进行比较，发现两种反思性设计，即对国际通用标志的地方化和对"本土"标志的保护和延续。围绕平面设计、集体认同焦虑和现代性的反思性力量等问题，本章得出以下结论：

（1）与传统的印刷语言相比较，平面设计（特指视觉识别设计）有着独特的可视性和一定程度的跨文化的能力，具有强大流通能力的视觉形象识别，不仅仅使内部世界的共同体可想象、可见，甚至促成了外部世界对某地域的"想象"的形成。

（2）设计形式即认知方式。观察者的"凝视"并非只受到主流的媒介如网络、电影、电视、摄影、小说等，以及伟大的艺术作品的影响，而是同样受到象征着日常生活中细枝末节和隐藏在城市空间建筑细部的图像的巨大渗透。常见的"次要"图像不仅是一面反射现代性的镜子或者仅作为现代性的表征和载体而存在，而且是一个高效的建构现代性和现代观察者凝视的生产工具。

（3）现代交通标志系统（平面设计的一种）代替了古代的墙，成为新的虚拟的"墙"，它们与场所精神同构，发挥了空间导向和身份识别的功能，从而加速空间向场所的转换。

（4）现代平面设计不仅反映着社会变革和文化语境重建，还是一种重要的现代反思性手段，能够促进一个集体认同的建构，缓解集体认同的焦虑，创造和丰富现代性的表达与内涵。

第十章　中国艺术美学现代性

中国艺术美学现代性受到中国传统艺术美学、西方现代艺术美学和马克思主义艺术美学三方面的影响，体现了艺术美学现代性的复杂性和深刻性。与西方艺术美学的原发现代性不同，中国艺术美学的继发现代性可以对西方现代艺术美学做出选择性的接受，而且与其他国家和文化中的艺术美学的继发现代性不同。由于中国艺术美学具有悠久的历史、强大的传统、独特的概念和知识系统[1]，在受到西方现代性影响的时候并没有放弃自己的传统[2]，从而形成了中国传统艺术美学与西方现代艺术美学之间的并存、碰撞、借鉴、融合，导致了中国艺术美学现代性的复杂性。特别是在马克思主义的指导下，中国美学家们建构了与中国社会实践相适应的艺术美学，进一步强化了美学对艺术实践与美好生活的指导和解释功能。通过马克思主义艺术美学、中国传统艺术美学和西方现代艺术美学的兼容并蓄、取长补短形成的中国现代艺术美学，将审美现代性或者艺术现代性推向了一个前所未有的高度。

---

[1] 在于连看来："从严格意义上讲，惟一拥有不同于欧洲文明的'异域'，只有中国。"见杜小真：《远去与归来：希腊与中国的对话》，北京：中国人民大学出版社，2004年，第5页。
[2] 正如卡特指出："尽管几个世纪来，西方通过各种努力将艺术带入中国，但西方艺术一直不能成功地在中国建立霸权式的主导地位。"见[美]柯蒂斯·卡特：《跨界：美学进入艺术》，安静译，郑州：河南大学出版社，2019年，第347页。

第一节　什么是中国美学？

要弄清楚中国艺术美学的现代性，首先需要弄清楚中国艺术美学。中国艺术美学构成了中国美学的主体部分，弄清楚了中国美学，也就弄清楚了中国艺术美学。

什么是中国美学？我们既可以通过撰写中国美学史或者中国美学体系来回答这个问题，又可以用三言两语来回答它。甚至，某些撰写中国美学史或者中国美学体系的人，并不一定能够清晰地勾勒出中国美学的轮廓，因而不能简明地回答什么是中国美学的问题。如果不是因为比较或者跨文化传播的需要，我们真有可能只是研究中国美学而不会提问什么是中国美学。我们只是有意识或无意识地使用中国美学，而无须确切地知道什么是中国美学。如果不拉开距离，对于自我的确就难以获得清晰的认识，尤其是对于艺术、审美这些高度依赖个人趣味和文化习惯的事务来说，就更是如此了。

对于中国美学的总体认识的困难，导致一些辞书中缺乏"中国美学"条目。比如，《斯坦福哲学百科全书》就没有收录"中国美学"，但收录了"日本美学"。撰写"日本美学"条目的作者帕克斯用物哀、侘寂、幽玄、粹、切等一组概念，将日本美学的面貌清晰地勾勒出来。我们能够仿照帕克斯用一组概念将中国美学的面貌勾勒出来吗？或者我们还有其他办法给出有关中国美学的核心信息吗？我们面临的困难是显而易见的。一些重要的辞书中没有收录"中国美学"条目，不是因为辞书编撰者对于中国美学存有偏见，而是我们自己对于中国美学的研究不够深入，同时也是因为中国美学博大精深而不容易概括。

也有一些美学工具书中收录了"中国美学"条目，比如库柏主编的《美学手册》中就收录了"中国美学"条目，不过是与"日本美学"放在一起构成了"中国和日本美学"条目。德沃斯金将该条目分为三个部分：东亚美学的基础，中国论艺术和文学，日本论戏剧、文学和文化。在作为中国美学的核心部分"中国论艺术和文学"中,作者按照历史顺序讲到先秦乐论,陆机和刘勰的文论,顾恺之、宗炳和谢赫的画论,并没有对中国美学的特征做出概括。只是在第一部分"东亚美学的基础"中,有些概括性的论述揭示了中国美学的某些特征,德沃斯金认识到:(1)东亚艺术的最高境界,是对美、情感与适当的直接和率真的表达,追求没有矫饰的自发性。(2)东亚美学对否定的感受力和宁静的外观有兴趣,将"大音希声,大象无形"视为艺术的最高境界。(3)尽管东亚艺术特别强调天赋,但是不像西方浪漫主义那样,突出原创、个性和个人情感的表达,而是强调对传统和规则的遵从。即使是对传统和规则的背离,也是源于内在的精神动力,是更深层的内在和谐的体现。(4)东亚艺术中的创新,与其说体现在艺术作品中,不如说体现在艺术家的人格和生活中。艺术家的生活方式、人格修养、天赋异禀、技巧锤炼等,成为美学关注的中心。[1]尽管这些概括不够全面,甚至失之偏颇,但是仍然给出了中国美学的某些重要信息。

凯利主编的《美学百科全书》中有了完整的"中国美学"条目。该条目分为三个部分,分别由三位作者完成。第一部分为"概述",由苏源熙撰写。第二部分为"绘画理论与批评",由卜寿珊撰写。第三部分为"中国当代美学",由王斑撰写。三位作者都是美国知名的研究专家。但是,遗憾的是,该条目没有对"中国美学"做出任何概括性的描述。按理在"概述"部分应该有一些概括性描述,但是苏源熙除了提醒注意不同艺术媒介之间的交替和哲学取向的变迁之外,就直接进入历史叙述了。苏源熙将中国美学史分为四个阶段:第一个阶段是公元前1000年至公元300年,大致对应于先秦两汉时期;第二个阶段是300年至1400年,大致对应于魏晋南北朝至元朝时期;第三个阶段是1400年至1911年,对应于明清时期;第四个阶段是1911年至2000年,对应于现当代时期。对于为什么

---

[1] Kenneth Dewoskin, "Chinese and Japanese Aesthetics," in *A Companion to Aesthetics*, ed. David Cooper, Oxford: Blackwell, 1997, pp. 68–73.

做出这样的分期，苏源熙并没有做任何说明。[1]苏源熙将第一个阶段命名为古风时期，主要讨论礼乐制度，尤其是乐论。最后讨论了汉代盛行的关联主义宇宙论，并试图用它来解释这个时期的乐论。苏源熙没有给第二个阶段命名，只是描述性地将它称作"从'清谈'到重建的古典主义"，主要讨论刘义庆的《世说新语》、刘勰的《文心雕龙》和严羽的《沧浪诗话》。对于小标题中的"重建的古典主义"这种说法，没有做任何解释。第三个阶段的标题为"重新评价日常性"，主要讨论明清小说及其理论，最后着重介绍王国维的《人间词话》和《宋元戏曲考》。第四个阶段的标题为"白话、大众和消费艺术"，讲到对西方小说的译介、白话文运动、木刻版画运动、《在延安文艺座谈会上的讲话》、朱光潜和李泽厚的美学、徐冰等人的当代艺术实践等。苏源熙为"中国美学"条目写的"概述"自始至终没有做出任何概括性的描述，对于借助《美学百科全书》来了解中国美学的读者来说，不能不说是一大遗憾。

当然，苏源熙之所以采取这种方式来撰写"中国美学"条目的"概述"部分，与他的研究方法和文化观念不无关系。受到德里达和德曼的影响，苏源熙不是努力做出总括性的描述，而是相反，致力于解构固定的看法，包括由汉学家们构建起来的对"中国性"和"中国美学"的固定看法。在《中国美学问题》一书中，苏源熙明确表达了自己的学术立场，他说道：

> 本书一以贯之的观点是以修辞的分析性方法与下面的观念相较量：首先，一种特定文化的概要性统一；其次，一套形成概要忾观点之基础的历史叙述；最后，历史问题绝对的——哲学的——系统表述。[2]

苏源熙将解构概要性的看法视为自己的学术追求，将解构概览性的系统表述视为学术的胜利。认识到这种学术趣向，对于他撰写的"中国美

---

[1] Haun Saussy, Susan Bush, Ban Wang, "Chinese Aesthetics," in *Encyclopedia of Aesthetics*, ed. Michael Kelly, New York: Oxford University Press, 2014, vol. 1, pp. 44–60.
[2] [美]苏源熙：《中国美学问题》，卞东波译，南京：江苏人民出版社，2011年，第2页。

学"条目的"概述"部分缺乏概述这一情况,就不应该有所苛责。然而,我们对于他撰写的"概述"之所以不满意,原因正在于他撰写的是"概述",而且是百科全书中的条目的概述。读者翻阅百科全书的目的,就是为了获得对某个研究领域或问题的概览性的系统表述,尤其是在其中的"概述"部分。苏源熙以反概述的立场和方法来撰写"概述",其结果必然会让人失望。换句话说,用苏源熙的方法可以写出一本好的中国美学史,但不一定能够写出一个好的"中国美学"条目。

与苏源熙不同,稻田龟男不反对概要性的系统表述,而且他在《东方美学理论绪论》一文中作出了相当成功的尝试。[1] 在稻田龟男看来,尽管我们今天已经有了各种各样的美学理论,但是没有任何一种美学理论具有绝对的确定性和普遍性。无论是西方还是东方,都没有一种美学理论能够涵盖所有的领域。稻田龟男承认,他所说的东方美学理论指的是融合佛家和道家思想的美学理论。这也是他与苏源熙不同的地方。苏源熙的研究多限于儒家的解释学传统,稻田龟男的研究偏重佛家和道家的形而上学传统。如果说从儒家的角度来看,东西方美学的差距并没有那么明显的话,那么从佛家和道家的角度来看,东方美学的独特性是显而易见的。

在稻田龟男看来,东方美学的独特性基于东方形上学的独特性。"如果要用一个词来概括佛家和道家形上学,这个词就是'活力论'(dynamism)。"换句话说,与西方形上学建立在"存在"的基础上不同,以佛家和道家为代表的东方形上学建立在"生成"的基础上,前者追求"永恒",后者肯定"无常"。与专注于"存在"的西方形上学一味肯定"有"不同,专注于"生成"的东方形上学看重"有无相生"。

基于这种专注于"生成"的形而上学,东方美学追求"有"与"无"、"秀"与"隐"之间的张力和动态平衡,这与西方美学单纯注重"有"和"秀"等可感觉的领域不同。就像刘勰所说的那样,"情在词外曰隐,状溢目前曰秀","秀"是可感觉的领域,"隐"是不可感觉的或者说超越感觉的领

---

[1] Kenneth Inada, "A Theory of Oriental Aesthetics: A Prolegomenon," *Philosophy East and West*, vol. 47, no. 2 (Apr., 1997), pp. 117–131.

域。"秀"与"隐"之间的张力,推动了审美经验的动态展开。与此相应,东方艺术体现出与西方艺术不同的美学追求。比如,以水墨画为代表的东方绘画,表面看起来像单色画,但是实际上水墨画中的黑白表达的是对色彩不持偏见,意味着可以替换为任何色彩。在稻田龟男看来,最能体现东方美学精神的是受到禅宗影响的艺术,特别是日本艺术。帕克斯在《斯坦福哲学百科全书》"日本美学"条目中提到的那些范畴,被稻田龟男视为东方美学的代表。

尽管稻田龟男研究的领域是受佛家和道家影响的东方美学,因而没有将日本美学与中国美学区别开来,但是他从东方形而上学与西方形而上学的区别着手研究,试图从总体上揭示东方美学的特征,这种方法与苏源熙的解构主义解释学和修辞学的研究方法全然不同。就有效地给出"中国美学"的总体面貌来说,稻田龟男的研究方法似乎可以借鉴。

对于"中国美学"总体特征的把握,有不少中国美学家做出了有益的尝试。鉴于在这方面做出探索的中国学者较多,为了简明起见,本章以叶朗为例,梳理中国美学家在这方面的思考。在1985年出版的《中国美学史大纲》中,叶朗对20世纪80年代中期以前的流行观点做了梳理和批判性的分析,他重点分析了三种看法:

> 第一种看法:西方美学重"再现"、重模仿,所以发展了典型的理论;中国美学重"表现"、重抒情,所以发展了意境的理论。
> 第二种看法:西方美学偏于哲学认识论,侧重"美""真"统一,中国美学偏于伦理学,侧重"美""善"统一。
> 第三种看法:西方美学偏于理论形态,具有分析性和系统性,而中国美学则偏于经验形态,大多是随感式的、印象式的、即兴式的,带有直观性和经验性。[1]

在叶朗看来,这三种流行的看法都犯了以偏概全的错误。叶朗提议,对于中国美学,应该先做深入的研究,后做总体的概括,而不是相反。尽管在撰写《中国美学史大纲》的时候,叶朗倾向于不对中国美学做

---

[1] 叶朗:《中国美学史大纲》,上海:上海人民出版社,1985年,第10—16页。

总体性概括，但是他的一些总体性认识对于后来的中国美学史研究仍然具有极大的启发意义。比如，在研究对象上，他认为应该以"意象"为中心，而不是以"美"为中心。"在中国古典美学体系中，'美'并不是中心范畴，也不是最高层次的范畴。'美'这个范畴在中国古典美学中的地位远不如在西方美学中那样重要。如果仅仅抓住'美'字来研究中国美学史，或者以'美'这个范畴为中心来研究中国美学史，那么一部中国美学史就将变得十分单调、贫乏、索然无味。"[1] 叶朗的这个认识对于中国美学史的研究非常重要。在笔者看来，正因为有了这种明确的认识，他的中国美学史的研究和写作才得以比较顺利地进行，而且其研究成果在国际上产生了重要影响。比如，叶朗对于中国美学的认识，对顾彬的中国文学史研究产生了重要影响。顾彬说道：

> 1994年我有机会到北京大学进行三个月的访学，有机会跟叶教授见面，他告诉我不应该从美来看中国文学，应该从意象、境界来看，这完全有道理。这不是说我不能用西方的方法来分析中国文学，但是如果我们也能够同时从中国美学来做研究工作的话，那显然就能够加深中国文学作品的深邃和深度。所以我们需要中国的学者发现并指出我们的问题所在。叶朗是一个很好的例子，他说得非常具体。所以叶朗丰富了我对中国文学的印象，我从1994年开始在他的影响之下写了《中国文学史》。[2]

在1988年出版的《现代美学体系》中，叶朗尝试将"意象"和"感兴"这样的中国美学概念运用到现代美学理论的建构之中，实现中国美学与西方美学的融合和对话。同时，叶朗也意识到从文化大风格上来总结中国文化的审美特征的重要性，将受儒家影响的文化的审美特征总结为"中和"，将受道家影响的文化审美特征总结为"玄妙"，与西方美学中的"优美"和"崇高"形成对照。

---

[1] 叶朗：《中国美学史大纲》，上海：上海人民出版社，1985年，第3页。
[2] 顾彬、李雪涛：《中国对于西方的意义：顾彬、李雪涛谈第61届法兰克福国际书展》，《中华读书报》2009年12月2日。

到 2009 年出版《美学原理》的时候，叶朗对中国美学的特征有了更加清晰的认识，明确提出了"美在意象"的主张。"美在意象"的主张，不但很好地支持了稻田龟男所说的东方"活力论"，而且与西方根深蒂固的主客二分架构拉开距离。说它很好地支持了东方"活力论"，是因为"意象"不是一成不变的，而是自始至终处于动态生成之中。说它挑战主客二分的架构，是因为"意象"既不属于"心"，又不属于"物"，在西方主客二分的形而上学框架中找不到"意象"的位置。借用庞朴的术语来说，"意象"属于"形而中"，与它相对的是属于"形而上"的"道"和属于"形而下"的"器"。[1]

在《美学原理》中，叶朗不仅对"意象"的本体论地位有了清晰的认识，还对中国文化的审美大风格的认识也有了推进。在《现代美学体系》中，叶朗用儒家的"中和"与道家的"玄妙"来对应希腊的"优美"和希伯来的"崇高"，到了《美学原理》，叶朗尝试用"沉郁""飘逸"和"空灵"来总结中国文化的大风格，将它们分别对应于儒家、道家和禅宗。叶朗指出："在中国文化史上，受儒、道、释三家影响，也发育了若干在历史上影响比较大的审美意象群，形成了独特的审美形态（大风格），从而结晶成独特的审美范畴。例如，'沉郁'概括了以儒家文化为内涵，以杜甫为代表的审美意象的大风格，'飘逸'概括了以道家文化为内涵，以李白为代表的审美意象的大风格，'空灵'则概括了以禅宗文化为内涵，以王维为代表的审美意象的大风格。"[2]

中国美学中对审美风格的区分非常细腻，有关概念众多，比如司空图的《二十四诗品》中就列出了二十四个概念，与此类似的还有《二十四画品》《二十四书品》《溪山琴况》等，用来描述审美风格的概念数以百计。不过，叶朗认为："这些概念多数还不能成为审美范畴，因为它们还称不上是文化大风格。"[3] 他之所以选出"沉郁""飘逸"和"空灵"三个概念作为中国审美范畴，原因是它们分别与儒、道、释三种思想文化紧密相

---

[1] 叶朗：《美学原理》，北京：北京大学出版社，2009 年，第 43—82 页。
[2] 同上书，第 321 页。
[3] 同上。

关，因而是文化大风格。当然，至于审美范畴是否一定是文化大风格的结晶，这一点尚可商榷，尤其是在推崇多元文化和鼓励艺术创新的今天，究竟允许多少风格概念成为审美范畴，是一个需要慎重考虑的问题。不过，用"沉郁""飘逸"和"空灵"来取代之前的"中和"和"玄妙"，已经可以看出叶朗在这个问题上的思考有了推进。这里的推进不仅体现在范畴数量的增加，更重要的是体现在这些范畴与文艺实践的关系更加密切，尤其是与代表性的诗人结合起来之后，能够让人对这些范畴的内涵有更加直观的理解。沿着叶朗的这个思路进一步研究，说不定我们可以像帕克斯和稻田龟男用一组审美范畴概括出日本美学的特征那样，也能用一组审美范畴概括出中国美学的特征。

不过，由于中国美学的博大精深，单纯用审美范畴来概括它的特征似乎有以偏概全之嫌。为此，在笔者给《中国大百科全书》撰写"中国美学"的条目中，采取了相对灵活的方式，结合前述《美学手册》和《美学百科全书》的特点，从中国美学独特的范畴体系、中国美学与哲学的关系、中国美学与艺术的关系以及中国美学的现代性进程四个方面出发，力图勾勒出中国美学的面貌。

一、中国美学独特的范畴体系

在漫长的历史过程中，中国美学形成了一套独特的范畴体系，它们集中表达了古代中国人独特的审美意识。

中国美学的核心范畴不是"美"，也不是"艺术"，而是"道"。"道"的特征是"自然"，与之相对的是具有"人为"特征的"技"。"道"与"技"、"自然"与"人为"之间的差异，不是实体上的差异，而是境界上的差异。任何一种事物，只要体现了"道"的特征，都可以算得上是艺术作品。"道"与"技"之间的这种区别，与西方美学中的模仿与被模仿之间的区别完全不同。后者是实体上的区别，而不是境界上的区别。

中国美学描述审美对象的范畴是"象"，后来进一步发展为"意象""意境"。"象"不同于西方古典美学中的形式美的概念，它不是指某种具有特殊形式的事物，而是指事物的一种特殊的显现样子。从这种意义上说，它比较接近现代现象学美学所讲的审美对象。"象"介于形而上的"道"和形而下的"器"之间，是一种既非观念又非物质的东西。"象"后来发展为"意象"，"意象"的基本特征是情景交融，是一种既非主观又非客观的东西。根据王夫之等人的认识，意象是主体与对象遭遇时所自然生成的样态，是事物向审美主体直接呈现的样子，同时也是事物最真实的样子。

中国美学描述审美经验的范畴是"兴"，后来发展为"感兴"。"兴"不同于西方美学中的"直觉"概念，它不是指主体一种特殊的认识事物的方式，而是指主体的一种特殊的存在方式，它既不同于主体用概念来理解事物，又不同于主体由欲念来对事物采取实践行为，中国美学常常把"感兴"状态称之为主体的本然状态。在这种状态中，主体只是听凭自己的感受来同事物打交道，让事物在不受概念和目的局限的感觉中自由地显现。因此，可以说如果作为审美对象的"象"是事物的本来样子的话，那么作为审美经验的"兴"则是主体的本来样子。

中国美学还有一个特殊的范畴，既可以用来描述审美对象，又可以用来描述审美主体，那就是"气"。"气"是中国哲学中的一个独特的范畴，它既可以指有形物质的基本元素，又可以指无形精神的一种可感形式，总之是某种介于精神与物质、主体与客体之间的东西，精神与物质、主体与客体可以借此进行沟通和交流。中国古典美学的理想就是试图借助"气"为中介，冲破僵硬的物质外壳，达到精神与物质、主体与客体的更深层次上的交往与理解。

中国美学的核心问题不是发现形式美的规律或探讨艺术创作规律的问题，而是人生境界的问题。在审美境界中，人与自然、精神与物质、主体与客体处于自由的交往之中，这里没有任何外在的限制，而是成自然的条理和节奏。用儒家的话来说，是"从心所欲而不逾矩"的境界；用道家的话来说，是"以天合天"的境界；用禅宗的话来说，是"见山还是山，见水还是水"的境界，这是古代中国人理想的人生境界。

二、中国美学与哲学的关系

任何一种文化传统中的美学都受到其哲学的影响，中国美学也不例外，中国哲学为中国美学提供了基本概念和思想方法。但与其他文化传统中的哲学对美学的这种单方面的影响关系不同，中国美学不但从中国哲学那里借用基本概念和思想方法，而且反过来为中国哲学提供解释方式。这与中国哲学的特征有关。中国哲学并没有发展出严格的形而上学和知识论，相反以人生境界为中心的人生论和价值论非常发达。中国哲学家在表达自己的思想的时候也较少用逻辑推理的方法，而更多的是用比喻和象征等艺术表达方式。中国哲学之所以普遍地采取艺术的表达方式，与它所追求的目标有关。换句话说，中国哲学的目标决定了它只能以艺术或审美的方式才能实现；同时由于中国哲学常常以艺术或审美的方式实现其目标，因此它所成就的人生境界也往往是审美的。

一般说来，中国哲学所追求的最高目标是不可言说，甚至不可思议的，儒家所追求的"仁"、道家所追求的"道"和禅宗所追求的"第一义"都是不可以用概念直接言说的，只能用文学语言去暗示、象征，用体验去见证。这就是中国哲学普遍采用艺术和审美的表达方式的原因，所以儒家特别重视诗书礼乐，道家尽管表面上反对艺术形式，但实际上却蕴含丰富的艺术精神，对中国古典艺术产生了极大的影响。中国哲学所采取的艺术象征和审美体验的方式，决定它最终所实现的人生境界是审美境界。

总之，如果我们可以一般地说中国哲学追求的最高目标是"天人合一"的人生境界的话，由于"天人合一"是不可言说、不可思议的，因此用哲学思辨和逻辑推理的方式不能达到"天人合一"的目标，"天人合一"的目标只能在非思辨、非推理的（即超逻辑的）艺术表现和审美体验中实现；艺术表现和审美体验的方式，决定了"天人合一"的人生境界只能是审美境界而不是哲学境界。这就是中国美学与哲学的内在关联。

三、中国美学与艺术的关系

中国艺术与追求本然人生境界的中国美学直接相关，由此鉴别艺术和非艺术的方式也不同于西方美学的方式。与西方美学强调艺术和非艺术之间的区别是实体上的区别不同，中国美学强调艺术和非艺术之间的区别是境界上的区别，即"道"和"技"之间的区别。"道"的特征是"自然"，"技"的特征是"人为"，艺术就是使不自然的"技"还原为自然的"道"。只要一种"技"超越了作为人的活动所具有的各种局限，比如概念、功利目的和技术操作的局限等，"技"就从实用的层面上升到审美的层面，其产品也就由一般的人工制品上升为艺术作品。

由于中国古典艺术首先所要求的是一种自然的技艺（广而言之是一种自然的生活），其次才是这种自然技艺所创造的产品，这样中国古典美学事实上把什么是艺术品的问题超越了，而把问题归结为怎样才是艺术地生存。由此中国古典美学特别强调一切艺术创作必须建立在审美存在的基础上。因为中国艺术最终要保证的，正是人生在世的本然的存在状态，更明白地说，就是人生的艺术化。

由于艺术和非艺术之间是境界上的区别而不是实体上的区别，因此中国美学特别强调艺术家如何通过人格修养达到审美境界，而艺术技巧和艺术观念之类西方美学特别的问题倒在其次。反过来说，中国美学强调艺术在人格修养和维护社会秩序方面的作用，"为艺术而艺术"的审美现代性的观念在中国美学中表现得很不纯粹。

四、中国美学的现代性进程

19世纪末20世纪初由于受到西方美学的影响，中国美学开始了它的现代性进程。中国美学现代性进程的最初阶段表现为对西方现代美学的全面接受，其中王国维、蔡元培和朱光潜等人的早期美学思想最具代表性。比如，王国维根据西方美学的审美无利害性观念，批判中国历史上既没有纯粹的艺术又没有纯粹的美学，朱光潜最初建立起来的美学体系也只是西方现代美学观念的汇集。但随着美学研究的深入，传统美学逐渐得到重视,并对中国现代美学产生重要影响。如何处理西方现代美学和中国传统美学之间的关系,是中国美学现代性走向深入发展时亟待处理的难题。总的看来,这些美学家在处理中西美学的矛盾问题上都采取了一种实用主义的方法,他们宁愿自己的美学体系出现矛盾,也不愿对中西美学做削足适履式的取舍。由于中国现代美学包容了与审美现代性相矛盾的传统美学思想,中国美学的现代性因此表现得很不纯粹。

随着马克思主义意识形态传入中国,马克思主义经典作家的著作对中国美学的现代性进程产生了深刻的影响。20世纪50年代到70年代,由于历史的原因,中国现代美学既割断了和中国传统美学的联系,又割断了和西方现当代美学的联系,走上了一条相对封闭的发展道路。到了80年代,随着改革开放、思想解放的时代的到来,中国美学开始寻找和研究自己的文化传统,并与西方美学展开交流和对话。随着对中国传统美学研究的深入,随着与西方美学的交流和对话的全面展开,中国美学将在世界美学中扮演越来越重要的角色。

第二节　现代美学及其在欧洲的起源

要弄清中国艺术美学的现代性,需要澄清现代美学或者西方现代美学的内涵。要澄清现代美学的内涵,需要先澄清现代或者现代性的内涵。

一、历史学家和哲学家心目中的现代

如果我们是用现代来翻译英文的 modern,那么它至少有两层含义:"一层是作为时间尺度,它泛指从中世纪结束以来一直延续到今天的一个'长时程'……一层是作为价值尺度,它指区别于中世纪的新时代精神与特征。"[1]

作为时间尺度的现代,显然不具有普遍性。欧洲以外的现代,很可能

---

[1] 罗荣渠:《现代化新论:世界与中国的现代化进程》,北京:北京大学出版社,1993年,第6页。

就不是从16世纪或更早的时候算起。但是,作为价值尺度的现代,就应该具有普遍性。即使是一种存在于21世纪的现象,如果它不符合现代的"新的时代精神与特征",那么也不能算是现代的。

现代的"新的时代精神与特征",也就是所谓的现代性。什么是现代性呢？根据韦伯和哈贝马斯等人的理解,"现代性是与西方合理化、世俗化和分门别类的整个工程连在一起的,它不再对传统的宗教世界观着迷,将传统的宗教世界观的统一整体切割为三个分离的和自律的世俗文化圈:科学、艺术和道德,每个文化圈分别由它自己的理论的、审美的或道德-实践判断的内在逻辑所管制"[1]。

历史学家更喜欢将现代与传统对比起来界定,将它们视为两种不同的社会类型。现代性指的是现代社会所具有的一系列特征,"它是社会在工业化推动下发生全面变革而形成的一种属性,这种属性是各发达国家在技术、政治、经济、社会发展等方面所具有的共同特征。这些特征大致可以概括为:(1)民主化;(2)法制化;(3)工业化;(4)都市化;(5)均富化;(6)福利化;(7)社会阶层流动化;(8)宗教世俗化;(9)教育普及化;(10)知识科学化;(11)信息传播化;(12)人口控制化,等等"[2]。

从现代的"新的时代精神与特征"的角度来说,中国的现代比欧洲要晚得多。中国社会的现代性特征大约发生于19世纪中期,而直至今天,某些现代性特征在中国仍然不太明显。由此可以说,中国社会的现代性进程并没有完成。

中国现代性进程的后发性,或者中国现代性进程的非完成性、中国现代性进程的非纯粹性,在今天也许具有特别的意义。由于现代性自身存在弊端,未完成的中国现代性就有可能避免这些弊端,或者为克服这些弊端提供启示。比如,20世纪风行一时的法兰克福学派,就对现代性的弊端有

---

[1] 关于现代性的这种说明,见 Jürgen Habermas, *The Philosophical Discourses of Modernity*, Cambridge, Mass: MIT Press, 1987, pp. 1-22。转引自 [美] 理查德·舒斯特曼:《实用主义美学》,彭锋译,北京:商务印书馆,2002年,第280页。
[2] 杨国枢:《现代化的心理适应》,台北:巨流图书公司,1978年,第24页。转引自罗荣渠:《现代化新论:世界与中国的现代化进程》,北京:北京大学出版社,1993年,第14页。

深刻的揭示。在阿多诺看来，现代性的核心就是所谓的启蒙理性，而启蒙理性不可避免地会导致不公正和虚无主义。因为启蒙理性在本质上是一种工具理性，它以同一性思维为基本特征，通过将概念从它所描述的对象中抽象出来，而宣称认识获得了完全独立自主的地位；进一步又反过来用抽象概念组成的知识，对所有认识对象进行掌握和控制。这种工具理性，是现代资产阶级具有支配地位的意识形态。在这种意识形态中，主体和客体截然分离，主体利用意义自律的概念和知识对客体进行任意支配，本来连接认识主体和认识对象的感觉等因素被意义独立的概念完全抑制住了。启蒙工具理性的这种同一性思维，不可避免地会造成不公正性和虚无主义。不公正性主要体现在意义独立的概念对偶然的事物本身的压迫和强制，牺牲事物的多样性以便服从同一性的概念的统摄。这种用概念对事物的强制性认识，必然会造成认识对象的异化乃至彻底的无意义，从而表现为现代性的虚无主义。阿多诺认为，传统马克思主义在一定程度上克服了现代性的不公正性，尼采和海德格尔等人的哲学在一定程度上克服了现代性的虚无主义，而他则要从根本上同时克服现代性所造成的这两方面的困境。[1]

对于现代性弊端的反思，形成了 20 世纪后半期的一种重要思潮，这种思潮通常被称为"后现代"。阿多诺最终是求助具有不妥协的批判性的否定辩证法和现代主义艺术，来克服现代性的弊端。其他思想家则看到了中国思想和文化在克服现代性弊端上所具有的启示意义。一些思想家据此认为，21 世纪将是中国文化或者东方文化复兴的世纪。总之，由于出现了后现代这种新的思潮和新的社会形态，今天的现代就不只是在与传统的对照中来界定自己，而是在与前现代和后现代的对照中来界定自己。

二、对艺术美学现代性的结构主义分析

究竟什么是前现代、现代和后现代呢？在我们看来，如果不是从时间断代的角度而是从理论类型或者思想类型的角度来看，那么这个问题可能

---

[1] 这里关于阿多诺的一般哲学思想的叙述，参见 J. M. Bernstein, "Adorno," in *Routledge Encyclopedia of Philosophy*, ed. Edward Craig, London: Routledge, 1999, vol.1, pp. 43–44。

会更有意义。在这里,我们想借用梅勒的结构主义符号学的图式,对于作为思想类型的前现代、现代和后现代加以说明。

在 H. G. 梅勒的结构主义符号学理论框架中,核心的概念是代表性。[1] 所谓代表性,根据梅勒的解释:

> 首先表示能指与所指之间的一种特殊关系。它描述一个符号学结构:如果能指是被理解为所指的某种"代表",并且仅仅被理解为某种"代表",我就称它们之间的关系为"代表性"的关系。许多以往的哲学和人文科学方面的构想,我们都可以用"代表性"的结构加以解释。例如,某些语言哲学中词语与其所代表者的关系,西方形而上学中事物与观念、物自身与现象、自主创生者与依存者之间的关系,基督教关于上帝与人世间的分别,政治生活中选民与其代表者之间的关系,都包含了某种"代表性"的设想。在此种关系中,代表者与所代表者之间被理解为一种既相互联系、又具有某种实质性的区别的关系。[2]

与代表性结构相对的是两种非代表性结构:存有性结构和标记性结构。前者也可以说是前代表性结构,后者也可以说是后代表性结构。梅勒进一步指出:

> 存有性的符号结构在于肯定能指与所指的同样真实性,就是说能指与所指合成事物的整体,正如形式与颜色合成绘画的整体一样。中国传统哲学中的形名关系或名实关系,社会生活方面的知行关系,都体现了存有性的结构。……在此种结构中,你不能够说"名"与"实"之间只是"代表"的关系,因为它们具有同样的真实性,"名"不只是某种符号,它同时体现了事物之理。"名"与"实"同样的真实,它们都是存有的一部分。而标记性的结构中没有真正的存有领域,可以说,一切都在"代表"的领域中。就是说,在存有性结构

---

[1] "representation" 在哲学和心理学中有时被译为"表象",在美学和艺术学中被译为"再现",在政治学中被译为"代表"。这里用的是梅勒自己的译法。
[2] [德] H. G. 梅勒:《冯友兰新理学与新儒家的哲学定位》,《哲学研究》1999年第2期。

中，所指与能指都在存有的领域；在代表性结构中，所指在存有的领域，而能指在"代表"的领域；而在标记性的结构中，只有"代表"而没有所代表者，所代表者也只是某种"标记"而已。[1]

梅勒用一个图表直观地例示了这三种不同的符号学结构之间的关系：[2]

	存有领域	标记领域
存有性结构	能指-所指	
代表性结构	所指	能指
标记性结构		能指-所指

梅勒的这个模式，可以用来很好地说明前现代、现代和后现代之间的区分。简单地说，所谓存有领域就是实在领域，标记领域就是虚拟领域。在前现代思想的存有性结构中，符号的能指与所指都属于实在领域，都具有现实存在的意义。在后现代思想的标记性结构中，能指与所指都属于虚拟领域，都只有语言记号的意义。尽管这两种结构完全属于不同的领域，但是它们具有一个共同的特征，那就是能指与所指都属于同一个领域。在现代思想的代表性结构中，能指属于虚拟的标记领域，所指属于实在的存有领域，能指与所指所属于的领域具有类型上的差异。进一步说，前代表性思维或者前现代思维在宗教中非常明显。将符号当作符号所代表的实在，是所有宗教生活中都可以发现的一种现象。科学就要理性得多，能够将符号与符号所代表的实在区别开来，把它们当作两种在本体论上全然不同的事物来对待，因此代表性思维或者现代思维在科学中非常明显。在后代表性思维或者后现代思维中，整个现实被当作像符号一样的虚拟现实，这正是艺术或者审美的一般特征。从这种意义上来说，与前现代、现代和后现代相对应的，是宗教、科学和审美三种生活类型和社会类

---

[1] [德] H. G. 梅勒：《冯友兰新理学与新儒家的哲学定位》，《哲学研究》1999 年第 2 期。
[2] 有关这三种结构的更详细的分析，见 Hans-Georg Moeller, "Before and After Representation," *Semiotica* 143-1/4 (2003), pp.69-77。

型。尽管梅勒本人没有做这方面的发挥,但是他的理论中暗含着这个方面的意思。

只要我们做一点适当的语言转换,梅勒的这种结构主义符号学模式就可以用来很好地区分三种不同形态的美学。我们可以用艺术来代替能指和标记,用现实来代替所指和存有。于是,我们就会看到一种这样的情形:在前现代美学中,艺术与现实同属于现实领域,它们之间存在着密切的关系,艺术是现实的一部分,但艺术所发挥的作用不会特别重要,因为艺术同现实一样都服从现实原则;在后现代美学中,艺术与现实同属于艺术领域,它们之间也存在着密切关系,现实在某种意义上具有了艺术的特性,艺术所发挥的作用特别重要,因为现实同艺术一样都服从艺术原则,出现了所谓的日常生活审美化的现象;在现代美学中,艺术属于艺术的领域,现实属于现实的领域,它们之间不存在直接的关系,只能发生间接的作用。经过这样的区分之后,前现代美学、现代美学和后现代美学的基本情形就显得清晰起来。

如此说来,前现代美学、现代美学和后现代美学,就不但是处于三种不同历史时期的美学,而且是三种理论形态迥异的美学。简要地说,前现代美学视域中的审美和艺术,并没有完全独立于日常生活,审美、艺术与宗教、政治、伦理等有着密切的关系;现代美学则以强调审美和艺术的自律性而区别于前现代美学;后现代美学又以突破审美和艺术的自律性而区别于现代美学。由此可见,前现代美学与后现代美学可能具有某种程度的相似性,即它们都强调艺术与生活的关联性,从而可以结成联盟共同反对现代美学。[1] 当然,前现代美学与后现代美学之间的差别也是显而易见的[2],如果因为表面相似就将它们简单等同起来,就会犯弄错时代的错误。

---

[1] 关于前现代美学与后现代美学结成联盟反抗现代美学的构想,笔者做过较详细的论述。见 Peng Feng, "Against Aesthetic Modernity: A Combined Action Between Pragmatism and Confucianism," *Sungkyun Journal of East Asia Studies*, September 2003。
[2] 关于前现代与后现代的区别的详细论述,见 Peng Feng, "Perfectionism Between Pragmatism and Confucianism," *Journal of Comparative Literature and Aesthetics*, vol.XXXL, nos.1-2 (2008)。

三、现代美学在欧洲的起源

这种意义上的现代美学，在西方也并不是自古有之。根据美学史家们的研究，直到18世纪欧洲才有现代美学。

关于现代美学的起源，不少美学史家认为应该追溯到18世纪德国美学家鲍姆加通的开创性的工作。1735年，鲍姆加通在其博士学位论文《关于诗的哲学默想录》中，首先使用了"美学"（aesthetica）这个名称，用来指称"一门关于事物是如何通过感官被认知的科学"。1739年，鲍姆加通在《形而上学》中，对美学做了更详细的界定，从而使其包括关于低级认识能力的逻辑学、关于优雅及沉思的哲学、低级认识论、优美地思维的艺术、类理性艺术。1750年，鲍姆加通用美学作为他的著作的名称，并给它下了一个更加精确的定义："美学（自由艺术理论、低级认识论、优美地思维的艺术、类理性艺术）是感性认知的科学。"正因为如此，鲍姆加通被公认为是现代美学的创始人。

然而，盖耶通过考证指出，尽管鲍姆加通首先给美学命名，并且在大学开设美学课程并撰写美学教材，但他绝不是这门学科的发明者。因为在18世纪的前三十年，欧洲兴起了一股关于美的特性、价值以及表现形态的讨论热潮，形成了现代美学的雏形。在鲍姆加通发表其观点之前，已经有一大批蕴含现代美学思想的著作出版。比如，1711年夏夫兹伯利的《论人、习俗、见解及时代的特征》，1712年艾迪生的《论想象的快乐》系列短文，1719年法国批评家杜博斯的《关于诗歌、绘画和音乐的批判性反思》，1725年哈奇生的《对我们的美与德行观念之起源的探询》。据此，盖耶认为，现代美学不是在1735年由鲍姆加通突然提出来的，而是在1711—1735年之间现代美学就已经差不多形成了，剩下的只是更加细致化的理论工作。[1]

当然，也有人把时间上限推到更早的文艺复兴时期。比如，汤森德就

---

[1] 有关考证，见盖耶：《现代美学的缘起》，载［美］彼得·基维主编《美学指南》，彭锋等译，南京：南京大学出版社，2008年，第13—34页。

将现代美学的期间确定为从文艺复兴至第一次世界大战。由于文艺复兴的起源很难确定,在不同国家和地区的时间上限也不尽相同,比如在意大利14世纪就有了文艺复兴的萌芽,在英国和德国直到17世纪才出现文艺复兴的某些特征,由此,在现代美学的起始时间问题上,不同美学史家有不同的看法。[1]

我们在这里不想在现代美学的时间分界上做更多的考证,而采取通行的看法,将现代美学起源的关键时期确定在18世纪上半期。因为对于我们来说,更重要的问题不是现代美学的时间分界,而是现代美学的核心概念。究竟是什么思想让现代美学区别于古典美学?[2] 现代美学究竟由哪些基本概念构成?

对于这个问题,有许多不同的答案。现代美学确立的关键,在浪漫主义批评家艾布拉姆斯看来,是具有浪漫主义色彩的天才概念的出现[3];在蒙克等人看来,是突破古典主义美的范畴的崇高范畴的盛行[4];在费里看来,主体性和个体性观念在现代美学的确立中扮演了至关重要的角色[5];在伊格尔顿看来,伴随现代美学的确立,实际上是资产阶级意识形态的确立,这种意识形态力图将阶级统治掩盖在虚假的普遍有效性之下[6];在盖耶看来,现代美学诞生的关键,是自由的想象概念的确立[7]。不过,在我们看来,现代美学确立的关键,是无利害性、趣味和美的艺术

---

[1] Dabney Townsend ed., *Aesthetics: Classic Readings from Western Tradition*, Beijing: Peking University Press, 2002, p.81.
[2] 这里不太严格地将17—18世纪欧洲确立起来的美学称作现代美学,而将此之前的美学称之为古典美学。塔塔凯维奇将笔者这里所说的古典美学分为古代美学(Ancient Aesthetics)、中世纪美学(Medieval Aesthetics)和部分现代美学(Modern Aesthetics)。塔塔凯维奇的现代美学比我们所说的现代美学稍早,但有交叉。见 W. Tatarkiewicz, *History of Aesthetics*, Bristol: Thoemmes Press, 1999。
[3] [美]艾布拉姆斯:《镜与灯:浪漫主义文论及批评传统》,郦稚牛等译,北京:北京大学出版社,1989年。
[4] Samuel Monk, *The Sublime: A Study of Critical Theories in XVIII-Century England*, 2nd edn, Ann Arbor: University of Michigan Press, 1960.
[5] Luc Ferry, *Homo Aestheticus: The Invention of Taste in the Democratic Age*, trans. Robert de Loaiza, Chicago: University of Chicago Press, 1993.
[6] [英]特里·伊格尔顿:《审美意识形态》,王杰等译,桂林:广西师范大学出版社,2001年。
[7] 盖耶:《现代美学的缘起》,见[美]彼得·基维主编《美学指南》,彭锋等译,南京:南京大学出版社,2008年。

这三个概念的确立。下面我们将分别予以讨论。

1. 无利害性

斯托尼兹认为，现代美学的标志，就是"无利害性"概念的出现。"如果不理解'无利害性'概念，就无法理解现代美学。"[1] 因为现代美学与古典美学的一个重要区别，就在于前者强调审美经验和审美态度，而后者强调美的特性和艺术法则。换句话说，古典美学侧重客体研究，现代美学侧重主体研究；古典美学侧重普遍性研究，现代美学侧重个体性研究。无利害性在这里不但指一种观察态度和观察方式，而且指通过这种态度和方式进而获得的一种经验结果。将无利害性的态度作为美学的首要原理，在许多现代美学家那里都可以看到。比如，康德、叔本华、克罗齐等现代美学家的美学体系，都是围绕无利害性来建构的。但是，美学领域中的无利害性概念并不是他们的发明，而是由更早的英国经验主义美学家莎夫茨伯利、哈奇森、艾迪生、博克、艾利森等人所发明的。当然，如果就概念本身来说，无利害性早在新柏拉图主义哲学中就已经存在了，更早的源头还可以追溯到柏拉图本人的思想那里。但是，将无利害性概念从宗教的、认识论的、伦理学的概念中转变为美学的概念，最初是由18世纪英国美学家完成的。康德利用英国经验主义美学家的初步成果，进一步对它们做了更加精致的哲学论证工作，将它们纳入更加严密的哲学体系之中。笔者在这里并不是想为英国人去争美学的发明权。在通常情况下，我们认为现代美学是由德国人发明的。鲍姆加通被认为是"美学之父"，而美学在哲学学科中的合法地位，是经过康德的工作而确立起来的。但是，如果我们将无利害性视为美学独立的标志的话，就不能不将现代美学的起源，回溯到稍早的英国经验主义美学家那里。因此，准确的说法是，现代美学的核心思想由英国经验主义美学家提出，最终在康德那里获得了成熟的表达。

根据斯托尼兹的考察，无利害性是18世纪美学家用来标明审美经验

---

[1] Jerome Stolnitz, "On the Origins of 'Aesthetic Disinterestedness'," *Journal of Aesthetics and Art Criticism*, 20 (Winter 1961), p. 131.

的独特特征的专有名词,最初是由莎夫茨伯利提出来的。[1] 不过,莎夫茨伯利最初引进"无利害性"概念,并不是专门用来概括审美经验的特征,而是用来概括一切与有目的地使用对象的态度相对立的行为的特征。审美、伦理和科学活动,都可以是无利害性的。哈奇生对莎夫茨伯利的这个概念做了进一步的提炼和限制,不但把个人的实用兴趣排除在外,而且排除了一般地对待自然的兴趣,特别是认知的兴趣,由此,科学和伦理活动就不再是无利害性的了。最后,到了艾利森那里,"无利害性"概念达到了最高的理论高度,被用来指称一个特殊的"心灵状态",也就是所谓的"空灵闲逸"状态。

然而,对"无利害性"概念作出系统阐述的不是英国经验主义者,而是德国批判哲学家康德。在康德看来,审美经验中的愉快是不带任何利害的,也就是只与对象的表象而不与对象的存在发生联系。康德说道:

> 我们可以很容易地看出,对我来说,为了说一个对象是美的并证明我有趣味,要紧的东西是我与内心中的表象的关系,而不是我依赖于对象存在的(方面)。每个人都必须承认,如果关于美的判断只要夹杂着丝毫的利害,那么它就是非常片面的,且不是纯粹的趣味判断了。为了在有关趣味的事物中担任评判员,我们必须对事物的存在不能有哪怕一丁点偏爱,而必须对它抱彻底的漠不关心的态度。[2]

只有这种不与对象的存在发生关系的愉快,才有可能是自由的和无利害性的,才是审美经验中的愉快。康德以此明确地将审美愉快,与具有感官利害的愉快和具有理性兴趣的愉快区别开来:

> 我们可以说,在所有这三种愉快之中,只有涉及有关美的趣味愉快是无利害的和自由的,因为我们不受任何利益的强迫去做出我们的赞许,无论是感官的利害还是理性的兴趣。因此我们可以说,在上述提及的三种情形中,愉快(一词)要么与自然倾向相关联,要么与喜

---

[1] 对"无利害性"概念的历史追述,见 Jerome Stolnitz, "Of the Origins of 'Aesthetic Disinterestedness'", *The Journal of Aesthetics and Art Criticism*, vol.20 (1961–1962), pp. 131–143。

[2] Immanuel Kant, *Critique of Judgment*, trans. Werner S. Pluhar, Hackett Publishing Company, 1987, p. 46.

爱相关联，要么与敬重相关联。只有喜爱是惟一的自由愉悦。自然倾向的对象和由理性规律作为欲求对象颁发给我们的对象，都不能留给我们自由去使某物成为我们自身的愉快对象。所有利害不是以需要为前提，就是引起某种需要；而由于利害是决定赞许的基础，因此它使得关于对象的判断不再自由。[1]

经过康德的分析，将审美经验视为无利害性的快感成了现代美学的第一原理。由美的本质问题向审美经验问题的转向，可以视为西方古典美学向现代美学转向的标志之一。正如朱光潜所总结的那样："近代美学所侧重的问题是：'在美感经验中我们的心理活动是什么样？'至于一般人所喜欢问的'什么样的事物才能算是美'的问题还在其次。"[2]

2. 趣味

与斯托尼兹不同，在汤森德看来，现代美学的标志是趣味，或者以趣味为代表的个体经验和个体感受。关于现代美学，汤森德做了一个简要的概括："现代美学……是一种对个别事物的个体经验的美学。"[3] 对于个体审美经验最重要的，是一种特别的审美感官，哈奇森等人称之为内感官。不过，更多的美学家称之为趣味，或者趣味判断。正如汤森德指出的那样：

> 审美感官的典范不像在古典世界中的通常情形那样是眼睛，而是舌头。趣味转变成了一个美学术语；这种转变的诸原因中最重要的原因是，趣味表现出的特征类似于艺术和美产生的经验的多样性、私秘性和即刻性。当我品味某种东西时，我无须思考它就能经验那种味道。这是我的味觉，它在某种程度上是不能否定的。如果某种东西给我咸味，没有人能够使我相信它不给我咸味。不过，别人可以有不同的经验。一个人觉得愉快的味道可能不能令另一个人感到愉快，而且

---

[1] Immanuel Kant, *Critique of Judgment*, trans. Werner S. Pluhar, Hackett Publishing Company, 1987, p. 52.
[2] 朱光潜：《文艺心理学》，合肥：安徽教育出版社，1996年，第9页。
[3] Dabney Townsend ed., *Aesthetics: Classic Readings from Western Tradition*, Beijing: Peking University Press, 2002, p.83.

我不能说或做任何事情来改变这种情况。对于许多早期现代哲学家和批评家来说，艺术和美的经验恰好就像这种味觉。[1]

如同"无利害性"概念一样，趣味也是逐渐发展成为现代美学概念的。"趣味"概念的历史，最早可以追溯到亚里士多德的共通感。在《形而上学》中，亚里士多德描述了知识的形成过程。我们首先拥有的是由各种外感官提供的零碎感觉，再通过内感官将五种外感官所获得的数据收集起来，加以组织整理，形成共通感觉。这种共通感觉，比如对大小、形状和运动等的感觉，不是由某一单个的外感官完成的，而是牵涉到不同感官之间的协同合作，这就需要一种似乎更高的感官来完成这种组织整理工作。这种更高的共通感仿佛是对感觉的意识，一种反思性的感觉，一种看见我们所看的能力。从这种意义上说，共通感也就是一种将感觉联系起来赋予它们以意义的能力。只有通过共通感，个别的感觉才能形成经验。根据亚里士多德，我们是"从感觉进入记忆和共通感，由此再进入经验，最后或许进入指导生产技艺的知识和智慧。理论和判断伴随技艺，而不是感官。在这个等级的进程中，经验起一种中介作用，而感官尽管在这个等级结构中位处更低，但它却提供了一个起点。共通感的引入，将个别感觉与经验联系起来了"[2]。

亚里士多德认为，在各种外感官中，视觉处于最高位置，直接与想象相连；不过，触觉有时也被认为是主要的感觉，"没有触觉就不可能有任何其他感觉；因为就像我们已经说过的那样，每个有灵魂的人都一定有触觉能力……毫无疑问，所有其他感官都必须通过接触来感知，但接触只是起中介作用；惟有触觉通过直接接触来感知……没有触觉就不可能有其他感觉"[3]。触觉又与味觉相连。味觉是一种附属于触觉的感觉，因为没有触觉就不可能有味觉。由于味觉与触觉的紧密关系，触觉又是最具分辨力

---

[1] Dabney Townsend ed., *Aesthetics: Classic Readings from Western Tradition*, Beijing: Peking University Press, 2002, p.84.
[2] Dabney Townsend, *Hume's Aesthetic Theory: Taste and Sentiment*, London and New York: Routledge, 2001, p. 48.
[3] Aristotle, *De Anima*, quoted by Dabney Townsend, *Hume's AestheticTheory: Taste and Sentiment*, London and New York: Routledge, 2001, p. 48.

的感官，因此味觉比其他感官如嗅觉具有更精确的识别力；而识别力又是智力的一个重要因素，由此"当味觉最终成为艺术判断的隐喻时，它作为有识别力的和'灵敏'的感官所具有的那些能力是至关重要的"[1]。总之，当后来的美学家将趣味作为审美判断的时候，他们暗中将亚里士多德的共通感和味觉结合起来了，趣味由此成了一种直接的然而却又通向更高层次的认识的辨别力。

在趣味成为一个美学概念之前，有许多理论上的铺垫。比如，文艺复兴时期以来的艺术实践对个性的推崇，就为趣味成为一个美学概念提供了很好的理论和实践上的支持。"当艺术家的个性和表现成为中心的时候，趣味开始扮演艺术家的气质的标志，并成为将艺术家的感觉转变为一种表现形式的手段。"[2] 尤其是17世纪的后期样式主义在将趣味转变成美学概念上起了重要的作用。

> 对于后期样式主义来说，样式或风格起了亚里士多德的共同感的作用，可以将个别感知要素统一为观念化的整体。因此，一个具有风格的人可以将要素统一起来而超过模仿，就像一个具有共通感的人可以将五种感觉统一为一个感觉印象一样。这使得风格成了一种感觉。它起到了像共通感一样的结构作用。由于对古典作家来说趣味与风格最为类似，因此将具有趣味与具有样式主义的风格等同起来就是一种自然的过渡。[3]

对于样式主义者来说，趣味在隐喻的意义上就是一种直接的判断和辨别形式。

趣味作为美学概念，最终是在18世纪英国经验主义美学家那里形成的，其中莎夫茨伯利起了开创性的作用。莎夫茨伯利尤其强调情感在道德

---

[1] Dabney Townsend, *Hume's Aesthetic Theory: Taste and Sentiment*, London and New York: Routledge, 2001, p. 49.

[2] Dabney Townsend, *Hume's Aesthetic Theory: Taste and Sentiment*, London and New York: Routledge, 2001, p. 53.

[3] Dabney Townsend, *Hume's Aesthetic Theory: Taste and Sentiment*, London and New York: Routledge, 2001, p. 60.

和审美活动中的重要作用,在这一点上他与康德非常不同。"根据莎夫茨伯利,即使某人在尽自己的义务,他也不是在做一种有道德的行为,除非他的情感支持他的行为。康德当然会宣称,最高的美德就是根据义务行事,即使某人的情感与之相对。"[1] 在莎夫茨伯利看来,我们的敏感本身就具有判断能力,"情感判断的直接形式就是趣味"[2]。这种情感判断或趣味是德行和美的基础,是形成有教养性的性格的核心。莎夫茨伯利注意到,趣味具有一些相互矛盾的特征:一方面趣味仿佛是人的自然特征,另一方面又是教养的结果;一方面趣味是一种个人偏好,总是处于不稳定和受误导的变化之中,另一方面趣味又是一种直接的判断,一种感觉形式,一种对艺术和美的评判。为此,莎夫茨伯利区分了三种不同的趣味:"坏的趣味是'做作的'趣味。好的趣味是'得体的'趣味。在这二者之间是一种自然的趣味。"[3] 自然的趣味如果没有得到好的培养,就会变得平庸和做作,成为最差的趣味;相反如果它得到良好的和真正的塑造,就会成为好的趣味,在道德上和审美上都值得称道。由于趣味是直接进行评判,无须推理和思考,因此它就像感官一样起作用,但它不是一般的外在感官,而是内在感官,由此莎夫茨伯利将趣味与他的内感官思想联系起来,这一点得到哈奇森的继承和发扬。

受经验主义哲学家洛克的影响,哈奇森主张一切知识起源于感觉。为了更加全面地解释知识的起源,洛克认同两种不同的观念起源方式,一种是由感觉直接提供的简单观念,一种是由心灵对于自身有关简单观念的能力的意识所提供的反思观念。比如,"我"不但能够意识到红这种颜色,而且能够意识到记住红看起来像是什么样子的那种记忆能力。对红色的记忆就是洛克所说的反思观念。如果没有关于红色感觉提供的原初或简单观念,我们就不可能有对红色的记忆的反思观念。在洛克看来,有了这

---

[1] Dabney Townsend, *Hume's Aesthetic Theory: Taste and Sentiment*, London and New York: Routledge, 2001, p. 20.
[2] Dabney Townsend, *Hume's Aesthetic Theory: Taste and Sentiment*, London and New York: Routledge, 2001, p. 27.
[3] Dabney Townsend, *Hume's Aesthetic Theory: Taste and Sentiment*, London and New York: Routledge, 2001, p. 35.

两种观念的起源，就可以解释所有经验和知识的起源了。这就是所谓的经验主义哲学的主张，它反对任何先天的、内在的东西。人除了认识能力之外，没有任何与生俱来的观念。哈奇森接受了洛克的简单观念的主张，但反对他的反思观念的主张，而是主张用内感官来取代洛克的反思观念。

红色是由感官获得的观念，对红色的记忆可以说是观念的观念。哈奇森所谓的美就类似于这种观念的观念，他称之为心灵的观念。对于美这样的心灵观念的认识，既不能靠外感官，又不能靠思维，只能靠内感官。内感官与外感官一样，都是对感觉对象的直接反应，但它们至少在这样两个方面非常不同：第一，没有一个外感官可以与内感官相对应，内感官属于心灵而不属于视听味嗅触等任何一种外感官；第二，内感官不是直接应用于事物，而是应用于事物的观念，主要是指心灵对外感官提供的各种简单观念的复合体的反应。从这里可以看出哈奇森的内感官在一定程度上类似于洛克的反思观念，它们都是心灵的作用，唯一不同的地方是，哈奇森的内感官强调的是对其他简单观念的感受，洛克的反思观念强调的是对心灵能力（如记忆）的感受。

哈奇森之所以主张审美经验是一种内感官的感觉，原因在于他反对古典美学将美视为外在事物的性质，比如比例、和谐和合适等；而将美视为观念之间的复合关系，他称之为"多样统一"。观念之间的这种复合关系，只有通过内感官才能把握。正是在这种意义上，我们可以将内感官视为联系感觉与知性之间的纽带，因为它一方面与外感官提供的简单观念相联系，另一方面又与更高层次的观念复合体即意象相联系。我们对于事物的感觉是个体性的，但我们对于事物的整体看法却具有一定的普遍性，作为联结个体感觉与普遍看法的内感官在一定程度上调和了审美经验中普遍性与特殊性之间的矛盾。[1]

对于哈奇森用内感官来解决审美经验中的普遍性与特殊性的矛盾的策略，休谟并不满意。用感官感觉来表达审美判断的直接性，这是休谟乐于

---

[1] 上述关于哈奇森的描述，参见 Dabney Townsend ed., *Aesthetics: Classic Readings from Western Tradition,* Beijing: Peking University Press, 2002, pp. 88–91.

接受的；但将审美判断等同于内感官就势必会排斥对趣味的教养，同时掩盖趣味的多样性，进而掩盖如何为多样的趣味寻找共同标准的问题，这是休谟不赞同将审美判断等同于内感觉的主要原因。比如，当哈奇森说美是"多样统一"的时候，尽管这种美需要内感官来把握，但对于具有内感官或趣味的人来说，在对这种美的把握上应该是毫无争议的，就像我们的眼睛对事物的识别那样。更重要的是，从观念的多样统一可以推论出事物本身的多样统一，由此哈奇森通过事物的形式分析来确定该事物的美丑，而无须再讨论主体的趣味问题，这样，美学研究就又有可能走回古典主义的形式研究的老路。休谟从根本上反对美有任何客观标准，关于美的评判的标准不在客体，而在主体。因此他不是从客体的形式，而是从主体的趣味中去寻找审美判断的标准，趣味比内感官更准确。由此，休谟的趣味概念取代了哈奇森的内感官感念，成为现代美学的核心概念。

总之，对于18世纪家来说，现代美学的关键的问题是：依赖趣味的完全多样的、私密的、即刻的审美经验为什么又是普遍可传达的？如何克服审美经验中这种个体性与普遍性矛盾，是现代美学给自己提出的一项重要任务。休谟和康德给出的经典解释，至今仍然具有启示意义。[1]

3. 美的艺术

与斯托尼兹和汤森德从审美经验方面来寻找现代美学的标志性特征不同，克里斯特勒从艺术作品方面找到了现代美学区别于古典美学的标志。在克里斯特勒看来，现代美学的标志，就是现代艺术系统的确立。在其著名的《现代艺术系统：一种美学史研究》一文中[2]，克里斯特勒对西方艺术概念的演变做了详细的考证。所谓现代艺术系统，通常指的是包括绘画、雕塑、建筑、音乐和诗歌等艺术形式在内的美的艺术系统。这个系统直到18世纪才开始确立起来。

古希腊的艺术泛指人的一切活动，包括我们今天所说的手艺和科学在

---

[1] 有关趣味的讨论，参见 Dabney Townsend, *Hume's Aesthetic Theory: Taste and Sentiment*, London and New York: Routledge, 2001.
[2] Paul O. Kristeller, "The Modern System of the Arts: A Study in the History of Aesthetics," in *Eassys on the History of Aesthetics,* ed. Peter Kivy, Rochester: University of Rochester Press, 1992, pp. 3-64.

内。这种意义上的艺术既与自然对立,又与我们今天所说的艺术有所不同。我们今天所说的艺术,大致相当于古希腊的模仿。古希腊有诗歌、音乐、舞蹈、绘画、雕塑、悲剧等概念,但没有将它们统一在艺术概念之下。除了用模仿来统称各种艺术形式之外,古希腊人常常将用缪斯女神来概说艺术。缪斯是宙斯和记忆女神的女儿,一共有九个,她们分别掌管历史、音乐和诗歌、喜剧、悲剧、舞蹈、抒情诗、颂歌、天文、史诗。即使我们忽略这里所列举的音乐、诗歌、戏剧和舞蹈等艺术形式可能具有的特殊含义,缪斯女神所掌管的东西与我们今天所说的艺术之间还是有很大的差异。比如,无论做怎样的理解,历史与天文在今天都很难说得上是艺术;同时,所有的视觉艺术都在缪斯女神掌管的范围之外。

古罗马时期出现了另一个与现代艺术有关的概念,即"自由艺术"。比如,西塞罗就经常谈及自由艺术以及各种自由艺术之间的相互关系。虽然西塞罗没有明确规定他所说的自由艺术中究竟包含哪些具体的科目,但我们可以有把握地认为西塞罗所说的自由艺术与我们今天所说的艺术是不同的。因为在那些明确说出具体科目的自由艺术系统中,没有一种与今天所说的艺术类似。比如,法罗的自由艺术系统由九个科目组成,它们是语法、修辞、辩证法、几何、算术、天文、音乐、医学和建筑;凯培拉的系统中则少了上述中的医学和建筑,只有七种;塞克斯图斯的系统中又少了逻辑,只有六种。大约自4世纪起,语法、修辞、逻辑、算术、几何、音乐和天文被固定为"七艺",成为欧洲高等教育的标准课程。

由此可见,古希腊罗马时代的艺术概念与今天的艺术概念很不相同。许多今天被当作科学的东西,在当时被称作艺术。许多今天被当作艺术的东西,在当时并没有归在艺术的名目之下,或者并没有获得艺术的身份。正如克里斯特勒指出的那样:

> (古希腊罗马时代)没有留下关于审美性质的系统或精心说明的概念,留下来的只不过是许多分散的观念和意见,它们一直影响到现代时代,但必须经过被仔细地遴选、脱离语境、重新整理、重新强调、以及重新解释或误解之后,它们才能够被用作美学系统的建筑材

料。我们必须同意这个……结论：古代作者和思想家们尽管面对杰出的艺术作品且的确受到它们魅力的感染，但他们既不能够也不急于将这些艺术作品的审美性质从它们的智识的、道德的、宗教的和实践的功能或内容中区别出来，抑或用一种审美性质作为标准将美的艺术集合起来或将它们当作全面的哲学解释的对象。[1]

中世纪接受了古罗马的七艺概念，后来又将它们进一步区分为三大学科（语法、修辞、逻辑）和四大学科（算术、几何、天文、音乐）。圣维克托的雨果最早在七种自由艺术的基础上，又增加了七种手工艺术，它们包括毛纺、军事装备、航海、农艺、狩猎、医术和戏剧。今天所谓美的艺术被归在不同的类别下，如建筑、各种不同形式的雕塑和绘画以及其他几种手艺，被归在军事装备之下，音乐与算术、几何、天文并列，诗歌接近语法、修辞和逻辑。诗歌和音乐两种艺术形式似乎享有较高的地位，因为它们通常是学校里面的教学科目，而绘画、雕塑和建筑则是在工匠的指导下学习，就像药剂师、金匠、木匠和泥瓦匠的学徒在师傅的作坊里接受教育那样。中世纪的艺术家概念所指甚广，既可以指自由艺术的学习者，又可以指一般的工匠。

文艺复兴时期出现了在三大学科基础上扩充起来的人文学科研究，其中包括语法、修辞、历史、希腊文、道德哲学和诗歌，从前曾经作为三大学科之一的逻辑被排除在外。特别值得注意的是，诗歌的地位有了前所未有的提升。在中世纪的三大学科系统中，诗歌被归属在语法和修辞之下，而在人文学科研究中，诗歌不仅成为一门独立的学科，还在整个系统中处于至关重要的地位。文艺复兴时期的一个最重要的变化，是绘画、雕塑和建筑等视觉艺术的地位的持续上升。绘画、雕塑和建筑开始组成一个介于自由艺术和手工艺术之间的门类，有了自己的协会和学院。达·芬奇等人不仅将绘画等视觉艺术的地位从手工艺术提高到自由艺术，还特别推崇绘画，甚至将绘画提高到超过诗歌、音乐和雕塑的高度，并与数学等科

---

[1] Paul O. Kristeller, "The Modern System of the Arts: A Study in the History of Aesthetics", in *Eassys on the History of Aesthetics,* ed. Peter Kivy, Rochester: University of Rochester Press, 1992, p. 13.

学联系起来。瓦萨里为绘画、雕塑和建筑等视觉艺术创造了一个新的概念，即"图画艺术"。这个概念成为后来美的艺术概念的原型。由于诗歌与绘画之间的地位竞争，以及对诗歌、绘画和音乐等艺术形式的业余兴趣的兴起，人们开始在这些艺术之间进行比较。通过这种比较，人们发现这些不同门类艺术之间具有两个相同的特征，即模仿和追求愉快。对不同门类艺术之间的相同特征的发现，为后来将它们统一归结在美的艺术之下奠定了基础。

17世纪开始，欧洲文化中心逐渐从意大利转移到法国。在法国成立了许多学院，其中包括绘画、雕塑、建筑、音乐和舞蹈等学院，但也包括科学和其他文化分支的学院。随着自然科学的独立，人们逐渐意识到艺术与科学的区别：建立在数学演算和知识积累之上的科学可以不断进步，今天的科学一定比过去的科学高明；但建立在个人天才和趣味基础上的艺术则没有进步的历史，今天的艺术不一定比过去的艺术强。在17世纪末，佩罗明确将美的艺术与自由艺术区别开来，将艺术与科学区别开来。在佩罗的美的艺术系统中，包括雄辩术、诗歌、音乐、建筑、绘画、雕塑以及光学和机械力学等。假如没有后两种科目，佩罗的系统就非常接近现代艺术系统了。

18世纪随着对视觉艺术、音乐和诗歌的业余兴趣的兴起，逐渐出现了将不同的艺术形式统一为一个总类的现代美的艺术概念。

1714年克鲁萨关于美的论文，被认为是法语最早的现代美学论文。他讨论了视觉艺术、诗歌和音乐，并且力图从哲学上解释美与善的不同。但他并没有确立现代美的艺术的系统，而且对美与善、艺术与手艺的区别也没有进行厘清，比如他明确提到宗教的美。

1719年杜博斯的著作《对诗歌、绘画和音乐的批判反思》，在现代美学的历史上具有重要的意义。首先，杜博斯不但讨论了诗歌与绘画之间的相似，而且讨论了它们之间的差异，更重要的是，他讨论的目的不是证明哪种艺术更高明，就像以前讨论这个主题的所有作者那样，而是证明艺术的共同本性。其次，杜博斯开始用业余爱好者的眼光来讨论绘画，他强调在对绘画和诗歌等的评判中，有教养的公众比职业艺术家更准确。这为从鉴赏者的角度寻找艺术的共同本质奠定了基础。再次，虽然杜博斯没有发明美的艺术这个概念，也不是首先将它运用在视觉艺术之外的人，但他的确让诗歌也是一种美的艺术这个观念变得更加普遍了。最后，杜博斯明确将艺术与科学区别开来，认为前者有赖于天才，后者有赖于知识的累积。

不过，尽管杜博斯在现代艺术系统的确立过程中起了很大的推动作用，但他并没有确立完善的现代艺术系统。现代艺术系统的雏形，在安德烈于1741年发表的关于美的论文中可以找到。安德烈分别讨论了视觉美（包括自然和视觉艺术）、道德美、精神作品的美（包括诗歌和雄辩术）以及音乐美。如果摒弃掉道德美，安德烈的艺术系统就是标准的现代美的艺术系统。

在现代艺术系统的确立过程中迈出关键一步的，是巴特出版于1746年的著作《内含共同原理的美的艺术》。在这部著作中，巴特基本确立了标准的现代美的艺术系统。这个系统包括音乐、诗歌、绘画、雕塑和舞蹈五种艺术形式。巴特将美的艺术确立为以愉快为目的的艺术，以此与手工艺术区别开来；同时将雄辩术和建筑视为包括愉快和有用性的第三类艺术；戏剧被认为是所有艺术的综合。

百科全书派的代表人物狄德罗并不赞同巴特的美的艺术概念，而沿用自由艺术和手工艺术的区别，但他十分强调手工艺术的重要性。百科全书派的另一位代表人物，达兰贝特在哲学和模仿知识之间做了区别，前者包括自然科学、语法、雄辩术和历史，后者包括绘画、雕塑、建筑、诗歌和音乐。他反对自由艺术与手工艺术的区别，将自由艺术区分为以愉快为目的的美的艺术和以有用为目的的自由艺术，如语法、逻辑和道德。他还将所有的知识区别为哲学、历史和美的艺术三大类。经过达兰贝特的区分，现代艺术体系最终确立起来了。

在18世纪中期百科全书的出版以后，美的艺术概念在法国乃至整个欧洲流行开来。比如，当时还出版了拉孔布的袖珍美的艺术词典，其中涉及的艺术门类有建筑、雕塑、绘画、镌刻、诗歌和音乐等；同时，各种不同的艺术学院合并成为美的艺术学院；1781年百科全书再版时，在艺术条目下补充了美学和美的艺术条目。[1]

多种不同的因素导致现代艺术概念的确立,其中有两个相互联系的因素值得特别注意:一个是业余爱好者对艺术兴趣的兴起,一个是新的艺术市场体制的确立。克里斯特勒尤其注重业余爱好者对艺术的兴趣在现代艺术概念和现代美学的确立过程中所扮演的重要角色,他明确指出:

> 在18世纪的上半期,业余爱好者、作家和哲学家们对视觉艺术和音乐的兴趣不断增长。这个时期不仅由外行和为外行创作对这些艺术的批评著述,而且创作出一些专业论文,其中在不同的艺术之间进行比较,在艺术与诗歌之间进行比较,因而最终达到了现代的美的艺术系统的确定。[2]

克里斯特勒还特别指出,当时法国著名批评家杜博斯尤其重视有教养的公众对艺术的评价,认为他们的意见比专家的意见更重要。跟在某种艺术领域工作的专家容易囿于该种艺术的局限不同,浅尝辄止的业余爱好者具有自身的优势,他可以做到不受该种艺术的限制,在不同的艺术门类之间进行比较,寻找所有艺术的共同性质。正是由于对不同艺术之间的共有性质的探求,最终导致现代艺术概念的确立。

与业余爱好者对艺术的兴趣的兴起相应的是,新的艺术市场体制的确立,即资本主义艺术生产和消费体制的确立。很多人都注意到,资本主义生产和消费方式的确立,对现代艺术概念的确立和美学独立产生了巨大的影响。比如,贝克指出,现代艺术概念与艺术品市场之间有着密切的关系。随着艺术品市场由私人委托体制向匿名的潜在购买体制的转变,艺术家只是针对市场工作,而不再直接针对消费者工作,不用考虑消费者的具体要求,从而可以按照自己心目中的美的理想进行创造。由此,一种脱离

---

[1] 除了法国的情况外,克里斯特勒还讨论的英国和德国的情况,不过它们的现代艺术概念的确立过程大致类似。鉴于上述法国的情况已经能够表明现代艺术概念是一定历史阶段的产物,我们就不再讨论英国和德国的情形。

[2] Paul O. Kristeller, "The Modern System of the Arts: A Study in the History of Aesthetics," *Eassys on the History of Aesthetics*, ed. Peter Kivy, Rochester: University of Rochester Press, 1992, p.35.

实际考虑的、以美的表现和自由创造为核心的现代艺术观念便应运而生。[1]

随着无利害性、趣味判断和美的艺术这些概念的确立，再加上崇高、天才、想象、主体性等概念的兴起，完整的现代美学系统确立起来了。在现代美学系统中，审美经验和美的艺术占据核心部分。没有无利害的审美经验，没有自律的美的艺术，就没有现代美学。

第三节 中国艺术美学的现代性

什么是中国现代美学？如果说中国现代美学就是上述西方现代美学的翻版，那么讨论中国现代美学就没有多大的意义。对于中国现代美学的讨论，一方面要注重其中的现代性，另一方面要注重其中的中国性。中国现代美学之所以体现出明显的中国性，一方面是中国传统美学具有不同于西方古典美学的特征，另一方面是中国美学的现代性进程不是自发的，而是外来冲击的结果。因此，要弄清楚中国现代美学中的中国性，需要先弄清楚中国传统美学的特征，进而需要弄清楚中国美学家在接受西方现代美学思想时所作出的选择。

一、中国传统艺术美学的"现代性"特征

与西方古典美学强调美的形式特征和艺术的法则不同，中国传统美学推崇超越规则和形式之上的境界与感受。从某种意义上来说，中国传统美学已经具有西方现代美学的某些特征。我们可以结合上述讨论过的西方现代美学的核心概念来加以说明。

尽管中国传统美学中没有像西方现代美学中的美的艺术或者艺术这样

---

[1] Annie Becq, "Creation, Aestheitcs, Market," in *Eighteenth-Century Aesthetics and the Reconstruction of Art*, ed. Paul Mattick, Cambridge: Cambridge University Press, 1993, p.252.

的概念,可以将各个门类的艺术统一为一个整体,并且为不同门类的艺术寻找共同的理论,但是中国传统美学中的诗、书、画等概念,与西方现代美学中的艺术概念具有许多相似的地方。中国古代美学家很早就认识到这些艺术形式与其他知识形式之间的区别。如果说西方现代美学的最终确立得益于康德的理论化工作,而康德的最大贡献在于将审美与科学和伦理区别开来,为美学找到独立的领地,那么在中国古代美学家的著述中,我们可以发现同样的论述,尽管这种论述不是以体系化哲学论证的方式进行的。

比如,王夫之就明确将诗歌与哲学和历史区别开来,认为后者的目的在于"意"的表达,前者的目的在于"兴"的唤起。王夫之说:"诗之广大深远,与夫舍旧趋新也,俱不在意。唐人以意为古诗,宋人以意为律诗绝句,而诗遂亡。如以意,则直须赞《易》陈《书》,无待诗也。"[1] "诗言志,歌永言。非志即为诗,言即为歌也。或可以兴,或不可以兴,其枢机在此。"[2] 王夫之还发表过许多观点,批评诗的"意""理""事""史"化倾向,这充分表明在王夫之那里,诗的独立性已经得到了明确的认识,而且是明确的美学认识,因为王夫之所说的作为诗的本质的兴和意象,与西方现代美学所说的审美经验和审美对象密切相关。

同样的情况,在叶燮的论述中也可以发现。叶燮对理事情的论述,显示了中国传统美学对艺术和审美的深刻认识。甚至可以说,这种认识的某些方面,18世纪确立的西方现代美学都没有达到。众所周知,康德将人的内心的全部能力区分为知情意。如果不太严格地说,康德的知情意与叶燮的理事情存在对应关系。知与理对应,意与事对应,情与情对应。[3] 与康

---

[1] (明)王夫之:《明诗评选》卷八"高启《凉州词》评语",见《船山全书》第14册,长沙:岳麓书社,1996年,第1576—1577页。
[2] (明)王夫之:《唐诗评选》卷一"孟浩然《鹦鹉洲送王九之江左》评语",见《船山全书》第14册,长沙:岳麓书社,1996年,第897页。
[3] 当然,这种对比是十分勉强的。叶燮的理事情不是从主体内心能力的角度做出的区分,而是从客体存在形态的角度做出的区分。叶燮以草木为例,做了清楚的说明:"譬之一草一木,其能发生者,理也。其既发生,则事也。既发生之后,夭乔滋植,情状万千,咸有自得之趣,则情也。"叶燮:《原诗·内篇上》,见《中国历代美学文库》清代卷中,北京:高等教育出版社,2003年,第50页。这里的理事情,指的是同一事物不同的存在样态。与康德的知情意对应的,不是同一事物的不同的存在样态,而是不同的事物,即自然、艺术和自由。见康德:《判断力批判》,邓晓芒译,北京:人民出版社,2002年,第5—33页。

德将情划分为美学研究的领域不同,叶燮在理事情之外另辟一种状态或者境界,作为美学的研究领域,这就是所谓"不可名言之理,不可施见之事,不可径达之情,则幽渺以为理,想象以为事,惝恍以为情"[1]。叶燮的这种认识,就将审美与艺术从其他知识和行为中分离出来而言,一点也不亚于康德做出的区分。

而且,在叶燮那里,关于诗歌的这种认识,也可以适用于其他艺术形式,特别是绘画。在《赤霞楼诗集序》一文中,叶燮指出:"画与诗初无二道也。……故画者天地无声之诗,诗者天地无色之画。……乃知画者形也,形依情则深;诗者情也,情附形则显。"[2] 叶燮在诗歌与绘画这两种不同的艺术门类之间发现了共同的特点,尽管这种共同特点与西方现代美学家在不同门类的艺术中发现的共同特点有所不同,但它表明中国古代美学家很早就开始在不同门类的艺术之间进行比较,将它们归在一起来进行思考。这一点,正是西方现代美学诞生的重要标志。

叶燮和王夫之等人的这些论述,并不是他们的发明。中国传统美学很早就有这种认识,只不过叶燮和王夫之二人做了更加清晰的表述而已。换句话说,如果像克里斯特勒那样,将自律的美的艺术视为现代美学的标志,那么中国传统美学思想与西方现代美学之间已经有了某种程度的相似性。与其说中国传统美学与西方传统美学相似,不如说它跟西方现代美学相似。这正是中国美学中明显的中国性之所在。

现在,让我们来检查西方现代美学的另一个重要特征,即无利害的审美态度。如上所述,西方现代美学与古典美学的区别,在于前者强调主体的审美态度和审美经验,后者强调客体的形式和法则。在中国传统美学中,很早就有对审美态度重要性的认识。叶朗从老子的"涤除玄鉴"、庄子的"心斋""坐忘"、管子和荀子的"虚一而静"、宗炳的"澄怀观道"与郭熙的"林泉之心"等观念和论述之中,发现中国很早就有一种审美心

---

[1] (清)叶燮:《原诗·内篇下》,见叶朗总主编《中国历代美学文库》清代卷中,北京:高等教育出版社,2003年,第59页。
[2] 叶朗:《中国美学史大纲》,上海:上海人民出版社,1985年,第495页。

胸理论,"强调审美观照和审美创造的主体必须超脱利害观念"[1]。叶朗所说的审美心胸理论,与西方现代美学中的审美态度理论十分接近,它们都强调无利害性,都强调无利害的态度所具有的"变容"作用,即将事物由日常状态变容为审美状态,将日常事物变容为审美对象。

叶朗还发现,柳宗元的"美不自美,因人而彰"的说法,是对这种审美态度理论的经典概括。对柳宗元的这个命题,叶朗做了三个层面的阐发:

> 第一,美不是天生自在的,美离不开观赏者,而任何观赏都带有创造性。第二,美并不是对任何人都是一样的。同一外物在不同人的面前显示为不同的景象,生成不同的意蕴。第三,美带有历史性。在不同的历史时代,在不同的民族,在不同的阶级,美一方面有共同性,另一方面又有差异性。把这三个层面综合起来,我们可以对"美不自美,因人而彰"这个命题的内涵得到一个认识,那就是:不存在一种实体化的、外在于人的"美","美"离不开人的审美活动。[2]

用审美态度或者审美活动来消解实体化的、外在于人的美,这也是西方现代美学的惯用策略。对于西方古典美学中流行的美的理论,比如美在比例、美在和谐、美在合适等,现代美学家用不同的方式进行了批驳。其中有经验主义的批驳,即通过给出反例来批评。有现象学上的批驳,即审美态度是无利害的,不仅去掉了功利考虑,还去掉了知识考虑,而有关美的定义都涉及知识,对无论比例、和谐还是合适的感知,都依赖知识,从而与无利害的审美态度相矛盾,因此有关美的定义在审美经验中是不可靠的。还有逻辑上的批驳,即证明美是一个范围极广的概念,它的所有成员之间不具有任何共性,因此有关美的任何定义都注定是错误的。[3]

叶朗从柳宗元的命题中所阐发的消解实体化的、外在于人的美的思

---

[1] 叶朗:《中国美学史大纲》,上海:上海人民出版社,1985年,第119页。
[2] 叶朗:《美学原理》,北京:北京大学出版社,2009年,第51—52页。
[3] 有关分析,见 Jerome Stolnitz, "'Beauty': Some Stage in the History of an Idea," in *Eassys on the History of Aesthetics,* ed. Peter Kivy, Rochester: University of Rochester Press, 1992。

想，与西方现代美学家对于美的定义做出的现象学批判十分类似。它们都是用审美态度、审美经验或者审美活动，来消解实体化的、外在于人的美。从这个角度来说，中国传统美学中源远流长的审美心胸理论与西方现代美学中的审美态度理论之间，存在着惊人的相似性。

需要补充的是，对于审美态度的认识的深度，中国古代美学家要远胜于18世纪的西方现代美学家。中国古代美学家不但认识到要对日常事物保持超然的态度，而且对于艺术本身也要保持超然的态度，后者正是许多西方现代美学家和艺术家所忽略的。比如，在《宝绘堂记》一文中，苏轼就指出：

> 君子可以寓意于物，而不可以留意于物。寓意于物，虽微物足以为乐，虽尤物不足以为病。留意于物，虽微物足以为病，虽尤物不足以为乐。……凡物之可喜，足以悦人而不足以移人者，莫若书与画。然至其留意而不释，则其祸有不可胜言者。钟繇至以此呕血发冢，宋孝武、王僧虔至以此相忌，桓玄之走舸，王涯之复壁，皆以儿戏害国，凶其身。此留意之祸也。始吾少时，尝好此二者，家之所有，惟恐其失之，人之所有，惟恐其不吾予也。既而自笑曰：吾薄富贵而厚于书，轻生死而重于画，岂不颠倒错缪失其本心也哉？自是不复好。见可喜者虽时复蓄之，然为人取去，亦不复惜也。譬之烟云之过眼，百鸟之感耳，岂不欣然接之，然去而不复念也。于是乎二物者常为吾乐而不能为吾病。[1]

无利害性的审美态度，不但要用来针对有利害的日常事物，而且要用来针对无利害的艺术作品。一般人容易陷入这样的误区：以有利害的态度对待无利害的艺术作品。这在苏轼看来，实在是颠倒错缪，可笑之极。

就"美不自美，因人而彰"中蕴含"美并不是对任何人都是一样的"这层意思来说，它也可以回响于现代西方美学中的审美趣味理论。如上所述，审美趣味理论尤其突出了审美经验中的主体和个体因素，或者可以说

---

[1] 叶朗总主编：《中国历代美学文库》宋辽金卷上，北京：高等教育出版社，2003年，第315—316页。

突出了审美经验中的非逻辑因素。中国传统美学对此也有深刻的认识。严羽在《沧浪诗话》中就指出：

> 夫诗有别材，非关书也；诗有别趣，非关理也。然非多读书，多穷理，则不能极其至。所谓不涉理路，不落言筌者，上也。诗者，吟咏性情也。盛唐诸人惟在兴趣，羚羊挂角，无迹可求。故其妙处透彻玲珑，不可凑泊，如空中之音，相中之色，水中之月，镜中之象，言有尽而意无穷。近代诸公乃作奇特解会，遂以文字为诗，以才学为诗，以议论为诗，夫岂不工，终非古人之诗也。盖于一唱三叹之音，有所欠焉。且其作多务使事，不问兴致；用字必有来历，押韵必有出处，读之反复终篇，不知着到何在。其末流甚者，叫噪怒张，殊乖忠厚之风，殆以骂詈为诗。诗而至此，可谓一厄也。[1]

严羽在这里所推崇的"别材"和"别趣"，跟18世纪西方美学家所推崇的天才和趣味概念有许多相似的地方。18世纪西方美学家在为审美和艺术争得独立地位的时候，多半强调它们是天才和趣味的结果，超越知识积累和算计之上，而后者正是科学和其他日常活动的特征。叶燮关于才胆识力的论述，也与此有关。[2] 总之，对于诗人和书画家为代表的艺术家所需要的一种特别的趣味和能力，中国古代美学家有许多深入的论述，它们多半指向某种特别的创作状态，通常用兴、兴趣、兴致、兴会等词语来描绘[3]，与前面讲的无利害性密切相关。

由于有了无利害的态度，有了相对自律的艺术概念，有了特别的趣味，古代中国人很早就能够欣赏除了优美之外的其他风格的事物，比如沉郁、飘逸、空灵，甚至丑。[4] 如果说崇高是西方现代美学的标志之一的话，那么中国传统美学很早就有了现代的特征，因为包括崇高在内的诸多审美风格，很早就成了中国美学的讨论对象。中国传统美学中有大量涉及琴诗书画的品评，它们的重要内容就是风格鉴别。由此可见，西方现代美

---

[1] 叶朗总主编：《中国历代美学文库》宋辽金卷上，北京：高等教育出版社，2003年，第418页。
[2] 叶朗：《中国美学史大纲》，上海：上海人民出版社，1985年，第507—513页。
[3] 彭锋：《诗可以兴》，合肥：安徽教育出版社，2003年。
[4] 叶朗：《美学原理》，北京：北京大学出版社，2009年，第十一、十二、十三章。

学的那些标志性特征,在中国传统美学中都已经具备了。

二、欧洲现代美学中的中国因素

现代美学通常被认为是源于18世纪的欧洲,是欧洲现代性的重要组成部分。不少人将现代美学的建立归功于德国美学家鲍姆加通,他在1735年首次提出了今天用来称呼美学学科的"aesthetica"一词,随后致力于美学学科的建设,于1750年和1758年分别出版了《美学》前两卷。在鲍姆加通之后,经过康德细致的思辨,美学、认识论和伦理学一道作为哲学的三大分支学科的哲学框架得以确立,美学在哲学大厦中的位置得以巩固。也有美学史家将现代美学的起源向前追溯到18世纪早期,比如盖耶就认为,夏夫兹博里的《论人、习俗、见解及时代的特征》(1711年)、艾迪生的《论想象的快乐》系列短文(1712年)、杜博斯的《关于诗歌、绘画和音乐的批判性反思》(1719年)、哈奇生的《对我们的美与德行观念之起源的探询》(1725年)等,已经奠定了现代美学的基础,诸如无利害性、想象、激情、内在感官等现代美学概念,都已经得到了阐释和运用。[1] 无论是将现代美学兴起的时间确立为18世纪初期抑还是中期,我们都应该追问为什么在这个时期会兴起现代美学?现代美学与此前的古典美学究竟有什么区别?兴起一种思潮或者诞生一个学科的原因是多方面的,其中就包括外来文化的影响。但是,随着思想的完善、学科的成熟,外来文化的影响就容易被有意无意地忽略。欧洲现代美学的兴起明显受到外来文化的影响,特别是中国文化的影响。但是,随着现代美学的强大,其中的中国因素要么被清洗,要么被篡改为欧洲本土的发明,包华石将这种现象称之为"现代性中的文化政治斗争"。在包华石看来,给现代美学提供重要启迪的艺术是园林,尤其是受到中国园林影响的那种自然式的园林。这种新兴的园林,也被称作"不规则园林""如画园林",法国人干脆称之为"英中风格园林"。"英中风格园林"称呼表明,这种园林

---

[1] Paul Guyer, "The Origins of Modern Aesthetics: 1711–35," in *The Blackwell Guide to Aesthetics*, ed. Peter Kivy, Oxford: Blackwell, 2004, pp. 15–44.

中的中国因素或者中国影响是非常明显的。这种自然式的园林与欧洲固有的几何式的园林非常不同。但是，随着现代性的进程，这种园林中的中国因素逐渐被篡改成为欧洲人自己的发明。比如，沃波尔在他的《论现代园林》(*On Modern Gardening*) 中就认为当时流行于欧洲的这种自然式园林完全是英国人的发明。包华石对沃波尔的篡改行为做了这样的评述：

> 值得注意的是，他没有将这个传统叫做"不规则"的园林，也没有用"如画性"来命名，"英中风格"的园林更不行。他所选择的称呼是"现代性"的园林。从文化政治的角度来看，他的措辞是足智多谋的发现。原来在园林的历史发展中，中国的优势源于自然园林在中国的悠久历史，而它在英国的姗姗来迟却令英国人感到羞耻。不过，凡是有悠久历史的当然不可能是"现代性"的。因而，沃波尔使用"现代性"来取代"自然性"，便可以将英国的迟滞状态转化成为英国的先锋地位，而将中国原来的优势解释为它的落后性。于是我们就可以推论，"现代性"这个概念的说服力源于它能让欧洲人将他们文化中跨文化的因素转成为自己国家的纯粹产品。[1]

根据包华石的研究，给西方现代性提供启示的，不仅有中国园林，还有中国思想和社会制度。现代美学的兴起与"中国风"在欧洲的流行在时间上基本一致，这在一定程度上说明了"中国因素影响了现代美学的产生"这种说法并非空穴来风。随着美学史、艺术史和观念史研究的深入，中国因素在现代美学建构中所发挥的重要作用被越来越清晰地揭示出来了。

1933 年洛夫乔伊发表《浪漫主义的中国起源》一文，揭示了中国美学对 18 世纪英国美学的影响。[2] 洛夫乔伊所说的浪漫主义，基本上可以等同于我们所说的现代美学。与浪漫主义或现代美学相对的，是古典主义或者古典美学。古典主义首推"规则"或者"规整"（regularity）。在 17

---

[1] 包华石：《中国体为西方用：罗杰·弗莱与现代主义的文化政治》，《文艺研究》2007 年第 4 期。
[2] Arthur O. Lovejoy, "The Chinese Origin of a Romanticism," *Journal of English and Germanic Philology*, vol. 32, no. 1 (Jan., 1933), pp. 1–20.

世纪至 18 世纪早期，古典主义的影响还是非常强大。我们从古典主义美学家关于美和艺术的论述中，可以看到古典主义对规则的推崇。比如，雷恩对美做了这样的界定："美是对象的和谐，通过眼睛引起愉快。美有两种起因——自然的和习惯的。自然的起因源于几何学，存在于均等的统一性之中……真正的检验总是自然美或者几何美。几何图形自然要比任何其他非规则的图形更美；就自然法则来说，在这方面谁都会同意。"[1]对规则的强调，在丹尼斯关于诗歌的论述中也可以看到。丹尼斯说道："如果诗歌的目的是去指导和重塑世界，也就是说将人从不规则、无节制和混乱中带到有规则和有秩序之中，那么通过一件本身是不规则和无节制的事情来实现这个目标，是难以设想的……每个有理性的人的作品，都必须从规则中获得它的美，因为理性就是规则和秩序，绝不会有任何东西是不规则的……不能背离规则，也就是说不能背离理性……人的作品一定需要更加完满，只有这样才能更加类似于他的创造者的作品。就上帝的作品来说，尽管千变万化，但都是非常符合规则的。宇宙在它的各个部分都是符合规则的，正因为有了这种精确的符合规则，宇宙才赢得它那令人钦佩的美。"[2]从丹尼斯的行文中可见，古典主义对规则和标准的推崇，表明它仍然没有完全摆脱宗教的影响，上帝是宇宙规则和秩序的发明者，人类活动要尽力展示上帝发明的规则。由此可见，古典主义还没有彻底从中世纪走向现代。

到了 18 世纪，欧洲美学发生了急剧的变化。正如洛夫乔伊指出：

> 主要是在 18 世纪，规则、统一、明显可识别的平衡和平行，开始被认为是艺术作品中的主要缺点，不规则、不对称、变化、惊奇、以及避免让整个设计一看就可以理解的单纯和一致，开始被认为是高层次的审美优点。也是在这个时期，这一点差不多已经众所周知：这种变化首先是在相当大的范围内出现在其他艺术门类，在文学美学中只是逐渐传播开来。在这些其他艺术门类中，这种初期的浪漫主义在

---

[1] 转引自 Arthur O. Lovejoy, "The Chinese Origin of a Romanticism," *Journal of English and Germanic Philology*, Vol. 32, no. 1 (Jan., 1933), p. 1.
[2] 同上。

18世纪的趣味和艺术实践中表现为四种新现象,并得到这四种新现象的推动:(1)对克劳德·洛兰、普桑和萨尔瓦多·罗萨的风景画的热爱;(2)英式或者所谓的"自然"样式的园林的引入和广泛传播,这种园林也许是18世纪最杰出的艺术;(3)哥特式风格的复兴,在英国始于1740年巴蒂·朗利和桑德森·米勒并不太愉快的努力;(4)对中国园林的赞赏,以及在较低程度上对中国建筑和其他艺术成就的赞赏。这些现象,尤其是后三种现象,在18世纪人们的心目中是紧密联系在一起的;第二个和第四个现象是完全融合在一起的,就像大家都知道的那样,它们具有同一个名称:英中风格。它们之所以被关联起来,是因为二者都例示了,或者都被18世纪上半期的批评家和鉴赏家认为是表现了,同一套基本美学原则。它们是对不规则的信条的不同运用,是回到对所设想的自然的模仿的不同模式,不是作为几何的、有序的和统一的自然,而是作为以免除了形式模式、"荒野"、无穷无尽的多样性而著称的自然。[1]

洛夫乔伊经过细致的考证,证明中国园林不仅对英国园林有所影响,还进而影响到18世纪美学由古典主义转向浪漫主义的进程。洛夫乔伊特别提到Sharawadgi对英国园林和浪漫主义的影响。Sharawadgi最初见于坦普尔的《论伊壁鸠鲁的园林;或关于1685年的造园艺术》。据坦普尔说,Sharawadgi一词是他从一个中国人那里听到的,指不规则的园林风格。关于Sharawadgi究竟指的是哪个中文词,有各种不同的猜测,迄今为止都没有定论。张沅长认为它指的是"洒落瑰奇",钱锺书认为它指的是"疏落—位置"或者"散落—位置"。[2] 不过,无论是"洒落瑰奇"还是"疏落—位置"或者"散落—位置",都不太像一个常用的词语。既然Sharawadgi指的是不规则园林的审美特征或者艺术风格,如果不太计较它的读音的话,将它回译成汉语"错落有致"可能更加妥帖。总而言之,

---

[1] Arthur O. Lovejoy, "The Chinese Origin of a Romanticism," *Journal of English and Germanic Philology*, vol. 32, no. 1 (Jan., 1933), p. 2.
[2] 关于Sharawadgi的词源考证,见张旭春:《"Sharawadgi"词源考证与浪漫主义东方起源探微》,《文艺研究》2017年第11期。

Sharawadgi 作为一种审美特征或者艺术风格在欧洲流行，而且促进欧洲美学由古典主义的规则美学向浪漫主义的不规则美学的转向，这说明中国美学和艺术在 18 世纪欧洲美学的现代转型中的确发挥了重要作用。

对于"中国风"进行系统研究的第一部著作，是昂纳于 1961 出版的《中国风》(Chinoiserie: The Vision of Cathay)。昂纳将中国风作为欧洲美术史中的一种现象来研究，他从欧洲人对于中国的想象开始，按照历史顺序介绍中国风在欧洲的发展，全书包括神州幻象、中国风之开端、巴洛克式中国风、洛可可式中国风、英国洛可可式中国风、中英式花园、中国风的衰落、中国与日本等部分。从探险家和旅行者关于中国的游记和传说，到进口的中国瓷器、漆器、丝绸服饰、家具等，再到欧洲人自己生产的产品和建造的建筑，昂纳揭示了"中国风"从幻象到实物的全过程。"中国风"不是文学虚构，而是渗透到欧洲人日常生活之中的器物。总之，在《中国风》一书中，昂纳以实在的器物证明了中国艺术和美学对 18 世纪欧洲的影响。[1]

与昂纳的研究侧重器物不同，波特的比较美学（比较文学）更注重背后的观念。在《18 世纪英国的中国趣味》一书中[2]，波特深入地分析了中国美学对于欧洲美学（特别是英国美学）的深刻影响。不可否认，"中国风"一词中有贬义的成分。中国陶瓷、丝绸、漆器家具大量涌入欧洲，这些工艺美术品被认为过于俗丽。欧洲人喜欢它们，主要因为它们样式新奇，具有浓厚的异国情调。"中国风"成了俗丽的异国情调的代名词。但是，波特进一步追问：为什么来自其他国家和地区的工艺品没有能够在欧洲形成风潮呢？它们对欧洲人来说不也是新奇的，也具有异国情调吗？在波特看来，中国的工艺美术品之所以受到英国人的喜爱，不仅因为它们在英国人心目中显得新奇、时尚，还因为它们引发了英国人对中国久远历史和灿烂文化的想象。波特说："中国的花瓶和彩绘壁纸……最初也是因

---

[1] [英] 休·昂纳：《中国风：遗失在西方 800 年的中国元素》，刘爱英、秦红译，北京：北京大学出版社，2017 年。
[2] David Porter, *The Chinese Taste in Eighteenth, Century England*, Cambridge: Cambridge University Press, 2010.

为它们的新奇而受到珍爱,但是与最新的流行服装不同,中国风格中还有一个矛盾的特质:一种具有四千年之久的历史谱系的新异性。中国货物不仅作为一种新的时尚宣言而被看重,而且同时也是作为一种完善的文化价值的让人着迷的陌生样式被看重。"[1]换句话说,中国风之所以盛行,因为它同时包含了新与旧两种价值,或者调和了新与旧之间的矛盾。源远流长的中国历史和博大精深的中国文化,给那些新奇俗丽的物品增加了深不可测的内涵。中国风所具有的这种矛盾特征,让它在急剧变化的18世纪欧洲可以调和人们所面临的新与旧、雅与俗之间的矛盾。一般说来,正统的就不时尚,时尚的就不正统,但中国风却能兼而有之。正如波特指出的那样:"中国风既作为正当的艺术又作为时尚的商品这种双重身份,让它与其他类型的奢侈商品区别开来了,而且对传统的审美价值概念……构成了一种有意义的挑战。"[2]

中国风对欧洲古典美学形成挑战的一个重要方面,体现在以兼容的杂多性挑战排他的正宗性。"在18世纪的室内装饰中,无论在创作、市场推广还是装饰角色等方面,中国风都坚定不移地抵制任何本质化的冲动,它表明本质本身就是混杂的,本质只是一种指导原则,没有纯粹性和整一性,而是彻头彻尾杂交的。……被认为是一种独特现象的中国风,其典型特征正在于它坚持没有边界的适应性,拒绝任何固定的标准或者业已接受的模式。"[3]欧洲古典美学以对规则的严格维护而著称,18世纪大量涌入欧洲的中国工艺品则采取了完全开放的姿态,它们没有任何正统性的要求,既不排斥欧洲人的模仿,又不反感去迎合欧洲的趣味。这种开放的姿态对于欧洲社会的现代性进程与欧洲美学的现代性转型,都产生了重要的推动作用。

现代社会的一个重要特征,是消解固定的等级秩序,将人们的目光由

---

[1] David Porter, *The Chinese Taste in Eighteenth-Century England*, Cambridge: Cambridge University Press, 2010, p. 21.

[2] David Porter, *The Chinese Taste in Eighteenth-Century England*, Cambridge: Cambridge University Press, 2010, p. 23.

[3] David Porter, *The Chinese Taste in Eighteenth-Century England*, Cambridge: Cambridge University Press, 2010, pp. 27-28.

纵向的仰望转向横向的远眺。随着基督教信仰的衰落,纵向仰望逐渐淡出,需要由横向远眺来填补。中国风的出现满足了欧洲人这种横向远眺的需要。波特指出:"凭借以同时产生的源于文化陌生感的距离效应来调和直接的感觉满足,中国风保持着它的魅力。也就是说,不是通过通常的、规定的智性超越的方式,而是通过对难以洞悉的差异的必然认可,中国风的愉快感,摆脱了粗俗的饱足的风险。由它的感觉诱惑引发的控制性占有的欲望,被它作为一种文化产品的深奥难懂无限地延迟了,进而让这种欲望不断保持活力并且长期延续下去。在中国输出的艺术以及对它的仿制品中获得愉快,也许不是去享受那种纯粹的、超越的美……也不是简单地沉湎于粗俗的感官享受之中……而是去引发一种另外的感性,在这种感性中无法同化的差异代替了抽象的形式,作为在让人无限着迷的满足和延续的对应物中获得审美愉快的前提条件。"[1]

在欧洲古典美学中,要将审美愉快区别于一般享受,通常要诉诸某种超越的存在,如柏拉图的理念、基督教的上帝或者其他形而上的存在。正是因为有了这种超越的存在或者抽象的形式,审美愉快才可以持久和无害。这种形而上的存在是抽象的、深奥的、潜藏在事物背后的、不食人间烟火的。正是这种超越性的存在,成为审美愉快的无穷无尽的源泉。显然,这种超越性的存在仍然是欧洲根深蒂固的宗教信仰的残余。随着宗教信仰在现代社会的失落,审美愉快的形而上源泉逐渐枯竭。从某种程度上说,正是因为中国风具备可以代替形而上源泉的潜能,它才流行开来。对于欧洲人来说,形而上的存在因高不可攀而充满神秘感;中国文化因遥不可及而充满神秘感,二者在吸引欧洲人不断超越方面可以发挥同样的功能。与形而上的存在永远无法实现不同,中国风尽管相距遥远但毕竟可以实现。欧洲人大量进口中国艺术和文化产品,这种现象在某种程度上可以被视为他们在努力将那个无法实现的形而上的世界变成现实。中国风将欧洲古典美学的抽象形式和规则,内化到艺术实践和审美经验之中,由此抽

---

[1] David Porter, *The Chinese Taste in Eighteenth-Century England*, Cambridge: Cambridge University Press, 2010, p. 30.

象的规则变得不再重要,重要的是个体的天才的创造和批评家的趣味,由此打开了建立在主观感觉经验之上现代美学的大门。

三、中国传统美学的内部变革

随着研究的深入,中西美学史家都发现中国传统美学已经具备了西方现代美学的那些标志性特征。尽管我们不能因此就说中国传统美学已经是现代美学了,但是中国传统美学与西方现代美学的亲缘关系显然要胜于与西方传统美学的亲缘关系。用梅勒的术语来说,中国传统美学其实已经是某种形态的代表型美学了。如果这个判断合理的话,那么中国传统美学的现代性转向就有可能与西方传统美学的现代性转向不同。换句话说,如果说西方传统美学的现代性转向是由存有型美学转向代表型美学,那么中国传统美学的现代性转向是否可能由代表型美学转向存有型美学或者由代表型美学转向标记型美学?[1] 我们认为这个假设的问题不是没有意义的。

张世英在对中西方哲学进行比较研究时发现,西方哲学占主导地位的思想是主客二分,中国哲学占主导地位的思想是天人合一。西方哲学的发展是由主客二分走向天人合一,中国哲学的发展是由天人合一走向主客二分。[2] 由此可见,中西方的现代性进程是有差别的。这种差别必然表现在美学的现代转型之中。如果说西方现代美学是以审美无利害性、艺术自律、趣味的精英化等概念为主导,那么中国现代美学可能刚好走向西方现代美学的反面,强调审美的功利性、艺术的政治性和趣味的大众化等。

当然,对于中国美学的现代性转向至关重要的因素,是西方现代美学的强势影响。这种外来文化的强势影响,改变了中国文化自身的发展轨迹,从而让中国美学的现代性转向表现得尤为复杂。有鉴于此,我们可以按照中国传统美学的内部变革和西方现代美学的强势影响两条线索,来叙述中国美学的现代性进程,希望对中国现代美学的独特性和复

---

[1] 这里采用梅勒的术语,只是为了表述的方便,实际情况要复杂得多。
[2] 张世英:《天人之际:中西哲学的困惑与选择》,北京:人民出版社,1995年。

杂性有所揭示。[1]

如果说由天人合一向主客二分的转向是中国哲学的现代性转向的话，那么根据张世英的观察，这种转向发生在明清之际，特别是鸦片战争之后。[2] 从时间上来说，中国哲学向主客二分思想的转向与我们讨论的中国美学的现代性转向基本一致。从理论形态上来讲，这段时间的确出现了一些强调审美功利主义的思想。我们可以称之为中国传统美学的内部变革，即中国传统美学内部的现代性进程。需要指出的是，这种内部的现代性进程是非常缓慢的，而且没有能够像18世纪的欧洲那样形成明显的潮流。直到西方现代美学的大量传入，中国传统美学的现代性转向才成为时代潮流。但是，由于西方现代美学的发展方向与中国传统美学内部变革的方向刚好相反，二者相互激荡形成了中国现代美学的复杂性和独特性。

中国美学的内部变革，在明朝末期已见苗头。比如，李贽就对中国文化中长期积累形成的各种假相深恶痛绝，主张以"绝假纯真"的童心拯救"满场是假"的文化：

> 古之圣人，曷尝不读书哉。然纵不读书，童心固自在也，纵多读书，亦以护此童心而使之勿失焉耳，非若学者反以多读书识义理而反障之也。夫学者既以多读书识义理障其童心矣，圣人又何用多著书立言以障学人为耶？童心既障，于是发而为言语，则言语不由衷；见而为政事，则政事无根柢；著而为文辞，则文辞不能达。非内含于章美也，非笃实生辉光也，欲求一句有德之言，卒不可得。所以者何？以童心既障，而以从外入者闻见道理为之心也。夫既以闻见道理为心矣，则所言者皆闻见道理之言，非童心自出之言也。言虽工，于我何与！岂非以假人言假言，而事假事，文假文乎！盖其人既假，则无所不假矣。由是而以假言与假人言，则假人喜；以假事与假人道，则假人喜；以假文与假人谈，则假人喜；无所不假，则无所不喜。满场是

---

[1] 对于中国美学的现代性转向所体现出来的复杂性，潘公凯和他的课题组围绕中国美术的现代性问题，已经做出了很好的研究成果。参见潘公凯：《中国现代美术之路："自觉"与"四大主义"——一个基于现代性反思的美术史叙述》，《文艺研究》2007年第4期。
[2] 张世英：《天人之际：中西哲学的困惑与选择》，北京：人民出版社，1995年，第3页。

假,矮人何辩也!虽有天下之至文,其湮灭于假人而不尽见于后世者,又岂少哉![1]

李贽对中国文化的批判中肯而尖锐。如果说西方现代启蒙运动针对的是宗教统治形成的愚昧和虚假性,那么李贽对中国文化的这种清醒认识已经为中国的启蒙运动廓清了对象。但是,李贽为救治中国文化而开出的处方并不新鲜。诉诸"绝假纯真"的童心,对于救治"满场是假"的中国文化来说,既没有力量,又没有具体的可操作性。同时,由于这种思想很容易让人想起老庄的主张,缺乏自己崭新的面貌,在推动中国文化的内部改革方面缺乏足够的冲击力和新的支撑点。

这种情况到了晚清时期有所改变。一些有觉悟的知识分子不仅看到了中国文化的弊端,还给出了崭新的解救药方,龚自珍起到了开先河的作用,一大批主张经世致用的思想家推波助澜,形成了"去魅"和"去毒"的思想潮流。其中魏源、康有为、梁启超等人表现得尤其突出,最终形成了书法界的碑学运动和文学界的各种革命,突出文学艺术的社会功能的中国现代美学最终形成。

需要注意的是,在中国现代美学的确立过程中,西方思想的确起了重要的推动作用。但是,这里所说的西方思想并不是西方美学。在前面分析西方现代性的内在矛盾或张力时已经指出,西方现代性在总体上是由宗教转向科学,突出了社会功利主义。但是,审美现代性是整个现代性工程中的一部分,它所起的是补救现代性工程弊端的作用。简单来说,西方整个社会现代性体现出明显的他律和功利主义色彩,审美现代性则体现出相反的自律和非功利主义色彩。中国传统美学内部的现代性冲动,是与西方社会现代性相应,而与西方审美现代性相反的。中国思想家在借鉴西方思想的时候,更多关注的是经世致用的自然科学和社会科学,还无暇顾及审美和艺术。等到中国思想家开始涉及西方美学和艺术的时候,中国传统美学的内在现代性进程反而遭到了抑制,中国现代美学在两种不同的发展方向的牵扯中形成了前所未有的复杂局面。

---

[1] (明)李贽:《童心说》,见《焚书·续焚书》卷三,北京:中华书局,2009年,第98—99页。

但是，中国传统美学内在的现代性进程，在马克思主义传入中国之后得到了迅猛发展，找到了更强的思想武器。马克思主义美学的科学主义、功利主义和他律主义色彩，与西方现代美学的人文主义、非功利主义和自律色彩，形成尖锐的对抗。中国美学的现代性进程在激烈的冲突中渐行渐远。

四、西方现代美学的传入

19世纪下半期，现代西方美学开始传入中国。中国读者最初在工具书里读到的aesthetics，大多数是作为一般的术语介绍过来，没有详细的阐释。随后在哲学、教育学、心理学等著作中见到了美学的内容，尽管这些书籍中关于美学的部分详略不等，但是无论从广度上还是深度上看，都远远超过了辞书中词条的内容。尤其值得指出的是，颜永京翻译的美国哲学家海文著述的《心灵学》，其中包含的美学内容已经非常完备。不过，独立介绍美学的著述，直到20世纪初才出现。随着王国维、蔡元培、吕澂等人的著述以及大量译介的出版，西方美学开始在中国广泛传播。

刚开始在中国传播的西方美学，并不是全部的西方美学，而是18世纪以来确立的现代西方美学。现代西方美学的标志，就是审美无利害性。换句话说，西方现代美学是一种自律美学。诚然，在18世纪之前，西方美学也有明显的他律倾向。但是，在中国学界接受西方美学的时候，西方传统的他律美学遭到了忽视。换句话说，中国学者最初并没有意识到西方美学也有漫长的发展历程，没有意识到西方传统美学与现代美学之间存在重要的区别。因此，在当时所谓美学，只是自律的西方现代美学。

由于对于不同理论形态、不同文化传统和不同历史阶段的美学的认识不够全面，中国学者很少意识到，中国传统美学内在的现代性冲动与西方现代美学在方向上非常不同。如王国维是最初接触到西方现代美学的中国美学家，将美学视为来自西方的全新思想。随着研究的深入，一些美学家发现中国也有自己的美学传统，只不过中国传统美学与西方现代美学有所不同。比如，朱光潜就发现西方现代美学与中国传统美学之间存在差异，二者的差异主要体现为自律美学与他律美学之间的差异。由于中国美学内在的现代性进程彰显了中国传统美学中的他律倾向,尽管这种倾向并不是中国美学的主流,但是仍然很容易在与自律的西方现代美学的对照中突显为中国美学的特征。只是随着美学家们对于中国传统美学有了更加深入的发掘和认识之后,中国传统美学与西方现代美学之间在自律美学上的相似性才得以充分体现。比如,宗白华和徐复观等美学家就明确将中国传统美学与西方现代美学联系起来研究,并取得了重要的研究成果。20世纪西方现代美学的传入以及在中国的发展始终与中国传统美学结合在一起,纯粹的西方美学研究在中国并没有得到很好的发展。随着马克思主义美学的传入,西方现代美学与中国传统美学之间的相似性得到了突显。有了作为极端的他律美学的马克思主义美学作为对照,中国传统美学的自律特征就体现得更加明显了。

今天的中国美学主流仍然停留在对西方现代美学的介绍和传播上,一方面因为它更容易与中国传统美学结合起来产生新的成果,另一方面它可以与中国传统美学一道抵制他律的马克思主义美学。但是,我们必须意识到,从20世纪中期开始,18世纪确立起来的现代美学在西方美学界就遭到了全面的批判。后现代美学呈现出明显的他律倾向,具有明显的他律倾向的马克思主义美学和中国传统美学内在的现代性进程,应该可以与西方后现代美学形成共鸣。它们之间的相互发明可以推进中国美学对西方后现代美学的接受和研究。

五、马克思主义美学的强势影响

十月革命一声炮响,给中国送来了马克思列宁主义,其中就包括马克思主义美学思想。尽管马克思主义经典作家并没有完整的美学著作,但是由于他们特别强调文艺所发挥的社会功能和政治功能,因此发表了不少美学观点。苏联美学家们在马克思主义经典作家的著述的基础上,构建了马克思主义美学体系。马克思主义美学在中国的发展历程,可以分为译介传播、研究应用、体系建构和体系解构等阶段。

在十月革命之前,中国已经有了马克思主义的译介。但是,这些译介并没有产生什么影响。十月革命之后,马克思主义理论大量涌入中国,并成为中国无产阶级革命的指导思想，马克思主义美学也被大量译介进来。1919年李大钊在《新青年》上发表《我的马克思主义观》一文，其中就有艺术作为意识形态部门之一的观点。随后，陈望道、鲁迅、冯雪峰、胡风、郭沫若、瞿秋白、周扬等人翻译了大量的马克思主义美学文献。中华人民共和国成立后，中国政府成立了中共中央马克思恩格斯列宁斯大林著作编译局，王道乾、曹葆华等人又翻译了不少马克思主义美学文献。改革开放后，一方面苏联的马克思主义美学著作被译介进来，另一方面欧美资本主义国家的新马克思主义或者西方马克思主义美学文献也大量涌入国内，中国美学界在马克思主义美学文献的译介方面取得了重要的推进。

由于马克思主义美学的研究与应用始终纠缠在一起，因此中国美学界关于马克思主义美学的学术研究始终受到政治的干扰，很少有独立的学术研究。相对来说，蔡仪的《新艺术论》和《新美学》是学术性较强的研究性著作。20世纪50年代的美学大讨论，进一步推进了马克思主义美学研究，尤其是李泽厚等人从马克思主义实践观出发所做出的美的本质或美的根源研究，对于马克思主义美学研究做了重要的推进。

由于高等院校教材建设的需要，中国美学界开始了马克思主义美学教科书的编写工作，最终形成了以马克思主义为指导的美学基本理论教科书。改革开放后，中国高等院校仍然普遍采用这种教科书，马克思主义美学对中国美学研究产生了极大的影响。这种情况直到80年代末才有所改变。随着叶朗主编的《现代美学体系》的出版，中国高等院校有了另一种可供选择的美学基本理论教科书，即将中国传统美学与西方现代美学融合起来的教科书。90年代末，随着西方当代美学的大量引进，新的美学教科书大量出版，马克思主义美学教科书的地位遭到了挑战。进入21世纪后，美学问题研究开始取代美学体系构建，美学理论研究与艺术实践之间的关系日益密切，那种追求自圆其说的马克思主义美学体系研究日渐式微。中国美学研究开始与国际美学接轨，中国美学界也开始讨论艺术定义、日常生活审美化、环境美学等国际流行的美学话题。

马克思主义美学是典型的他律美学，与现代西方美学和中国传统美学都不同。叶朗在反思50年代美学大讨论的影响时，认为它让中国美学背离了美学的主航道。叶朗所谓的美学主航道,就是由中国传统美学和西方现代美学构成的自律美学。当叶朗强调中国要从朱光潜、宗白华接着讲时,实际上是强调中国美学要接上中国传统美学和西方现代美学的脉络。[1]

经过上述简单梳理,我们可以看到中国现代美学的复杂性。与西方现代美学体现为相对纯粹的自律美学不同,中国现代美学经历的是他律美学与自律美学的交错发展,以及这种交错发展所带来的前所未有的复杂性。

在对中国现代美学发展历程的回顾中,学者们都承认存在两种不同的美学形态之间的斗争,聂振斌将其概括为中国近代美学的基本矛盾,并由这个基本矛盾理出了中国近代美学的发展线索,即"围绕美的本质问题而展开的文艺与审美有无功利目的性的对立与斗争,或者说,中国近代美学的基本矛盾和发展线索就是功利主义美学与超功利主义美学的对立与互补"[2]。聂振斌进一步指出:

> 近代美学的发展,是以超功利美学与功利美学为基本矛盾,经过了一个否定之否定的圆圈。第一个否定,即超功利主义否定传统的功利主义,使认识提高了一步,否定了过去那种片面地从外部关系规定美的性质,而肯定"美之自身"的存在,强调从美的内部关系来研究美的性质与规律。它强调美的特殊矛盾性是有意义的,但却仍然是片面的。因为它忽视甚至摸煞了文艺、审美与其他事物如政治、道德、物质生产的关系。因而受到新的功利主义美学的否定。这个否定,也是有积极意义的。它从唯物主义认识论出发,指出了文艺和美的物质存在根源,使认识又前进一步,虽然是比较笼统的。它强调文艺同政治的密切关系,对当时所要解决的社会根本问题起到了紧密配合的作用,对民族民主解放事业作出了贡献。但是勿庸讳言,它与旧功利主义美学一样,仍然忽视乃至摸煞文艺和审美的特殊矛盾性,犯了急功

---

[1] 叶朗:《从朱光潜接着讲——纪念朱光潜、宗白华诞辰一百周年》,《北京大学学报(哲学社会科学版)》1997年第5期。
[2] 聂振斌:《中国近代美学思想史》,北京:中国社会科学出版社,1991年,第32页。

近利的错误。从长远的观点看，仍然不利于文艺和美的繁荣、发展。[1]

　　对于中国美学现代性进程中的不同阶段和不同理论形态的评价，取决于评价者所采取的美学立场。如果从现代美学的立场来看，超功利主义美学对功利主义美学的否定当然具有积极意义；但如果从后现代美学的立场来看，它可能就更多地带有消极意义，相反马克思主义美学对功利性的强调，反而具有积极意义。对中国现代美学的评价，取决于采用怎样的美学视野；而采用怎样的美学视野，也不是完全取决于个人的主观偏好。这里就涉及当代世界美学语境的问题。我们只能是在当代世界美学语境的大背景下来确立自己的美学视野，否则我们的研究就不具备真正的当代性。中国的学术很长时间已经习惯了在封闭状态下独自耕耘，但这种状态已经到改变的时候了。

---

[1] 聂振斌：《中国近代美学思想史》，北京：中国社会科学出版社，1991年，第34—35页。

后　记

本书是北京大学人文学部为建设"现当代中国研究平台"而设立的一项跨学科重大课题的结项成果，由我担任项目主持人。按我的理解，该项目的设立初衷在于聚合北京大学人文学部相关院系和学科的学术力量，协力开拓重大项目，产出为单一院系和学科而无力完成的跨院系和跨学科成果。从 2017 年 11 月开始筹备、立项、正式启动，再到中期检查和完成，至今已逾 5 年多。值此机会，我要感谢北京大学人文学部主任申丹教授以及副主任李四龙教授、王奇生教授和廖可斌教授的指导、支持和帮助。

本项目确实是由北大中文系和艺术学院两院系学术力量协力攻关而完成的一项成果。在筹备和研究过程中，有幸邀请到中文系金永兵教授、邵燕君教授和时胜勋教授的加盟，得到我那时供职的北大艺术学院同事彭锋教授、李道新教授、周映辰副教授、佟佳家副教授、陈均副教授、刘晨副教授、孔令旗讲师的支持。他们分别承担了其中的 1 个子项目。其中有 3 个子项目邀请到年轻学人王佳明、韩思琪、叶栩乔、何君耀参与合作。李道新教授原承担电影一章，后因故改由我完成。正是由于这两个院系诸位学者朋友的慨允支持，本项目所预设的跨院系、跨门类和跨学科的学术协作性质才臻于完成。因此，我要向上述朋友致以衷心的感谢！

本项目在立项之初原名为"中国艺术和文学的现代性"，后出于艺术学院对于中文系友情援助的尊重，调整为"中国文学和艺术的现代性"，并且在章节排列上先列文学而后列其他艺术门类。再后来为了简明扼要并依照学界惯例，改为"中国文艺现代性"。之所以没有沿用"艺术现代性"一词，也是为了在修辞上强调"文学"与"艺术"之间的跨院系、跨门类和跨学科汇通之意。当然，我也深知，正像在全国其他地方一样，不同院系、文艺门类和文艺学科之间各有其传统和惯例，即便是在文艺现代性这个共通问题的研究上，其实很难形成完全一致的无缝衔接。取而代之，人们看到的往往是各自依循自身传统和惯例去研究而已。本项目的设立和研究本身，让不同院系、文艺门类和文艺学科的专家汇聚起来，他们携带各自的学术传统、惯例和个性来共同探究中国文艺现代性问题，尽力寻求可以相互汇通的方面而又同时保持自身的独特性，这显然已经是一种前所未见的有意义的学术态度以及尝试了。至于这样尝试的结果怎样，还是留待读者朋友和学界同行去批评吧。本书分工如下：

总论、第七章：王一川（北京师范大学）

第一章：金永兵（西藏大学）、王佳明（北京大学）

第二章：时胜勋（北京大学）

第三章：邵燕君（北京大学）、韩思琪（快看世界科技有限公司）、叶栩乔（北京大学）

第四章：周映辰（北京大学）

第五章：佟佳家（北京大学）

第六章：陈均（北京大学）

第八章：刘晨（北京大学）、何君耀（英国伦敦大学）

第九章：孔令旗（澳门科技大学）

第十章：彭锋（北京大学）

本项目在实施过程和统稿过程中，先后得到韩思琪博士和陈琳琳博士的帮助和支持，特此致谢！

在本项目研究过程的后半段，我调离北大而回到北师大工作，金永兵教授调任西藏大学，孔令旗博士赴澳门科技大学，几位年轻参与者也各自有新发展。本项目在现在能够完成并出版，令我深切铭记在北大艺术学院工作的近十年时光，铭记人文学部指导下中文系与艺术学院之间的亲密合作，以及文学与其他艺术门类之间的汇通情谊，更深深感恩于所有帮助过我的朋友们。

感谢北京大学出版社赵阳编辑的精心编校。

王一川
2023 年 7 月 12 日记于北京师范大学

北大人文跨学科研究丛书

申 丹　李四龙
王奇生　廖可斌　主　编

朱凤瀚等《海昏简牍初论》
张志刚等《国家、文明与世界宗教研究》
韩水法等《德意志浪漫主义》
王一川等《中国文艺现代性通论》